百姓故事

BAIXINGGUSHI

吴纪盛 主编

山西出版集团
山西人民出版社

序

有人类就有故事。

人生懂事故事始。懵懵懂懂的三四岁娃娃，便会缠住外婆讲故事，于是懂得了女娲补天、嫦娥奔月、后羿射日等无穷无尽的天下事。请千万莫把讲故事视为"小儿科"，大文豪鲁迅先生尚且写过《故事新编》，作品闪烁着思想光芒，洋溢着战斗精神。可以说，人生就是由大大小小的故事串联起来的；故事内容越丰赡，故事情节越跌宕起伏，人生的意义就越大。

新闻作品的视野——不，更准确地说是新闻作品的目的性，历来就有"为大我"与"为小我"之区分。"为大我"者，通常聚焦时代的沧桑巨变，关注社会的波澜起伏，以登高望远之大胸襟，纵横捭阖、酣畅淋漓地展现时空变幻，给受众带来灵魂上的震撼。而"为小我"者，总是先着眼于个人的悲欢离合，紧盯着部分人的爱恨情仇，以其窥斑见豹、落叶知秋的阐发叙述，给读者带来情感上的共鸣。二者并无高低贵贱之分，唯有视野阔窄不同，着墨轻重有别。大千世界，芸芸众生，不但需要鸿篇巨制的《红楼梦》，也需要浅吟低唱的宋词元曲。

大众的生活情趣、业余爱好，往往折射出一个时代的走向。我们难以目光如炬地洞察历史的全景，那就不妨观照一下岁月中的一个片段、社会中的一隅，通过阳光投射的斑斑点点，拼起一幅发展的全景图，从模糊的轮廓中获得一点历史的真相。有鉴于此，作者本着"从群众中来，到群众中去"的精神，为百姓立传，替市民写真，用普通人的生活与命运来揭示波澜壮阔的历史进程，反映松江改革开放以来翻天覆地的变化。

由山西人民出版社出版的《百姓故事》，以《松江报》自2008年3月起使用至今的专栏名冠名，朴素中蕴涵着大气。本书描述的不是概念的演变，并非哲学的交锋，而是与人类生活、文化、精神须臾不可分离的实实在在的故事。阅读故事——通过一个个鲜活的人物、一个真实的场景，用自己的眼睛去看别人的世界，用自己的心去感受别人的心灵，从而获得人生的启迪。

本书遴选的五十九篇新闻作品，均显示出作者独特的眼光，叙述力求精练，以少胜多，耐人寻味；状人务求逼肖，取材唯求妥帖，给人余味隽永的感受。而编辑巧做嫁衣裳，裁剪得体，文字读来浅显易懂，犹如"江上清风，山间明月"，虽无黄钟大吕震撼人心的力量，却有春风化雨润物无声的内涵。

编　者

2011年11月

目录
contents

"花痴"刘泉兴 …………………………………… 王裔君 001

中山东路上的那家瓜子店 ………………………… 王小娟 006

为了圆心中的那个梦

　　——"松江旅游第一人"钱泽宇的故事 ……… 陈孝斌 011

传承京剧国粹半个多世纪

　　——松江京剧沙龙纪事 ………………………… 李圆圆 016

夕阳中舞出多彩生活 ……………………………… 王　群 021

"驴"行天下

　　——户外运动爱好者的故事 …………………… 唐卉庆 025

白发老人"扯"出斑斓人生 ……………………… 裴麟麟 029

"华亭老舟"周洪声 ……………………………… 张晋洲 033

舞动到沸点 ………………………………………… 蔡　桑 038

华阳桥老蛇医李粉根 ……………………………… 王裔君 043

一生痴迷化工研究 ………………………………… 王小娟 048

会写诗的农民工 …………………………………… 唐卉庆 053

不想在"老外圈"的"老外" ……………………… 张晋洲 057

百姓故事 · 02

他在海地维和 ………………………… 王　群　062
苦心学厨艺，巧手烹佳肴
　　——松江的"中华小当家"王中清 ………… 蔡　桑　067
IT总经理改行当农民
　　——"蔬菜女王"周月雅的大胆选择 ……… 唐卉庆　072
"喀嚓"六十年，痴心映云间
　　——摄影家吴四一的故事 ………………… 许　萍　076
梦想于十三岁，起步于十八岁
　　——记大学生老板伍琳强 ………………… 张晋洲　080
一个群众演员的喜怒哀乐 ………………… 陈佳欣　085
离婚了，我依然是你的靠山
　　——一位弱女子面对瘫痪丈夫的承诺 …… 许　萍　090
黑暗中探索光明的女孩 …………………… 朱　炜　095
乡下胡琴拉出凤凰声
　　——文艺田园中的耕耘者沈勤贤 ………… 陈亚利　099
万千风景咫尺间
　　——记微型建筑模型爱好者彭逸民 ……… 陈佳欣　104
"玩"时髦的"闲人" ……………………… 王裔君　108
少林功夫传松江
　　——武术教练吴希勇茸城"打天下" ……… 王小娟　112
散尽万贯捡"破烂"，慧眼千年识宝人
　　——记老家具收藏家屠梅春、严惠仙夫妇
　　………………………………………… 李圆圆　116

悦人的"咸菜汤"
　　——民间艺人汤炳生的艺术人生 ………… 榛　子　121
生活在微笑中 ………………………………… 宋　诚　126
"博士老爹"蔡笑晚 …………………………… 许　萍　132
一家父子四个全是兵 ………………………… 王　群　138
为育"天鹅"舞不停 …………………………… 蔡　桑　143
一生的财富二十万枚邮票
　　——"集邮王"陈子康的故事 …………… 唐卉庆　147
大二女生为话剧而"狂" ……………………… 张晋洲　151
你侬我侬同奏生命之曲
　　——记国内医学史上捐肾最高年龄的孙增林、沈建华夫妇
　　……………………………………………… 李圆圆　156
松江方言"寻根"人
　　——记松江一中语文教师盛济民 ……… 陈佳欣　161
享誉美国的"世博之父"是侬松江人 ………… 尹　军　166
捏出来的世博传奇
　　——面塑大师马金城和他的面塑"马家军"… 王颖斐　171
创造国礼的艺术大师
　　——记国瓷大师、复旦大学上海视觉艺术学院教授李游宇
　　……………………………………………… 李圆圆　176
从白铁工到总经理
　　——茸城出租掌门人倪稚鑫的故事 …… 王裔君　180

用创意影像献礼世博

——记复旦大学上海视觉艺术学院教师、青年编导陆涵

……………………………………… 陈佳欣　185

童年时的爱好，是他经营一生的事业

——陆钟毅的七十二年航模人生 ……… 张晋洲　190

她为中日民间交流搭建桥梁

——记定居新桥镇的日本归侨陈聪丽 ……… 陈佳欣　195

两位"资深美女"三十七天自驾游藏疆

…………………………………… 张晋洲　200

从乡间田头走来的农民画家

——松江农民丝网版画艺人的成长经历 …… 王颖斐　205

江南一枝梅

——著名画家吴玉梅印象 ……………… 尹　军　210

从焊接专家到健康顾问 ……………… 张晋洲　215

从事最"甜蜜"事业的人

——养蜂人王时明的故事 ……………… 千　晔　220

从轮椅青年到网络红人

——残疾青年谢青和他的家庭故事

……………………………………… 王裔君　225

漫画是他一生的"知心爱人"

——漫画家李明新的故事 ……………… 居　嘉　229

他们是最可爱的人

——抗美援朝志愿军的故事 …………… 张小小　234

"花痴"刘泉兴

□ 王裔君

庭院深深深几许？——树桩百盆，美景无重数。

披着冬日暖阳，拾着"林"中小道，笔者慕名来到位于佘山镇江秋村果林深处的那一落庭院。刚一进门，笔者就被眼前的景象所震惊。数百盆的树桩盆景占据着庭院的每一个角落，它们千姿百态，不管是刚经历几年光景的"幼年"盆景，还是经过数十年培育的"老者"，是静的，或是"动"的，像是在诉说着一个个饱经岁月洗礼的故事，耐人寻味，冲击着观赏者的心灵。

它们的"守护神"即是刘泉兴——一个嗜花如命的古稀老人。

老上海与松江结缘

刘泉兴与老伴黄三囡是地地道道的老上海。1968年，时年二十九岁的刘泉兴由部队调到佘山工作。从此，与松江结下不解之缘。

老刘告诉笔者，不知道是什么原因，他自小就喜欢种植各种各样的植物，喜欢对植物修修剪剪。后来，索性玩起了盆景。

早在部队时，刘泉兴玩盆景就玩出了名。只是因为部队流动性强，无固定居所，所以他只能"跑到哪，玩到哪；玩到哪，'扔'到哪"。说是扔，其实他哪能舍得？谁

都知道，一个爱花人绝对不会这样做。那时，只要是有人喜欢他培育的盆景，他就会大方地将自己精心培育的杰作送与他人。

总这样玩了就送，终归不是惜花人所为。于是，调到佘山工作后的刘泉兴就开始将自己培育的盆景存放在位于普陀区的老家。

佘山，是块宝地。对于酷爱玩盆景的刘泉兴而言，更是如此。不知从何时起，刘泉兴开始恋上佘山这块土地。有一年，他作出一个决定：买下位于佘山江秋村的一处民宅，准备退休后在此大干一场，与老伴在佘山脚下做一对终日与花为伴的"神仙"。

2000年，刚刚退休的刘泉兴将佘山江秋村的老宅修葺一新，携老伴一起将上海家中的"宝贝"搬到了"新家"，开始了他们世外桃源式的生活。

那次搬家，光是盆景，就装了满满两卡车。

自订杂志勤学花艺

那时，盆景培育只是刘泉兴的业余爱好，但一个嗜花如命的人岂能让自己的盆景作品始终"上不了台面"？1980年，四十余岁的刘泉兴决定自学花艺。于是，他订阅了《花木盆景》《花卉》等期刊，三十来年从未中断。

"一盆好的老树桩盆景就如一幅绝佳的'活国画'。要培养一盆好的盆景，至少需要十来年时间，甚至是二十多年。一件成功的老树桩盆景，就是要看上去古，甚至有些枯死的味道，它却是活着的，而且要看上去显得精神抖擞。我的目标就是让自己培育的每一盆盆景都成为一幅'画'。"老刘对盆景培育有着自己的思考。

"他呀，整天就知道围着他的花转，刚闲下来就捧起杂志、报纸，其他什么事都不管，简直就是一个'老花痴'，不知道把我放在什么位置。"说起刘泉兴酷爱玩盆景这件事，老伴黄三囡似怨又嗔地说。

说完，黄三囡看了看老刘的反应。见老刘不吭声，她又接着说："不过啊，我也早已习惯了。说句心里话，咱老刘种的花真很好看，我很是喜欢。每次他做事的时候，我就在边上帮帮忙，许多花的名字我也叫得上来了。之前啊，我可是连韭菜和葱都不分的。"

听到老伴如此评价，老刘脸上禁不住露出了得意的笑容。趁老伴与我攀谈，老刘顺手找了几本《花木盆景》《花卉》杂志递给笔者。同时，不经意地望了望自己的作品，嘴角露出了一丝微笑。看得出来，刘泉兴对自己的"学习"成果还是相当满意的。

四处收罗不同品种

走进老刘家的院子，你的第一感受肯定是"哇，这么多的盆景！像公园"。听老刘和老伴介绍，才知道构成那一幅幅风格各异的"活国画"的植物有黑松、梅桩、野榆、鹊梅、五针松、铁树（苏铁）、白兰花、茉莉、昙花、棕竹、佛肚竹、榕树、牡丹、石榴、百丈莲……

乍一听这些名字，就能感受到这些"名家"似乎都有点来头。的确，这其中许多植物（如树桩）可都是有点来历的。绝大多数都是经过千里迢迢才来到松江"安家落户"的。

"他呀，要么不出门，只要一出门，第一件事就是逛各地的花鸟市场，找寻各种各样的植物品种。哪怕自己不出去，只要知道有朋友远行，就会想方设法拉朋友帮忙寻找'宝贝'。"黄三囡告诉笔者，老刘种的盆景植物除了一些自己在各地花鸟市场买回来的之外，好些都是叫朋友帮忙带回来的。

"对他来说，种花始终是第一位的。"黄三囡说。有段时间，老刘特别想种植山东菏泽的牡丹。偶然知道有个朋友正好要去山东，老刘硬是叫朋友在山东买了牡丹花的种子，但等不及朋友回来，愣是要朋友通过邮局先把种子寄回来。

老刘年纪大了，为他的健康着想，家人不希望他再花更多的心思和精力在那些花身上。于是，家人"规定"，不允许老刘再往自家院子里"添家丁"。

这条规定叫老刘难受了许久。这该如何是好？无奈，实在忍不住，明的不行来暗的。老刘只好偷偷摸摸地买，偷偷摸摸地养。至今，老刘还有好些盆景"寄养"在朋友那里。

加盖温室为花保暖

每年冬季，不经意间成了老两口的"心头恨"。原因不是怕自己冻着，而是心疼院子里那些养育多年的"宝贝"被冻坏。

宁可伤自己，也不能让花受冻。2003年，刘泉兴不惜血本在院子里为心爱的"宝贝"加盖了温室。只要是怕冷的植物，统统优先"住"进"豪华套房"。

老刘说，要防止有些植物被冻坏，温度起码应保持在零摄氏度以上。尽管有了温室，但寒冬季节，仅靠自然光照，温室内的温度也很难达到理想值。为此，他曾想出通过燃烧煤为怕寒植物取暖的歪点子。可后来发现，燃烧产生的二氧化碳会严重影响植物生长，不由暗自叫苦。

如今，在老刘家的温室内，我们可以看到一台小型取暖机。每到冬天，它就在温室内默默工作，成为老刘家另一个"护花使者"。

谈及温室，老两口不约而同地说起了种在温室一角的那一株三角梅。大概是在1990年的时候，老刘因工作需要去广州参加广交会。趁此机会，老伴正好跟着去旅游一趟。

一天散步时，黄三图被某株植物上盛开的红花所深深吸引。原来，这种植物叫三角梅。两人找了好几处花鸟市场终于找到一株高约二十厘米的种植在花盆内的幼苗，欣喜万分地带回上海。

可是，令两人不解的是，不论如何悉心照料、栽培，花盆里的三角梅就是长不大、长不好。搭建了温室之后，老刘专门在边上为那株三角梅留了一块"自留地"。如今，有了宽松的环境和适宜的光照、温度条件，从广州远道而来的三角梅长势喜人，几乎爬满了整个温室顶部。

望着满屋红花，老两口的喜悦之情溢于言表。

种花不为卖花人

许多人大规模培育盆景植物，是为了经济利益；有些人在家种上几株盆景植物，那是闲情雅致；而像老刘这样打年轻就开始偷闲培育盆景，退休后依旧养着数百盆，既不为经济效益，也绝不是一句简单的闲情雅致可以分说，实在少见。

无论是树桩的选材，还是后续的修剪、培育，内行人一看便知，老刘培育的盆景植物好多已经达到了很高的水准，丝毫不比市场上出售的有些所谓的"极品"逊色。

要是老刘有意出售，那经济效益定是相当可观的。可是老刘说："我从来没有想过要卖任何一盆。它们就像是我自己的小孩一样，我实在是舍不得。"

老刘说，有了这些"宝贝"，他和老伴每天早上起床第一件事就是看看盆中的植物好不好,生怕它们伤着、冻着。除了吃饭、睡觉和很少的休闲娱乐之外,他几乎把所有的精力和心思都用在了这些花儿身上。

养这么多宝贝,老两口自然多了许多老年人没有的繁忙和顾虑。

但笔者能明显感觉到,因为有了这些"宝贝",老两口所拥有的更多是难以言状的幸福。

"我最开心的时候,就是看到自己培育的花长得好的时候。"要是你像笔者一样近距离聆听这位老者的心声,看到他说此番话时的神情,感受那一份淡定,你自然会和笔者有同样深切的体会——此乃肺腑之言。

闲暇时候,老刘和老伴会为自己培育的每一株盆景拍下照片,与"宝贝"合影,慢慢自我欣赏。老刘更是会通过照片,从审美的角度找寻每一株植物成长中的不足,还会耐心地将铁树培育开花,然后再自己收集花粉,再次为铁树授粉⋯⋯

显然,除了家人幸福安康之外,那些花儿已成了老刘幸福的全部。

(2009年1月14日)

百姓故事 · 06

中山东路上的那家瓜子店

□王小娟

炒得好卖得公平

听起来都觉得不可思议,在到处都有瓜子卖的年代,"天天瓜子"店门前竟然经常有人排起长队。这家开在中山东路上的炒货店的店老板叫秦宗田,今年四十六岁。也许大家并不知道他叫什么,但大家都认得这张脸,认得这家店,都称呼老秦为松江的"瓜子大王"。

有些凌乱的头发,同实际年龄相比略显苍老的脸,久坐后会腰疼的秦宗田,并没有"瓜子大王"的那种风采,留给人们的只是沧桑岁月的印痕。

在笔者和秦宗田聊的时候,他一再强调卖瓜子的辛苦。的确,他的故事里并没有一夜暴富的神话,也没有跌宕起伏的传奇。他积累财富的过程,也和许多人一样,经历了从"挣钱"到"赚钱"这样两个阶段,先是支出劳力换取金钱,然后再从劳动中释放出来,依靠"品牌经营"来赚钱。

毫不夸张地说,现在这家"天天瓜子"店已相当闻名,除松江人来"热购"外,青浦、金山、闵行甚至浦东人也都跑过来了。特别是年前几天,店门前天天排长队,店外长长的一段马路上,也停满了来买瓜子的车子。

从白手起家，经过八九年的艰苦打拼，至目前，年销售额已达数百万元——秦宗田让大家改变了对小小瓜子的看法。

南下觅得一"夹缝"

高中毕业后的秦宗田在山东老家的一所小学当老师。期间，喜欢孩子的他连生了三个儿子，这使得他的家庭经济变得捉襟见肘。尽管当时有机会可改变命运，但不喜欢走仕途的他还是选择了经商。他在老家的时候就经过商，从农村收购农副产品，然后拿到县城卖。

最终迫于生计，同时也是带着一股闯劲，2000 年，已是三十七岁的秦宗田和妻子背着行囊南下松江，投奔做小生意的弟弟。当时他弟弟就在松江卖瓜子，一直辛辛苦苦却没赚钱的弟弟看到哥哥也要来一起营生，就索性把瓜子摊扔给了哥哥打点，自己经营饭店去了。

弟弟不要做的生意，在秦宗田看来却充满了商机。"有一个报道说，全国每年生产出来的瓜子，有六分之一是被上海人嗑掉的。你看，不少上海女人都长着'瓜子牙'。"秦宗田为此激动不已。他想，只要松江每个人都来他这里买一斤瓜子，那就不得了了。他说："我当时不知道松江到底有多少人，但我知道我们老家县城当时有一百三十七万人口，按这样计算，一年也能赚不少钱。"就凭这样的想法，秦宗田打定主意要炒瓜子了，而假如没有他当时的坚持，也就没有今天松江的"瓜子大王"了。

2000 年，初经营的时候，秦宗田就在一个小弄堂里炒瓜子。"那个小店铺，深二米，宽才一米八，呵呵，就是个巴掌大的地方。"回忆起当时炒瓜子的场景，老秦不禁笑出声来。但至今，仍有不少老客户记得当初老秦开的那家店。就这样，老秦的瓜子店在"夹缝"中生存了下来。

苦心经营名远扬

"第一年基本没赚到钱，所得收入除用于生活开销外，所剩无几。尽管如此，我们还是从中看到了希望。"老秦所说的希望，就是光顾瓜子店的人一天比一天多了起来。人多起来，说明老秦炒的瓜子愈来愈受欢迎。

炒瓜子,看似很简单,不过就是支起一口锅,把瓜子炒熟了。殊不知这里面可大有学问,要炒好瓜子,没点本事是不行的。炒了一段时间后,秦宗田就总结出一些规律来了:炒瓜子关键是要掌握火候,控制时间,一锅十五分钟刚刚好。尽管现在秦宗田已不再亲自炒瓜子了,但每锅瓜子他都得把关。他说:"质量不好的不能上架。"

秦宗田刚开始卖瓜子的时候,买瓜子的大多是过路人,他们是正好看到卖瓜子的店了,就顺便买点尝尝。可是这一尝不要紧,恰恰把秦宗田给尝"火"了。后来,大家都觉得这瓜子好吃,附近的居民也都来买了,接着就是乡下的人跑过来,再后来就是有人专门开着车子来买。老秦卖的瓜子"个头饱满,有一股清香,原汁原味,价格也公道",是大家的一致评价。显然,秦宗田刚好是抓住了两个关键,一个是价格,一个是质量。

除了这两个关键,老秦还把整颗心都交给了顾客。他说,每一个顾客都是他的朋友。在前几年没雇帮手的时候,他几乎能记住每一个到他这里来买瓜子的人。"我喜欢看点书,碰到有人来买瓜子,我就喜欢和他说上几句,比如猜猜谜语、讲个故事之类的,经常这样,就和他们成朋友了,接着他们也就成了我们店的老主顾。"

就这样,第二年,老秦靠着自己的努力把炒瓜子铺换到了一个更大点的地方,也就是现在"天天瓜子"店所在的地方,总共二十平方米。2004年,秦宗田把隔壁一家四十六平方米的店面也吃进了。从此,"天天瓜子"店就有了两个门店,一个店面炒瓜子,一个店面卖瓜子,还兼卖其他包装类食品。

随着买瓜子的人越来越多,老秦的日销售额从原来的二十多元增加到了现在的近万元,翻了几百倍。而春节前的几天,每天光卖瓜子的销售额就达到两三万元,从早上6点一直卖到晚上12点。由于排队的人实在太多,购买量大,瓜子来不及炒,为了让大家都能买到瓜子,秦宗田规定每人每次只能购买一公斤。一天,一家三口来老秦的店排队买瓜子,因抱着个几个月大的孩子,夫妻两人就多买了一公斤,心里美滋滋的。后面排队的顾客看出了门道,那孩子竟成了"抢手货",大家纷纷从那对夫妻那里借了孩子排队,结果都多买了一公斤。"天天瓜子"店的瓜子畅销度由此可见一斑。

现在老秦可算是个知名人物了,近一半的松江人都认得这家瓜子店。"我上公交车,司机、售票员都认得我,还有人叫我'瓜子大王',我说别这样叫,怪难为情的。"低调的老秦坚持自己只是在做一份小买卖,不值得大家这样称呼他。

收入渐丰仍节俭

尽管小店生意兴隆，收入渐丰，老秦却舍不得多花钱，至今都是租住在别人的房子里，也没有添置任何大件。"成本控制非常重要，毕竟是小本生意，赚的都是辛苦钱。"这是老秦的想法。

2008年，秦宗田才给自己的店弄了一块招牌，不大，但也算是像个店了。"有顾客来反映，说总是找不到我的瓜子店，车子开着开着就开过头了，所以我才想起挂个牌子，不是打广告的意思，就是方便大家找。"的确，他可不是"大方"的人，创业至今，几乎没在广告费上有任何投入，瓜子店能火，靠的就是口碑。

老秦自己制作的这块店招只挂在一个门面上，后来，政府相关部门为了美化城市形象，免费给"天天瓜子"店另一个门面也做了一个招牌。而在"天天瓜子"店的门口还有两个小招牌，老秦为此十分自豪，他告诉笔者："就那两块牌子，是我从垃圾堆里捡回来的，经过重新加工，上面每个字花了两块钱，总共也就十块钱。"

就因为赚的是辛苦钱，所以老秦特别节省。当笔者问他是否考虑买辆小车时，老秦摇了摇头，他说："车子是个消耗品，买了后要支出很多钱，所以就不买了。"笔者看到老秦的交通工具是一辆并不太新的电动车，他说骑这个很方便。

只想卖好小瓜子

瓜子店火了，如今的老秦再也不用亲历亲为。2003年，秦宗田雇了人来炒瓜子。第二年，小店扩大门面后，他又招了两个小姑娘来卖瓜子。问他将来有没有把瓜子店做大的打算，老秦表示，他就只想做炒瓜子卖瓜子这一件事情，没有想过还要做企业。他说："毕竟小商人要变成大商人，不是一件那么容易的事。"

瓜子店虽经营得有模有样，秦宗田却仍很低调。他说："我也想过发展加盟店，但我担心质量下降，质量不好砸了牌子的事情很多。"每年秋季，瓜子丰收的时候，在"天天瓜子"店附近总会冒出七八家新的炒货店，可到了第二年春天，这些瓜子店就关门了。为什么？竞争不过"天天瓜子"店。所以老秦觉得自己能把卖瓜子这一件事情做好也很不容易了。

秦宗田虽自称小人物，但他以儿子为荣："我的儿子志向远大，他们认为我做的是小事情，他们以后都要做大事。我的二儿子还说他要是开店，那就是开超级大卖场这样的店。他们有这个志向，我很高兴。"

感怀松江好地方

瓜子店能火，自己能赚到钱，除了自身努力外，秦宗田还特别感激松江人。"我从北方来，到这里后，我就觉得松江人特文明。"他说，"在北方，大家都不太讲理，讲的是这个。"说着，秦宗田向笔者挥了挥拳头。"要是你推着车子卖一样的东西，店里的人冲出来就是一顿拳脚，在松江可不太一样，大家做一样的生意，是各做各的，不会有人来和你动武。"

老秦觉得松江政府各部门也特好，不吃喝卡要，社会环境也特别好，不会有人来捣乱，就是到晚上12点，也不用担心有抢盗事情发生。

松江给老秦这样的创业者创造了良好的环境，所以尽管老秦也经常牵挂还在山东老家念书的两个儿子，但他已下定决心要定居在松江。"在松江也差不多有九年了，其实我早把松江当成自己的家了。"老秦表示，他要给儿子在松江购置三套房产。现在，老秦的大儿子已经上大一了，二儿子和三儿子分别在老家上高三和高二。老秦说："我的父母亲现在不是在我弟弟家，就在我这儿，已经没啥牵挂了。至于我的儿子们，等将来他们毕业了，他们也都要到松江来。"

(2009年2月11日)

为了圆心中的那个梦

——"松江旅游第一人"钱泽宇的故事

□陈孝斌

他本布衣。他当过兵,插过队,当过船员……经历的事儿可谓不少。但,他在"知天命"时,开始浑身是劲地"折腾"起来了。而这看似不经意的一"折腾",竟开辟了松江旅游业的一片新天地。

如今,尽管他已经是七十六岁高龄的老人,但他依旧秉性难移,喜好"折腾",又开始学摄影、练书法、背英语、玩电脑……

他就是钱泽宇,被松江旅游界的后辈尊称为"松江旅游第一人"。

"异想天开",成立松江旅行社

这是一个奇特的现象。

在上世纪80年代末的松江汽车站、火车站,有这样的一批人,他们汗流浃背,气喘吁吁,提着大包小包,辗转搭车到市区的旅行社报名参加旅游,他们是松江的居民。

"我们松江为啥不能自己办旅游呢?"面对这种奇特的现象,一个发自内心深处的声音反复在时任某公司副经理的钱泽宇的耳边回荡。

但想是一回事,做又是一回事。没钱、没车、没导游,哪个问题都不是小问题。可古语说得好,"天道酬勤",办法总是人想出来的。

1989年，上海旅行社想开拓松江的旅游业务，但苦于人地生疏，对方闻知老钱有这样的意愿，便很爽快地答应让老钱出任松江分社的经理，代办松江的旅游业务。就这样，导游的问题解决了。没车，也可以"借鸡生蛋"。几经周折，钱泽宇同上海强生汽车出租公司签订了协议，并开辟了松江—人民广场专线。没钱，那就自力更生，自己开发线路赚钱养活自己。

机会总是给做好准备的人准备的。松江分社初办时，正赶上佘山的部分山洞被市里有关部门开发建成"西游记迷宫"，而这在当时是非常有看头的景点，很多市民蜂拥而至。老钱自然不会放过这个机会，他们就专门为对方代售门票，每销售一张可获手续费五分钱。虽说获利微薄，但数月后，散客与团队像滚雪球一样找上了老钱。渐渐地，分社的业务量越来越大。

羽翼已丰，麻烦也接踵而至。原来，作为上海旅行社的分社，并没有自主组团的权利，老钱只能将客源送到市区，再由市区组团。如此操作，不仅利润不高，也不大方便松江居民外出旅游。这样，双方"婚姻"的破裂已成定局。

不过，这段艰苦岁月的"淬炼"，使老钱对开发组团旅游的程序已烂熟于心，生活水平日益提高的松江人民也需要一个本土的旅行社。千呼万唤始出来，经多角度、全方位的资格审查，1991年10月23日，市旅游局正式批准成立了松江旅行社，而这也是市郊第一家旅行社。

挂牌后，钱泽宇曾自掏腰包，几度组织居民免费参加浦江夜游的体验。几次三番后，松江旅行社声名日盛。

水到渠成，开设导游培训班

1991年岁末，寒风把路人吹得直哆嗦，在松江旅行社里却热气腾腾。原来，六七十名青年正争先恐后地报名参加业余导游培训班。这一情景，顿使老钱觉得有一股暖流涌遍全身。

原来，为了进一步开拓旅游业务，他准备办一个四十人左右的业余导游培训班，原以为招生会碰上困难，谁料一下子竟来了这么多人，有教师，有工人，也有社会闲散人员，其中具有大专以上学历的就有二十八人，这也算得上一个"热"吧，地地道道的"业余导游热"！

开班后，老钱专门请了全市旅游界的十多位学术权威与资深教授为学员授课。"导游必须是个杂家，上至天文地理，下至鸡毛蒜皮，生末净旦丑、花鸟鱼虫兽等知识，都得懂一点。"对当时的情景，老钱依然记得很清楚，"在短短四个月时间里，学员们基本掌握了政策法规和建筑、佛教、动植物、菜系、桥梁、海陆空交通、风俗民情、方言土语、山水景观、园林构筑、著名土特产、名胜景点等基本知识，经笔试与在龙华寺的现场考试后，有三十七人领到了国内导游资格证书，这不能不说是个了不起的成就。"

1993年，钱泽宇退休了。但那时松江旅游市场方兴未艾，心中还有旅游梦的老钱又怎能耐得住寂寞？于是，他再赴征程，先后承办了松江县旅游办和故土、西林两家旅行社的三期导游培训班，每一期都有三十几名学员慕名而来。时光荏苒，十多年岁月弹指而过，当初毕业的导游也顺利地接过了老钱的"枪"，不少人已成为目前松江旅游行业中的佼佼者。

如此，老钱开发松江旅游的梦想便自然完成了传递。

妙笔生花，双层巴士现茸城

十六年前，古城松江发生了一件大事，那就是四辆崭新的双层巴士现身茸城。一时，引得不少市民专程前去观看、乘坐，而促成这新鲜事的"幕后推手"之一，就是钱泽宇。

事情虽已过去多年，老钱却依然记忆犹新。他说："当初，上海在大发展，几乎每天都有一幢新的楼盘拔地而起，每天都有马路被拓宽修整，很多松江人有到市区走走看看的想法，而一般公交车不太适合观景，双层巴士自然成了理想之选。当时在县侨办的协调下，四辆双层巴士终于开进松江城了。"

老钱说，当时线路走向定为上海展览馆—松江文化馆，单程票价为四元。虽然票价比一般公交车要高出不少，但一点也没削减市民乘坐的兴致，上网刚开始推出的时候，几乎车车爆满，甚至还有人要求加开车次呢。

夕阳美景,求知不倦度晚年

人生七十古来稀。按说,到了这个年纪,老钱该"消停"一会了,而他却执拗地偏说——不!

现在,在老钱的书桌上,赫然放着两个醒目的"红本本",原来,分别经过一年和二年的学习,老钱在2008年6月领到了松江区老年大学颁发的数码摄影和电脑软件应用结业证书。

倒腾这些玩意有啥用?老钱显然想得很明白:"学摄影,是为了记录生活中的一些片段、一些瞬间。我和老伴一天天老去了,要给后辈留一些照片。另外,松江现在变得这么好,有很多可以拍照留念的地方。毕竟,我们也是这段历史的见证人啊!学电脑的用处可就更大了,不仅可以从网络上知道国内外最近发生的一些事,还可以写点回忆性的小文章,何乐而不为呢?"

老钱说,他的一个外孙女现正在澳大利亚读书,打电话费用太高,所以平时一有机会他就和外孙女在网上聊,不时还可以互发彼此的生活近照,实在方便得很。有时间的话,老钱还会语重心长地给外孙女发一封电子邮件,交代她一些要注意的细节。

似乎为了显示一下自己的电脑应用技术还不错,老钱当着笔者的面,倒腾起了电脑,只见里面的各个文件夹放置得整齐有序,何时、何人、何事标注得清清楚楚,一目了然。不仅如此,老钱还颇为得意地拿出一叠光盘,告诉笔者说,那些都是他最近整理出来的成果:"这张是一家人过元宵节时拍的照片,这张是和老战友聚会的照片……"

这还没完,老钱现在又迷上书法了。"我已经在区老年大学的书法班报名了,那可是老祖宗留下的艺术,我们得好好学一学。"老钱说。

精心呵护,照料老伴终如初

其实,熟悉老钱的人都知道,这五年,他过得并不容易。因为,他的老伴已经中风卧床五年了。

在老钱家一间不算大的卧室里,并排摆放着两张床。老钱说:"一张是老伴睡的,另一张是我自己的。老伴晚上要大小便,我得照顾她。"说起来容易,做起来却并不简单。老钱这几年几乎没睡过一次安稳觉。"当她在床上一发出响声,我就知道她在'叫'我了。"也因为这个,这些年,老钱和上海地区的亲戚朋友聚会的时候,养成了从不在外过夜的习惯,为的就是回家照顾躺在病床上的老伴。

　　父亲的不易,老钱的子女们当然明白。于是,子女们就专门雇了一名护工来照料老两口的日常生活起居。但在照料老伴的一些生活细节上,老钱尽量做到事必躬亲。冬日里,天暖和了,老钱喜欢把老伴推到阳台上晒晒太阳,然后,拿出一把椅子,轻轻地坐在老伴的旁边,和老伴说说话。老钱说:"虽然她不会回答我,可我知道她听得见。"夏天到了,老钱会经常帮老伴翻翻身子,用蘸着温水的毛巾给老伴擦洗身体。

　　老钱说,他现在有一个最大的梦想,就是希望有一天,老伴的身体状况好转了,他会带着她一起出去走一走,看一看这个世界的精彩。

(2009年2月25日)

传承京剧国粹半个多世纪

——松江京剧沙龙纪事

□李圆圆

《女起解》《捉放曹》《追韩信》，京剧名段一一唱来；老生、小生、青衣，逐个精彩亮相。每周日下午，松江工人文化宫三楼的一个排练厅内，总是锣鼓铿锵、热闹非凡。三十多位戏迷票友聚集一堂，大家或高歌一曲，或切磋技艺，你方唱罢我登场，哼一段经典唱腔、亮几个漂亮身段，不时赢得满堂喝彩，全场的人都陶醉在民族文化的韵味中，享受着国粹的无穷魅力。

栉风沐雨半个多世纪，松江这支业余京剧队已走过五十六载年华，传承着老中青三代戏迷对国粹艺术的热爱，即使是在最艰难的十年浩劫期间，戏迷票友们也没有中断过对京剧的痴迷。"大气、深厚，唱起来十分过瘾。"现供职于松江图书馆的马骏如是说，迷恋京剧数十年，杨派老生马骏如今已是队中的中坚力量。

初次登台亮相，一举扬名松江

八十一岁的打鼓佬李人杰，是全场的总指挥。从农行退休后，老李就全身心地投入到了京剧艺术中。回忆起这支业余京剧队的创建始末，老先生翻出厚厚的几个笔记本，每一次演出交流、京剧队的每个变迁，老李都认真地整理在册，翻开这些泛黄的纸页，仿佛又回到了当年那些时而兴盛时而沧桑的岁月。

解放初期，松江基本没有文娱活动，大家的业余生活极其单调。1953年初夏，松江县总工会组建了工人俱乐部，来自邮电、税务等系统的二十多名京剧爱好者一拍即合，随即组建了松江县业余京剧队。

当年农历七月十五日，松江当地有一风俗习惯，叫府城隍生日，同时也是纪念民族英雄李侍问。县里召开物资交流大会，万商云集，实属盛况空前。成立不久的业余京剧队跃跃欲试，一来想借此机会亮相，二来为大会助兴。演出前一个月，大家就开始认真排练，每周都要排练四五次。当时各个单位还有夜学习的规定，每天晚上7点到9点，从单位里学习结束后再到俱乐部，一起排练，经常排到十一二点钟，个个都认真对待。在排戏过程中，除了《女起解》较简单之外，大多较难，特别是《追韩信》一折，人物多、出场忙，前台的衔接都要非常紧凑，有些同志不太熟悉，现已过世的松江京剧队创始人钮士杰便耐心地指导大家一招一式地练。

演出的条件也受到了很大的制约，当时松江县城内还没有剧场，大家临时借用了驻松某部队的大草棚，总算是有了演出的场所。刚成立的京剧队还没有像样的乐器，钮士杰就从上海市区请来文武场伴奏，演出的服装也是到上海著名的裁缝铺"徐品记"租借而来的。文武场更是远道而来，到演出前也没有彩排过一遍，但到演出上场时，大家个个都是有规有矩、有板有眼，没有一个荒腔走板的，令这班从上海请来的文武场也非常钦佩松江戏迷的水平。

当时由于请文武场、借演出服都价格不菲，京剧队又无活动经费，所以大家考虑演出采取售票方式。没想到，五分钱的一张票，日夜二场演出一共售出二千一百多张，实属不易。松江业余京剧队，从此小有名气，得到了各方面的好评。但由于演出的开支较大，最终每个演出人员都自摸一元钱，才总算达到了收支平衡。大家为了演出的成功，也都乐于投入，为松江京剧扬了名。

戏迷全情投入，迎来全盛时期

业余京剧队一炮打响，但惜于没有演出场地，所以只能在有限的地方"打游击"。在一些节日里，俱乐部的场地因有其他任务安排，京剧队只得转战文艺所，或者在大天井内用四个乒乓球台搭成一个"舞台"，拉一块方幕，向上海借了些服装，也就在上面演出了。当时有《三堂会审》《打严嵩》等剧目,不仅戏迷们过了戏瘾,观众看了也连连叫好。

转眼到了1958年,工人俱乐部有了自己的剧场。当年春节,就邀请上海铁路文工团前来演出。京剧队瞄准这个难得的机会,主动同上海铁路局文工团挂钩,共享剧场和服装,白天由松江业余京剧队演出,晚上由铁路文工团演出,《打渔杀家》《四郎探母》等一些名段得到观众的热烈追捧,剧场内六百个位子座无虚席。

由于有了自己的演出场地,业余京剧队的演出开始多了起来。当时也卖两毛钱一张票,主要贴补一些开支。在这期间,京剧队部分同志还参加了上海铁路局工务段的文艺小分队,为铁路职工慰问演出,当时文艺队有沪剧、越剧、说唱以及京剧等剧种,松江戏迷演出的《女起解》和后半本的《追韩信》,均受到职工、家属的热烈欢迎,巡演结束后,又在铁路文化宫做了一次汇报演出,得到了很好的评价。

上海消防器材厂搬迁松江不久,厂里也有一部分爱好京剧的同志被吸收了进来,由此,松江县业余京剧队从阵容和行当上都比较齐全了,这也可以说是京剧队的鼎盛时期。

遭受"文革"影响,依然艰难维持

"文革"期间,鼎盛时期的京剧队也遭受了不小的打击,老旧剧全部砍倒,出现了一些现代戏唱段,由于曲调、唱腔都是新的,不得不三天两头地努力学,人员和规模都小了很多,但是京剧队的活动一直没有中断过。

"四人帮"被打倒后不久,工会就恢复了,俱乐部也有人管了。由于原先的一些文武场也在"文革"中洗劫一空,所以仅留下几个真正的积极分子,把自己家里的胡琴带了来,搞些小聚会,重温《红灯记》《沙家浜》等唱段,自娱自乐。期间除了协助过松江三中演出《红灯记》唱段和协助上海消防器材厂排练演出《沙家浜》"智斗"一场外,基本就没有什么正式的活动了。由于是小范围活动,大家高兴来就来,不高兴来就不来,有时能来六七个人也算是不错了。

改革开放让国之瑰宝重获新生,数年之后,大概在1985年,京剧队的活动开始正常了,大家重新购置了一些乐器,人员也从七八人到十多人了,拉拉唱唱,算是过了一些瘾。

对外进行交流，沙龙影响益广

过去由于交通不便，松江业余京剧队的活动主要局限于松江本地，没有对外交流，也没有邀请过其他单位来活动。1987年，俱乐部要翻建新楼了，为此京剧队迁到了县文化宫，每周借一间房进行活动。这年7月1日，为纪念党的生日，松江业余京剧队同金山枫泾镇文化站举行一场清唱联谊会，京剧队一行二十多人，走出松江，迈出了对外交流的第一步。

因为枫泾爱好京剧的人很多，所以演出可谓是盛况空前。这天整个礼堂座无虚席，听众热情高涨，掌声连连，叫好声不断，令第一次外出交流的松江戏迷票友十分感动。

松江业余京剧队在县文化馆大概活动了不到两年。因为地方不大，活动的场地也时常搬东搬西的，加之地方比较远，所以后来四五年里又在快活林酒店活动了一阵子。在快活林酒店的一间会议室里，松江业余京剧队接待了第一次到松江进行交流活动的外地京剧票友。这时，松江业余京剧队也总算有了京胡、月琴、三弦这文场三大件。在快活林酒店活动了两年后，京剧队又几经搬迁，辗转过杏花楼七楼、总工会大会议室等处。

这一阶段，松江业余京剧队的对外交流开始活跃起来，不仅同上海市区的田林、长桥地区有几次交流，还与江苏昆山、太仓、常熟等地的京剧爱好者定期联系，大家约定每年开展两次交流联谊活动。香港回归、庆松江解放五十周年等一些重大活动，都有京剧队登台演出，大家在尽享国粹魅力的同时，也与邻近地区的戏迷建立了友情。

京剧队的影响日益扩大，1993年12月，上海电视台14频道播出了《古城新颜》电视片，松江业余京剧队在全市赢得了不错的口碑，很多久未碰面的老友纷纷打来电话，还有更多的戏迷票友慕名而来，使得京剧队的阵容进一步壮大。

吸引新生力量，迈入新的征程

松江新的俱乐部造好了，京剧队又搬回到了二楼退休干部活动室，期间也参加过多次清唱会和晚会。近几年由于钮士杰等多位文武场上的老同志相继谢世，给京剧队带来较大的影响，但是杨派老生马骏、梅派青衣邓慧丽、程派青衣赵丽艳等中间力量迅速成长，逐渐担当了重任，京剧队日渐活跃。2005年，爱好拉京胡的华东政法大学的研究生曹竹平也加入了京剧队，京剧队不断补充着新生的力量。

2008年底，业余京剧队正式编入了松江区文联戏剧分会，马骏担任文联戏剧分会理事并参与队伍管理。从此京剧与越剧、沪剧一起组成了戏剧大家庭，演出的机会日渐增多。广场中、社区内、校园里，还有建筑工地上，时常传出京剧那铿锵有力的旋律。

2008年6月23日，"京剧艺术在社区"系列活动走进松江，上海春秋京剧票友社的众多名角为松江区观众奉献了一台文化大餐。活动还邀请了很多中小学生参加，老艺术家们演唱了很多京剧进校园的唱段，拉近了与年轻听众的距离，当天京剧艺术摄影展也同时在方松社区文化活动中心展出。"这也是培养年轻人对京剧的热爱，为我们的队伍培养后备力量。"马骏说。

虽然经过努力有了不少新生力量的加入，同时也受到一些客观条件的影响，京剧队面临着推陈出新的挑战，开始寻找一些新的表演段子。七岁就开始跟着父亲听戏的松江戏迷汤炳生见证了松江业余京剧队的成长和变迁，他说，当年李人杰等老前辈们的精彩扮相至今仍然难忘。看到京剧沙龙有了新的发展，一直从事剧本创作的汤炳生也表示，自己愿意为京剧沙龙写些新的剧本，共同为松江的戏迷票友奉献精彩的节目。

（2009年4月1日）

夕阳中舞出多彩生活

□王 群

每周五的下午1点，音乐总是会准时地在龙兴居委会二楼西侧的会议室里响起。交错的舞步在这间不大的房间内回旋，已是爷爷奶奶辈的他们在这里跟随着音乐的节拍，飞扬起轻快的舞步。在这群自得地跳着交谊舞的老人中，一对清瘦却精神的老人格外引人注目，舞步自如地旋转着，似行云流水。他们，就是这个"青春圆舞曲"俱乐部的负责人，也是这群老年交谊舞爱好者们的老师——张复松和汪贞。同为教师的夫妇俩，退休后在社区教交谊舞，三年的时间，让他们在这里重又"桃李芬芳"。刚刚获得首届上海市科学生活家庭称号的他们，谈起现时忙碌而多彩的生活，笑言一切还是皆因"舞"而起。

"老夫子"扭起"蓬嚓嚓"

"我们原来都不是教这个的，而且还同跳舞这一行差得比较远。"时常被人夸舞跳得好的汪老师当被问起时，性格爽朗的她便总不由得笑起来。汪老师曾在普小、聋哑学校和辅读学校教书，而张老师则是一位地地道道的数学老师，两人和舞蹈根本不搭界。"我学跳舞还不是我家那个'老夫子''逼的'！"说起当时的情景，汪老师不禁打趣道。

"那会,他每个礼拜三下午回来,总是汗淋淋、气吁吁的,问他嘛,他总说是学校大扫除热的。"汪老师说,她起先也没太在意,结果一连三个礼拜都是这样,就不免觉得有些奇怪了,好像以前也没听过说他礼拜三要大扫除。"后来被我知道了,原来这个老头子竟在外边偷偷学跳舞!"身为数学老师的张老师,平日在旁人眼里可是个不折不扣的"老夫子",严肃、认真,谁也没想到他居然会去学跳舞。"有次礼拜三他又一身汗回来了,我就问他,今天学校又大扫除呀!他就知道我已经知道了,自己不好意思地笑了。"汪老师又气又好笑地说。

连"老夫子"都"花"起来了,本来就爱好文艺的汪老师哪能落后,也就索性拜"老夫子"为师,一起学起跳舞来了。

张老师学舞是在 1993 年,那一年有位专业舞蹈老师分配到当时的松江三中(现上海师范大学附属外国语中学),张老师身在的数学教研组的三位老师便一起去"拜师学艺"。张老师说:"那时我都快五十岁了,从来没有学过跳舞,但说好一起去的,我就想怎么也要坚持学好。"没想到最后,最积极要学舞的另外两位老师都"中途退堂"了,反是被拉着去的他倒修成了"正果",连领导都对他刮目相看。

"一开始是我跟着到'老夫子'学校去跳,后来他也跟着我到我们学校去跳。"汪老师说,"那时一个礼拜总有两三个晚上要早早地吃好饭,然后去舞厅跳上一段。松江所有的舞厅我们都跳过了。"

社区当"舞师"

1996 年,张老师夫妇从人乐小区搬到北九峰小区,但跳舞的热情始终没有减。"刚退休的时候,一下子空下来了,很不适应。"2005 年,张老师退休,汪老师则早一年退休,于是跳舞成了他们俩每天生活的必修课。

2006 年暑假,龙兴居委会找到汪老师夫妇,希望他们能在北九峰小区教社区老人跳交谊舞。"后来我们知道,居委会帮学员请过两个专业老师,不过没教几次就都不来了。"老人们没有舞蹈基础,年纪大学起来又慢,有时候一个动作往往要学上好几天,习惯了一次要教五六个动作的年轻老师就没兴趣了。小区的人都知道汪老师舞跳得好,于是一致要求居委会找汪老师夫妇来教。

"有乐感学起来还好一点,一般我们一个动作要学两三天,多的时候一个三步学了一个礼拜。"汪老师的学生，大多都是五十岁以上的，甚至还有七十多岁的"老学生"呢。针对这群特殊的学生，汪老师就用微笑教学法。她说："年纪大了学东西更要鼓励，哪怕他做得不是很好，你肯定他，就是给他信心。"

舞是教起来了，可是一看，呼啦一片二十几个人几乎清一色是女性。交谊舞有男步女步之分，个个都跳女步的话，这舞还怎么跳？汪老师便灵机一动，让高大点的学员跟着张老师学男步，个子较小点的就跟着她学女步，这"对"也就配起来了。

"花钱请的老师是讲进度的，一堂课要教几个动作，一共多少堂课。我们教他们完全是义务的，没有赶进度的压力，学员们觉得一个动作掌握了，可以教下一个了，我们再教下一个。"因领悟力没有年轻人快，故在教这群大龄学生时，两人总是无比耐心，学生们也很刻苦。整个暑假，这支老年交谊舞队在小区的空地上一直和太阳"躲猫猫"，太阳在东边，就到西边的阴凉地里去练；太阳在西边，就到东边的阴凉地里去练。两个月下来，当这支"初出茅庐"的队伍走进当时烤鸭馆后面的一家舞厅时，虽然初次下场有些羞怯，但在张老师和汪老师的领舞下，这支"浩荡"的队伍很快炒热了全场的气氛。

渐渐地，知道北九峰有两位免费教跳舞的老师的居民越来越多，不光是住在北九峰的人，南九峰、高乐、华中、菜花泾地区有兴趣的人也都来找他们学舞。"我们也记不得教了多少人了，只要他们有兴趣学，我们总会好好教。"铁打的营盘流水的兵，三年的时间张老师和汪老师迎来一批批学生，又送走了一茬茬学生。

不亦乐乎忙社区

2007年5月，岳阳街道老年协会龙兴分会成立，张老师被推荐为副秘书长，同时成立了"青春圆舞曲"俱乐部。从此，他们交谊舞队结束了在小区打"游击"的日子。每周五下午1点到3点，除了法定假日，无论严寒酷暑，他们都会在居委会的会议室里举行周末舞会。在2008年举办的"交谊舞培训班"上，来自岳阳街道二十六个居委会的老年舞蹈爱好者相聚在龙兴老年活动室，进行为期两个月的集训。张老师又被推举为队长，教练余华老师一个礼拜教授一天课程，而其余时间均由张老师负责，他的认真负责得到了大家的一致好评。

热心的张老师还是岳阳侨联龙兴居委会的联络员，也是街道活跃的志愿者。"刚退休的时候是没事做，现在不知怎么事情一下子多起来了，都来不及做，反而跳舞的时间要少一点了。"越来越忙的生活让张老师也有些摸不着头脑，不过从他的脸上，谁都能感受到这忙碌而充实的生活使他乐在其中。

汪老师也没有闲着。在负责"青春圆舞曲"俱乐部的同时，她还负责社区读书会的工作，朗诵、讲座，忙得不亦乐乎。2008年9月，汪老师又爱上了剪纸。一对福娃剪纸作品被岳阳街道评为优胜奖，不仅在岳阳社区活动中心展出，还被选送到美术馆展示。现在，汪老师有六幅剪纸作品被挂在泰晤士美术馆内。她还准备把剪纸工艺传授给读书会的老姐妹们，让她们也来享受剪纸艺术的快乐。

严肃的张老师学舞之事颇让人意外，而另外一件事让他本人也觉得有些不可思议，即爱上了写作。"我记得当年我收到大学录取通知书的时候，一看上面写的是数学系，立马高兴得叫起来，终于可以不用写作文了！"张老师说自己当年是一个极其讨厌写作的人，除了考试非写不可外，其他时间打死他都不愿意写。而现在，一个月一期的上海师范大学附属外国语中学退休职工刊物《晚霞》上，署名为"晓哲"的文章期期不落。国家有什么政策了、社会上有什么新闻了、身边有什么事发生了，张老师的笔总是要情不自禁地为之而动。"我写得也不好，就是有点感想，想把它写下来。"一个月一篇"作文"，是张老师现在每月给自己的一个雷打不动的"作业"。

在笔者和他们聊的时候，每当张老师说话时，一旁的汪老师总是注视着他，偶尔也会补充一句。笔者说不清楚那样的注视是否可以用深情来形容，那是爱情经岁月涤荡后升华成的相濡以沫的结晶。

愿他们精彩地活，优雅地老。

(2009年5月6日)

"驴"行天下

——户外运动爱好者的故事

□唐卉庆

他们不去名胜景点，专挑人迹罕至之处挑战探秘。

他们不青睐豪华旅游，偏偏热爱苦行僧式的徒步旅行。他们不走寻常路，宁愿用双脚踏出一条小径。

他们不愿错过每一次与大自然的亲密接触，尽情体验生命的脉动。

他们是"驴友"，是"背包客"。他们对户外运动的狂热很难为"宅男宅女"所理解。在一次又一次的野外极限运动、亚极限运动中，他们不断挑战自我、征服目标，意志得到锤炼，视野得到开阔……

"头驴"，在行走中感受价值

"头驴"，"新松联户外驴友社"的元老级人物。从"新松联"的前身SJ驴友社成立起，他就是团队中的活跃分子。跟所有"驴"一样，见面打招呼直呼其网名，以至于其真名——张卫群，几乎已被大家遗忘。"头驴"的本意就是驴友团队的领袖人物，他取这个名字名副其实。

说起来，在"新松联"里，"头驴"还算有点"来头"，当下走红的大学生社团——"上师大时尚户外运动团"正是他在学校时一手创办起来的，从最初的三个人，到现在的上千人，发展成了全国范围的跨校社团。谈起这些，"头驴"显得很自豪。如今，他在上海依视路光学有限公司任技术工程师，业余时间还学习法语。不过，也许是"秉性难移"，繁忙的工作学习并未令他抛却行走天下的理想。只要有时间，喊上几个"驴友"，背起行囊就可以出发。在他自制的"驴"行天下地图上，以蓝线示意的已游路线已遍布国内各大省市。

热爱户外运动的他，谈起第一次出远门时的经历依旧热血沸腾——两人结伴走西北线，游陕西、甘肃、新疆。"那是我第一次看到沙漠绿洲，兴奋之情难以言表，那美丽的景象至今清晰地印在我脑海中，记得还玩了一次降落伞。""头驴"激动地说，走了国内那么多地方，敦煌在他的心目中排名依然靠前。不过，这仅仅是他大学期间"入门级"的一次自由行旅行，之后便一发而不可收，成了彻头彻尾的"驴友"。

第一次真正接触户外运动还是在大三的时候。在一些前辈"驴友"的带领下，"头驴"进入了这个随后令他痴迷的领域。不过，当时他对户外运动知之甚少，连必要的装备都是向"老驴"们借的，只凭着一股初生牛犊不怕虎的勇气，就匆匆上路了。回来之后，才晓得做真正的"驴友"并不那么简单，单从装备来讲就很有讲究，比如基本装备就有登山服、背包、防潮垫、睡袋、登山鞋、帐篷、水具、地图、指南针、照明、太阳眼镜、防护、药品等。如果是专业性要求较高的运动，装备就更"先进"，比如探险队的卫星定位器GPS，自行车鞋服，登冰山用的冰镐、冰锥，潜水运动的潜水器材等。

之后，在数不清的户外运动中，"头驴"一直习惯"打有准备之仗"，他说这是对"新驴"的一种保护。就算这样，他们也曾有过一些有惊无险的时刻。"记得有一次我带队去浙东大峡谷，事先没有踩过点，二十来个人在陌生的大山中靠看地图、指南针找方向，虽然大家都表现得很平静，但我知道其实大家心里都很慌。如果天黑前走不出去，那就麻烦了！""头驴"说，在经过多次这样的冒险或毅力挑战后，自己应对问题的能力也逐步得到了提高，当然，也体现了一种自我价值。在成功翻山越岭之后，正如歌中所唱道的，他喜欢那种"等到风景都看透，也许你会陪我看细水长流"的意境。

"女驴"，挑战自我不让须眉

冰清慧，2007年起加入"驴友"行列，自称"新驴"。

光看文静、靓丽的外表，不熟悉的人还真难相信，这位餐饮公司的财务，竟也是个狂热爱好徒步爬山的"驴"。一见面，她就开始滔滔不绝地向笔者描述参加过的浙江临安东、西天目山穿越行，兴奋之情难掩："那是被'驴友'圈评为十大之一的徒步路线，难度系数也很高。我们从凌晨4点，一直走到晚上8点。"冰清慧说她喜欢运动，也喜欢旅游，户外运动两者兼顾，"徒步分几种，如爬山和公路。公路比较枯燥，我喜欢爬山。"

一般每个月都要出去徒步一两次的冰清慧，还记得第一次跟"驴友"上山的有趣经历——带着上大班的儿子徒步去爬海拔一千七百多米的黄山"牯牛将"。此行后来被一干"驴友"笑谈为"无知者无畏"。"爬到半山腰都没到，儿子就睡着了。后来大家轮流抱着小家伙上山，全都累趴下了。"冰清慧笑着说。那是一整片原始森林，没有上山的路，只有山间小路，是登山者踩出的一条羊肠小道，给她的印象非常深刻。以前在路途中她还会不时问领队还有多长时间到达目的地，现在已经不问了，只管埋头苦走。此后，她养成了不到目的地誓不罢休的习惯，制订的徒步计划必须完成才踏实。

与"男驴"相比，"女驴"出行更加麻烦。不过，冰清慧却快人快语："参加户外运动，出去了就不把自己当女的看待了。一天下来累得一入帐篷就睡得死死的，根本顾不上洗漱打扮。"根据她的经验，女孩子一般都要背上二十公斤左右的行囊，与一些"骨灰级""驴友"相比，这已算是轻了。冰清慧笑言："有意思的是，一群'驴友'相约出去徒步行，一到开饭时间总是男孩子掌勺，女孩子都举着筷子等开饭。"

在徒步过程中，一些女孩子往往会叫嚷"下次打死我也不来了"，但每次回来后都会对领队说一句"下次活动什么时候别忘叫上我哦"。"我想是这项运动的独特魅力让这么多人甘心于受苦，为了同一座山峰，共同努力。""头驴"说。

旅途拍档，生活之友

"色驴"是对那些既是摄影爱好者又是户外运动爱好者的称呼，在松江图书馆工作的兽兽就被"驴友"们亲切地称为成功转型的"色驴"。

"日常工作平淡无奇，也许正是这样，户外徒步很吸引我。"兽兽体态微胖，让人想象不出他是一位户外运动好手。他告诉笔者，他热爱户外运动的精神。一般的旅游往往是交了钱买旅行社的服务，为你安排一切，不用担心吃喝拉撒睡，放心享受旅游

的乐趣就行了，但这种"上车睡觉，下车拍照"的旅游模式已经开始令人厌倦。而"驴友"必须自己计划安排衣食住行，自备各种必需的旅游用品，包括出发前的计划、预算等，是一种更为自由、独立的旅行方式，也相当考验人的能力和耐力。"'驴友'每次外出活动除了领队，还有财务管理人员，加之所去之地均是原生态，平均每人花费一般控制在二百元至三百元之间，偶尔吃顿土鸡汤已算是很'腐败'了。"兽兽说。为了行动方便，"驴友"出行时一般衣着都很简朴，途中每个人都肩负大背包，需要互相帮助。"驴友"们也入乡随俗，爱与当地人打交道。旅行结束后，又各自以个人独特的视角把沿途的所见所闻，用照片、文字表现出来，既可自我享受，又可相互欣赏。

"驴行"，是需要精神支持的，也要有一副好体魄，不然难以支持。就拿"新松联"的成员来说，大多数"驴"都在二十五岁至三十五岁之间，但也有个别"超龄"的元老级"驴友"。有一位年届不惑的陆老师被"驴友"们奉为众"驴"的偶像，他曾七次进藏，徒步穿越墨脱——目前国内唯一没有公路开通的县城。也有不少志同道合的"驴友"在旅途中结识，最后成了相伴终身的伴侣。对"驴友"而言，"挥一挥衣袖，不带走一片云彩，只留下我们的脚印"是他们美好的初衷。

"'驴友'不仅是旅途中的拍档、伙伴，回到家，我们都成了非常好的朋友，有啥事只要吱一声儿，大家都会从四面八方赶来帮忙，颇有种一呼百应的豪迈感。"作为圈中"色驴"新秀，喜欢研究摄影的兽兽很抢手，最近更被一对"驴友"新人邀去客串拍摄，别提心中有多自豪。

（2009年5月20日）

白发老人"扯"出斑斓人生

□裴麟麟

每当晨曦微露时,你总能看见一个熟悉的身影,跃动在北九峰的后花园或是体育场的大门口。时而沉稳淡定地提拉绳线,时而激越豪迈地俯身抛接,小小的空竹在绳上灵动地旋转,于空中"潇洒"地飞行,勾勒出美妙的图案,嗡嗡的"蜂鸣"宛如清晨城市交响乐的前奏,见证着新一天的到来……

他,年逾七旬,高高的个子,满头白发。在这个舞台上,他已孜孜不倦地"演奏"了十个寒暑,风雨无阻。

他,就是芮勇民,北九峰的一名普通居民,也是社区"抖空竹队"的发起人和领路人。

痴迷扯铃十余载

看过芮勇民抖空竹(我国南方俗称扯铃)的人无不惊叹于他高超而娴熟的技艺,不少人都以为他出身于空竹世家,或是从小耳濡目染,经历了大半辈子的积淀。可事实上,芮老伯第一次接触这项运动时已满六十岁,至今不过十余年时间。

上世纪60年代中期,还未到而立之年的芮老伯与妻子刘听娟响应国家号召,远赴陕西支内,到那里的一家国有冶金机械维修厂工作。1998年,刚从单位退休的芮老伯终于有时间到西安的大街小巷走走看看,而这一走,却改变了芮老伯此后十余年的生活。

"一次经过西安丝绸之路街心花园时,看见几个老人双手持竿,刚提拉牵引两下,绳上的玩意儿就乖乖地旋转起来,不仅不会飞出去,还会发出悦耳的响声。"玩心未泯的芮老伯立即上前询问,方知这是在我国北方一些地区风靡已久的抖空竹运动。芮老伯这下来了精神,几十年如一日省吃俭用的他一下子"慷慨"地拿出了二十八元,买下了他的第一只空竹,木制的,仅是单轮的。

从那时起,每天早晨6点多,芮老伯就会带上他的"宝贝",准时到街心花园"拜师学艺"。从最基本的如何提拉启动,到怎样使空竹加速旋转,再到花样繁多的抛接技法,芮老伯不仅一板一眼地跟着老手学,回到家里,还要花上一两个小时温故知新,研究操练。这可让同样爱好空竹却因身体原因无法从事这项运动的老伴刘阿姨"嫉妒"不已:"每天早上要出去三个小时,家务他都不管。单位看重他的人脉,想返聘,他也一概拒绝,哪有这样不务正业的?"

不过,看着芮老伯扯铃技艺日臻纯熟,且能自得其乐于一抬手、一转身之间,刘阿姨对老伴"混迹街头"的嗔怪也就一天比一天少了:"起初以为他也就是心血来潮,后来发现他是真的喜欢,也就不再管了。况且抖空竹娱乐健身两相宜,还能结识更多朋友,一举多得。"

一年以后,芮老伯夫妇回到松江生活。在北九峰小区的花园里,每天清晨、下午两次,总计三小时左右的抖空竹锻炼几乎从不间断,有时候还会来到体育场,别人舞剑、慢跑,芮老伯自扯铃于一隅,为晨练大军平添一抹亮色。十余年间,通过自己的钻研摸索,"猴子爬杆"、"空竹过顶"、"鹞子翻身"等新花样成为芮老伯的"注册商标"。每次回西安探亲,芮老伯都会和那些老玩伴切磋技艺,交流心得。"退休十余年,他就没进过医院。"刘阿姨对抖空竹的健身功效也是赞不绝口。

一个人到一群人

2008年9月末的松江区老年人运动会开幕式上,一场持续近十分钟的名为《生命的张力》的抖空竹表演,感染了在场的所有观众,生命不息、运动不止的精神被北九峰的十多位抖空竹爱好者演绎得淋漓尽致。然而,又有谁会想到,初回松江的六七年间,芮老伯只能孤独地快乐着。"当时松江很少有人会抖空竹,在北九峰,就更找不到第二个会玩的人了。"谈起这些,芮老伯无奈中透着惋惜,"2006年的时候,我回西安参加陕西省第十三届运动大会的表演，当时的抖空竹展示足足有一千人参加，分成五十个纵队，每队二十人，气势非凡。有对夫妻还会抖直径一米的空竹，2008年奥运期间，他们就应邀到北京表演。"

2007年起，不知是谁带的头，一些居民登门拜访，欲拜师芮老伯学抖空竹。这些平均年龄超过六十岁的"学生"，既有本社区居民，也有来自民乐、醉白池，甚至泗泾的拥趸。这让芮老伯亦喜亦忧，喜的是一下子多了这些志同道合者，自己不再是"光杆司令"；忧的是学习抖空竹需要持之以恒，他们能否坚持下来。

巧媳妇难为无米之炊。第一个难题摆在了芮老伯眼前：大家都没有空竹，而且当时整个松江都无处购买。为此，芮老伯想出两个办法，一是到城隍庙购买，二是去西安时带些回来。为让老人们安心参与这项运动，芮老伯每次都将带来的空竹低价卖给"学生"，买来时明明要三十五元，他却说二十元就够了。在芮老伯家里，近二十只空竹整齐地"躺"在包里，有木制的，有塑料的。芮老伯每天都会抚弄一会儿。"这些从来不允许我碰，但别人来做客，他都会拿出来，让客人亲手把玩。"刘阿姨对芮老伯的"两面派"也颇有微词，"还把好几个老藏品送给了'学生'。"

有了空竹，随即开始"传道授业解惑"。对每个"学员"，芮老伯都会手把手地传授技巧。学得快的，就先教新动作，上难度，保证他们"吃得饱"；学得慢的，往往一个动作要学一星期，芮老伯总是耐心讲解、示范，鼓励老人坚持。眼见学有所成，大家也更自信了，一些老人还会抽时间单独或夫妻结对练习。如今，小区里的十多名老人坚持每天锻炼，一些人的扯铃技艺已不逊于芮老伯。遇到社区运动会、文化节等活动，大家还会组队表演，被居委干部视作北九峰的"招牌菜"。

就在一个多月前，芮老伯又收了新"弟子"。这是一位机关离休干部，因患脑溢血导致神经系统受损，四肢部分功能丧失。"他双手没法举过肩膀，四肢伸展不开，我就建议他练抖空竹，既对心血管和呼吸系统有保健作用，又能活血化淤，活动四肢。"芮老伯的"偏方"还真有效，经过一个月循序渐进的练习，病人四肢的活动能力明显改善，连家属也心痒痒了，准备一起参加。

亲手培养"接班人"

芮老伯的心中一直有一个梦想，就是要让抖空竹这一民间技艺普及化。这不，从

  2006年起，芮老伯义务当起了中山小学的校外辅导员，开始培养小空竹爱好者。目前，中山小学每学期都会开设抖空竹兴趣班，每周上一次课，总共十二次。每周五下午是小空竹爱好者们最开心的时候，因为芮爷爷总会给他们带去层出不穷的新花样。不过，对芮老伯而言，教小学新生抖空竹却一点也不轻松："初学的孩子练习时，空竹很容易飞出去，弄不好会砸伤别人。而且，孩子图新鲜，买的空竹有双轮的、带灯光和音乐的，成本较高，禁不住摔。"为此，每堂课前，芮老伯都和其他老师一样，要认真备课，考虑什么动作适合孩子练习，什么动作会有危险，并将注意事项认真地记录下来，确保"安全第一"。2009年暑假，芮老伯还计划给社区里有兴趣的中小学生授课，丰富他们的暑期生活。

  2006年，芮老伯还曾教授过"洋弟子"。芮老伯夫妇的女儿定居日本，当年3月，夫妇俩去日本探亲。由于要在异国他乡待上三个月，临行前，芮老伯不忘往行李箱中塞了两只空竹。到达山形县酒田市后，在住所附近抖空竹依然是芮老伯每天清晨的"固定节目"，常吸引路人驻足观看，还曾应邀在当地的民间传统联欢会上展示，引起不小的轰动。外孙就读的高濑完全小学的老师得知这位中国老人有一手绝活时，坚持让老人来学校表演。盛情难却，芮老伯炫目的抛接令在场的近百名日本小学生看得目瞪口呆，啧啧称奇，表演时间一再延长，几个幸运的学生还得到了一试身手的机会。不久，就连女儿所在单位的老总也慕名前来"求学"，可惜由于签证即将到期，芮老伯只能略带遗憾地告别"中日民间文化交流使者"这一角色。

  不久前，在松江区体育局的协助下，全松江约五十位抖空竹高手汇聚一堂，成立了"空竹沙龙"。全区大型文体活动中，抖空竹要请区外专业表演队的历史一去不复返了。而芮老伯的目光放得更远，通过区里的表演磨砺自我，等到羽翼丰满时，敢于对外展示实力。他说："登上国际舞台才是我们的终极追求。"

（2009年6月3日）

"华亭老舟"周洪声

□张晋洲

九年前，在周洪声从艺四十年的画展上，程十发先生为其题词曰："华亭老舟。"华亭者，松江府之古称；老舟者，老周之谐音，亦含老到的渡人之舟。一语双关，浸透溢美，可谓是对周洪声一生艺术生涯的高度评价。

周洪声——松江农民丝网版画这朵艺术奇葩的开创者！

眼前的周洪声，中等身材，略微发福，两鬓虽已斑白，但面色红润。

上网搜索"周洪声"，很轻易就能找到对他的"速写"：生于1940年，上海市松江人。毕业于上海美术学院国画系，任职于松江区文化馆，从事群文美术辅导四十余年，被文化部群文司授予"中国现代民间绘画画乡优秀辅导员"称号，中国美术家协会会员、中国版画家协会会员、上海美术家协会会员、上海民间文艺家协会会员、上海版画会理事、松江区美术协会会长……

生活为师

谈起绘画，老周打开了话匣子。

在老周的记忆中，自己打小就对绘画有份特殊的情感。当时，条件艰苦，没有老师，老周就对着家里的领袖像描摹；没有画笔、宣纸，就拿起铅笔、废纸，从社会和生活中汲取养分。

喜欢"乱涂乱画"的周洪声，画出了些名堂来。小学六年级，他以"自己的衣服自己洗"为题材，创作了一幅画稿，获得《儿童时代》的二等奖。由此，对绘画的特殊情感，最终升华成老周的挚爱，乃至一生追求的事业。

老周在五兄妹中排行老三，与当时许多贫困家庭一样，中学没毕业便辍了学。但不一样的是，辍学后的他，更勤于作画，"看到什么，就画什么"。十六岁那年，老周踏入社会开始工作，从为粮食局画宣传画起步，后来又成了"土的工程技术人员"，为挖沟开河绘制草图。两年后，老周的绘画天赋被当时的《松江日报》社发现，成了一名美术编辑。

十九岁时，老周进入松江县文化馆，专门从事群众美术工作，从此走上了四十余年的群文工作之路。对这四十余年，老周有他自己的总结——在社会中历练，在生活中学习。这四十余年，在辅导别人学画的同时，自己也尽情地泡在艺术之海中。

期间，他常带着水壶、干粮和画夹，去美术馆看展，从开馆站到闭馆，或临摹或默记展览作品；每到午休、下班时间，他便拿起速写本或徘徊于乡间、街巷，或流连于"自由市场"、小桥流水……群文工作让老周有了更多体验民间生活的机会，也更了解了水乡的一草一木，并最终化作他笔下的一幅幅动人画卷。

在"酱油就是菜"的年代里，老周仍坚持写生、绘画。"最艰苦的时候，出去写生，实在饿了就啃生胡萝卜充饥。"或许，正因为这样坚持不懈地从生活中汲取养分，才有了老周那充满真情实感的艺术作品。用他的话说："生活不但是我的老师，可以说，生活还是孕育我艺术生命的母亲。"

尽管曾毕业于上海美术学院，但老周总是谦虚地说，自己不是科班出身。然而，"外师造化"，生活为师成就了老周；对老周而言，这是种积累，也更是一种坚持。

开创新风

上世纪80年代，随着剪纸、刺绣、蜡染等来自民间的艺术样式逐渐被唤醒，尤其是异军突起的金山农民画，让老周意识到，打造一个富有浓郁民间气息的艺术品牌，或许才是与古城松江的韵味最相衬也是最有生命力的。当时已届不惑之年的他深知，松江手绘农民画与金山、嘉兴等地风格雷同，并不具独创性。思考再三，他决定另辟蹊径，尝试一种新的表现形式——丝网版画。经一点一滴探索，他最终开创了松江农民画的一个新样式。

万事开头难。作为一个全新画种，究竟该从何下手，如何操作，没有人能说得清。最初，丝网版画靠的是传统的镂刻制版方式，老周却发现这种制法费时费料，效果也欠佳，于是他探索出了现代感光制版的技术，把丝网版画的技术大大推进了一步。但是在创作初期，困扰还是不少，最大难题就是设备和材料的缺乏。感光台、印刷台、绷网机这些设备都是他们请木工师傅手工制作的，早期感光材料因为污染问题，一度在市场上难觅踪影，只能多方打听，寻找新型、环保的品种。

然而，在老周的身上，有的是"咬定青山不放松"的韧劲。他寻觅着各种能为作品增奇的物品，黄沙、树叶、散纸片乃至窗纱，都被他运用于画上，也出现了意想不到的效果，极大地丰富了丝网版画的艺术观赏性。其间，他还到苏州"桃花坞"作坊参观，到云南采风，到贵州蜡染坊学习，到印花厂去采集新技术，又挑灯研究丝网版画制作技艺。经过多次摸索实践，老周又确定了丝网版画一枝独秀的"水印特色"，即在丝网版画中融入木板水印的技法，一改传统的油印版画技术，打造出具有独特水墨韵味的水印丝网版画。

这种水印丝网版画，在表现形式上突显自己强烈的个性，意境丰富，有一种拙稚之美，色彩绚丽饱满而又稳重柔和，极具水墨韵味，制作技法独具匠心，成为民间艺术的精品。老一辈艺术家程十发、沈柔坚盛赞松江农民丝网版画"中西合璧、土洋结合"，"在传统的农民画中开拓了一个崭新的艺术领域"。

画耕不辍

认识周洪声的人，都说他多才多艺。此言不虚。国画、西洋画、版画、装饰画、剪纸、连环画、摄影、舞美……周洪声无不信手拈来。

但如今，年逾古稀的他，最看重、也最舍不得放下的，当属丝网版画。这不仅仅是因为开创者的身份，而是丝网版画成就了老周艺术生涯的巅峰。

自孩提时代的那个《儿童时代》二等奖起，如今的老周已是荣誉满身。至今，他已五次获得"江南之春"画展一等奖；2007年，老周凭借一幅《乡戏之家》，摘得了全国群众文化的政府最高奖——第十四届"群星奖"，为自己四十余年笔墨生涯画上了浓墨重彩的一笔。

聊起自己的丝网版画作品，老周如数家珍。古朴稚拙的画卷铺展开来，原生态的乡野气息跃然纸上，从早期的《牛年祥和》《三羊开泰》《春之佘山》等，到近几年创作的《乡戏之家》《春润廊桥》，小桥流水、戏台村落、瓜园乡童……无不浸润着老周数十年来对松江水乡生活的厚爱以及独到的见解。

"真善美，充满强烈的时代感和生活气息"，这是不少品味过老周丝网版画作品的人给出的评价。事实上，数十年的创作，老周已形成了自己鲜明强烈的个性。"不拘一格，巧妙多变，追求形式与内容的统一，追求美的自然统一。""意境丰富，有画外之音，耐人寻味品读。"对这些，老周也有自己的定位：大量使用中国民间的浓郁色彩，利用中国画的线条，融入中国水墨画的韵味，再以丝网版画的形式创作出来。

如今，已退休的老周，仍画耕不辍。他告诉笔者，现在每年都要去浙江、江西等地写生两三次，"每一幅画，背后都有一个故事"。

2006年5月，在前往浙江象山采风途中，老周路过一个小乡镇，发现在一个古老的私人宅院里有个仅半米高、几平方米大的小戏台，真是难得一见。这立即引起了老周的浓厚兴趣，当场拿出铅笔和速写本，用十五分钟时间速写了下来。回到松江后，老周茶饭不思，用一个礼拜时间创作出了这幅赢得"群星奖"的《乡戏之家》。

在给自己揽入一个又一个奖项的同时，老周的丝网版画也给松江赢得了殊荣。去年底，松江凭借农民丝网版画这一鲜活的农民绘画艺术，通过文化部的评审，被命名为"中国民间文化艺术之乡"。

甘为人梯

艺海驾舟四十余年，也是老周甘为人梯的四十余年。

身为群众文化辅导员，老周深知，不应该只是自己出作品，而是要组织、辅导广大业余美术爱好者，让松江的群众艺术不断上新的台阶。

在老周和同事们的指导下，上世纪80年代末90年代初，一支以农民作者为主的丝网版画队伍逐渐形成。第一次办班的丝网版画，首次交出九幅画作，就有两幅获奖，松江农民丝网版画一炮走红。

此后，松江的丝网版画作品更是频频在各级画展上获奖，很多人都被丝网版画浓郁的乡土气息所吸引。一位专家说："最大的感受是仿佛有许多故事藏在刻版里，农民用智慧的眼睛发现了美，并用大胆的色彩表现出来，这种原生态的美本身就有一种打动人心的力量。"

自 1992 年起，松江的丝网版画创作开始走向低潮。新作品少，参加创作活动的作者也渐渐减少。作为创始人，老周看在眼里，急在心里。赶在退休前，他撰写了一篇《松江农民丝网版画的形成和趋向问题探讨》的论文，呼吁各方继续支持丝网版画的发展。

在老周看来，这些年来松江农民丝网版画的发展，就像封着的煤球炉一样，不会灭，但也旺不起来。分析其背后的原因，老周说，是"生计"难题。毕竟，农民画家要想单纯依赖丝网版画作为谋生手段，还是道难题。

而今，老周退休已九年，依然未曾放下钟情的丝网版画。"丝网版画自生自灭，但我还没有退出这个舞台，每年还能拿出作品。"他说。相反，退休后的他，仍在继续为丝网版画的未来发挥余热。

老周告诉笔者，现在每周除了在老年大学上国画课外，还要到区文化馆、方松街道等地辅导学员创作丝网版画。最近，车墩镇也在计划开办丝网版画创作培训班。"只要他们有需要，我一定会去！"老周说。

（2009 年 6 月 22 日）

舞动到沸点

□ 蔡 桑

这是一群年轻人,一群热爱街舞的年轻人,这个团体有一个怪怪的英文名 B.P FAMILY (沸点家族)。他们时而在大大小小的文艺活动中演出,时而在大学城的各个学校中充当街舞比赛的评委。他们的舞蹈动作是由各种走、跑、跳组合而成的,瞧瞧他们这灵活的身手,通过头、颈、肩、上肢、躯干等关节的屈伸、转动、绕环、摆振、波浪形扭动等连贯组合,变化出各种各样的舞蹈姿势。和国标等标准化的舞蹈不同,街舞起源于街头文化,特点是爆发力强,给人带来热情澎湃的感觉。而 B.P 代表的就是 boiling point,沸点的意思。

B.P 的诞生

被团员们昵称为"萝卜"的是陈渊博,在他念中专时,同届有一名男生热衷于舞蹈,他也就跟着玩玩跳跳。入门了以后,他意识到,舞蹈的种类很多,而那位男生跳的那种舞蹈风格并不是他所喜欢的,于是便开始自己摸索。

2005 年,他通过一个女同学认识了宝山的一个舞者,跟着学了点舞蹈。不久,他经过朋友介绍,认识了几个街舞爱好者,便跟他们以及一个学弟一起组成了一个舞团。那时候他们只有五个人,给舞团起名叫做"D 元素"。D 是 dancer 的意思,同时也是第一的谐音。可陈渊博总觉得这个名字不够潮,后来便把舞团名改为了B.PFAMILY。

舞团最初的活动场地是由岳阳社区文化活动中心提供的,虽然大家都是学生,平常课业繁忙,但还是一有时间就去练习。2005年的暑假,他们几乎天天在练习室从上午9点待到下午4点,中间除了吃饭以外,一直都在跳舞。陈渊博说,有一次大雨滂沱,可他不想停止训练,所以还是向他们的沈老师——只比他大一岁的"咸蛋"提出要练习,结果两个人赶到活动中心时已淋成了落汤鸡。"真的很喜欢跳舞,即使很累也不想休息。"他坦言。

解散与重组

在舞团成立前后,陈渊博经历的最大一次困难,是舞团的解散与重组。没错,舞团曾经解散过。那是在2006年,最初的激情与新鲜感过了之后,磨合上的问题渐渐暴露出来,团体生活中难免会有摩擦,那时候大家都年少轻狂,谁也不肯让谁,包容性不够,于是下半年开始整支团队的气氛就不对,你这样做我看不惯,我这样做你又不舒服,小矛盾不断,最终使得整支团队支离破碎。

"我不服输!"这是当时陈渊博唯一的念头,跳舞是他的梦想,所以几乎从解散的那一刻起,他就开始着手重组的事宜。原来的五个人中,除了他以外,只有"咸蛋"还跟他在一起,但是那时候"咸蛋"正在上大学,且是毕业冲刺阶段,所以重组的事几乎是陈渊博一个人在搞。还好他还有一群学生,他带着学生们重新开始发展,那段时间外面的流言蜚语着实不少,"萝卜"经常用自己的格言来鼓励学生们:"只要心中有热情,希望最终会来临。"而重组面临的最大问题便是成员的实力不够,因此当他父亲的老同学给他们找来一场演出机会的时候,陈渊博也只能无奈地婉拒:"能不能给我一年的时间,我会重新带出一支比现在好的队伍。"

出人意料的是,根本不用一年,只用了半年的时间,新组建的这支队伍就已经拿得出手了,靠的是拼命练习。在重组过程中,有一位老师,发着烧还硬要来给学生上课,这事让陈渊博颇为感动。

Terry 加入一拍即合

2008年初,舞团加入了一名重要成员——Terry黄正平。Terry原本家住市区,是上海第一批跳街舞的人之一，后来他来到松江大学城开店。2007年时，市区已经有几支比较好的街舞团队了，可是松江在这方面的起步还比较慢，于是他便萌生了要在松江也建立一支街舞团的想法。而要组团，那时候他只有两个选择，一是从市区带人过来，二是在本地找人。于是他就上了茸城论坛，正好看到B.PFAMILY表演的照片和帖子，觉得这个团体至少舞种很全，就留言希望能跟他们见面。

回应他的正是陈渊博，他们约了见面的时间。Terry透露了一个细节，当初见面时他因为不清楚对方的底，还有点慌，专门叫了几个以前一起练舞的伙伴陪同去。见了面之后，两人发现彼此的理念和对舞团发展的目标都相当一致，于是一拍即合。

放弃日本求学

那是Terry初中刚毕业的暑假，他从小的一个个玩伴开始跳舞了，当然纯属瞎跳跳，那时Terry还很"乖"，第一次看到玩伴跳舞觉得很酷，他就跟玩伴学跳，那时他所有的参考只有迈克尔·杰克逊等人的MV而已，于是他便萌生了去日本留学的想法。

上世纪90年代，当时最时髦的中日新偶像艺校引进了hip-pop文化，从日本请老师来，又把上海滩舞厅里的跳舞高手组在一起，影响空前大，排队报名，Terry也报了名。但并不是报名了就可以，还得考每个报名者的水平，好在经过考察后，他被录取了，然后学了半年就开始当老师教学生。

读大一的时候，他开始办理去日本的手续。因为当时出国手续很繁琐而且拒签可能性很大，所以他是边读书边办理，想着万一没办法出去还可以继续读书，没想到手续还没办完，就有机会找上了门。

那时有个演艺公司去艺校挑人，挑中了Terry和其他几个同学，成立了TNT组合。为了这个组合，Terry放弃了去日本学习的念头。且公司老板也是日本人，每年也都会派组合去日本学习。谁知接下来公司运作开始出现了问题，2002年的时候，他的合同期满了就没有续签。

"就算去的话可能我也只是个普通留学生，留在日本拼命打工求生存，但那不是我要的生活。至少现在中国hip-pop发展史上会有我的名字，这是令我很骄傲的事情。"尽管没去成日本，Terry仍然不后悔当初的选择。

父母态度转变

Terry 最初跳舞时，还因为穿着的关系不被学校接受，老师也好几次向家长"告状"："你们的孩子奇装异服。"因为 1995 年 hip-pop 文化刚进上海时，当时社会对街舞这件事的认知度还非常低，就像牛仔裤刚进入中国一样。家长普遍认为学生跳街舞一定会影响学习的，甚至觉得跳街舞的就是小混混。他的父母已经算是比较开明的了，同意 Terry 可以利用课余时间去跳舞，但底线是不能沾染社会不良风气、不能影响学习。

没想到，Terry 很快就从普通学员做到了舞蹈老师，并和伙伴们组成了 TNT，还同经纪公司签约。因为当时要到全国各地去表演，在圈内名气也开始越来越响，越来越多的年轻人因为他们这一批人的影响也开始跳街舞。这个社会效应，之前他的父母是没有想到的，所以他们的态度也慢慢有了转变。TNT 一共有五个人，当时都在读大学，2001 年他们决定全部休学去北京发展，当父母听闻 Terry 的想法时，竟然出人意料地表示了支持。

与东方卫视结缘

2008 年，B.PFAMILY 参加了东方卫视《舞林大会》《加油！2008》等节目的录制。说起与东方卫视结缘，其实与 Terry 的加入有很大的关系。在中日新偶像艺校当学生兼老师的那段时间，Terry 认识了当时在那里教 Jazz 的上海歌剧舞剧院的赵老师。后来，赵老师到了东方卫视从事舞台编导方面的工作，偶然间得知了 Terry 这里有一个舞团，便问他那边有没有人，Terry 把资料发给了他看，赵老师便挑了一些人上节目，从此他们便当上了东方卫视各类综艺节目的舞群。

挂靠公司走上正轨

Terry 自己有一个广告公司，名叫"天体文化传播有限公司"，从事一些活动的策划。2008 年三四月份，舞团挂靠到了这个公司旗下，"这样我们就可以策划、演出一条龙了"。

2009年1月份，工作室在开元广场租了房子，作为在新城区的分部，里面设有三个练习室，平时团员们就在这里练习，双休日就去岳阳。目前，工作室内部成员有九人，拥有经纪人证的黄正平担任工作室的经纪人，负责外联，1980年出生的他也是工作室成员中年龄最大的一个；陈渊博负责行政方面的工作；还有一位叫吴浩的，是2008年底才加入工作室的，负责教务和演出排练事务。吴浩是杭州最早一批跳舞的，2004年就跟Terry认识，之前也帮浙江卫视做过一些编舞工作。这三个人是专职从事工作室工作的，其他人都有自己的本职工作，都是利用业余或者课余时间来帮忙。不过没关系，反正套用他们的说法是"不做职业的，只做专业的"。

(2009年7月8日)

华阳桥老蛇医李粉根

□王裔君

轻轻推开淡蓝色木门，跨入华阳街152弄门槛的一刹那，整间屋子仿佛都在抖动，里屋出来一位身穿白色汗衫、藏青色中裤和平底拖鞋的老人，他就是李粉根——一个与蛇咬伤打了一辈子交道的老人，一个挽救过成百上千被蛇咬伤者性命的老人。

老李一辈子都在为创"被蛇咬就去华阳桥"这一品牌而奋斗着。看似一句简单的话，其间却深含着老李七十五年的真情付出。

祖传秘方注定人生轨迹

老李一家祖祖辈辈都为治疗蛇伤尽心尽力。当老李的父亲准备将祖传秘方告知当年才十六岁的他时是这样说的："这是一个饭碗，既能救人又能挣钱，你要就要，不要也罢。"十六岁的李粉根毅然选择了"要"。"我自己找门路，开动脑筋，在农村稻田里面认识药草，认识蛇种。"老李回忆道。父亲并没有教他如何学习使用秘方，都是他自己在不断的摸索中寻思出来的。"我还买书看，分清哪些药草是不能混吃的。比如，甘草就不能加，否则药性会大减……"

当李老回忆起第一次治病救人的场景时，整个人都精神起来了，仿佛又回到了五十年前。老李说，那位病人是在稻田拔草时被蝮蛇咬伤的，手背上有两个锯齿形的齿印。老李当时特紧张,"也没多想就把药草磨碎了敷在伤口上了"。过了几天,病人痊愈。从此,老李开始坚信,自己的一生注定是要继承父亲的"传家宝"的,不求有功,但求无过。

1966年后,"祖传秘方专治蛇伤"的金字招牌打响了,李粉根也从俗话说的"捉蛇叫花子"一跃成为松江乃至上海、江浙一带的有名蛇医,凡是被蛇咬伤的患者都会到老李那儿医治。据老李回忆,那个年代是蛇伤高峰期,最多一年要救治五六百人。声名鹊起后,老李走遍大江南北,既到北京开过会,也去过江西龙虎山参加过"蛇伤防治师资研讨会"。江浙一带更是留下了他的无数足迹。"身经百战"后,谈起这行的专业知识,老人家脱口而出:"上海这一带以蝮蛇居多,不像浙江一带,有眼镜蛇、金环蛇,甚至还有五步蛇。"讲到这,老李开怀大笑,"忆往昔峥嵘岁月稠"的情感溢于言表,连家养的小狗也"识相"地叫唤起来,似乎在为它的主人"喝彩"。

既经历重生也目睹死亡

除第一次治病的情景让老李印象深刻外,对那些严重的蛇伤患者的医治情况也让老李至今难忘。他说,四十多年前,有个新五的小姑娘,大约只有八岁,在田里拔草时不慎被蛇咬伤,虽用土办法敷疗,情况还是十分危急。当被送到老李这边时,手臂已经紫了一大块。老李赶忙用祖传秘方进行救治,并配以药粉让小女孩口服。约一个礼拜后,姑娘痊愈了。如今,当初的小女孩也已五十多岁了,却仍常来老李家做客,感谢他当初的救命之恩。

"还有镇上一个妇女主任,"老李点了一支烟,回忆道,"被五步蛇咬伤以后,身上出现了紫血斑。我当时在金华,带好草药粉晚上9点钟乘火车赶到医院。"老李猛吸一口,继续说道,"大热天的毒液扩散得厉害,很危险。我给她吃了药粉并煎药服用,第二天早上终于醒了。"经历了种种险情,当再次遇到险情时,老李自信能自如驾驭。

"有人能抵抗百万大军,却无人能抵抗死神的来临。"行医数十载,也亲历过很多蛇伤患者逝去的场景。老李说,很久以前,在石湖荡有一个病人,被蛇咬伤后本来是送来华阳桥的,但船走错了路,摇到了卖花桥,耽误了抢救时机,当被送到医院的时候已生命垂危,最终不治身亡。每当看到这种患者家属号啕大哭、呼天喊地的场景,老李都有"悲从中来"的感觉。老李说:"人总要被带走的,但这样走太可惜了。"

两张证、两张照片和几罐酒

谈话间,老李兴致勃勃地拿出了"压箱底"的两张证件——结业证和退休证。前者是学习如何治疗蛇伤的毕业证,也是老李治病救人之路的起点;后者是1996年松江区卫生局颁发给老李的退休证,职业栏上赫然写着"中医士"三个字,但这远不是老李救死扶伤的终点。前一张证件照上的老李年轻有为,焕发青春光彩;后一张证件照上的老李头顶、两鬓白发增多。

靠一辈子积累下来的行医经验,如今本可在家安度晚年的老李依旧活跃在治疗蛇伤的一线。在这行呕心沥血近六十个春秋后,老李依旧希望自己能为社会做点事。前几年,每周五上午,老李依然会去车墩镇社区卫生服务中心为蛇伤患者治病。但随着耕田面积的不断减少,蛇伤患者人数的逐年下降,老人如今已不用每周去车墩镇社区卫生服务中心"忙活"了。

老李回忆到,平时赋闲在家的时候,他就喜欢研究蛇种情况,甚至不惜冒被蛇咬伤的危险:"有一次在江西捉蛇的时候,被一条已捉到箱子里的眼镜蛇咬到了,左半边手臂全紫青了,后来马上乘快车回家治疗,总算是保住了性命。"俗话说"一朝被蛇咬,三年怕井绳",可老李就是不怕和蛇打交道,且他就是靠蛇"成就"了自己的一生。

在老李家中有几罐蛇酒,里面浸泡着各种蛇,有眼镜蛇、蝮蛇、五步蛇等,老李视其为珍宝。据老李讲,蛇酒具有很高的药用价值,特别是对有风湿性疾病的患者,只要长期喝,保证药到病除。

谈秘方"悲喜两重天"

谈到祖传的中药秘方,老李甚是激动。老李自己也知道,靠这个祖传秘方,近六十载的行医路不知救活了多少患者,而自己的名气和手艺也是全赖这个秘方。对自己的秘方,老李胸有成竹:"我用药只用自己的秘方,只要是有一线生机的病人靠这个秘方一定能救过来。"而对如今采用血清对付蛇毒的办法,老李说道,血清并不是每个人都适用的,有些人会有排异反应。

老李夫妻俩膝下有两个儿子和一个女儿。在子女小的时候,老李还没有让他们继承"传家宝"的念头,因为老李深知,这行风险太大,万一病人有个三长两短怎么办。后来两个儿子当了兵,如今已进入不惑之年,也再没有了学医的念头。女儿也有了稳定的工作,更是不想大"改革"。

老李虽为能继承上一辈传下的秘方而欣喜,但也为后继无人而感到遗憾和焦虑。老李的精神状态看上去不错,但据老伴透露,老李前后也已三进手术室了。退休那一年,因腰部囊肿开了一次刀,三年后因胰腺炎又挨了一刀,随后又因血管瘤而再次进医院。短短十三年,三进手术室,老李已经迈过了知天命的年龄,这也使秘方继承问题日益迫切。

按老李的话讲,"我愿意把秘方献给国家"。毕竟,生不带来,死不带去,使秘方有价值的唯一途径,便是公诸于众,造福百姓。

"实在不行,就找蛇伤门诊的人来学好了。"看得出,老人特别希望能把秘方留给国家,造福后人。据悉,虽然还没有将祖传秘方全部透露,但车墩镇社区卫生服务中心已经能根据老人传授的部分秘方治病救人了。

两桩心事未解留遗憾

环顾老两口的住所,可以看到:破碎的瓦砾散落在屋顶上,屋内没有空调,只有电风扇吱呀吱呀地响着,水泥地面满是裂缝,墙壁油漆因硬化而脱落。就是在这样的小屋里,老李和老伴住了三十余年。只要一下雨,那就肯定是"外面大雨,里面小雨"。

但就是这样的房子,也不是他们自己的,而是向房管所租借的,每个月都要交一百块租金。他们希望能够住上属于自己的屋子。"房子大小我们不在乎,我们只想好好安度晚年。"身患糖尿病和高血压的老伴说。

还令老夫妻俩不放心的就是大孙女的就业问题。老人的孙女电大毕业一年多了还没找到合适的工作,这让他们感到担心。

两个老人说,只要有人帮他们了了这两桩"心事",他们愿意无偿将秘方奉献出来。

如今,老李可以轻松一点了,他忙活了大半辈子,终于不用时刻为蛇伤患者的安危着想了。有空的时候,老李会带着他的小狗和小猫去遛玩,或者点上一支烟,在屋

外望着天空,独自思索。老李或许会像放电影般的回顾自己平凡的生活。但是在外人眼中,老李的一生算不得平凡。对于老李来说,如今的平凡与普通,或许是件好事,老李不需要勋章与荣誉证书来彰显自己为社会所作的贡献,老李的名字或许没有多少人知道,但是"被蛇咬就去华阳桥"的共识早已深入人心。这,足矣!

沈毓明是华阳桥老街上一家杂货店的老板,如今也已六十三岁。据他说,他十七岁就认识老李了。在他眼中,老李是"无论什么病都能治好"的医生。沈毓明特别理解老李那种将祖传秘方流芳百世的心情。老沈说:"如果没人采用老李的技术,那不仅是社会的损失,更是百姓的损失。"

(2009年7月29日)

一生痴迷化工研究

□王小娟

一个古稀老人，会有怎样的退休生活？平淡、落寞、无聊、悠闲？这些字眼，用在已届七十五岁的须辑身上，是不合适的。他的退休生活忙碌而充实，且这忙碌是他"追求"来的。现在的他依然执著于两件事情：研究最新动态和攻克化工难题。

1935年，须辑出身于泗泾的一户地主家庭。十六岁的他进入轻工业部上海制药工业学校学习药物化学，从此和化工打上了一辈子交道，并取得了许多成就。现在的他是上海市退离休高级专家协会理事、化工冶金专业委副主任，掌握俄文、英文、日文三门外语，一位名副其实的化工老专家。

一次意外改写一生

1954年，中专毕业的须辑经统一分配来到了五百多人的山西大同麻黄素药厂工作。很快，他在工作岗位上崭露头角。在该厂工作期间，须辑改进了麻黄素的原有分析方法，大大提高了麻黄素的收得率，并晋升为五级技术员（当时的须辑只是中专生，本不可能评为五级技术员）。三年后，因其科研能力强，须辑被调至沈阳制药工人技术学校化工部担任教员。

然而，一次意外，改写了他的一生。如果没有这次意外，须辑也许一辈子就成了沈阳人，也许也没有了后来我们所能看到的那些技术成果。

一天，须辑骑车出门正准备下坡时，不料一位孕妇横穿马路，一时躲避不及的他摔伤了左手臂。到医院就诊，却被检查出左肩骨生有恶性骨瘤，需立即动手术。回忆起当时的情景，须老不免有点庆幸："真是'塞翁失马，焉知非福'。本来是个意外事故，没想到还查出了身上的大毛病。"那时须辑还只有二十三岁，医生告诫术后的须辑，北方的天气不利于他的健康，最好回南方休养。

听从医生建议，须辑给松江的组织部门写了封信，要求调回故乡松江。很快，松江方面派人前去了解情况，当这个同志见到须辑时，须辑的手上虽打着石膏，却仍在翻译一本俄文书。松江方面的人感动了，同时，他们意识到这个人很可能是个人才。于是，非常顺利，须辑回到了故乡，进入松江大中化工厂工作。

一辈子实验一大堆成果

回到松江后，须辑一直在大中化工厂工作达三十七年之久，直至退休。在那个讲究出身、动辄查三代的年代里，须辑是处处谨慎甚至有点自卑的。由于他父亲是地主，所以他深知自己不可能做到又红又专，唯有一心扑在科研上。

由此，他攻克了一个个难关，填补了一个个空白，在化工史上留下了浓重的一笔。

活性碳酸钙是制作轮胎、套鞋的重要原料，但在上世纪60年代，生产工艺流程长、劳动生产率低下，四十个工人一个月只能生产一百吨。须辑决心改变生产工艺，经过多次实验，他以新工艺制备活性重质碳酸钙获得了成功。此技术大大降低了成本，劳动生产率大幅度提高，二人到三人操作一台机器，一个小时就能生产出十吨。在1964年召开的第一届上海科学技术代表大会上，这项新工艺很快在全国推广开来。当时，为了表明自己拿厂里的材料是全部用于研究的，所以家里堆满的套鞋全是半边的，只能看不能穿。

上世纪70年代初，须辑又推进了一项革新技术。当时，生产农药福美双要用到碱，生产一吨福美双会产生四十吨的废水，大量的废水严重污染环境。于是，须辑苦心钻研，不断实验，在1973年，他用氨代碱的试验终于取得成功。这项创造发明不仅

提高了产品质量,还使生产过程中产生的废水变废为宝,成了很好的肥料。这项技术在 1974 年的全国农药科技交流会上再一次得到推广。须老现在家里养有金鱼,闲暇时,他总是喜欢蹲在鱼缸前欣赏鱼儿,给它们喂食。然而,须辑当初养金鱼可不是为了赏玩,目的很简单,仅仅是为了做试验,以测量水中某些成分达多少含量时会致金鱼死亡。随着时间的推移,金鱼现在倒成了须老生活中不可或缺的一部分。

上世纪八九十年代,须辑再次研究出了以氯气代替双氧水氧化的新工艺,来生产橡胶促进剂 TMTD,以及以氧气催化氧化法制备橡胶促进剂 DPG、DOTG 的生产工艺,前者获得了上海市化工局科技进步二等奖,后者使 DOTG 的生产实现了工业化,填补了国内空白,并实现了外销。

除了这些,须辑还有着无数或大或小的研究成果,譬如试验生产油石酸(一种营养成分)。那时,须老的儿子还都小,他的研究需要大量的葡萄果皮作为实验材料,于是买了很多的葡萄回来。起先,两个儿子还吃得津津有味。可是,试验过程是漫长的,实验不断需要葡萄皮,后来致使孩子们只要一听说要吃葡萄就逃。

后来《半生物合成法生产 L (+) ——酒石酸》一文于 1997 年被美国化学文摘社收录。

1990 年,基于须辑突出的贡献,上海市化工局授予他"上海化工科技专家"的光荣称号。

退休后迎来第二春

1995 年,须辑退休,但他对化工研究依然兴致勃发。他渴望用自己的学识、经验和智慧为社会和国家作出更多的贡献,于是申请加入了上海退离休高级专家协会,以发挥余热。

由于须辑的研究成果多次填补国内外空白,多篇论文被美国化学文摘社收录,故他有了很大的知名度,各地的"骚扰"电话也纷至沓来,寄希望于须老能妙手回春,一招制胜。因此,退休后的须老反而更加忙碌了,每月的电话费支出也要好几百元。

美国一家公司曾辗转联系到了须老,希望他能继续研究酒石酸及其衍生物的生产工艺,美国市场上急需这些物质。须老对此也颇有兴趣,他很快就与华东理工大学、华东师范大学化学系取得了联系，成立了攻关小组，展开了一系列的实验研究。最终攻克难题，并迅速组织人员投入生产，使得这类产品很快销往美国、加拿大等国。在填补我国空白市场的同时，也获得了良好的社会效益和经济效益。

维生素 H 是维生素系列产品合成中难度最高的一种，它的生产在我国一度是空白。复旦大学一位博导经过八年努力，实验终获成功，但其中一个主要中间体——环酸的工业化，是该科研成果转化为生产力的拦路虎。须老获悉后，与上海精细化工研究所合作攻关，最终实现了环酸的工业化生产。这一项攻关，不但改变了维生素 H 一向依赖进口的被动局面，而且使其市场价从每公斤五千多美元降低至每公斤一千美元。尤其是其衍生物 D-生物素（用于饲料行业）从每公斤一千多元人民币降低至每公斤一百多元，不仅节省了大量外汇，而且大幅度地降低了饲料的成本，为我国菜篮子工程作出了很大的贡献。

2004 年，湖北黄冈市恒兴源化工有限责任公司找到了须老。该公司的产品——褪黑素（即脑白金产品的主要成分）由于低收得率和较差的稳定性，造成了生产成本大幅上升，导致该企业经济效益直线下降，他们希望须老能帮忙改善生产工艺。须老经过查阅大量资料和分析，提出了改进意见，最终提高了近百分之五十的收得率，使该公司起死回生。须老说："拯救了一个濒临停产的企业，我感到由衷的高兴。"

活跃在科研一线的须辑，还当起了"中介"，向企业推荐学校的科研人才。承担燃料电池客车用超级电容研究的上海奥威科技开发有限公司，慕名找到须老，希望他能帮忙研究隔膜材料的生产，但这本不是须老的专业。于是须老牵线搭桥，向企业推荐了东华大学。

在 2006 年 9 月北京举行的第七届优秀老科技工作者表彰大会上，须老获得了"突出贡献奖"，当时，全国获得该殊荣者不过十人。须老还由此获得了五千元的奖励，可是奖金还没碰面，他已全捐给了化工冶金委员会用作科研经费。

攻克难题，需要花费大量的精力，不仅要研究总结国际上最新的科研成果，而且要进行试验。现在每周一、三、五，须老都要在图书馆中度过，翻阅、研究大量的最新资料，隔天在家再把摘录、复印的资料一一归档整理出来。须老对笔者说："现在有 9 号线，到上海图书馆方便多了。我可以从家里骑自行车到泗泾站上车，如果 9 号线通到徐家汇，那就更方便了。"儿子和妻子都看不得他如此辛苦，就叫他高温天别去了，但须老几乎歇不下来，往往在图书馆里一坐就是一天。上海图书馆的工作人员都认识了这个从松江赶过来的老人。

"我想要工作到八十五岁。"这是须老重复多次的一句话。他觉得现在正是投入工作的大好时期，所以为了不让记忆力衰退，须老最近还背起了唐诗，一天背一首。而且他说自己年轻时，动不动要去医院看病，现在年纪上去了，身体却反而健康了。

(2009年8月12日)

会写诗的农民工

□唐卉庆

一面是艰苦贫寒的打工生活，一面是情感充沛的文学梦想。王福友，这个普通外来务工者的名字，一次次被人提起。这并非是他做了什么成了新闻人物，而是因他笔耕不辍，诗文屡见于报端。

他是城里人眼中的打工仔，他也是老乡为之骄傲的诗人。

他是"民工诗人"

1988年，二十岁出头的王福友就离开安徽潮州，只身来到大上海闯荡，他是最早一批来沪打工的外来务工者之一。在老乡的引荐下，王福友到浦东一家奶牛场打零工，割草喂牛。之后的几年中，他又辗转几处，在上海白猫股份有限公司当过普通包装工，在南汇一家抛光厂磨过水龙头，在重复乏味的车间流水线上跟西装打过交道，也当过枯燥的仓库管理员，期间甚至回过老家重新种田……

"每天吸金属粉尘的日子，我至今难忘。"回忆起艰苦的打工岁月，王福友感慨万千。

一长串的经历，可以看出，王福友是个地地道道的打工仔。然而，就是这样一个城里人眼中的外来民工，他的名字频频出现在数十种报纸和杂志上，那是他创作的诗和散文。这使他多了一个雅号——"民工诗人"。

在佘山康培尔服装有限公司工作的时候,虽然只是个普通的车间工人,但因为文笔好,王福友经常被叫去帮忙给企业写广播稿,前前后后写过七八十篇,几乎不用做很大修改,篇篇能用。但这对王福友来说还只是小试牛刀,他所钟情的是文学创作。无论是奶牛场割草喂牛时的辛苦,还是流水线上日复一日的枯燥,都没有磨损他丰富的情感,浇熄他对文学的热情。相反,以文会友,他结识了不少志同道合的朋友,成立了"黄山诗社"。

自2003年5月在《松江报》上刊登了来沪以后的第一篇散文诗《春雨》后,王福友就一发而不可收,不时有作品见诸报端。松江"改革开放三十周年"征文时,王福友一举夺得了散文类一等奖和诗歌类二等奖,松江旅游征文活动时,他也轻松获得了一等奖。

数字盲文学痴

令人惊讶的是,在报刊上发表文章无数的王福友,由于种种原因,初中毕业后就没有继续上学。用他的话来讲,自己搞文学创作完全是"瞎子过河",边学边摸索。

有趣的是,王福友对数字毫无兴趣,对语言却游刃有余。"读初中的时候,数学、物理之类的课稍微深点就听不懂,语文成绩倒是一直很好。"王福友笑言自己没有理科细胞,只能朝文学方面靠。他还记得,初中时,平时成绩不好的他写了一篇作文,令老师刮目相看,也令老师将信将疑,甚至当着全班同学的面质疑他:"王福友,这文章是不是你自己写的?"后来,这位老师在他的作文之后写了这样一段评语:"若确实是你自己写的,这是篇很好的文章。"这给了王福友莫大的鼓励。

得到老师的肯定,又有一些志同道合的同窗、朋友相伴,1983年,王福友报名参加了未来作家文学院培训班,自学文学创作。"没有授课,只是靠阅读各种各样的书籍来学写东西。每年在院刊上发表四篇至五篇文章就能成为优秀学员。"说起这段准"文青"日子,内向的王福友笑得很开心,头一年就在院刊上发表了五篇散文诗。他说,那时候写了文章都特别希望自己的文字能被印成铅字,几个文友就找来蜡纸,小打小闹油印自己的文章,自得其乐。

也许是因为没有好好上过学,王福友对阅读简直如饥似渴。"我看的书太少,这真遗憾!"为了弥补这个遗憾,只要能借到、找到的书,他都要看。即使是在路上捡到一张报纸也要打开来仔细阅读,不漏掉任何字句。

典型文学痴的王福友还有个习惯——无论走到哪里,兜里总是揣着一个小本子,随想随写。夜深人静时,最是思如泉涌的时刻,王福友常常半夜躺在床上,脑中突然冒出一个佳句,立刻爬起来,把灯拧亮,奋笔记录下来,再安心地躺下。有时候一夜要这样反复几次,清晨醒来时亦然。"有时早晨四五点醒来,望着天花板,冷不丁脑子里蹦出很美的句子,非得写下来不可。马上起身,躺下,再起来。"大部分日子,王福友下班回家就已经8点多,吃过晚饭,做完七七八八的家务,安排好孩子,就开始挑灯夜战。有时一边写,一边就开始打瞌睡,但他依然乐此不疲。

与《松江报》的不解之缘

刚到松江时,王福友对这儿的印象就挺好,感觉这儿的条件比老家好多了。然而,也许是因为多年背井离乡,王福友的心中总觉得缺了点什么。

一次偶然的机会,他到佘山月湖边上的一家不锈钢厂找老乡叙旧,发现一张《松江报》,看到报纸上刊登了诗歌,顿感亲切,激动不已。"当时在很多报纸上,包括《潮州日报》,都很难寻觅诗歌的踪影了。没想到在《松江报》上,诗歌这一正在被边缘化的文体还占有一席之地,这令我非常激动。"此后,王福友就像找到了"娘家",他抱着试一试的心情,投出了来沪打工以后的第一篇散文诗《春雨》。令他欣喜万分的是,没多久,他的作品就被《松江报》刊登了。"这让我感到在异乡有了心灵寄托。"之后每一次投稿,王福友都要给副刊编辑写一封信。他说,这些信上写的都是肺腑之言,有话则长,无话则短,就像是与亲友唠唠家常,谈谈心情,感觉温暖而安定。

大约在三四年前,《松江报》副刊一度被停刊的时候,王福友心里特别难受。"那天照常翻看《松江报》,发现怎么《华亭风》不见了?后来知道停刊了,心里像被谁打了一拳啊!"在王福友的心里,副刊早已成为他的精神家园。待到《华亭风》复刊时,王福友又惊又喜,他恨不得奔走相告,激动兴奋之余,一气呵成写下《花开花落又一年》,以表达内心难掩的情感。

前不久,王福友受《松江报》副刊之邀,与一些文人到石湖荡采风,为景点"浦江之首"写散文诗。"见到生活中熟悉的景物,内心特有共鸣,写东西就有真情实感。"风车、水车、石头、碗、筷子,这些普通人眼中不起眼,甚至是不入诗的东西,在他眼里都富有了感情,成了笔尖富有灵气的精灵。

丝丝乡愁凝方字

一个人漂泊在外,思念家乡,写的东西也往往充满了乡愁。说起乡愁,就让人想起台湾著名诗人余光中。王福友憨厚地笑着,说他不能与这样的高手相提并论。不过,在众多的诗稿当中,他还是挑出了自己比较得意的一首:

父亲这已是村口你别送了春天的早晨还冷你要当心身体
这次的短暂栖息只带给你两条烟的孝意
你说苦挣的钱哪能乱花眼里却溢满潮湿的欢喜抽燃一支烟雾迷离
你说外面的烟不稀罕还不如土烟抽得过瘾接过土烟猛吸一口呛出我眼泪
鼻涕
蓦然想起十七岁那年你用巴掌教训我时我却用拳头反抗你的情绪
转眼多年过去漂泊的步履背叛了厚道的家园难得回来一趟稀罕得像走亲戚
只把扯得心生疼的乡愁丢在小村通向外面的路口

这篇写给父亲的《村口》,当年刊登在海南省期刊《现代青年》上,被杂志编辑评为当年"最煽情作品"。王福友说,初来乍到时,外来打工者在大城市还属于绝对的弱势群体,处境不像眼下这样宽松,而是普遍遭到排斥和歧视,感觉不到周遭的温暖,所以那时候的作品都凝聚着浓浓的乡愁。"当时收到老家寄过来的院刊,万分感慨之下,一口气写成了《故乡飘来一朵云》。"王福友说,特别是在寒冷的冬天,一家三口挤在仅有十多平方米又极简陋的出租房里,乡愁更浓。不过,他相信什么苦都能熬过去,文学创作对他而言已是一种精神支柱,他从没想过要放弃。

(2009年9月16日)

不想在"老外圈"的"老外"

□张晋洲

见到罗伯特先生,是在一个秋日的午后。来自英伦三岛的他,举手投足间透着地道的绅士味。见笔者走进办公室,他立马从办公桌后起身迎了上来,一声不算太纯正的"你好",亦中亦洋,让人备感亲切。

来上海八年,加之此番荣获上海市"白玉兰纪念奖"——这一上海市给予外籍人士的最高荣誉,罗伯特有许多与中国有关的故事,话题就从他的中国缘说起。

挑中上海

1980年,从英国利兹大学毕业获得工商管理硕士学位后,罗伯特即加入庄信万丰公司。迄今,已为庄信万丰公司服务了整整二十九年。

来上海前,罗伯特曾在庄信万丰香港办事处工作了两年。这两年中,经常出差到广东等附近地区,使他对中国有了一个初步的印象:"中国是个充满生机的地方,到处都是繁忙的景象,很多工地,很多吊车……"

2000年5月,庄信万丰公司正式进入中国,在松江工业区设立了第一家公司——庄信万丰(上海)化工有限公司,投资总额一千五百万美元,注册资本一千一百五十万美元,是一家生产汽车、摩托车尾气净化催化剂及其他助剂(贵金属化学品)的专业化外商独资企业。

次年8月,罗伯特带着妻子和女儿,一起来到上海,开始庄信万丰化学品亚洲的业务。他告诉笔者,事实上,当时有四个选择,香港、新加坡、东京和上海。最终,他唯独挑中了上海。问起个中缘由,他说先前在香港的时候,并没有学习当地通用的广东话,相反却直接学习了普通话,"对中国就是有种特殊的感觉"。

四选一,如今八年过后,他坦言,最初的六个月中多少有些不适应,但很快就发现上海是个适合居住的地方,"当初的选择没错"。

贡献才智

最初来到上海,罗伯特担任庄信万丰亚太区化学品业务总监,继而在2007年初新成立的庄信万丰(上海)催化剂有限公司担任总经理一职。在这八年中,罗伯特带领团队取得了一个又一个骄人成绩,而他最希望的是,能培养出一支松江当地的管理团队,为企业带来先进的生产方式、管理经验和工艺技术。

回首这八年,罗伯特言语中净是自豪,庄信万丰公司曾被评为松江区的重点骨干企业、外商(港澳台侨)投资企业先进单位和纳税标兵企业,他本人还曾获得2007年度松江工业区优秀经营者称号。而今,谈起他一手带大的催化剂公司,罗伯特更是爽朗地笑开了:"松江工厂是集团在全部同行工厂中,生产效率最高的一家,也是技术走在前列的一家。"

八年中,他不断积极引进国外先进技术,多次协调国外技术人员来华交流先进技术经验,并鼓励集团在华投资,先后引进了贵金属生产、镍催化剂等高端项目,大大减少了废气排放对环境的污染,并有效地利用了稀有金属资源。

八年中,他也非常重视本土员工的培养,不定期输送本土员工至美国、英国等地学习先进技术,共达六十多批次,形成技术骨干三十多人次。如今,在松江工厂的员工中,包括高层管理人员和一线工人,都有松江本地人。

融入社区

罗伯特始终把上海看做是自己的第二个家,以后要长期生活工作的地方。为此,他时刻关心着上海所发生的各种大小事情。

2003年的一天午后，罗伯特带着女儿在小区附近散步，偶遇三个喝醉了酒的青少年。眼见几人情绪激动，举止怪异，感觉情况有些不大对劲的罗伯特当即上前，希望能够为他们提供力所能及的帮助。通过耐心询问，得知他们来自韩国，其中两个男孩在罗伯特的劝说下各自离开回家，一个女孩却由于家庭原因，始终不肯说自己住在哪里，也不愿起身回家。无奈之下，罗伯特把女儿送回家后，又赶到现场，并打电话叫来另外一位朋友，两人决定一起把这名女孩送回家。可能是喝醉酒加之心有怨气的缘故，起初女孩并不配合，总是乱指路。但罗伯特不气馁，始终心平气和地安抚她，慢慢获得了女孩的信任，最终叫了辆出租车，把女孩护送回她父母身边。

从开始劝慰到最终把女孩送回家，前后共耗去了六个小时。缘何要如此尽力帮助一个素昧平生的人？罗伯特笑道："当时女儿也在场，希望能给她树立一个榜样，遇到这样的事情，我们不应该一走了之。"事后，罗伯特所在的小区给他送去了一面见义勇为的锦旗。

广交朋友

身为"老外"，罗伯特身边有很多"老外"朋友，但他始终不想把自己束缚在一个只有"老外"的朋友圈中。他解释说，既然工作生活在上海，就要把自己当成上海市民来看，而并不希望因为外国人的身份，有什么特殊。

在公司，他把每一名员工都当成自己的朋友，主张家庭式企业文化，不少当地员工与他成了至交。每一年，他都会组织全体员工参加旅游，让每一位员工感受到家庭般的温暖。

对中国朋友的坦诚相待，让罗伯特收获得更多。不久前，他的一位表弟从爱尔兰来到上海，他的中国朋友就成了这位表弟的"免费导游"，大家一起吃饭、喝茶，玩得不亦乐乎。他还告诉笔者，他有一位北京的朋友，2001年9·11事件时，这位朋友正好在世贸大楼上班。所幸事发当天这位朋友未在办公室，故躲过一劫。当天听到新闻后，罗伯特第一时间打电话问候这位朋友。"我是第一个打电话给他的朋友！"说起这些，罗伯特很自豪。

热衷慈善

"白玉兰纪念奖"和"白玉兰荣誉奖",是上海市政府为表彰对上海社会发展、经济建设、文化交流作出突出贡献的在沪外籍人士而设立的年度评选项目,是上海市给予外籍人士的最高荣誉。能获此殊荣,是鉴于罗伯特在事业上的成就,还有他对慈善事业的热衷。

2008年汶川大地震发生后,他第一时间组织了爱心活动,不仅在松江的工厂内开展募捐,还鼓励庄信万丰国外工厂的员工集体捐款,向红十字会捐款数十万元。2007年,他在松江工业区管委会领导的陪同下,为松江二中与美国一所学校牵线搭桥,积极筹备结对活动。

说起慈善事业,最令罗伯特引以为傲的是他的妻子。他兴奋地告诉笔者,自己的妻子在上海一个慈善组织工作,负责管理财务。这个名为 LIFELINE 的非营利组织,主要为居住在上海的境外人士提供帮助。"她还经常参加各种公益活动,向刚到上海的外籍人士介绍推广中国文化、中国习俗。"

中国爱好

在上海八年,罗伯特说自己也培养了一些"中国式"的兴趣爱好。过去从不喜欢摩托车的他,却被一辆老式长城牌摩托三轮车迷得神魂颠倒。"这辆摩托车,是1973年在北京制造,几年前在上海哈密路上一家店买的,它速度快、安全性能高,能发出很大的马达轰鸣声,还有很"中国风"的设计……"对这辆摩托车的特性,罗伯特是如数家珍,"我的一个朋友还买了两辆,一辆自己骑,一辆送人。"

有了这辆"宝贝",罗伯特休息时常骑着它带着家人或朋友到处兜风。"它可以称得上是古董,就是维修起来有些麻烦。"指着照片上的爱车,罗伯特颇有些又爱又恨的味道。

而今,除了自己的这些"中国式"爱好外,罗伯特还鼓励女儿尝试"中国风",学习中文、古筝、中国画等。

展望未来

  播下一片绿,收获满眼春。罗伯特不由道起了最近的三件喜事,一是公司经受住金融危机的严峻考验,已经步入了企稳回暖的增长通道;二是公司的新生产项目——镍催化剂生产车间投产;三是公司申请的新增土地项目不久即将开建,新项目的建成投产将会形成贵金属化学品良性综合利用的循环圈。谈起这些,罗伯特满脸笑意:"相信有这样一个强大的团队一起合作,庄信万丰在中国的未来也会越走越好。我也更喜欢在上海、在松江的工作和生活。"

(2009 年 12 月 16 日)

百姓故事 ·62

他在海地维和

□王 群

当战争已远离我们的时候，当身边的人也已习惯了安稳平和的生活的时候，80后的他却毅然扛起枪，来到了遥远的加勒比海岛国——海地，成了中国第六支赴海地维和警队中的一员。这个每天都在发生枪战、每天都有人在流血死亡的国家，它的动乱、它的贫困，无时无刻不在震撼着他那颗年轻的心。四百二十四个日日夜夜里，在海地动荡的局势下，他和队友们经历了特大飓风"汉娜"的袭击、持枪歹徒的拦路抢劫、两轮参议员选举保卫等生死考验，更遭遇了疟疾等九死一生的考验。2009年9月，在出色完成了联合国的维和任务后，他和队友们安全返沪。从弥漫着战乱的尘土中走出的他，如今又回到了自己熟悉的交警岗位。依然年轻却更为稳重、坚定的身影，透露着一个80后骄傲和倔犟以及一个民警的坚定和执著。

见到臧俊峰的时候，还是忍不住小小地惊愕了一下。俊秀的脸庞、如沐着春天般的阳光气质，很难想象这是一个刚从那个目前世界上最贫困、最动乱的国家之一走出并经历了一番生死的人。除了那尚未褪去的黝黑肤色还留有加勒比的烙印。"海地也不全是那么不好，比如它的水果就很多很好吃。"轻松的开场白让这次原本以为沉闷的谈话有了一个轻松的氛围。

2008年7月29日，经过层层选拔和联合国的甄选，臧俊峰和来自全市十四个区县的其他十七位民警，加入了首支由直辖市公安局（上海）独立组建的维和队伍——中国第六支赴海地维和警队,搭乘联合国专机,降落在海地首都太子港机场。也就是从这一天起,臧俊峰开始了他作为一个交通警察在海地的维和生涯。

把专业带给海地警察

身为一名交通警察的臧俊峰来到海地后,主要职责就是监督和指导当地交通警察的执勤、执法,同时对城市交通状况的改善给出意见和建议。无论是刚从警校毕业的"马路民警",还是到后来专门处理事故的"科室民警",处理交通事故对臧俊峰来说,已不在话下。但在海地,见到海地的交通警察处理事故的糟糕程度,那真是出乎他的意料之外。

2009年4月2日下午5点20左右,距离下班只剩十来分钟的时候,和同事正在警察总部门口执勤的臧俊峰突然听到同事猛吹哨子,并用手指向一辆驶过的摩托车。"我顺势望向摩托车后方,发现一名男子倒在马路中间。"臧俊峰立刻意识到这是一辆肇事车。两人马上控制住肇事司机,将其移交给海地警察,并上前查看伤者的情况。

但是海地警察的做法让臧俊峰有些哭笑不得:"当时现场有五六名警员,但这么多人都围在伤者身边,不知道该做什么事情,就同围观的老百姓一样。"事故本身已经造成了道路的拥挤,而围观人员又拥上道路,导致道路一时陷入了瘫痪状态。

此时已是下班时间,但看着这个混乱的状况,在征得同事的同意后,臧俊峰毅然决定留下,帮助当地交警处置这一事件。

现场的五六名警员立刻被臧俊峰调动起来。"一部分警力维持交通秩序,疏散人群恢复道路通行;一部分警力控制肇事司机和车辆,核对肇事者的身份和相关信息;一部分警力联系指挥中心,要求救护车的救援;剩余的警力和我们一起查看伤者情况,核实伤者身份。"在简单的指挥和调度之后,警察们都认真地投入到了工作中去,现场也得到了控制,交通逐渐恢复。

学法语烤太阳

海地总人口八百一十三万,黑人占百分之九十五,而其官方语言为法语和克里奥尔语,百分之九十的居民使用克里奥尔语。想要顺利地开展交流和工作,首先要过语言关。

"英语还有点基础,要说法语,那可真是一张白纸了。"在去海地前三个月的培训时间里,语言这关只能从零开始。那时,耳机一戴就是两三个小时,让人感到头昏脑涨。晚上练完体能后,跑到学习室再进行两小时的法语听力和口语的练习,回到宿舍已是午夜。有时,连做梦都在说法语。还好,三个月的努力没有白费。在防爆技能、射击等各项测试顺利过关的同时,他也以优异的成绩通过了法语考核。

语言关是过了,但接下来的考验依旧让臧俊峰心生"畏意"。由于任务区纷繁复杂的治安状况,每次出勤时都得穿戴防弹头盔和背心。每天套着防弹衣,扛着95式自动步枪,戴着厚重的钢盔,在全身装备重达二十五公斤的情况下站岗、巡逻、值勤。每天固定的是八小时,有时候更多。同时,"全副武装"的臧俊峰还要在烈日下指导、监督海地警察的工作。尽管经常莫名地感到头晕、恶心,但臧俊峰依旧坚持执勤,接受极限体能和毅力的考验。

位于赤道附近的海地气候炎热,即便是在冬天,气温也高达三十摄氏度左右。在太阳下工作不到两小时,浑身就被汗水浸湿了。每当结束一天的工作脱下防弹背心和头盔时,防弹背心领口必定有许多汗水蒸发后留下的白色盐渍。而与白色盐渍形成鲜明对比的是,暴露在阳光下的部位经过日光的烤炙,颜色则越来越深,几近于黑色。

而荷枪实弹的生活对于臧俊峰来说,更多的是心理上的不适应。太子港几乎天天都有暗杀、暴乱、抢劫和枪战,街头常常可看到被枪杀的尸体。而营区靠近的是海地最大的贫民区和反政府武装最集中的地方——太阳城,这也被联合国海地稳定特派团评估为危险度最高的红色警戒区域。建筑物墙壁上的弹痕、地上随处可见的弹壳以及空气中弥漫着的那种硝烟味,还有时不时响起的枪声,对于生活在和平年代的他来说,这一切都是那样的陌生和遥远。有次参加参议员选举保卫工作时,臧俊峰的一个同事说他们那片发生了枪击事件,不过还好没出大事。虽然不曾真正遭遇过,但每天生活在这样一种环境下,对于一个人的神经来说,也是种巨大的考验。

突染疟疾

在海地生活的一年多时间里,还有一段经历是臧俊峰不得不提的,那就是他与热带疾病疟疾的"狭路相逢"。

2008年9月中旬的一天，一场始料未及的毛病完全打乱了他刚要适应的生活。

那是一个晴空万里的下午，臧俊峰和同事们一起照常执勤。到下班时分，按计划他们来到部门的后门执勤指挥，管理现场的交通秩序。谁知一眨眼工夫，风云突变，下起了暴雨。为了维持暴雨突袭下的交通秩序，臧俊峰在没有任何防护情况下和同事们冒雨执勤，保证了基地出行的畅通。四十五分钟后，臧俊峰从岗位上下班开车回驻地。原本平日里只需二十五分钟便可到达的路程，由于暴雨的缘故异常拥堵，结果用了整整一个小时才回到住处。

当天晚上，高烧就"找上"了臧俊峰。次日，他到基地的卫生站检查，温度达到三十八点三摄氏度，根据诊断，医生给臧俊峰开出了药方。在接下来的几天内，按照医嘱吃药，热度退去，但过了半天时间又会复发，在病床上被折磨了一个多礼拜后，这个一米八几的大小伙一下就瘦了近五公斤。反复出现这种症状，让臧俊峰开始怀疑自己可能染上了疟疾。

于是在药物治疗无效的情况下，23日下午他再次到基地的卫生站就诊。虽然这次做了更全面的检查，但医生仍无法找到臧俊峰持续高烧的原因。于是立即决定将他送到阿根廷医院做进一步检查，而当晚臧俊峰就被留院观察。

由于阿根廷医院的医疗水平和硬件配置上的缺乏，治疗期间，院方两次想把臧俊峰送到邻国多美尼加三级医院去治疗。"如果到了那里，我可就真是孤身一人了。而且语言上更是吃力，因为据说那里讲的是西班牙语，在那里还是不能医治我的病的话，等待我的结果就是回国。"想到支持自己的父母，想到为了支持自己来海地维和而推迟了婚礼的未婚妻，想到整个警队，臧俊峰说，再难再苦他也要坚持下去，"不能就这么窝囊地回国！我的维和工作才刚开始呢。"于是在警队队长的不停奔波下，臧俊峰终于被带出了阿根廷医院，在商代处及海地友人的帮助下，住进了海地的一家医疗条件较好的私人医院治病。

要知道，在海地这样的热带国家感染疟疾这类热带疾病，危险系数是非常高的。尤其是在当地如此恶劣的医疗卫生条件下，任何的疏忽和懈怠，都将带来不堪设想的后果。幸好有领导不停地为臧俊峰奔波，有众多同事、朋友的关心和帮助，总算是有惊无险闯了过来。

用爱心温暖战乱的无情

在海地,感受着时局的动荡,也目睹着当地居民生活的贫困,但臧俊峰说,只要有心,即便是在充斥着战乱无情的地方,也一样可以有温暖的时刻。

"人和人总是需要互助的,尤其是在那种环境下。"臧俊峰说。在海地,太大的事情他可能做不了,但有时候的"举手之劳"他是极乐意做的。

有次在开车回家的路上,刚刚完成八小时工作的臧俊峰又困又饿,期待着回到住处好好吃上一顿,睡上一觉。但还没等车到家,一个马里同事的电话又把他叫回去了。那个同事那时正好在休假,所以没有联合国车辆供他使用。但是他要到后勤基地去看病,于是打电话给臧俊峰希望能开车带他去看病。

放弃了午餐和午觉的臧俊峰带着同事来到后勤基地,原以为用不了多少时间,结果却足足等了两个小时。由此,两人也结下了深厚的友谊。而每当谈论中国维和警察,他无需多言,只一个简单的肢体语言——高翘大拇指。

作为拉丁美洲最贫穷的国家,海地有百分之七十五的人口生活在赤贫状态下,文盲率高达百分之八十。帮臧俊峰他们做清洁的阿姨有个儿子,非常不容易,考上了大学。为了更好地支持和帮助这个孩子上学,臧俊峰和同事给他提供了一个洗车工作——每周洗两次至三次,然后臧俊峰和同事从生活费中抽出一百至一百五十美元作为孩子工作的报酬。其实臧俊峰他们有人洗车,但通过劳动的方式让这个孩子得到报酬,比直接给他钱要好,也算是种教育。

在值夜班过程中遇到无家可归的少女,臧俊峰给她二十美元住旅馆;执勤中碰到小孩子,也不忘给小孩带上饼干、面包之类的食品……

四百二十四个日夜里,臧俊峰和来自四十七个国家的一千多名维和警察一起,在海地的土地上留下了自己汗水、勇气和坚持。2009年10月,臧俊峰等十八位维和警察被授予一等功。

(2009年12月30日)

苦心学厨艺，巧手烹佳肴
——松江的"中华小当家"王中清

□蔡　桑

"牛年快乐——吴邦国"、"美味可口，一餐难忘——龚学平"、"春暖花开——叶辛"、"王中清大师傅，谢谢您的盛情，真是——味美情深！祝春节快乐，业务兴旺——孙道临"、"中清同志，祝你幸福——费孝通"……这字字句句的祝福、感谢与称赞，都来自于同时拥有"国家级中式餐点技师"与"国家级高级烹饪技师"两项称号的王中清师傅的笔记本。除了上面提到的这些以外，还有很多大名鼎鼎的人物在品尝完王中清师傅的手艺后，都在他的笔记本上留下了题词。而在王中清师傅几十年与锅碗瓢盆打交道的生涯中，发生过许多令人难忘的故事。

对兔子磕头

王中清1944年出生于无锡，十三岁来到松江泗泾，初中毕业以后进了"泗泾味美点心店"，边工作边学手艺，每天干着最脏最累的活。刚开始时，每天凌晨2点就要起来制作面条，要手工摇动压面机，瘦弱的他有几次忍不住哭了出来，但还是不得不硬撑下去。不过，这段日子锻炼了他的身体，原本瘦弱的他力气一天天增大。后来，他开始改捏面粉，每天早晨起来，五十斤面粉五分钟他就能捏好，毫不费力地就能把它放到桌上，然后就开始做大饼油条。

1964年，那时自然灾害刚结束，猪肉很少，因兔子繁殖得较快，大家只好用兔肉充饥。王中清和他的师兄弟们每天要杀很多的兔子，他们觉得对不起兔子，便每杀一只就磕一次头，王中清从中悟出了几种"烧兔法"。

三次拜师两次考核

王中清的启蒙老师是泗泾的周文辉，是周老师把他带上了厨师的道路，告诉他要认真学手艺，认真做人。1975年，为了提高自己的技艺，王中清寻访到了上海乔家栅的面点师缪浩根，并拜他为师，学做馒头。缪师傅在制作馒头方面很有本事，馒头发酵得又白又大。1994年，五十岁的王中清继续追求厨艺，找到上海锦江饭店点心名师孙宝善，认认真真鞠了三个躬，请孙老师收他为徒，后来他如愿以偿地跟了孙宝善学做高档宴席点心，受益匪浅。用王中清自己的话来说，就是"在业务知识上得到了飞越的发展"。三次拜师，一步一步地练就了王中清过人的厨艺。

自身技艺的提升是一个方面，而使王中清为业内所熟知的，是几次专业考核，其中尤以两次考核最为重要。

1992年，王中清调入松江红楼宾馆任餐饮部副经理，主理面点、早餐、西点以及厨房管理工作，同年向市旅委申报考评技师职称。当时旅游局局长认为郊区还没有能达到技师水平的厨艺人才，但当他第一次吃到王中清做的老席船点"葫芦麻球娃"时，他就惊讶地赞叹："想不到郊区也有这种水平的厨师！"

第二天考核时，王中清颇费心思地做了一道"淮安虾饺"，这道点心的特点是皮薄、透亮。皮薄到什么程度呢？下面几个数字可以说明：王中清准备了一百二十张饺子皮，每张皮都是边长为四厘米的正方形，而这一百二十张皮子，一共只有七十五克。那如何体现透亮呢？王中清拿了一个盆子，因为当时没有条件用电脑打字，就用从报上剪下来的字，在盆子上贴了"热烈欢迎来松考评"这几个字，然后再把饺子皮覆在上面，字体仍清晰可见。这皮甚至可以用火点着。而他所制作的虾饺，在煮熟了以后放二十分钟都不会烂。那天，他总共做了十道点心、两道菜，涵盖了四个"帮派"：川、扬、广以及本帮菜。最后他通过了论文答辩，顺利获得了"国家级中式面点技师"的称号。两年后，他又参加了市旅委组织的高级烹饪技师考核，获得了"国家级高级烹饪技师"的称号。

松江麻球与泗泾小笼

王中清在参加工作以后，觉得茸城传统的麻球制作方式不是很好。油炸时间过长，而且工序复杂缓慢，成品又容易开裂结团，他希望可以解决这些问题，就一直留着心。机会终于来了，有一次，他经过静安寺15路车站旁的"西区老大房"，看到那里的师傅在做广式麻球，制作方法看起来并不复杂，成品的麻球却很大。他站在店门口足足看了半天，终于感动了老师傅，告诉了他这种麻球的制作方法。后来，他把这种方法融入到了松江传统麻球的制作中，出来的麻球皮薄、松脆、体大（比同等体重的麻球大三倍），且豆沙全都附在腔壁上。后来，王中清在供销社食堂举行的"全区饮食行业大比武"活动中进行了麻球制作的技术表演，赢得了一致好评。

上世纪80年代，王中清首创了泗泾小笼。他采用了"淮安文楼汤包"汤汁的制法，又取了"南翔小笼"皮质的优点，两者结合，形成了泗泾小笼的独特风格：皮薄汤多，重复蒸也不会穿底露馅。此后，泗泾小笼在松江进行了多次展销，前来购买的顾客排成长龙，可谓一"包"难求。在中商部吉林饮食工作会议上，泗泾小笼的销售状况以及成功经验被作了书面介绍。1984年，王中清负责经营的泗泾味美点心店创下了全市供销系统餐饮行业平均个人服务额和创利全市第一，他个人也被评为上海市供销系统先进个人。

把诗情画意融入点心中

王中清师傅自我评价最大的特点是："把诗情画意融入点心中"。2001年，王中清在庙前街进行了一场个人作品展示，那是他的"告别演出"。也就是在这场秀上，他展示了自己厨师生涯中最为满意的作品：一份用巧克力、面粉等原料做成的丝网版画式样的艺术面塑——"白玉兰"，上书"亭亭玉立"。这份作品他花了两个小时制作完成，共展示了七天。展示结束后，他把它送给了一位朋友，在那朋友家里放了足足半年都没坏。

1993年，松江东部开发区招商引资时，为了配合当时商务接待的形势，他用牛奶、淀粉等原料做出了"青藤结金瓜"的造型点心，寓意投资是种瓜得瓜，深得当时港澳台三地以及日本、韩国两国投资者的好评，后来这道点心被区政府领导指定为招商宴请细点。

王中清退休后，有一次，泗泾镇有人准备新开一家卤味熟食店，请他帮忙定位。泗泾当地有个民俗，居民们清晨要吃羊肉烧酒，于是他就根据这个习俗，建议对方把店定位在羊肉菜肴和面条上。不仅如此，他还创作了一副对联，上联是"红汤白卤烹美味佳肴"，下联是"羊肉烧酒品人生甘甜"，横批是"古镇风韵"，这副对联至今还挂在该店里。

睿智出创意，巧手做工具

上世纪60年代大搞技术革新运动，王中清在这方面也不落人后。一次偶然的机会，王中清在上海新雅饭店看到了英式搅面机，觉得很好用。在校时，王中清通过勤工俭学，学到了金属切削知识，于是便萌生了自己制作一台搅面机的想法。说做就做，他先到上海虬江路废旧物资市场淘到了涡轮蜗杆，又到漕宝路废品市场买了旧的不锈铁板。由于不会画搅拌曲轴图纸，他只能另想办法，用玉米秆和粗铅丝做成实样，并请金属厂的师傅帮忙，终于做出了当时松江地区第一台涡轮蜗杆搅拌机，极大地提高了工作效率。此工具后来一直用到1998年，使用了将近三十年。

为了达到当时的食品卫生要求，他制作了马鞍形蒸汽发生器，利用炉膛预热产生低压蒸汽，达到沸水消毒的效果，此举引起了当时县饮服公司的重视，并在松江几家大型饭店和点心店推广。此外，他还为当时的广利点心店改良制作了打粉机、磨浆机等工具。

他和他们

王中清师傅为许多我们耳熟能详的人物掌过厨。

1993年，当时韩正市长还是分管城市建设的副市长，有一次到莘庄地区视察，王中清受当时绿园酒家邀请去做接待工作。当时王中清师傅做了一道"京式葱油拌面"的点心，大受欢迎。主桌领导一席十人，连吃了三碗仍觉不够，问："还有吗？"

1995年，著名表演艺术家张瑞芳来松江，到红楼宾馆用餐，王中清师傅为她做了数道精密的船点和松江传统点心，看着那些精致的点心，张瑞芳老人一度不忍下筷，她叫来了王师傅，握着他的手，为他题了"红楼点心，艺术珍品"几个字。

　　同年，韩国政府代表团来到松江，在红楼宾馆吃了七天，王中清师傅每天准备十几道点心给他们，而且天天不重复。临走时，代表团的人给了他六十美元的小费，刚开始他不肯收，"消费只有服务生拿，哪有厨师拿小费的"。后来，当时负责接待的东部开发区的负责人对王师傅说："你可以要。"他才收下了这钱。有意思的是，当时王师傅并不认识自己手里拿的是哪国的钱，还是后来问别人才知道那是美元。

　　2002年，时年九十五岁高龄的费孝通老人携女儿一起来到松江，那也是他最后一次来松江。王中清师傅知道他是苏州人，于是特意为他制作了两道苏式点心，一道"蟹粉小笼"，一道"玉兰饼"。老人吃得异常高兴，对王中清师傅表示了由衷的感谢："我尝到了家乡的美味。"

（2008年3月26日）

IT 总经理改行当农民

——"蔬菜女王"周月雅的大胆选择

□唐卉庆

大学毕业不久就当上某著名 IT 公司华东区销售渠道总经理；事业蒸蒸日上之时却辞职跑到五厍种菜当"农民"；二十六岁就自创园艺公司，立志要在创业板上市……一时间，《第一财经日报》《南方周末》等媒体争相报道，"金领农民"周月雅成了新闻人物……见到今年三十一岁的周月雅时，她一袭墨绿色手工绣花的布衣，娇小瘦弱，颇具民族风情和女人韵味，颠覆了笔者脑中先入为主的"传奇女强人"形象。

内向，所以逼自己做销售

可能很多人都难以想象，一个从上海对外贸易学院毕业后，两三年间就当上某著名 IT 公司华东区销售渠道总经理的成功职业经理人，却曾经是个内向寡语的"灰姑娘"。"我大学里非常内向，很少跟人交流，跟同学说话都是低着头的。"回忆起这些，周月雅浅浅地笑了，"我想改变自己，所以毕业以后选择了销售这个必须跟人打交道的行业。"

让周月雅自己都觉得好笑的是，一开始做销售业务的时候，常常是她对着客户滔滔不绝地说上半天以后，对方还不知道她到底要说什么。在这样一个状态中，磨炼了一段时间以后，周月雅才渐渐适应。那时候她简直是个工作狂，老是在全国各地飞来飞去。凭着一股子韧劲，她果然实现了自己的阶段目标，一跃成为公司中层领导。跳槽到另一家新兴网络有限公司的时候，她已经可以挑起开拓市场的重担。该公司发展初期刚开始研发高、低端产品的时候，在周月雅的努力争取和团队协作下，公司获得了某个千万项目的竞争资格，PK掉了十几家在业界已有名气的大公司，一时之间在业界声名大噪。

周月雅说，她是一个非常执著的人，那个时候觉得只要自己想做的事，就一定能、也一定要做成。

别人过草地，她已在爬雪山

2003年7月，在IT界如鱼得水的周月雅突然辞职，作出了令身边亲朋好友都为之咋舌的决定——到松江五厍包田种菜。促使周月雅离开IT界的动力似乎很单纯——"没有挑战性了"。

头一个难以理解的就是周月雅的父亲。周月雅说："当时我的年薪有二三十万元，还不包括年终奖金。虽然我生长在农村，但我爸从没让我碰过农活，他觉得我找了份非常体面的工作，在大城市有了立足之地，所以想不通我为什么这样做，大概他觉得没面子了。"然而，周月雅觉得，居住在村庄里的农民，每天可以到城里上班、消费，同时又能享受到田园式的生活，不必忍受大城市里的污染、噪声、拥挤和交通堵塞，这是种福分。她毅然决定走上创业之路，用所有的积蓄"赌"上一把，再次挑战目标。为了解农业，她还攻读了南京农业大学的硕士研究生学位，她的目标是让她的园艺公司能够尽快在创业板上市，以让公司获取更多的资金去推广现代化的农业经营模式。

在IT界的时候，周月雅超强的行动力和超前意识曾令上司们交口称赞，称她"总是在别人还在过草地的时候，已经在爬雪山了"。虽然从事农业也有机缘巧合的成分，但喜欢挑战自我、不断追求新目标的个性也在很大程度上显示出了周月雅如此选择的必然性。"我从前肯定是个优秀的职业经理人，但不一定算得上是很好的员工，更多的时候是单打独斗的状态，现在懂得了团队协作的重要性和团队领导者的难处。对我来说，创业既是一种挑战，也是一次成长。"周月雅说。

拿什么热爱你，农业

2004年，周月雅与农业初次"亲密接触"，创办了绿和园艺有限公司。一年下来，

曾经自信地认为"没有事是自己做不成"的她,第一次尝到了失败的苦涩滋味,年底盘算时,不仅本钱亏尽,还倒赔了五十多万。"刚开始跟农业打交道的时候,眼高手低,很多事没有亲历亲为,所以栽了。"周月雅说。

债台高筑的时候,周月雅也想过要放弃,但又觉得对不起全力支持她的亲人和朋友。那时候,自尊心极强的她不愿意轻易找人倾诉心中的苦闷,一清早到龙华寺去拜佛。周月雅说:"不知不觉就去了那里,在佛像面前一跪下去就大哭一场,像个孩子一样不停地问我该怎么办,要不要继续下去……"走出龙华寺,她又在附近的烈士陵园里静坐到中午,心情平静以后,终于决定坚持下去。

从2005年6月起,绿和园艺开始走上上坡路,到2006年已经步入正轨,有了平均每月一百多万的销售业绩。2007年,绿和园艺的蔬菜配送额从2004年的八百万元上升到三千万元,实现利润二百万元,成为松江最大的蔬菜配送公司,并且辐射带动了周边种植近四千亩蔬菜的四十家专业大户一起劳动致富。"现在我学会了适当地放弃一些东西,比如舍弃一些不适合公司自身阶段发展的项目,留待有实力以后再去争取,很注意平均水平的平衡。"最近,周月雅用四十万元的年薪,聘了一位副总经理,专司绿和园艺内部管理,这样她就可以腾出精力,集中考虑公司下一步的发展。她希望绿和园艺能在三年内,实现在上海蔬菜市场占有一定份额的目标。为此,公司在松江浦南地区的叶榭、泖港、新浜等地新建了多家合作农场,落实农户种植,发展订单蔬菜瓜果生产。

周月雅说,进入到农业这个行当才体会到,人都有一种土地情结,她现在是发自内心地热爱农业,希望探索出一个可行的发展模式。所以,每当有新人来公司应聘,她都要由衷地问一句:"你真的热爱农业吗?"

渴望被保护的"女强人"

很多人说周月雅很强,其实她有时想做柔弱的、被保护的一方。素来给人坚韧不拔、干练精明印象的周月雅也有脆弱的时候。她说,感到压力特别大的时候,也会把车子开上A30高速,打开车窗大声吼叫几声,以此宣泄情绪。

2007年对周月雅来说是很困难的一年。这一年,周月雅升级做了妈妈,但孩子出生后由于不明原因的呼吸窘迫,戴着吸氧机在暖箱里待了三十天,其间医院发出五张病危通知单。同时，绿和园艺经历了创办后的第二次危机。产后一个月，周月雅就又回到了工作岗位上，积极联络客户，使公司经营状况又恢复到正常水平。"最困难的时候才会体验到人生的真谛，更懂得珍惜。"谈起这些坎坷，周月雅已经很淡定。

很多了解周月雅的朋友都说她做人太老实，不适合做生意，她自己却不这么认为，在她看来，很多大客户都要经过好几年的观望才会放心建立起更大的投资关系，所以诚信是很重要的，不能贪图眼前的蝇头小利。"这么多年，我的手机号码没有更换过，即使是背负一身债务的时候也没有，我想，不管遇到任何事都要去面对，不能逃避。"周月雅笑着说，"我可能是越挫越勇的类型，遇到困难虽然也会感到头疼，但同时也会兴奋。"她把每一次挫折看做一个"蛰伏期"，积累爆发力的过程，每次掉下来，克服以后反而会反弹得更高。

古典情怀和土地情结

IT界出身的人都是夜猫子，个性张扬，时髦摩登。周月雅却似乎是个"异类"，从商的她骨子里却喜欢安静，工作不忙的时候，可以独自一人读上一整天小说。对明清设计风格的家具有着难以解释的亲切感的她，还计划将自己的办公室布置成仿古式；因为钟情古琴而乐此不疲地往返市区和郊区之间，只为上一节古琴课……她说，这种古典情结从小时候起就一直伴随着她。

十几岁的时候，周月雅就因为浓厚的兴趣而学弹古筝，后来终究因为"古琴梦"未泯，从2003年开始拜师学艺，现在已经有一串擅长的拿手曲目：《渔樵问答》《梅花三弄》《高山流水》……"也许是我出生于农村的缘故，也有可能是因为骨子里的古典情怀和土地情结，我从来不觉得待在农村是很寂寞的，反而看到自己种的蔬菜每一天都有细微的变化，内心会由衷地有一丝幸福感。"周月雅说，现代人，特别是年轻白领，追求新鲜事物，近年来到乡间体验所谓农家风情成了一种时尚，真正能在农村沉下心来做些事的人却少之又少。她说，可能是做了母亲的原因，原本总是贸然孤注一掷的她，现在开始变得沉稳。从前很追求个人事业的成就感，现在个人的野心少了，更多地希望企业能走上正轨，甚至对整个农业产业有所贡献。

（2008年4月9日）

"喀嚓"六十年，痴心映云间

——摄影家吴四一的故事

□ 许 萍

他今年七十八岁，满头银发，但精神矍铄。遇见他的时候，他常常专注着做这样一件事：眯缝着双眼，一手托着相机，一手按下快门。

这个动作，他做了六十年。六十年里，他无数次地按下快门，拍摄了数以万计的照片。"喀嚓"、"喀嚓"……已是古稀之年，他的快门却依然还在"喀嚓"。

他就是吴四一。今天，我们以文为照，为这位老人按下"快门"。

名字的故事

第一次听说吴老的名字时，有些奇怪：四一，如此简单。不成想，当吴老讲起其中的故事时，笔者却听得入了迷。

吴老祖籍北京，生在安徽。出生那年，父亲已四十有一，于是唤乳名为"四一"。几年之后，吴老的父亲遇到了昔日的同窗好友。谈话间说起"四一"此名，好友不禁皱眉："不好，以后上学了怎么能用这个名字？"于是向吴老的父亲提议："当年你我一起读过的小学就叫思益小学，不妨改叫思益吧？"

从此，吴四一成了吴思益，直到他上高一那年。

1947年，时年十六岁的吴思益就读于天津一所教会学校。那年，他加入到轰轰烈烈的爱国学生运动中，为民主解放奔走呐喊。然而，这触犯了教会学校的"大忌"，他很快便被学校开除，不仅如此，他还被当局列入"黑名单"，在天津无书可读。

无奈之下，吴思益南下投奔南京的舅舅，并改名为吴耜漪。然而，搬了地方也换了名字的吴耜漪并不"安分"。1948年，吴耜漪加入学联，与千千万万的爱国学生一起为"反饥饿、反内战、反迫害"而斗争。也正是在那时，他和摄影结下了不解之缘。当时，由于他个子瘦小，不易被军警注意，学联安排他为学生运动拍摄纪实照片。那是第一次，吴耜漪感受到了相机的力量，体会了摄影的魅力。从此，他便再也没舍得放下。

南京的平静日子过了没多久，吴耜漪再次被反动派注意到，他不得不离开南京，来到上海投靠叔叔，并进入当时上海大场陶行知先生创办的育才学校学习新闻专业。1949年5月27日，上海解放。第三天，吴耜漪加入刚刚组建的中共松江地委文工团，随团来到松江。1952年，文工团撤离，吴耜漪却因为工作需要留了下来。"文化大革命"期间，吴耜漪的名字被批判为带有"资产阶级情调"，而且因为"耜漪"二字过于生僻，常被人"难字识半边"叫成了"吴耕奇"。思量再三，吴耜漪决定返璞归真，用回乳名"四一"。

镜头记录松江半世纪

"跟你说个秘密。"那天，吴老神秘地说，"前阵子，我老伴拿了一笔钱给我，让我去买相机呢。"揣着这笔钱，吴老乐呵呵地买回了一台佳能和一台尼康。"都是数码的，就是不知道怎么用，改天还要去拜个师。"吴老笑意盈盈。

"别看他平时那么节约，一旦跟他的摄影沾边了，就大方得不得了，这几十年花在摄影上的钱没办法算。"这么多年来，老伴陈亚琴是最了解也是最支持吴老的，遇上吴老生日，若要送礼物，总是不二的选择——照相器材。至今吴老已经有了十几台相机，从几十年前的"老古董"到现在的最新款，这些相机是他这大半辈子对摄影执著追求的见证。"有一天我拍不动照片了，我会将这些相机捐一部分出来。"吴老说。

六十年来，吴老用相机记录下了松江的历史发展与时代变迁。从解放初期到改革开放，从城市到乡村，从大型活动到市民生活……他所拍摄的照片就相当于一部生动的图片松江史。尽管他的工作几番调动，并非总与摄影有关，相机却从未离过手，即使是1991年离休后，依然如故。

2003年，吴老把三万多张自己拍摄的记录松江解放后历史变迁和城区发展变化的照片和底片无偿捐献给了松江区档案馆，有些照片的内容，在年轻人眼里陌生而陈旧，却是最真实的历史记录。每一张照片，吴老都能娓娓道出一个故事。为了帮助档案馆分类存放和妥善保管这些珍贵的历史资料，离休多年的吴老又"上班"了，三年多来，他一有空就去档案馆义务整理照片。"这工作，除了我谁也做不好，因为只有我知道照片拍摄的背景。"虽然劳心劳力，吴老却无怨无悔。

摄影给吴老带来了无限的快乐和满足，但也曾在"文革"之初给他带来了不少麻烦。让他至今心痛的是，那时，很多珍贵的照片被付之一炬。之后，他再次拿起了心爱的相机。执著的追求成就了荣誉，1997年上海市摄影家协会授予他金牛座"耕耘奖"。2006年，上海市摄影家协会农业分会还专门为他举办了"吴四一农业摄影论坛"研讨会，并授予他上海市"绿野摄影终身成就奖"。

家庭的故事

吴老夫妇跟老三一家三口住在方东小区，三代人其乐融融。今年年初，全国妇联公布了"第六届全国五好文明家庭标兵户"的名单，陈亚琴、吴四一家庭榜上有名。老伴陈亚琴是方塔小学的退休教师，一生桃李满天下，1991年被推选为退休教工组组长后，长期协助校方关心和服务退休教工。吴老夫妇在方东小区居住了二十五年，夫妻和睦、父慈子孝，在邻里中口碑也颇佳。

他们家还有一个引人注目的侗族儿媳妇。说起这个远涉千里从贵州嫁来松江的儿媳妇，还和吴老的摄影有关。1991年暑假，吴老与一帮摄影爱好者去贵州的一个侗家山寨采风，借住在当地一所小学的空教室里，学校的教导主任接待了他们。那里的风土人情让吴老一行着迷，一个星期里，拍拍照，拉拉家常，不知不觉就和教导主任熟识了。教导主任跟吴老说起自己有个侄女，很向往外面的精彩世界，希望有一天能出去闯闯。吴老听后，当时也没往心里去。

不想，一个多月后，吴老收到一封来自贵州的信，写信的正是那位教导主任和她的侄女陆远梅。陆远梅在信中说，想到上海来见见世面，顺便看望吴老一家。吴老夫妇一寻思，陆远梅没出过远门，甚至连火车都没坐过，大老远地到上海来，不放心。

于是，他和老伴商量后，决定亲自去把陆远梅接过来。

陆远梅来到松江后，决定留下来"闯世界"。热心的吴老夫妇还为她介绍工作。陆远梅只有初中文化，好强的她一边工作一边自学财会知识。于是大专学历的老三帮她补习功课，两个年轻人互生情愫，并在1993年喜结连理。

闲不下来的离休生活

吴老离休已经十多年了，但他的日子从来没有清闲过，依然像"上班族"一样整天不着家，甚至吝啬到连双休日都常"加班"。区委老干部局"关心下一代"委员会成员和摄影组组长、中山街道居民代表和精神文明巡访员、"云间诗社"理事、上海师范大学外国语学院附属中学和中山小学等多所学校的校外辅导员……吴老仍身兼数职。

在学校，他给青少年讲述革命历史，讲述松江的发展史，他的照片就是最好的"教科书"。在松江很多集会和活动中，经常能看见他端着相机的身影。在家里，他埋头在那几柜子的藏书里，每天他家的信箱总被一叠报纸塞得满满的。这位古稀老人，仍然是那么不知疲倦，那么求知若渴，那么古道热肠。

在很多人看来，摄影已经融入了吴老的生命，吴老却说了这样一句话："其实文学才是我的主业。"他演过话剧、当过记者、编过地方志，还热衷于创作诗词……

最近，他创作的剧本《叛逆之歌》（暂名）得到了《人民日报》社原社长钱李仁的关注，在看过剧本之后，钱老这样评价剧本："对作者选择的主题以及为表现主题所做的巨大努力，我认为应该充分肯定。"并在对作者"充满谢意和敬意的前提下"对剧本提出了几点修改意见。这部长达七万字的影视剧本，讲述的正是解放战争时期第二条战线上的故事，反映了正义的学生运动和反动政府之间的斗争，那也正是年少时的吴老所看到、听到，甚至曾亲身经历过的故事。

（2008年7月16日）

梦想于十三岁，起步于十八岁

——记大学生老板伍琳强

□ 张晋洲

眼前的这个"小人精"要再过四个月才满十八周岁。稚气未脱，却"人小鬼大"。

十三岁，就在电脑店里偷学艺，掘得人生"第一桶金"；十四岁，高中就学大学课本，奥数竞赛题摆满课桌；十五岁，四处奔波求学，一举斩获全国信息学计算机奥林匹克联赛一等奖的桂冠；十六岁，保送进入东华大学，还在预科班就给自己的师兄师姐们上课讲解计算机编程；如今，未满十八周岁的他又和同学合伙开了一家学生创业公司，当上了"学生老板"。

这个"小人精"就是来自四川成都的东华大学计算机专业大二学生伍琳强。

十三岁电脑店里偷学艺

十三岁，本应是无忧无虑地窝在父母身边撒娇的年龄。可在那一年暑假，伍琳强就已经"早当家"，在一家电脑店里学习。

"尽管那家店是我妈妈的朋友开的，但既然去做了就一定要做好，学点东西回来。"年纪虽小，口气却不小。而事实上，两个月的时间，他也经历了好几次一个晚上装机上百台电脑的"大工程"。一晚上要装好二百多台电脑，大家想了很多办法，而伍琳强也从中学到了不少有关电脑的知识。

正是因为有这样的经历，在很多人看来很难理解的计算机技术，在年仅十三岁的伍琳强看来却是信手拈来。口后的创业梦想也从这个时候开始萌动。

十四岁课桌上摆满奥数题

十三岁进入高中，十四岁升入高二，伍琳强一直是班上年纪最小的一个。他解释说，这是因为小学的时候跳过一级，三年级没读就直接上了四年级。尽管"少读一年书"，却并未影响他在班级里的"与众不同"。

"从高中开始，我的课桌就和别人的不大一样。"伍琳强所说的这个"不大一样"，并不是因为他的桌子有什么特别之处，而是摆在他桌上的那些书。别人的课桌上是学校统一发的数理化教材，而他的桌上却摆满了计算机、奥林匹克数学竞赛之类的专业书籍，很多还是大学里才会用得上的教材。因为，那个时候他正在忙着准备参加全国奥林匹克数学竞赛。但由于准备时间不够充足，他并没有拿到他想要的结果，仅获得了二等奖。说起这些，伍琳强至今仍有些遗憾。

十五岁离家奔波四处求学

对奥数竞赛成绩并不满意的伍琳强重新调整了心态，并把目标重新锁定在自己熟悉的计算机上，而这一决定也让他过上了一段"炼狱"般的学习生活。

高二结束后不到半年的时间里，他就跟着学校的老师辗转去了西安交通大学、南京航空学院等地学习和参加热身赛。用他的话说，就是哪里有好的师资，哪里有比赛，他们就把学习的阵地转移到哪里。

小小年纪就离家在外，四处奔波求学，这样的学习自然需要付出比常人更多的辛苦和汗水。十一二点前睡觉是奢侈，两三点钟睡觉是家常便饭。"这些还不算什么，第二天早上7点钟又得准时起床，开始新的一天的学习。每天都是连轴转，有些时候真有点吃不消。"尽管这段日子过得有点辛苦，伍琳强却一直津津乐道于这段经历。

一分耕耘，一分收获。最终，在2005年11月份的全国信息学计算机奥林匹克联赛中，他获得了一等奖的好成绩。那时，他进入高三还不到三个月。

十六岁给师兄师姐上课

苦尽甘来。正当别人忙于应战"黑色七月"的时候,伍琳强却收获了人生道路上的一次意外惊喜:这时,看中他奥林匹克联赛一等奖光环的高校纷纷向他抛出绣球,其中不乏西安交通大学、四川大学等国内知名高校,而且还给出了丰厚的条件,"专业随便选,奖学金全额给"。

面对这些,少年老成的伍琳强却有着自己的想法:"要为自己未来的发展做好打算。"一番深思熟虑和实地考察之后,他最终选择了东华大学。2006年1月,拿到东华大学预录取通知书的伍琳强,在过完春节后紧接着就跨入了东华大学的校门,成为一名预科班的少年大学生。

作为预科班的学生,伍琳强享受着一些保送生才有的"特权"。从大一到大三的课程可以随意选择,既可以修学分也可以只是旁听,他给自己选了一门文化素质课和三门计算机专业课。

虽说还只是预科班里的"小朋友",但他在计算机专业上的天赋不久便得到了学校老师的赏识,并成了比自己还大一两届的"同学"的"小老师"。"那时候站到讲台上,手把手为师兄师姐们演示计算机编程,感觉好极了。"回忆起当时的情景,伍琳强至今有些自豪。而他,的确有这样自豪的底气,因为对他来说,讲解那些在他高中时就已经熟练掌握的计算机知识可谓小菜一碟。

十七岁两三点睡是家常便饭

半年的预科班生活很快就结束了。眼看着自己高中时的同学也马上要跨入校门,原本一直感觉"学习压力不大"的伍琳强开始有了更大的责任感和危机感。这时,他给自己定下了大学里必须完成的三个目标:研发一个软件、申请一个专利;写一本书或一篇论文;经营好自己的一个网站、一家企业。而这些让伍琳强成了一个废寝忘食的大忙人。

在大多数经历过高考的学生看来,熬过"黑色七月",进入大学校园后,该是一次身体和心灵的放松,但在伍琳强的想法中,哪怕是给自己一点点时间去玩也是件很奢

佮的事情。找单位实习、开发程序软件、钻研英文原版的技术文献……他的日程表上几乎都排得满满的。

熟悉伍琳强的人都知道，每天晚上11点宿舍楼熄灯后，只要走进底楼的自习室就一定能看到他的身影——眼睛死死地盯着一台笔记本电脑，而这一盯往往就要到夜里两三点。他坦言，除了学习、睡觉、吃饭之外，其余的所有时间一半用在看技术资料上，一半用在开发程序软件上。有那么一段时间，伍琳强觉得只要离开电脑，就什么事情都不能做了。

就是这样一个对电脑近乎痴迷的大一新生，在他的电脑里却找不到任何一个游戏软件。这些所换来的是六七个他所参与开发的计算机软件项目，包括计数器系统、购物网站、家教网站等。

把伍琳强从对电脑的痴迷中解救出来的，却是一次在一家创业公司时间并不算长的实习经历。

完成大一学业的那个暑假，伍琳强去了一家刚刚起步的网站实习，协助进行网站后台管理系统的开发和维护。尽管只是个拿着很有限的工资的实习生，伍琳强却从未把自己当实习生看待，而是以主人翁的心态积极地融合到团队中去。每天准时到公司上班，参加公司的大小会议，在会上发表自己的看法，俨然一个工作了好几年的"老手"。其间，他用了仅仅两个礼拜的时间，就和其他两位同事一起完成了一套投诉系统软件的设计、开发和调试工作，并上线运行。

然而，在伍琳强的心里，实习的目的还远不止这些，他要为自己创业作准备。因此，公司任何一名员工都成了他留意的对象，闲暇时就和他们沟通、聊天。几个月下来，他也从中学到了不少有关公司运作、管理的基本知识。

十八岁办公司当老板

结束了在这家网站的实习之后，伍琳强也不再是那个离了电脑就什么也不能干的"电脑虫"了。因为，他找到了自己的方向：开办一家自己的公司。

2007年9月，上海市大学生科技创业基金会松江分基金会正式启动，深感创业机会来临的伍琳强立即向基金申报了"EIMS企业信息化管理软件"项目，并通过层层评审，最终获得了五万元的资金扶持。在他的这个项目中，要为中小企业提供各种软件外包服务。

现在,除了宿舍楼底楼的自习室外,松江大学城科技创业中心成了伍琳强的另一个"久居之地"。他的公司在创业中心租下的一间办公室刚刚装修完毕,除了桌椅、电脑、微波炉、传真机之外别无他物,很简陋。在他的心里却是满足和对未来的憧憬:"也许梦想就能在这里实现。"

(2008年5月7日)

一个群众演员的喜怒哀乐

□陈佳欣

瓜皮小帽，黑布大马褂，藏青色棉袍，黑黝黝的脸庞露出憨厚的笑容，可一旦摄影机镜头捕捉到他——哪怕他并不是画面中的焦点——他的神情立刻严肃专注起来。他就是胜强影视基地的"资深"临时演员戴维昌。他并非赫赫有名之辈，却几度和李连杰、刘德华、张国立这些大腕同台献艺；生活中他是一家小杂货店的主人，但在舞台上他早已把掌柜、村民、大夫、小贩的角色过瘾地演了个遍……

茶农之死

"码头"边的"茶铺"，戴师傅在凉棚下找了张凳子坐下来，小憩片刻，随时等待上场。"戴师傅，你这二三十年代的打扮，怎么脚上穿着双皮鞋啊，不怕穿帮吗？"笔者指着他棉袍里露出的黑皮鞋，故意开起玩笑，揣想他一定是换上了戏里装束，却把鞋子疏忽了，有不中不西的嫌疑。可戴师傅面对"刁钻"的提问，照样面无难色，从容不迫地答道："我们现在在拍重庆码头的戏，我扮演的这个旅客刚坐船从大城市过来，正要搭黄包车回家，是个挺阔的商人，据我所知，那会儿富人穿皮鞋的可不在少数。"应对自若，颇有身经百战的架势。

不远处一个忙着布景的工作人员也探过头来，证实道："他呀，是个老演员啦！"

五十二岁的戴维昌是安徽六安人，在仓桥薛家村经营一家小卖部，生意不忙时，就三天两头往胜强影视基地跑。小店老板怎么会想到来当演员？戴维昌说，可能自己是个电视迷吧，当时听说影视基地招临时演员就过来看看，也是图个热闹。戴师傅2000年拍第一部戏《青蛇与白蛇》的时候，影视基地初现雏形，远没有现在的规模，而年复一年，院落、宫殿、街巷、河道，越来越多的景区入驻在了这里。掐指一算，他的戏龄也有八年了，说他经验老到的确不为过。

2002年3月，《康熙微服私访记4·茶叶记》剧组到基地取景，戴师傅在片中出演一个茶农，用他自己的话来说，整部《茶叶记》的戏剧性转折都靠了这个挑担卖茶的老农，所以这绝不是个可有可无的角色。

那么戏里他都有哪些演出？戴师傅慢条斯理地解释起来，当时江南应家和撒家因茶叶之争而势不两立，康熙皇帝就让三德子和法印先行去江南小镇青衣镇私访，二人发现镇上几乎没人敢交易茶叶，很是纳闷，就开始开秤收茶。这时候，戴师傅扮演的茶农就挑着扁担，步履蹒跚地走上了街，成为镇上卖茶第一人。岂料他还没走到三德子、法印跟前，一支利箭从斜刺里飞出，正中他的心口，茶农当场一命呜呼。这起光天化日下的命案，令两家仇怨一触即发，将剧情推向了高潮。

旁人看来，镜头上刚一亮相立即"惨死"的角色实在算不得什么好差，戴维昌却撇撇嘴，不以为意："剧情要顺利进展下去，少了群众演员怎么行？"

苦中作乐

人人都说演员这个职业特别光鲜，惹人羡慕，戴维昌起初也这么认为，但真当自己拍起戏来，他才尝到了其中的苦涩艰辛。

《闯关东》里，他扮演四处逃难的穷苦百姓，穿着破破烂烂的棉衣，披头散发，脸上抹满了灰土，胳膊上、手上也满是污泥。还有七八月份，毒辣辣的阳光灼烧大地，剧组却要赶拍冬天的戏，他又不得不换上棉袄，一场戏下来，早已热得汗流浃背。

《投名状》里他还是出演颠沛流离的难民。凌晨三四点钟，他就睡眼惺忪地到了基地报到。消防车、消防泵还有水枪在城门口一字排开，原来剧组要搞人工降雨。戴师傅等群众演员就把塑料袋挖出一个洞，套在身上，自制成防雨内衣，外罩破布衫，来对抗倾盆而下的大雨。这个主意听上去不错,但拍戏期间正值春寒料峭时节,滂沱大雨浇下来,身上还是刺骨冰凉,冷得戴师傅直哆嗦,而且塑料防雨衣不透气,穿在身上总觉得闷得慌。这样每天几小时连轴转,一出雨中逃难的戏接连拍了半个月,一收工戴师傅就患上了感冒。

可没办法,剧情需要,演员只得服从,没有回旋的余地,戴维昌深知这一点,从来没有半句怨言。不要说拍戏没有寒暑,不分昼夜,有时候甚至还有受伤的危险。他在拍《八仙过海》的时候,饰演一个搬运工,被监工厉声呵斥,不停在耳边催工,结果他脚下一个踉跄就跌进了乱石堆,手腕也扭伤了,一阵一阵的疼痛让他直冒冷汗,但他就到边上抹点红花油,顾不得休息,咬咬牙继续拍完了这场戏。还有一回,他出演的犯人被两个武行演员押行,他们拽住他的肩膀,但一不留神下重了力,害得戴师傅直往后栽,重重摔倒在地,腰背的伤还落下了后遗症,到现在还时不时会疼……

演戏这么辛苦,戴维昌却没想过要放弃,在电视里看到自己的镜头,他就立刻把拍戏时的伤病啊劳累啊忘得一干二净了。"《康熙微服私访记》你看过吗?片头里还有我挑着茶叶的镜头呢,发现没?"戴师傅的眼中流露出得意之情。

阅"星"无数

基地门前常有为见明星一面千里迢迢而来的"追星族",但不少人被拦在了大门外,苦苦等候半天也没法亲眼见着偶像。但作为临时演员的戴师傅就要比他们幸运多了,他和许多明星都不仅打过照面,还一起联袂合作过呢,李连杰、刘德华、洪金宝、赵薇、张国立、王刚等,这些巨星大腕,他可以如数家珍。他那里原本收藏着不少明星的签名留影,但已被亲朋好友"哄抢"一光。

他告诉笔者说,国际巨星李连杰绝非浪得虚名,上阵不用替身,靠的是一副拳脚,那身真刀真枪的功夫很是令人佩服。李连杰扮演的霍元甲在沽月楼的戏台上和对手打斗,身手矫健,电光火石之间,酒楼里一排扶梯早已被他飞腿劈断,煞是惊险好看。而刘德华则是名副其实,"明星味"十足。《投名状》里他饰演的二哥在硝烟四起中,尘土满面,是个黑糊糊"大花脸",照理说扮相实属不佳,但戴师傅认为,刘德华拍戏时眼神格外专注入戏,终究还是难掩"星"光。

名演员拍戏的趣事还有不少。现在不少剧组都是国际班底,跨国演员纷纷前来助阵。这样的阵容固然新鲜有趣,但要知道,南腔北调的普通话和粤语,对起戏来尚有障碍,不同国家的语言更是容易引起"鸡同鸭讲"的尴尬来。不过,各路演员自有妙招,这里面首推《烽火孤儿》里的韩国小演员赵廷恩。小妮子就是红极一时的韩国电视剧《大长今》中饰演童年长今的那个六岁小女孩,大家都亲切地唤她"小长今"。

机灵的小姑娘在和中国演员对词前,不是只记她自己一个人的台词,而是把对方的台词一一找来,在每句词的最后一个字标上韩语发音,然后默默记在心上。这样一来,她只要认准对方口型,就能准确掌握自己对词的时机,让大人都自叹不如。"小女孩特别有戏感,大眼睛里眼泪吧嗒吧嗒地往下掉,我们在一边看着都忍不住为她心疼呢。"戴师傅啧啧称奇。

"名角"之梦

做临时演员这些年,对荣辱得失,戴维昌早已有了太深的感触。他说自己也有钻牛角尖的时候,尤其是身边人向他投来不解的目光时。"跑龙套的"、"人肉背景",这些称呼都曾经刺痛过他,最让他愤愤不平的就是曾被一个剧组的工作人员呼来唤去,还带着一种鄙夷之色。

"我又不矮那些大明星一截,他们有的人拍戏的年岁还没我长呢。"一个临时演员可以在戏里没名没姓,可以在片尾演员表里被虚化为"路人甲"、"士兵乙",可以在片子里整个人面目模糊,淡出淡入,可以被导演一剪刀剪掉辛苦多日摄入摄影机的全部镜头——然而,作为一个演员的自尊不能丢。

好在戴师傅生性豁达乐观,那些不愉快的经历,他终究不会放在心上。"我以前真的会守着电视机,对家里人说,快过来看啊,这个时候我差不多就要出场了哦,大家快睁大眼睛看。后来有一次,我的镜头啊还真被剪得半个影子都不剩,他们就都说'狼来了',不肯理我了。"戴师傅苦笑道。现在他看自己拍的戏,心情平和轻松得多,不再费力寻找自己的身影,不再计较片尾留下大名,而是作为一个旁观者,一个比普通观众了解更多"内情"的特殊观众来欣赏一部片子。抛却虚荣,纯粹为兴趣做一件事,还是一件看得到成果的事,那种淡然的快乐是无法比拟的。

戴师傅说，大概每个演员都有明星梦吧，不想当名角的演员不是好演员。他说自己"岁月不饶人"，恐怕没有成"角"的希望了，但对几个业已成名的演员还是心生感激，比如从来不"耍大牌"，对临时演员总是笑脸相迎，主动打招呼的李连杰就让人备感舒服；还比如休息时会找临时演员谈心的张国立更让人感动不已，他曾经这么说过："我当初也是跑龙套出身的，你们好好演，也能演出点名堂来！"

(2008年5月21日)

离婚了,我依然是你的靠山

——一位弱女子面对瘫痪丈夫的承诺

□ 许 萍

这是一个关于夫妻情深、母爱无私的故事。主人公名叫金月英。

第一次听说这个故事,是在今年三八节岳阳街道"魅力家庭"的访谈中,台上,一对母女让全场的听众动容。

访谈中,母亲和女儿都说了同一句话:"只要三个人在一起,就是一个完整的家。"

无论是母亲、女儿,还是他们背后的那个男人,都需要有一个家。因为爱,他们都不曾失去家。这个家里的人也许过得很艰辛,却始终完完整整,这便足矣。

八年前,那个黑色夏天

八年前,金月英一家度过了一个黑色的夏天。一场意外让原本幸福美满的家庭蒙上了至今挥之不去的阴影。

金月英仍记得,八年前那个夏天,医生对早已哭成了泪人的她说:"别哭了,以后的日子还长着呢,无论以前怎样,今后,你就是这个家的支撑了。"那时候的金月英埋怨过医生的残酷:作为医生,他为何连一句安慰的话都没有?

然而,八年过去了,如今的金月英已深深地理解了医生的话,也深刻地体会到了那句话背后的艰辛。

1992年，金月英和陈健经朋友介绍认识，互生好感，虽然没有动人的山盟海誓，却有了白首偕老的约定。1994年2月，他们喜结连理，并很快有了一个活泼可爱的女儿。那时陈健是上海石油公司松江分公司的一名普通员工，虽然家境并不富裕，但一家人和和美美，一切都平凡而美好。2000年夏天，他们用全部积蓄加贷款买下的新房已经装修完毕，很快就要搬进新家了。如果没有那场意外，现在的生活会是怎样？这个问题，金月英从来不敢深想。

2000年7月的一天，陈健带着六岁的女儿津津去游泳。到了泳池边，迫不及待的津津一见泳池就扑了进去。等她游累了，想找爸爸却怎么也找不着。津津着急了，哭着喊着找爸爸。这时，人们才发现，在游泳池底，竟然躺着一个人。

陈健得救了。如果女儿再多玩一会，也许，结果会更残酷。陈健后来回忆说，当时，不知怎么的，刚要下水的他脚底一滑，掉到了水里，在水底，他无法动弹，想呼救也力不从心。因为游泳的人不多，没人注意到这一幕。

陈健被送往医院，接到电话后的金月英匆忙赶去。医生告诉她，陈健的伤情几乎和运动员桑兰一模一样。除非发生奇迹，否则很难康复。这句话，让金月英眼前一黑，晕了过去。那年，她三十一岁，陈健三十三岁，在那么美好的年龄遭遇如此不幸，她情何以堪？何况，他们还有一个少不更事的女儿。

但是自始至终，金月英从未在陈健面前掉过一滴眼泪。八年，让她成了一个非常坚强的妻子和母亲。

八年，他们这样走过

八年来，金月英每天凌晨5点半就起床，做好早饭，给陈健翻身，送女儿上学，再回家照顾陈健吃饭，接着给他擦身，然后买菜、做饭……金月英为这些家庭琐事忙碌着，她成了"保姆"，也成了"护士"，无心再顾及其他。"对我来说照顾好他们父女就是一切。"她说。

刚开始，金月英根本就不知道该怎么照顾陈健。那时陈健的睡眠非常差，身体的不适让他常常出一身汗，金月英不得不一次次地起来给他擦汗，一个囫囵觉对她来说是如此的奢侈。让她更心痛的是，她对陈健的伤痛无计可施。

为了更好地照顾陈健，金月英买了很多护理的书自学。陈健行动不便，每次去医院都必须叫救护车来接,为了方便,金月英就学习自己注射。"一开始就在自己的胳膊上练习,练熟了才给他注射,现在已经很专业了,连医生也夸我呢。"金月英说,最困难的时候已经过去了。但直到现在,金月英依然不能离开陈健超过两个小时。

陈健是一个身高一米七七的大男人,而金月英只是一个身高不足一米六的弱女子。出事后,陈健胸以下全部失去了知觉,他只能躺在床上。八年来,除了偶尔上医院,他几乎没有出过门,他无法下床,也无法坐起,虽然手臂可以活动,双手却无法握拢,所有的事情都需要金月英料理。不知不觉中,弱女子变了,变得什么重活都不怕。前几年,家里还用罐装煤气,每次换煤气都是金月英一步一步把煤气瓶搬上楼。八年来,她双手已经磨出了厚厚的老茧。

八年里,陈健唯一的娱乐就是看电视,最喜欢的是看体育新闻,可是,每一次只要看到游泳比赛,就必定立刻转台。泳池,是他一生的痛。听说松江变化很大,听说新城很美,但陈健只能在新闻里看到,只能在金月英母女的讲述中了解。陈健的痛苦,金月英深深懂得。在最初的一段时间里,陈健都无法面对现实。他的脾气也因此变得很暴躁,很容易发火。每一次,金月英都默默地忍下来,实在忍不了,就悄悄躲起来流泪。她知道,陈健对她发火只是为了让她受不了离开他,但她怎能让他"如愿"?为了安慰鼓励陈健,金月英买来诸如《极限人生》之类的书,用别人身残志坚的故事鼓励陈健。

五年前,在陈健再三的"逼迫"下,他们离婚了。陈健说,他不愿意再拖累她了,他要金月英走。金月英不肯,为了女儿,为了离不开她的陈健,她坚决反对。然而,陈健以绝食相要挟,他们最终结束了法律意义上的夫妻关系。然而,离婚后,他们依然是一家三口,除了结婚证换成了离婚证,什么都没有改变。"我离不开这个家,舍不下我们的夫妻情,更舍不下女儿。"金月英说。

很多次,陈健都要求金月英把他送到福利院,可是金月英不忍心。"自己照顾怎么都比别人照顾好,我无法想象他在福利院的情景。"她甚至拒绝去福利院看看情况后再作商量。

"下辈子我做牛做马报答你。"这样的话陈健曾不止一次地说过,妻子这份患难中的真情让他觉得今生无以为报。金月英也常常开玩笑说:"如果出事的是我,你会不会这样对我?"陈健说:"也许我没有你这么大的耐心,但我一定不会离开你。"

记忆里也不全是辛苦,最温馨的时刻是冬天天气好的时候,金月英会把陈健扶起来,夫妻俩背靠背坐在阳台上,晒着太阳聊着天看着窗外的风景。

女儿,家庭的希望

女儿津津今年十四岁,上初二。因为爸爸的意外,这个本该在父母身边撒娇的女孩也变得特别懂事。"爸爸,都是我不好。"因为是带她出去游泳才出的事,津津曾经很内疚,觉得是自己的错,但爸爸妈妈一次次的宽慰让她释然。

津津明白,自己就是爸爸妈妈全部的希望,因此,她很努力地学习,成绩一直不错。她理解爸爸的痛苦,因此,每天回家第一件事就是到爸爸的床前,跟爸爸讲学校里的事。她也看到了妈妈的辛苦,因此,她总是帮着妈妈做些力所能及的家务,爸爸洗澡的时候,她就和妈妈一起将爸爸扶进卫生间。

五年前父母离婚时,津津很害怕,她怕像电视上那些父母离婚的孩子一样,只剩下半个家,她尤其担心:"妈妈走了,爸爸怎么办?"但金月英的话让她明白了:即使爸爸妈妈离了婚,她也还是拥有他们的疼爱,妈妈依然还是会守在她和爸爸的身边,这个家依然完整。津津放心了。

陈健出事后,家里的经济情况大不如前,一家人的收入就是低保金和陈健的长病假工资,每月还要偿还银行七百多元的贷款。看着同学们买这买那,津津虽然羡慕,却从不在父母面前提及。一次,金月英无意间看到了津津的日记。日记里,津津这样诉说着自己的心事:

放假了,同学们都和爸爸妈妈出去玩了,我却哪里都没去。看着同学们在一边兴奋地讲出游的趣事,我只能一个人站在一边,听他们讲,默不做声。

金月英从女儿的日记里看到了津津的渴望,孩子的坚强和懂事让她很揪心,却什么也做不了。

家里的相册一直放在津津的床头,她常常在睡觉前拿出来翻看。那里有她美好的童年,六岁之前,爸爸妈妈带她去了很多地方,虽然她那时还小不懂事,现在却深深懂得那时的幸福。她一直记得,爸爸出事前最后一次的全家旅行是在2000年5月,一家人去了南京中山陵。两个月后，爸爸就再也无法站起来，再也无法带她去旅游了。

他们，是她身后的力量

陈健小时，父母就离婚了，他跟着父亲过。如今他父亲已七十多岁，身体不太好，一个人住在车墩。对陈健，父亲是心有余而力不足。如果没有金月英，也许陈健就只能去福利院。但是，他很幸运，他有一个好月英，更幸运的是，金月英的背后，还有如此支持她的家人。

"父母年纪那么大了，本该是我孝顺他们的时候，现在却还要他们常常反过来照顾我。"这么多年，金月英常常觉得愧对父母。尽管她的生活瞬间发生了那么大的变化，过得那么辛苦，但因为金月英坚持着，她的父母虽然心疼她，却从来没有说过要她放弃。"有时我外出回来，看到我妈把买好的菜放在那里，就好想哭，他们都那么大年纪了，还总是为我的事操心。"父母的默默付出让金月英觉得无以为报。

金月英的哥嫂也很心疼金月英和津津。每到雨雪天，不用金月英开口，哥嫂的电话必定会打来："津津我们去接，你不用去接她了。"节假日，哥嫂时常会把津津接过去，带她出去玩，替金月英弥补不能带给津津的一家三口出游之乐。津津的家长会，永远都是哥嫂去参加的。"把孩子、家庭照顾好，不要担心太多，经济上有家人支持你。"家人的支持给了金月英很大的勇气。

尽管遭遇了不幸，金月英却始终心存感恩。她说她要谢谢政府，如果没有政府的低保金，他们一家人会生活得更艰难；她也谢谢陈健所在的上海石油公司松江分公司，几年来，公司一直给陈健发放长病假工资，过年过节时，公司领导总不忘来看看他；她还感谢岳阳街道和龙潭居委会，他们都给了她很多鼓励和支持，逢年过节也总不忘来慰问他们一家。

(2008年6月4日)

黑暗中探索光明的女孩

□朱 炜

清秀的脸庞，腼腆的笑容，说话低声细语，一个邻家乖乖女的样子，这就是笔者初识诸立文时的印象。如果不是眼睛有些异样的话，她和别的女孩看起来并没什么不同。而在与她的交谈中，笔者又渐渐地发现了她的另一面：她对待困难乐观开朗，她对待学习坚韧不拔，她待人接物朴实无华。这一切都深深地感动着笔者，使笔者不禁想起上世纪那位著名的残障教育家海伦·凯勒，她们同样都接受了命运的挑战，不屈不挠，终于在黑暗中找到了人生的光明面。

笔者在盲女孩诸立文的身上看到了海伦·凯勒的影子。

困难中培养自立能力

诸立文出生后三个月，父母就发现她的眼睛睁不大，目光无神，而且对移动的物体没有感觉。于是带她跑遍了上海所有的医院，还南下广州寻访名医，最后检查的结果都是一样：先天性角膜营养不良症。医生告诉他们，孩子的眼睛刚开始还会有一些光感，随着年龄的增长，光感会慢慢消失，而治愈的几率几乎为零。后来，诸立文虽然接受了手术治疗，却没有什么效果。奇迹最后还是没有出现，小立文的世界终于沉入了无尽的黑暗之中。看不到这个五彩缤纷的世界，诸立文幼小的心灵里充满了忧伤和无奈，本该无忧无虑快乐生活的她，开始变得沉默无语。

　　八岁那年，父母把小立文送到了上海市盲童学校读书，由于校区在长宁区，家住松江区的诸立文只能每星期回家一次，就这么离开父母，独自来到一个陌生的环境中学习生活，这对当时年纪还很小的她来说，难免会感到无助和害怕。所以，当父亲每次要送她回学校时，她都是哭闹不停，怎么说都不肯回去。妈妈心疼女儿，没怎么反对，爸爸却毅然决然地坚持把女儿送回了学校。从小在父母悉心呵护中长大的诸立文，刚到学校时什么都无法适应。于是，盲童学校的老师们就手把手地教她做一些力所能及的事情，在老师们的细心照顾和教导下，她渐渐学会了打水、洗衣、整理床铺，也开始适应起校园的生活。在教室、在宿舍，大家又能听到她和同学们聊天时的欢声笑语了。

　　诸立文是个很懂事的孩子，虽然眼睛看不见，但依旧能感受到父亲每次往返接送自己的辛劳。小小的心里慢慢下了决心，一定要自己独立上学。终于，她鼓起勇气向父亲提出了这个想法，父亲虽然有些担心，怕女儿在路上发生意外，但转念一想，这未尝不是一次锻炼女儿独立自主的好机会，也就不再反对了。为了慎重起见，诸立文还拉上了班里的一位也是松江的盲人同学同行。就这样，两个从未单独出过门的小姑娘心怀忐忑地上了路。虽说之前都已规划了路线，可真当出了门，姑娘们还是找不到方向，于是只好边走边问路人，慢慢地挨到汽车站，在好心人的帮助下，两人买完票坐上车，惴惴的心才算平静了一些。可到了上海，她们俩又没了方向，校区离车站还有一段很长的路，光靠两条腿走过去看来不现实。不过这回她们算有了些经验，出站前先问好了怎样换乘公交车，然后还是一路问询一路前行，最后终于平安地到达了学校。虽说这次上学路上所花的时间是平时的几倍，人也筋疲力尽，两个小姑娘却异常激动，因为一路上她们谁都没有提出放弃，她们靠自己的努力完成了这项"几乎不可能完成"的任务。

　　从八岁到二十一岁，诸立文有十三年的光阴在盲童学校里度过。到后来，她已经能完全独立地生活，并且还能和老师一起照顾和帮助低年级的学生。

学习中付出百倍努力

　　和其他正常孩子相比，盲童们学习的难度更大，他们的学习用具是特殊的字板、盲笔和盲文纸，写的每一个字都是用盲笔通过字板一个一个刺在盲文纸上的，而盲童学习的书也是由一个个突起的盲点字组成。刚刚开始学习时，小立文为了尽快学会和掌握盲文，常常是连续几个小时摸着书上的字，反复练习，手上都磨出了很多的老茧和水泡，然而她还是咬牙坚持着、继续着，直到能熟练地"阅读"和书写盲文。

由于盲文文字都是由拼音组成的，因此，一页16开的盲文纸上记载的文字内容还不到常规书籍的一半，所以往往一本盲文书的厚度是一般书的几倍，其重量也可想而知。但即使这样，身材瘦弱的诸立文每天都要背着几本厚厚的盲文课本去上课，每逢周末还要背着这些书赶回松江的家。她默默地坚持着，她知道，要想学到更多的知识，就只能比别人多花十倍百倍的精力才能有更大的进步。

通过不懈的努力，诸立文终于如愿地考上了上海师范大学，来到了一个更为广阔的天地学习深造。可是，困难也接踵而至，由于这是一所普通全日制高校，和诸立文一起学习生活的都是正常的学生，老师不会因为她是盲人而放慢教学的进度。在正规化、高节奏的教学环境中，诸立文必须付出超出常人几倍的精力和时间。听课时，因为用盲文做笔记速度慢，她就先用脑子强记，下课后再找老师、同学补充，然后自己回去慢慢消化，个中的艰辛可想而知。文言文和数学图形学习对盲人来说，更是难上加难，而她也以顽强的毅力硬生生地"啃"了下来。

黑暗中描绘美好生活

除了繁忙的学习，诸立文还不忘丰富自己的课余生活和培养兴趣爱好。她喜欢音乐和文学，所以，在盲童学校，她参加了合唱队和文学组，在知识的海洋中畅游，和贝多芬握手，与莎士比亚交流。她希望能和普通的孩子一样展示自己的才华。她写的小诗《星星》表达了一位盲女孩虽然看不见外面的世界，但同样会有梦有追求的美好心境，从而获得了上海市冰心作文奖高中组二等奖。

2000年，当时读小学五年级的诸立文被学校选拔参加全市的朗诵比赛，这对从无相关经验的她来说，无疑是一次考验。然而小姑娘并没有怯场，倔犟的她接到通知的当天就投入到了紧张的排练中。排练的那天是周五，诸立文本该是回松江的，可由于比赛时间急、任务紧，排练过于投入，竟然错过了回松江的末班车。正当她焦急万分之际，带教老师主动将她带回了自己的家，悉心照顾的同时还抓紧时间帮她排练。功夫不负有心人,在朗诵比赛上,诸立文和同学密切合作,超常发挥,荣获上海市一等奖。

诸立文从小就非常喜欢听音乐,不同的旋律,她总能在心中描绘出一个个不同的场景和故事。几年前她开始学习弹钢琴,在学习过程中,因为看不见老师的手势,她就用手摸,然后慢慢体会;看不到五线谱,就让老师把一个个音符说给她听,然后她再写成盲文,课后自己照着谱子边摸边弹,直到完全记住为止。随着弹奏的曲子越来越难,记谱的难度也在不断增加,她就不断摸索研究、反复推敲,久而久之,竟独创出了一套盲文的记谱方法。由于不懈努力,终于在2007年的钢琴考级中,诸立文拿到了钢琴八级的证书。

生活中感怀人间真情

能取得今天的成绩,和诸立文自身的刻苦努力密不可分,而她的父母及身边的朋友、好心人也给予了她真切的关爱,帮助她摆脱困境,让她了解了这个世界的美好。

因为酷爱读书,诸立文主动与北京的中国盲文图书馆取得了联系,结成了"对子"。从2002年开始,图书馆免费为她提供盲文读物,只要一有新书,便会及时邮寄给她,让她能第一时间读到,使她在盲文图书的海洋里吸收到无穷无尽的养分和知识。

为了能让诸立文顺利考上大学,在岳阳街道民乐居委会的帮助联系下,东华大学的大学生们和诸立文交上了朋友,每个星期他们都会上门为她辅导功课,风雨无阻。经过几年的上门帮教,诸立文的学习成绩有了大幅度的提高,社会阅历也更加丰富了。

当问起诸立文未来的职业志向时,她只是恬淡地一笑:"我没有想过一定要做什么,只是希望自己在社会上是一个有用的人。我希望自己能去帮助那些需要帮助的人,这会让我很开心。"

有那么一瞬,笔者惊诧于这个平凡女孩身上所散发出的光亮,这道光亮使她显得愈加美丽、优雅。仿佛在她的心中,依旧有着一个明亮的世界。我不由得想起海伦·凯勒在她的自传《假如给我三天光明》中的一段话:"我相信,真正的视觉和听觉是内在的,而不是外在的;我也同样相信,随着年龄的增长,所得到的幸福也会越来越多。对我来说,这些都是自然而然的事情。"

(2008年6月18日)

乡下胡琴拉出凤凰声
——文艺田园中的耕耘者沈勤贤

□陈亚利

"乡下胡琴拉出凤凰声。"一句朋友的戏语,让沈勤贤有了一个富有韵味的笔名——"琴弦"。五十多年,一段漫长的岁月,时光流逝,时代变迁,这把"琴弦"在文艺创作的田园中始终演绎着动人乐章。

沈勤贤其人

农民作家、农民诗人、故事大王……在沈勤贤的头上,戴有许多光环。沈勤贤自己却说,这些只是认识他的人对他的一种抬爱,他只是一个做了二十多年基层党支部书记的老党员,他只是一个热衷于在文艺田园中耕耘,歌颂党、宣传党的政策的业余创作者。

年近七旬的沈勤贤1939年出生于上海市松江县广富林,1955年初中毕业后回家种田。1965年至1968年间,他担任广富林大队党支部代书记,随后又相继调到陈坊桥农机厂、化工厂、弹簧厂任党支部书记。在做了十九年的党支部书记后,他又调到佘山镇文化站当站长。佘山国家旅游度假区建设之时,他又到佘山镇旅游公司当书记……

工作在变,角色在变,但在沈勤贤的身上,有一件事情始终未曾改变——那就是对文艺创作的爱好。传说、故事、戏曲、民歌……沈勤贤不停地在"爬格子",拿他自己的话说,"格子"越"爬"越有乐趣。五十多年来,他共写了三十多万字的作品,不少作品发表于《文汇报》《解放日报》《新民晚报》《民间传说》《故事大王》等报章杂志上。

情系广富林

人亲、土亲、文化亲,对故乡的土地,沈勤贤有着解不开的情结。从上世纪50年代开始,初中毕业的他就开始收集关于广富林的民间传说故事,自此,结下了五十多年的广富林文化情结。

对广富林文化的兴趣,来源于"广富林"这个名字。沈勤贤说,从小就对"广富林"这个名字感到好奇,农村大多数地方都是诸如"辰山村"、"胡家埭村"、"金家村"此类的名字,只有"广富林"显得与众不同,显得富有文化底蕴。弄清"广富林"名称的由来,成了沈勤贤探寻广富林文化的第一步。他找到了当时的老中医朱一鹤,向朱医生打听"广富林"名称的由来,这就有了后来的《古镇"广富林"由来》一文。

说起广富林,沈勤贤的话匣子就打开了:"四千多年前,松江还是一片汪洋,唯独九峰十二山若明若暗露出水面。九峰之一的佘山南端,曾有一块矶石,先人叫它'桑园矶',这是古镇最早的名字。这块矶石年复一年被泥沙淤积覆盖成为平地,海上捕捞为生的穷苦渔民在此落脚栖息,众渔民称它为'海浦庄',这是古镇的第二个名字。清康熙年间,康熙帝下江南从松江府水路路经'海浦庄',并在此小憩片刻,故文人墨客将'海浦庄'改名为'皇少亭'。皇少亭是水路交通要道,乾隆年间,风调雨顺,这一带繁荣昌盛,过往商船都再此停泊夜宿,由于来往客商及三教九流语言不同、口音不同,许多人把'皇少亭'说成了'皇少林'、'皇富林'、'广浦林'、'广福林'等,年事更迭,以讹传讹,'皇少亭'渐渐成了'广富林'。"

不管身在何处,不管工作多忙,五十多年来,沈勤贤始终没有停止过探寻广富林文化的脚步。工作之余,他就到广富林茶馆与长辈们抽烟喝茶,谈古论今,从他们口中询问有关广富林的传说。晚上,他就把时间用在整理广富林的史料、传说、故事上。松江大学城开始建设之时,沈勤贤在广富林的家动迁了,搬迁到了陈坊桥居住。但是,年近六旬的沈勤贤在周末还是会经常从陈坊桥骑车到广富林茶馆，收集关于广富林的民间传说。

"你写这些东西有意思吗，又花时间，又费脑筋。"这是家人的反对声。但是，沈勤贤的志向始终没变，因为在他的心中，一直有个愿望，一定要出一本《广富林小志》。沈勤贤说，他曾在老中医朱一鹤的家中见过一本用毛笔写的《广富林小志》，但在"文化大革命"期间被烧毁了，因此他要重新写一本，让广富林的文化、传说能够流传给后人。

五十多年来，沈勤贤收集整理广富林史料、传说故事约八九万字，写了《广富林趣谈》约四十篇，发表于各大报纸和杂志。上世纪50年代，沈勤贤的《广富林趣谈》的第一篇《五浜造牛体》一气呵成，发表于《民间传说》。此后，《古镇地下三宝》《古镇姓氏变迁》《江山石》等文章陆续见诸报端。

2008年，在获知方松街道即将开发广富林遗址，正在收集关于广富林的史料、传说时，沈勤贤把他五十多年来的心血全部奉献了出来。为了确保他所写的民间传说的可靠性，春节期间，他几乎每天都泡在广富林老年活动室的茶室内，跟其他老人讲他写的传说故事，征求他们的意见。

胡琴多重奏

从传说到故事，从戏曲到民歌，这把来自乡间的"琴弦"，在文艺创作的田园中演绎着多重奏。

1965年，"文化大革命"之前，沈勤贤创作的故事《催芽》发表于《文汇报》，故事写正当双季稻播种时节，队里忙着浸种催芽，一个小队长工作不认真，未能把种子上残留的石灰洗干净，被老队长发现后狠狠地批评了一顿。故事借浸种催芽来说培养的接班人不能受到外界的腐蚀。这一故事在当时引起了很大的轰动，沈勤贤也因此受到复旦大学的邀请，作为农民代表参加文艺座谈会。自此，沈勤贤的创作一发而不可收。

《夫妻情》《航母触礁》《碰哭精》……四十多年来，沈勤贤在文艺田园中笔耕不辍，将生活中的素材创作成一个个富有时代气息、富有生活哲理的小故事，共计约二十万字。

上世纪70年代起,调到佘山陈坊桥工作的沈勤贤又开始四处采风,了解佘山镇的风土人情,并创作了《小镇风情》《小镇旧事》系列,发表了《饭瓜塌饼》《阿伲开店》等数十篇作品,展示了上世纪七八十年代佘山镇人民的生活面貌、风俗习惯等。

上世纪80年代,时任佘山镇文化站站长的沈勤贤加入了松江县戏曲协会,创作小戏参加区里演出,成了他的日常工作。他创作的沪剧小戏《草莓红艳艳》《训女婿》等作品,还被选送到市里参加比赛。

"出门有张交通卡,看病有张医保卡,用钱有张银行卡,老头老太想点啥,活到一百乐哈哈。"对这几句话,佘山镇的不少居民都耳熟能详,这就是沈勤贤创作的一首民歌。从"文化大革命"到现在,沈勤贤对民歌的创作从未间断过。从"文化大革命"时代的"鸡不觅食严寒期,敲冰踏霜罱河泥;心想来年丰收景,汗珠湿透衬里衣",到改革开放三十年后的"茶叶最怕黄梅天,铅丝最怕老虎钳,村民最怕政策变,改革开放三十年,党的政策比蜜甜"。沈勤贤用民歌的形式,用最通俗的语言,记录时代的变迁,宣传党的政策,表达百姓的心声。

浓浓乡土情

从《广富林趣谈》到《小镇风情》,从民间故事到通俗民歌,沈勤贤的创作始终来源于生活,始终散发着浓浓的乡土气息,故乡事、故乡人、故乡情,没有华丽的词藻,没有出色的文采,拿沈勤贤自己的话来说:"我写的东西很俗、很土。"

"用百姓的语言,写百姓的故事。"用这句话来形容沈勤贤的作品很是恰当。"男人有钱就变坏,女人变坏就有钱。这当然只是一种调侃,对大多数人来说是对不上号的。但是对我们村里小有名气的包工头钱良根来说,真如白水泥砌砖墙——一拍一抿缝了。"这是沈勤贤在故事《夫妻情》中的开场白。"斗转星移,中秋节即将来临,听东邻西舍的大嫂大妈闲谈:今年做饭瓜塌饼,也要改革改革、翻翻花样:百果的、枣泥的、蜜饯的……尝试尝试。这真是:饭瓜塌饼甜又香,合家团聚都欢畅;农家自有农家乐,今年中秋更闹猛。"这是沈勤贤在《饭瓜塌饼》一文中的结束语。读来深入浅出,易读耐看。

经历了"文化大革命",见证了改革开放三十年时代的变革,在沈勤贤的作品中留下了深深的痕迹。一篇《催芽》,刻下了那个时代的印痕;一篇《菜瓜苦西瓜甜》,写出了两代恋人不同的命运;一篇《阴阳石》,描述了改革开放改变了一个国字脸女子的命运。

岁月流逝,信念不变,年近七十的沈勤贤,依然在他的文艺田园中默默耕耘着。

(2008年7月2日)

万千风景咫尺间
——记微型建筑模型爱好者彭逸民

□陈佳欣

泗泾古镇、史量才故居、庙前街、上海城隍庙……把这些实景用竹木制成微型模型，在一方小小的天地间，包容了鳞次栉比、惟妙惟肖的亭台楼阁，尽显中国古典建筑的悠长意蕴。这便是家住泗泾的退休工人彭逸民的杰作。

缘起于古镇一瞥

今年六十九岁的彭逸民原是松江酿造厂的工人。2000年退休以后，生活虽然清闲了，但他总觉得少了当初忙碌的乐趣。周围的朋友有的爱搓麻将，有的喜欢跳舞，他思忖着，这些都非我所好啊，总该给自己找个兴趣爱好，消磨消磨业余时间才好。2002年，泗泾的古镇改造拉开序幕，镇上新建了一座安方塔。彭师傅家就住在古镇附近，几乎每天都要打塔下经过。抬头仰望，宝塔的巍峨壮观让他很受震撼。何不搭一座微型安方塔模型呢，把泗泾古镇的美景"搬"到家里？

于是，彭师傅拾起了刻刀、竹筷，也拾回了久违的充实和快乐。原本，只想"小打小闹"，谁料却一发而不可收。六年来，彭师傅每天都要在他那间陈设简单的工作间里专心致志地忙上三四个小时，日复一日，乐此不疲。如今，彭师傅已巧手制成了好几组建筑模型，从最初的安方塔到泗泾古镇一角，从陈云故居到史量才老宅，再到上海老城隍庙、松江庙前街全貌，小小手工，逐渐成了一件件"浩大"的"工程"，往往一组景就要耗时近一年。

屏气凝神变废为宝

巍峨的七层安方塔，塔檐上小巧的风铃，玲珑的亭阁，逼真的斗拱牌楼，可灵活开启的门窗，还有飞檐花墙，曲径回廊，沿街商铺，粉墙黛瓦，咫尺天地间竟包容了这么多惟妙惟肖的建筑，不由令人叫绝。

当问到精工细作的微型建筑是否要求上好的"建材"时，彭师傅不禁笑道："我这里用的不少都是废旧材料，家里用剩的啦，外面捡来的啦，开销不大，用场倒不小。"

说来，制作模型初期，彭师傅也曾为材料匮乏而大伤脑筋，只有数量不多的竹筷，怎么也用不过来，造了东墙，担心西墙，很有点捉襟见肘的尴尬。他灵机一动，去外面捡来了不少人家装潢丢弃的三合板，一下子好多墙面有了着落，紧接着他又翻出了一堆月饼盒子、八宝粥罐头，把铁皮剪下来，用来制作相对费料的屋顶。而屋顶上一道道逼真的瓦楞，是他将废旧电线抽去里面的铜芯，再一剖为二，细心贴就的。再看塔顶，谁会想到那是彭师傅卸下菜刀的木制刀柄，拆下废弃电灯泡的塑料灯头做成的。林林总总，一堆看似跟"建筑"八竿子打不到一块的废旧材料，都被彭逸民巧妙地融进了模型制作里，重新派上了用场。

细看这些模型的做工，精致纤巧，妙不可言，全靠着彭师傅的细心和耐心。把一根竹筷劈成九份，然后锉得厚薄均匀，再剪成所需尺寸，镂刻加工一番，小心翼翼地用镊子一片片粘上去，窗花门楣，雕梁画栋，飞檐翘角，极尽细巧之能事。为了让楼阁上的门窗显得更加生动，彭师傅没有用胶水把门粘死，而是精心安上了微型卯榫，这样门窗就能灵活地开合，平添了一份动感。安方塔顶上的那几根铁索，是一环一环铁丝连缀而成的，光制作一根就花去了彭逸民三天时间。每层塔檐上坠着八只小风铃，七层加起来就有五十六只之多。彭师傅当时屏气凝神十多天，才做成了这些毛豆大小的小铃，然后再耐着性子一个个挂上了塔檐，它们迎风摇曳，彭师傅心里特别美。

与生俱来的建筑敏感

彭逸民早在1958年就进入松江酿造厂当学徒，干过司炉等工种，但真要说"建

筑"这一行，对他而言实在算是一个陌生的领域。

但是他对古建筑似乎有一种天生的敏感。最初做"泗泾一角"的时候，他家里还没相机，没法把实景拍摄下来，也没有现成的图纸参考，于是他就经常来到塔下，扬起头细细观察，每层层高、塔檐翘起的角度、塔身大小的变化，甚至细到栏杆的纹样，大多数他都能默记在心里，回到家中再绘成图纸。有时候，一些细部他也会在塔下临摹，就连花墙上的窗花饰物也一组组画下来。就这样，一天就要去上三四回，哪怕是大伏天，他也照样顶着高温烈日，一笔一笔勾勒出宝塔的形制。回来以后照着样子做，大小比例居然恰到好处。

"老实说，我也不知道这些建筑的确切数据，只能靠目测比较，确定一个大致的缩小比例，然后就是凭着感觉去做啦。"非科班出身的彭师傅对建筑结构的敏感可见一斑。

有一年他做陈云故居的模型，参考的仅仅是纪念门票上的一张照片。然而大到房屋样式，小到屋里的木凳、灶台、花墙上的装饰，他都在微型模型里一一还原，让人叹为观止。后来，他买了一架相机，装备一改进，一下子"如虎添翼"了。趁着到上海城隍庙参观的机会，他就在每一栋建筑边摁下快门，湖心亭、绿波廊、上海小吃人家、九曲桥……任何一处风景他都不愿放过，一回到家就兴奋地动起手来。当这个城隍庙系列完工的时候，人们啧啧称奇，一座座亭台楼榭没有"各行其道"，而是巧妙地相映成趣，似乎缺一不可。彭师傅笑着说，他总是在心里形成一个总体框架，胸有成竹了再动手去做，所以再繁杂的景物也能交融成一个有机的整体。

留住逝去的记忆

一边听着收音机里播放的评弹，一边刻啊，剪啊，粘啊，间或喝上几口香茗，彭师傅说那种惬意和享受，旁人可能很难体会。"说我手巧那真是不敢当，我只不过是静得下心来，时间好像不知不觉地就溜走了。大家还说我肯定很辛苦，一干就是好几个小时，但我自己一点也没觉得累，尤其是一件作品完成的时候，我就特有成就感，特有劲头。"

彭师傅还说，现在城市里越来越多的高楼大厦拔地而起，而他最心仪的还是那些有古典韵味的中式建筑。"要我说，洋房造得再豪华也及不上楼阁回廊来得有味道。"

他告诉笔者，这些模型是按实景制作的，也算是真实记录了城市中古建筑的历史文化。他指着"泗泾一角"的店铺可灵活开启的木制门窗，不无遗憾地说："几年过去了，现在好些商店都装上了卷帘门，方便了，安全了，但古镇的协调美也给破坏了。"

说彭师傅的作品有一种远离尘嚣、怡然自得之感不是没有道理的，他的作品中还包括了与人合作的"农家乐"模型。风车、牛车、人力踏水车、织布机是竹木做成的，小巧逼真，旁边还摆着石膏雕成的农民、耕牛，一派男耕女织、其乐融融的景象。现代生活已经让太多记忆远去了，如今城市里的孩子未必都能认出这些农具了，正是抱着这种想法，彭逸民执著地继续着自己的微型模型创作之旅，传承着古老的建筑和民俗……

（2008年7月16日）

"玩"时髦的"闲人"

□王裔君

他,自称"闲人"却是"闲"得别有一番风味。

曾任松江博物馆馆长的他,理应是个不折不扣的"老古董"。可已过知天命之年的他,确确实实是个"老顽童",而且玩得相当时尚:西洋油画、专业相机、新款笔记本电脑。

他,就是"时髦"的林晓明。

"玩"知了

童年时代的林晓明正处于一个物质生活极其匮乏的年代。家中有四个兄弟姐妹,没有玩具,要玩什么也都是自己做。

幼年时期的林晓明喜欢自己制作弹弓,和玩伴一起去小树林打知了,而且每次他打的数量是最多的。原来,林晓明每玩一样东西,总会"探秘"在先。如打知了,每次出发前,他总要事先做一番缜密的侦察,譬如什么地方的树多,什么地方的知了叫得最响。研究后,他发现在水平位置打躲在树上的知了,准头最高。于是,他经常四处寻找位于高处的宝地。在玩的过程中,他发觉当时的古城墙附近的树林最茂密,古老的城砖早已被人挖走,留下光秃秃的土墩。幼年的他就开始思考:这些城墙是干什么用的，现在为何被人遗弃了呢？

"很可能小时候玩的经历和自己喜欢探究的个性注定了我与文博工作的不解之缘。"林晓明说。

"玩"油画

很小的时候，林晓明就"玩"起了美术。"四五岁的时候就问家长讨钱买蜡笔，当时一盒蜡笔要五分钱。"回忆起小时候的生活，他说，"看到白色的纸就想画，喜欢用蜡笔画自己想象中的美好生活和自己眼中的世界。"

真正接触西洋美术，是在大学毕业后。1972年，刚走出大学校门的林晓明跟张秋华老师学西洋油画。林晓明至今记得张先生操起软糯的苏州方言为他们讲述西洋美术的情景。每逢星期天，他总要去张老师家里，一坐就是几个小时。第一次去张老师家里，他便被里面的一切所深深吸引。十平方米简易的书房，墙壁被漆成了灰色（当时绝大多数人家中的墙面都是白色的）。书房的正中央挂着一幅张老师自己画的海景图，用白色欧式画框装裱着。林晓明一边听着张老师讲述西洋画的历史，一边看着那幅画出神，心思随着乘风破浪的风帆驶向艺术的海洋。

在学习西洋油画的三年中，他将所有的收入都投入到了自己的兴趣中。"学油画是件高成本的事。"林晓明说，"当时一个油画架就要几块钱，一支颜料也要一块多，自己每月的收入才十几块钱。"

而他要当油画家的梦想并未实现，1975年上海戏剧学院招收工农兵大学生，正值"文革"后期，由于成分关系，他遗憾地失去了报名资格。

"玩"书法

后来林晓明转而"玩"起了书法。林晓明喜欢在深夜练字，一天繁杂的生活过后，将自己关在书房里，展纸泼墨，在万籁俱静中，他临摹古人的字帖，感受古人的遗风。

林晓明练书法没有太大的目标，从没想过做书法家。许多书法家喜欢闹中取静，而林晓明需要窗明几净的环境。每次练字，他总是将桌子清理干净。他说："书法要讲究章法，写楷书就要把格子裁好，写草书心里也要有行。"

最令林晓明满意的书法作品是他唯一一次写的大字。1988年恰逢龙年，年初时当时的松江县委与上海画院联合举办迎春画展，并请林晓明为画展创作大字。大字并不好写，这也是林晓明第一次写那么大的字，但他还是欣然答应了下来。当时正值腊月，晚上9点，他便将自己关在书房里构思。大约半小时后，他写下了第一个"龙"字，端详良久觉得不满意，便重写。写到第五个时，腊月寒夜中的他竟觉得浑身发烫，便脱去了外套，穿着毛衣继续创作。"写小字时手心发热，说明整个状态都投入了；写大字时全身发热，则说明一定会有好的作品。"回忆起当时的情景，林晓明这样说道。

这样反反复复写了十五遍，一个让他自己满意的"龙"字才千呼万唤始出来，而此时已是凌晨3点。

更让他感到欣喜的是，这第一个也是最后一个大字得到了自己的老师、中国篆刻艺术研究院院长韩天衡老师的赞赏。在看到自己学生的作品后，韩老当即拿出自己珍藏多年的明代朱砂墨为学生的作品题词。

"玩"相机

走进林晓明的办公室，映入眼帘的是三幅大照片。讲起这些照片的来历，林晓明立刻来了劲："这些都是我在旅游时自己拍的。"

可就是这样一个摄影发烧友，三十年的摄影生涯中只买了两部相机。1975年，初识摄影的林晓明拥有了自己第一部相机——海鸥203相机。刚刚踏上工作岗位的他选择了最便宜的相机。但就是这部120胶卷的老式相机，将年轻的林晓明带入了神奇的摄影领域。最让林晓明珍爱的是一架尼康F4相机，这也是他买的第二部相机。早在担任区博物馆馆长时，林晓明就看到各大市级报社的记者拿着尼康F4。可当时的市场价一套相机就得好几万，全松江也只有两部。此时的他就在心中暗暗打定主意：等到相机淘汰的那一天，一定要拥有这样的一部。

2003年正是传统相机逐渐被数码相机取代的一年。在第一轮淘汰时，还来不及等到传统相机进一步降价，林晓明就坐车到市区长治路的相机批发城，一看到柜台里摆着一架二手的尼康F4，就迫不及待地买了下来，而此时这部相机的价格也要六千元。

虽然只是一部二手相机，林晓明却是如获至宝。即使在数码相机成风的今天，不论走到哪里他还是会带上它。有一次在敦煌的月牙泉拍摄时，扬起的风沙进入镜头，一向爱机如命的林晓明又心疼又后悔，一边用工具清理一边自言自语："以后再也不用这部相机拍摄了。"从此，这部尼康F4进入了他的收藏柜，偶尔他还会拿出来小心翼翼地把玩几下。

"玩"电脑

八年前，"老顽童""玩"起了电脑。用他自己的话说："博物馆工作、摄影爱好都和电脑相关。现在的自己已离不开电脑了。"可以说四十岁以后，电脑成了他另一爱好。

刚开始用电脑时，林晓明同样摸不着门道。他的第一台电脑是台式机，往往是一有人找他，他就把用到一半的电脑直接按住电源关了。"开了关，关了开，没多久电脑就吃不消了。"他说。短短八年时间，他就"玩"坏了三台机器，而且"玩"出了"成就"，许多同代人一知半解甚至从没听过的网络语总会从他的口中说出来。他经常和单位里一些懂电脑的小伙子在一起，一开始是在一边虚心地问、默默地听，久而久之，也会和他们讨论起专业问题来。有几次，博物馆的小青年到林晓明的办公室去，发觉他在做PPT，都大为惊奇："五十出头的人也会做PPT？"

他告诉笔者他的笔记本是宏基的法拉利系列。法拉利代表着速度和质量，而且名字听起来也时尚。买这款笔记本电脑时，当时的营业员还一脸惊奇，一直都以为只有年轻人才会买这样的电脑。他说："美国的许多品牌商、计算机的设计者年纪都比我大，算起来，他们才是真正的老时髦。"

"现在看书、看稿都是用电脑，时间久了唯一不好的是自己的字写得越来越不好了。"说起电脑在自己生活中的位置，他总是这样调侃自己。

(2008年7月30日)

少林功夫传松江

——武术教练吴希勇莘城"打天下"

□王小娟

少林寺，一个富有魅力、充满传奇、同时又是藏龙卧虎的地方。光凭着在少林寺习武十年的经历，他就已让人刮目相看。吴希勇，出生于安徽，十岁时来到少林寺习武，离开武术学校后，又到上海体育学院学习，毕业后辗转来到松江，主要从事教学工作，现成立了一家集武术与健身为一体的健身中心，身兼教练和老板两职。

十年的修炼，不仅锻炼了他的体魄，也让他获得了许多荣誉，主要的是，正如他所说的，他自身的品性也从中得到了提升。曾有人愿出高薪聘请他担任贴身保镖，但他婉言谢绝了。吴希勇一直想以自己的一技之长，教育更多的孩子，把中国少林武术发扬光大，从而让更多的人能从习武中强身、修心。

惊人的饭量

1986年，吴希勇十岁那年，他被家人送到了少林寺一所武术学校学习，直到1995年才离开少林寺。

十岁时到少林寺习武，是因为他特别热爱武术，还是崇拜寺中的某个高人抑或也希望自己拥有一身本领？吴希勇说："那不是我的选择，只是小时候过于顽皮，家人觉得实在没有办法管教了，就想到把我送去习武，让我吃点苦。"这对于当时还只有十岁的吴希勇来说，根本没有选择，也没有过多的想法。反倒是，一听说是去少林寺，凭着连环画、电视剧里得来的那点印象，他一下子就答应了。

他来到的那所学校叫河南嵩山少林寺西歧武术学校，他主要是学习套路和散打。而今，他走出少林寺已十多年了，印象深刻的却是那个时候的饭量。由于训练辛苦，加上又是长身体的时候，吴希勇说当时他一餐能吃掉四个馒头，然后还要吃两碗饭、两份肉，再喝一碗汤。他说："体能消耗非常大，比如说做踢腿这个动作吧，每天一练就要踢一千多次；做仰卧起坐，一口气也要做八百到一千个。所以，就特别能吃。"别看只是四个馒头，他所说的馒头，和我们现在市场上购买的不一样，相当于十六个。"现在，我再也不吃馒头了，就是那个时候天天吃，吃多了。"吴希勇说。

舅舅"激"他回少林寺

身体素质好、聪明和勤快让吴希勇刚进入学校就得到了师父的器重。像空翻、后空翻、侧空翻这样一些难度不算特别大的动作，他在三个多月内已都学会了。但随着刚入寺时的新鲜感逐渐被劳累和压力所取代，当"腾空旋体三百六十度接马步平衡"这个动作在经过一年半的学习后才完成的时候，吴希勇感到了压力。虽然他学会这个动作时，同班同学中学会的也不过两三个人。

自尊心特强的吴希勇，在学习上遭遇压力后开始想家。他请了一个星期的假，告诉师父自己想回家看看父母。但实际上，他并没有回家，而是去了常州的舅舅家，舅舅向来十分疼爱他。吴希勇把习武的辛苦和压力一股脑儿地倒给了舅舅听，满心期待舅舅能同情他，然而没有想到，舅舅非但没有安慰他，还说他吃不了苦，这是在逃避。吴希勇感到舅舅不理解他，一气之下，一星期的假还没有休完，就回到了学校。舅舅的一番话不断地刺激着他，也为了证实自己不是怕吃苦,自此以后，吴希勇学习更加努力，连续三年春节都没有回家。

这是吴希勇习武期间唯一的一次"出逃"。

勤学苦练终换来"梅花香"

勤学苦练终于让吴希勇的武技大为长进。1993 年，他获得河南省武术散打争霸赛五十五公斤级冠军；1995年，获得河南省武术散打锦标赛六十公斤级冠军。这些荣誉的得来是他十年艰苦训练的结果，正可谓是"梅花香自苦寒来"。

从武术学校出来后，他仍然孜孜不倦地钻研武术，并渴求文化知识。1995年，他考进了上海体育学院，取得了本科学历。

现在的他是中国武术段位六段、中国少林武术一级教练员、中国武术协会会员，经常参加不少武术盛会，在业界已小有名气。

师父教诲受益终身

少林武术源远流长，历来被世人关注和仰慕。现在的少林寺，武术学校林立，这些学校，每年培养出了大量的武术人才。吴希勇不断地提起他的师父，称师父的言传身教对他影响很大，他的师父正是中国十大拳师之一的崔西歧老人。

"我小时候就是个顽皮捣蛋鬼，以前是个冲动、急躁的人，现在，完全不一样了，讲话做事都是慢条斯理的，有秩序、有耐性。这和我师父的教诲是分不开的。他不但传授武艺，而且在为人处世上，也对我有很大的影响。"笔者看到了他珍藏的他和师父的合影，照片里的老人有八十多岁，但看上去精神矍铄，颇有点仙风道骨的神采。

吴希勇说："师父常说技艺是在德行而不在力量，是为防守而不为进攻，为健身而不为行暴。他让我学会了坚持，给了我许多信念。"通过习武，吴希勇不仅达到了练志练胆、修德益智的目的，心理状态和精神品格也得到了完善和提升。

在吴希勇离开武术学校的时候，崔西歧老人给他留下了这样一句话："我现在认为你已是个人才，可是你到了社会上，你就得既当人才，还要学会当'奴才'，做一个对社会有用的人。"这句话，吴希勇一直牢记在心，自此，他一直以谦恭、真诚的态度对待每一个人，而不以自己拥有一身技艺而自居。

致力于发扬武术

少林武术的发展需要有人来传承和发扬光大，学有所成的吴希勇一直希望在这方面能发挥自己的作用。

今年3月，有个大老板找到吴希勇，想让他当安全顾问，每月工资三万元。这在大家看来是一件非常有吸引力的工作，吴希勇分析了一下，他认为自己给人家当安全顾问，没有任何风险和问题，年收入三十六万元，这似乎也是对自己多年习武的一种肯定。然而，一直怀有推广发展武术理想的他，对教学工作更为热衷。没有丝毫犹豫，他婉言谢绝了这份美差。今年4月，他在朋友的帮助下创办了一家集武术与健身为一体的健身中心。

而在上海体育学院毕业后的很长一段时间内，吴希勇一直在从事教学工作。1999年到2001年，他在广东韶关粤北少林武术学校任教练。2001年，他离开了广东，经过朋友介绍，来到了松江，在上海市新世纪江海学校任教武术长达五年。在此期间，他同时还负责该中学的德育工作。从2003年开始，他兼职上海师范大学外国语学院附属小学、中山小学、三新学校、洞泾学校、松江二中等校的武术教学工作。其间，他还在松江青少年体育俱乐部任武术总指挥。

在2006年、2007年两届"上海市中小学生武术锦标赛"中，他所教的学生中有五个学生获得了第一名、六个获得了第二名、四个获得了第三名。

如此热衷教学，据吴希勇说，这和他所看到的一则报道有关。据报道，有个人因为会后空翻而避免了被一辆汽车所撞死。吴希勇说："生命只有一次，一个动作救了一个人，武术的作用不言而喻。现在的小孩没有吃苦精神，成年人工作压力大，需要排泄不良情绪，学武术能有效对付。其实只要学一套拳，就能达到健身修心的效果。"正是怀有这样的理念，吴希勇最终决定创办一家健身中心，把武术和健身完美结合起来。现在，吴希勇每天除了抽出点时间来训练外，其余就是忙于教学，他还准备写一些从教学实践中总结出来的理论文章，让更多的人从中受益，并希望通过自己的努力让更多的人认识到武术的美妙之处，从而发扬光大中国武术。

（2008年8月13日）

散尽万贯捡"破烂",慧眼千年识宝人
——记老家具收藏家屠梅春、严惠仙夫妇

□李圆圆

从早年收藏毛主席像章、邮票、名人字画,到近几年收藏明清家具,今年七十六岁的屠梅春、严惠仙夫妇满世界"寻宝",吃亏上当过,被人误解过,然而年逾古稀的老夫妇俩始终不渝……今年,在屠梅春老人的家乡,夫妇俩的私人收藏博物馆终对外开放……

谈笑有鸿儒,往来皆藏友

在时尚店铺林立的中山二路上,坐落着一家不起眼的古玩玉器店,虽是斗室却是名副其实的聚宝之地:各式寿山石、鸡血石陈列满架,木雕奇石异彩纷呈,缅甸玉器美不胜收,瓷器陶器琳琅满目……店虽小,室虽陋,但是在松江爱好收藏的行家里手心中,这里正如店家的名字——"聚乐苑",是他们这些雅好收藏的知音们互相交流收藏心得、品评藏品、互通有无的一方乐土。

店主人屠梅春、严惠仙夫妇从"文革"中收藏毛主席像章开始,夫妇俩徜徉于收藏天地,与收藏结缘已经三十多年。一谈起收藏,他们就有说不完的话题。走进屠梅春、严惠仙的家,厅堂墙壁上挂的题字"室雅何须大,藏书不在多"正是这个家的写照。虽然是面积不大的老居室,却处处彰显出主人的匠心和品位。家中摆放的是明清

家具，墙上悬挂的是字画，家中的装饰是古玩。每天，夫妇俩坐拥满室的藏品，招待各方的来客，品味沉淀于藏品中的历史古韵。

年轻的时候，屠老伯只有四五十元的工资，老伴的工资还不到四十元，那时他们还要供三个孩子读书，夫妇俩一直省吃俭用，但每次看见精美的毛主席像章，都忍不住要买几枚。如今儿女们都已经成家立业，受父母的影响，儿女们在家中摆放的也都是中式古典家具。"中国传统的东西很有底蕴、有内涵，很耐人寻味。"屠老伯说。

退休后，夫妇俩没有了后顾之忧，儿女们对收藏也非常支持，两位老人把财力和物力都投入到了收藏上，渐渐做出了名气，复旦大学、上海交通大学以及松江大学城里的许多退休老教授都慕名而来，与屠老伯成了知己。

读书行路，上下求索

屠梅春、严惠仙夫妇俩原对收藏一窍不通，退休后才开始学习文物收藏知识。早期由于不懂鉴别技术，淘来的"文物"有很多是赝品。屠老伯拿出两块玉对笔者说："当时卖家把它们当做五千年前良渚文化时期出土的玉器卖给我，其实这都是做旧的玉器，我们居然花了大价钱买下来了，后来才知道都是冒牌货。还有的人将岫玉冒充新疆玉卖给我，那时不懂，现在这些东西只能是给小孩子玩玩了，前前后后'学费'就交了三万多。"

收藏是一门精深的学问，与其被骗上当"交学费"，不如真正去学习文物鉴赏的知识，做个明眼人。2002年屠梅春专程到上海市老年大学古玩班、上海市收藏协会进行系统学习，进修的那两年时间，屠梅春每周两次往返于松江和市区之间，乐此不疲。在收藏的求学路上，老屠没有觉得辛苦，更多的体会是学海无涯，学得越多，发现自己还不了解的地方也越多。

老伴严惠仙虽然没有去专门进修，但也在家花了不少工夫自学，先后买了价值几千块钱的与收藏有关的书籍，并且对照实物反复研究，每天看看与收藏有关的书已成了严惠仙的一个生活习惯。屠梅春很信服老伴对收藏问题的见解，经常向其求教，把老伴当成军师。屠梅春、严惠仙夫妇俩互相交流研究心得，凭着悟性与苦学逐渐对文物收藏有了准确的把握，渐入佳境。

老屠现场教了笔者一招——将一个宋代的陶器浸一点水，陶器马上就散发出了一股泥土味道,证明陶器是在地下埋藏了很多年的。"赝品是没有这种味道的。"屠老伯颇有些得意地说。

屠梅春还先后参加了松江收藏协会、上海宝玉石协会、上海工艺品协会、大铜章沙龙,经常和业内人士一起交流经验、到外地参观考察。有段时期,屠梅春每周都要到市区两三天参加协会组织的活动,家里、店里的事情都由严惠仙打理,严惠仙一直很支持屠梅春这份新创的事业,鼓励他走出去开眼界。"没有老伴的支持,我的收藏达不到今天这样的规模。"老屠对此心存感激。

为了收藏到有价值的文物,屠梅春、严惠仙一直雇人为他们走街串巷去淘宝,跑遍了上海的南汇、川沙、金山、嘉定、青浦等郊县,并达成协议,只要是收来的老家具老屠都照单全收,虽然这样不免要增加支出,但是看着家里的藏品一天天地丰富起来,付出的一切感觉都是值得的。

屠梅春、严惠仙夫妇还多次出国寻宝,先后去过十八个国家,他们很高兴地看到很多外国朋友都喜欢中国的老家具。二人两下翡翠之乡——缅甸,和当地经营宝石的老板成为朋友,"近水楼台先得月",老屠买回的宝石成色好并且价格公道,吸引不少收藏者。十来岁的中学生、二十几岁的时尚女孩都是老屠店里的常客,因为老屠信得过、不骗人,还热衷于将自己的收藏经验倾囊相授,渐渐由主顾而成朋友。

识良木品古韵,收藏古典家具

自2001年以来,屠梅春、严惠仙把收藏的重点集中到了明清家具上,一些老相识便戏称他们是"收破烂的"。但是,屠梅春、严惠仙就是迷上了这些又脏又旧的"破烂"。为了能让这些"破烂"恢复昔日的光彩,屠梅春还专门去宁波学习旧家具修复技术。

屠梅春为何会对老家具感兴趣,要追溯到很多年前。"'大跃进'的时候,有段时间搞大炼钢铁运动,农村缺少煤炭,就用木头做燃料,我亲眼看到许多老式的家具被劈了当柴烧,钢铁没炼成,却毁了很多真正有价值的东西,很痛心。'文革'的时候,红卫兵小将'破四旧',像这些太师椅、方桌、圈椅很多都被当做四旧毁掉了,很可惜啊。现在我们松江发展很快,很多人有了钱又到新城去买了大房子,老一辈流传下来的旧家具和新家的环境不相配,老家具就被草草处理掉或者扔掉。经历了这三个时期,老家具损失了很多,如果不及时保存下来以后就再也见不到了。"屠梅春心疼地说。

"这些老家具初到我这里的时候,都是又脏又破的,有的还缺胳膊少腿,我先把它们清洗干净,然后再送到苏州去找专业的木工师傅修缮,它们才有了现在的新模样。"他说。屠梅春把那些散落民间遗弃不用的老家具比作蓬头垢面的美人,只要把它们清洗干净,收拾一下就又变得光彩照人了。家中的红木画桌、翘头几刚送到老屠家的时候,看上去脏得怕人,几十年的灰尘堆在上面,当做破烂还嫌破,经清洗修理之后这两样东西都成了宝贝。

老家具凝聚了古代杰出的制作工艺,老家具上的雕花简约古朴,简单而不失神韵,与材质相得益彰;老家具中普遍采用的"粽子角"制作工艺,不用钉子不用胶,用木制的榫头镶嵌却能契合严密,历经数百年而坚固如初,这是现代流水线产品难以企及的。屠梅春、严惠仙夫妇对老家具知之深,爱之切,决定尽其所能将这些古老的东西修护、保存、流传下去。多年来两人将退休工资、开店赚来的钱都用在收集明清老家具上,并且采取只进不出的收藏方式,给这些老家具一个安定的家。现在,太师椅、圈椅、方梗南宫椅、圆梗南宫椅、笔杆椅、文旦椅、石板椅等种类齐全;柚木座椅、红木炕桌、明代榉木凤头盆架、黄花梨木太师椅等木中珍品制成的家具是他们的得意收藏。黄花梨木要五百年才能成材做家具,并且十树九空,最后可以制成家具存世的可谓千年等一回,物以稀为贵,黄花梨木家具自然极具收藏价值。

为了让更多的人来体会老家具中蕴涵的历史沧桑变迁,感受文化的渊源深厚,在2006年街道举行第五节社区文化艺术节之际,屠梅春、严惠仙在凤凰小区举办了老式家具展,吸引了众多居民前来观赏。严惠仙利用自己的收藏知识在社区开展讲座,讲解老家具的知识,在居民中传播古代家具文化。屠梅春、严惠仙家庭因此被岳阳街道授予"收藏型家庭"的光荣称号。

归桑梓办展馆,泽被一方

历经多年集腋成裘的收集,屠梅春、严惠仙所收藏的古典家具现在已经需要多间屋才能放得下。屠梅春祖籍浙江桐庐,少小离家,五岁时随父母来到上海,从此再也没有回过老家。

2007年老家桐庐县江南镇荻浦村修祠堂、续家谱,根据家谱和在沪家乡人提供的

信息，老家的人找到了屠梅春，并盛情邀请老屠一家回老家看看。荻浦村是一个文化古村，民风淳朴，代有才人涌现，曾经出过尚书，现在村里还有学生做了浙江省的高考状元、桐庐县的高考状元，村里的雕花楼、古井、祠堂、牌楼都保存了下来，正在开发旅游业。屠梅春返乡之后，对家乡的感情与日俱增，决心为家乡的发展贡献一份力量。

屠梅春、严惠仙收藏的老家具在上海只能存放在租来的仓库中，"养在深闺人未识"，如果能在家乡办一个老家具展馆，就可以让更多的人有机会品味老家具的魅力，了解老家具的文化意义。这一想法得到了桐庐当地政府的大力支持。目前，占地四百四十八平方米的"申屠明清老东西赏馆"已经在屠梅春的家乡荻浦村落成。展馆共分六个展厅——根雕厅、名人书画厅、古瓷器厅、古家私厅、娱乐厅、休息厅。"国家花很多钱办了许多博物馆来收藏文物，我自己出资办一个私人文物展馆，也是为了保护老祖宗留下来的东西，算是为社会做一点贡献。"屠梅春将自己书写的楹联"历代遗物古文化，世世相传永不弃"悬挂在展馆中明志，以示这些藏品虽然为自己所有，它们的意义却不在于是个人甚至一个家庭的财富，藏品的真正价值在于让参观者可以欣赏古文化，进而传承古文化。展馆中的藏品都是由夫妻二人出资购得，但是屠梅春、严惠仙并不是把它们作为赚钱的工具。君子之财，用之有道。夫妻俩商定将展馆的门票收入全部用来资助桐庐当地生活有困难的人们。

"乱世黄金，盛世古董。"有人将收藏作为一种理财的方式，为了让财富保值增值；有人将收藏作为爱好，陶醉于收藏所延伸出的生活的乐趣。屠梅春、严惠仙所收藏的老家具价格不菲，老屠对此却并不怎么在意，早已将金钱视为身外之物，也不仅仅把收藏老家具作为晚年的一种生活爱好，他们已经把收藏老家具作为一项包含着责任的事业——将老家具复活、保护、流传下去。

(2008年8月27日)

悦人的"咸菜汤"

——民间艺人汤炳生的艺术人生

□ 榛　子

2005年底，松江区曲艺团的汤炳生退休了。别人退休是一朵花谢了，他这朵花还没开足呢，而且越开越艳。

汤炳生出生那年父亲五十三岁，穷且落魄，但偏偏爱看京戏，于是小炳生也跟着迷上了戏剧。家里穷，读书晚，小学毕业那年他都十五岁了，异想天开要投考上海戏曲学校，其结果当然可想而知。有了这份念想，长大后他考上了县曲艺团，学的是松江农民书，迷的却是京剧、昆曲，可惜环境所限，终未如愿。

汤炳生聪颖而好学。师傅的说与唱，用的是松江土话，他思忖这局限太大，走不出周边区域，便改用上海话苏州腔，走动范围大了许多，近至上海及各区、县，远达苏州、无锡、常州和浙江宁波。那时以说传统书为主，打从师傅那里学了《西汉》后，他都要琢磨再三，加以增减，去其冗芜，力求抓人，甚至到怎样表情，如何身段，说白哪能送到最远，都要研究。又想学苏州评弹丰富自己，于是先从三弦下手，一把三弦弹得很说得过去。他也知道贴近时代，看了电影《兵临城下》，二十岁的他连续熬夜近半个月，改编成同名长篇评话，到青浦、奉贤、金山一带演出，反响强烈。

汤炳生也写诗歌。那是在"文革"期间，汤炳生作为"革命对象"在农村劳动，一首《扎根》只能用妻子的名字投往《文汇报》，在上千首诗里被编辑慧眼识珠，谁知外调电话打到大队里，一查身份不对，稿子泡了汤。不料这更激起他的创作欲望，劳动之余写作不止,终于,诗歌《赤脚医生》、小说《新苗吐翠》先后以汤炳生的名字发表在《解放日报》副刊上,大上海的编辑也知道了这个乡下的土作者小汤。那时他的作品,虽然明显带有时代痕迹和局限性,但其语言生动老到,构思独特,又有深度,得到编辑的赞赏。

改革开放了,时代风气大变,汤炳生的艺术人生也面临嬗变,其与时俱进的特点也更加鲜明。书还是照说,足迹远至江浙;创作更未止步,除去创作新书以外,还写报告文学和小说,其报告文学先后发表于《河北文学》《广西文学》《文苑》等杂志,有些甚至名列头条。在写作上,汤炳生颇有"野心",敢碰大刊名刊。笔者有幸拜读过他的一篇手稿,是某大刊退回来的。小说写于上世纪80年代中期,它塑造了一个农村支书的形象。这个支书对村里的教徒不是生硬说教或打压,而是循循善诱,甚至派车送教徒去做礼拜。这种写法在当时堪称胆大包天,遭遇退稿太正常了,笔者都替他吸了一口冷气,不得不佩服他。笔者问他,这个支书在生活中有原型吗?他说没有。笔者又问,那你何以写得出来?他说,笔者认为共产党员的干部就应该这样。看看现在国家的宗教政策,这种事是有可能的。你也不得不承认,这个汤炳生眼光超前。

说起来有趣,汤炳生的妻子当年很是反对他写这些劳什子,一是怕他犯错误,二是怕他出名后飞掉,曾经做过撕掉手稿的傻事,让老汤伤心落泪。妻子也不容易,在农村辛辛苦苦为老汤带着三个女儿,个个都是农村户口。

其中大女儿汤小音最为聪慧伶俐,却顽皮,不喜读书。汤炳生想这样不是办法,便带了小音去拜师,跟随沈志华先生学二胡。小音耳音好,弦窝儿摁得准,进步飞快。汤炳生也下工夫监督,手里做着旁的事,耳里听着女儿的琴,突然就说这里节奏不对,那里不是推弓而是拉弓,而且是连弓。孩子总有粗心偷懒之时,犯错三次,老汤便棍棒巴掌侍候,小姑娘不免就泪眼婆娑,至今提起,汤炳生还唏嘘不已。小音自己也说,没有爸爸就没有自己的今天。学琴三四年,小音投考音乐学院,一曲《良宵》听得老教授频频点头,只可惜《二泉映月》拉得不够理想。

为了解决孩子的户口问题,日后奔个前程,汤炳生咬一咬牙,把小音带在身边闯荡江湖,他改编了适合孩子演唱的《文武香球》,编定了唱词,又专挑小孩子不太怕的小场子去演出。父亲在台上说,女儿在台下眨着眼睛听。一出长篇《文武香球》,老汤说得声情并茂,小孩子听来似懂非懂。第一遍听过,让她讲出故事梗概;第二遍听过,让她复述情节细节；第三遍听过，叫她拿笔写在练习簿上，空余时间又教小音自拉自唱……身教和言教，狠心与苦心，夸赞和责骂，眼泪与欢笑……父女二人不知用了多少苦功。本就聪慧的小音竟有了父亲的豪爽，四个月里听了八遍，第五个月她登台自拉自唱演出《文武香球》，一时轰动书场。有投入就有回报，1989年底，小音凭借一出上海说唱《赵大大传奇》，一举拿下江、浙、沪两省一市上海说唱大奖赛二等奖，与曲艺界的钱程、陈健、顾竹君等演员齐列榜上。小荷才露尖尖角。大奖赛刚结束，小音就被上海说唱艺术家黄永生收为门徒，紧接着又从松江曲艺团跨进了上海武警文工团的大门。汤炳生笑中含着欣慰的泪，庆幸自己的苦心没有白费。

不久后汤炳生却滑入事业的低谷：书场不景气，演出自然日渐式微。他索性关门读了四年的书，靠女儿的工资过日子。

读书四载，眼界大开。时逢中央提出加强精神文明建设，汤炳生果然敏感，他在县文明办的支持下创作了一台节目，把戏送到田间地头，大受农民欢迎，经济效益也强似说书。前面说过，汤炳生的创作一直是与时俱进的，紧贴时代，叩问生活。城乡赌博风起，他写禁赌；年轻人不懂孝道，他写敬老……最有意思的是，他根据自己被青少年欺骗买了假银元的事例，写了个故事《阴影》，由汤小音到郊区各中小学演出，恰逢《上海市青少年保护条例》出台，社会反响很好。你为百姓写戏，百姓为你叫好，一时间，乡下田间无人不识"咸菜汤"。汤炳生的开场白是：我姓汤，不是"人参汤"而是"咸菜汤"，常常引来农民的会心大笑。"咸菜汤"有滋味，下饭，后来竟成为观众对他的夸赞。近几年上海曲艺界风行送戏下乡，殊不知早已落在"咸菜汤"后头很久了。一次演出结束，一位陌生阿婆硬要拉"咸菜汤"到她家里喝两杯，弄得他摸不着头脑。原来阿婆的不孝子看了他的独脚戏《勿要迭能》以后，心生悔意，从此待老娘亲热起来。

汤炳生充其量也还是个民间艺人，但他从不小看自己，一沾艺术，就把别的事忘光。一天晚上，身在病中的他受民政局之托写一个节目。为了支撑病体，从不吸烟的他买了烟来点上一支，就在腾腾烟雾中埋头走笔。写着写着闻起来不对了，怎么香烟味变成了焦糊味？循味找去，却见灶上给自己熬的中药早已烧干，新买的锅子已然烧漏。像这种为了艺术忘乎所以的事，早不是头一回了。当年在乡下营业点，他身在柜台心想小说，晕晕乎乎硬是给顾客的酱油瓶里灌满煤油，只得赔钱了事，平时因为心不在焉多找零头也时有发生。同事便说，炳生啊，你真不是做营业员的料。然而功夫不负有心人，这个烧穿锅底写出来的节目由他们父女二人登台演出，在全市系统汇演中拿了一等奖。

艺术的魅力最能打动人。一次在青浦某学校演出，校方没定演出时间，只说演到开会，随时可以叫停。汤炳生不管那些，开场便演。谁知才演到第二个节目，校长就派人来告诉他：效果很好，会不开了，节目的内容就是开会的内容，请继续。那年，最寒冷的一天，一场演出安排在小镇路口，起初观众寥寥，大声叫场也无人来看。哪想到开演不久，人越来越挤，达到四五百之多，后面的人看不清楚，竟爬到路边的汽车上观看，真是人头攒动，群情热烈，演出结束还有人打问下场在哪里演。汤炳生的节目不但百姓爱看，领导也爱看，看到动情处，百姓落泪，领导也落泪。一台为老龄委准备的节目，写得精彩，演得动人，老龄委主任深为感动，演出结束后，特派车辆把汤炳生请来的上海演员送回市区，分别送到每人家门口。

这正是：金杯银杯，不如百姓的口碑。汤炳生心里喜滋滋的，比吃了老酒都美。

当年在汤炳生棒头底下学二胡、学说唱的汤小音，到底没有辜负父亲的期望，由舞台走进荧屏，演出了不少电视剧，最有名的莫过于跟钱程搭戏的《新上海屋檐下》。她演活了那个热心粗心、不时出点小洋相的阿福嫂，一时名满海上，妇孺皆知。长江后浪推前浪，前浪不肯死在沙滩上，汤炳生不甘落后，也操笔写电视剧本，《新上海屋檐下》的总撰稿王辉荃看了认为不错，有故事，有悬念，有噱头。这老汤一发而不可收，一口气写了六十多集，集集采用。《下岗》写家庭暴力，《老邻居》写邻里和睦；《他在你身边》写传销的危害……老汤成为《新上海屋檐下》剧组的主要编剧之一。

说起来有些哭笑不得，老汤五十八岁那年，仅有他一个演员的曲艺团，由他当上了临时负责人，他自嘲是"末代皇帝"，也因此得一雅号"汤团"。适逢中秋佳节，他办的第一件事，把退了休的老艺人聚在一起吃饭，曲艺团没经济效益，他便自掏腰包，老艺人们感慨：炳生有本事，也能想到我们……

一年多以后"咸菜汤"退休，反而更忙。他干脆注册登记成立了炳生法制文艺工作室。中央要求加强社区文化建设，退了休的"咸菜汤"如鱼得水，如虎添翼。他写节目，找演员排练，把戏送到百姓面前。六十多岁的汤炳生，头发黑，面色红，电动车一开忙不停。朋友们聚会，老酒吃到一半，他背起包告辞，要去跟人谈演出事宜了。据说今年的演出已经排满，明年的演出正在策划。

  初看汤炳生其人，不像艺人，谈吐直爽，有时还有些急躁。一日在酒桌上，广富林故事大王沈勤贤即席演唱农民书一曲，汤炳生当下就道出其来龙去脉，可见肚里满是货色，不买账不行。他不习电脑，写了稿子要女儿代为输入，成本颇高。当年撕过他手稿的陆菊英同志，会在夜里捧上茶来，体贴地问："这一次是为啥单位写啊？稿费几何啊？""咸菜汤"看着老爱人，一笑而已。妻子俗吗？不俗。按劳取酬理所当然，何况这辛苦钱外行赚不来的。可"咸菜汤"并不把钱看得很重，请朋友吃饭慷慨得很。他的真正用心还在艺术上。笔者知道他有个不大不小的"野心"，不妨披露一下。汤炳生熟悉农村生活，目睹上海郊区这些年的巨大变化，感慨良多。他说过，啥时有了条件，咱也搞他三十集电视连续剧，演一演上海新农村！

（2008年9月10日）

生活在微笑中

□ 宋　诚

　　你相信吗，现在虽然满面泪痕，可是我的嘴角依然透着微笑，因为我不能放下我的微笑，它是我唯一的武器……

——摘自黄清清的一则日记

　　黄清清，这个总是面带微笑的人乐幼儿园的女教师，七年前患上了系统性红斑狼疮，英文简称 SLE，一种自身免疫系统疾病。黄清清犯病后，整个免疫系统渐次失去了防御功能，病魔迅猛侵犯各器官，引起了很多并发症：SLE 狼疮性肾炎Ⅲ型、干燥综合症、肾小管酸中毒、股骨头坏死。任何一种病，对一个正常人来说都是一种难以治愈的顽症，但黄清清依然乐观、开朗……

风华正茂时，晴天起霹雳

　　黄清清的梦魇开始于 2001 年 8 月。那年 8 月 2 日，二十三岁的黄清清刚刚领好结婚证，完全沉浸在新婚的喜悦里。然而步入结婚礼堂刚满一周，一向健康的黄清清突然病倒了。辗转几家医院后，令人战栗的系统性红斑狼疮击碎了她所有的希望。
　　黄清清原名黄军，毕业于华东师范大学学前教育系。由于她各方面均很优秀，故单位把她派往市区进修音乐，可是一场病将一切都掠走了。

黄清清陷入了迷茫中，没有方向，只能把新婚丈夫作为唯一的精神支柱，丈夫却猝不及防地提出了离婚。住院时，她对丈夫绝情的话语欲哭无泪，欲骂无词。最后，黄清清什么都没有要，也没有要求对方补偿什么。"他在离婚协议书上签了字，他用极小的代价，摆脱了无尽的麻烦。而对于我来说，同一个绝情负义的人分手，这也是一种解脱。"黄清清如是说。

丈夫的离开彻底击垮了黄清清的精神世界，她好几次被推进抢救室，不是因为病情恶化，而是因为失去了生存的勇气。父母把任何危险的器具都藏了起来，对她寸步不离。

"那时，我唯一愿意做的事就是一条街一条街地走着，没有目的，没有方向，从清晨走到日落，从黄昏走到黑夜，我只想借这机械的动作，停止我的思想，停止我的痛苦。但愿这些街、这些马路永无尽头。我封闭了自己，走进了只属于我一个人的世界，不再练琴和舞蹈，不再开口说话，失去了生存的勇气，做了许多让爱我的父母伤心的傻事。"

2002年，黄清清在封闭了自己一年之后，终于悄悄存够了一百四十粒安定片。洗澡是唯一不被父母"监视"的时间，她用洗澡水一下子将一百四十粒药吞了下去。自从得了病，黄清清的睡眠就一直不好，任何一点环境的变化都会让她惊醒，无法入眠。狼疮性肾炎引起的尿频更是雪上加霜。那晚，黄清清却睡得异常的好。

早上8点，黄清清的父亲看见女儿睡得很香，他很久没见女儿睡得那么安稳了。他没有把她叫醒。9点，眼看女儿已睡了十三个小时，他慌了，却怎么叫也叫不醒她了。紧急抢救成功了，但黄清清的脑神经受到了损坏，在很长一段时间内失去了语言表达能力。这无疑使黄清清更加自闭了。

"微笑礼物"，我要坚强

2002年的农历十月初七，是黄清清父亲的六十岁生日。很久以前，黄清清就想着为父亲好好过这个六十大寿。父亲最疼女儿，现在却满头白发，日渐衰老。"我想为父亲准备一份生日礼物。很明显，摆宴庆祝是不可能了。于是，我开始对着镜子练笑。这一年多来，我已经不会笑了。我想，生日过后，我再去做原本想做的事。"

那份"微笑礼物"的送出是黄清清生命旅途中的转折点。从此，微笑渐渐在她清秀的脸颊上留下了美丽的痕迹。看到病情毫无进展毫无希望，她就把情绪都写在日记里，用响亮的音乐包围自己，甚至坐着火车去远方，等到眼睛不红不肿，才带着微笑回家。面对家人和朋友，她渐渐学会了调整自己，学会用微笑来面对一切困难。"快乐是什么？快乐不在于你得到了多少和得到了什么，而是在于你是怎么看待你所得到的和拥有的。欢乐就是慢慢走，慢慢走才会有空闲去欣赏美好的事物；慢慢走的时候，我才发现生命中充满了感动。其实，上帝是公平的。"

黄清清的家境并不好，家里还有一个残疾的哥哥，父母为了维持一家的生计，很难时常来医院看黄清清。因此，黄清清只能守着这份遥远的爱，一个人面对各种痛苦的治疗方式。好几次，她在提着输液瓶去厕所的路上摔倒了，看着满地的玻璃渣子，她不禁留下两行苦泪。但擦干泪，她还是坚决不要家人陪伴，只为了省下那点路费……

在漫漫求医路上，很多次连医生都放弃了。2004年初，黄清清的各项指标居高不下，龙华医院的医生叹着气说："你回去过春节算了。"但黄清清不气馁。正规医院试过了，又试民间名医甚至是江湖郎中。黄清清的名字，也是在当时改的。她独自一人去外地扛二十五斤的中草药。"当时我把草药都放在一个小推车里，火车上的人都以为我是去义乌进货的小贩。"黄清清笑着说。

除了定期做血透、骨穿外，黄清清还要用电针治疗股骨头坏死。八根长长的钢针刺进体内，让人疼得指尖都渗出汗水。抚摸着黄清清汗湿的双手和额头，此时还是她男友的胖胖掉泪了。第二天，他抱着一只毛绒玩具狗到了她病床前："以后让它陪你打针，它有个好听的名字——'不痛'，打针时，你就叫'不痛'的名字，一定就不会痛了。"现在，黄清清每个星期还要去医院，"不痛"也乖乖地躺在那里，见证了两人相互扶持的心酸。

一年多的中药加激素治疗及坚定的求生信念，终于使黄清清的病情得到了缓解。她出院了。

清清老师，你也笑了

作为一名优秀的幼教老师，虽然身体虚弱，但她仍然尽心尽力地照顾着那些孩子，有个叫小强的孩子却让她操碎了心。他不但欺负同学，且对黄清清的各种教育方式都置之不理。于是，她采取了"冷处理"的方法，减少与这个孩子的交流，表情也总是冷冰冰的。

没想到，小强画了一幅图给她。画上，一个大人和一个小孩在玩溜溜球。这是黄清清最近和孩子们在玩的游戏。看到小强希望加入集体，她心中一喜。"老师，你笑了。"小强的表情透着一丝胆怯，这是他第一次主动和老师说话。黄清清被震动了："我从来没有体会过，老师的微笑能使孩子那样的关注，也很后悔竟对他那样冷淡。"

在以后的日子里，小强成了最黏黄清清的孩子。她用宽容的表情温暖小强的心灵，用爱的眼神帮他寻找自信……小强的父亲高兴地告诉老师，小强变得懂事了，感激的话儿说了一次又一次。"可是每次回想起那一句：'老师，你笑了。'我仍然会自责良久……小强给了自己一次机会，也给了我一次机会。"黄清清动情地说。

由于一系列的病症，黄清清想要一个孩子的愿望变得很渺茫。要抚养孩子的费用也与她的医疗费冲突着。于是，她全身心地投入到工作中，用全部的爱心去关心孩子们。她开始同时担任早教和幼教的工作，又去研读育婴师课程，不断丰富自己。

假期的清晨5点半，当很多人还在睡梦中的时候，黄清清已经爬起来准备早餐了。为了在准确的时间服下不同的药，她必须早起一个小时。6点半，她走出家门，辗转四部车，8点半到上海师资培训中心上育婴师课程。她时刻注意着时间，过一个小时，就要吃另一种药。下午3点，课程结束；5点半，到家。

12小时的学习与路途，对于一个普通人来说，也定感疲惫，对于身患顽症的黄清清来说，就更是筋疲力尽了。然而她仍然坚持，一星期两次培训，一次不落。

今年已经是黄清清患病的第七个年头了，她很努力地生活着，定期去治疗，非常认真地去工作。现在，她正在加紧进行她高级职称的评定。2007年，她获得了松江区优秀教研成果二等奖。激素治疗毁了她昔日舞蹈的双腿，但她还是在幼教系统才艺大比拼中，获得了全能银奖、演唱银奖和故事表演铜奖。这在当今才艺竞争激烈的幼教系统中是极为不易的。

找到真爱，幸福新娘

2003年，黄清清遇到了生命中的又一个男孩大海。大海不在乎黄清清的病情，对她体贴有加。红斑狼疮引起了股骨头坏死，医生交代，黄清清不能提重物，不能走楼梯，也尽量少走路。于是黄清清每次出行，大海都为她打的；走楼梯时，大海又总是抱着她。爱情，终于又来临了。

六个月后，黄清清又一次住院了。此时，大海也不慎骨折住进了同一家医院。两人的病房就在同一层楼的两端，你来我往，两人的爱情已成了病房中的佳话。然而出乎意料的是，就因为这么近距离地接触了和清清一样的病人，大海开始看清这种疾病的可怕。半个月后，他来看黄清清，紧紧地抱住她说："分手吧！"

黄清清哭了，什么也没说，只是点了点头。

再一次失去爱情的黄清清心碎不已，绝望之中，她打电话给当时是朋友的胖胖，大哭着说："我没人要了……"

"没关系，我要！"胖胖斩钉截铁地回答。

其实胖胖和黄清清的相识要比大海还早。2003年，他们通过老人的介绍见了面，双方感觉都不错。第二天，黄清清约了胖胖，准备对他坦白自己的病情。没想到胖胖的父母先行一步到黄清清的幼儿园做调查，知道黄清清的病情后勃然大怒，坚决反对胖胖再和黄清清继续交往，但胖胖还是坚持和黄清清约会。

见面后，黄清清用第三人称说了一个女孩与病魔斗争的故事、她那失败的婚姻，包括她万念俱灰之后的自生自灭。胖胖震惊的同时，也决定要照顾这个女孩，但是他的一席话又使黄清清的心凉了半截："我是一家'有限责任'公司，我会在我的能力范围之内对你负责。"

胖胖的话很理智，却凉了黄清清的心。黄清清已经难以承受爱情失败带来的伤痛。于是他们一直保持着朋友关系，直到和大海分手，黄清清才与胖胖成为了恋人。

"我就像是一列地铁，给你提供一个疗伤的地方，有一天你能下车了，我就会在站头放飞你。"胖胖说。

黄清清与大海交往期间，胖胖一直在"曲线救国"。他的经济条件和家庭条件都不允许自己与黄清清在一起，所以他必须做好万全的准备。他通过游说朋友和亲戚，得到了他们的支持，再由他们去说服自己的母亲。工作上，作为一名海员，他也非常努力。终于，他得到了母亲的支持。

于是在黄清清最落寞时，胖胖开始全力照顾黄清清的生活。2004年，真挚的爱情之花，终于在两人的心中破土发芽。2006年，他们开始筹备结婚。2007年5月26日，他们步入了婚姻的殿堂。

如今，黄清清的病情又有反复，原本减少的药物又开始增加服用。白天，她在自己家里和胖胖在一起，晚上，她回父母家过夜。胖胖睡觉打呼噜，这点令发病的黄清清不能安眠。然而，面对笔者，黄清清仍然一脸微笑，愉快地讲述她的经历。当笔者问到她如何在神经损伤后恢复语言能力时，她轻描淡写地说："当时就逼迫自己读报纸，跟着电视播音员播报新闻呀，过了一段时间就慢慢康复了。"

对普通人来说极为困难的语言复健，在黄清清的生命旅程里，也只是淡淡的一笔。她的病痛，我们更是无法想象。但是她，却用美丽的微笑在面对这一切。"其实我并不坚强，只是除了坚强我无从选择。"

(2008年9月24日)

"博士老爹"蔡笑晚

□许 萍

在搜索引擎百度里输入"蔡笑晚"三个字,瞬间便能出现两万多个相关网页,粗粗翻了几页,映入眼帘的净是"早教"、"精英"、"教子有方"等字眼。在新浪网,蔡笑晚的博客已经拥有八十七万多次的访问量,网友留言无数。

蔡笑晚很有名,其人其事先后被央视一套《夕阳红》、十套《当代教育》、央视新闻《小崔说事》以及香港凤凰卫视中文台《鲁豫有约》等十多家电视台和近百家报刊竞相报道。

蔡笑晚这么有名,是因为他把"做父亲"当成了他的"事业",更因为他的"事业"很成功:长子蔡天文,美国康奈尔大学博士毕业,现为宾夕法尼亚大学最年轻的终身教授之一,今年8月,他还获得了统计学最高奖——考普斯总统奖;次子蔡天武,十四岁考入中国科技大学少年班,二十五岁获得美国罗切斯特大学博士学位,现为美国高盛公司副总裁;三子蔡天师,北京外国语学院毕业,曾被美国圣约翰大学录取;四子蔡天润,华西医科大学毕业,曾被美国阿肯色州立大学录取为博士生;五子蔡天君,中国科技大学硕士;六女蔡天西,十八岁成为麻省理工学院博士生,二十八岁担任哈佛大学最年轻的副教授。

这么有名的蔡笑晚在松江已经居住了十多年,已是一名与松江结缘的新松江人。

早年失意遂"笑晚"

蔡笑晚原本并不叫这个名字,这是后来他为自己改的名字,寓意着"笑在最晚,笑得最好",如此深意,是因为青年时代的蔡笑晚没能尽情地施展自己的才华,也没能取得他原本所期望的最高成就。

1941年,蔡笑晚出身于浙江瑞安一个殷实的知识分子家庭。他从小就热爱读书,然而,他的求学之路却几经坎坷。1957年,十六岁的蔡笑晚以优异的成绩考上了重点高中,然而,政审不合格的他又被学校除名。蔡笑晚不甘心,他开始自学,仅用了一年的时间就学完了高中的全部课程,第二年,他参加了高考。然而,在那个年代,即使再优异的成绩也没能战胜他的家庭出身,他的求学路被再次阻断。

之后,蔡笑晚听从了大伯的劝说,先参加工作,边工作边读书。于是,他成了当地一所小学的老师。他工作认真,教书有方,很快被评为先进青年。在学校的推荐下,蔡笑晚终于如愿以偿,他凭借三门科目满分的成绩被当时的杭州大学物理系录取。如果不是后来家庭的变故,蔡笑晚很可能会在物理学上有所建树。虽然后来不得不放弃学业,但在之后的几十年里,蔡笑晚并没有放弃对物理学的热爱。上世纪80年代初,他凭借着顽强的自学精神,写就了《封闭宇宙模型与欧几里得黑洞》等数篇科学论文,著名科学家钱学森就曾对他的论文亲笔回过信,并将蔡笑晚的论文转给了《科学杂志》。

1962年,正身处象牙塔的蔡笑晚得到了父亲病逝的噩耗,家中随即陷入困境,他作出了艰难的抉择:作为家中长子,他必须站出来承担养家糊口的重担。蔡笑晚从杭州大学退学了。现实无情,在求学路上,蔡笑晚再次遭遇重创。退学后,他跪在父亲坟头,发誓:一定要让自己振作起来,让整个家振作起来!

于是,蔡笑晚一边跟人学医,一边继续自学,他深信学无止境,多学点知识总是好的。1967年,妻子谢小湘怀孕了。那是蔡笑晚生命中的第一个孩子,这个孩子带给了蔡笑晚无比的欣喜和希望,二十六岁的他决定抛弃自己的人生理想,将希望寄托在下一代身上,他要"把自己的智慧、知识、追求延续到下一代身上,转化为下一代的发展优势"。

1967年,长子蔡天文出生,蔡笑晚作为"父亲的事业"就这样拉开了序幕,他也为自己改了名字。从 1967 年到 1977 年的十年间，蔡笑晚和妻子共生育了五男一女六个孩子。

如果印名片，头衔一定是"父亲"

蔡笑晚说，如果他有一张名片，他一定会在正面头衔一栏印上：父亲；背面则印上每个孩子的成就。蔡笑晚认为，父亲对孩子的成才有着不可替代的作用，作为父亲必须加入到家庭教育中来。孩子关系到一个家庭乃至整个国家的未来，身为父亲，自己的事业再大，如果没把孩子教育好，最终还是失败的。

蔡笑晚从医也有自己的考虑，作为个体医生，他可以自由支配时间，可以时时刻刻关注孩子们的成长变化，实施他的早教、早读、跳级方案。在孩子们还在襁褓中时，他就早早地为他们规划了一张张蓝图。

早年，蔡笑晚一家的家境并不好，他刚行医的几年，一家八口人住在一间租来的百年老屋里。十六平方米、两层楼，楼下坐堂行医，楼上卧室兼书房。在楼上的房间里，贴满了爱因斯坦、居里夫人、牛顿等科学家的画像，他用这些人物来激励孩子们，他觉得，就算物质再匮乏，也要让精神富有。

孩子们小时，只要蔡笑晚有空，就一定会辅导孩子们的功课，每天晚上，则是全家人的自习时间。为此，蔡笑晚和妻子几乎牺牲了一切娱乐时间。每天晚上，全家人围坐在灯下，看书学习。孩子们有不懂的，蔡笑晚就为他们释疑解惑。

为了孩子们的学业，蔡笑晚还学起了"孟母三迁为择邻"，为的是让孩子们尽早入学、顺利跳级。在蔡笑晚的努力下，长子天文六岁上学，次子天武五岁入学。

上中国科技大学少年班也是蔡笑晚为孩子们设计好的路，这条路第一个实现的是次子天武，天武高一时，顺利考进了少年班。几年后，蔡笑晚唯一的女儿，十四岁的天西也考进了中国科技大学少年班。功夫不负有心人，如今，他的六个孩子个个成龙成凤。

说起教子经，他有三条"玉律"

为了把孩子教育好，蔡笑晚看了很多有关教育的书籍，也总结出了自己的理论。

关于孩子的教育，蔡笑晚可以滔滔不绝说出一大堆，其核心则是早期教育、立志教育和培养自学能力三条。

在教育上，蔡笑晚反对顺其自然，他认为不能让孩子像野花一样生长，早期教育是一切教育中最重要的教育，是四两拨千斤。在孩子们三岁之前，数字是蔡笑晚对孩子们实施早教的"武器"，这与很多人主张的语言教育有所不同。天文还在襁褓中的时候，蔡笑晚就用手指在他的下巴上画一下，嘴里念"一"，或是拍着他的小手有节奏地数数。八个多月时，天文就能按顺序念出一至五，一岁多就能认识一至十的阿拉伯数字，然后是中文数字和大写数字。"一般的家长只从一教到十，但我一直教他们念到千位数，让他们对大数字也很熟悉。等到他们会写的时候再教加减乘除法，因为有了大数字的基础，多位数的运算就便当一些了。一年级学生最多就是进行两位数的运算，但我的孩子在上学之前就会算四位数的加法了。"蔡笑晚提倡的早期教育不仅是智力教育，而是智力、意志、品德和气概四者合一。

蔡笑晚非常注重立志教育，他认为，孩子一过三岁，必须进行立志，只有做一个"追梦人"，才会有方向、有动力。他坚信"从小立大志的孩子，不会满足于现状，取得成绩后，还有更上一层楼的决心和气魄"。因此，他让孩子从小背毛泽东等人的立志诗词。蔡笑晚的六个孩子个个都有小名，依次叫孟子、孙子、荀子、润子、曾子（后改为君子）、西子。蔡笑晚不怕别人说他狂妄，他正是要利用这些不平凡的名字激励孩子从小立志。他鼓励孩子长大以后干大事业，读博士，做科学家，成名成家，还经常教他们背诵《荷马史诗》中的一段话：莫辜负你一片聪明美质，你须抖擞精神，留个芳名在青史。并把这段话写进家训里。他的苦心显然对子女们产生了影响，天西五岁时便立志要当"中国的居里夫人"。

通过早期教育和立志教育奠定了人生的发展基础之后，蔡笑晚将培养孩子们的自学能力作为他们走上成才之路的方法。他认为，良好的自学能力能使孩子拥有更好的学习效果，蔡笑晚认为，在这个日新月异的社会里，这也是适应社会的需要。从孩子们小学毕业后，蔡笑晚便开始培养他们的自学能力，但这种培养并不是盲目的。"第一是看以前的基础是不是扎实，第二要看孩子对新事物的兴趣，第三要看他对目标有没有强烈的追求欲望。"如果符合以上条件，蔡笑晚就循序渐进地展开培养，在生活中让孩子独立解决各种问题，在读书方面让孩子自己钻研不懂的地方，而且养成预习功课的习惯。在他的指导下，六个孩子都有很强的自学能力。老大天文为报考中国科技大学少年班，曾用半年时间学完高中的全部课程；老二天武花四个月学完高中三个学期的课程，一举考入中国科技大学少年班；老五和老六小学毕业后仅用一个暑假自学完初一的内容，直接升入初二就读。

他受到众多家长的追捧

看着子女们从小小的瑞安陆续迈入高等学府，踏出国门，蔡笑晚在欣慰自豪的同时，一直保持着冷静的头脑，从不借此宣扬。"不宣扬，他们就能轻松地按照自己的意愿发展。一旦宣扬了，社会的眼睛就会盯在他们身上，成为聚焦的对象，无形中就产生了压力。"直到女儿天西也赴美国读博士了，瑞安的报纸才第一次报道了蔡家的故事。

蔡笑晚奇迹般的教子成就为他赢得了"博士老爹"、"人才魔术师"等称号。早在媒体报道之前，蔡笑晚的传奇故事就被周围人一传十、十传百了，许多家长慕名带着孩子前来求教。1998年温州市理科高考状元便是蔡笑晚早期的弟子之一，后来被北京大学化学系录取，2002年留学英国剑桥大学攻读博士学位，现与世界顶尖科学家一道在英国最好的实验室——剑桥大学卡文迪什实验室从事纳米技术研究。"能成为1998年全市理科高考状元，并顺利进入北京大学化学系学习，除了自身努力外，'博士之家'父亲对我学习的点拨也是非常重要的。"回忆起当年的高考，金一政曾说过这样一句话。金一政家与蔡笑晚是邻居，他的父母与蔡家有着多年的交情。高一时，金一政的成绩还可以，但不拔尖。于是，金妈妈"请求"蔡笑晚留金一政在他家学习，蔡笑晚同意了。到了高二，金一政的成绩有了突飞猛进的进展，高三时每次模拟考在瑞安中学的排名已经稳居前三。高考时，他一举成了温州的理科状元。

多年来，蔡笑晚不仅把自己的六个孩子都培养成了优秀的人才，还资助并辅导十多个因家境贫寒失学的孩子考上了全国重点大学。2006年年底，三个儿子从美国募集到一百万元资金，以蔡笑晚的名义在瑞安设立了"蔡笑晚奖学助学基金"，从2007年起每年拿出五万元人民币奖励当地的优秀高考生和品学兼优的贫困生。如今，经他指导的学生已有一百多个了，他还在新浪网开设博客，将他的教子经放到了网上。蔡笑晚曾经在一次节目中说：如果真的有下辈子，他会好好推广他的教子经。听了这句话，很多观众不答应了,他们给他写信、打电话进行"抗议":"何必等下辈子?"于是,2007年5月,经过六年的写作,蔡笑晚的第一本书《我的事业是父亲》出版。今年,他的"蔡笑晚教育信息咨询公司"在松江创办,一成立就吸引了全国各地的家长慕名而来。对推广自己的"教子经"这项事业,六十七岁的蔡笑晚踌躇满志。

(2008年10月8日)

一家父子四个全是兵

□王 群

人说"一人当兵,全家光荣",这光荣,是因保家卫国而光荣,是因父母顾全大局而光荣。但当兵不是去享福,不是去发财,而是去吃苦,去付出。对一个家庭来说,毕竟是少了一个壮劳力,少了一个照顾妻儿父母的人。然而,在小昆山镇汤村,却有这样一家人,甘愿为国不顾家,一连送出了四个兵。

父亲说:我要去打美国佬

1950年,当美帝国主义的战火烧到鸭绿江畔时,二十四岁的张云辉虽已是两个孩子的父亲,但他有一颗滚烫的爱国之心和满腔的热血,他毫不犹豫地第一个向所在的天昆区华营乡报名赴朝参战。"你不会打仗,不要去了……"回到家后,等待他的却是泪眼婆娑的妻子。谁都知道,上战场意味着什么。张云辉只是一个普通的农民,没有出过一次远门,活了二十四年,连枪杆子都没有摸过,现在却要奔赴遥远的朝鲜战场杀敌卫国。这一去,也许就再也回不来了。这一点,妻子明白,张云辉自己也更明白,但他更明白"没有国哪有家"。于是他耐心地对妻子说:"美帝国主义侵犯朝鲜是假,妄图侵略中国是真,中国人民绝不答应!"看着含泪的妻子,看着家中的幼儿,其实张云辉的心里也万般不忍。沉思片刻,他握着妻子的手坚定地说:"答应我吧,我要去打美国佬！……我也答应你，我一定活着回来见你！"张云辉的坚强决心感动了妻子，也感动了县、乡领导和接兵部队。通过政审后，1950年11月12日，张云辉穿上了厚厚的棉衣，带着妻子的理解和支持，告别了家人，同"松江县独立大队"的志愿军们一起，被编制在志愿军二师五旅三团步兵连。

随着火车的一路北上，天气也越来越冷。火车到了鸭绿江边后，志愿军们便开始了徒步行军。穿着厚重的棉衣，背着三十公斤重的装备，志愿军们在寒冷的北国一步一步艰难地朝战场前进。战友鲁锦清和张云辉是同乡，可能是不适应北方寒冷的天气，腿寒脚痛，难以跟上部队。张云辉便默默地将同乡的装备背起，六十公斤的重量压在肩头，不免让这个年轻人步履艰难。白天，美帝国主义的轰炸机炸断了路炸断了桥，根本没有行军的条件。志愿军们白天只能在山洞或者战壕里躲避敌人的轰炸；晚上，趁着夜幕的掩护，加紧步伐行军。累了，战士们找个地方横七竖八地就地躺下，往往一觉醒来，发现自己躺在血泊里。但这所有的一切都没有减缓张云辉前行的脚步。经过二十九天的艰苦行军，他们终于到达了朝鲜战场。

张云辉在朝鲜参加了二次战斗，荣获集体三等功一次。张云辉是幸运的，无数和他一样怀着卫国抱负的热血男儿永远地留在了那片他们所浴血奋战的他国战场上，再也没能回到他们亲人的身旁，而张云辉实现了保家卫国的理想，也兑现了向妻子作出的承诺。1955年9月，朝鲜停战后，张云辉回到了阔别近五年的家乡，终于见到了朝思暮想的妻儿。

凭着学得的一手裁缝手艺，1959年，张云辉在镇上开了一家"云辉缝纫店"，为南来北往的客人加工四季服装。从此，这个曾经在战场上奋勇杀敌的父亲在平凡的生活中展示着他的执著和坚毅，并深深地影响着他的孩子们。

大儿子说：我选择当兵

张金华是张云辉的大儿子，这是一位秀气、文雅的农村青年，虽然文化程度不高，但是他的勤奋和上进旁人都看在眼里。大队领导看着他一股子聪明劲和浑身的干劲，都觉得这个青年有培养前途，于是安排他担任生产队记账员、大队团支部委员，并向公社团委推荐他为后备团支部书记。面对领导的鼓励和器重，张金华也是分外珍惜这个让他展示拳脚的舞台。这个内敛的小伙话并不多，只是埋头在自己的岗位上努力地工作。谁都觉得，这个村里重点培养的青年日后肯定是汤村领导的"接班人"。

转眼，时间到了1971年，这年的春天，海军北海舰队到松江征兵，二十六岁的张金华通过了体检。当时的农村有一句俗语："好男不当兵，好钢不做钉。"当兵在当时的农村并不是一个好的出路和选择。这个平日里温顺、内敛的年轻人却要放弃成为后备干部、放弃在当时村里人看来的大好前程，执意要去当兵。3月18日接兵部队要确定入伍名单前，汤村大队党支部书记来找张金华谈话。面对这个自己器重的青年，书记的挽留之意溢于言表："从我内心来讲，我们大队青年后备干部缺乏，你如果愿意，我们一起把大队搞好……"对一直以来支持自己的老书记，张金华也心有愧意，但开弓没有回头箭，父亲的坚定和执著在张金华的身上又一次闪现："参军入伍是青年终身难得的机会，也是我的理想。我很想留下来好好工作，但是我更想去部队接受锻炼。所以，我选择当兵！"书记尊重张金华的选择和决定，于是，张金华成了张家第二个走进军营的人，来到了北海舰队518号巡洋舰上。

由于小时候家里困难，张金华上到小学六年级就没有再上学了。到了巡洋舰上，张金华被安排在水手岗位。他没有安于现状，他在心里暗暗给自己鼓劲："一定要有出息！"不管白天还是晚上，只要是工作间隙，张金华就拿出书本，抓紧时间学习英语，日复一日，从不间断。在他不懈的努力下，只有小学文化程度的他通过自学，顺利通过了大副的英语考试。然而张金华并没有因此止步，上进的他严格要求自己，不断努力，终于完成了自己的又一个理想：入党。

1978年，张金华退伍后被分配到上海市远洋公司，此后，他在大副的岗位上一干就是几十年。前些年，张金华退休了，但他并没有在家含饴弄孙，几十年丰富的大副经验使张金华退而不休，凭着过硬的专业技术，依旧发挥着余热。虽然忙碌，对张金华来说，却是更充实，更快乐。

二儿子说：我也要去当兵

"征兵条例没有规定弟兄不可以同时当兵，我已经二十三岁了，是征兵的最后年限，今年不去，这辈子恐怕都没有机会了……"张根华是张云辉三个儿子中最老实憨厚的一个，1973年黑龙江省军区齐齐哈尔军分区在松江地区招兵，可是当他听说大队要等他哥哥张金华退伍后再让他去参军时，张根华着急了，一向内向的他自己找到大

队民兵连长，生怕自己错过这次当兵的机会。"我也要去当兵！"这是老实的张根华最执著的念头。

张根华将他的老实憨厚一直从家乡带到了几千公里外的齐齐哈尔空军部队，做了一名"伙头军"。除星期天外，张根华每天都要骑自行车给连队下属的农场里的四名机耕手送饭。他毫无怨言，而是努力干好工作。1974年11月中旬的一天，张根华在自告奋勇地帮助铲除地上厚达五十厘米的积雪后，中午又如往常一样给机耕手去送饭。回来的路上他深感疲惫，周身无力，一路上只想睡觉休息，于是便不由得加快了骑车的速度。不想腿脚无力，动作变形走样，加之沙地行车轮胎受力不均，一下子便从车上摔了下来，顿时右手肘部红肿起来，左脚膝盖也摔破了。看着推得吱吱作响的自行车一瘸一拐返回驻地的张根华，炊事班班长关切地询问道："伤得怎么样？去休息，晚饭不要做了……"憨厚的笑容爬上张根华要强的脸："没事，就擦破点皮！"张根华明白，他休息了，战士们就有可能不能按时吃到饭了。于是，忍着剧痛的他还是坚持把晚饭做完。这个从未出过远门、见过世面的农村青年就这样在部队脚踏实地、勤勤恳恳地做着自己本分的工作。

1977年退伍后，张根华回到家乡，担任生产队队长，一干就是二十八年，被当地喻为"汤村大队的农业老干部"。

小儿子说：我就是要去当兵

"银华，要不你就别去了，你看你妈跟我都老了……"1984年，当张银华也提出要去当兵时，已经将两个儿子送进军营的张云辉生平第一次在儿子参军这件事上犹豫起来。张银华自己也知道，父母都已是年近六十的老人，家里还有六亩地要种，哥哥们都已经分家，家中只有自己一个劳动力，如果自己去当兵了，那家里的地怎么办？年迈的父母怎么办？但一想到父亲当年在战场上奋勇杀敌，想到哥哥们都如愿走进了军营，再想到自己从小要当兵的理想将不能实现时，十九岁的小伙子竟一个人坐在门槛上悄悄地哭了。

张银华找到书记，表达了他想参军的愿望，他也和父亲谈，希望父亲能支持他去参军。可家中的困难也是实实在在地摆在他的眼前，就在张银华准备放弃的时候，父亲的一句话改变了他的人生："银华，既然你这么想去当兵，那你就去吧，家里的事你别担心，有我呢，你只管放心地去。但是，在部队一定要好好干，要有出息！"

"一定要有出息！"父亲的叮咛一直回响在张银华的耳畔。三个月的新兵连，训练艰苦强度大，张银华时常觉得肚子疼，平时咬咬牙就过去了，但疼得厉害的时候，直冒冷汗，他就拿热水焐一焐也扛着过去了。因为他知道，如果被指导员发现了，肯定要送他去医院，去了医院就跟不上训练了，也就可能要落伍于人。"我不要拖后腿，我一定要进步！"张银华在心底暗暗给自己鼓劲，疼痛一直伴随了他三年，他一直咬着牙努力在部队工作。一直到他当上班长的时候，再也拖不下去了，去医院一查，十二指肠局部溃疡，在医院住了两个半月才痊愈。要强的张银华在部队始终不甘落人之后，在自己的岗位上恪尽职守。

复员后，张银华先后担任小昆山镇毛纺厂党支部书记、汤村书记等职，现任小昆山镇昆西居委会书记。

从北京到杭州，从黑龙江到福建，父子两代一家四口，足迹遍布祖国的大江南北，海陆空军汇集一家。也许他们平凡，也许他们不起眼，也许他们也仅仅是为了圆自己的一个当兵的梦，我们所看到的，却是这一家子那蕴藏在心中的深入骨髓的爱国精神。

（2008 年 10 月 22 日）

为育"天鹅"舞不停

□蔡 桑

"我就是想当老师。"陈虹不止一次地对笔者说出了这样的话。陈虹是松江区青少年活动中心音舞组的老师。在见到她之前,笔者已经知道她教了很多年的舞蹈,是名副其实的"桃李满天下",因此在内心勾勒她的面貌时,总以为应该是位老教师了,然而见到她的第一眼感觉则是:哇,这个人也太年轻了吧?眼前的陈老师看上去顶多就三十多岁,如果单看外貌,谁能想到她已年过四十?而这样的年轻源于她的职业——舞蹈教师。舞蹈让她保持体型上的美丽,而教师这一职业则给了她与孩子们接触的机会,让她保持了心态上的年轻。

从小梦想当老师

陈虹的母亲是幼儿园教师,看着妈妈在讲台上只要摇摇小铃铛,就能让小朋友们都听她的,那真叫神气。那时候小小的陈虹就觉得当老师是一件既很神秘又很神圣的事情。

同时,她又很喜欢舞蹈。在那个年代,家长们对孩子的艺术教育还不太重视,总觉得读好书就行。现在的孩子练舞一般从四五岁就开始了,而当时,陈虹是到了十岁,因为自己主动跟父母提出,才有了去少年宫学习舞蹈的机会。"如果我什么时候能在这里做个老师就好了。"那时候小陈虹心里就有了这个理想。后来，跳舞与她做老师的愿望果然结合在了一起。陈虹至今记得，当时老师带着她们这些学生到上海师范大学去看了一场音乐会，她看到那些琴房和练功房时有一种难以抑止的向往之情。

到了初三，为了准备升学考试，陈虹离开了少年宫，一年后她考上了幼儿师范，并在读师范期间又学习了四年舞蹈。

一度想放弃舞蹈

1986年，陈虹进入了方塔幼儿园当教师。那时校长看她舞蹈基础不错，就经常给她机会去参加学习和培训。陈虹觉得自己无论对舞蹈还是教学都还缺乏经验，也是一有学习机会就去，私下里更是自己找教材练习，还请以前的舞蹈老师来教她。为了提高自己的教学水平，电视里一有少儿节目她就看，有些还要录下来反复看。功夫不负有心人，刚工作没多久，她就获得了松江县青年教师舞蹈比赛第一名。

当了几年老师，陈虹也成了家并且有了一个儿子。刚生完孩子的时候，陈虹觉得自己骨头都硬了，再加上体形的变化，使得她对跳舞失去了信心。"我以后再也不教舞蹈了。"她对自己说。

可她的命运就在这时发生了转变。当了六年幼儿园老师后，她被调入了松江区青少年活动中心，并在学校的安排下，去了北京舞蹈学院进修中国舞。既然还是要做，那就做好，抱着这样的心态，陈虹在舞蹈教师的路上又重新起航。在生完孩子之后重拾舞蹈，并不是件简单的事，一方面，身材没有以前好了，手脚也没有过去灵活了；而另一方面，跟她一起进修的都是一些小姑娘，不少是学校刚刚毕业的，这也给她造成了很大的心理压力。面对这些，陈虹没有别的办法，只能咬着牙上。"只有练。"她说。

离不开学生

一开始上舞蹈课很累，很多小孩子不愿意学，头几天又哭又闹的，不过"对付"他们，陈老师自有妙招："小孩子你要多鼓励他，跟他讲他好的地方，还好做过幼儿园老师，骗小孩还蛮内行的。"比如对有些新来的学生，她会对其他小孩子说"那个小孩子很乖，大家拍拍手欢迎他"。差不多过个一年左右，小孩子们跳起舞来就蛮有样子了。"我越来越离不开这些学生了。"说起陈虹和她的学生们的故事，那有太多太多，笔者从中随便挑了几个，与大家分享。

有一年暑假，不少学生要考级，陈虹想给一些基础不太好的学生补补课，但是学生家长要上班，平时不是你没空就是他没空，除非双休日，但是仅双休日练习肯定是不够的，于是陈虹便对家长们说"你们随便什么时候有空，打个电话给我我就过来"。于是家长们就遇空给她打电话，她则基本上是随叫随到。因为每位家长的空闲时间都不一样，陈虹基本上是一对一地辅导，而那个暑假她也把大把的时间都花在了给学生的单独训练上。有些学生家住得离她近，家长不在家的话，她也会上门教学。"尽量满足他们的要求，要是我自己实在没空我也没办法。"陈红坦言。

陈虹还曾经遇到过一个不善于跟别人交流的小女孩。别的孩子下课了都一起玩，说说笑笑，就她一个人不声不响坐着。她试图跟这个孩子交朋友，先是拉着其他学生跟她一起玩，可小女孩不接受，于是她只能自己下课后多陪陪她，跟她聊天，尽量讲一些她感兴趣的话。陈老师从这个孩子的母亲那里了解到，她很愿意学舞蹈，而且在家里是很活跃的，话也很多，就是到外面不跟人交流。于是她便从这里开始打开缺口，跟她聊她在家里的事情，慢慢地这个女孩开始把陈虹当成了朋友，跟她交谈。后来她考一级的时候没有通过，不少学习舞蹈的学生在考级没有通过之后就不想再学下去，她却坚持了下来，并在第二年考过了二级。

有一天外面下雪，家长们都把自己的孩子接走了，有位学生的家长却始终没来，陈虹知道那孩子的父亲是开饭店的，心想也许是生意忙忘了来接孩子，于是便骑着摩托车把这孩子送到了饭店，下雪路滑，她们还摔了几跤。好不容易把孩子送到饭店，发现她的父母都在，原来她的父亲以为母亲去接了，而母亲以为她早回来了，这样才造成了这一"乌龙事件"。看到陈老师把孩子送回来后，家长十分激动，一再道谢。巧的是，前几天，陈虹又遇到了这位学生，那时候她在念幼儿园大班，现在都已经是高中了。"你还认识我吗？"陈虹问她。"哦，你是那个什么学校的那个谁……"学生含糊带过。"当时把我给气的……"陈虹笑说。

有一位学生的母亲长期卧病在床，父亲每月只有几百块的收入，家里非常困难，但是她本人很想学舞蹈。陈虹得知情况后，跟学校领导反映，学校就免掉了这位学生的学费。而她的练功衣、跳舞鞋都是陈虹自掏腰包给买的，对这点滴恩情，学生及家长感激在心。这样的事情其实发生过不止一次,陈老师现在的学生中有三个三胞胎姐妹,她们来自农村,家里经济条件不好,但是父母不想让孩子放弃学舞,又是陈老师向学校反映了情况,免去了她们的学费。这三名学生2007年在一个全国性的艺术比赛中获得了十佳新人奖。

陈虹也经常被她的学生所感动。今年暑假不少学生去市里比赛,之前由于任务很紧急,排练的强度还是挺大的。有一个叫潘璐瑶的学生,要排练两个节目。与大多数学生不一样,潘璐瑶是自己要求来学舞蹈的,因此学得格外认真。暑期排练,她的母亲也非常支持,工作之余还每天来接送,但是由于排练劳累过度,小璐瑶后来进了医院。医生让她休息,连一向支持她的母亲也劝她不要练了,可她哭着不干,非要过来。陈虹看她身体不好,让她练的时候不用太认真,走走队形就好,可她偏不,每个动作都坚持要做到位。

"有时候很累,但是一看到孩子的目光,就觉得什么都忘了。"天真无邪的学生给了陈虹继续努力的动力。

幸福生活片段

现在的陈虹,除了上课之外,还常出去进修、考察,或者跟同事朋友出去看演出、旅行,还时不时有以前的学生跟她联系联系,家庭也美满,生活相当幸福。

片段一:有一次陈虹与同事一起去鼓浪屿的钢琴博物馆看演出,演出开始前,老师们都忍不住手痒边弹边唱,很多游客拿着相机开始拍他们,其中有一位游客忍不住问她们:"你们到底是干什么的,怎么什么都会,每个人都会?"这让陈虹觉得很骄傲。

片段二:还有一次去三峡,她们跟当地的居民一起表演,她们的表演非常精彩,颇有点"以假乱真"的味道,其他游客都没看出来她们是临时加入的。

片段三:陈虹每年教师节都会收到很多学生寄来的卡片。她原来有一个学生,叫陈婕,以前陈虹带她去市里比赛的时候她都是领舞,后来她考进了上海戏曲学校,改唱越剧了。毕业后陈婕一直跟陈虹老师保持着联系,前两天陈虹在一个电视剧《聊斋》里看到了她演的丫鬟,觉得非常亲切。

(2008年11月5日)

一生的财富二十万枚邮票

——"集邮王"陈子康的故事

□唐卉庆

五十四年藏邮十八万种、二十万枚,个人收藏数量上海地区首屈一指。而让陈子康在上海邮界名声在外的,不仅是这惊人的收藏数量,还有他那逾半个世纪的集邮趣事。陈子康自己常说,如果说孩提时对邮票产生兴趣,仅仅是出于对那些花花绿绿好看图案的喜爱,可到如今能担任上海市体育集邮协会理事、松江区集邮协会副会长的职务,对集邮则完全是钟情了,集邮之路的酸甜苦辣真是道不尽说不完……

忘年交令他结下邮缘

小学五年级时,一次意外的休学养病让陈子康接触到了邮票的世界,从此一发而不可收。"邻居家的小孩跟我是好朋友,他爷爷是当时商务印书馆出字典的,家里有许多邮票,不乏清朝和民国的,好看极了,我一看就很欢喜。"说起这些的时候,陈子康的回忆清晰如昨。当时,父亲见他对集邮有兴趣,就给他买了几套新中国开国初期的邮票,虽然是1954年再版的,内容也大多是保卫世界和平、开国大典、五星红旗等,但已使他欢呼雀跃了。

上初中后,陈子康对集邮更加痴迷了。"小时候家在卢湾区复兴公园对面,那里以前是法租界,文化氛围比较浓。"陈子康说,就是那时候他开始老往邮市里钻。由于就读于位育中学,陈子康从家到学校必经思南路,而那里正是上海集邮市场的发源地。让陈子康欣喜万分的是,周围的邮商交换的都是外国邮票,内容大多是动物、风景、体育类的,简直美极了,因此他只要打那儿经过就忍不住"犯邮瘾"。每个月家里给他五元零用钱自己在外解决午饭,自从迷上集邮后,为了省钱买邮票,他每顿午饭就在学校附近的排档买一碗阳春面,从不加浇头。

1957年,还在上初二的陈子康在邮市淘宝时,结识了刚刚步入不惑之年的集邮家潘巨东。潘巨东是上海集邮协会最早的理事,以收集各国国旗、地图、领袖类的邮票和航天票、封为长。虽然年纪相差悬殊,两人却一见如故,潘巨东经常来找他的小知己交流,陈子康也一直把他当师傅。那一年,苏联第一颗航天卫星上天,在潘巨东的影响下,陈子康开始专题集邮,并收集航天封。"我师傅懂四种语言,熟练使用西班牙语、英语、法语,经常与古巴、波兰、捷克、罗马尼亚等社会主义国家的朋友通信,一般他收了航天封都会给我留一套。"陈子康对孩提时的集邮事记忆犹新,这早年的经历打开了他的集邮之门,并使他钟爱了大半辈子。

珍贵邮票"从天而降"

陈子康的邮票藏品中不乏清朝、民国时期的老邮票,也有解放战争时解放区的邮票。"照理说,像我这样的年纪是收不到这样的邮票的,但我特别幸运,几次机遇让我就像捡了天上掉下的馅儿饼似的,收了许多珍贵邮票。"陈子康回忆道。

"文革"开始后,陈子康的集邮渠道一度发生断裂,因为那时外国邮票基本在邮市消失。但就在他一筹莫展的时候,出现了一个令他自己都难以置信的戏剧化的转机。原来,复兴公园对面的居民小区里住着一些爱好集邮的老头,他们担心收集外国邮品被抄家,就把自己的藏品送给喜欢邮票的小朋友。这下可乐坏了陈子康,他一口气从别人的贴票本里挑选了几千枚各国早期票,其中就有匈牙利的第一张邮票等珍贵邮品,1900年以前的中国邮票就有五百多枚,使他的邮集一下子丰富起来。

"文革"后期,上海市革命委员会开始处理抄家物资和信件,市场上出现了大批清朝蟠龙票和民国票。清朝邮票二毛钱一枚,收了二百多枚;民国邮票三分钱一枚,收了一千多枚,基本齐了。至此,陈子康基本收齐了中国的老邮票,他还参照著名集邮家孙君毅的《清朝邮戳志》来收集清朝的邮票。这时候,陈子康已经从华东师范大学毕业，踏上了工作岗位。当时他每个月的工资是一百元左右，标准已不算低，但因为有了好邮票就赶快买，故他常常把吃饭钱也搭了进去。后来一些"文革"期间抄家所得的信封也被处理，陈子康一口气买了一千一百多张，内中不乏毛主席语录等内容。

"外国友人很喜欢这种信封，常常有人用JT票跟我换，我靠这些信封配齐了四方连票，在上海还未见到有其他人收藏齐全。"陈子康告诉笔者，所谓JT票，就是改革开放后到1997年间出的邮票，那时候邮票花样多了起来，有齐白石的画、四大名著、京剧脸谱等，几乎包罗了我们国家比较经典的文化，不像"文革"时期的邮票都是政治内容，并且当时的发行量少，因此被"票友"们视为经典。现在一套1974年到1991年的JT全套票市场价已到了三万九千元。

陈子康的幸运还远不止此。1980年，陈子康正在徐州工作，并应邀当了徐州市集邮协会会长。当时一些集邮公司有许多"文革"前的邮票，叫"老纪特票"。由于在邮协认识了很多集邮爱好者，这一时期陈子康收集到了很多解放区的邮票。至此，陈子康把中国邮票基本上收齐了。

因为集邮，苦练英语

"我六十多岁了，英语依旧很好，还能跟国外的'票友'通信。"陈子康说，因为集外国邮票，无形中促使他要学好英语，同时集邮所需的知识也令他从小就养成了求知好学的习惯。

读中学时，看似整天"玩物丧志"的陈子康成绩却一向都名列前茅，临近高考时保送全国重点大学。由于他集邮成迷出了名，临高考前，班主任还专门来家访，劝家长让他把集邮停一段时间，集中精力复习迎考。"其实他们哪里知道，正是因为集邮，我必须查阅大量英语资料，我的英语读写能力也就是这样锻炼出来的。而因为做航天集邮专题，所以我看了很多航天书，就对物理特别感兴趣。"陈子康笑着说。上世纪80年代，在北京集邮家刘肇宁先生的推介下，陈子康与日本邮趣协会中国部的集邮专家阿部达野相识，并开始参加世界集邮者俱乐部，与世界三十多个国家的集邮爱好者通信。现在他还与意大利、法国的几个朋友保持着通信联系，坚实的语言底子就是从中学时代打下的。

除了航天封外，根据自己的兴趣，陈子康后来还扩展了两个集邮专题：奥运会和西欧名画。为了集邮和做邮集时更加专业,陈子康还专门买了奥运小百科书,学习奥运知识。陈子康喜欢世界名画,为了收集相关邮票就买了许多美术书啃读。"不学知识,就收不到好邮票。"陈子康翻着一本《20世纪法国艺术》书说,"一个人的兴趣爱好是可以促进其他方面长进的。"

个人收藏数在上海最多

如今,陈子康家中已有满满当当一大橱的集邮册,其中大部分是他收集的中国票、封、片及宇航、奥运、西欧绘画专题邮票邮品,以及兼集的世界各国邮票,侧重于国旗、地图、领袖、风土人情、文物和体育专题邮票。直到现在,他仍然每星期至少去一次大木桥路附近的邮市淘宝,每年以增加一万枚邮票的速度丰富藏品,到现在已收集了十八万种、二十万枚邮票,个人收藏数在上海地区最多。

"小时候是好玩,后来开始注重集邮知识,特别是专题集邮,需要不断看书扩展知识面。"陈子康说,"与邮协结缘后,开始参加邮展,组织邮展,使我的集邮生涯更上了一层楼。"1988年回到松江以前,陈子康参加过江苏省首届邮展和第三届全国体育邮票展,均获得了二等奖;回到松江后,他参加了亚洲运动会国际邮展,并获得铜奖;后参加第一届东亚运动会国际邮展,摘得银奖;2006年,他又获得全国邮展铜奖。说到这儿,陈子康拿出了一本厚厚的登记册,上面记录着他所有藏品的目录。他笑着说,现在集邮比从前容易多了,因为改革开放后,美国、加拿大等国,大量的邮票通过各种渠道涌入中国。伊朗早期的邮票都收得到,以前是看也看不到的。

"听说台湾有个集邮爱好者的纪录是二十万种,我目前的目标就是争取到世博会召开时超过他。"陈子康说。

(2008年11月19日)

大二女生为话剧而"狂"

□张晋洲

这是一群话剧狂人。他们想要了解话剧,想要体验话剧,他们说自己所做的是"狂人日记",因为这些既是他们的专业,也是他们的生活。他们用心捕捉生活里出现的新东西,找到合适的、激起观众共鸣的视角,用话剧的形式呈现给观众。其中,有爱情、喜剧故事,也有悬疑、武侠故事;是时尚,是娱乐,也是他们的思考。

再次见到这群人的"老大"——王珇,是在半年以后。这时的她,除了从上海复旦视觉艺术学院的一名大一新生升格为师姐之外,还有更多身份上的变化:一家大学生创业公司的总经理,多部校园话剧的导演,乃至编剧、演员、化妆师、灯光师……

三部话剧

人生如戏,戏如人生。用这句话来形容王珇一点也不为过。2007年10月7日,刚跨入上海复旦视觉艺术学院大门还不足一个月的她,就与几位热爱戏剧的同学一道组建了"空的空间"表演艺术工作室。半年后,满腔热情的她又出资创办了上海狮驰文化传播有限公司,担任总经理,全身心投入戏剧影视业。而今,一年有余,她和她的团队已在校园内成功地推出了三部校园话剧。这样的高产量在视觉艺术学院的同类社团中也是少有的。

第一次看王珇的话剧，是在今年4月。上演的是堪称小剧场话剧经典之作的《像堂·吉诃德一样》，也是她继《卡布其诺的咸味》之后的第二出校园话剧。

王珇说，这是一部借古喻今的喜剧，更是一个关于梦想的故事。故事讲述的是一个现代年轻人，却梦想成为一个像堂·吉诃德一样的人，为了实现自己的梦想而努力奋斗；在现实生活中，他却遭到了大家的阻拦，因为大家都曾经记得梦想很危险。

梦想与现实的格格不入，时代与性格的错位，让这部近两个小时的喜剧笑话百出，在校内演了五场，场场爆满。但逗乐观众并不是王珇选择这出戏的真正目的。在她看来，堂·吉诃德的执著与不屈正是现代年轻人身上所缺乏的，战胜自己远比战胜别人更重要。所以，她想通过这部戏，告诉大家不要轻易放弃梦想，要勇敢地像堂·吉诃德一样，为梦想而战，就像她对戏剧的追求一样。

半年后，王珇推出了第三部话剧。相比于《像堂·吉诃德一样》的轻松幽默，这次的故事却带给人一种无比沉重的压抑感，但不变的依然是小话剧折射大人生。

自编、自导、自演，王珇给这出两个小时的戏取名为《123456妻》。剧中，一个男人、六个女人，演绎出六段不完美的爱情故事。最终，男主人公在经历了纯真初恋被门第观念扼杀、女友因贪慕虚荣拂袖而去、遇到游戏人生的女孩等六段失败的爱情后，对现实提出了质疑。

看戏之前，王珇曾对笔者说："如果你谈过恋爱，看完这出戏后，你一定能找到其中属于你的那段共鸣。"事实上，就像上海工程技术大学一位学生观众评价的一样：剧末男主人公的深情独白，反映了话剧呼唤人与世界敞开心扉，进行最直接接触的主题。

《123456妻》的成功，让王珇有些意外，但收获更多的是一种成就感。原来，这是她准备推出的第一部商业大戏，就是准备在社会上卖票公演的原创剧目。目前，这部戏也已经签下了明年初在上海话剧中心演出的合同。

当被问及会不会担心票房时，王珇却笑了："哪怕只有一个观众，我们也要演下去。"在她的想法里，这背负的不仅是她一个人的梦想，而是公司所有成员的舞台梦。

两次哭泣

台前光鲜幕后艰辛，这是几乎所有人对演艺从业人员的理解。王珇也不例外，第一次见面时，聊起烦恼和困难，她就用手机给笔者播放了一首歌，是小柯的《老大》。

"老大的后背是一面墙，什么都要阻挡，还要背着大家往前闯，一次次的失望，还要用良心去换理想……"静静地听着，她流下了眼泪。她说，每次遇到困难，想哭时都会听这首歌，鼓励自己继续走下去。

身为"老大"的王珇，确实有很多事情需要她操心。

为了写《123456妻》的剧本，她把自己关在学校的宿舍，一个暑假没有回老家。"构思了很久，有时一天要喝好几杯咖啡。"她说。随后，把剧本拿给大家讨论，招募遴选演员，给演员试戏讲戏，帮演员们准备服装，制造道具布景，联系演出场地，做宣传推广……

而在演出前的十五天，大家更是绷紧了神经。"从那个时候开始，我们每天早上6点就要出两个小时的早操，我就站在宿舍楼下掐表，迟到的要罚款。"她笑道。而每出新戏上演前的一天，更是大家"拼命"的时候，一排练就是十多个小时。

在每次演出开始前的两个半小时，也是王珇最忙碌的时刻。作为化妆师，她先要忙着给演员们化妆；作为导演，同时她又得时不时与演员们临场对对台词，沟通剧本。走出化妆间，她又成了灯光师、音响师，忙着对现场灯光、音响做最后的调试。到话剧开演时，她还得准备自己上场演出的戏份。

为了保证演出质量，王珇有一道苛刻的要求：演出结束前，所有演职人员都不准吃饭，包括她自己。每次，演出从晚上7点30分开始，到9点30分结束，再等演员们卸好妆，工作人员清理干净场地后，才能"下班"。回到宿舍都要11点多了，王珇只能用泡面充饥。

第二次看到王珇的眼泪，是她谈起自己的老师："我现在站在舞台上，经常感觉有那么一刻我就是她。"她有些哽咽。王珇口中的这个"她"，是在哈尔滨教了她七年表演的李老师。这位令王珇崇拜不已的老师，为了丈夫放弃国家一级话剧演员的事业，不为名、不为利，回到哈尔滨待业，每天早上5点起床去面包房打工，扛一百斤一袋的面粉，一扛就是二十袋，和好面后再回家做早饭。王珇说："有次她病了，本来完全可以休息的，却打着点滴给我们上课。"

七年师从李老师，让王珇深刻明白了"学艺先学做人"的道理。之后，当她真正走上戏剧影视这条路后，真正体味到了那种别人难以体味的艰辛。为了《123456妻》

的演出，公司自掏腰包，投入上万元资金，而繁杂的事务，更是让这位当家人一连好几天睡眠、饮食、进水不规律。第二天的公演结束后，王玨坐在卫生间里，因为太累了，身体突然不听使唤，一瞬间连她自己都控制不了自己。但她没有放弃，就像她常和自己的演员们说的一样：你们不需要对得起我，你们要对得起"演员"这两个字，还有这个舞台和观众。

一个梦想

来自东北哈尔滨，王玨身上透着东北人特有的那种豪爽和干练。"空的空间、狮驰，记住这两个名字吧，在不久的将来她们会缔造出真正的戏剧神话。"初次见面，她就给了记者这样的"预告"。

王玨告诉笔者，给工作室起名为"空的空间"，是因为这个名字有种广阔的感觉，能让人于狭小空间内感觉到广袤世界。而公司叫上海狮驰文化传播有限公司，则是希望自己和公司能像一头狮子一样在草原上奔驰。

"迎来的是南来北往客，造出的是生旦净末丑，玩出的都是人生不同的滋味。"用王玨的话说，搞工作室，办公司，为的其实是同一个梦想，就是要将实验艺术的普及化进行到底，创造一个大众化、平民化的实验艺术平台，以极具时代性又充满艺术魅力的话剧为基础，形成生产集中地。在她的计划里，工作室和公司平均每月要出一部作品，包括话剧、DV短剧、四格真人漫画、行为艺术体验等。

然而，在这"宏伟"的目标背后，也有王玨的一段辛酸。从小梦想着当电台播音员的她，从初三起就一直在学校的电台当主持人。梦想的轨迹却在高一时的一次意外后发生了变化。一次，她和同学去滑旱冰，不小心磕到了腰。几天后，她突然发现自己不能正常走路了，去医院一检查，才知道是腰椎间盘突出。那时王玨彻底崩溃了，觉得什么都做不了，以前走五分钟的路程，后来要在同学的搀扶下走二十分钟。从那时起，王玨停止了在学校电台的工作，也变得消沉起来，"什么都不想做"。半年后，慢慢恢复的王玨又开始了对未来的幻想，当作家，画漫画。但最终，在一次偶然的机缘下，她还是学起了表演，并一直到现在。

如今成立公司后，王玨常挂在嘴边的一件事情是：每卖出一张票，就拿出一元钱捐给慈善事业。同时,她也已经退出了学生社团性质的工作室,专心于公司的业务,但这并不意味着她放弃了工作室。相反,她说会一直关心工作室的成长,因为这个她一手创办起来的社团,是她为热爱话剧的学弟学妹们留下的一方舞台。

(2008年12月3日)

你侬我侬同奏生命之曲
——记国内医学史上捐肾最高年龄的孙增林、沈建华夫妇

□李圆圆

一个深冬的早晨,笔者见到了家住新桥镇雅士轩小区的孙增林、沈建华夫妇。冬日难得的明媚阳光照进屋里,映着两位年过花甲的老人脸上平和幸福的微笑。这一天,距离妻子换肾出院已经将近四年了。六十岁丈夫捐肾救妻,这是一段感人至深的爱情故事,更改写了国内医学史上捐肾的最高年龄限制。

曾有专家在一千二百一十七位中国老年人中做过调查:你曾经献过血吗?当你步入花甲之年,如果亲人需要,你还会献血给他们吗?结果显示,这组调查中,全部选"是"的只有两名。可是,六十岁的孙增林,毫不犹豫地将自己的一个肾脏捐给了妻子。

同甘苦共患难

六十四岁的丈夫孙增林和六十三岁的妻子沈建华是同窗校友。1964 年,一个来自上海的年轻姑娘和一个来自北方的英俊小伙一同考入了西安交通大学金属材料热处理专业,千里迢迢赶到西安。那时沈建华很不适应西安的生活习惯,一日三餐的大米饭换成了玉米、馒头,粮食不够时还不得不吃点粗粮垫饥。"北方的气候跟上海差异也很大,那种冷是渗入骨头里的。"回忆起当年的岁月,沈建华至今仍心有余悸。极度的不适应让沈建华整日茶饭不香,一年下来,瘦了二十多斤。

"那时学校发给每个人的口粮已经很少了,但她还是吃不掉。"丈夫孙增林如今仍不无心疼地说。而那时,人高马大的北方人孙增林则总是吃不饱。于是,沈建华就经常拿着自己的口粮,送给孙增林。"是建华用自己的口粮养活了我,那时我就觉得,我们注定是要一起同甘苦共患难的。"孙增林说。

大学五年,是他俩最浪漫的时刻。尽管沈建华的身体越来越瘦弱,但每每总是有孙增林细心呵护的身影相伴左右。1969年大学毕业,夫妻俩随当年的四万大学生一起,被分配到了西北五省。分在甘肃的他俩住窑洞、垦荒田、挖野菜……在大西北,在最苦的岁月里,他们结了婚。"当时想,结婚后,我可以更好地照顾她。哪知,一忙起工作,就什么都忘了……"老孙说。为此,妻子至今仍责怪老孙是"工作狂"。

大西北的日子异常艰苦,沈建华仿佛已经习惯了简单无味的饭菜,但是更大的困难还在等着瘦弱的她。"窑洞里'海陆空'各种昆虫都有,咬得我身上简直没有一块好的地方。"沈建华说。晚上睡不好,白天吃不饱,每天还要跟男同志们一起垦荒,沈建华的每一天都是在咬着牙煎熬。"后来想想,大概就是年轻时吃的苦太多,把身体拖垮了。"沈建华说。

1971年后,夫妻俩从甘肃调到了青海西宁工作。终于有了自己固定的小家,勤劳贤惠的沈建华又屋里屋外地忙开了。面对两个活泼淘气的女儿和一心扑在事业上的丈夫,沈建华毫无怨言。两人每月一百二十元工资,有八十块花在了孩子们身上,有时一家人每个月才吃一斤肉。

我身上的每个器官都是我们夫妻的共同财产

1985年,夫妇俩回到了上海。1990年,妻子沈建华的肾开始出现了问题。

为了给妻子治病,孙增林陪着老伴四处求医,走遍天南海北,尝遍了各种名贵好药。但是从1995年起,妻子不得不开始血透。

1990年时,老孙曾在病房里看见一位三十多岁的女病友,她用的就是姐姐的肾,健康情况很好。这一幕深深地印在了老孙的脑海里,为妻子捐肾的念头,开始在老孙的脑海里萌动。

之后,老孙开始留意换肾成功的病例。但是,大多数患者用的都是尸肾,成活率很低,许多病人临换肾前把遗嘱都写好了。还有一位小伙子,换肾成功后,出院才半年就突发重病，一周后就去世了。

到了2003年，妻子病情加重，不得不改用腹透。每天早上往肚子里慢慢地灌一万毫升的"水"，到晚上再慢慢地放出来。瘦得只剩三十七公斤的妻子对老孙说："我怕是撑不下去了……"

2005年春节前夕，眼看着妻子的病越来越重，肾移植是挽救妻子唯一的希望。"可是她很害怕换肾，更害怕换尸肾。"老孙说。一筹莫展的老孙，几乎在一夜之间，头发都愁白了。有几次妻子病重昏迷醒来时，就口述遗嘱。每每这时，老孙总是责怪地说"不要胡说八道"。

怎么办呢？唯有活肾移植一条路！两个女儿都争着要把自己的肾换给妈妈，但是妻子怎么舍得年幼的孩子受苦。老孙说："年轻时，自己一心扑在工作上，总是妻子无怨无悔地照顾家庭和孩子。等到老了，也该自己回报妻子了。"

身体硬朗的老孙一直都是家里的顶梁柱，妻子心里其实早已知道自己的病情，极力反对老孙的这一举动。"反正我的身体一直不好，我当时觉得，自己能活到六十岁就已经很满足了。"沈建华说。

"相识四十一年，吃同一碗饭、住同一间屋，我们早已形同一人，我身上的每一个器官都是我们夫妻的共同财产。"而有资料显示，夫妻之间长期生活在一起，血液中的很多分子已经同化，就像有血缘关系的亲属一样了。这一信息仿佛是黑暗中的一盏烛火，给了老孙无限的希望。

2005年春节前夕，老孙来到医院询问能不能把自己的肾脏移给妻子。资深的老教授着实吃了一惊，他解释道，捐肾者的年龄上限是男五十岁、女四十岁，世界上供肾者年龄最高的五十三岁，是一位香港人。而此时的老孙，已经实足六十岁了。

"我不死心！"老孙倔犟地争取着。后来辗转来到上海中山医院，老孙反复向医生诉说着，自己的身子骨很强壮，住过窑洞、吃过野菜，从事革命工作四十多年，从来没向组织请过一天假……

2005年2月17日，夫妇俩终于住进了中山医院，医生当即抽取了每人五毫升的血液进行配型。结果似乎在预料之中，两人都是B型血，而且血液之间的同化率高达百分之九十四！医生给出了配型结论：很匹配！

老孙拿着验血报告单，心里激动地说："这些年一起吃过的苦，都没白吃。"

可是就在手术前夕，善良的妻子似乎有意要阻止丈夫倔犟的行为，沈建华出现了三次昏迷。"当时觉得自己就快要去了，医生用上了所有最好的药，都不见效，耳边只有老孙焦急的呼唤声……"沈建华说。

当老孙毅然决定捐出自己的肾时，主刀医生默默地把头发花白的老孙拉到一边，语重心长地说，病人三度昏迷，体质极其虚弱，即使换了活肾，最多也只能维持三到五年，而你自己的身体也会受到影响……

"三五年？"老孙表现出了出人意料的惊喜，随后坚定地说："没问题，即使能多活一天，我也要救她！"医生一再询问孙增林是否放弃手术，老孙一直在摇头。他怎么也不愿意相信，此时妻子会舍得抛弃自己和女儿。老孙对自己说："无论多么困难，我一定要救活她。"

那天傍晚，老孙头脑昏沉地回到了空荡荡的家里。他熟练地拿出平时为妻子煎药的小沙锅和妻子常吃的虫草药方，煎了满满一大碗汤药。他坚信，妻子会醒过来的。果然，一碗汤药下肚，沈建华逐渐恢复了意识。她睁开眼睛，紧紧地抓住了孙增林的手。这一举动，饱含着多少感激、留恋和不舍……

2005年3月5日，年过花甲的两位老人并排着被推进了手术室。两个小时后，医生以娴熟的吻合技术，将老孙的肾脏安置在了他心爱的妻子体内。手术中证实，患者通常用来连接移植肾的髂内动脉已完全钙化闭锁。也就是说，如果不做肾移植手术，沈建华的病就无药可救了。术后第一个小时，妻子就排出了四百多毫升的尿液。而在病重期间，沈建华一天的尿量也不过二百到三百毫升。听着主刀医生带来的好消息，刚从手术室里推出来的老孙哽咽了。

丈夫给了我第二次生命

2005年3月20日，这是夫妻俩共同的生日。

这一天，沈建华带着丈夫孙增林的肾脏，丈夫挽着瘦弱的妻子，出院回家了。沈建华说："今天是我新生命的第一天，丈夫给了我第二次生命，今后的日子，我们还要一起搀扶着走过。"

妻子术后半年，忙碌的老孙终于退休了。"其实手术后的半年，是我最危险的时候。"沈建华说。术后半年抵抗力最差，不能有一点点感染，但这时的孙增林，依然在忙碌的岗位上辛勤地工作着。也许，朴实的老孙并没有更多的方式来表达自己对妻子和家庭的爱和愧疚，但在最危难的时刻，这个五尺男儿，他没有犹豫。

"以前他就说我们是一个人，换了老孙的肾后，这种感觉越来越明显了。"沈建华说，"你看我这头发，以前很少有白发的，现在跟老孙一样，变成满头白了。"

"年轻的时候从来不向我发火，这老了，性格脾气也跟我越来越像了。"老孙也乐呵呵地说。

三年多过去了，夫妇两人都恢复得很好。重获新生的沈建华也传承了丈夫的坚强硬朗，一切身体指标都开始逐步恢复正常，这一切都令全家人欣慰。老孙总是抚摸着妻子的手，自信地说："一切都会好起来的。"

最美不过夕阳红。走过了艰苦岁月，经历了生离死别，如今，老两口的幸福生活简单而又平淡。执子之手，与子携老。老两口每天忙着照顾外孙女。空闲时，会翻看年轻时的照片，一起回忆共同走过的那段日子。几次搬迁，家里很多东西都没了，但老夫妇俩一直保留着那张珍贵的结婚照。照片上的妻子贤惠漂亮、丈夫高大英俊，这是一段美好故事的开始，是一段不平凡历程的见证……

（2008 年 12 月 17 日）

松江方言"寻根"人
——记松江一中语文教师盛济民

□陈佳欣

闲谈聊天叫"讲张",讲的是张士诚,谈"山海经"、"噶三胡"话的是胡雪岩、胡公寿和胡宝玉,敷衍了事谓之"搭浆",典出陈圆圆唱堂会,急中生智,纸糊戏服……二十多年来,盛济民老师追根溯源,挖掘出了百十来条松江方言的来历,堪称地地道道的松江方言"百事通"。

乡音土语主持农村广播

盛老师是怎么和松江方言研究结缘的?这还得从他在农村插队落户时的经历说起。1968年,十八岁的盛济民下乡来到松江城北农村,跟农民一块儿插秧种稻,同吃同睡。同行的几个是从城市来的年轻人,一听到农民说出乡音土语,就掩口笑起来:"真是土得来不得了。"唯独盛济民对那些土语上了心。"农村里讲'舀出滑进',意思就是纠缠不清,反复折腾,用了'舀水'打比方,让人联想到一只大水缸,一把瓢,来回捣鼓,越想越生动。"方言表情达意的鲜活生动立刻吸引了盛济民的注意。

在农村插队那会儿,盛济民在生产队做过记工员,当过公社广播站的编辑和播音员,还在公社文化站干过一阵。"和农民打交道,记工啊,播音啊,还有创作剧本,写些钹子书、说唱、沪剧小戏,都免不了要用上农民熟悉的方言,这样听起来才会比较亲切,充满生活气息。"盛济民对松江方言的兴趣也正是源于田间村陌的那段生活。

松江方言孕育了沪语

如果说农村插队时只是对方言有个感性的认识,那么后来的大学求学生涯,真正使盛济民向"松江方言专家"迈进了一大步。盛济民1978年考入了上海师范学院分院中文系,后来又进入华东师范大学攻读硕士学位。有了理论的支撑,他在方言的研究上便更加得心应手了。

当时班上不少同学来自金山、奉贤、宝山、崇明等郊县,盛济民细心地分辨着他们的口音,居然把这几地方言分出了"南腔北调":南部几县基本以松江话为中心,北片则向嘉定话靠拢。

盛老师解释说,因为古代松江、嘉定设府,是文化经济的中心,所以在语言影响力上也享有中心地位。松江唐代建县,元代升府,上海最初就是受松江府管辖的,说松江方言孕育了上海方言,是真正的"老上海话"一点不为过。上海自从开埠以后,商贸发展迅猛,松江在经济文化上的地位也逐渐被上海这座兴起的大都会取代,方言的中心地位也日渐式微。即便沪语的语音有简化的趋势,还是吸收了不少外来语,不过发音用词仍以松江方言为基础却是不争的事实。

方言如同一座矿藏

在盛济民心目中,松江方言如同矿藏,丰富瑰丽,值得一再探究。盛济民的方言研究也不是"学究式"的,他喜欢挖掘方言背后一段段不为人知的小故事。

方言记录着鲜活的历史。苏松一带人称闲谈、聊天为"讲章",本是指私塾老师给学生逐章讲解经书,但苏松地方人更爱将"讲章"写成"讲张"。

原来,元末农民大起义时,苏松地区是张士诚率领的农民起义军的主要根据地。据《明史》等史料记载,义军领袖张士诚重然诺,讲义气,对人慷慨大度,十分宽厚。他的部队对民众秋毫无犯,还开仓赈济,将财物分发给贫苦的农民。张士诚在吴地建立政权后,对百姓轻徭薄赋,对贪官严惩不贷,同时开设宏文馆,振兴文教,兴修水利,发展生产,给苏松百姓留下了良好的印象。当时,百姓们亲切地称张士诚为"张王",有一句民谣"死不怨泰州张（士诚）"真实地反映了苏松人民对张士诚的拥戴。

明朝建立后，繁赋重税的压榨下，苏松人民难免怀念起张士诚来。平时聚在一起聊天，总会讲讲张士诚。有时候，官府的爪牙如锦衣卫等看到百姓围聚议论，常常会上前盘问："侬勒拉讲点啥？"为了显示苏松人民的骨气，同时也为了避免不必要的麻烦，百姓们通常回答说："讲点啥？呒没啥！白白话，讲讲张！"聊天谓之"讲张"由此而来。

方言承载着风土人情。吴方言中有一句俗语"乡下狮子乡下调"，意思是在农村或者市郊乡镇，人们办事情，搞活动，通常受到当地习俗或技术、财力等各种因素的制约，因而与城市相比，做法上难免简约粗朴一些，乡村特点比较鲜明。"乡下狮子乡下调"这句俗语的本来面目似乎应该是"乡下丝竹乡下调"。

盛老师说，民乐丝竹在江浙沪一带一度十分繁荣。但一般说来，农村的丝竹，粗朴遒劲，乐观爽直；城镇的丝竹，细腻婉转，清丽典雅。在市区，丝竹演奏者文人居多。经常演奏的乐曲除传统曲目外，还有从古典乐曲移植过来的《春江花月夜》等，甚至还有外来乐曲如《一枝梅》等，旋律抒情优美，节奏明快流畅。市区乐队人员精干，乐器组合灵活多变，演奏风格精美细腻。而在郊县乡下，丝竹演奏者多为乡镇上的店员、手工业者及农民中的吹鼓手，经常演奏的是《老六板》《小六板》等传统曲目，演奏的乐曲、旋律简洁无华，风格明朗粗犷。于是便形成了"乡下丝竹乡下调"这句俗语。

杂家巧解"落苏"得名之谜

方言包罗万象。方言寻根之旅，往往涉及到多学科的交叉，缺乏钻研考据和勇于"跨界"的精神就很难把一个个谜题解开。

茄子在松江话里又被叫做"落苏"，在南方不少省市，包括台湾高山族的排湾语中同样如此，可是这一名称究竟是怎么来的，这是个困惑盛济民多年的问题。为了弄清"落苏"这个古老名称的来龙去脉，几年来盛济民一面查阅大量文献资料，一面利用南下旅游的机会在云南、广西、贵州、四川等地做方言调查。

机缘巧合下，他发现一位迁居云南多年的一中校友，编著过一本少数民族语言辞典《苗汉辞典》，顿时眼前一亮——茄子在苗族语中就音同"落苏"。一鼓作气考证下来,原来上世纪60年代,中国社会科学院民族研究所少数民族语言研究组也得出过类似的结论。于是,思路一下子打开了……

印度是茄子的第一故乡,也是中国的友好邻邦。一千多年前,茄子或通过昆仑山口进入我国西北地区,或从东南边境经过南方少数民族人口繁密的地区逐步推进到长江南岸、东海之滨,因为传入地语言的关系,北方就叫"茄子",南方又称"落苏"。他的这篇文章发表在《新民晚报·夜光杯》上,中国农科院蔬菜所李佩华研究员是国内出名的茄子专家,对这个新奇的观点也是头一回听说,十分赞同,还特地打电话来问盛济民是不是生物老师。

类似的谜题还有玉米为何在松江又称"鸡头粟",实在令人费解。盛老师经过反复考证,发现玉米果实有"实如塔"和"密列成行"两大特征,晶莹如玉的颗粒在玉米芯上密密匝匝排列成行,垒起来似座小塔。依此来看,玉米果实的外形酷似稻垛或柴垛。在吴语区特别是松江、金山、奉贤、青浦以及浙江平湖等地的方言中,稻垛、柴垛通常被叫做"稻积"、"柴积",统称"积头",于是玉米在松江等地便有了个十分形象贴切的名字"积头粟",流传中才讹写作了同音的"鸡头粟"。

"如果没有当年在农村的插队经历,没见过稻垛,我还真想不明白其中的联系。"盛老师强调说,松江方言的研究,不但需要有古汉语、外来语等扎实的基础,还需要掌握民族迁移、农耕种植等方面的知识,必须做个杂家。

"松江话学习班"校园开讲

盛老师一直坚持松江方言自有其生命力在,淘汰旧用法,吸收新元素都符合语言的发展规律,不必过于担心它会因此消亡。盛老师认为:"现在推广普通话也是增进地区间交流的必然要求,尤其像松江这样一个讲求海纳百川的城市。提倡用普通话交流固然重要,不过土生土长的松江人仍然应该学会原汁原味、内涵丰富的家乡话,并且代代相传下去。"

盛老师如今在高一年级教授语文课,班上的学生大多不会说标准的松江话了,这让他颇有点苦恼。于是盛老师专门开设了松江方言的拓展课,给松江话注上国际音标,用形象的例子给同学们讲解方言中妙趣横生的表达方式。

盛老师告诉学生,认为松江方言"俗"的观点是站不住脚的,不管是在古汉语典籍还是近现代文学作品中，都能窥见松江方言的踪影。比如到中药铺买药，北方叫"抓药"，而松江话则习惯称"赎药"。"赎药"的说法在《水浒传》《醒世恒言》等文学作品中都十分常见。买东西称"赎"，在宋代是十分流行的说法。从松江方言"赎药"中至今还能见到昔日宋元白话的风采，足见松江方言是一门古文化积淀很深的语言。

鲁迅的《孔乙己》中有一段描写："掌柜是一副凶脸孔，主顾也没有好声气，教人活泼不得。""声气"一说在松江也有，意指说话的神情语气。这种说法古而有之，如汉王充《论衡·骨相》："相或在内，或在外，或在形体，或在声气。"晋干宝《搜神记》卷十八："司空南阳来季德停丧在殡，忽然见形，坐祭床上，颜色、服饰、声气，熟是也。"

盛老师还指着沈从文小说《长河》的题记惊喜地说道："读读这里，'农村社会所保有那点正直素朴人情美，几几乎快要消失无余'，这'几几乎'是很有古义的表达法，我们松江话里也有。"

盛济民去市区开学术会议，有时还会当场冒出几句松江本地话，"我理直气壮不是没有道理的，与会的上海汉语专家也认可我说的是正宗的老上海话"。

施蛰存先生和程十发先生一个把"我是松江人"挂在嘴边，一个素来自称"鲈乡人"，两位大师级人物都是历数十年而不改松江乡音。盛老师很想告诉学生的是，千万不要"羞于"开口说松江话。方言，关乎身份认同感和隽永的乡土情结……

(2008年12月31日)

享誉美国的"世博之父"是伲松江人

□ 尹 军

对于绝大多数松江人来说,也许不熟悉蒋一成先生。然而,他与一任任美国总统,如约翰逊、卡特、老布什、克林顿、小布什等都有不浅的交情,就连现任总统奥巴马也能叫得出他的名字,知道这位美籍华人是一位值得尊敬的中国老先生。

听口音腔难改,桑梓故里是松江

在佘山月湖公园喝咖啡时,蒋先生一下子递给笔者两张名片。笔者双手接过名片,看到蒋先生至今仍担任着美国亚洲协会主席、世界华商联合会总会长、上海财经大学世博经济研究院名誉院长、首届世界健康论坛暨合作洽谈会常务主席、美国葛伦堡石油总公司执行副总裁兼亚洲总裁、中国治理荒漠化基金会名誉理事长、上海市对外文化交流协会理事、波兰华沙世界贸易中心中国总代表等职。其实,蒋先生的职务又何止这些,仅荣誉职务就有一大串,如美国德克萨斯州荣誉公民、马歇尔市荣誉市长、美国荣誉海军上将等。以上表明,蒋先生丰富的人生经历,是两张名片难以承载的。

在相互交谈中,笔者听出蒋先生说普通话时流露出较重的本地方言韵味,便问道:"蒋先生,您是上海人吗?"他诙谐地答道:"我是松江的上海人。我的老家在松江,现在办公的地方在上海市区。"

松江大仓桥东堍、市河南岸秀南街56号蒋氏宅,是一处2004年公布为松江区登记保护不可移动文物的老房子,1922年,蒋一成在这栋老房子里出生。

蒋一成的父亲叫蒋秉仁,按照父亲、祖父、曾祖父追溯上去,从他算起,蒋家四代都是松江人。蒋一成的父亲早年随伯父参加革命,伯父在武昌起义敢死队时壮烈牺牲,父亲终身服务邮政事业,曾任上海市邮政局局长。母亲吴冠芳是从江苏太仓嫁到松江来的,虽然缠裹着一双小脚,却知书达礼,贤慧能干,能讲一口流利的英文。1986年,少小离家老大回的蒋先生,首次回到了松江老家,走进蒋氏祖宅。

在蒋先生的记忆中,留存着许多鲜活的松江往事。幼年时代的他,具有一般人所没有的博闻强记能力,他五六岁时认识千字,七八岁就能粗看武侠小说。所以,蒋先生上学就读三年级。他读书的小学,在松江老城西门外市河北边。当时,年丰人寿桥尚未建造,上学要摆渡过河,故校名为松江西渡小学。读小学时,蒋一成的学习成绩一直是班级里第一名,考试总分得松江县第三名。

小学毕业后,蒋先生以优异成绩考入松江县立中学。回首往事,老师讲述的松江故事一生难以忘怀。他说,"登高一望民风厚,楼阁重重烟雨中"的云间第一楼,相传是三国周瑜的点将台;"若为寥落境,及值酒初醉"的醉白池,相传是取白居易的诗意叠石而成;"蓄风气,壮瞻视,莫此为伟"的大仓桥至秀野桥河段,是松江四鳃鲈的老家。小时候,他最爱吃松江四鳃鲈,还有一样好东西名叫"熏腿筒",那是火烤烟熏出来的猪肉食品,味道比枫泾丁蹄、金华火腿还要香。

好男儿闯美国,总统竞选他"推销"

中学毕业后,蒋一成考入上海圣约翰大学,攻读政治经济专业。其时,严家淦、荣毅仁比他高几班。他尊称他俩是同校学长。抗日战争期间,蒋一成积极从事抗日爱国活动,几度险遭不测,但皆化险为夷。1946年,蒋先生跟随他的学长严家淦赴台湾谋生,供职于台湾省长官公署。1952年,蒋一成以第一名的成绩赴美国德克萨斯州浸信会大学读书。他品学兼优,连续四年获得学校奖学金。毕业时,校方留任他为远东史讲师。1961年,美国国会通过特别法案,蒋一成以专案入美国籍,担任参众两院远东经济顾问。从此,蒋一成开始了与美国政界高层人物频繁交往的传奇经历。

对于在近代史上历经沧桑的中华民族来说,一个黄皮肤的中国人,能成为美国总统的座上宾，简直犹如天方夜谭。然而，蒋一成创造了这一奇迹。

蒋先生用见微知著的东方文明美德和从我做起的点滴生活故事，颠覆了美国人对中国人的偏见。蒋一成刚到美国的时候，当地房产商不愿意把房子卖给中国人和黑人。他们认为，中国人会把房子弄脏弄乱，导致街区房价下跌。经过观察，蒋一成发现，美国人通常是周末打扫房间和院子，到了周四周五，家里环境就没有那么干净了。于是，蒋一成便发动太太和六个孩子天天打扫卫生，连院落都一尘不染。美国人一看，中国人比他们更讲清洁卫生，便愿意到家里来做客。蒋一成爱用中国茶招待美国客人，借此推销中国和谐文化。美国人品着来自东方的香茗，经常像听天书一样地听他讲述源远流长的中国文化，并时而情不自禁地耸肩惊叹！

每每此时，蒋一成总是表现得非常谦和。美国朋友问他"中国人是否都像你一样了不起？"他诙谐地回答道："我是中国人里最差的，混不下去才来到美国的。"说完，蒋一成哈哈一笑了之。他用幽默、诙谐创造流动的快乐气氛，感染了一批又一批前来他家做客的美国客人。

1965年，纽约世博会期间，许多人钻美国法律的空子，不交参加世博会最后三十天的租金和管理费，连蒋先生的美国律师也劝他不要去交了，蒋一成却坚持说，我们中国人，从小就受父母不因小利而失义的教育，要按合约办事，不能少交一分钱。就这样，蒋一成的人品在美国社会传为美谈。美国总统约翰逊诚邀蒋先生参加他家的舞会。借此机会，蒋一成向约翰逊介绍了许多至善至美的中国优秀文化传统。这位总统打趣地把蒋一成比喻为"中国文化的超级推销员"。从约翰逊开始，卡特总统、里根总统、老布什、克林顿夫妇、小布什等，都成了他的好朋友。蒋一成先后担任了约翰逊、卡特的竞选经理和主席，并于1996年担任了克林顿助选总部主席。这位从松江走出、远涉重洋的美籍华人，曾为"推销"多位美国总统竞选取胜作出了卓越贡献。

中国心谋福祉，"民间大使"连两岸

1986年，旅居海外四十年的蒋一成第一次回到大陆母亲的怀抱。回想往事，中老年人也许还能记得，1986年，一架台湾当局的747客机，飞过海峡，在大陆着陆。驾驶这架客机的是一名台湾教官，这事件成为当时的新闻热点。在海峡两岸隔绝对话的年代，为妥善处理此事，蒋一成以"民间大使"的身份飞回祖国。中国外交部领导与

蒋先生商谈后,国家很快作出了事件处理决定,747客机绕道香港由台湾接回,驾机教官被提拔为中国民航局副局长。

1996年3月,因李登辉上台,海峡两岸的火药味一下子浓了起来。美国第一、第七舰队,派遣了两艘航母准备为台湾当局助威。中央军委领导义正辞严地指出:"保卫国家领海权,我军义不容辞。"箭在弦上,一触即发。蒋一成心系海峡局势安危,立即给克林顿总统打了电话,克林顿即派总统专机把蒋先生接到白宫秘密协商。最后,美国决定,美海军舰队后撤。从而,平息了这场风波。同年3月,国务院副总理兼外交部长钱其琛在北京钓鱼台国宾馆设宴款待蒋一成和夫人郭彦文。中国海协会会长汪道涵在上海花园饭店会晤蒋先生时,称赞蒋一成是一位有中国心的"民间大使"。

缘深深情切切,"世博之父"誉全美

早在读书时,蒋一成就知道这个世界上有个"磁场力"很强的世博会。他数十年如一日,积累了大量的专题文献资料。在他的收藏资料中,有一则消息令他刻骨铭心。1904年,第十二届世博会在美国圣路易斯召开。中国首次决定组团参加。为此,清政府组织了一批华工前往美国建造中国馆。不料,当二百名华工应召集聚到美国后,却遭到美方肆意阻拦。美国工党借口中国人建造中国馆违反了该国的《禁止华工条例》,不准开工,甚至宣称,建造中国馆不准使用中国油漆。后来,清政府不得不雇佣了一批美国人工作,并采用了美国油漆。如此,代表中国形象的中国馆才得以破土动工。这一奇耻大辱,如同上海租界"华人与狗不得入内"一样,在蒋一成的心中留下了永世难忘的隐痛。他暗下决心,一定要在办世博中为中国人扬眉吐气。

1964年至1965年纽约世博会期间,约翰逊总统家乡德克萨斯德州馆,因原策划经营者的错误理念,使该馆遭巨额亏损而面临倒闭。蒋先生临危受命,独自投资一千三百万美元,将德州馆改建为嘉年华馆。嘉年华馆较多地融入了东方文化元素,成为中西文化交流的一大亮点。蒋先生注重挑选和训练优秀的中国留学生为服务人员,宣传中国文化,展示中国工作人员的精神风貌。不仅如此,嘉年华馆还是那一届世博会唯一的娱乐中心。当今闻名于世的好莱坞巨星歌蒂·亨,当年就在蒋先生的嘉年华馆表演南方的"康康舞"。世博会结束后,她投身美国影剧界,一举成名。嘉年华馆开幕那天,约翰逊总统偕夫人一并到场喝彩。为此,《纽约时报》用整版刊登新闻及照片,媒体纷纷称赞蒋一成先生的大义行为堪称"世博之父"。对于苛刻的国外媒体来说，华人获得这一称号，是一种崇高的赞誉。后来，他在接受中央电视台采访时说："我对办世博有些经验，年纪确实也大了一点，但称'父'可不敢当。"

美国决定参加上海世博会的历程一波三折。虽然，在过去的一百五十多年中，美国曾举办了十届世博会，但美国参加世博的热情逐步减退。1992年，美国出台有关法律，明确规定政府不能用纳税人的钱去参加世博会。美国也曾放弃过2000年的德国汉诺威世博会和2008年西班牙萨拉戈世博会，并较早宣布退出国际世博展览局。蒋先生对美国参加上海世博的态度若明若暗非常担心。2003年至2006年期间，他三度会晤克林顿，两度面见布什总统，并在2006年10月促成美国决定参加上海世博会后，又于2008年向美国国务卿希拉里写报告，陈述美国应该坚持参加上海世博会的充分理由。蒋先生向美国总统奥巴马和国务卿希拉里表示，凭他个人数十年的信用，能够向银行贷到足够的建设资金，并以行动兑现了他的承诺，筹到了建设美国馆的一亿美元资金。美国国务卿希拉里对蒋先生的世博情缘深表赞赏，2009年亲自飞抵上海，鼓动美方企业家捐资建好美国馆。

时下，蒋一成的工作日程相当繁忙，身影经常出现在复旦大学、上海交通大学、同济大学和上海财经大学等高校校园里。2009年11月，蒋先生偕夫人郭彦文女士再次回到家乡松江，向区政府领导表达了要在松江办展览和办博物馆或图书馆的意愿……

（2010年1月13日）

捏出来的世博传奇

——面塑大师马金城和他的面塑"马家军"

□王颖斐

马金城,是上海滩最有名的面塑大师"面人赵"赵阔明的嫡传弟子,曾获"世界优秀专家人才"、"中国艺术名家"等荣誉称号。他做的面塑不仅继承和发展了传统工艺,而且结合了肢体和服饰元素,使人物造型更加栩栩如生。如今,马金城与媳妇戚依平、孙女马雪斐以及外孙女瞿倩成为家中做面塑的主力,人称"马家军"。

师从"面人赵"

马金城今年六十九岁,原是一名园林绿化技师。从小学习面塑的他,在说起师傅赵阔明时,语气里总是透着自豪:"师傅是面塑的一代宗师,上海滩名气最响的面塑艺术家。"

当年,中国福利会少年宫在上海招收十五人学面塑,为了与鼎鼎大名的"面人赵"见上一面,马金城过五关斩六将,从数百人中脱颖而出,并凭借其出色的作品和过人的天赋,"荣升"为面人组的组长。他说,面塑给他带来的最大成就不是"世界优秀专家人才"、"中国艺术名家"这些荣誉称号,而是"收获"了相伴一生的妻子。马金城的妻子笑着说,当时追女朋友都流行送花,而马金城用面塑做各种各样的小玩意给自己:"当时他用面塑做了一套十二生肖给我,我就觉得这人很特别,和其他人不一样"。活灵活现的作品最终打动了妻子的芳心。一晃五十多年过去了，马金城对面塑的痴迷、对师傅的崇敬都丝毫未减。他至今仍保存着三十年前师傅去世时的讣告。

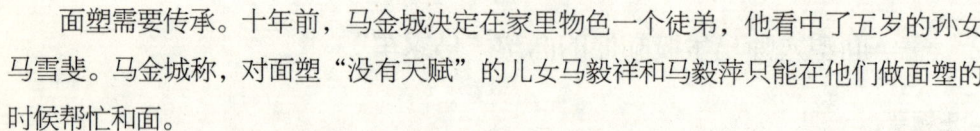

面塑需要传承。十年前，马金城决定在家里物色一个徒弟，他看中了五岁的孙女马雪斐。马金城称，对面塑"没有天赋"的儿女马毅祥和马毅萍只能在他们做面塑的时候帮忙和面。

马金城指导孙女的时候，儿媳戚依平也在边上跟着学。"我本想自己学了再教女儿，没想到捏着捏着自己也喜欢上了。"戚依平说。几周后，马金城惊奇地发现儿媳戚依平捏出了几件颇具功力的作品，特别是她捏的真人像，很有灵气。从此，马家面塑又多了一位传人。

戚依平看着丈夫马毅祥嗔怪道："直到女儿出生后，我才知道公公会捏面人。谈恋爱的时候，老公从来没告诉过我公公这么厉害，要不然我早就学会了。"

外孙女瞿倩到了四五岁的时候，也开始跟着外公学手艺了。她在十二岁时捏出的第一个仕女让外公赞不绝口。现在的她还拜了天津王派面塑艺术创始人王玬为师。王玬是做仕女方面的行家，她的作品曾先后登上德国、丹麦、瑞典、美国、新加坡、秘鲁和澳大利亚等国的舞台，1996 年还被联合国教科文组织授予"民间工艺美术大师"的称号。尽管王玬与外公马金城已经相识二十年了，瞿倩却是借着 2009 年在上海举办的民博会才得见这位仰慕已久的大师。看到王玬的作品，瞿倩被深深地折服了，当场就想拜王玬为师。然而，王玬已经决定不再收徒，她一次又一次拒绝了瞿倩的请求。

王玬在上海的那七天时间里，瞿倩天天带上自己精心制作的作品去东亚展览馆找王玬"报到"，为此瞿倩还特意向学校请了假。可每次瞿倩和王玬说"你看看我的作品吧！"王玬总是爱理不理的。然而，瞿倩的执著其实已经打动了这位看起来"拒她于千里"的大师。离开上海的前一天，王玬给瞿倩的母亲打来电话，让瞿倩带着面粉来宾馆现场演示。在看到瞿倩当场创作的作品后，王玬终于答应收她做关门弟子，并且手把手教她手艺。结合两位师傅的南北特色，如今，瞿倩的面塑技艺突飞猛进，并且形成了别具一格的飘逸风格。

马家"接力棒"

民间技艺通常不外传,"马家军"却非常慷慨。马金城退休后,就在多所学校间奔波,传授面塑技艺。他的学生年龄跨度大,从幼儿园、小学、中学到老年大学,还有以前的工作单位——市少教所,他都去上过课。此外,他教出的学生成绩也都非常优异,多次在各级比赛中有所斩获,这也让马金城有了"金牌教练"的美称。他的学生吴一还把自己极具中国特色的面塑作品《西游记》送给了国际展览局秘书长洛塞泰斯,得到了外国友人的好评。

到底教过多少孩子学面塑,马金城已经数不清了。但是他手中的那根"接力棒","马家军"都争相传递着……

获得过第六届"工美杯"中外青少年软陶设计大赛中学组一等奖的孙女马雪斐在中学里参与创立了"飞扬面塑"社团,还担任首任团长,并在学校的兴趣班里也当起了面塑小老师。

媳妇戚依平是外企工程师,由于高超的捏真人像的技艺,杨浦区特地为她开设了一个工作室,每逢休息日她还要奔走于多所学校,用自创的启发式教学法结合多媒体展示,向学生传授面塑手艺。

外孙女瞿倩也在浦东开设培训班,现在每个周六,她都会放弃休息到农民工子弟学校和"阳光之家",教那里的学生做面塑。不仅如此,她还准备走进福利院,让那些缺少关爱的孩子在做面塑的过程中得到快乐。

笔者还了解到,瞿倩一直坚持每周两天,在浦东一家世博面塑培训班教学员们做面塑。参加培训的学员多是社区世博青年志愿者及"阳光之家"的成员们,他们将在世博会期间,和瞿倩一起进入园区进行面塑表演。

世博结情缘

说起来,"马家军"与世博颇有缘分。不久前,他们在徐汇区西南文化艺术中心举办了"迎世博马家面塑展",近百件作品均出自爷孙师徒四人之手。此次世博会,马金城与媳妇戚依平的世博作品将放在公众参与馆展出,而外孙女瞿倩将作为志愿者进入园区表演面塑。

马金城为世博会所作的《各国海宝迎世博》以及戚依平的《历届世博会吉祥物》都被选入公众参与馆供游客参观。为了这些作品，他们付出了不少心血。马金城告诉笔者，他原先创作的一件作品，只有各式各样的海宝和中国馆，后来在电视新闻里看到熊猫也来到上海，就在原作品的基础上加入了世博熊猫、和平鸽以及虎年新春的元素。这件《各国海宝迎世博》共有大大小小二十多个海宝，他们身穿各个国家的特色服装，作品用掉不少面粉，其中最大的一只海宝有零点六五公斤。

马金城透露，作品中最难的当数看上去并不难做的中国馆。方方正正的中国馆看起来好像挺容易，马金城本以为只要看看图片就能完成，做起来才知道完全不是这么回事。它的角度、比例，还有每一个楼层都要精细地规划好。马金城的外孙女之前做了三个都失败了。为了做出工整的中国馆，马金城曾带着全家人一起到世博工地去看中国馆，真正的中国馆太大了，全家人转了几圈都没法精准地看到它的每一面。于是，一家人又开始四处打听哪里有中国馆的模型，听说松江的世博走廊有一个，一家人一早就赶过去了，结果拆了。当天中午，马金城在徐汇区漕宝路上的工艺美术馆看到一个模型，由于没有带照相机和纸笔，他又立刻拦了辆出租车往家赶。

"我们当时都在吃饭呢！"说起公公的"痴"，媳妇戚依平笑着摇头，"他一直在旁边催，快点快点！没办法，我们饭都没吃完，撂下筷子就匆匆忙忙赶去了。"到了现场，马金城对着中国馆的模型又是画草图又是拍照，因为模型放置较高，六十九岁的他还用两个小凳子叠起来爬到高处近距离观察。"我就是个急性子，不过那次的努力没有白费，中国馆终于做成功了！"说到这儿，马金城得意得像个孩子。

不仅马金城是个"世博迷"，外孙女瞿倩更是身体力行，当起了光荣的世博志愿者。"我还是第一批世博志愿者呢！"作为学校的优秀生，此次瞿倩被上海师范大学推荐为上海世博会园区志愿者，担任导游工作；作为上钢社区的优秀青年，瞿倩又被所在的上钢街道推荐为表演志愿者进入园区表演面塑。面对学校和上钢的邀请，瞿倩思前想后，最终还是选择了当表演志愿者。"街道准备把面塑作为上钢世博志愿者展示传统手工艺术的特色项目，在世博会上展现给各国来宾。我希望能利用自己的专长为世博添彩。"瞿倩说。

瞿倩和很多 80 后的年轻女孩一样有着爱美的天性。她不仅自己尝试着将平时从时尚杂志中看来的潮流元素运用到面塑创作中,还鼓励学员们一起做"时尚"海宝。在瞿倩的耐心辅导下,跃跃欲试的学员们纷纷上阵,捏出了一个又一个神态各异的世博吉祥物海宝。最近,瞿倩还完成了一个名为《海宝大杂烩》的作品:火红的中国馆前,站着穿 Hip-pop 服装的、穿漂亮小裙子的、戴黑框眼镜的各类"花哨"海宝,显得生机勃勃。她向笔者表示,自己与学生都已做好了进入世博园区表演的充分准备,希望有更多的人了解面塑、喜欢面塑。

(2010年2月10日)

创造国礼的艺术大师
——记国瓷大师、复旦大学上海视觉艺术学院教授李游宇

□李圆圆

1975年,上级指令湖南醴陵和江西景德镇两地研究生产毛主席的生活用瓷,史称"7501"主席用瓷。在当时的历史背景下,这是头等政治任务,集中了两地最优秀的设计专家和各工序的拔尖陶瓷艺人,千方百计地把主席用瓷的水平提高到历史最佳水平。"7501"主席用瓷品质晶莹光亮、柔润典雅、色泽艳丽,对明清景德镇官窑产品是一个质的超越。

李游宇,1954年出生,湖南岳阳人。1977年毕业于湖南轻工业专科学校(今湖南理工大学),1982年毕业于中央工艺学术学院(现清华大学美术学院)陶瓷美术系。中国工艺美术大师、中国陶瓷艺术大师、中国工艺美术学会常务理事、中国工业设计协会陶瓷专业委员会主任、上海陶瓷艺术家协会副会长、上海工艺美术学会副会长,同时担任清华大学美术学院、复旦大学上海视觉艺术学院等多所艺术院校的客座教授和名誉教授,在复旦大学上海视觉艺术学院设有个人独立工作室。

洁白、透亮、淡雅、端庄,每一件都精致得令人赞叹,由餐具、咖啡具、酒具、茶具以及文房等181头日用品所组成的《盛世奇迹》系列"汉光瓷"作品不久前在上海国际会议中心华夏厅展出时,艳惊四座。这套为建国六十周年献礼的"汉光瓷"作品被誉为是可与国际著名品牌相媲美的顶级陶瓷作品,代表着我国甚至世界陶瓷的最高水准。

风格豪迈大气,加之融入了中国特有文化元素的181头《盛世奇迹》,其品质甚至

超越"7501"主席用瓷，堪称国瓷大师李游宇的代表作，让人们再次见识了汉光掌舵人李游宇的功力。而李游宇更多的作品，则是作为国礼，赠送给各国元首和政要。

在陶瓷界赫赫有名，如今，他又站在了复旦大学上海视觉艺术学院的讲台上，为年轻的教师和学生们讲起了陶瓷艺术。苦心研制"汉光瓷"十五年，李游宇决定将这一让自己花费毕生心血的中国品牌在年轻人中发扬光大。在视觉艺术学院的李游宇工作室内，摆满了李游宇学生的获奖作品以及一件件尚未成型的瓷器模型。面对着各种荣誉，李游宇备感欣慰和自豪。

品质超越"7501"主席用瓷

"汉光瓷"，李游宇称之为被刺激出来的中国陶瓷品牌。中国陶瓷产业发展规模远早于欧洲工业革命，但近百年中国陶瓷生产一直停滞不前，世界陶瓷业却发生了急剧变化，涌现出了一大批世界闻名的设计家，也培育出了不少著名的世界品牌，他们分享了世界陶瓷的高端市场。李游宇至今仍清晰地记得，陶瓷艺术界权威安道森在一次国际陶瓷研讨会上公然宣称：尽管中国是陶瓷发源地，但是在国际高级陶瓷市场上，中国陶瓷已经被淘汰出局。这让李游宇感到是奇耻大辱，他下定决心要创建中国自己的一流陶瓷品牌，与洋人一争高下。

1993年初，李游宇辞去上海大学美术学院的公职，全身心地投入到组建汉光陶瓷研究所和汉光陶瓷制造企业的工作中。"汉光瓷"采用高温釉下彩工艺，要经过一千四百摄氏度的高温烤制，其白度、透光性和吸水率等技术指标都达到世界顶级水平。据介绍，好的瓷器，都是在一千摄氏度以上高温烧制而成的，温度越高，瓷质越好。日本、英国的一些名瓷用一千二百摄氏度的中高温烧制，选择这样的温度，制作成本较低，烧制时产品不易变形。而"7501"主席用瓷和德国的"罗森泰尔"的烧制温度高达一千四百摄氏度，瓷器表面用锐器也不能划出纹痕。

"汉光瓷"自诞生之日起，就赢得了陶瓷界的一致高度赞誉。"汉光瓷"的外观、白度、透明度、柔润感，经专家检验，都好于"7501"主席用瓷和"罗森泰尔"。上海博物馆陶瓷权威汪庆正先生评价："'汉光瓷'是我见到的中国近代最好的瓷，远远超过了'7501'主席用瓷。""汉光瓷"以其白、透、润、纯的艺术品质成为中国瓷器的美学风范。

清华大学美术学院、复旦大学上海视觉艺术学院日前联合在北京故宫博物院举办了"'汉光瓷'创新成果论证及官窑文化继承与发展专家研讨会",到会的耿宝昌研究员、李当岐教授、叶喆民教授、张守智教授、郑宁教授、李正安教授、陈华莎研究员等国内陶瓷界的一流专家认为,"汉光瓷"主要的技术参数均超过迄今所有国产陶瓷,"制作出现了突破性的成果","赶超国际陶瓷先进水平",它不仅超过了1975年的"7501"主席用瓷,而且可以与国际著名品牌相媲美。

作为国礼赠送奥巴马

将自创的"汉光瓷"这一民族陶瓷品牌带向国际市场,是李游宇一直追求的梦想。如今,他正离这个梦想越来越近。2009年,外交部长杨洁篪向李游宇下了订单,要订制一份国礼赠送美国新任总统奥巴马。"汉光瓷"是中国品质的代表,如何充分发挥"汉光瓷"的特性,又彰显中国的大气,李游宇开始了设计构思。洁白无污染是"汉光瓷"的最大特性,经李游宇烧制,最终捧出的"汉光瓷"作品《冰雪世界》立即就得到了外交部官员的认可。雪山冰川、重峦叠嶂、巨石错落,都被圣洁的冰雪凝固,呈现给人一个宁静、通透圣洁的感观境界。《冰雪世界》现藏于美国白宫中。一位到访的美国政要曾经说:"抚摸手工制作的'汉光瓷',会有一种奇妙的感受。只有手工的制作方式才能赋予瓷器那种特质——纯真、人情和妩媚。"

"汉光瓷"不仅有着美丽的外表,而且散发着透明发亮的内在光芒,从而体现出鲜明的民族特色、时代特征和人文特点。日本东京艺术大学校长宫田亮平先生由衷地评价道:"'汉光瓷'的艺术形式是中国的,又是最新的,艺术语言是世界的。"

李游宇说,"汉光瓷"的研发构想、产品特质和品牌形象都定位在高端市场。他的下一个目标是把"汉光瓷"直接带往德国,与"罗森泰尔"等陶瓷顶尖品牌一比高低。李游宇认为,国际上的顶尖陶瓷品牌都具有先进的陶瓷生产工艺,但"汉光瓷"的独特之处在于全由手工制造,订购生产。现代工业机械虽然能使产品标准化,手工制作却能充分体现出韵味。其手感以及细部的完美,这都是工业产品所无法超越的。不久后,"汉光瓷"的第一家专卖店将登陆德国。李游宇选择在德国而不是国内设立第一家专卖店的原因,是他认为,国外的消费群体具有更成熟的高端产品的消费观念。如果"汉光瓷"在陶瓷顶级品牌云集的德国立稳脚跟,本身就是一种品牌资本。

目前，"汉光瓷"已作为中国当代瓷器的一个标志性品牌，成功地进入最为苛刻的德国、英国等国际主流瓷器高端市场。

为了"汉光瓷"后继有人

181头《盛世奇迹》系列汉光高端日用瓷器是为祖国六十华诞献礼的作品，以典型的中国符号龙、凤、祥云图案为造型元素，以百花为装饰题材，表现社会繁荣昌盛、气象万千的盛世景象，尽显奢华。"汉光瓷"的烧制成功率十分低，十个产品中只有两三个成品，哪怕包含一个芝麻大小的气泡都要砸掉重来，学生们被李游宇严谨的治学态度所感染。李游宇说："每一件'汉光瓷'都是手工艺人心血的结晶，每一道工艺、每一道工序、每一个细节都耗时耗力，融入了手工艺人的心血。要达到更高的境界，需要各道工序的精心衔接。只有渊博的知识、高超的技艺和丰富的经验才能保证瓷器的品质。"因此，181头《盛世奇迹》中的每一件作品都是不可仿制的。

"一个优秀的陶瓷艺术家，也应是陶瓷工艺技术专家。"这是李游宇所秉持的理念。置身于象牙塔，李游宇却不愿做高谈阔论的理论家，他崇尚"动手"运动，是一位脚踏实地的实践家。李游宇虽誉满天下，但虚怀若谷，处世谦恭。李游宇仍然孜孜不倦地钻研，除了在工作室创作之外，李游宇大部分时间都下车间和工艺师们一起动手，亲力亲为。

如今，李游宇受聘为复旦大学上海视觉艺术学院客座教授，并领衔率先在上海高校中设立陶瓷专业本科学位，目前为四个班级一百二十多名学生担任代课教师，并在视觉艺术学院设立工作室。李游宇坦言，松江工作室的建立，仿佛是为自己的事业谋到了另一个发展空间。"松江古老而又有文化气息，老城的深厚底蕴、新城独特的艺术韵味都令人陶醉，漫步其中可以给我很多创作的灵感。"李游宇说。

"汉光瓷"的根在中国，李游宇的"汉光瓷"获得了"国家高温釉下彩"的发明专利，"汉光瓷"特有的材质也作为一个创新成果，被列入上海市科技成果转化项目。在复旦大学上海视觉艺术学院，李游宇着手制订了青年教师三年培养计划，将"汉光瓷"发扬光大，培养出更多的接班人，李游宇说这是一条充满希望的星光之路。

(2010年3月13日)

从白铁工到总经理

——茸城出租掌门人倪稚鑫的故事

□王裔君

曾经是一个专帮人家焊盆补锅,在叮叮当当中度日的白铁工,时隔不久,他便成了"大师傅"。想着更远的未来,他毅然放弃了在白铁工圈子里已经打拼下来的局面,选择做一名出租车司机,从头开始。三十六岁那年,他成了茸城出租汽车有限公司的掌门人。无疑,他是成功的。

"这个人是谁?他到底有什么背景?"笔者带着这样的疑惑走近了这位成功者。就像是一部悬疑剧的开场,倪稚鑫是在一片质疑中出场的。不了解他的人可能怎么也不会相信,一个没有任何背景的人会在三十多岁的时候就坐上了这样一个位子。而在此前,他已经在茸城出租汽车有限公司副总经理的位子上坐了八年。

寻着倪稚鑫的成功之路慢慢探究,你不难发现他天生的成功指数就很高。用他自己的话说,或许这个成功指数就是源自三个决定性因素,即踏实肯干的精神、勇攀高峰的韧劲和善于交际的能力。

有了这些,再加上机遇,一个人的成功便不再那么不可思议了。

"误入"白铁工行当

1975年,倪稚鑫高中毕业。那年,他十七岁。按照当时的政策,高中毕业生一般有两条出路：到农村插队落户或者留在工矿企业。

一心想着能到工矿企业上班，倪稚鑫整天美滋滋的。"到农村插队落户！"当他拿到分配结果时，心里忍不住一阵酸楚。或许就是因为家里没有一点背景和关系吧，分配结果让倪稚鑫大失所望。一时间，倪稚鑫有点不知所措。但是踏实肯干的个性让他很快就回过了神，准备接受现实，到农村去一试身手。因为，他坚信行行都能出状元。

怎知，家里人无论如何也不愿意接受这样的分配方案，说什么都不让他到农村去。于是，倪稚鑫成了待业青年。

直到十九岁那年，几经周折，他终于在当时的松江镇综合服务部找了份工作——做一名白铁工。白铁工到底是干什么的？所谓白铁，就是镀锌铁，一般指的是镀锌铁皮，也就是把铁皮加工成想要的形状，比如做个壶盖、修个锅底之类的东西。

"除了和我一起进去的几个年轻人，当时在服务部里工作的都是老师傅。"倪稚鑫说，一开始他感觉年轻人做这个活在外人面前都抬不起头来，很是"胸闷"。好在朋友鼓励他说，千万不能灰心，行行都能出状元，做白铁工也照样可以干出名堂来。

"要么不做，做了就要得到别人的认可。"从此，每做一件事，倪稚鑫都会给自己设定一个目标。

"我要做大师傅。"倪稚鑫开始分析自己的现状：服务部的老师傅们手艺虽好，但都缺少文化，只懂操作，不懂创新（设计）。对症下药，他一边学习技术，一边钻研起制图设计，手艺也突飞猛进。虽然吃了很多苦，但他在圈内的名气也越来越响，主动请他做活的客户也越来越多。松江米店第一套自动下米机就是他参与设计制造的。

"好像没过多久，他拿的工资就已经比老师傅高了。"他朋友的一番话足以证明，当时在圈内，倪稚鑫已经成为"大师傅"了。

"退隐"改行做司机

尽管才用了短短三年时间就在业界建立了自己的地位和威望，但志向高远的倪稚鑫始终觉得做白铁工是"小打小闹"。

上世纪80年代初，驾驶员是个很紧缺的工种，也很吃香。为了更美好的将来，倪稚鑫毅然放弃了做白铁工所打拼下来的"江山"，决心从做一名驾驶员开始，重新规划自己的人生道路。

1981年，拿着"稀罕"的驾照，倪稚鑫在当时的松江镇劳动服务公司找了一份司机的差事。那时，他考虑得最多的问题就是如何做一名好司机：既能开好车，又能修好车。还是那句话：要么不做，做了就要得到别人的认可。倪稚鑫又开始"上下而求索"起来。

1983年12月1日，在松江镇劳动服务公司的基础上成立了松江县出租汽车公司。尽管家底很薄，只有八辆车子，但这仍是上海市郊第一家出租车公司。二十五岁的倪稚鑫也就顺理成章地成了松江第一批出租车驾驶员。

"全区就那么几名出租车驾驶员，说心里话，这自我感觉和做白铁工的时候完全不一样，尽管只是一个普通的开车的。"倪稚鑫不无自豪地说。

因为这份自信，倪稚鑫执著地追求着他"做一名好司机"的梦想。

有一次，他根据客户要求，驾驶着面包出租车送某企业的一批客人到江苏省宜兴去联系工作。那时农村的道路不像现在都是水泥路甚至柏油路，还都是泥路。那天下着大雨，大约下午2点多钟的时候，倪稚鑫驾着车行至当地农村一段山路时，车轮陷在泥泞的路中，根本无法前进。倪稚鑫让车内的乘客先步行到前面的村庄，同时通知村民开着拖拉机来解围，自己则冒雨守候在车旁。忽然，他感觉到车子向一侧倾斜了一点，而轮胎又深陷在淤泥里，根本无法看清楚是什么状况。"很可能是一边的泥土比较松软，车子失去了平衡，这样下去有可能要翻车，危险！"没有想更多，倪稚鑫操起车上的千斤顶一下趴倒在烂泥路上，将千斤顶塞到车子底下，硬是将倾斜的车子顶了起来，重新使车子保持平衡，他自己也成了不折不扣的"泥人"。

过了许久，当地村民开着一辆拖拉机赶来"救援"了。可没想到，拖车的"难度系数"很高，在一头拖很容易引起面包车因失去平衡而翻车。只有一个办法，再开一辆拖拉机来牵着车尾，使车辆尽可能保持平衡。

那天，当村民们和倪稚鑫一起将车拖出泥坑，回到宜兴宾馆时已经是第二天凌晨3点了。

为了做一名好司机，倪稚鑫就这样默默工作着。

"转正"挑大企重梁

机会始终是给有准备的人的。凭借着优异的表现，1985年，倪稚鑫被提拔为车队长。这是他第一次"做官",自然格外卖力。

1985年,倪稚鑫在松江出租汽车公司做车队长的时候,正是松江出租发展的重要年头。这一年,中国银行以资金入股松江出租。"财神爷"进来后便发话了,说之前的名头不够响,要改成上海茸城出租汽车公司才能更好地吸引人们的眼球。而这一改,茸城出租的名号便沿用至今,屈指算来,已有整整二十五个年头了。

后来,因为多种原因,中国银行撤资了,但"翅膀已经够硬"的茸城出租并没有停下发展的脚步。早在那时,倪稚鑫的斗志和潜力已被大大激发,当时他就有了这样一个念头:我要做掌门人。

回想过去,用倪稚鑫自己的话说,与其说那是一种理想和目标,不如说是"野心"更准确。但无论如何,他有了自己新的奋斗目标。

天遂人愿。1987年,他又被提拔为公司副总经理。这让外人有点看不懂的"连升三级"确实很耐人寻味。但对倪稚鑫知根知底的人都知道,这一切,靠的就是他的"为人做事"。

1994年,倪稚鑫终于跨上了人生的另一个台阶,成为茸城出租的掌门人。

要增加运能并打破大锅饭体制,只有这样,公司业务才会有更大的发展。无论什么时候,倪稚鑫一直秉承着要么不做,做了就要得到别人的认可的理念,他又开始了全新的航程。

要彻底改变以前赚了钱再用的小农经济思路,要发展,公司就要敢于负债经营。1995年,倪稚鑫"撞破头皮"在信用社借到了三百万元贷款(当时茸城出租的资产总共为一百多万元,年赢利大约是几十万元),购买了二十辆崭新的桑塔纳轿车。

同时,倪稚鑫大胆地推出了驾驶员个人承包制,打破大锅饭体制。面对驾驶员的顾虑,他承诺"只要你用心,赚的钱就不会少。只要你奔一奔,赚的钱一定更多"。

驾驶员的手脚被完全放开了,就跟着老总大胆地干了起来。"记得那一年,收入最高的驾驶员一个月就拿了一万多元,公司创收也多了,实现了双赢。"看到自己的决策收到了明显的效果,倪稚鑫很是欣慰。

当时,茸城出租当时性能最好的大巴车仅有三十多辆。1996年,倪稚鑫开始酝酿更大的发展计划。就在这一年,倪稚鑫率先开出当时全市第一条高速公交线路:梅陇—招商市场,也就是现在的松梅线。不过,作为"第一个吃螃蟹的勇士",所面临的

压力也不少。那时候,由于地面线路的生意很好,不少驾驶员有情绪,不太愿意走这条线路,而公司也做好了预亏三个月的心理准备,但实际情况要比公司预想要好得多。第一个月保本,第二个月便开始全面赢利。

1998年,茸城出租的掌门人倪稚鑫作出了一个更为大胆的决定,和上海三汽合作,成立三汽茸城公交公司。也就是这次合作,后来,上海大众出租在松江成立了分公司——松江大众出租。

正所谓,请神容易送神难。倪稚鑫当然清楚这一点。对当年自己的决定,他并不后悔:"从长远来说,为了方便市民出行,也为了松江的公共交通能更好更快地发展,将市里的优质资源请进来是必需的。"

事实上,也正是这次合作,为1999年茸城出租的另一次大发展做了很好的铺垫。这一年,茸城出租决定将企业今后的发展方向定位为投资公共交通。思路一转天地宽。如今,茸城出租的注册资本已从最初的三十万元变成了三千万元,固定资产也从他接手时的百余万元变成了现在的上亿身家,并且涉足汽车出租、修理、停车等多个领域。

纵观倪稚鑫的成功之路,我们不难看出,其成功之道其实可以归结为这样八个字:不断立志,勤于开拓。

(2010年3月13日)

用创意影像献礼世博

——记复旦大学上海视觉艺术学院教师、青年编导陆涵

□陈佳欣

松江籍青年编导陆涵和世博会有着不解之缘。他是世博中国船舶馆影片制作顾问，馆内奇幻恢弘，又不乏精巧构思的环幕电影就出自他的创意和编剧。此外，他历时将近两年执导拍摄了一部六集电视专题片《农耕岁月——上海之根·松江传统稻作文化》。四时农作，节庆民俗，松江的农耕画卷在艺术化的镜头下徐徐展开，兼具了史料价值和人文内涵。目前，这部获上海文化发展基金会资助的专题片已入选世博上海馆，为上海的城市历史发展留下了珍贵的影像文献。

船舶馆中的奇幻环幕电影

在江南造船厂原址上建起的世博中国船舶馆栖身于世博浦西园区，其"龙之脊"的独特造型，宏伟的建筑外观在众多企业馆中显得十分抢眼。走进馆内，除了被各种高精仿真等比例微缩船模吸引外，观众们更是时时被馆内那个堪比IMAX（巨幕）的三百一十度大型环幕剧场震撼。

多媒体影音、智能化的光影，交织出一片浪漫的海洋气息。在蔚蓝的幕墙与舒缓的音乐包围之中，人们仿佛置身于一座航行中的城市，开始扬帆远航的逐梦之旅……那部特别制作的科幻短片让人不由为之赞叹：一只海鸥在画面上振翅飞翔，游历在远

古、现代和未来的漫漫旅途中,串起了中国船舶史上一个个灿烂辉煌的里程碑,以蒙太奇的手法娴熟切换,呈现了各种绚丽恢弘的船舶奇迹,和那个幻想中缔造起的庞大海洋之城。在浪漫奇丽的影像世界里,人们遨游于澎湃的"新航海时代",体验着各种新能源、新空间和新技术相结合给心灵带来的冲击和触动。

而这部片子的创意即来自松江籍青年编导、任教于复旦大学上海视觉艺术学院表演艺术学院的陆涵。2009年,中国船舶馆环幕电影文本创作经过八个多月的反复,遭遇瓶颈。年底,船舶馆有关负责人辗转找到陆涵,邀请他担任编剧。时间紧迫,第二天,陆涵就来到长兴岛造船基地采风。当天傍晚,当他驱车返回时,正好遇上堵车,一边等待,一边细细回忆起白天看到的造船景象,这时,脑中忽然闪现出科幻大片《2012》的画面——一艘诺亚方舟成了拯救人类的唯一途径。于是,船、生命、希冀,这些元素构成了一个个精彩的意象,倏忽之间,打通了他的创作思路。

陆涵连夜赶出剧本初稿。他用一个活的生命:海鸥,去串联起船舶这个"海上移动城市"的历史和未来,引出片子的主题"寻",也就是千万年来人类对家园的执著追寻。

从"海鸥寻子"到"起航,追梦"

他心中勾勒的一幕幕场景渐渐清晰。八千年前,海滩边搁浅着一艘独木舟,舟上有一鸟巢,鸟巢里有几只嗷嗷待哺的小海鸥。一男孩因避战乱,推独木舟远去。海鸥妈妈觅食归来,不见独木舟和鸟巢,于是开始了百折不挠、跨越时空的寻子旅程。在寻子过程中,展示船舶史,见证船舶与人类、与自然、与城市的关系。结尾时,在中国船舶馆顶端出现了那个鸟巢,那几只小海鸥正翘首企盼海鸥妈妈的归来。海鸥妈妈历尽沧桑,扑向儿女,母子团聚……

第二天,船舶馆有关负责人携剧本赶赴香港参加中国船舶工业集团公司高层会议,剧本创意获首肯。经修改完善,一度"难产"的剧本终于落实了。专家给予了很高的评价:"影片通过海鸥妈妈穿越时空,千年寻子这一情节,体现了人类探索海洋文明,寻找共有的幸福家园这一永恒主题。文本无需对话,通过视觉形象即可一气呵成完成全片叙事,消除了语言障碍,能让不同肤色的观众迅速进入影片的规定情境,也规避了说教的风险,具有很高的审美价值。"

由于这部环幕影片编创的成功，陆涵也受聘成为中国船舶馆顾问，参与到剧场影片的制作过程中，负责对各阶段样片、成片的审查，积极协助并配合处理影片制作中出现的问题，依照剧本对影片提出建设性意见，同时参与船舶馆最终成片的把关，保证影片效果。

　　"三维建模场景的演示十年前就有了，但如果延续以前的做法，仅仅是技术性的堆砌就乏善可陈，没有创新可言了。我要做的是讲一个好的故事，让影片更有思想性和精神内涵，这样片子才能具备经久耐看的价值。"陆涵这样解释他的创意，"虽然只有短短九分钟，但人文情怀是不可或缺的，这样才能带出片子的情绪、节奏和张力，让观众在观影中获得情感共鸣。"

书写农耕文化的影像文献

　　除了游历于澎湃的海洋世界，陆涵也将镜头对准了家乡的田间阡陌。在松江相关部门的大力支持以及上海文化发展基金会的资助下，他花了近两年的时间执导拍摄了一部六集电视专题片《农耕岁月——上海之根·松江传统稻作文化》，该片由松江区委宣传部出品，日前已由广东音像出版社正式出版发行。人勤春早，播种希望；夏耘灌溉，男耕女织；收获时节，冬藏迎新。专题片将松江旧时生产劳作和应时民俗礼仪一一还原，具有很高的史料价值。

　　陆涵说，他十分赞同电视片撰稿欧粤在序言中所说的，在江南地区，长期的水稻生产使人们形成了特有的生活方式，文化现象大多源于稻作文化。如今松江正经历着前所未有的发展，日趋工业化、城市化，然而，稻作文化的力量仍在民间发生着重要的影响。可以说，繁华的都市依然带着稻作文化的胎记。

　　他试图在这部专题片中，聚焦上海这座大都市过去的历史文化，让人们在一个个熟悉或陌生的细节中体验那渐行渐远的农耕传统，探索人与城市，传统与现代之间的关系。回望过去，传承历史，专题片挖掘出的文化价值也得到了专家的肯定——在世博展馆影像征集已经结束的情况下，该片依然幸运地入选了世博上海馆。

　　七岁之前，陆涵一直在农村生活，对乡间田头并不陌生，但直到拍片子时，他才忽然发现，原来旧时农业生产有这么多工序，而农民自己发明、手工制成的工具又时时透着可贵的民间智慧。为了尽可能客观全面地呈现农耕文化的图景，他力求忠实记录下每一个细节。他说,影片剪辑完成后时长七十五分钟,前期采集的大量素材片却更有文献史料价值。

被老农的耘稻山歌感动

专题片的拍摄遇到了不少困难,但陆涵和剧组人员本着对艺术负责、对传统文化负责的态度,一次次化解了难题。每当问题解决,他们的激动心情无以言表。

陆涵回忆说:"复原片中不少生产场景、劳作工具真是大费周折,比如罱河泥、牛打车、砻谷等。其中有一内容是反映施豆饼肥必需的'刨豆饼'过程,篇幅不长,但很重要。问题是,现在到哪里去找豆饼呢?跑遍、问遍上海郊区、浙江山区,均一无所获。后来终于在江苏一偏远的小镇找到了这种豆饼,负责道具的剧务拿到豆饼后星夜运回,一路上兴奋得如捡到了一车皮'老古董'一样开心。还有水车车轴的寻找,也不知花费了多少精力。后来终于让我们在浙江与江西交界的一个小村的废弃仓库里发现了一架,可把大伙乐坏了。"

又比如,拍摄过程中,加了一个农民"用红薯冒充大米置于米囤底部"的细节,但拍摄时季节过了,找不到红薯,怎么办呢?一筹莫展时,不知谁一声提醒,不如到大饭店去找紫心红薯替代。他眼睛一亮,派人四处寻找,终于如愿。

在他看来,拍摄这部片子的感悟还有很多。过去他曾认为,旧时农村有太多、太繁琐的节庆习俗,其中不乏封建迷信的东西。此次拍摄中他渐渐领悟到,过去农村生产力水平低下,信息闭塞,抗自然灾害能力、抗疾病能力、抗贫困生活能力均十分有限,农人们通过频繁的祭祀、礼仪、娱神等民俗活动来凝聚力量,沟通信息,寻求精神寄托,有其合理性,也有一定的人文意义,值得我们后人去尊重与守护。

"旧时农人辛苦,但他们乐观、豁达、智慧,其精神品格令人敬仰。片子有一段唱耘稻山歌的场面,记得在拍摄现场,当我看到那一张张如罗中立笔下《父亲》肖像般饱经风霜的老农的脸,听到那浑厚苍凉的歌声,我禁不住眼眶一热。"陆涵说。

看过影片后,人们给予了该片很高的评价,认为片中再现了许多难以复制的生产方式与生活场景,但并未拍成单纯展示生产过程的科教片,而是很好地传递了农耕文明的精髓:乐观豁达,热爱生活,坚韧不拔,生生不息;此外,片子也很注重制作质量,有可看性,艺术品位较高。

中央电视台编委、中国电视剧制作中心副主任李汀评价："《农耕岁月——上海之根·松江传统稻作文化》这部片子题材可贵，但拍摄有难度。现在的片子，沉稳、大气，叙事流畅，脉络清晰，技巧娴熟，信息量大，人文底蕴丰富，是一部难得的力作。"为此，中国教育电视台不久前也对全片进行了播放。

教学拍片两不误

陆涵透露，紧接着他将继续拍摄《农耕岁月》第二部：《上海之根·松江传统棉文化》，这也是上海文化发展基金会资助项目的内容之一。另外，如果条件成熟，将积极筹拍反映家乡历史文化名人的专题片《新邦彦画像》。

陆涵曾就读于上海戏剧学院广播电视文艺编导专业，后攻读上海戏剧学院影视导演专业艺术硕士学位，曾作为公派交流生赴香港浸会大学传理学院 TVC 电影电视系学习电影导演，还曾在东华大学辅修艺术设计。

现在，他是复旦大学上海视觉艺术学院的一名教师。在他看来，他的第一身份是教师，教学是雷打不动的天职，和学生相处也让他感到十分快乐。他认为，教学和拍片其实是相辅相成的。他说："现在的学生思维活跃，视野开阔，如果当教师的没有作品，就很难服人。特别是像我这样一个青年教师，除了理论上要不断充电外，在艺术实践上必须有真本事。创作感悟积累越多，在课堂上就越自信，讲课的效果也就越好。而且我和学生的教学互动也开展得不错，班上四十来个学生来自全国各地，我在拍《农耕岁月》寻找农具时，他们就帮了我不少忙呢。"

（2010 年 5 月 12 日）

童年时的爱好，是他经营一生的事业
——陆钟毅的七十二年航模人生

□张晋洲

故事的开始，都是因为好玩，才有了源源不断的创作动力。同样是因为好玩，让航模成为追求一生的事业，从动手制作，到培养后辈，再到创办航模厂，整整坚持了七十二年。这便是上海航模界元老陆钟毅先生的真实写照。

生于1928年的陆钟毅，如今已是一头银发，却依然精神矍铄。叼起烟斗，陆钟毅的话匣子就从儿时与航模的结缘打开了……

见到第一架飞机

七十二年航模人生，陆老说，这一切是主客观因素偶然的遭遇与融合而成的。

陆老说自己打小就具有艺术家的潜质，对形象思维、工艺艺术、雕塑等颇感兴趣。五六岁时，父亲从日本带回来一架小飞机模型，"用一根线穿起来，小飞机在线上来回滑动，嘎嘎有声，当时就觉得挺好玩的"。

进入小学后，陆老更是对手工课情有独钟，对每一件作品都精益求精。那时，他与弟弟同班，尽管始终认为自己的作品要比弟弟的出色，却总拿不到比弟弟更高的评分。后来才从母亲那得知，原来他的作品在老师看来，完全不似出自一个未经世事的小孩之手，因此认定是父母帮忙做的，所以给的分数都很低。直到后来，母亲帮着他去学校"申冤",他的这种手工天赋才得到了老师的认可。

爱动手的陆钟毅,同样很注重实践。小时候,在常州他家附近有很多工厂,包括父亲开设的一家小型纺织厂。闲暇时,他总喜欢到这些工厂里"晃荡"。工厂里那些对同龄人来说犹如天书般的德国图纸,在陆钟毅眼中,却像小人书一样精彩。他说,这也给他日后从事"手工业"提供了不少帮助,扩大了知识面,积累了很多感性的认识。而日后见到的第一架飞机,更让陆钟毅对手工的爱好全部集中到了航模上。

"当时还在常州,一架双翼飞机不知因何迫降,飞过我们家的屋顶,距离不到一百米,飞机里的人都看得清清楚楚。"尽管已近八十年过去,陆老对当时的许多细节依然记忆犹新:飞机的驾驶员叫马国廉,是个抗日英雄。

自那以后,飞机飞过屋顶的印象被牢牢刻在陆钟毅的脑海中,同时也让他多了一个梦想:真飞机做不来,那就做一架小飞机。

"首飞"远达二十八米

陆钟毅九岁那年,抗日战争爆发,他随家人从常州到了抗战后方重庆。正是在重庆的机缘巧合,擦出了让陆钟毅执著一生的火花。

回忆那段在重庆的日子,陆老印象深刻的是炸弹爆炸声、飞机轰鸣声以及轰炸过后的哭喊声。由于抗战时期条件艰苦,年幼的陆钟毅在巴蜀小学就读并住校,两个月才能回家一次。苦中作乐,陆钟毅却找到了自己的童年乐趣。没有玩具,没有游乐场,陆钟毅就常和伙伴们自己动手,从儿童读物上剪下卡纸,折纸飞机,在宿舍里捣腾出一半的空间,举行飞行比赛,看谁的飞机飞得更远。

为了能让自己的飞机飞得更远,陆钟毅总是不厌其烦地在宿舍里来回跑动,掷出飞机后,又重新捡回来,再改造升级。尽管陆钟毅说自己"至少算是个积极分子",但为了让飞机能飞得最远,每天要来回跑上几百次,乐此不疲。

偶然的一次机会,陆钟毅发现了一本纸张泛黄的小册子,里面详细记载了飞机模型的制作方法,有螺旋桨和橡筋动力等,很有可能是国内航模最早的传播者留下的。这让年幼的他如获至宝,于是萌发了自己动手制作一架"飞机"的念头。

说干就干,陆钟毅找来卡纸和木片;没有橡筋,就找来废弃的轮胎,用刀切成细条;螺旋桨就用竹蜻蜓代替。在几个礼拜以后,陆钟毅拿着照葫芦画瓢做出的第三架飞机，在一个破旧的篮球场上试飞，没想到一举成功，飞机从这边篮架飞到了另一头的篮架，整整二十八米的距离。这在陆钟毅看来，是对自身兴趣爱好的又一次鼓励，而且这是第一架带有动力的成型飞机，"最时髦、科技含量也是最高的"。

兴趣开始定型

从巴蜀小学毕业后，陆钟毅进入重庆的南开中学就读。初二时，国民党滑翔总会经常在学校开展航模飞行表演，每一次表演都让酷爱航模的他如痴如醉，只要一有空，就会跑去看。

在得知学校里也有一批热爱航模的学生后，当局派了一名辅导员，为这帮学生组织航模活动，并组成了几十个人的航模组。陆钟毅当仁不让地成为其中一员。在这期间，他参加了与成都之间的几次埠际比赛，分别获得了第二、第三名。说起这段历史，陆钟毅笑开了："那时候，我就觉得自己定型了，与航模的情缘就此结下。"

在重庆读完高中，陆钟毅考进上海的大学。大学里，陆钟毅始终保持着对航模的热爱，而且还是解放前上海台风航模协会会员。1947年获全国高级杆身橡筋动力模型飞机第二名；1948年又获第三名。

由于大学里的专业是企业管理，陆钟毅毕业后进入上海市工商行政管理局工作。在这段时间里，他也没有丢掉自己的兴趣爱好，经常利用业余时间，比如在午休时制作航模。

四十年航模教练

"扬我长必有用"，这是陆钟毅始终坚信的一句话。而童年时的兴趣爱好，最终成了他经营一生的事业。

在市工商局工作六年后，为响应国家"技术归队"的号召，陆钟毅调入上海市体委，在1957年上海市航空模型协会成立不久即担任协会主席，直到1997年退休。在这四十年间，他还先后担任上海航模队总教练、上海市军体俱乐部副主任和上海市政协常委。

尽管对这四十年的人生经历，陆钟毅似乎有些刻意地轻描淡写，但辉煌的成绩令人瞩目：四十年来，培养出十多名世界航模比赛的冠、亚军；1957 年参加比赛用的 F1B 橡筋模型飞机，使用木片卷成的圆机身为世界首创，当时被作为礼品送给苏联模型专家；1979 年全国四运会上使用箭式的橡筋动力直线模型飞机平世界纪录，箭式的橡筋动力直线模型飞机也是世界首创，为日后其他人破该项世界纪录奠定了技术基础；对 F2A 竞速模型飞机和发动机也有许多新改革，使中国和上海在较长时间里保持该项目的世界先进水平……

梦想变成现实

在担任航模协会主席期间，陆钟毅经常要组织开展航模的宣传活动。而当时的现实是，国内没有专业的生产航模厂家，一些玩具厂生产的航模，与国外产品相比差距太大。少了器材供应的来源，也就失去了开展活动的抓手，犹如空口说白话。

为了让航模爱好者能有物质的依托，陆钟毅在各种场合多次鼓励有条件的企业家开办航模生产企业。他说，鼓励企业家开办航模器材生产企业，背后有两个动因：一是，1984 年，他带队在国外参加世界室内飞行锦标赛时，一个美国领队拿着一架日本生产的橡筋动力初级飞机模型问他能否生产。当得知这名美国领队是打算采购这些模型供美国年轻的爱好者使用时，陆钟毅才恍然大悟：原来航模还有巨大的世界市场。二是，许多国家都很重视航模事业，被当做是培养年轻一代对航空事业热情的一种方式。

"天下无人应，非我莫属。"多年的鼓励和劝说无果，陆钟毅决定要自己创建一家专业航模生产厂。

在正式创业前，陆钟毅拿出了全部的几万元积蓄，开始买样品、做模具、搞实验、画图纸、做中试，研究市场，给产品定位……经过几年时间的探索，陆钟毅几乎把所有的时间都让位于航模厂的筹备。

最终，在 1992 年，陆钟毅让梦想变成现实，成立了上海峰艺模型公司，并于 2005 年在松江拥有了自己的生产厂房、生产工艺和稳定的销售渠道。

再干上十年

陆钟毅说，公司的产品百分之八十以上是出口，最高峰时一年产值能有上千万元。

但对这些，本该颐享天年的他却并没有打算退休——内销是个大市场，不论从青少年科普教育，还是形成热爱航模的氛围，都还没有好好研究和挖掘，"还要再干上十年"。说着，老人家站起身来，单脚跳了几下，向笔者证明自己还年轻。

将公司迁到松江后，陆钟毅在公司内给自己设了个工作室，每周五天都吃住在公司，周末才回上海市区的家。在公司的时间里，他每天都坚持劳动，用六个小时与航模相处，自己画图纸、做设计、搞开发，用两个小时写毛笔字、健身。

回首这十八年的创业历程，有过成功，也有过失败。但谈起这些，陆钟毅说自己始终没太当回事，并用"磨难就是成长、亏本就是学费"来鼓励自己坚持下去。他说："尽管现在企业做得不大，但也能聊以自慰了，相信前景会更好。"

(2010年6月9日)

她为中日民间交流搭建桥梁
——记定居新桥镇的日本归侨陈聪丽

□ 陈佳欣

陈聪丽似乎和"桥"特别有缘分。1999年,在日本留学生活了十七年的她毅然回国创业,因为她想把日本的高科技引入国内,为中日科技交流搭建桥梁;2002年,她为上海电力公司赴日本濑户跨海大桥考察学习"牵线搭桥",成功推动了大小洋山项目长距离跨海高压电缆工程的设计;今年,举世瞩目的世博会在上海举办,她的公司又成功承担了世博日本馆的通信技术工程,在世博舞台上建起"信息之桥"。如今定居新桥镇的陈聪丽,又不断从日本生活的点滴经历中汲取经验,为松江的地方发展出了不少金点子。2010年4月的上海市第十次归侨侨眷代表大会上,陈聪丽作为松江区侨界人士代表出席大会,并被评选为全市侨联先进个人。

把日本高科技带回国

1982年,毕业于复旦大学法律系的陈聪丽前往日本留学深造,毕业后定居日本,在高科技咨询公司 MEC 从事管理工作。虽然国外的生活相当优裕,公司的高薪待遇也颇为可观,但这并没有阻断她对祖国的思念。她一直有一个心愿,把日本的先进技术带回祖国。

1996年,日本总公司携手上海邮电设计院,在沪合作创办了中日合作上海爱拇意斯通信技术有限公司（下文简称 MEC）。1999 年，陈聪丽终于如愿以偿回到了阔别十七年的家乡上海，着手主持这家公司的领导工作。

MEC 主要致力于通信和工程设计的软件开发，参与基础设施重大项目的技术咨询。经过多年艰苦创业，陈聪丽的公司已初具规模，在上海通信和电力行业都获得了良好的口碑，与移动、电力等国内企业建立了密切的合作关系。上海很多著名大厦和建筑群都使用了 MEC 自行设计和提供的移动通信器材设备，电力公司的不少重大项目都由他们提供了强有力的技术支持。

最让陈聪丽自豪的是，通过工作，她得以把日本在通信、电力领域的高科技引入国内，为国家培养出更多更优秀的技术人才。上海电力公司的青年干部每次赴日培训，考察日本的能源电力发展，都由陈聪丽一手牵线安排，她还常为双方交流沟通充当陪同翻译。

值得一提的是，2002 年和 2003 年，正值大小洋山重大项目的建设阶段，工程一度面临高压电缆过桥的技术难关。为此，陈聪丽陪同上海电力公司人员专程赴日本电力公司考察，还前往日本著名的濑户跨海大桥，专门学习考察电缆跨海技术。在 MEC 的技术支持下，上海电力公司顺利攻克了技术难关，首次自主设计了长距离跨海的高压送电电缆工程，确保大小洋山项目成功实现送电。陈聪丽也因为自己的不懈努力，荣获首届上海市华侨华人专业人士"杰出创业奖"。

织起"紫蚕岛"的通信网

在上海世博会上，有"紫蚕岛"之称的日本馆堪称热门场馆。每天展馆门前都排起了长龙，受欢迎程度在众多展馆中屈指可数。

而对于陈聪丽来说，日本馆更是有着特殊的意义。因为展馆内的通信保障设施就是由她的公司参与设计的。公司前年开始与移动公司接洽，去年全面铺开了设计工程，终于在 2010 世博会上为"紫蚕岛"织起了一张精密的通信网络。

陈聪丽说，自己只是为展馆的基础设施建设出了份力，日本馆还有很多更为精彩的亮点，无不是中日文化交流的见证。她介绍说，游客在参观日本馆时，首先会看到遣唐使、鉴真东渡等一系列反映中日两国源远流长交往历史的展示。在她看来，这些历史先驱的传奇，历经千余年仍然拥有激荡人心的力量，在中日之间呼唤着"和"与

"信"的回音。漫步"紫蚕岛",游客还能邂逅日本国宝级丝织艺术"西阵织"。这一日本的千年艺术利用各种颜色的丝线和金线编织而成,是华贵与身份的象征。其实这是从中国宫廷编织技术演变而来的,15世纪到16世纪期间,中国的编织技术传入了日本,极大地丰富了日本的手工艺。

陈聪丽说,世博会是振中国之国威的绝佳机会,是让世界各地更多人了解中国文化的平台。为此,她积极动员日本总公司组织员工到上海参观世博。5月,总公司来了一百多名技术人员,她安排他们分批入园参观。她说,日本同事都对中国馆表现出了极为浓厚的兴趣,很多人早早去排队,就是为了能进中国馆看一眼《清明上河图》,这让陈聪丽感到由衷的欣慰。

守住那份人情味

陈聪丽说,国人遍布世界各地,在国外生活,难免都会遇到各种不同的困境。她坚持的一个信念就是,竭尽一己之能,帮助周围需要帮助的同胞。在日本工作期间,她接触到了许多赴日研修生。每当研修生在工作和生活中遇到困难时,都很乐意找她帮助解决。当一些研修生感到孤独无助的时候,她就会把她们接到自己家里住下,帮助她们逐渐调整精神状态,顺利完成研修工作。而且,由于自己是学习法律出身,她还利用自己在日本所学的法律知识,主动为研修生提供法律咨询,使其免遭不公正待遇。

在日本生活的那些年,她也始终守着那份人情味。当时,她住在神户,社区里七户老人,子女都在大阪等地工作,只有周末才回家。于是,她就经常抽出时间去看望他们,和老人聊聊家常,听他们倾诉烦恼,尽其所能帮他们做些事。还有位孤老在神户大地震中房屋被毁,陈聪丽就把她接到家里住下,直到老人的房子重建起来。

如今在公司经营方面,她也坚持人性化管理,在公司中扮演着一个"家长"的角色。公司百余名员工亲如一家,其中工作多年的老员工居多,"我们公司人员流动性很小,大家关系都很亲近,如果碰上什么困难,他们也会来向我求助"。为了让员工之间更加团结,公司规定,新进员工如果碰到不懂的问题,老员工有义务帮助他们。公司还设立了内部帮困基金,促进同事之间的团结互助。陈聪丽说,有件事让她颇为感动。有名员工因为家中有急事,一时又请不出带薪假期,其他同事就会主动把自己的带薪假期挪给他用。MEC每位员工在生日那天都会收到贴心的小卡片和生日蛋糕,同事们也会欣然为"寿星"庆祝生日。

民间交流应该更多些

陈聪丽说，在国外生活稍久的人都有感受，当祖国蒸蒸日上、繁荣发展的消息传来，平日对中国人"说三道四"的人说话时都不得不谨慎三分，而对于广大的华侨和华人来说，说话时更是底气十足，感到扬眉吐气。她说，或许这是最为朴素的爱国情怀。而真正的爱国心是需要付出的，需要把爱国情感进一步升华，简而言之就是：忧中国之忧，喜中国之喜。爱国心有时也是以国外生活的"镜像"反观反思国内的现象。

而她自己也在不断寻求两种文化的平衡点。提起在日本的生活，陈聪丽感触良多。在她看来，中日传统文化有很多相通之处。很多时候，说日本是"中国文化的博物馆"亦不为过。十七年间，她对日本社会有了深入的了解，很受日本文化的触动，比如日本人的道德观、对礼仪的尊重以及日本教育中始终强调的独立精神、团结意识等。

尤其是日本教育给她留下了深刻的印象："日本人对知识的谦恭，对文化的敬重给我的启发很大。其实日本文化很大一部分是传承自中国，勤勉、忠信、礼义廉耻，还有群体意识，都来自儒家思想，日本人至今仍试着保留，中国人有时却会忽略。"

陈聪丽透过自己孩子在日本的基础教育发现，"锻炼体魄意志，脚踏实地做事，以团体为重，服从领导守法守序，尊重文化"等国民性都是他们在基础教育中一点一点训练出来的。她说，现在中国在独生子女政策下，产生了一代"娇宠儿"，如何教育孩子成了伤脑筋的问题。"何不参考日本基础教育，学其所长，提升我们的教育质量，从而提高我们的国民素质？"陈聪丽说。

陈聪丽在日本参加了一个皮划艇俱乐部，其中成员都对中国人很友好，希望了解更多中国的发展现状。陈聪丽认为："其实我觉得中日民间交往交流应该再多一些，有了沟通交流才有互相尊重和理解。"

用日本经验广出金点子

陈聪丽在海外生活多年，具有开阔的国际视野，这也为她打开思路，为松江的发展出各种"金点子"奠定了基础。

她现在居住在新桥镇,发现当地空巢老人较多,离城区又较远,她就建议在新桥设立松江老年大学分校或中老年活动中心,丰富退休后的中老年居民的精神文化生活。

她说,目前,日本社区活动的新的发展趋势有两种:一种是满足个人生活需求和爱好;另一种是逐渐朝向有助于社区发展的方向,如保护当地传统文化,或者有助于社区建设(安全保卫、创建或恢复生态环境)。以日本神户地区为例:由于社会整体进入老年化社会,当地政府非常重视中老年人的精神文化生活,各街道均设有图书馆,经常设置各类活动课目,可以根据各人爱好报名参加。活动包括野外活动、爬山、摄影、钓鱼等。这些做法都可适当学习和借鉴。

此外,她也很受日本垃圾处理方法的启发。她说,日本人很重视环保,要求居民在家中就对不同类型垃圾(可燃、不可燃等)做好归类,收集在不同的垃圾袋中,并且定时定类送去回收,比如每月第几周可扔某种垃圾都是有严格规定的,这些做法提升了市民的环保意识,也大大节约了人工成本,很值得推广。再比如,日本有些地区会把枯树叶集中收集,打成碎片,当做肥料循环使用。她说自己所居住的新桥场东居民区绿化面积较大,也有不少枯黄树叶,如清理不慎,很容易造成对河道的二次污染。她说:"其实也可以效仿日本,建立专门的绿化垃圾处理站,定点回收,适当处理,避免枯叶造成的环境污染,同时还可做成土壤肥料,加以循环利用。"

(2010年7月28日)

两位"资深美女"三十七天自驾游藏疆

□张晋洲

你为什么而旅行？美食美景、异域文化？逃避挫折、寻找自我？还是只想四处走走？旅行的意义因人而异，相同的是旅行中的那些感动和感悟。对于李红和胡艳来说，所有的感动和感悟都被凝结成一句话："只要你想做，就一定能做到。"

2010年5月22日一早从松江出发，李红和胡艳途经苏、浙、皖、鄂、渝、川、藏、新、青、甘、陕和豫，行程近一万七千公里，经历各种路况，有惊无险，于6月27日下午3点安全到家。尽管已经过去两个月，但只要一提起这三十七天单车行驶川藏、新藏线的经历，李红立马就来了精神，她说："至今还处在兴奋状态！"

"被迫"自驾藏疆游

驾车走川藏线、新藏线，是李红一年前就和车友制订好的自驾游计划。在这份计划中，李红将带着放暑假的女儿，和车友组成车队，7月份起程去接回在西藏交流工作满两年的丈夫，顺便在西藏、新疆等地游历一番。对最终选择驾车进藏，李红解释说，多少是有些被迫无奈的味道。

2010年五一节过后，李红突然接到丈夫从西藏打来的电话——上海公司让他赶在6月底前回沪，比预定的时间早了一个月。这让李红有点措手不及——出发时间必须提前到 5 月份才行。

随着出发时间的提前，问题也接踵而至。首先要向单位请假，其次要做通女儿的思想工作，再者还要联系以前计划 7 月同行的车友。结果，假期请出来了，女儿和家人的思想工作也做通了，事先说好同行的车友里，却仅剩下女同学胡艳能安排出时间来。

两个女人结伴单车进藏。"这个想法一出来，自己也有些吃惊，但这个想法就像在脑子里生了根，挥之不去。"李红说。心动不如行动。接下来的十天时间里，一人负责出行前的车辆保养维修，一人负责吃穿用品以及地图等。5 月 22 日一早，她俩就驾着广本 CRV，满载着希望和喜悦，从松江出发，开始了为期三十七天的自驾旅游。

四千二百五十公里到拉萨

从上海出发经武汉至成都，第三天，李红和胡艳便踏上了川藏公路。

自驾车走川藏线，不仅需要娴熟的车技，更要有莫大的勇气。有着八年驾龄的李红，显然对自己的驾驶技术胸有成竹。而相比于路况较好的青藏线，李红选择了需翻高山、跨急流的川藏公路进西藏。用她的话说，还是想挑战一下。

对穿梭在雪山高原之间的川藏线，"驴友"们常有这样的感叹：川藏难，难于上青天。在行程的第五天，从巴塘到八宿，就让李红和胡艳体验了川藏线上最惊险的一天。在这四百五十七公里的路程中，需翻越脚巴山、东达山两座大山，还包括在怒江山区以"之"字形曲折盘旋七十二个大拐弯。用胡艳的话说，以前只是道听途说的"搓板路"、碎沙石路、塌方、涉水……"在这一天一窝蜂通通冒了出来"。翻越东达山时，天公不作美，又下起了雨夹雪，让原本坑洼的土路变成了烂泥巴路。

由于李红和胡艳都是只会开车不懂修车，加之是单车上路，担心万一车子出事，陷入前后无援的境地，两人就马不停蹄日夜赶路。5 月 26 日早上 6 点 22 分从巴塘出发，直到晚上 9 点 40 分，两人才抵达目的地八宿，整整驾驶了十五个多小时。事后李红回忆说，由于高度紧张，要随时注意路况，一天下来，看得脖子都很酸。而胡艳的心则是一路高悬着，手始终拉着把手不敢松开，第二天手痛得都没办法抬起来。

但所谓无限风光在险途，与路途的艰辛跋涉相比，沿途高原雪山、原始森林、田园风光交相辉映的景致，还是让李红觉得不枉此行。

之后两天，李红继续一人驾车，经林芝后于第七天傍晚6点抵达拉萨，行程四千二百五十公里。

座驾"涉险"陷沙路

结束了川藏南线的行程后，李红和胡艳在拉萨休整了四天时间。6月2日，在行程的第十二天，李红带着胡艳和在西藏工作的丈夫，三人开始了新的旅程——从拉萨到定结至珠峰，再从珠峰经萨嘎到帕羊，最后从普兰到狮泉河前往新疆。

"由于丈夫在西藏工作了两年，对当地比较熟悉，所以我们没有按照寻常路走，而是选择了一条不太好走的路。一路上会有很多浮土路、碎石路。"李红说，在拉萨停留时，很多朋友对他们接下来的行程并不看好，"甚至有朋友放话说，等着我们的车子被卡车拖回拉萨。"事实是，在接下来六天的行程中，差不多应验了朋友的这句玩笑话。

在西藏第一天的行程中，进入岗巴时，李红就遇上了沙石路，看不清楚路的明显标记，只能通过路边每公里一个的里程碑，来判断有没有走错路。紧接着，又是涉水路面，车子从河床中间开过去时，常传来底盘刮擦的声音。整个行车途中，要不时下车查看路况，才能继续出发。

尽管是小心再小心，但车子还是在从珠峰到萨嘎的路途中出了点状况。当三人停在路边等待修车师傅时，天空又不适时地下起了冰雹，让三人对接下来的行程不禁担心起来："车子真的要被卡车拉回拉萨，就此结束旅行了吗？"及时赶到的修车师傅给大家吃了颗定心丸。原来，是螺杆脱落，所幸的是又在车子的轮胎旁找到了螺杆。

次日，李红把座驾送到了车行，简单地检查后，再次上路从萨嘎前往帕羊。车子离开萨嘎县界后，大面积的浮土路出现在眼前，到处都是车辙印子，几乎分辨不出路来。就在这样的路况下，车子一不小心，没有把轮胎骑在凸起的部位，陷进了沙里，动弹不得。无奈之下，三人只好下车挖沙，挖了十五分钟也无济于事。这时，附近正在修路的工人主动过来，用修路的抓斗车帮助拖车。最终，尼龙绳拖断了两次才将车子从沙土中拖出来。

在6月7日抵达狮泉河后，三人谨遵修车师傅的嘱咐，把车子送到车行去做了一次彻底的检修。连番不断的故障，车子需更换一批零部件，但这些配件西藏都没有，从成都运过来要三天时间，三人只能在狮泉河休整、等待。

新藏线领略风光

从西藏阿里的狮泉河至新疆喀什，全长一千四百五十五公里的新藏线，是世界上海拔最高的公路，途中要翻越五座五千米以上大山、冰山达坂十六个、冰河四十四条，穿越无人区几百公里，是世界上海拔最高、条件最差的公路，也是路段最艰险的公路之一。三天后的 6 月 11 日，待车子整修完毕，李红他们要挑战的，正是这条最具挑战性的公路。

虽然路途艰辛，但李红说，自驾行走新藏线，还是领略到了别样的风景：在海拔五千多米的公路上穿梭，不仅会产生"一览众山小"的恢弘之意，还领略到了神山岗仁波钦这个"世界中心"的庄严神圣，以及圣湖玛旁雍错湛蓝的诱惑和透明的胸怀……在 6 月 13 日走完新藏线，抵达喀什后，三人开始环疆的旅途，途经轮台、巴音布鲁克天鹅湖、伊犁、一二五团、奎屯、独山子、布尔津、贾登峪、喀纳斯和禾木等地，饱览了疆域各色景致。回忆起这些，李红一脸的陶醉，她说，眼下和胡艳正考虑是否出本图文集，当做礼物和朋友们一起分享这些美景。

在新疆停留的十多天里，留在李红脑海里印象最深刻的，还是在前往大红柳滩途中的助人为乐事。当天，在距海拔五千二百多米的死人沟还有三十五公里时，李红他们看见有大卡车司机朝他们招手请求支援。"当我们发现是三个维吾尔族人时，有点犹豫是不是要停车，毕竟 2009 年的 7·5 事件，还是让我们有点担心。"李红这样回忆当时的心情。不过，有些忐忑的三人还是停了车，摇下车窗。短暂的交流后，弄清对方是卡车零配件出了问题，要回到死人沟去换，然后再回来修车，希望能搭一程车。"在人迹罕至的新藏线上，车坏了可不是件小事，所以我们还是带上了他们。到了死人沟后，他们还邀请我们吃晚饭。这下轮到我们不好意思了。"李红笑道。

有机会再走藏疆

6 月 22 日一早，李红等从乌鲁木齐出发，经敦煌至西宁，再到兰州后与丈夫告别，然后和胡艳一路经陕西、河南、安徽等地，回到松江。尽管最初的计划是去接回结束援藏工作的丈夫，但计划始终赶不上变化。在旅途中，李红的丈夫又被告知援藏时间要延长到 2010 年 12 月底。最终还是没能接回丈夫，李红说多少有点遗憾："如果条件允许，还想再自驾进藏一次，而且要走更艰难的滇藏线。"言语间充满了期待。

回到松江后，李红和胡艳在论坛上开帖写游记，讲述"单车进藏，川藏、新藏游"的故事。两人的经历迅速得到网友们的热捧，有佩服的，也有称赞她们为"超女"的，短短几天时间里，帖子就被刷到了一百五十多页。

如今想起这次单车进藏的经历，李红仍满怀激动。她说，整个行程一万七千公里的旅途，自己就驾驶了其中的一万两千公里，是第一次真正的单车自驾游，也是行驶里程最长的一次；加上前几年的自驾内蒙古、东北游，现在就剩下云南、海南还没自驾游过了。

（2010 年 8 月 25 日）

从乡间田头走来的农民画家

——松江农民丝网版画艺人的成长经历

□王颖斐

上世纪80年代,松江被文化部命名为"中国现代民间绘画画乡",而今丝网版画这一鲜活的农民绘画艺术再次为松江赢得殊荣。短短两个月间,松江农民丝网版画在全国和省市级画展上参展并获得三十多项荣誉,其中包括入选上海世博会中国美术作品展览的三幅作品,在中国农民画艺术节和上海世博会的舞台上大放异彩。很多外国旅游者来上海,要挑选一件最具上海特色的书画纪念品时,都不约而同地选择色彩斑斓、极具浓郁乡土气息的松江农民丝网版画。松江农民丝网版画逐渐成为当今上海绘画新海派特色的体现和标志。

泥土中生长的艺术奇葩

上世纪80年代中期,在松江画家周洪声、朱荫能的辅导下,一群浸润着松江地域民间传统和江南水乡民风民俗的农民拿起了画笔……为了创出特色,有别于其他地区的农民画,他们把现代丝网感光套印等技艺融入了绘画之中,加上自身无拘无束的想象力和随意赋彩、大胆造型,采撷农耕生活的愉悦瞬间,创作出一幅幅质朴清新和散发着乡土芬芳的农村风情画。这些作品在国内各种民间艺术绘画展中多次获奖,不少作品还走出国门展出,受到广泛喜爱。

创作初期是最艰难的。一次又一次地反复试验，只为寻找最适合松江农民丝网版画发展的道路。起先，丝网版画靠的是传统的镂刻制版方式，但是这种制作方式费时费料，效果也欠佳。加上设备、材料的匮乏，让艺术家们头痛不已。那些年里，周洪声、朱荫能最大的乐趣，在于越过重重难关摸索前行。周洪声参与感光台、印刷台、绷网机等设备的设计和制作；他跑遍上海大大小小的化工厂，四处托人寻找生产药料的厂家，锲而不舍地花费了整整一年时间，只为购买制作丝网版画所需的药料；他寻觅着各种能为作品增奇的物品，如黄沙、树叶、散纸片乃至窗纱等，都被他运用于画上，也出现了意想不到的效果，极大地丰富了丝网版画的艺术观赏性。其间，为了研究丝网版画的制作工艺，他们天南地北跑了不少地方，经过多次摸索实践，终于确定了丝网版画一枝独秀的"水印特色"，即在丝网版画中融入木板水印的技法，替代传统的油印版画技术，打造出具有独特水墨韵味的水印丝网版画。

自此，水印丝网版画走出了一条别开生面的艺术新路。前辈大家沈柔坚先生赞其为："在传统的农民画中开拓了一个崭新的艺术领域，在国内还没先例。"而画坛大师程十发更曾盛赞："农民丝网版画把土和洋、古和今结合得这么巧妙，自由自在，值得我们学习。"

残疾画家与摊贩画家

"没想到，能有这么好的作画环境。"正在车墩镇丝网版画工作室作画的农民画家们带着笔者在2010年新建成的工作室四处参观，"这里可以晾晒新完成的画作"、"这张台子至少得五千元呢"、"还有楼上，楼上保存着我们所有的作品"……

笔者了解到，松江农民丝网版画的发展曾一度停滞，当时只有十余人坚持创作，他们没有工资，也卖不出画作，条件十分艰苦。笔者看到吴德良时，他正在工作室一角作画。吴德良是一家工厂的门卫，每有闲暇，必到工作室作画。他的作品粗壮古拙而带些稚气，饶有风味地显示出泥土气息和农民画的异趣，画风有些接近民间传统的剪纸和皮影一路。吴德良跟随周洪声学习丝网版画已有二十五个年头，几乎毫无收入，却从未间断。他最初接触到丝网版画时，在印刷厂工作，因一次意外，他整只手被压在印刷机下，造成五级工伤。"特别想创作，可我五根手指根本没法动弹。"没法拿笔，可丝网版画让吴德良魂牵梦绕。他每天尝试着让手指能动起来，一有空就做手指练习,怀揣着重新拿起画笔的梦想,坚持了好几年的手指练习,奇迹终于发生了。"一天,我尝试拿起画笔,因为失败了太多次,本来没抱多大希望的,没想到竟然画出了几根线条。"自此之后,吴德良练习得更勤了,直到1987年他成功创作了一幅完整的作品《乡村球队》。"故天将降大任于斯人也,必先苦其心志,劳其筋骨",吴德良的艺术之路并未从此一帆风顺。2000年,他发生车祸,造成肩骨断裂,一度抬不起手臂作画。直到现在他的手臂依然不能坚持长时间作画,每到阴雨天就特别酸痛。

　　车墩镇文化站丝网版画工作室负责人张玉良,早在上世纪80年代,就跟随周洪声学习丝网版画,其作品极具特色,有着独特的线条美。张玉良原在一家仪器厂工作,后来,厂里效益不好倒闭了。"我去过很多地方找工作,可我生来脊椎弯曲,哪有单位愿意要我呢?"一次次找工作,一次次碰壁,张玉良的生活渐渐窘迫起来。"我很想画画,可艺术上的追求,对难以维持生计的我来说,太奢侈了。"为了维持自己和家人的生活,张玉良不得不放下手中的画笔,可这一放,就是十多年。这些年,张玉良一直在长溇村卖猪肉,直到去年,周洪声和车墩镇工作人员突然来访。"他们让我去文化站开会,说当年一起画画的人都会去,还告诉我,丝网版画将迎来新的时代。"看着多年未见的老师,张玉良心里错综复杂,这些年,他一刻没忘记过丝网版画,可要搞创作的话,猪肉摊可就顾不上了。一边是家人的温饱,一边是自己的梦想,他犹豫起来:"我,我的猪肉还没卖完呢。"看到他顾虑的样子,文化站的工作人员赶紧帮忙吆喝着卖起猪肉,甚至自掏腰包买下一大块。"以后,我家的猪肉都上你这里买。你今天就跟我们去开会吧,好吗?"张玉良被打动了,马上收了摊,就开会去了。在会上,张玉良见到了许多十多年未见的画家朋友,他们共同回忆起曾经一起学画、作画的岁月,互相诉说着对丝网版画的热爱和梦想,聊着聊着,仿佛看到松江农民丝网版画再次推向全国,甚至走出国门,激动不已的张玉良决心重拾画笔。"那天以后,他几乎每天都来。"区文化馆的陆永清告诉笔者,张玉良每天都提前收摊,赶到文化馆学习丝网版画并创作了大量作品。2010年,他的作品不但入选迎世博上海版画展,还入选了全国首届"农民画时代"画展。

当代大学生学习农民画

　　历经乡风民俗的熏染,饱受季风时雨的浸润,松江农民丝网版画自改革开放以来,

借助文化产业发展的春风,吸引了越来越多年轻人的目光。2010年,作品入选端午民俗文化全国农民画邀请展的作者何雯婷是一名刚刚毕业的大学生,入选作品《五月飘香》是她创作的第一幅丝网版画。何雯婷是2010年4月开始接触丝网版画的,在她看来,丝网版画很"怀旧",是一门"时尚艺术"。

松江农民丝网版画的作者——那些土生土长于松江农村的民间艺术家们在艺术表现上挥洒自如,不拘泥于一般的透视规律,不受表现对象结构比例的制约,完全从自我表现的需要出发,形成一种极其自由的造型风格,这种风格及其潜在的审美意识为松江民间绘画造就了区别于其他绘画的独有特征。民间画家为了反映他们的审美理念,在艺术表现手法上随心所欲,异常大胆,天上地下、过去现在、横放竖排,大大小小、林林总总,绘画形象全都处理在非常和谐的画面中。在造型处理上追求酣畅淋漓的主观宣泄,形成一种夸张、变形、淳朴自然的造型特征。无论描绘任何对象,都富于理想色彩,既不脱离现实生活,但又始终与现实生活保持着一段非常可贵的距离。画面形象实中透虚,虚中有实,既是现实主义的,又洋溢着浪漫主义的情调。这些独到之处,无不吸引着何雯婷的目光。

何雯婷大学期间专修二维动画设计,接触丝网版画以来,她被松江民间画家们不拘程式、追求质朴、自然的独特风格所打动,并寻找一条新的路径来表现作品。她尝试着在松江农民丝网版画原有的红、绿、黑三种色彩基础上进行创新,追求一种强烈的、新式的色彩效果来装饰情绪,这种根据个人审美情趣和画面需要而随意选色敷色的做法,与现代主义的审美有相似之处,使她的创作思想更为自由奔放,作品也更富有艺术感染力。

"看看都很熟悉,感觉就是身边很普通的人和事物,这些画作或夸张变化或简括粗犷,但都显得活泼生动,逗人喜爱。"复旦大学上海视觉艺术学院美术学院的学生刘方儇暑期来到车墩镇丝网版画工作室学习,刚一走进工作室,他就被画卷中的场景所深深吸引。他告诉笔者,松江农民丝网版画强烈而独特的风格,不仅带给人视觉上的冲击,也带来心灵上的震撼。刘方儇说:"我们好多同学都来自农村,为什么就画不出来这种感觉呢?"农民画家朱永康如今是一家空调维修店的老板,但一听到画画的事,他再忙都会放下店里工作立刻赶来,他说:"我们画的,都是农民身边的事情,技法可能不成熟,但是作为农民,我们有很多东西可以画,丰收的喜悦、田里的庄稼、走到哪里，画到哪里。"

刘方偲告诉笔者，他对松江农民丝网版画早有耳闻，此次前来原本只打算在工作室学习一个月左右，稍作了解后就离开的。但真正接触后才发现，丝网版画并不像自己想象中那样简单。农民丝网版画把土和洋、古和今结合得这样巧妙，不拘一格，自成天趣，这里有不少可让他学习的东西，他要在这里多待些日子。

(2010 年 9 月 8 日)

江南一枝梅
——著名画家吴玉梅印象

□ 尹 军

吴玉梅，小名阿玉，新浜人。打开她的画集，便走进了一个鸟语花香的世界，步入"结庐在人境，而无车马喧"的恬静天地，一种心旷神怡的亲切感油然而生。

也许，正因为这种挥之不去的情结作用，当听到有人尊称她为吴玉梅先生的时候，心里总是觉得有些不那么自然随和。乡里乡亲的，笔者爱称她吴老师。聚在一起，举起杯来，会酒热心跳地蹦出一句："吴老师，敬您——'江南一枝梅'。"其实，在笔者的心中，追随田园艺术生命的吴老师，一直是位亲切而又大方的家乡老大姐。

说起来，有些诚惶诚恐。先前认识吴老师的时候，她早已是上海中国画院国家一级美术师、中国当代十大女画家之一的名人了。

以往，先是县里后是区里举行重大文化活动时，总忘不了邀请两位乡贤出席，一位是常用"鲈乡人"作书画落款的程十发先生，一位是总用"云间吴玉梅"作书画落款的吴老师。有时，吴老师陪同程老来松江，有时独自应邀出席活动。他俩一起到场的时候，她的话语反而多一些。因为，程老开口讲故事，常把她捎上。一次，她与程老一起到乡下体验生活，要走很长一段路。中途，吴老师关切地问程老是否要休息一下，程老诙谐地说："勿用，勿用，中饭吃了乡下猪头肉，脚劲蛮足格。"从他俩一路谈笑风生中，能够感觉到，松江是生养程老和吴老师的桑梓故里，踏上这块文化沃土，他俩都会唤起童年的记忆，双双脚步轻松地走在乡间的土地上。

吴老师独自来松江时，身边总有一批热情的"粉丝"相随。每到此时，她的话语反而不多。时常是静静地坐在那里，用微笑平添和睦气氛，用倾听表达礼让敬意。所以，在我的最初印象里，吴老师坐着的姿态就像尊"观音菩萨"，脸上总是挂着憨厚淳朴的笑意，谦和低调，安静而不张扬。具体说起来，松江美术馆举办吴玉梅画展期间，吴老师曾低头翻看过她画集上的田园图，那样子又真像是丰足的"老来青"稻穗，在收获的秋天，用丰硕的果实去亲近土地，俯首尽献成长的厚礼。

笔者曾不止一次地在记忆中搜索过吴老师安然坐在嘉宾席上的神态，思绪常在一静一动中穿梭往来，时而想到眼前的她，时而又想到书刊上的一张张老照片：孩提时代的她，扎着两条很可爱的辫子；长成十八岁大姑娘时，闪动着一双水汪汪的大眼睛，那是一双像她家乡南徐浜河水泛动着青春波光的美丽眼睛，闪动着既灵慧又秀敏，既朴实又执著的眼神。乡亲们都说，"阿玉"的眼睛长得真好看；而在"阿玉"眼中，新浜的一草一木是最美的，爱着她的乡亲们是最亲的。

经过1940年至1960年的乡情灌注，爱的种子催生出一朵艺术奇葩。花开浦南的吴玉梅，香飘上海，给喧闹的大都市增添了一抹来自农家的缕缕清香。吴老师的"粉丝"告诉笔者，二十岁那年，他们心中的偶像就被选入上海中国画院，成为著名画家唐云的入室弟子。

比起"学生"一说，吴老师更喜欢"入室弟子"的说法。也许，这与吴老师笃信佛缘有关。吴老师的父亲吴耕贵，以耕为贵，是位有文化、懂艺术的乡下秀才，喜梳三七开分头，爱着土布长衫，不仅人长得眉清目秀，而且是小"阿玉"学画的启蒙老师。吴耕贵识文断字，会画画，还会扎新浜花篮马灯，弹奏江南小青班丝竹乐器。在小"阿玉"的记忆中，父亲爱画"灶头画"，画的最多的是灶君。父亲常对她说，民以食为天，仰仗灶神保佑。所以，慈悲为怀、亲近土地的大爱精神，一直是她坚守的心灵之光。

这道美丽的光波，引起笔者叙述一个平凡而又普通的上海故事。一天，吴老师和女儿一起逛街，看到马路边有条失魂落魄的小狗。上海街头，车水马龙，人流滚滚。出于安全担心，吴老师便叫女儿把这只小狗领回家去。但考虑到丈夫不喜欢养狗，母女俩便编出个朋友出差、代为领养的故事。养了一段时间后，这只顽皮的小狗还是自己走失了。为此，母女俩茶饭无味，伤心了好几天。数年之后，吴老师依旧牵挂这条

杳无音信、下落不明的小生命。她说，儿不嫌母丑，狗不嫌家贫，狗是能够共甘苦的一种灵性哺乳动物。三年自然灾害期间，狗为了生存，会到田里去捉蚱蜢吃，那一跳一扑的捕捉姿态非常优美。天性率真的吴老师，心灵里有一种童真逸趣的真气在跃动，她爱小草、小花、小动物……人说，爱有多深，情有多真，吴老师画中的江南风物和乡野风光，以小见大，清新亮丽，一尘不染，或泉水涌流，或秋光清朗，或万物呈祥。

岁月不饶人，作画作多了，看书看多了，吴老师鼻梁上架起了一副近视眼镜。在又添几分文静书生气的同时，吴老师的书画作品屡屡得奖，一顶顶桂冠给人到中年的她献上了事业如霞的花环。生活在大都市的吴老师，坚信时代肯定向前，人性永远重复，对田园的亲近感与日俱增。她借助笔墨丹青，把心中的美和眼中的美，调和成缤纷的色彩，创作出一幅又一幅表现农村题材的画作。看得出，在那些图画大自然和献给田园村庄、托出江南春色的作品里，寄托着吴老师不改初衷的生命守望。

欣赏吴老师的画作，笔者注意到，多幅画面静中有动，翠绿成荫、郁郁葱葱，山石草木皆有鲜活的生命象征。她画《李贺诗意》，笔起笔落，诗魂跌宕：竹笋破土而出，山泉一路歌唱，蝶舞花放，摇曳春光，展现出一派生机勃勃的灵动景象。她画《飘香涧》，偶用一点红，红色的、黄色的小花自然散落在山泉岩石旁；花伴古岩，水润石肌，给人以古朴苍劲、奔流不息的美感张力。

一生钟爱大自然的吴老师，善用色彩书写田园诗章，爱用画笔吹奏牧童短笛，喜用女性艺术家独有的慧眼观察体验生活，图画大地满园春色的风貌景象。在她的笔下，传统人文画中那些采摘后不见泥土芳香的果实，恢复了原生态的本来面貌；一般认为不宜入画的农作物成为画中宠儿，彰显出艺术精灵的魅力。这是一种实实在在却又难能可贵的艺术探索和创新。因为，别人不上心的事，吴老师用心去做了。所以，从一定意义上说，只有在吴玉梅的笔下，农家心中的田园骄子，才有了万物不离根的真正艺术生命。看过吴老师的作品，会觉得画中的瓜果田蔬生机勃勃地活着、爱着，土地为瓜果而自豪，瓜果为土地而骄傲，自然真切，相依为命，爱得无怨无悔、天长地久。这类作品数量众多，如《小豌豆》《金丝桃花》《番茄红了》《蚕豆小鸡》《蒲公英》《扁豆小鸟》《野花》《麦壮花香》《松鼠采葡萄》《玉米》《天女花》等。

为自己的画作取名，就像为自己的孩子取名一样，构思酝酿于十月怀胎，画名成就于一朝分娩，画家的情感最终凝聚在画名之中。画名与名画，也是一对相互依存的辩证关系。欣赏吴老师为自己的画作取名，能够从中感悟到，她是位根植田园、秀在其内的当代杰出女画家。她画丝瓜，取画名为《清味》；她画牛放山坡图，取名为《香格里拉牧歌》；她画《田园佳趣》：农家院落里开出南瓜花，长出了大南瓜，雏鸡与老母鸡一起游戏歌唱；她画《水乡清夏》：春江水暖，垂柳依依，鸭子戏水，划出一圈圈清波荡漾，如电极放大出一个个多彩的梦幻……在一片金黄色的油菜花丛中，一路走来十八位身着松江布的农家女，脸上的笑容，就像身边的油菜花开，挂满了金灿灿的喜悦，这就是那幅英姿飒爽的《田头娘子军》。还有一幅画名叫《幽谷泉声》，山泉萦绕，景色如画，婀娜弯曲的林木枝杈上站着的、翻飞的，不是名贵的黄鹂，也不是画眉鸟儿，而是农村里最为多见的小麻雀。此情此景，令笔者想起2001年吴老师画的另一幅作品——《菜篮子工程》。这幅具有强烈色彩对比的画作，五颜六色的新鲜蔬菜让人垂涎欲滴。看得出，这幅作品寄托了吴老师对安民工程的舒心赞美之情。

如今，年已七十的吴玉梅老师，秋冬之季，常穿一件红色的绒线衫。当她走在绿色草坪上的时候，红绿相衬，夕阳映照，"江南一枝梅"的雅称便彰显出更为耐人寻味的诗情画意。画家吴玉梅，本身就是一幅画。十几年前，吴老师画过的一幅作品——《香闻流水处》，在红梅与白梅交相辉映的画面右上方，见有吴老师的亲笔题书："万树寒无色，南枝独有花。香闻流水处，影落野人家。"品读这首画中诗，感悟花鸟写意，最终是体现人生意境。也许，这首诗就是吴玉梅老师人在画中的自我独白。

如果说，吴老师作画的基本色调多用绿色，那么，整幅画面上红色和黄色的大量、大胆运用，既为多姿多彩的田园画增添了旖旎风光，又不失为一位女性画家气度超然的大手笔表现。以画江南景物为主的吴老师，有时也画北方的那片天地，对接天高地广的南北时空，是她眷恋田园的深情。她用大尺幅宣纸作画，以表现北方的大气磅礴、秋高气爽。2005年夏天，吴老师画了一幅244×122厘米的大作，名为《高粱映红天》，从画面层次上看，下面是陕北窑洞，上面是黄土高坡，高坡上的红高粱与天际云霞层林尽染，蔚为壮美。如此大幅画，红且红得层次分明，没有对农业、农村、农民的那番情感，在艺术表现上是不可能有如此深度可言的。《灿烂金秋》《秋涧》《高山杜鹃》《鸳鸯戏水》《南国佳果》《不染》《报晓》等作品，让人欣赏到浓淡相宜的红色在柔和云间七彩比重的同时，以最为醒目的"中国红"，图画出美妙的"点睛"效果。此外，在《江南好》《田头娘子军》等作品里，吴老师用大幅黄色表现美感，画出了看似平面却又呈现立体效果的一片金灿灿油菜花从脚下铺向天边，既蕴画风韵律又显江南秀美春色，给人以别开生面、耳目一新的艺术享受。

　　吴玉梅老师给笔者的印象，越来越清晰，越来越深刻。家乡的这位老大姐，笔下的画美，心中的情真，她属于田园，田园也属于她，田园与她交织融合成最具内涵素养的自然淳朴美！这就是在全国美展上画《女社员》、画《衣被天下暖人心》的吴玉梅；这就是在天安门画《花开富贵》的吴玉梅；这就是以生活的真实、田园的美丽，感动过天地的吴玉梅；这就是松江独有花之俏的"江南一枝梅"。

（2010年10月13日）

从焊接专家到健康顾问

□张晋洲

退休以前,他是上海航天局的高级工程师,一生的青春年华,都奉献给了国防科技事业,是我国第一批自主培养的焊接专家;退休以后,他开始钻研医学、营养学,多次用掌握的知识"自己救了自己",是身边朋友和邻居们的健康顾问。而无论是焊接专家还是健康顾问,却都没有科班出身的背景,唯一凭借的是他那一腔的科研热情。他,就是家住开元新都小区的善习者徐炳林。

首批焊接专家

1932年生于北京,如今,徐炳林早已逾古稀之年,一头银发,脸色红润,谈起话来思路清晰,不急不缓,眼神中透着安详与宁静。

见到徐炳林的时候,恰逢"嫦娥二号"行将发射升空之际。一提起这个话题,他立即露出了自豪的神情:"非常令人振奋,这是我们全体中国人的骄傲!"这样的自豪不无出处,原来,在他三十多年的职业生涯中,就有着与航天的不解之缘。

1953年,徐炳林考入北京医学院,后又服从组织安排,被保送转入北京航空学院,即现在的北京航空航天大学。说着,他拿出了1959年毕业时的文凭来:"1953年10月25日入本院飞机系工艺专业,学习五年。按教学计划完成全部学业,成绩合格,准予毕业。"然而,在此后的工作中,徐炳林并没有去造飞机,相反,开始了与焊接的结缘。

参加工作后,徐炳林根据组织安排,师从几位苏联专家和一位从苏联学成归来的女专家——也是当时国内焊接领域唯一的学习焊接技术和工艺的博士。在学校里学的都是冷加工的技术,出来工作后却要从事热处理的行当。自觉专业性不够的徐炳林却不服输,买了很多焊接专业方面的书,跟着老师从头学。先钻研透书本上的知识,着手科研实验,然后进行经验总结,再应用到实际的工作中。很快,徐炳林就掌握了氩弧焊等高端焊接技术和工艺,并跟随着老师开始在国内破解各行各业的焊接技术难题。

1965年7月,徐炳林随科研单位从北京迁到上海。不久,"文革"开始,科研工作停顿,1969年他也被下放到农村。但当时"东方红一号"人造卫星正在科研攻关的关键时刻,下放两个月后,徐炳林就被急招回单位,开始参与"东方红一号"的技术攻关。

"当时我们一批人,就在松江的601厂,主要负责卫星壳体的焊接。"徐炳林回忆道。卫星的壳体只有几毫米厚,"要确保卫星内部储存的燃料不泄露,卫星又必须在太空复杂恶劣的环境中正常运行,对焊接技术的要求非常严格"。而在当时,高强度的铝合金焊接技术还是一大难题。为此,徐炳林和同事们开始了长达数年艰苦的科研攻关。

"为了攻克这个难题,当时我们几乎都泡在车间里,吃在车间、住在车间,就连睡觉也是在机器旁,睡醒了接着干。家就在距离车间几十米远的宿舍楼里,却常常是十天半个月也回不了一趟家。"说起当年的艰苦奋战,徐炳林至今记忆犹新。但功夫不负有心人,他和同事们一起解决了卫星壳体焊接的难题,"东方红一号"卫星也在1970年4月24日成功发射,我国成为世界上第五个用自制火箭发射国产卫星的国家。

由于在发展我国航天事业中的突出贡献,1985年,徐炳林被航天工业部上海航天局授予二等功一次。1988年10月1日,因为保障国防现代化建设作出了贡献,徐炳林又被国防科学技术工业委员会授予"献身国防科技事业"荣誉证章。

多次救下自己

上世纪80年代以后,徐炳林开始从事我国地空导弹的研制,同样主攻其中的焊接技术,在此期间,先后两次荣立三等功。自上世纪70年代起,徐炳林就加入上海市焊接学会,至今仍是该学会会员。退休以后,他还时常参加学会的学术研讨,参与一些重大项目问题的会诊。

回忆起当年的焊接专家生涯,徐炳林侃侃而谈,但在这背后,也有道不尽的艰苦与磨难。上世纪70年代在601厂时,徐炳林一家三口住在单位分配的三十平方米的房子里,没有什么像样的家具,吃饭也基本靠工厂食堂,偶尔能有大排吃就算不错了。加之经常要为科研项目熬夜,数十年航天人紧张繁重的科研生涯,严重影响了身体健康。他告诉笔者,那时候自己是工厂里的"老病号",体质较弱,患上了心脏病、高血压、糖尿病等多种慢性病,常被救护车拉着送到医院去。

常年身体虚弱,激起了徐炳林对医学的热情,平时就常买来医学类的书籍钻研。1978年,徐炳林不幸传染上了流行性出血热,由于当时医疗手段有限,与他同一病房的六个人中,其余五人都不幸去世。说起自己能幸存下来的原因,徐炳林颇有些得意。他说,当时住进医院时出现了发烧等状况,医院只是当做普通感冒进行治疗,而看了不少医学书籍的他,对自己的病起了疑心,就建议医生重新会诊。果然,抽血一验,是流行性出血热。院方当即为他调整了治疗方案。事后,医生诚恳地和徐炳林说:"是你自己救了自己。"这一成功的案例,进一步激发了徐炳林更强烈的学医欲望。

身为科研人员的徐炳林,身上总透着股钻劲。他说,自己是从化学分子的角度看待问题。因此,1992年以焊接专家的身份退休后,徐炳林又开始了新的学习生涯——医学和营养学。

从那以后,徐炳林经常收集专家教授讲课的信息,有机会有条件就会赶去听课,还参加了医科院、药研所等的养生保健系列讲座。那时候,松江到市区的交通还不是很发达,有半年多,徐炳林经常是清晨5点钟就起床乘第一班车,赶到市区听8点钟开始的讲座。

除了听专家教授讲课外,徐炳林还订阅了大量的健康、医疗类报刊。通过阅读这些资料,他将有用的信息剪下来,结集成册。如今,走进徐炳林的书房,书架上摆满了各类医学、营养学、健康、养生类的书籍,而剪报收集的信息就有几十本。他告诉笔者,现在正在整理和编写《糖尿病饮食查询手册》的书稿。

都说久病成医。多年自学医学让徐炳林在退休后又多次救了自己。上世纪90年代末，他患上了高血压，住院近一个月。由于常年劳累，高压从一百九降到一百六后，再也降不下来。出院后，他就自己当起了医生，利用自己读报收集来的民间处方，开始试验食物疗法，并结合少量药物，经过一年多的自我治疗，逐步减药至最后基本停药，此后血压长期平稳。

2006年，徐炳林因患有心脏早搏二连率等住院治疗，医生在治疗方案中，准备做射频消融手术和放支架。经慎重考虑，徐炳林建议医生放弃这一方案，改用药物治疗，出院后再经饮食调整。果然，在很短时间内，他的心脏就恢复了正常。两年后再次检查时，连医生都感叹不已。

居民健康顾问

习惯于从化学分子角度看问题的徐炳林，对健康养生也有一套自己的心得。他说，坚持运动锻炼是一个方面，"平时我们每天吃进去、喝进去的任何东西，对健康则起着关键作用"。于是，除了坚持听讲座、看杂志剪报外，他又开始研究起每天的食谱来，并逐步摸索出适合自己的一套食疗方法。

"最早是跟着电视上的刘仪伟，整整学了三年厨艺。"徐炳林告诉笔者。此后，他又认识了小区附近的五星级酒店大厨，常常向大厨请教。对吃什么、怎么吃，身为科研人员的徐炳林，有着本能的科学实践精神。比如，为了精准控制每天摄入油、盐的量，他专门配置一个天平。1994年查出糖尿病后，他又开始研究能调节血糖的食物，从收集到的资料中进行筛选，然后进行不断试验。反复多次实践，徐炳林发现用苦瓜、洋葱、胡萝卜、西红柿等六种水果混合榨汁吃，对调节血糖有很好的作用。通过少量药物和饮食控制，辅以运动治疗，徐炳林说，现在血糖已经基本正常。

从焊接专家转行营养大师，多年的经验积累和实践，让徐炳林身体各方面状况都有了本质变化，尽管已近耄耋之年，他依然精神矍铄。不仅如此，他还积极关心帮助身边和社区的人，当起大家的健康顾问。

2004年开始，徐炳林结合自身经历，开始在松江多个社区传授养生经验。他告诉笔者，他现在还是中国医疗保健国际合作推广专业委员会会员。除了与居民交流心得外，附近居民们有了小毛小病也喜欢找徐炳林咨询。前不久，有位邻居总感觉浑身没力气，住进医院十多天，但总也检查不出什么毛病来。无奈之下，这位邻居找到了徐炳林。看了对方提供的检查报告和症状后，徐炳林就提出了自己的建议，并从自己积累了多年的简报中找出相关资源，指引她到相关的医院做专项检查。很快，这位邻居就在徐老的建议和帮助下找到了病因。

（2010 年 10 月 27 日）

从事最"甜蜜"事业的人
——养蜂人王时明的故事

□ 干 晔

有人说，早在人类学会烹煮食物的三万年之前，人类就开始吃蜂蜜了。蜂蜜馥郁的芬芳和甜美让许多人难以抗拒。据说，只要食物中有四百分之一是甜味，味蕾就能尝出蜂蜜，人类对甜味的接受是与生俱来的。而养蜂人则是在背后制造着这一味觉盛宴的人，他们跟着花期"追花夺蜜"，他们付出百倍的艰辛，从事的却是最"甜蜜"的事业。从某种意义上，养蜂人更是服务于树木与花朵、沟通人类与大自然的中间者。

在车墩，就有这么一位爱蜂成痴的养蜂人王时明，他沉溺于蜜蜂的王国，与蜜蜂打了半个多世纪的交道，一路上有蜂蜜的芳香，更有过程的艰辛。至今依然醉心于和蜜蜂有关的一切事物，他的"甜蜜之旅"还在继续，与蜜蜂的故事也持续上演着。

儿时结下蜜蜂情缘

王时明的祖父就是个养蜂人。从小在蜜蜂堆里长大的王时明，很早就对蜜蜂充满了兴趣。

"我想，一开始就是由于蜂蜜带给我的那种无与伦比的味觉体验，让我爱上了这些小家伙们。那是留在我童年时代里最深刻的味觉记忆。"当时王时明祖父养了十多箱中国蜂，每年都能收到很多蜂蜜，大概有两大桶之多。

"这在物质匮乏的年代,是多么令人垂涎的宝贝啊。"王时明说。他最爱中国蜂酿的蜜,洁白如雪,浓度极高,只要一打开瓶盖子,一股浓郁的芳香便扑鼻而来。把手指伸进蜂蜜罐直接舀来吃,蜂蜜顺着手指流入嘴中,甜蜜的感觉立即浓浓地包裹了舌头,就如同洞悉了世间万物的法则一般美好。这是他儿时最幸福的感官体验。

王时明告诉笔者,蜜蜂的种类主要分东方种和西方种两大类,其中东方种以中国蜂、印度蜂、越南蜂等为主,西方种有意大利蜂、高加索蜂等。当时饲养中国蜂的蜂箱是没有巢框的旧式蜂箱,巢脾不能移动。在收蜜时只能毁脾取蜜,这样,每收一次蜜,蜜蜂就要重造一次巢。因此,每个花期只能收一次蜜,不仅产量低,而且也会阻碍蜂群的发展。

十五六岁时,还在松江一中念初二的王时明就发现饲养意大利蜂用的是一种活框式的蜂箱,巢脾可随意取出,收蜜时可重复使用,一个花期就可多次收蜜,产量高又不影响蜂群的繁殖,而且这样的蜂箱可以更方便检查、观察蜜蜂,王时明当时就和祖父商量着也用活框式蜂箱来饲养中国蜂。这在当时整个上海郊区可谓是首创。

"因为祖父比较忙,中国蜂改良饲养的实践基本上是我一个人在搞,戴着面罩天天钻在蜜蜂堆里,那会儿养得非常好。"那是他"甜蜜之旅"的首个胜利,尽管被蜜蜂蛰过无数次,看着它们成长得非常好就满心欢喜。王时明告诉笔者,由于被蜜蜂蛰过太多次,他的体内都有了抗体,现在蜜蜂蛰一下就像被蚊子咬一样,不会肿起来。但他也遭遇过不小的心痛。中国蜂有一种致命的病——中蜂囊状幼虫病,这相当于中国蜂的癌症,它们一旦染上就凶多吉少了。上世纪60年代初,王时明养了十多年的十几箱中国蜂就是因为这个至今都未能彻底解决的病而全军覆没了。当时的心痛和打击可想而知。

"从那时起,我就没再养中国蜂了。后来从一个朋友处买来一箱意大利蜂,重新开始培育繁殖,从一箱发展到二十多箱。现在养中国蜂的已经非常少见。"说到这,王时明不无遗憾。

但是,在他的味觉记忆中最好吃的蜂蜜始终还是中国蜂的蜜,他一再和笔者强调:"这是世界上最好吃的蜂蜜。"

观察蜜蜂如同俯视自己

"我喜欢观察蜜蜂的生活。小蜜蜂出生的过程、蜜蜂们的各种舞蹈……常常看得如痴如醉。"王时明说，现在很多年轻人有"网瘾"，他则是有"蜂瘾"。每天他总要去看他的蜜蜂，常常一看就忘了时间，看得投入，连吃饭也经常忘记，那时候老伴经常要去摆蜂箱的地方喊他回家吃饭。

在小小的蜂箱里，蜜蜂们工作繁杂而多样，喂幼虫、建蜂巢、服侍蜂王、打扫蜂箱、外出采蜜、安全保卫等，它们各司其职，工作井井有条，这是一个高度自治的群体，充满自信和活力。

他曾经花了好几天的时间，观察蜜蜂的"婚礼"。观察蜂王出生后在蜂箱里发生的种种故事。从最初"王室斗争、消灭异己"的惊险，到蜂王"出巢试飞"时的忐忑不安，到被成群结队的雄蜂"追求"时的情景，直至最后终于"洞房花烛"的喜悦。他还看到过蜜蜂们"智斗癞蛤蟆"的过程，以及它们怎样躲避大马蜂，怎么赶走来偷吃蜂蜜的蚂蚁等。

王时明说，观察蜂箱里发生的事情，就像在俯视自己的生活。而观察蜜蜂每天的生活，带给他无尽乐趣的同时，更常常带给他不少的震撼和感动。

"你知道吗，一只蜜蜂穷其一生只能酿出一勺半的蜂蜜。"他告诉笔者。接下来的一串数字更让人震撼：要制造出一斤蜂蜜，需要五千三百只蜜蜂去采集花蜜。一罐蜂蜜意味着蜜蜂要在花朵和蜂巢间往返八万次，飞行五万五千英里，采集二百多万朵花……

"它们总有绝活和耐心对付各种困难，从不言放弃。你说它们有多可贵。"王时明说，养蜂让他获得了许多精神力量。

和蜜蜂相处久了，这些小小的生物在他看来就如同老朋友一样，他能看出蜜蜂们的喜怒哀乐。天气暖和的时候，它们就会很兴奋，采蜜也比以前更勤奋。

常年对蜜蜂的深入观察，不仅让他对蜜蜂的习性了如指掌，也让他积累了无数关于蜜蜂的生动素材。对他所热爱的蜜蜂，总想表达点什么，他决定为蜜蜂写故事。2003年的时候，他完成了《蜜蜂和蜜蜂精神》的文稿，记录了近百个关于蜜蜂生活的小故事，每一个都是他曾经亲眼观察到的。这一文稿还被上海美术电影制片厂的一位导演看中，据说有意向拍成一部动画科教片。

既是爱好也是科研

对蜜蜂，王时明倾注了所有的注意力。他说"爱蜂如子"应该是养蜂人的一大基本素质。蜜蜂们有时候工作很狂，早春时节天还很冷的时候，它们就开始飞出去采蜜了。但往往来不及回来，就在外面冻僵了，一只只掉在蜂箱前。那时候他就会去一只只捡起来，很仔细地不落下一只，每一箱前常常要捡起一大碗，再小心翼翼地放回蜂箱。

但光是有爱还远远不够，因为养蜂是件很复杂的事情，需要投入很多，更要时刻留心。一个优秀的养蜂人还得掌握相当多的科学知识，才能真正对蜜蜂负责，"才有资格照顾它们的一生"。所以，对于王时明而言，养蜂除了是自己一辈子的爱好，更是一项重要的科研事业。

从很早的时候，他就开始探索蜜蜂的科学管理、科学饲养，从改良蜂箱，到研究蜜蜂的防病治病、培育良种等。他还是《蜜蜂杂志》的特约通讯员，经常通过这个平台和全国各地的蜂友们交流养蜂经验，共同探讨养蜂中碰到的难题，并发表论文无数，如《如何获得蜂王浆高产》《"螨扑"该更新换代了》等。此外，还研究"用中草药和西药综合防治蜜源白至病"、"培育良种蜂王"。他还就本地的蜜源植物做过系统的调研。从春天开始，油菜花通常从4月初开到4月底，紫云英则在清明前后开花，花期在四十天至四十五天，芝麻则在6月20日以后开一个月左右的花……还有水稻，虽然没有蜜可采，但是有些水稻有花粉。"此外，加拿大一枝黄花虽是外来侵略植物，是要被大量清除的，但它也可以成为晚秋时节的一大蜜源，酿出来的蜜颜色比较深，还有一股桂花香。"这是王时明近年来的一大发现，为此他还特地写了《亦正亦邪的一枝黄花》一文加以论述。

"但是，现在随着气候的变化，这些花开和谢的时间都提前了差不多十天左右。"王时明说。对蜜蜂的未来，他心存着一丝忧虑："前两天，我还看到一篇报道，写到科学的发展引发的一系列新危机。如手机等科技产品的普及，形成的各种电波干扰，使得不少蜜蜂找不到回家的路，美国的蜜蜂已经损失了百分之五十。此外，还有气候变化、环境污染、蜜源植物遭破坏等这些外部的因素正在不断影响到蜜蜂的生存。曾经在东北就发生过椴树遭大量砍伐的事件，造成大量蜜蜂采不到蜜。"

现代工业的发展正一步步侵蚀蜜蜂的领地，使蜜蜂采集蜂蜜变得困难。2010年就因为天气不好，四五月份连着好几天下雨，温度又低，蜜蜂采不到蜜。今年蜜蜂连油菜蜜也没吃到，几名外地来松江摆蜂箱的养蜂人几乎是哭着回去的。陶醉在蜂蜜香气里的人们很少想到蜜蜂的悲剧。

爱因斯坦曾经预言,如果蜜蜂消失了,那么人类的生存时间可能只有四年左右。对此包括王时明在内,许多养蜂人都相信这绝非耸人听闻。因为在人类所利用的一千三百多种植物当中,有一千多种需要蜜蜂授粉,蜜蜂是自然界里最大群体的授粉昆虫,也是人类唯一可以控制的最理想的天然授粉者。

养蜂人驯化了蜜蜂,在一针又一针的蜂蜇里学会与它们和谐相处,感受它们的精神,这场"甜蜜之旅"仍在继续着,他们付出艰辛,照料着这些不停劳作、为人类奉上世上最美、最甘露的精灵,扮演着人类与大自然之间的调停者的角色,尽自己的努力,让甜蜜和芳香持续不断,这也是他们最神圣的使命。

(2010年11月10日)

从轮椅青年到网络红人

——残疾青年谢青和他的家庭故事

□王裔君

新浪网上有一个访问量超过两千七百二十万人次的"名博",名叫"寻找一颗星·涂鸦妙趣生活",它在新浪博客总排行一百九十五位。博客主人"寻找一颗星"俨然已成了一名网络红人,在新浪网绝对称得上是"家喻户晓"。

让很多人不知道的是,名声大噪的"寻找一颗星"是松江人。更令人意想不到的是,他是一名轮椅青年。他叫谢青,今年三十岁,坐靠轮椅,站依拐杖,口齿不清,一米六六的个头,椭圆脸戴有一千一百度(双眼相加)的近视眼镜。

最近,"寻找一颗星"携新婚妻子双儿登上了南京的《东方卫报》、东北的《城市晚报》,连《知音》杂志也报道过他们的故事。一个轮椅青年如何华丽变身为网络红人?让我们一起循着他成长过程中的点点滴滴一探究竟。

出生不幸萌生"死亡计划"

1981年7月23日,谢青出身于石湖荡镇新源村一个普通的农民家庭。但出生那天,离预产期还有整整八十天,小谢青出生时的体重仅有三斤八两。谢青一出世就被确诊为先天性脑瘫,注定口齿不清,不会走路,生活难自理。这一切彻底改变了这个普通家庭的生活轨迹。

然而,谢青的父母始终没有放弃过。父亲扛起了整个家庭的重担,无怨无悔地调整着自己的工作以维持全家人的生计。会计、拖拉机手、养鸡场工人、个体拖拉机运输工、建筑工地零工……到处留下谢青父亲奋斗的身影。

幸运的是,谢青的脑瘫并非很严重,他不傻也不呆,只是不能彻底治愈。1990年,在儿子治疗无望的情况下,谢青的父亲作出了一个惊人的决定——送孩子去普通学校上学。在千求万求求得学校校长的同意后,谢青终于坐着轮椅踏进了校园的大门。母亲放弃了工作,一心一意陪儿子一起读书。

有人曾经对谢青直言"你的人生不会有将来"。小谢青觉得家庭的艰难和家人的痛苦都是缘于自己,内心痛楚、无助、自责的谢青在家人毫无察觉中萌生了"死亡计划"。谢青十四岁那年,爷爷去世,全家人都沉浸在悲痛之中。就在那时,小谢青有了这样一个念头:如果这时候随爷爷去了,家人或许可以摆脱自己这个累赘,或许可以走出痛苦的阴影……

幸好,那个"死亡计划"最终没有实施。

一篇课文救回一个灵魂

就在小谢青痛苦挣扎的时候,四年级语文课本上的一篇课文"救"了他。那篇课文的题目叫《秋天的怀念》,作者是史铁生。文章讲述了史铁生二十岁那年双腿残疾以后的落魄心情,而母亲一直在背后默默关心着他。史铁生因为自己的失落而忽视了母亲的存在,直到母亲去世他还未振作起来,成为母亲的一大憾事。

"我自己何尝不是常常忽略母亲的存在,常常当着母亲的面莫名其妙大发脾气……"读到这篇文章,小谢青哭了。谢青说,从某种意义上讲,是史铁生"救"了他。凭借着不懈的努力,克服了常人难以想象的困难,谢青在母亲的陪伴下完成了九年义务教育。经过九年普通学校的学习,小谢青有了自我"充电"的能力,为他"令人羡慕"的将来奠定了扎实的基础。

从那以后,小谢青明白了任何获得都必须先要无私的付出。2001年,在高尔基"书是人类进步的阶梯"的启发下,小谢青一头钻进了图书馆,开始了另一个学习过程。大量的阅读使谢青的心灵得到了洗礼,终于发现原来他也能如此快乐。他说,与古今中外的大师们"朝夕相处"的那段岁月里,他更加坚定了自己的未来不是梦。他想成为一名作家。

从此,一个受伤的心灵终于平静了下来。谢青说,如今,残疾已经成为他的朋友,轮椅亦是他的伙伴,他不再将自己当成特殊的一类。

偶然开启的互联网之门

如今,"寻找一颗星"能成为网络红人,完全要归功于他与松江区残联以及《松江报》社的结缘。

2004年,在松江区残联为谢青联络的文学老师——《松江报》社编辑周平老师的"斡旋"下,松江区图书馆为谢青送去了一台旧电脑,从此开启了"寻找一颗星"的互联网之门。

首次接触电脑的谢青兴奋异常,尽管由于操作不当在一个星期不到的时间里就把电脑玩瘫痪了,可见其对电脑的喜爱。于是,松江区图书馆负责人又给他送去了第二台主机。

从那以后,谢青开始一个字母一个字母地敲打着学起了打字。由于谢青的左手手指不太灵活,打字基本上全用右手。他笑称,别人是十指齐飞,而他只有三指是主力。从一分钟两个字到一分钟十五个字,再到现在打字速度保持在每分钟四十到五十个字之间。为了实现作家的梦想,谢青几乎忘了过程中所有的痛。长篇小说《爱,心灵溢香的唯一妙方》的初稿是在2004年有电脑之前完成的,谢青把它作为打字的教材,整整打了三个月,作品也从十八万字扩充到了二十二万字。

后来,家里通了互联网。谢青开始尝试着开博客、办网站,做网上兼职……他的生活变得五彩斑斓。2005年,谢青在新浪网开辟了自己的博客——"寻找一颗星·涂鸦妙趣生活"。从2005年到2008年,谢青就创作了超过三百篇的原创文字发表在新浪网上,点击量超五百万人次。

从此,他迷上了文学创作,迷上了网络。不停地创作,记下一个轮椅青年对生活独有的感悟;不停地发表,和网友一同分享自己的酸甜苦辣。"寻找一颗星"在新浪的影响力也越来越大。后来,凭借着令人信服的实力,"寻找一颗星"成了新浪论坛的版主。

如今,"寻找一颗星"在新浪更是声名鹊起。

网络为媒成就幸福情缘

谢青与妻子双儿的相识也是起于互联网。那是一个情人节的晚上，双儿的QQ搜索到"寻找一颗心"，两颗年轻的心成了朋友。渐渐地，两人发现彼此都有点喜欢上了对方。而当"寻找一颗星"告诉双儿自己是个站有拐杖、坐有轮椅的残疾人时，双儿却没有惊讶。她说，她老家那边有个没有双臂的女孩嫁给了一个健全的男孩，男孩不顾家人反对堂堂正正娶了她……他们就这样聊着，一天两天，一个星期两个星期，两颗心越走越近。

令谢青万万没想到的是，2010年元宵节，当谢青邀请双儿到自己家里吃汤圆的时候，双儿竟然爽快地答应了。残疾儿子终于把一个健康女孩带回了家，谢青的父母心里乐开了花。此后的日子，双儿只要休息的时候就推着坐在轮椅车上的谢青上街买些水果和零食，去公园坐在长凳上边吃边聊。那个时候，谢青或许还没完全意识到，他的真诚、坚强和上进正让身边的女孩越来越痴迷。

没过多久，两个年轻人终于正式确立了关系。而每次他俩上街总会引来超高的回头率，有不少人摩托车骑过老远还不忘停下来回头看看这对年轻人。那时，谢青总会跟双儿开玩笑说："你比明星的回头率还高哦，看看这些经过我们身边的人，目光总会停留那么三四秒钟……"

"谢青呀，那些是见证我们幸福生活的天使……"双儿也总是坦然一笑。

谢青知道，这些目光中有祝福、有不解、有疑惑。曾经有人一而再，再而三地问双儿："你长相又不丑，为啥要选择谢青，他不能走，不能照顾你，你反而要照顾他一辈子。"双儿却说："我要嫁的就是他，别人还不嫁呢，因为爱他，我就愿意。"

2010年7月19日，没有鲜花、没有婚戒，在父母的见证与护送下，谢青和双儿去登记了。从此，"寻找一颗星"开始了全新的生活。谢青说，那是他三十年来最快乐、最幸福的一天。2010年也是他三十年来过得最精彩、最幸福的一年，因为他恋爱了，因为双儿来到了他的身边，因为他娶了她，因为他们要相守一辈子……在三十而立的年龄遇到一位肯与自己风雨无阻携手走完下半辈子人生路的女孩，这实在是莫大的缘分、莫大的幸福。

（2010年11月24日）

漫画是他一生的"知心爱人"

——漫画家李明新的故事

□居 嘉

大背头，淡胡须，瘦脸颊，黑眼镜……也许是由于先入为主的心理原因，一看到这样一张脸庞，就让人觉得这张脸本身就是一幅漫画。初冬一个阳光明媚的上午，笔者如约来到岳阳街道龙潭居委会，见到了这位远近闻名的漫画家李明新。在他的娓娓讲述中，笔者慢慢走进了他的漫画人生。

五十载风雨人生路，漫画为伴

笔者见到李明新的那天，他刚刚成为上海市美术家协会会员。拿着那本小小的会员证，李明新不无感叹："我从初中开始学画画，一画画了五十年，没想到这把年纪还能成为市美协会员。"证书虽小，承载的却是他五十年精心浇灌的艺术硕果。

1956年3月，李明新出生于松江本地一个普通家庭。在松江六中读书时，他在当时的美术老师尹东权的指导下，开始学素描。

素描是一切绘画艺术的基础。很多想从事绘画艺术的人，在学了素描之后，都纷纷选择了国画、油画、版画等艺术门类。在当时的中国社会，漫画很不发达，可以说还是一个"冷门"的行当，而李明新偏偏对漫画情有独钟。当时的他，一心想成为一个漫画家。从此，他开始踏上了清苦而又幸福的漫画人生之路。

为了学漫画，李明新把图书馆当成了自己的另一个家。只要一有空，他就整日泡在图书馆里。用他自己的话说："图书馆是我一辈子的老师。"繁多的图书、丰富的知识，宛如浩瀚的海洋，让他流连忘返。李明新至今都保持着泡图书馆的习惯，几十年来，松江区图书馆三迁地址，李明新是最忠实的"追随者"，以至图书馆的许多工作人员都成了老熟人。

1975年，作为"文革"后第一批高中毕业生，李明新到当时的张泽镇红卫大队插队种地。艰苦的生活和繁重的农活没有让李明新放弃自己的梦想，在田间地头，在村间路边，他拿起手中的画笔，开始给街坊邻居画像，受到大家的欢迎。

不久，李明新的艺术特长被前来招兵的部队干部发现了。1976年，他开始到解放军杭州某部服役。在部队，他利用自己的一技之长当起了文书，出板报、做美化、画标图，样样都行，很快便成为连队里的文艺骨干。

离连队不远，就是浙江美术学院（1993年更名为中国美术学院），这个曾孕育了中国当代众多绘画大师的艺术殿堂，深深地吸引了李明新。他利用业余时间报名参加了一个美术进修班。在那里，李明新像一个久未哺育的婴孩，贪婪地吮吸着艺术母亲的乳汁。

1980年，李明新复员回沪，被安排到松江红旗药棉厂，当起了一名机修工，端上了"铁饭碗"。稳定的工作、可靠的保障，为李明新利用业余时间搞创作提供了便利的条件。工作之余，他依旧刻苦钻研，笔耕不辍，并开始尝试向媒体投稿。

功夫不负有心人。1982年，李明新的漫画《哑女》在《文汇报》发表，成为第一幅公开发表的作品。从此，他一发而不可收，频频向国内各类报纸、杂志投稿，最多时一年能发表三四百幅。那时还没有互联网，投稿都需要通过邮政寄达。为了省下买信封的钱，他就自己动手裁剪粘制信封。

而就在逐渐看到自己漫画事业的曙光时，李明新的身体却出现了问题，听力每况愈下，最终确诊为轻度耳聋。就像耳聋的贝多芬更有创作灵感一样，耳聋后的李明新也似乎更加心无旁骛，作品越来越多，名气也越来越大。

上世纪90年代末，李明新的创作达到了高峰，此时他的生活却一落千丈。由于工厂改制，他下岗了，不久妻子也离开了他，从此他带着五岁的女儿相依为命，工作和家庭的双重打击曾经一度让李明新停止了创作。

为了维持生计，李明新不得已开始在路边摆摊为人画像，用画像画来的几十元钱的收入贴补家用。生活虽然窘困，他的内心深处却从来没有放弃过漫画。2004年，李明新在龙潭居委会有了份新工作，他又开始画漫画了。如今，他仍然保持着火一样的热情，越画越有激情。而且，他还学会了上网，把自己的作品扫描成电子文档，大大提高了创作效率，最近还打算学习绘图软件，以后画漫画直接用电脑。李明新说，活到老，学到老，只要他活着，他就会一直画下去，漫画已成了他一生的知己。

五千幅芸芸众生像，笑面沧桑

在秀水浜路上，有一间低矮的平房，这里就是李明新的家。走进屋子，摆设陈旧而杂乱。在屋子的一角，一张桌子上摆满了画纸、画笔、刻刀、尺子等画图工具，这就是李明新的工作台，没有人会想到，就是在这张简陋而破旧的桌子上，李明新创作出几万幅漫画，五千多幅在各类报纸、杂志上发表。当笔者来到李明新家时，许多画作已经被打包。李明新说，他即将要告别这所住了几十年的房子了。

这些年来，李明新的生活一直比较艰苦。也许正是这种最平民化的生活，让他的作品始终贴近社会、贴近百姓、贴近现实。欣赏李明新的漫画会发现，他的作品往往取材于当下社会的焦点、热点、难点问题，通俗易懂，富含哲理。

为了获取灵感，他经常深入各种人群的生活环境，用心去品尝他们的酸甜苦辣。有一次，他穿上一身破旧的衣服，蓬头垢面，连续三天和几个乞丐为伍，经过细心的观察和用心的体验，终于创作出了漫画《同情的泪水》。画面上，一个乞丐跪在路边乞讨，一个官员则站在他面前，官员的泪水滴在乞丐的碗里。这幅漫画画面简洁，构图简单，却形象地反映出有关部门只会唱高调、讲套话，而并非真正关心底层群体的疾苦，读来让人心酸，又让人愤慨。李明新说，一幅好作品胜过任何语言，它不仅是一面镜子，照出社会百态，更是一种力量，推动人类进步和社会发展。

有段时间，他为了观察人们对物价上涨后的不同态度，每天清晨赶到农贸市场观察，在人群中挤来挤去，因此引起管理人员的注意，以为他是"扒手"，紧跟在他后面，并不时举起话筒，大声提醒顾客保管好钱包。他觉察后，马上去做解释，一场误会才得以消除。还有好几次，他在逛街的时候，突然有了新的构思，但小本本一时又没带，他就会马上靠墙蹲下来，掏出圆珠笔，就在裤子上涂起来，好几条裤子，就是这样被他涂花的。

生活中，李明新把所有遇到的人和事都当成了自己创作的素材。看到很多人热衷于炒股、炒房，他创作了一系列经济漫画；为了在居民中宣传消防知识，他创作了安全漫画；根据自己的婚姻经历，他创作了婚姻漫画。此外，廉政漫画、养生漫画、气功漫画、钓鱼漫画……他的漫画涉及到了生活中的方方面面。

这些年来，李明新的漫画也受到了各方的认可。他的作品《为了丈夫的寿命》，入选上海生活漫画大展；《亲爱的表哥》入选亚洲三十亿人口漫画展；《主任的衣服》入选《党员之友》首届全国漫画大赛优秀作品展；《忍辱负重》获中国美术家协会漫艺会主办的知荣明耻漫画奖优秀作品奖；《难》获上海市"爱我家园"漫画比赛二等奖，还在《中国证券报》开设了个人漫画专栏……他本人也被全国漫画界颇有影响的江苏"快活林"漫画协会吸纳为会员，最近，又成为上海市美术协会新会员。

面对成绩，李明新很淡定。他说，他对漫画只是纯粹的喜爱，没有任何其他杂念。现在的他，从漫画当中得到的，唯有精神上的愉悦与富足。

七年助残谱新篇，奉献为乐

细心的市民也许会发现，曾经一段时间，在城区大街小巷，到处都是"社区是我家，安全靠大家"、"管住你的口，管住你的手"等公益宣传画，这些宣传画的作者，就是李明新为公益事业的精心之作。有一定名气的李明新从不以此自居，积极投入到社区文化宣传志愿者行列，办画展、开讲座，从不收取任何报酬，并被上级部门评为优秀志愿者，街坊邻居则给他起了个雅称——"雷锋式的漫画家"。

2004年，李明新走上社区助残员岗位后，他充分发挥自己的思维能力，利用漫画一技之长，首创在社区画廊内开设助残之窗。特别是在特奥活动中，独创了一套特奥运动会各个项目的漫画，每个项目都运用漫画图解形式，使智障人士在比赛时看到了直观通俗易懂的画面，很快进入运动员角色。这些图解漫画项目很快被各社区在开展特奥活动中采用。

用漫画助残，一开始连李明新自己也没想到。有一次，在"阳光之家"，他和老师一起教智障学员投篮，可不管怎么讲动作要领，学员们就是学不会。

此时，李明新突然灵机一动，迅速画了一张投篮动作的图解漫画。让人意想不到的是，学员们一看到漫画，马上就懂了，立即很规范地练起了投篮动作。

受此启发，李明新以后很多时候都用漫画来开展工作，比如一旦"阳光之家"的学员之间闹矛盾要吵架的时候，他就试着在纸上画下"心碎了"或者"气球爆炸"的漫画，告诉学员吵架不好。没想到这种方法屡试不爽，学员们十分乐意接受这样的劝架方式。

如今，李明新还在社区内义务开设了一个漫画培训班，教授社区居民、助残员画简单的漫画。他希望有更多的人学会运用"会说话"的漫画，为残疾人朋友做更多的奉献。

龙潭苑小区有位智障人士小朱，李明新在教授他学习的时候，也经常用漫画的方式指导他，久而久之，小朱的家人发现，他不但能够明白李明新老师的意思，还能够跟正常人进行交流了。特别是2007年，小朱参加区里的特奥比赛，还夺得了乒乓球的铜牌。家人欣喜地说："是李老师再次开发了小朱的智力。"

家住长桥的孙爱梅，是位聋人，六十多岁退休后跟着李明新学习漫画。李明新本身听力就较弱，在这种情况下，一位聋老师带着一位聋学生，这不禁让旁人捏着一把汗，但是先天的障碍没有阻碍两人之间的交流。讲课中，他经常用手比画，或者干脆用漫画来沟通。经过一段时间的学习后，孙爱梅终于拿出了自己的作品，还发表在《松江报》上。

看到自己的努力有了效果，李明新自己也很高兴。他经常说，让人过得好一点，自己也会很开心，如果人人都能献出一点爱，那么这个世界就会更加美好。李明新这样说，也是这样做的。现在的他，生活很充实，用他自己的话说，这一切，都是漫画给予的。

（2010年12月8日）

他们是最可爱的人
——抗美援朝志愿军的故事

□张小小

2010年是朝鲜战争爆发六十周年,也是中国人民志愿军参加抗美援朝战争六十周年。如今,当年那些"最可爱的人"都已是耄耋之年。在这具有历史意义的时刻,让我们搬一把小矮凳,静静地坐在他们身边,听听他们回忆当年在战场上的故事。

与毛岸英一同杀敌的小步兵

1950年深秋,潘耀祖作为第一批奔赴朝鲜战场的志愿军,坐在没有顶棚的军车里从上海出发了。第一天夜半时分,天空飘起了零星小雨,渐渐地雨势越来越大,冰凉的雨水淋在身上,灌进脖子,冻得他们直哆嗦。为了驱寒,有的志愿军战士抽起简易制成的卷烟,用瑟缩的双手护住一点火光,感受那仅有的一丝暖意。一路上,紧张、兴奋、寒冷以及强烈的离乡愁绪和对前路的想象在车厢内弥漫,所有战士一路无言。经历了两天一夜的车程,他们终于到达中朝边境,迎接他们的是冰雪天气和即将面对的战场。

在朝鲜的一年多时间里,潘耀祖时常要在零下摄氏几十度的野外环境中作战,甚至在零下四十摄氏度的极端气温里,他们有时也只能在室外和衣而睡。因为长期暴露在严寒中,他的耳朵、鼻子、右脚脚趾全被冻伤。如今,他的右耳廓有明显的缺失,他说就是在战场上被冻掉的,而剩下的凹凸不平的残缺部分,似乎是比勋章更有力的印记,证实这是一位抗美援朝的老战士。

说起来,潘耀祖有过与毛岸英在同一个战壕中杀敌的经历。一场战斗的间隙,战友告诉他"那个人就是毛主席的儿子"。顺着战友所指的方向,潘耀祖看到毛岸英就在离他右前方不过十几米的地方。那脸颊的轮廓,杀敌时流露出的无所畏惧的表情,以及虽处在艰苦的作战环境中仍然乐观开朗的生活态度,使潘耀祖确信,"他就是主席的儿子"。因为与毛岸英并肩作战,在对敌作战时,大家更加骁勇。在那场战斗中,志愿军轻而易举地取得了胜利。

有一次午间吃饭,潘耀祖正好遇上了刚从食堂出来的毛岸英,一模一样的军帽,一模一样的军大衣,还有同样被冻得发紫的嘴唇和红彤彤的鼻尖,让人感到分外亲切。双目相接的时候,毛岸英笑着主动同他打招呼。潘耀祖说,若不是战友告知,他可能认不出毛岸英来,没有一点点架子,待人很和气。第二次战役开始后,志愿军司令部所在的大榆洞在美军飞机的轮番轰炸下,毛岸英不幸牺牲了。潘耀祖眯起双眼,陷入了沉默之中。

一击即中敌碉堡的神炮手

1947年后,李林随部队三下江南、四保临江、血战四平。1949年10月1日新中国成立,李林随部队动身前往河南,并在当地进行生产任务,可和平的日子没过满一年,他们又接到上级命令,一路北上来到鸭绿江边。

"不怕流血流泪,行军时与战友互帮互助,宿营时与百姓搞好关系;轻伤不下火线,重伤不言苦……"递交上这份决心书,就意味着自己已成为一名志愿军战士。李林在军中担任炮兵,职责就是观察敌情,根据指挥员的命令摧毁敌人的地面目标。一次行军途中,志愿军突然遭遇到敌方猛烈的袭击,行军受阻。经观察,前方有敌军的碉堡。上级部门要求炮兵连队"在最短时间内攻下前方阵地",否则整个军队将蒙受重大损失。

那一刻,所有人的精神高度集中,作为炮手的李林尤甚。"指挥员喊'前方一千二百公尺,方向正前方,目标碉堡!'"李林惟妙惟肖地模仿着指挥官的口音,"我使足全身的劲摇着大炮瞄准器,一边以最快的速度将炮筒调整到适合角度,然后我向装填弹药的战友示意,接着就听见轰的一声,只用了一枚炮弹就把碉堡夷为平地了。"全队爆发出一阵热烈的欢呼,李林也因此获得了"神炮手"的称号。

战场的条件极其艰苦,志愿军经常连打几天仗,顾不上吃饭。有时是"一把炒米一把雪",有时是从一大块压缩饼干里掰下两小块就着水吞咽,算是解决了一天的伙食。常年的饮食不规律使李林患上了胃病。1952年12月,他的胃病已严重到吃什么吐什么的程度,不得不从前线撤回到后方。

为了阻断我军的后援部队和补给线,美军的飞机不时盘旋在中朝边境的铁路线上,只要仍然身处朝鲜,谁也不敢说已经远离了危险。李林告诉笔者:"每次发车,我们就不得不用树枝全面伪装火车,发车的时间也挑选在半夜,直到火车驶回我国境内,大家才真正松一口气。"

见证胜利曙光到来的文书

"雄纠纠,气昂昂,跨过鸭绿江。"一句歌词,为后人在遐想志愿军当年渡江的场景时,描绘出一幅天地男儿气宇轩昂的画卷来。邓发生却笑着打断笔者的想象:"事实上,每次我们都是等到后半夜才开始渡江的,而且弃康庄大道择一座只容单人侧身过的小桥。因为当时敌人已经先发制人了,我们处在被动的局面,可不能这么大踏步地唱着歌上前线。"邓发生是最后一批到朝鲜战场的志愿军。"能屈能伸,方显英雄本色嘛。"邓发生笑着打开了话匣子,一边演示起当时偷偷渡江的情形来。

1952年,邓发生随所在工兵连赶赴朝鲜新义州机场,他们的任务是保障在此起彼落的朝鲜人民军和志愿军的飞机安全。当时,美军在机场埋下了大量炸弹,所以邓发生他们执行的第一项任务就是拆除炸弹。邓发生担任文书一职,具体工作是记录志愿军的伤亡情况。每每有战友在拆除炸弹时被炸身亡,大家都会因不忍目睹那惨烈的现场而退避三舍。但对邓发生来说,就算心里难受得像有千万只蚂蚁在啃噬,他总是第一个箭步冲上前,记下牺牲战友的姓名,并在笔记本上写下:"某同志于某年月日,在执行拆除炸弹任务时光荣牺牲。"邓发生明白,有战争的地方就回避不了死亡,而他的职责就是做好记录工作,保证烈属得到亲人最及时的信息和相关的安置。

相对于其他战士,邓发生的文书工作危险性小了不少,可他也有过一次死里逃生的经历。那日中午,邓发生独自前往机场。由于敌机不久前刚刚巡视过那片区域,他以为短时间内不会有敌情，没有戴防空帽就出发了。不想，半路上遇到先前的敌机折回，看到他就是一阵狂轰滥炸。幸亏近身处有猫耳洞，邓发生在洞中足足躲了十几分钟才逃过此劫。"当时附近只有我一个人，可那架敌机硬是连一个人都不肯放过，实在是凶狠至极！"事后，邓发生在全队大会上对自己的麻痹大意做了检讨，不过也正是因为他这个鲜活的"反面教材"，大家在日后执行任务时再也没有人敢忽略防空帽的作用，全连队也没有人因此而在敌军的空袭中暴露目标。

从1952年冬天到次年的夏天，邓发生在朝鲜总共战斗了半年时间。那段时间里有太多往事令邓发生难受，有时前一秒还和大家有说有笑的至亲战友，后一秒就被炸得血肉模糊了。战争何其残酷，邓发生并不愿回忆太多。他说，讲个惊心动魄的故事吧：一天中午轮到新兵执行任务，面对难以拆除的炸弹，缺乏经验的他们情急之下竟用起了榔头或锤子。他们完全没有意识到，死神正在悄悄降临。正在这时，边上的副营长发现了这一幕，他大叫着让大家趴下，一边飞冲上前，抱起近一人高的炸弹奋力扔向十几米远的水塘。炸弹刚落入水塘，就传来了冲天震响，砰的一声水塘被炸开了花。邓发生说，要不是副营长经验丰富，以那枚炸弹的威力，足以使他们覆没。"劫后余生的我们把副营长抛向空中，一遍又一遍，直到他求饶才放下他。"邓发生津津乐道地回忆着。

终于，所有的炸弹清除完毕了，胜利的曙光也逐渐显现出来。1953年7月27日，前方传来停战消息，大家兴奋不已，有的甚至特地坐车到丹东买来烟花爆竹庆祝胜利。志愿军上街时遇到了朝鲜人民，对方用蹩脚的中文感激"中国萨拉米最好"。邓发生清楚地记得那天的场景，志愿军们与朝鲜人民手拉手在大街上原地打转，到处是载歌载舞的人群。他说，他永远也不会忘了在朝鲜半年多的经历，这是一笔宝贵的财富。

(2010年12月22日)

图书在版编目（CIP）数据

松江故事.百姓故事／吴纪盛主编.—太原：山西人民出版社，2011.12
ISBN 978-7-203-07544-8

Ⅰ.①松… Ⅱ.①吴… Ⅲ.①纪实文学-作品集-中国-当代 Ⅳ.①I25

中国版本图书馆CIP数据核字（2011）第266250号

松江故事.百姓故事

主　　编：	吴纪盛
责任编辑：	吕绘元
装帧设计：	昭惠文化
出 版 者：	山西出版集团·山西人民出版社
地　　址：	太原市建设南路21号
邮　　编：	030012
发行营销：	0351-4922220　4955996　4956039
	0351-4922127（传真）　4956038（邮购）
E-mail：	sxskcb@163.com　发行部
	sxskcb@126.com　总编室
网　　址：	www.sxskcb.com
经 销 者：	山西出版集团·山西人民出版社
承 印 者：	山西出版集团·山西新华印业有限公司
开　　本：	787mm×1092mm　1/16
印　　张：	41.5
字　　数：	696
印　　数：	1－1 500册
版　　次：	2011年12月第1版
印　　次：	2011年12月第1次印刷
书　　号：	ISBN 978-7-203-07544-8
定　　价：	80.00元（全二册）

如有印装质量问题请与本社联系调换

莞城旧闻

RONGCHENGJIUWEN

吴纪盛　何惠明/主编
陈佳欣/编

山西出版集团
山西人民出版社

序

杨 峥

在人们的印象中，上海的历史似乎极短的，"两千年看西安，五百年看北京，一百年看上海"。这座以成功举办世博会而令世人瞩目的国际大都市，好像是缺乏历史文化底蕴的"暴发户"，在近代百余年间突兀而起。其实不然，早在上海成陆之前，先民们就在松江九峰一带繁衍生息；早在上海开埠之前，松江已确立东南望郡地位。松江——上海历史文化的发祥地，唐天宝十年（751）置华亭县，元至元十四年（1277）升华亭府，今年恰逢其建县一千二百六十周年。

素有"上海之根"美誉的松江，得天目山之余脉，而有九峰壁立、山川形胜；借震泽之波涛，而得灌溉之便、农桑之利。早在六千年前，先民们就在这块肥沃的土地上刀耕火种，创造了马家浜、崧泽、良渚、广富林等史前文化的辉煌。那件汤村庙古石犁，是中国迄今出土年代最早的两件石犁之一，印证了松江农耕文化的源起久远。三国时期，东吴大将陆逊因破荆州关羽有功，封华亭侯，华亭之名由此而来。

大凡富庶灵秀之地，必成人口蕃茂之乡、名人辈出之邦。松江自古有"诗窠棋囤字仓场"的说法。西晋时,陆机、陆云兄弟的横空出世,赢得"玉出昆冈"的美名。素称"太康之英"的陆机,不仅文章、诗歌独冠于时,其手书的《平复帖》,作为我国存世最早的名人书法精品,堪称北京故宫博物院的镇馆之宝;而现存松江博物馆的三国皇象章草《急就章》碑,则享有"草始风范"的美誉。承袭陆机、陆云文学遗绪,经袁凯、张弼、施绍莘等发扬光大,由陈子龙和夏允彝、夏完淳父子等领衔的云间派,高举复古旗帜,表现出悲壮激越的文风;厘清赵孟頫、任仁发、曹知白等书画脉络,由董其昌、陈继儒等开创的松江画派、松江书派,影响明清两代,发海派画家之先声。松江自古崇尚经世致用,专业领域人才同样不胜枚举:一代名相徐阶蛰伏十年,智斗奸臣严嵩;明朝徐光启悉心研究数学、天文、农学,堪称中国科学先驱;明末儒学大家朱舜水东渡扶桑,被人们称为"日本的孔夫子"。

海纳百川,有容乃大。松江历史文化源远流长,直至近当代仍不衰。生活在"唐宋元明清,从古看到今"的古城,浸淫于汩汩流淌的文化之源中,松江人怀抱"为天地立心,为生民立命,为往圣继绝学,为万世开太平"的使命,衮衮诸公,皇皇业绩:论教育,马相伯创办复旦大学,彪炳史册;论新闻,史量才盘下《申报》,报界称雄;论出版,赵家璧独辟蹊径,鼎力出版《中国新文学大系》;论小说,韩邦庆集吴语文学之大成,施蛰存开新感觉派先河,功莫大焉;论绘画,雷圭元、胡公寿、程十发自出机杼,堪称大家;论戏曲,俞粟庐、俞振飞父子创造的俞派唱法,对中国昆曲界有着深远的影响;论刺绣,顾绣绝技薪火相传,技压四大名绣;论学术,闻宥、浦江清颇多建树。近代的"公路之父"赵祖康,与詹天佑、茅以升并称为"中国交通工程三杰";而水稻专家陈永康培育的"老来青",至今香气扑鼻。松江传统文化向来注重气节,在民族存亡之际,众多志士虽九死犹未悔。松江第一位共产党员侯绍裘,投身革命早就把生死置之度外,被捕后拒绝敌人的高位引诱,慷慨就义,面色不改,被列为南京雨花台革命烈士纪念馆第一人。

胡锦涛总书记在七一重要讲话中强调:"在前进道路上,我们要继续大力推进社会主义文化大发展大繁荣,坚定不移发展社会主义先进文化……中华民族创造了源远流长、博大精深的中华文化,中华民族也一定能够在弘扬中华传统文化的基础上创造出中华文化新的辉煌。"欲实现中华民族的伟大复兴,必先培育中华民族的文化精神;欲培育中华民族的文化精神,必先传承源远流长的优秀传统文化。

在改革开放的新时代,松江人民以追求卓越、敢为人先的勇气,立足"上海之根、浦江之首、沪上之巅",向着以科学发展观指引的发展方向阔步前进,欲充分利用辉映苍穹的中华文化,建设中华民族共有的精神家园。

温故知新,松江报社、松江区志办联合推出的《茸城旧闻》专版,已陆续刊发三百多个版面,图文并茂地介绍松江的历史文化名人,是一件非常有意义的事。作者挖掘先辈的前尘往事,捕捉闪烁光芒的瞬间,提纲挈领,用数千言描绘人物梗概,力求传神;文章见微知著,尝鼎一脔,引发读者欲探赜索隐的兴趣,进而阅读典籍,更可收按图索骥之效。如今,山西人民出版社又搜集了其中七十九篇文章,集成三十万言的书籍,且配上众多的精美插图,使图片与文字互为补充,引领读者欣赏一个个动人的故事,以获得视觉的美感和精神的愉悦。

　　我始终认为，传统文化无疑是一个蕴涵着情感力量与神圣感召力的词语。文化建设也是一个潜移默化和不断濡化的过程，对先贤邦彦的言行举止、丰赡业绩，需要我们沉下心来，用心阅读、咀嚼和回味，鉴古观今，探史悟道。尤其在经济发展快速推进、社会深刻转型的当下，摒弃喧嚣与浮躁，我们在历史唯物观下追根溯源，在充满温情与敬意之中回归历史，这对大力推动传统文化的再造，对大力推进中国特色社会主义文化建设大有裨益。

　　正是基于上述理由，我认为出版这本书的意义非同寻常。由于《茸城旧闻》具有极强的地方性，作者又把枯燥的史料化作流畅简洁的文字和趣味盎然的故事，无疑属上乘的乡土教材，潜心阅读，令人更热爱家乡，进而牢固树立爱国之心、报国之志；唯其有很强的地方属性，因而更具有全国性乃至世界性，无疑增强了传统文化的内涵与张力。董其昌有句名言至今口口相传："读万卷书，行万里路。"让我们行走在丰饶的历史文化田野，去俯拾生活的麦穗吧！

（作者为中共松江区委常委、区委宣传部部长）

目 录 contents

陆逊之死 ………………………………… 001
冰心玉壶话沈霁 ………………………… 006
徐阶的十年隐忍蛰伏 …………………… 011
海瑞与松江府 …………………………… 017
"四铁御史"冯恩 ………………………… 022
目如雷电,口似决涛 …………………… 027
智圆行方郁山 …………………………… 032
智勇双全周思兼 ………………………… 037
少林僧兵勇战倭寇 ……………………… 042
同谋还是替罪羊 ………………………… 047
誓留忠节传千秋 ………………………… 052
诗文沉雄凌云间,铮铮铁骨立峰泖 …… 057
砥砺名节,焜耀百代 …………………… 062
英雄生死路,却似壮游时 ……………… 066
豆浆香里忆英烈 ………………………… 070
治理黄浦第一人 ………………………… 074
妙招治税周忱 …………………………… 078
林则徐与松江 …………………………… 084

兵痞？英雄？还是大冒险家 …………………… 089
廖宇春与南北议和 ……………………………… 094
革命火种在茸城点燃 …………………………… 099
革命姐妹大姜小姜 ……………………………… 104
陪同颜惠庆亲历国共和谈 ……………………… 109
太康之英陆机 …………………………………… 114
清逸洒脱陆云 …………………………………… 119
华亭才女管道升 ………………………………… 124
横吹铁笛醉卧舟 ………………………………… 129

陶宗仪结庐在泗泾 ……………………………… 134
奇联妙对显高才 ………………………………… 139
陈继儒逸事 ……………………………………… 145
狂书醉墨张弼 …………………………………… 150
居官讲名节，修志重史笔 ……………………… 156
董其昌逸闻 ……………………………………… 161
"日本的孔夫子"朱舜水 ………………………… 166
宋徵舆与柳如是的不解情缘 …………………… 172
柳敬亭师从云间莫后光 ………………………… 177
云间二董逸事 …………………………………… 182
张照逸事 ………………………………………… 187
"倪三怪"逸事 …………………………………… 192
"落拓才子"郭友松 ……………………………… 197
钟秀九峰人文高地 ……………………………… 202
吴语文学开山人 ………………………………… 207
南社高氏与松江之缘 …………………………… 212
百年南社与松江 ………………………………… 217
南社前辈杨了公 ………………………………… 222

云间才子姚鹓雏 …………………………… 227
"雨巷诗人"与"丁香姑娘" …………………… 231
精深学问中的简淡趣味 ……………………… 237
江清人近月 …………………………………… 242
艰难玉汝成 …………………………………… 248
"江南曲圣"俞粟庐 …………………………… 253
傅聪的启蒙老师雷垣 ………………………… 258
张大千逸事 …………………………………… 264
"虎痴"张善孖逸事 …………………………… 269
不该被画史遗忘的名字 ……………………… 275
张琢成的名士风流 …………………………… 280
冯超然逸事 …………………………………… 285
翩若惊鸿,飘如游云 ………………………… 290
三江明月云间鹤 ……………………………… 295
报界怪才陈冷血 ……………………………… 300
《申报》总经理马荫良 ……………………… 306
报业巨子史量才之死 ………………………… 311
书与人品共长 ………………………………… 316
一代印家费龙丁 ……………………………… 321
他见证了"赛先生"登陆上海 ………………… 327
复旦创始人马相伯 …………………………… 332
松江二中老校长江学珠 ……………………… 338
体操教育发轫于云间 ………………………… 344
篮坛好手于伯敏 ……………………………… 349
英语教学先师平海澜 ………………………… 353
阿庆嫂的"父亲" ……………………………… 357
松江农民书"响档"石耀亮 …………………… 362

棉纺织家黄道婆 …………………………… 367
百年药店余天成堂传人 …………………… 372
云间名医柯德琼 …………………………… 378
"老来青之父"陈永康 ……………………… 383
"公路泰斗"赵祖康 ………………………… 389
古塔换新颜,巧匠立奇功 ………………… 395
不凡才智谋发展的费骅 …………………… 400

陆逊之死

东吴大将陆逊一生战功赫赫,西拒蜀汉,北抗曹魏,其中火烧七百里连营,杀得刘备丢盔弃甲的夷陵战役更是三国时代的经典战役。纵横捭阖、深谋远虑的军事才华堪与周瑜、鲁肃相媲美。但这样一位智勇双全、忠心事主的风雅儒将在当上吴国丞相的第二年就含恨而终,令人扼腕叹息。忧国亡身,可怜忠厚。是良禽未择木而栖?是难逃功高盖主的命运?陆逊之死,究竟有着怎样的历史隐秘?

太子立位事件为导火索

陆逊(183~245),本名议,字伯言,三国吴郡人。陆逊出身于江南士族,为孙策之婿,善谋略,嗜弈。建安九年(204),为孙权幕僚。旋出任海昌屯田都尉,兼领县事。因开仓赈饥、督劝农桑、平定动乱有功,拜定威校尉。后又征讨丹阳一带山越部属,得精兵数万。

建安二十四年(219),孙权欲取荆州,派吕蒙屯兵陆口。陆逊见吕蒙,定袭取荆州之计。由吕蒙推荐,任其为偏将军、右都督,代吕蒙驻陆口。时荆州蜀大将关羽,正与曹操战于樊城,获胜。陆逊乃写信给关羽致贺,言辞卑下,使关羽失去警惕,将荆州守军大半调离北上。吕蒙得以乘虚袭取荆州。陆逊因功授抚边将军,领宜都太守,

陆逊画像

封华亭侯。次年,他又平定房陵、南乡、秭归等地,升为右护军、镇西将军,进封娄侯。

黄武元年(222),刘备率众数十万出峡东下,攻吴西界。孙权命陆逊为大都督,领兵五万迎战。陆逊且战且退,诱敌深入,撤出沿江一片狭长地带。至夷陵,坚守不战,以逸待劳。两军相持七八个月之久,蜀军求战不得,日渐疲惫,陆逊抓住时机,用火攻,大破蜀军。这是我国军事史上一次以少胜多的著名战役。陆逊后加拜辅国将军,领荆州牧,改封江陵侯。

黄龙元年(229),孙权称帝,立长子孙登为皇太子,而孙登的生母身份低贱,连其姓氏都未见于史册。当时孙权的宠妃王夫人,所生二子,分别是孙和、孙霸,而连太子孙登也常有让位于孙和之意。赤乌四年(241),孙登早逝。如此一来,立孙和为太子似乎已无可厚非。

岂料,孙权对孙霸更加偏爱,封其为鲁王。对孙霸的待遇,与太子相比并无不同。孙和、孙霸因此互不服气,而周围的大臣也分为"挺和"和"拥霸"两派,斗得不可开交。比较正派的大臣如陆逊、顾谭、朱据等人坚决拥护孙和为太子。而公主孙鲁班、全综等人则见孙霸得势,纷纷投靠他,企图日后捞取政治好处。

两派斗争愈演愈烈,最后孙权忍无可忍,盛怒之下,废太子孙和,赐鲁王孙霸死,另立所爱潘夫人幼子孙亮为太子。

在这场斗争中,陆逊始终支持太子孙和。他曾一再上疏规谏,他说:"太子正统,应有磐石之固,而鲁王为藩臣,他们在尊卑俸秩上当高下有差,这样才能使他们彼此得所,也使上下安定。"他还要求从荆州回到建业,当面申述自己的意见。

陆逊受儒家思想影响很深,他认为嫡长子继承制名正言顺,于孙家也好,于社稷民生、国家安定也好,都是最好的选择。

当时,太子太傅吾粲、太常顾谭也多次上疏辨嫡庶之义,反对废嫡立庶。但是,他们的忧虑并没有得到孙权的理解,反而引火上身。

让孙权担心的是,这些大权在握的大臣要是和太子里应外合,那还得了!于是,他拒绝了陆逊还都的请求，又以"亲附太子"的罪名处陆逊外甥顾谭、顾承、姚信等流徙。太傅吾粲因几次与陆逊通信，竟被下狱处死。而且，孙权还接连派遣内廷使者，谴责陆逊，质问他意欲何为。

赤乌八年（245）二月，一代忠臣陆逊因愤恨抑郁而逝。

飞鸟尽，良弓藏；狡兔死，走狗烹

然而，这个事件是孙权对陆逊怀恨在心的唯一原因吗？事实上，东吴君主的隐忧，早已有之。

一方面，陆逊的政治地位不断上升。黄武七年（228），陆逊被授予假黄钺、大都督，作为元帅指挥九万大军迎击魏大司马、扬州都督曹休，斩获万余人，牛马骡驴车乘万余辆和无数军资器械。黄龙元年（229），陆逊官拜上大将军、右都护。孙权东巡建业，征陆逊赴武昌辅太子，并任荆州牧及掌豫章、庐陵、鄱阳三郡事。嘉禾六年（237），陆逊平定鄱阳、豫章、庐陵三郡判乱。赤乌七年（244），陆逊继顾雍之后任丞相。

陆逊是不多见的出将入相的人才。任命诏书中，孙权如是说道："惟君天资聪睿，明德显融，统任上将，匡国弭难。夫有超世之功者，必应光大之宠；怀文武之才者，必荷社稷之重。"

如此看来，孙权对陆逊的赞赏并不像是虚情假意，那么他到底对陆逊信不信任呢？

其实，孙权对陆逊的倚重有目共睹。他们君臣之间存在着一种治国方略上的互补。与孙权主张"严刑峻法"不同的是，陆逊一直坚持"国以民为本"的儒家思想，主张"轻徭薄赋，宽刑施德"。他还反对穷兵黩武，极力劝阻派兵征伐夷州、朱崖和北讨公孙渊等军事行动，提出"育养士民，宽其租赋"的建议。据记载，孙权经常问计于陆逊，还曾令抄写法律条文送陆逊征求意见。

但眼看着陆逊在荆州镇守多年，

遭孙权猜疑，陆逊最后抑郁而死

权柄渐重，声望日隆，朝中上至太子，下到群臣，都与他交好，就连魏、蜀两国对他也颇为忌惮，此时的孙权感到了一丝威胁……对手下爱将的赞赏也渐渐转变为忌妒，甚至怨恨。

勾践诛文种，吕后斩韩信。历史上少有深信不疑的君主，但多有功高震主的怪圈。

从孙权性格来看，他早年任人唯贤，不失为一代明君。但步入暮年，性格中的多疑日渐暴露。他设立中书校事监察各级官吏，而校事吕壹等恃宠弄权，离间君臣，手段又十分残忍。当时，孙权很容易听信片面之词，文武官员稍有差错，就有可能惹来杀身之祸，而且守边将士的家属也被迫留在都城作人质。朝中大臣人人自危，敢怒而不敢言。

而且，当时吴国的形势也有变化。在孙权统治后期，三国疆域大致已确定，凭借吴国国力，外攻虽然不足，自守尚且有余。这时的陆逊，已不是当年那个为主公打江山的陆逊了，他开始成为孙权的一块心病。而且，孙权也会时不时为身后做打算，他担心的是，自己未来的继承者能不能驾驭得了陆逊。

不过，陆逊的名望和功绩实在太大，孙权也无法直接对他下手，因此就趁着太子之争，除去了这块心病。

盘根错节的江东士族成威胁

陆逊之所以遭到忌恨，还有一个因素也不可忽略，那就是陆逊所代表的江东士族也是家大业大，势力不容小觑，对孙权来说，这也构成了一种威胁。

其实，自孙吴立国以来，孙吴政权与江东吴地的世家大族的关系就很复杂。

从孙策时期彼此试探并渐渐靠拢，到孙权时期的全面合作，再到孙权统治后期，对本土大姓的一系列的打击，两者在抗衡中有合作，关系处于一种动态平衡中。

江东大族是吴地土著门第，他们中有许多人在吴国政坛身居要职。而且这些大家族人口众多，控制着大量的土地，家族与家族之间有着千丝万缕的联系。

《世说新语》中所说："三国之间，四姓盛焉。"说的就是顾、陆、朱、张这四个大姓。陆逊就出身于其中的陆姓。其从祖陆康，庐江太守；陆康之子陆绩，郁林太守；陆绩从子陆瑁，选曹尚书；陆逊族子陆凯，建武校尉；陆凯弟陆胤，交州刺史；陆绩外甥顾邵，则为丞相顾雍之子，任豫章太守；顾邵子顾谭，陆逊外甥，任左节度，加奉车都尉；顾谭弟顾承，奋威将军；陆逊外甥姚信，则是太常。可见陆逊家族姻亲甚为显赫，也让孙权讳莫如深。

在讲究门第出身的魏晋时代，江东士族起初其实并未把庶族出身的孙权放在眼里。但孙权审时度势的谋略，以及知人善用的用人方法还是为他赢得了江东士族的信任。在吴地大姓的帮助下，孙权迅速坐稳了江东，江东基业也不断稳定、发展、壮大。在夷陵之战后，他又和诸葛亮达成"二帝并尊"来瓜分天下，最终实现了从霸业转变为帝业的辉煌成就。

孙权画像

就在这时，孙权却丧失了对这些土著大姓的信任。在他看来，他们大姓都是地方上的豪强，如果他们的势力过于膨胀，那是不利于他的专制统治的。因此，逼死江东大族中的领军人物陆逊，实际上也就达到了打击江东大族的目的。而孙权在逼死陆逊之前，还翦除了他的亲党，来削弱江东势力。之后，孙权虽然立了幼子孙亮为太子，挑选的首辅却是资望较浅、社会关系比较单薄的侨居大族诸葛恪，也可以从一个侧面说明，孙权并不愿从陆、顾等枝叶繁茂的江东大族中选择辅政者。

冰心玉壶话沈霁

明朝名臣沈霁（1461~1545），字子公，自号东海老人，时人称东老，是当时众多华亭进士中颇有意思的一个。他少年时不拘小节，却被未来丈人一眼相中；进士及第，刚走马上任就一改落拓，正色敛容，坚持和奸臣针锋相对；四海为官时，看他平时大大咧咧，和百姓称兄道弟也不足奇，偏偏对偷鸡下菜的亲侄当头棒喝，绝无半点姑息……民间流传着这么首歌谣："沈青天不爱钱，日饮清溪水，夜来不著眠。"

老丈人慧眼选贤婿

沈霁出生于华亭城普照寺旁的一户人家。据说，沈霁出生前，他的母亲钟氏梦见孔子来到家中堂上威颜端坐，醒来便诞下一男孩。那一天原本还是团雾蔽天、黑云压城的天气，男孩呱呱坠地的一刹那却忽然天霁云散。邻人大惊，纷纷聚到沈家看个究竟。沈父这时灵机一动，当即为这个孩子取名为"霁"。

沈霁幼年就显露出了聪颖的天资，读书过目不忘，常常语出惊人。少年时就已在华亭文人墨客的风云际会中展现了"伟器"之才，诗词、歌赋、书画、兵法都较精通，常和同邑才子钱福、顾清一同办诗会，行酒令。饱学之士钱溥当时称赞他是"栋梁之才"。只不过，沈霁行事不拘小节，暮春时节，衣襟微敞，临风醉步，一路上咏歌而归，路人见状颇多微词。

然而，布政使夏寅对这个年轻人的才华十分赏识，还将女儿许配给他。沈霁二十一岁时拜按察副使曹时中为师，学作诗赋，一日忽然思量道：因袭前人属文千篇而没有自己的主张，也完全无益于身心修养和家国大计。于是他转投胡敬斋、章枫山门下，专门研习理学。

据说，老丈人夏寅对女婿赏识有加，有再造之恩。传说沈霁虽然当时立志苦读，却还是摆脱不了少年心气。在丈人的楼上读书，却总免不了偷懒赖床。于是每天五更时分，夏寅便在楼下用手杖敲击楼板，催促沈霁珍惜光阴寸金，赶快早起晨读。如此这般督学了五年，沈霁学业大进。成名后，他和老丈人择普照寺而居，在寺院左右各建一座牌坊，以此纪念这段晨读的时光。

入仕途铮言斥奸臣

正德六年（1511），沈霁举进士及第，授官行人。初入官场的他在为人处事上已很成熟了，知道什么该舍，什么必得。那时，江南已连续两年发大水，沈霁连夜赶出了《水利六条》上呈，然后下达给有关部门施行，这一治水策略及时得当，解了受灾百姓的燃眉之急。

虽然青年时留下了放浪形骸的名声，但并不妨碍他日后成为一个刚正不阿的官员。就是因为他直言上疏指摘朝廷里的奸佞之徒有功，被擢升为南京御史。正德十三年（1518），沈霁又奉命按察江北。江北正遭洪灾侵袭，民间频发饥荒，沈霁即刻上疏请求发放粮食赈济灾民，由此幸免于难的灾民达数十万人。

当时朝廷里宁王势力强大，正伺机密谋篡位。沈霁察觉此事，不顾个人安危，上疏论奏，言辞恳切，请求天子用大义决断之，以此安定江山社稷，但是明武宗并没有采纳他的大胆建议。

据史载，沈霁任御史期间，前后有百余次上疏论奏时政，内容涵盖了边防任将、亲贤远佞、救灾安民、兴利除弊、扬善惩恶、广言路、疏内宦、整纲纪等，时论对此大为称赏。

沈青天怒斥偷鸡侄

沈霁在福建海道副使任上,肃清海道,一举擒获了常年作乱扰民的海盗黄福、郭四等十余人,一时间航运畅通无阻,船民都对沈霁大为感激。沈霁也乐于和当地百姓把酒相邀,常到百姓家里闲话家常,有说有笑,丝毫没有架子。

有一天,沈霁的亲侄到福建来探亲,见叔父和乡邻亲密无间,心想:这下可好了,反正有亲戚撑腰,我可以想干什么就干什么了。抱着这个念头,侄儿壮起胆子,一个月中接连偷了乡民两只鸡烹煮下菜,还呼朋引伴,甚至还得意忘形地邀请叔父也来尝尝。

沈霁一开始就觉得很不对劲,盘问下来,真相大白。侄子还在乐悠悠地啃着肥美的鸡腿,沈霁却当场震怒,拍案而起:"闽南一带民俗淳朴,出自慨然天性才不忌宰杀,他们的说法是,一日不用刀砧,唇齿间便索然无味。我辈为三吴士流,遵循礼仪为上,如不祭祀先人就没有设宴招待宾客的道理。你现在偷鸡摸狗,躲在别人房间避人耳目,还没事似的亲手斩鸡烹食,与闲散朋辈饮酒作乐,大快朵颐,恐怕你平日立身处事也必定不辨轻重。我为叔父,难辞其咎!"说罢,他毫不迟疑,即刻遣送侄子回乡。

赴新任半途弃锡壶

沈霁调离福建时,连一把锡壶也不愿带走

沈霁在福建有沈青天的美名,却还是不幸碰上了小人从中作梗。之前,福建巡按御史曾下公文给海道司,命令海上来往的番邦贸易船只,每船抽税银百两。沈霁得知后,直言不讳道:"这不是活生生从海上抢钱又是什么?我海道司的风纪又何在呢?"

此言一出,巡按御史就对

沈霁怀恨在心，坚持以"性格、资质偏执"，"修身有余而才干不足"为由弹劾他。沈霁因此无法受到朝廷重用，而被派遣到贵州任兵备副使。福建的同僚对他的遭遇都很同情，出主意说："贵州路途遥远，以你的情况，完全可以辞不就任。"

沈霁大笑答道："何须大费周折！大丈夫处世，当以道济

沈霁曾任贵州兵备副使，图为贵州雷公山一景

世，不可因为地有险恶平易，时有顺利违逆，而使胸中怀有块垒。我只想求得一处能让自己修省身心以报效国家的地方就足够了。"

沈霁有一个习惯，调离某地时，一定会关照家仆，千万不可带走当地的一杯一盏。仆人起初并不在意，哪个官员调职时不会留下几件当地的风物特产做个纪念。沈霁却偏要亲自检查行李，把不属于自己的器物一一清理出来，仆人在一旁看傻了眼。

这回，他奉命调往贵州，临行前家人和仆人照例为他收拾行李。沈霁平日嗜酒，当时有一把自己非常中意的福建锡壶，是当地同僚赠送给他的礼物。沈妻打点行装时，摩挲着锡壶，实在不忍舍弃，就连同被褥衣物一起装进了箱中。

临行前一晚，沈霁独自坐在书房里。终于要离开为官多年的福建了，心里难免有许多不舍。此时，家仆来报："老爷，行装全部打点好了。"沈霁心中不快，当夜无话。

次日凌晨，沈霁一行离开官衙，踏上赶赴贵州的官道。沿途，福建百姓夹道相送，泪眼婆娑。沈家人行至半道休息时，沈霁突然想到什么似的，提出再次检查行李。当他翻开箱子，那把锡壶赫然入目。他提壶在手，目光在身边人脸上一一扫过。这时，他瞥见妻子悄悄低下了头，一切都明白了。他没有说话，低头沉吟片刻。仆人立刻上前劝他："老爷，一把锡壶能值多少钱，再说都已经带上了，就算了吧。"

沈霁诚恳对答："在自家人面前，我根本犯不着矫情，但做官在外实在无法给老百姓留下什么，那就更不该带走当地一物了啊。"他把锡壶捧在掌上把玩了一会儿，然

后躬身放在道边，继续上路。

求完美晚年焚其书

沈霁在贵州同样有突出的政绩。巡抚袁宗儒曾特别向朝廷推荐他，朝廷也有意召他出任京职。沈霁见当朝宰相弄权逞威，便以老病请求归隐，也得到了皇帝对他"平生清慎"、"恬退不争"的评价。

沈霁平生没有私蓄，多年为官都保持着不受人一物馈赠的习惯。此时归乡，行李萧然，囊中只有几卷书本而已。

沈霁居家长达十七年，屏绝人事，每天诵读书卷，潜心推究义理，并且亲身实践。他平日布衣素食，与昔日还是诸生求学时一样装扮，不修边幅之状不改当年，而他名下的田产也不过只能满足衣食而已。

有人问他："先生你曾经高居贵官显爵，为何生活还要这么节俭？"沈霁笑答："此言差矣，要我说，恶衣恶食有什么用场呢，无非让自己不能专心向学，而且又会把子女引入歧途罢了。"

他还有个经年保持的习惯，每晚就寝时，必定思量白天所行之事，如自己所为合情合理，则安然入眠；如稍有不合者，就睡卧都不能安稳了，一到天明，就立即采取行动改正错误。如果事情已经大势已去，再努力也于事无补的话，就将此过错大笔书在墙壁上，提醒自己不能再犯同样的错误。

沈霁平生著作甚多，传世者却寥寥，他不愿意高调示人也是有原因的。有一回，沈霁翻检旧日所著之书，竟全部付之一炬，仅存《语录》四卷。他一面翻阅书卷，一面喃喃自语说："我衡量自己的精力，远没有到衰退的地步，好歹也希望自己多少有点长进，这种水平我自己这关也过不了，就不难为别人费神阅读了。"

徐阶的十年隐忍蛰伏

徐阶，字子升，号少湖，又号存斋，明松江府华亭县人。据说他刚满周岁时，坠入枯井中，救出后三天才苏醒过来。五岁时跟随父亲前往括苍，从高峻山岭坠落下来，衣裳挂到树梢而没死，几度险象环生，有惊无险，人们都大感诧异。嘉靖二年（1523），他以探花及第，授翰林院编修，开始了他的官宦生涯。

《明史》说他容貌俊秀，身材瘦小，举止优雅，性情尤为聪颖机敏，颇有权术谋略，却深藏不露。他奉行"知行合一"的阳明之学，与王守仁的门生交游，对"政道"很有见解，在士大夫中享有盛誉。进入内阁以后，徐阶忍辱含垢十年，久安于位，智斗奸臣严嵩，终于一跃登上首辅之位。

徐阶画像

"青词圣手"隐忍不发

嘉靖修玄崇道，每当举行道教斋醮时，势必要奏章祝文，这种用红色颜料写在青藤纸上的就是青词，这种文体因为皇帝的喜好而"一纸风行"。当时善写青词者通常仕

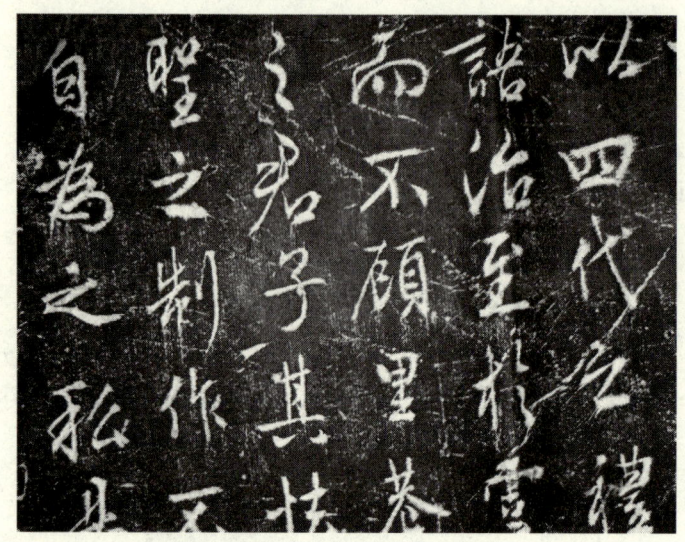

徐阶撰、写、刻俱佳,文人学士一向称之为"神品",呼为"三绝",当地人称其为"三绝碑"

途更为畅达,据《明史·宰辅年表》统计显示,嘉靖十七年(1538)后,内阁十四个辅臣中,有九人是通过撰写青词起家的——青纸朱字,华章骈句,徐阶这位嘉靖二年(1523)的探花,就是这样一位深合圣意的"青词圣手"。加之他勤于政务,嘉靖对他青睐有加,直接召至无逸殿,与大学士张治、李本一起受赐飞鱼服和宫廷饮食,优礼不断。

眼见徐阶逐渐得势,且在蒙古俺答进犯京都等局势下向嘉靖献计献策,并一举化解危机。此时,有个人又恨又嫉,他就是内阁首辅严嵩。

严嵩倚仗天子的宠幸而肆意弄权,猜忌加害同列。他仇视前任首辅夏言,曾将他置于死地,而夏言任首辅时恰恰推荐过徐阶。严嵩生怕徐阶是夏言的同党,一心思量要陷害他,他也的确抓到了徐阶的把柄。

嘉靖孝烈皇后去世,嘉靖打破成规,欲令皇后先入太庙供奉。礼部尚书徐阶抗言女后没有先入太庙之先例,不同意嘉靖的主张。这使嘉靖勃然大怒,徐阶惶恐谢罪,尽改前说。嘉靖又让徐阶前往邯郸,主持吕仙祠的落成仪式,徐阶不敢公开反对,于是借故不去,这也引起嘉靖不满。一次,嘉靖单独召见严嵩,遍论大臣贤否优劣,谈及徐阶,严嵩缓缓说道:"徐阶缺的不是才干,他有的是才,仅多二心罢了。"

起初,徐阶处于绝对的劣势,他也深知自己还没有和严嵩抗衡的实力,于是小心谨慎地逢迎。与此同时,他更加精心撰写青词,迎合皇帝心意,天子周围的人也常常为他斡旋,皇帝的怒怨也就渐渐平息下来。不久,加封他为少保,随即晋升兼任文渊阁大学士,参与机要事务。

连坐预谋早已被识破

徐阶始终隐忍不发，直到仇鸾事发，人们才发现，徐阶并非迫于严嵩的压逼而主张全失，相反，他的谋略在不动声色的一招一式中显露无遗。

咸宁侯仇鸾当时因边事获罪，严嵩认为加害徐阶的大好机会到来了，他知道徐、仇二人曾共执政事，这次仇鸾罪状败露，就可以趁机把徐阶也一并牵连进去治罪。可是严嵩万万没有料到，他的如意算盘早就被徐阶识破，密疏告发仇鸾误国之罪的正是徐阶自己！徐阶先下手为强，抢先告状，使得自己摆脱了干系。严嵩得知大为愕然，半夜扶床而走，口中咄咄恨道："我比徐阶年长二十余，智略却不及他啊……"

仇鸾一事后，嘉靖更加重视徐阶，屡次同他谋划边疆事务。当时商议减去仇鸾所增加的卫兵，徐阶说："不能减。京营积弱的原因，终不在疲乏而在于闲散，应当做精选淘汰，提取他们的粮饷作为奖赏的花费。"又奏请罢免提督侍郎孙桧。嘉靖认为徐阶的意见很有道理，一一采纳。

然而嘉靖对臣子的信任也绝非"予取予求"，他虽看重徐阶，但远未到全心全意、视同心腹的程度。一次，嘉靖将五色灵芝分给严嵩等人，让他们按药方炼就仙丹，供自己服食。然而嘉靖并没有把灵芝分给徐阶，并且对徐阶说："卿政本所关，不相溷也。"意思说，你管好政务即可，不用参与炼丹之事。徐阶为人机敏，他如何不知嘉靖对修道的执迷，炼仙丹绝对关乎他对臣子的信任和取用，于是他立刻惶恐奏道："人臣之义，孰有过于保天子万年者？（炼仙丹）且非政本而何？"这一番话言辞诚恳，令嘉靖点头称道，马上将五色灵芝分给他。

徐阶深谙圣上喜好，这种洞察力令他正确地做出取舍，一旦出现不祥征兆，他就会想方设法地扭转不利局势。嘉靖也越发器重于他，他的地位已逐渐逼近曾经不可一世的严嵩。

外廷弹劾巩固均势

严嵩当道时，媚上专下，党羽众多，而他的儿子严世蕃依仗父势，贪婪骄横，荒淫奢靡，人们怨怒不绝，外廷掀起弹劾严嵩风潮，内阁与言路产生了激烈的对抗。徐

阶处于夹缝中，难以展布，又不愿庸碌无为，便从中周旋救护弹劾严嵩之诸公。

先有杨继盛议论严嵩，用两位皇子的事为证，被打入锦衣卫的牢狱。徐阶危言劝阻严嵩："皇上只有两个儿子，必定不忍心以此责备您，开罪于皇子，以回答您的质询，问罪的只是左右朝臣。您何必公开同宫邸结仇怨呢？"严嵩闻言惊恐，才算了结。但见徐阶公开偏袒杨继盛，严嵩还是怨气难咽。后有赵锦、王宗茂等人前仆后继，弹劾严嵩。嘉靖也被激怒了，他和严嵩朝夕相处数十年，甚至已经超越了君臣的关系，加上嘉靖性格孤僻，外廷的任何规谏和弹劾，都可能成为他臆想中逆己敌对的势力，变得暴虐无常。于是嘉靖下令严惩谏言者。徐阶几次三番建议从轻发落。到给事中吴时来、主事董传策等人弹劾严嵩失败被投进监牢时，严嵩便上书议论此争，公开指称徐阶就是主使。

形势对徐阶很不利，董传策是徐阶的松江同乡；而吴时来又是徐阶的门人……但是，嘉靖并没有理会。这对严嵩而言是一个危险的信号，它意味着徐阶在皇帝心目中地位的提高，也意味着当徐阶和严嵩发生矛盾时，皇帝的庇护将不再只属于某一个人。

的确，这些接二连三的告状也使嘉靖对严氏父子的行为生出了反感之意……

一场突如其来的火灾

徐阶只得再次选择隐忍，伺机而动。正当他苦苦等待之时，一个偶发事件彻底改变了双方的力量对比。

嘉靖四十年（1561）十一月，嘉靖居住的西苑永寿宫发生火灾，嘉靖于是移居玉熙殿，然而大殿阴冷潮湿，终不宜久居。他想何不趁此机会将宫殿修葺一新？于是找来严嵩问计。

严嵩一时轻率，竟奏请嘉靖移南宫暂住。而这南宫就是当年明英宗朱祁镇逊位幽锢的地方，是帝王讳莫如深的不祥之地。

嘉靖一听这个方案，怒不可遏，就转而询问徐阶。徐阶对嘉靖的意图早已心领神会，奏请道"念此乃上寝宫势不容已，

徐阶入阁，隐忍十年，扳倒严嵩

而民力方绌，又不容有所征派……"他就此提议用兴修三殿的多余材料重建寝宫，责成尚书雷礼营建，可在几个月内建成，也不会加派天下一钱。这个稳妥的方案终于让嘉靖露出了满意的微笑，连连夸奖徐阶考虑周全。于是嘉靖下令立即照徐阶建议建造宫殿，还任命徐阶的儿子兼工部主事都察，全权负责营建事宜。

十旬过后，宫殿建成，嘉靖迫不及待移居新宫，并命名万寿宫，而他对徐阶的信赖也更进了一步。反观严嵩，彼时已是耄耋之龄，老衰迟滞在所难免，片言稍逆不至于顿失权宠，但类似的失误越来越多，终使嘉靖的天平倾向了徐阶。

朝中的墙头草们也纷纷改换门庭，严党的实力大幅削弱。自担任首辅以来，严嵩头一回感到自己的地位岌岌可危。他甚至还摆酒设宴，隆重地宴请徐阶。席间，严嵩让子孙家人跪拜徐阶，自己则举杯说道："嵩旦夕且死矣，此曹惟公乳哺之。"昔日盛气凌人，现在却恭谨地乞怜，时务所趋，严嵩也徒叹奈何。

在长达十余年的忍耐之后，徐阶终于第一次占据了上风。他表面上客客气气地表示不敢，但是望着严嵩衰老迟缓的背影，他还是长长地舒了一口气。

扶乩乱志，驰疏抢攻

其时，徐阶已晋升少师，嘉靖的倚重与日俱增，还不乏外廷拥戴，但是他为政稳健，行事讲求周密严谨。数十年的宦海经历告诉他，如果没有必胜的把握，绝对不能轻举妄动。严嵩虽失宠，却未完全失势，嘉靖一念之差就会导致局势瞬息万变，非得瓜熟蒂落、水到渠成不可。

这个突破口即是嘉靖所信奉的道教仙术。

这时，道士蓝道行以善于扶乩闻名士大夫间，他常进入西苑，为嘉靖预决吉凶祸福，深得嘉靖信眷。这个蓝道行和徐阶一样，也是王守仁心学忠实的门人，心学所宣扬匡扶正道的精神在他们心中产生了共鸣，于是乎为一己私利而尸位素餐、杀害无辜的严嵩成为了他们共同的敌人。

一天，嘉靖又让蓝道行扶乩。嘉靖问："今天下何以不治？"蓝道行装成乩仙回答说："贤不竟用，不肖不退耳。"嘉靖又问："谁为贤、不肖？"蓝道行回答说："贤者辅臣（徐）阶、尚书（杨）博；不肖者严嵩父子。"嘉靖又问："我也知道严嵩父子贪，上帝何不震而殛之？"蓝道行机敏地回答说："上帝殛之，则益用之者咎，故弗殛也,而以属汝。"这番话使原本已对严嵩心生厌倦的嘉靖深深不安。

蓝道行暗中告知了徐阶此事,事不宜迟,徐阶连夜遣人邀御史邹应龙趁热打铁,上疏弹劾严嵩。邹应龙很快写成《贪横阴臣欺君蠹国疏》,弹劾严嵩纵容其子严世蕃"贪污误国"诸罪。嘉靖读着邹应龙的奏疏,思考着蓝道行扶乩之语,终于下令逮捕严世蕃,发配雷州充军,又勒令严嵩退休。

一朝成首辅,广开言路

嘉靖四十一年(1562),徐阶终于取代严嵩,成为内阁首辅。他在直庐朝房的墙上写下了三句话:"将威福之柄还给主上,将政务之权还诸有司,将罢免奖惩之责还给天下公论。"

公卿大夫一反严嵩当国时万马齐喑的局面,纷纷上言议论国事。袁炜几次直言,徐阶奏请召他共同议政说道:"行事与众人共同议办为公,办事公道是成就一切事业的根本;专行为私,私则滋生百弊。"嘉靖虽曾忌讳言路大开,挑战内廷权威,但也逐渐接受了徐阶的观点。

徐阶看到前任首辅张孚敬、严嵩引导天子推行酷政重法,猜忌臣下,深知其害,于是力反其道,以宽大之心开导天子。当时嘉靖认为御史、谏官抨击严嵩党羽的做法太过分了,心中愤恨,就想对他们大加贬谪,徐阶便从中斡旋调剂,让嘉靖从轻发落。

嘉靖会见徐阶时询问他知人的难处。徐阶回答说:"大奸似忠,大诈似信。只有广泛听取意见,对穷凶极恶的人,有人替我干预;对深情隐匿的罪行,有人替我揭发。所以圣帝明王,有言必察。即使不真实,小事搁置一边,大事轻责并宽容人,以便鼓励后继者。"嘉靖点头称是,言路越发舒展。

有人认为,徐阶登上首辅之位的经历不外是一部争权夺势的权术史。不可否认,徐阶扳倒严嵩的过程中不乏计谋,但也是身不由己之举。严嵩当道时,徐阶只得隐忍苟容以存身避祸,有时不得不隐藏其心志,昧心曲迎,以消除严嵩的疑忌。在致友人书中,徐阶说:"仆诸凡兢兢业业,不惟恶不敢为,虽善亦不敢显。"可见他的政治和道德理想一度无法展布。之后他伺机而动,"尽反嵩政",反对贪贿,厘清吏制,广开言路的政绩,推行"君子之政",信于天下,自尽其心的原则,终究瑕不掩瑜。

海瑞与松江府

在明代历史上,海瑞一直颇有争议。一方面,他是耿介廉洁的大清官,人称海青天,民间流传着许多有关海瑞断案的戏曲演义。他一生安贫乐道,生活极其清贫,即使官至二品,死时身边也只有白银二十两,连殓葬的钱都不够。他也因为直言敢谏而名著天下,他曾经买好棺材,告别妻小,以死上书,得忠臣之名。但另一方面,他又因性情偏执冲动,在细节上过于钻牛角尖,处事失之偏颇,而被人诟病为"志大才疏"。黄仁宇在《万历十五年》中谓之"古怪的模范官僚",还有学者认为他是"理想悲歌的化身"。他曾经任应天十府巡抚(松江府就在此范围内),和松江名臣徐阶结下过一段恩怨,其中的功过是非历来为人们所热议。

海瑞雕塑

海瑞曾得徐阶营救

海瑞一向敢于直言抗命，也因此屡遭排挤，仕途十分坎坷，曾经遭到过严嵩的爪牙鄢懋卿的弹劾。严嵩倒台后，他当年敢于挑战权贵的名声也传了开来。永禄八年（1565），他升任户部主事，官阶为正六品。就是在那一年，他递交了震惊朝野的《治安疏》，直言皇帝治国无道，只知迷恋道家方术。奏章措辞极其尖锐，说："嘉靖者，言家家皆净而无财用也。"矛头不偏不倚直指嘉靖，说"天下人不直陛下久矣"，意思是普天之下官员百姓，很久以来都认为你不配做皇帝了。还希望皇上"翻然悔悟，日御正朝"，"天下何忧不治，万事何忧不理，此在陛下一振作间而已"。

在严嵩下台三年后，徐阶实施"三语政纲"，令朝政有所起色之时，《治安疏》的提出不免显得唐突。而且奏疏字字句句都是对皇帝的全盘否定，对嘉靖的刺激可想而知。嘉靖当时读了上疏，勃然大怒，把奏折往地上一摔，嘴里喊着："快给我抓住这个人，不要让他跑掉。"

却见旁边的宦官不紧不慢跪奏说："万岁不必动怒。这个人一向就有痴名。他这次料到自己必死无疑，在上疏之前已经买了一口棺材，和妻儿诀别，奴仆们也四处奔散没有留下来的。他现在正在朝廷听候治罪，是不会逃跑的。"

嘉靖听了，长叹一口气，从地上捡起奏本一读再读。他当时心情十分沮丧，对旁人说："这个人可和比干相比，但朕不是商纣王！"左思右想之后，他终于下令锦衣卫逮捕海瑞。刑部当时定海瑞"子骂父律"罪，当处绞刑。

这看似是把海瑞推向了悬崖边缘，实则却是首辅徐阶有意救海瑞一命而想出的一个权宜之计。

徐阶一向看重海瑞为人，想要保全他的性命，但前提是绝不能触怒嘉靖。他十分了解嘉靖的脾气，知道嘉靖生性多疑，如果法司判轻了，他会大怒，认为是在偏袒海瑞，可能会立即处死海瑞；相反，如果重判，他会认为自己的威严得到了维护，这样反倒会冷静下来，不会立即处死海瑞。于是他让法司姑且顺着嘉靖的意思，重判海瑞，自己又继续斡旋，趁面见嘉靖时，再三劝谏道："万岁三思，杀海瑞则成其名，容之则亦见圣德之广。"

嘉靖果然犹豫了，行刑一事也就被压置了下来。过了不到一年，嘉靖驾崩，徐阶拟《嘉靖遗诏》平反嘉靖一朝建言冤案，海瑞马上就被释放了。所以说徐阶对海瑞有救命之恩并不为过。

海青天还是海阎王

海瑞出狱后，得到了徐阶的大力提拔。隆庆三年（1569）官至右佥都御史巡抚应天十府。让一个举人出身的人出任巡抚，而且是在全国最富庶的地区，这是前所未有的事。

海瑞在任上为当地百姓做了不少实实在在的好事，比如整顿钱粮赋役宿弊，清理沉积冤狱，肃清整治，疏浚吴淞江、白茆河等。同时他的上任，也是震慑力惊人。很多应天地区的地方官听说他要来，几乎"闻风丧胆"，吓得纷纷自动离职，或请求他调。缙绅之家把朱漆大门改漆黑色，只求低调行事。当时有个宦官还把自家的八人大轿改成了四人来抬……对很多富人来说，海瑞是个让他们避之唯恐不及的角色，甚至有人称他海阎王。

从表面上看，他的确是在抑制豪强，安抚穷苦百姓。但实际效果怎样呢？他日后引起非议，问题就出在这里。作为巡抚，一项重要工作是审案。海瑞在《督抚条约》中一面反反复复地说"江南刁风盛行"，喜欢告刁状，可另一方面他又宣布"本院法之所到，不知其为阁老尚书家也"。等于是在鼓励告状。应他的要求，应天巡抚衙门每月初二、十六为"放告"的日子，敞开大门让百姓来告状，告乡绅大户的状尤其欢迎。

而且他在办案时，遵循的是伦理、道德高于事实、法律的原则："凡讼之可疑者，与其屈兄，宁屈其弟；与其屈叔伯，宁屈其侄；与其屈贫民，宁屈其富民；与其屈愚直，宁屈刁顽；事在争产业，与其屈小民，宁屈乡宦，以救弊也；事在争言貌，与其屈乡宦，宁屈小民，以存体也。"

海瑞故居

海瑞动机虽善，却兴起了江南的"刁告"之风。松江民间居然有了一句新民谚"种肥田不如告瘦状"。有冤情的百姓自然要告，而游手好闲、嗜赌成性的，包括地痞流氓，也纷纷向衙门递状子，连海瑞自己也吃惊，仅松江一府"告乡官夺产者几（几近）万人"。而松江的大街小巷，一些人"皆囚服破帽，率以五六十为群，沿街攘臂，叫喊呼号"。李绍文《云间杂识》里记载，松江有个乡官叫沈凤峰，家中有田四百亩，以前把田出售给沈凤峰的人，在海瑞"与其……宁"的审判原则鼓动下，纷起诬蔑沈凤峰侵占田地，沈凤峰没法子，把买田的契约和田契一起还给这些人。海瑞听说后"亟称公（沈凤峰）贤"。但是沈凤峰就由此"贫困，去世后至不能葬"。

逼徐阶退田过半

再说徐阶，当时徐阶已致仕归乡，他悠哉游哉的山居生活却因为一手提拔的海瑞而改变。

递到海瑞手上的这些庞杂的讼冤中，田产纠纷的案子占了最大的比重。从他的文集中，可以看出他有限制富户过多占有土地、缩小贫富差距的愿望，这种道德的"正义性"也令他一往无前，义无反顾。因此"他毫不犹豫地接受了大批要求退田的申请"。

他还以政令代替法律，下令乡官富户退田。当时应天十府境内豪绅富户中，首当其冲的就数徐阶。徐阶曾援手于海瑞，对他有救命之恩，在他的仕途中又有过提拔之恩。这样一个人，照理说，海瑞完全可能顾念旧情，网开一面，但事实上，海瑞未对徐阶留一丝情面。海瑞把有关徐家的诉状封送徐阶，责成他设法解决，少说也要"退田过半"。

至于徐阶家中究竟有多少田产？海瑞也说不清楚。据称徐家家庭成员就多达几千，其占有的土地，有人说二十四万亩，有人说四十万亩。这些数字其实都有所夸大。徐家为一大家族，几代没有分家，放高利贷的时间也颇为长久。据学者研究，徐府占田确数，在三万亩左右，与传闻数字相去甚远。徐阶当时无可奈何，几乎是被迫接受了海瑞的要求，退了共万余亩田。后来，徐阶儿子徐璠、徐琨也因横行不法，被判充军，徐阶之弟侍郎徐陟被逮治罪。

然而土地所有权的问题远非海瑞想的那么简单，海瑞卷入大量这样的纷争，孤军作战而不能自主。黄仁宇先生评价说："（海瑞）以个人而对抗强大的社会力量，加之在具体处理这些诉讼的时候又过于自信,师心自用,既没有对地方上的情形做过周密的考察,也没有宣布法律的准则,更没有建立专门的机构去调查案件……而只凭个人的判断去裁决为数众多、头绪纷繁的争执。"其合理性自然值得质疑。

得失功过后人说

海瑞任应天巡抚半年之后,有给事中舒化弹劾海瑞不通人情世故,指其订立的条约过于琐碎苛细;另一给事中戴凤翔,则弹劾海瑞"庇奸民,鱼肉缙绅"。过去只有"鱼肉乡民",现在却发明了个"鱼肉缙绅",这种颠覆性的说法虽有夸大之嫌,但某种程度上也反映了海瑞对"种肥田不如告瘦状"这一民风的形成难辞其咎。

这时候高拱东山再起,他绝不会容忍一个政敌占据要职,海瑞终于因"志大才疏"被免去应天巡抚的官职,愤而告老还乡。临走前,他又上疏把朝中大臣骂了个遍:"今举朝之士皆妇人也。"当时的首辅李春芳看了哭笑不得:"这么说来,我岂不是老太婆了吗?"海瑞这种一概骂倒的冲动脾气,也让他在文官集团中失去了普遍的同情。

对海瑞在应天巡抚任上的功过,历史上许多论者都发表了意见,包括松江人士。何良俊说"海刚峰不怕死,不要钱……真是铮铮一汉子。但只是有些疯癫,又寡深识,动辄要煞癫,殊无士大夫之风耳"。又说"海刚峰爱民,只是养得刁恶之人,若善良百姓,虽使之诈人尚且不肯,况肯乘风生事乎?然此风一起,士大夫之家,不肯买田,不肯放债,善良之民,坐而待毙……岂得谓之善政哉?"

学者姜德成说:"海瑞应天之政无私为国,体现其忧民为民之恳切本心,同样也表现了浓重的理想化色彩。其间行事乏于灵活应变、委曲求成的济事策略,以极端化、简单化做法处理复杂多变之政务。"

历史学家黄仁宇说:"他当然是极端的廉洁、极端的诚实,然而从另一个角度来看,也可能是极端的粗线条、极端的喜欢吹毛求疵……他体现了一个有教育的读书人服务于公众的牺牲自我的精神,这种精神的实际作用却至为微薄。"

"四铁御史"冯恩

冯恩画像

明朝冯恩，人称"四铁御史"。他直言上谏，弹劾朝中三奸臣，"铁口"、"铁膝"、"铁胆"、"铁骨"，铮铮之躯，誓不屈服，一时传为佳话。冯恩擢南京御史后，极论大学士张孚敬、方献夫，右都御史汪鋐奸状，反被下狱论死。朝审时，他拒不下跪，历数汪鋐罪状。人们不禁感叹："这个御史非但铁口，其膝其胆其骨也都是铁铸铜造的！""四铁御史"之名即由此得来。

南京御史直言敢谏

冯恩，字子仁，号南江，明松江府华亭县人。他幼年丧父，家境贫寒，由母亲吴氏亲自督教，勤学苦读。有天晚上，家中连锅也揭不开，偏偏屋外大雨滂沱，房顶滴答滴答不停漏水，冯恩却安之若素，端坐床上读书。嘉靖五年（1526），他考取了进士，被授以行人的职务，代表皇帝到各地宣谕旨意。在慰劳两广总督王守仁时，王守仁对其人品学识深为服膺，因而特意执弟子礼。不久，冯恩擢升南京御史。

过去，御史有案件转移到刑部办理，并不用出具文书，刑部也不用具牒向御史通报。冯恩一再思考，觉得这样不妥，双方如不互通信息，不保持沟通，对公平断案是极为不利的。刑部起初颇感不满，抱怨御史是一个下级小官，凭什么对他们的工作指手画脚。冯恩摆手解释道："不敢不敢，我只是想知道每个案件的来龙去脉，这样才能方便相互检查核对，避免错漏。"刑部尚书无语反驳。冯恩到上江巡视，得知当地官员张绅杀人，就严格奏准按律处决。

嘉靖让阁臣商议，是否要建南郊和北郊，分别用于祭天和祭地，皇后则在北郊养蚕，诏廷臣各陈所见，然而持反对意见的却被视作"邪徒"。

冯恩这时上疏说："人臣进言甚难，明诏令直谏，又诋之为邪徒，安所适从哉？此非陛下意，必左右奸佞欲信其说者阴诋之耳。今士风日下，以缄默为老成，以謇谔为矫激，已难乎其忠直矣。若预恐有异议，而逆诋之为邪，则必雷同附和，而后可也。况天地合祀已百余年，岂宜轻改？《礼》：'男不言内，女不言外。'皇后深居九重，岂宜远出郊野？愿速罢二议，毋为好事希宠者所误。"

早在冯恩准备这份奏折时，他就预料自己是不受嘉靖欢迎的人，但事实上嘉靖并没有怪罪于他，这让他长舒了一口气。

一颗彗星划过天际……

嘉靖一朝，政奢官贪，民怨汹汹。嘉靖十一年（1532）的一个冬夜，嘉靖和皇后在御花园赏月散步，却见东北角天际一颗彗星划过，长尾曳后，闪着青白的寒光，灼目逼人。嘉靖一时睁不开眼，忙用袍袖遮住视线。

嘉靖平日崇仙迷道，笃信鬼神。突见彗星贯空，恍如白昼，心中陡然就升起了一种不祥的预感，忍不住打了个寒噤。慌张之中，他下诏命令群臣直言吉凶，道破星相玄机。群臣听说有彗星，都心知是凶兆，但面面相觑，人人自危，谁都不敢轻易作答，生怕回答得不合皇帝心意，一语招祸，有可能把性命丢掉。

就在这时，身为南京御史的冯恩上了一道疏本，极言皇帝所遇天象不是他物，正是扫帚星，恐怕凶大于吉。在奏疏中，他以为"天道

跨塘桥，冯恩曾家住桥西

远，人道迩"，对当时朝中官高位显的大臣，从大学士到六部尚书、侍郎，逐一评价，褒贬有加。而尖锐批评的矛头不偏不倚，直指大学士张孚敬、方献夫和右都御史汪鋐。他称张孚敬"刚恶凶险，媢嫉反侧"，方献夫"外饰谨厚，内实诈奸"，汪鋐更是"如鬼如蜮，不可方物"。这三人正是扰乱朝纲的三大扫帚星，张孚敬是国家大业的彗星，方献夫是朝廷中的彗星，而汪鋐是钻在皇帝心腹中的彗星，三星不除，官员不洽，民政难理，要想弭除灾祸，是不可能的。

冯恩所指奏的这三人，无一例外都是嘉靖宠幸的权臣。嘉靖见到这样一个疏本哪有不勃然大怒的道理，他下旨将冯恩立即逮捕入狱。锦衣卫连日不停地对冯恩拷问逼供，要他交代同党。遭受酷刑的冯恩几次昏厥，但他铁口钢齿，始终不改其口。嘉靖更加怒不可遏，认为冯恩此举是借议事的机会，"仇君无上，死有余罪"，连为冯恩说情的王时中、闻渊等人都遭到了夺职去俸的严惩。

朝审堂上痛击汪鋐

第二年秋天，霜降过后，刑部、都察院、大理寺依例会审死刑案件，以提出情实、缓决或可矜、可疑等意见，呈报嘉靖最后裁决。

而主持这三法司朝审的人，居然就是曾被冯恩上疏指奏的汪鋐。江鋐得意洋洋，高跷着二郎腿，面东而坐。冯恩傲骨屹然，只向北阙而跪，别过头去根本不抬眼望他。"岂有此理！"汪鋐跳将起来，命令吏卒把他拽过来面西而跪，冯恩倏地挺身而起，就是不肯向汪鋐屈膝。吏卒大声呵斥，冯恩铜声铁喉，破口大骂，吓得吏卒连连后退。

汪鋐阴笑两声，走近冯恩，得意忘形地说："你几次三番上疏要杀我，肯定想不到今天是我先杀了你吧。"冯恩闻言，哼了一声，断然喝道："圣天子在上，你身为大臣，想以私怨杀我言官吗？这里是什么地方，你面对王公百官如此说话，真是肆无忌惮！我今日慨然一死，变为厉鬼，正好上阎罗殿抨击你贪赃枉法！"

汪鋐脸色陡变，声音也发起了颤："你，你，你一向以清廉、正直自负，却在狱中多次受人馈赠，这是何故？岂不也是……咳咳，岂不就是受贿！"

冯恩哈哈大笑，轻蔑地瞥了汪鋐一眼："这是患难时的体恤周济，乃古今之通义，岂可与你居高位受金钱、卖官鬻爵同日而语？"紧接着，他镇定自若，一桩桩地历数汪鋐贪赃枉法之事。

汪鋐在座位上听得坐立不安，脸上抽搐不止，竟然不顾体统，推案而起，要扑上去扭打冯恩。在场的文武百官好不容易才把他拉回座位。最后，汪鋐还是对冯恩签上了"情真事实"的意见，上报给嘉靖。

冯恩被押出长安门时，在道旁围观的人排成长长的队列，都想亲眼见见这位以直言著称的铮臣。

孝子愿意代父受刑

冯恩被判死刑的消息很快就传到了他在松江华亭的家中。他的母亲已八十岁高龄，亲自到通政院门口击鼓鸣冤，通政院拒不受理。冯恩的长子冯行可当时只有十三岁，为了救父亲，日夜匍匐在长安街，看到有官衔之人驾车马经过，就大声呼号请求帮助，情状十分凄惨。此时，汪鋐已经升任吏部尚书，尽管有人上疏请求宽恕冯恩，一直没有下文。

一年过去了，冯恩依然生死未卜。冯恩母亲思子心切，终日以泪洗面。冯行可睹之不忍，劝慰祖母说："父亲冒犯了皇帝，死罪难逃，现在恐怕只有让孙儿去代父受刑，方能救他出狱了。"说罢，他刺破自己的手臂，蘸血作书，还自行捆绑起来，在通政院门前跪伏于地。

那封血书写得情真意切，声泪俱下，一再表达甘愿替父受死，家中祖母已年届耄耋，由于忧伤过度，已仅余气息。父亲若死，祖母亦必不能活。若赦免父亲，就等于救了两个人的性命。

通政院总算同意把这封血书转给嘉靖。嘉靖读后也不禁动了恻隐之心，下令重议此案。重议最后的结果，是冯恩以"奏事不实"为罪名，改死刑为流刑。于是，在死亡线上挣扎的冯恩被流放到了雷州。

冯家祠堂和四铁龙旗

冯恩在雷州度过六载后，遇到大赦，得以回到故乡松江。晚年，他过着平静的生活。据说两袖清风的冯恩回乡时，只是带着两箱青砖，随后他购买了不少别人看不上眼的贫瘠土地，精心打理，倒也获得了不错的收成，家境也渐渐得到了改善。

冯恩有一位好友郭济，在他身陷囹圄、命悬一线的时候，曾经不顾个人安危，给了他极大的帮助。当年冯太夫人和冯行可在北京击鼓鸣冤，都是在他的暗中支持下进行的。友人的重恩如山，冯恩始终铭记在心。郭济去世以后，他就承担起了抚养郭家遗孤的责任，一直到他们成家立业，还以土地、住宅相赠，以报答他们父亲生前的恩情。

隆庆即位后，对嘉靖年间敢于直言进谏却遭迫害的忠臣一一平反。此时，冯恩已年过花甲，身体大不如前，难以重新回朝领命，便在家里拜受大理丞的官衔，冯行可也被旌为孝子。这一天，他口吟诗一首，其中有两句是："曾习武戈安成籍，岂堪束带点朝班。"晚年的冯恩对政治上的是非得失已经不太在乎了，淡泊的乡野村居生活反倒令他怡然自得。他与家人谈到农耕方面的事，总是兴致盎然，也显得十分在行，他还开玩笑地说："这里头的学问，真是胜过读一部《汉书》啊。"

冯恩终年八十一岁，著有《乌莵集》。冯行可后不第，谒选得官光禄寺署正，升为应天府通判，著有《敕斋集》。

据说，冯恩因其铮铮铁骨，一身正气，而被朝廷授予了御牌和一面"四铁高风"的龙旗。冯家后来在娄县当地建造了一座冯家祠堂，供起御牌，还在堂前的独脚旗杆高挂起这面龙旗，后来这块地方就被称作冯家旗杆。别看这座祠堂设在穷乡僻壤，凭着龙旗和御牌，名震当时的松江府。据说凡是路过此地者，文官必出轿，武将必下马。

目如雷电，口似决涛

——明代言臣杨允绳的故事

"我目如雷电，能开不能合；口如决涛，能吐不能吞"——嘉靖年间兵部给事中杨允绳因铮铮直言而立此名节。在倭寇四起的时候，他曾经直言不讳地指出，正是官吏腐败，层层盘剥，才逼得老百姓走投无路，铤而走险成为盗贼。"朝廷张官置吏，本以御寇安民，今反殃民致寇，此臣所以痛心疾首，不能已于言也。"然而所谓太刚则折，他针砭时弊的奏请得罪了权臣严嵩，难逃被倾轧至死的悲剧命运。

对此，有人评价说："刚直的人无论在朝在野都不能缺少，在朝执法，在野秉公，都需要他们。所杀身，却留下了刚直一脉在天地间。"

阅兵场闹剧振威名

杨允绳，字翼少，号抑斋，明松江府华亭县人。据说他年少求学时，效仿古人"投豆自省"，在家中砖地上画黑白两圈，每行一善就将豆投到白圈中，为恶举则将豆置于黑圈，视豆之黑白，知平日念虑之善恶邪正。

嘉靖二十三年（1544），杨允绳进士及第，官授行人，后擢升为兵部给事中。一日，他奉命会集英国公张溶、抚宁侯朱岳、定西侯蒋传等官员到阅兵场检阅应袭子弟。军队摆开阵势，几个大官远远观望，悠闲地呷着茶，相互点头寒暄，不时发出啧啧赞叹声。

"敌寇来犯——"正在这时，指挥郑玺突然传讯说不远处出现倭寇身影。一时间几个堂堂公侯和指挥官都争相抱头鼠窜，唯独杨允绳端坐不动。他将这件事奏报皇帝，那些逃跑的官员都受到了严惩，郑玺被革职，张溶、朱岳也被夺去营务，还有几人俸禄被罚。

官员阅兵反而竞相逃跑，这一幕实在让人啼笑皆非。杨允绳在这场闹剧中秉公稽查军务，声名鹊起。此后，杨允绳又相继弹劾了几个不称职的兵部大臣，其中包括兵部尚书赵廷瑞。如此一来，他的铁腕名声是传开了，但也因而在朝中树敌渐多。

明室与俺答发生边疆挑衅事件，杨允绳上书禀告，建议边防四事，皇帝下诏采纳了他的意见，后又升他为户部左给事中。

直言不讳得罪严嵩

嘉靖三十四年（1555），杨允绳目睹倭寇猖獗，愤而上疏，直指倭患难以平抑的症结弊端在于官僚阶层贪污公行，将百姓逼上绝路。

他在奏请中分析说，倭患的根源不在于具体哪个贼寇，而且盗贼中十之八九是被逼无奈的国人。"夫患在胡，则事重于外攘；患在中华之人，则事重于内修，此不易之理也。"

他所说的"内患"其实就是腐败无能、相互勾结的贪官污吏。督抚的政令不能贯彻于地方，是因为"日嬉月玩，彼是此非，上官隐忍而养容，下官骄侈而日大"。杨允绳说这个现象由来已久：现在派到各省的督抚，上任前照例要贿赂京师的权要，多的数百，少的也要数十，名曰"谢礼"。官员有所奏请，必须附加礼品，谓之"候礼"。除此以外还想升官得美差的，或者地方上闯了祸想开脱责任的，作奸犯科想代为遮掩的，凡此种种，只消真金白银送上厚礼便能一路畅行。

督抚要送出这些价格不菲的财物，通常都是取之于地方上的下级官员，"在省取诸各布政司，直隶取之府州县司。府州县既为巧取承迎，不无德色"。而收受了下官贿赂，督抚大臣也不便再对地方严加监督，"督抚诸臣自知非法接受，亦有赧颜；既入牢笼，实难展布。使在平时，犹不能振扬风纪，建立事功，而况莅军行法之时哉？则其玩嬉陵夷，蔑法败事，亦奚怪也？"更糟糕的是，地方官员不会从自己的俸禄中拿出银子来送礼。索取的对象自然是老百姓了，督抚索需无度，地方部门就随之加码搜刮百姓，贪吏猾胥更趁机夸大数目，"捐一科十，摧肤剥髓"，从中捞取好处。这样层层盘剥，江南已"四野为墟，赤地千里"，这样下去，老百姓走投无路，势必铤而走险成为盗贼，到时候国家隐忧就不止于海岛之间了。

他希望皇帝敕令内阁辅臣，要"洗心涤虑，正自奉公"，"弘济时艰，共纾民难"，方为"端本澄源，平倭之要道"。

遭陷害受囹圄之灾

杨允绳这一纸抨击时弊的说辞虽未指名道姓，矛头却是直指权倾朝野的内阁首辅严嵩。对此，严嵩心怀忌恨，伺机报复。

三个月后，严嵩的机会来了。杨允绳巡视光禄寺，发现光禄寺丞胡膏在购买食品时多报销银两。于是，他自然要弹劾了："收鹅混同子老，伪增物价至数百金，宜正其侵冒之罪。"这应该是实名的检举了，如果经查证，胡膏的贪污属实，是理应办他一个贪污罪的。杨允绳也是应该得到奖励的。可是，事情在权要的动作下，极有可能颠倒黑白。胡膏见自己被弹劾，吓得跑到严嵩那里讨主意。

严嵩听胡膏把事情讲完，阴笑一声道："他弹劾你，你就不会弹劾他？你只说杨允绳讽刺皇上修仙，只这一条，就能把事情反过来。"

胡膏自然心领神会，他立即上疏，说"所购之物本供皇上醮斋供神之用，玄典隆重，所用品物不敢徒取充数。允绳则憎臣拣取太精，妄言'诸物不过斋事之用，充具可耳，何必精择'，其欺谤玄修如此"。

这一招果然奏效，好修仙的嘉靖看了以后勃然大怒，下令把杨允绳拖出殿外廷杖数十，后又投入大牢，定为绞缓。

子愿替父领罪

杨允绳有一子，名应祈，非常孝顺。当杨允绳下狱时，他前后三次拟文上疏，又跋涉到平坡山中，

严嵩画像

千辛万苦挖得灵芝三枝，希望进京献上为父亲求情。其母黄孺人后来又与他一起奔波数月，从松江叶榭老家赶往京城，租茅屋住。杨应祈想方设法入狱探监为父亲打气。黄孺人则终日为他人劈麻糊口，盼望着有朝一日能救丈夫出狱。

杨应祈向母亲提出，不如自己替父领罪，代其一死，以尽自己的孝道。黄孺人哭求儿子不可任性妄为。当时杨应祈的婚期到了，姓袁的人家送女来京，黄孺人苦劝儿子早日完婚才是最大的孝道，但杨应祈以父亲的冤案还没有昭雪为由而断然拒婚。据说，他日日身着青色布衣，行至长安街，仍愿代父一死。当时见过那一幕的百姓都说杨应祈容貌枯槁，形销骨立，让人不忍心看下去。

杨允绳在狱中关了整整五年。但严嵩仍然不放心，必欲先除之而后快。那一年正好碰到流星如雨而陨，严嵩暗暗发笑，真乃天助我也。他马上买通宫廷占卜师，反复提醒皇帝，天降凶异是因为臣下不忠。紧接着严嵩就将杨允绳的名字列上，请求皇帝对杨允绳果断用刑，以应天变。

嘉靖三十九年（1560）十月初一，杨允绳被绑赴西市处死。行刑前杨应祈入狱中与父亲诀别，后绝食而死，年仅二十七岁。那天原本秋高气爽，杨允绳被害后却突然风云骤变，瞬时黄雾四起，一片凄惨景象。天下百姓议论纷纷，都说这是莫大冤案。

黄孺人满腔悲愤，带着儿媳，奉丈夫和儿子两棺而回，一路上两岸百姓远远地拜祭，泪如雨下。明末有诗人歌颂此事："一时双榇返，烟雨暗江东。"

性行峭直，无所避

嘉靖死后，隆庆即位。此时严嵩已死，群臣纷纷为杨允绳鸣冤叫屈。隆庆为杨允绳平了反，赠他光禄寺少卿的官职，天启初年，又赐他谥号忠恪，他的孙子也成为太师，而贪官胡膏则被隆庆以贪污罪处死。历史终于为杨允绳作出了公正的评价。

范叔子在《云间据目抄》中论及此事时说："上山不避猛虎，下海不畏毒蛟，烈士不当如是耶？谅哉，吴中丞之铭公也。虽然，谓天有知，何刑公之生而又夭其子？谓天无知，何录公之殁而又荣其孙？岂其理之不可信耶？虽然，不僇公忠，不盈嵩恶。嵩恶弥盈，公忠弥著，嵩也遗秽，公也垂芳。孰谓天之成全公者无意哉？"

范叔子评价杨允绳"性行峭直，无所避"。在松江民间中还流传着有关杨允绳的几件逸闻。早先，松江有一个府丞专用酷刑，每日痛笞嫌犯。一天正逢杨允绳路过府衙，听到号哭声,于是他便假意向那府丞说要借刑具一用,说:"下官家仆有不听话的,特地押送到府,请府台代为惩治,也好为这里的百姓分些痛苦。"那府丞一听,自知理亏,日后刑罚有所收敛,不再滥用。

杨允绳曾一度托病辞官在家休假,一名占卜者提醒杨允绳的友人陆宗伯:"杨公为先生门下同年,现据我观测,天似降凶兆,而杨公如蒙难,于国于民都是一大灾难,望先生劝其勿出。"陆宗伯道:"杨公貌似已无宦志,哪有此日?"岂料第二天,杨允绳就留下名帖,辞别陆宗伯回到了朝廷。陆宗伯心下一惊,知道杨允绳心意已决,也无法阻止,只能祈求星术未必真的如此灵验。后来陆宗伯听说友人最后劫数难逃,不由得对当日没有出言挽留而后悔万分。

智圆行方郁山

置身仕林,有人明哲保身,有人刚正不阿。明朝华亭进士郁山义无反顾地选择了后者。曾有人劝说他,你是耿介正直之人,从不向世俗妥协,就如同"手持方枘而欲内入于圆凿",你的棱角必会四处碰壁。郁山却用机智从容和执守原则的实际行动有力地回击了质疑,最终赢得了老百姓的赞誉。

少年即怀济世之志

郁山,字子静,自号水轩,明松江府华亭县人。郁山儿时就比同龄人老成持重,其他孩子结伴出去嬉戏游玩,郁山却默不做声地合上门扉,转身进屋,捧读起书卷,独自一人在书房里一待就是半天。他当时从学于乡先生戴汝高,每天诵读数千言,年龄稍长便能写出颇有巧思的佳作,行文成熟稳重,戴先生批阅之时也不禁称奇。

郁山经考试补为县学生员,但他的名声已然在诸生之上了。然而,郁山并不屑于"章句之学问",他向往的是建功立业的前贤良臣,志在兼济天下。每当听闻士大夫中有人或施诡计,或凭谄媚来谋得功名,郁山总会感慨不已:"真是可悲可叹!大丈夫生于贤明之时,侥幸入仕为官,理应实行教化,身体力行创一番功绩出来,岂可庸庸碌碌而为世人所笑啊!"闻者由此而知郁山志向不凡,总有一天会从书斋里走出去。

郁山的"四方之志"不久就实现了。正德十六年（1521）郁山举进士及第，被派遣到浙西和福建交界处的山城龙泉任知县。龙泉深处崇山峻岭之中，历史上素有铸炼宝剑的传统，民风不喜舞文弄墨。

华亭自古人文荟萃，明朝时文风更是盛极一时。在他看来，一方水土养一方人的说法固然不错，但是求学启智归根结底依靠的还是一种氛围。换言之，并非龙泉人天生不善学，怪只怪做学问在当地尚未成风，因此在办学上大有可为。于是到任后，郁山就挑选了一批良家子弟聚于学校，还亲自登上讲台，当起了教书先生。学生们都很感动振奋，于是县中士子也闻风响应，拾起纸笔，当地风俗悄然间有了改观。

足智多谋巧捕恶徒

不过，郁山在龙泉遇到最大的考验还不在于此。当时龙泉县里有个叫周马良的骄横之徒，手下纠集了一伙亡命之徒四处偷盗行恶，是个让当地老百姓谈虎色变的人物。龙泉县地处浙江、福建边界，福建巡按屡次向浙江巡按发来檄文要求配合追捕，两地官府几次三番前来搜捕，想把这伙人一网打尽，都无功而返。哪怕追兵在后，周马良也是面无惧色。这个狡猾的盗贼头子早就摸准了两队官兵分头行动的规律，于是率领部下错时出没，大施狡兔三窟之计，在龙泉各个山头狐潜鼠伏，朝隐夕出，一次次让官兵扑空。

周马良一队人马就这样和官府周旋了好几年，每回都能轻松全身而退，如此一来他的手下更加气焰嚣张，肆无忌惮。然而，郁山的出现成了转折点。

郁山一不大举练兵，二不鼓舞士气，他只是叫来了一个多次和周马良交手的士兵，小声问了几句话……

士兵走后，郁山提笔展纸，疾书了一封信，叫来随从，叮嘱他连夜送出。不久后，周马

郁山曾就任龙泉知县，图为龙泉凤阳山云海

良的行踪被郁山掌握,军队大举压上,终将他们团团包围,一举歼灭。原来,郁山那天在营帐里只打听到这么一个细节,周马良虽然为人骄狂,但是在和官兵交锋时每次都是掩护同伙先走,所谓盗亦有道,是个相当重义气的人。既然周马良诡计多端,很难从他身上找到破绽,那么何不从他身边人下手?那天,郁山正是给周马良的一个部下写了封招降书。周马良并不是轻信之人,但偏偏不太怀疑共同打拼的兄弟,此人便轻而易举为郁山刺探到了军情。

郁山从容献计,横行多年的歹徒终于伏法。浙闽两地巡按共同上书举荐郁山,吏部考核后认为他确有才干,就将他调任政务繁重的临海县任知县。龙泉百姓很惋惜郁山的离去,争相夹道相送。据说,当时临海县百姓得知郁山要来做他们的父母官也深感庆幸,纷纷来城外迎接。

约法三章变革温州

郁山在临海县任满后,升迁为工部主事,后来又被工部派遣到浙江分司主持税收之事。不久,又擢升为工部员外郎、工部郎中,后又改任刑部郎中。过了数年,他被任命为温州知府。

任命下达之日,几个和他平时交情很深的官员都登门来劝说他:"温州城向来被称为乐土,权贵豪族居住者甚多,州县官治事时颇多掣肘,而郁君又是耿直之人,不向世俗妥协。希望郁君三思,还是辞命毋行为好啊。"

郁山笑着答道:"此言差矣,要我说,盘根错节,方能现出利器;道路崎岖,箭步亦能行走。我要借这次任命来考验自己的能力。如若我因为有困难而推辞就任,随后被任命者也难保不会效法我,那么温州一地岂不将无人镇守?"

郁山不顾友人的劝阻,赴温州就任。到任之初,他就梳理颁布了一系列法令,与温州所属五县约法三章,首先清理当地松弛的禁令,革除积年流弊。经济制度上,他力主禁止苛捐杂税,制止公费设宴之风,并且规范了财务出纳制度。法律制度上,他主张废除用钱财赎买刑罚的规定,不对富人违法网开一面。至于当地的风俗,郁山主张甄别善俗恶习而予以赏罚,禁止淹杀初生婴儿,并且倡导民间适龄男女及时婚嫁。郁山自己首先在处理政事时加以遵守,渐渐当地风俗也为之一变。

无所畏惧为民请愿

此时,大学士张孚敬虽然被罢免在家,但皇帝依然有重用他的打算。于是自布政使以下都闻风而动,争至他府上献媚,唯独郁山以礼相待。

张孚敬在温州城建造敕赐宝纶楼时,趁机大修府宅,与此同时,他又不断强买民居以扩大其宅基,当地老百姓无不怨声载道。听到了老百姓的抱怨,郁山几日难安。于是他决定直接去面见张孚敬为民请愿。

那日,张府的访客络绎不绝。张孚敬看见从未登门的郁山突然来访,心中暗自得意,马上笑脸相迎:"稀客稀客,不知哪阵风把郁知府吹来了。"

"张大人不必多礼,无事不登三宝殿,在下今日到访是为大人修建府宅之事。"郁山正色道。张孚敬马上皱起了眉头,心下一惊。

"听说大人大兴土木之际,还占了民宅用地。大人不会不知,民宅是老百姓赖以生存的根基,本当传之于子孙后代,现在大人营造府宅如此广大,围墙绵延一里有余,而内心犹有不足之意,这样一来百姓何以保全子孙?"

张孚敬默不做声,脸上早就有了怒色。郁山抬头望了张孚敬一眼,不紧不慢继续说道:"大人平时在朝堂上喜欢称颂商周宰相的功德,为何在处理家务事的时候却反而不及萧何、李沆了呢!如果在下

郁山直言为民请愿

上述话冒犯了大人,那是作为地方官员的失职,我也愿意脱下官服,身着布衣,前来请罪。"

张孚敬闻言大怒,双目圆瞪。然而他还不及出言呵斥,郁山就已愤然拂袖离去。有人劝说郁山:"他日相国得势后给你小鞋穿怎么办!你今日之所为是不是太过冲动,太欠考虑了!"

郁山微笑对答:"人生进退荣辱皆有天命。你看我郁山会是那种不顾百姓死活来博取个人功名的人吗?"

那日,张孚敬因为郁山的出言不逊而勃然大怒,但是为了向外人表示自己宽宏大量,大人不计小人过,他也不便为难郁山,而且被郁山这么一诘问,他也感到十分心虚,不再强买民宅以扩充私宅了。此前按察御使曾听到过有关郁山的风言风语,准备上书弹劾他,不久知道他为政清廉公正,不禁大为感慨,改换主意,转而举荐郁山。

郁山任温州知府两年,因为痰疾而辞世,终年五十六岁。桃李不言,下自成蹊。温州百姓听说郁山离世,不禁惊号悲泣,如丧父母。等到郁山灵柩要离开温州回家乡时,送丧者众多,堵塞了道路。还有十多个老人从山野中来,手持饭碗、布匹祭祀郁山,悲号道:"郁公,郁公,我辈刚有幸沾润德泽,公为何突然弃我辈而去啊!"一边奠祭一边号哭不已。

尚书黄久庵称誉郁山说:"待人以诚,是非毁誉凭公而断,既不当面奉承他人,也不在背后加以诋毁","有所坚守,又爱民如子,真可谓当今廉正勤勉,一心施惠政的好官。"

侍郎陈省斋也称誉郁山道:"见道理分明,独行而不畏惧,凡是应当做的,即刻实行,从不计利害生死,故而能不为权势而畏惧。"

智勇双全周思兼

周思兼，字叔夜，号莱峰，明松江府华亭县人。他是嘉靖二十六年（1547）进士。他最初在山东平度州任知州，新官上任，便在当地施以勤政，废除了平度不少苛政，还与欺压一方的平度王巧妙周旋，使得一桩险些酿成冤狱的大案得以昭雪。他后来擢升为工部员外郎，受命赴山东临清监督当地砖厂。他离开的那天，平度的百姓夹道泣送，依依不舍。据史载，周思兼升为工部员外郎后，曾有一个相貌酷似他的人来平度做官，当地百姓误以为周知州回来了，"竞走谒见"，发现认错了人，"各叹息去"。周思兼后又累官至湖广佥事，其间又一次从容不迫地智斗武冈州五个飞扬跋扈的大将军，把他们掠夺的田宅、民女全都还之于民，一时间大快人心。

郊野调查民间疾苦

周思兼少有文名，嘉靖二十六年（1547），被任命为山东平度州知州。平度当地一度贫困凋敝，官员多因管理不善而遭罢官。周思兼刚上任时，并没有人看好他，人们都认为他多半也会和他的前任一样，面对平度的困顿之境束手无策。

不料，周思兼的治州策略让当地官员百姓大吃一惊。甫一到任，他就发现了一个怪现象：当地官府其实并未对济贫救荒不闻不问，平度百姓却对官府的法令有股抵触情绪。他思忖道，政策的敷衍了事和脱离实际可能是症结所在，恶法难服众，也在情理之中。于是他果断下令："救荒不能马虎省事，凡是老百姓感到不便的政令，全都要废除。"

周思兼亲自巡行田野，考察民间疾苦。他身边不带一名随从，也不要沿途百姓供给，只坐一顶普通竹轿，带一锅饭就上了路。经过实地调查，他对平度老百姓的呼声有了底，于是很多陈年苛政被一夕废除。仅过了一年，平度面貌就发生了巨变，呈现出一派过去鲜有的繁盛景象。

不偏不倚机智断案

嘉靖年间，衡王朱厚㷂设藩国于山东青州府，他的四儿子朱载堼被封为平度王。平度王雄霸一方，府里宦官大肆放纵庄奴强夺民产，无所顾忌。百姓忍无可忍，上告到官府，省按察使便派了一名佥事来平度审理此案。那名佥事调查完案情后，当场按照律条，判定应对那个庄奴施以杖刑。不料行刑的衙役却义愤填膺，在打板子的时候失手把那个庄奴打死了。狡猾的宦官抓住这个把柄，趁机报复，挑唆平度王上奏朝廷，一定要把那个佥事送入大牢。处理此案的官员畏惧平度王的淫威，竟准备立即把佥事处死了事。

平度老百姓都为这个外来的佥事鸣冤叫屈，巡抚彭黯派周思兼前去复审此案。周思兼一到，平度王就摆下宴席请他来府上，想要对他有所嘱托，但一直到散席也犹豫不决，始终不敢说出口。不过，周思兼早已察言观色，看出了平度王的意图。到底如何做到不偏不倚，公正断案，一方面让佥事不至于含冤屈死，另一方面也不能在平度无端树敌，周思兼陷入了两难。他回来以后，把这个案件的相关档案卷宗都调了出来，反复查阅了半天，心里有了主意……

那天晚上，他又一次来到平度王府，劝说平度王道："大人，恕下官直言，这个案子还是要三思为妙。到底谁是谁非，还得依据法律方能定夺。佥事的审判的确是不合法律规定的。尽管庄奴劫财，法所难容，但佥事对他杖责时闹出了人命也是不合法的。本来他也该受到杖刑，而且他打的是王府的人，还得罪加一等。但不管怎么说，这个佥事也罪不至死啊，然而府上官宦不遗余力诬告他，一心想置他于死地。不知哪位官宦可否知晓，诬告罪按法律可是要判处发配充军的！不过好在他也是王府的人，给他降罪一等就够了。"意思说如果平度王府再不依不饶追究下去，那个自鸣得意的官宦也难逃责罚。

平度王一边听周思兼头头是道地分析利弊，一边点头称是。周思兼灵活运用法律规定，表面上各打五十大板，实际上是找到了案情漏洞，有惊无险地保住了佥事的性命。没有平度王插手，这桩案子后来顺利结了案，那个原本险些丧命的佥事不仅性命无虞，而且还幸运地恢复了原职。

逢荒年木牌平民怨

当时平度的穷困境况大为改善，但邻郡的饥荒仍然十分严重，当地饥民甚至走投无路到平度来抢夺粮食。主管官吏大乱阵脚，急得团团转。上级府衙传令周思兼，让他想办法处理好这个难题。

周思兼知道，那些饥民也是无可奈何才会去邻郡抢夺粮食，绝不能强行镇压，但是又不能纵容他们为所欲为，扰乱平度百姓的生活。于是，周思兼想了一个办法，他让人做了数千块小木牌，在四郊散发。灾民可以凭木牌到专门救济点依序领取赈济的粮食和钱款。这么一来，一度混乱的事态一下子稳定了下来，而且粮款也雪中送炭，实实在在送到了灾民手上，周思兼可谓用心良苦。

那一年周思兼入朝面圣，因为勤政治州有功，他被评为治行第一名，理应离鲁升官。但是平度有人听说了这个消息，远赴京城，力请挽留，才让周思兼又在平度留任了一年。

嘉靖三十年（1551），周思兼升为工部员外郎，受命监督山东临清县的砖厂。这回他是非走不可了，平度老百姓含泪夹道送别，对他的不舍之情可想而知。

周思兼到临清上任不久，就碰上当地爆发洪灾。眼看河口就要决堤了，周思兼当机立断，在临清当地招募劳工，全力加筑堤坝，自己则亲自站在骄阳下指挥监督工程。河堤筑好后仅三天，洪水就呼啸而下。由于新筑的堤岸非常坚固，临清全县安然无恙。当时民间流传着这么一种说法："多亏了周老爷，否则全临清都要被大水冲走喂鱼鳖去了。"

遇强权轻巧化危机

　　后来，周思兼升为郎中，出任湖广佥事。当年朱元璋之子朱楩在武冈州设藩，称岷王。岷王由朱楩的子孙世袭罔替，至嘉靖朝，岷府宗室有五人都受封爵为将军。然而这五位将军远非什么英雄豪杰，他们倚仗自己的特殊地位，在当地纠集无赖，为非作歹，杀人越货，甚至大白天在街上用弹弓杀人。谁也奈何不了他们，甚至岷王也让他们三分。有一回，他们持刀闯入岷王府，岷王赶忙躲起来。他们在王府横冲直撞，临走还用大刀对着王府的柱子一阵乱砍。

　　因为这五将军太飞扬跋扈，监察官员已有近二十年不敢进入武冈境内了。百姓怨声载道，但又投诉无门。

　　周思兼对那里的情况早有耳闻，到了湖广，就到武冈去打听老百姓的意见，州民前来控诉的有千余人，详尽描述五将军和他们手下的累累罪行。在查证了州民的指控句句属实之后，周思兼毫不犹豫，就下令把五位将军那些作恶多端的爪牙逮捕归案。"岂有此理，竟敢抓我们的部下，打狗还得看主人，反了反了！"五将军见有人竟敢"在太岁头上动土"，把他们的手下抓走，气急败坏，准备孤注一掷去找周思兼寻仇。

　　五个人在手臂上各藏一把匕首来到了周思兼家里。周思兼早已预料到来者不善，但他仍不慌不忙向他们拱手作揖，趁机轻拍他们的手臂，气定神闲地晓以利害说："在下早已耳闻五位大将军气度过人，今日料想你们也不会对我一个区区小官大动干戈，我下令逮捕的这几个小卒都是奸恶之徒，不可与大将军同日而语。把他们关进大牢只是图个清静太平，也是

周思兼从容面对五将军

为将军府上百口老老小小的安全考虑，将军难道要舞刀弄枪，连自己的生死都不顾了？难道非得为那几个不争气的败类拼上性命吗？"五将军听了他这番话都无言以对，只得垂头丧气地打道回府。周思兼立即令人快马加鞭把他们五人的罪行上奏皇帝，得到批准后将他们火速逮捕。五将军经年累月掠夺的田宅、民女都一一还之于民。从此，官吏重新恢复了对武冈的治理，老百姓重又过上了安稳日子。

勤政不殆深得民心

　　周思兼为官时间不长，但他心系百姓，果敢为民除害，所以深受黎民爱戴。武冈人对他感激不尽，还专门为他塑像立碑。周思兼知道后，忙派人把塑像和碑都毁掉。据说州民中有些人还把碎碑残像收藏起来。由于双亲过世，周思兼辞去湖广佥事官职回家。无官的他顿觉一身轻闲，而碰上灾荒之年，家里穷得吃不上饭，他也坚决不肯拉关系，向人说情，足迹再也不曾入官府。过了七年多，他重新被任命为广西督学副使，然而未及上任就因病辞世，年仅四十七岁。

　　除了政绩过人，周思兼的才艺也不逊色。青年时他下笔千言，文章豪放，师法李太白、苏东坡的恣肆风格，同时也工于书画，远近闻名。后专攻宋代理学，钻研笔记堆积如山。他的著作包括《周叔夜集》《两斋日录》《道学记言》等。

少林僧兵勇战倭寇

嘉靖年间，东南沿海倭寇成患。然而明王朝海防松弛，沿海卫所"战船、哨船，十存一二"，士兵不足四成，而残兵剩将也因制度腐败、军纪废弛而战斗力极弱。倭寇凭借着制作精良的日本刀及奇诈诡秘的刀法，所向披靡，而国内匪贼此时也闻风四起，沆瀣一气。

眼看倭寇势如破竹，一次次进犯松江府，江南卫所却如同虚设，明政府只得征调各地民兵以解燃眉之急，而这其中就有一支神秘的骁勇之师——少林武僧。

少林僧云间起营帐

嘉靖三十二年（1553）是一个多事之秋。松弛的海防，面对屡屡进犯的倭寇的尖刀利刃几乎不堪一击。倭寇犯边，从东南沿海一直席卷到江南地区。所到之处，明朝的军队士气消沉，往往一击即溃。无奈之下，江南的军事长官决心发动少林寺的武僧。

少林寺的僧人武艺究竟有多强，是不是足以抵御倭寇来袭，一开始谁也拿不准。据郑若曾的《江南经略·僧兵首捷记》记载，时任南京中军都督府都督同知的万表对僧兵极力推荐，却遭江南将领百般嘲笑，"一干僧人何德何能，你竟倚重至此"。于是三司与他赌酒为试，设宴于涌金流，并埋伏下八名武士。万表把一位高僧孤舟召来赴宴。浑然不知所故的孤舟只身前来，八人突然从旁跃出，各持棍一阵乱击。孤舟毫无防备，只用僧衣袖子轻轻一挡，一根棍就被袖裹住，孤舟信手夺棍，反击八人，八武士应棍倒下。三司见状击节赞叹。

倭寇狼狈逃窜

而这孤舟还并不是江浙众僧中武艺超群者。杭州一带十八僧的领军者月空和尚和统率苏州八十四名僧众的天员和尚才是真正的武林高手。而年轻气盛的月空早就对总统帅的位置虎视眈眈，一直想把天员挑落马下。一次，他手下的十八个僧人中有八人自荐上前和天员一较高下。八僧先是合力以拳相击，天员和尚轻盈纵身跃上露台。八僧拾阶而上，天员依然不动声色，用拳将其一一格开。八人又绕到殿后拿了刀向他砍去，天员不慌不忙抽出殿门长闩迎面横击，众人根本无法逼近。

月空见此情形终于和手下伏地称服。天员，这位僧兵中的将领受到了极高的赞誉，《江南经略·僧兵首捷记》曾评价："天员智谋纪律，有古名将之风。不特技艺之绝人而已。予尝过而访之，天员适与高僧翻阅藏经三千而遍，其书有经、有论、有律。三才之理，靡所不载；用兵之诀，间见而杂出。非心闲气定，不能从容抽绎。天员学有渊源，宜其用武临戎而变化无穷。"

统领之争后，这支百余人的骁勇僧兵之师也一举统一了人心，在操江都御史蔡克廉征召下，集结向抗倭重地松江府进发。

天员僧谋定翁家巷

松江府一度危在旦夕。当时，倭船已先在嘉定、青浦登陆抢掠，再循海南进，攻

破南汇千户所城。四月从浦东渡浦而来，直捣上海县镇，知县喻显科仓惶逃遁，倭寇大掠于市，满载而去。此后两个多月间，五次焚掠县镇，杀死镇海卫指挥武尚文、上海县丞、镇抚，县民死者盈路并两次火焚县衙、民舍，上海县镇半成丘墟，浦东沿海二百余里，尽为倭寇所据。

倭寇气焰十分嚣张。而六月初，僧兵就充当前哨，一直在闵行、南汇等地不弃追击。他们武艺虽高强，双方人数也差不多，但首领天员依然谨慎，还叮嘱村里人对陌生人必须守口如瓶。于是，当被问到僧兵人数时，村民就依计对答："那些和尚有多少人怎么说得清，不过他们煮上整整一石米，每人才分到两小碗而已。"听得对方不敢轻易迫近。

天员看探贼走远，方才引兵南还。行至翁家巷时，两军终于相遇。天员下令"天未晚，犹可战也"。于是率僧兵二十五骑打前哨，月空等排阵于后。他很快发现原本在屋顶瞭望的两个敌寇正想翻身而下，便担心有伏兵，于是不给对方缓冲的时间，马上冲前堵杀。月空、无极在后面排兵布阵，列出长蛇之形，韩都司、王守备等人则在相离约百余步的地方掩护。僧兵这个阵法十分奇特，两人持长枪，之后铁棍砍刀相间而列，弓弩火器左右参错。

倭寇见僧兵列阵，知道无法伏击。首领赵大王就举扇招呼部下列阵以待。只见倭寇们扯去衣衫，刀枪手、弓弩手目露凶光。僧兵四十多人身着青衫，排为一字形向前迎战，其余六十红衣人分列左右，各持兵笼，仰天而揖。之后，众刀手让俘虏抬出很多包裹撒在地上。天员立刻下令："如有抢倭财物，妨误大事者斩。"

天员自己引骑兵左右闪开，诱贼前进。双方互射交锋后，无极和尚摧阵，呼伽蓝三声，大喊："杀！杀！"长枪手奋勇突前，敌寇慌忙舞刀乱砍，僧兵中的钩枪手随长枪而进，从缝隙中钩敌人的脚，箭手再射，铁棍随钩枪而进，击死钩倒之贼，刀手再跟进……倭寇又要拿长枪，又要挡箭，不料长枪又钩蛇般循地而至，打了他们一个措手不及。

战时，左右弓弩火炮齐发，天员引骑兵从敌人后方绕出，韩都司家兵和铳箭手三四十人随之而上，将倭寇团团包围。最后几天连续的追击，终将百余倭寇悉数剿灭。

靛青面挥棍若神兵

僧兵一路追击到白沙滩，在血与火的洗礼中，武僧不改"便捷骁勇"，依然手持铁棍，"用为前锋"。面对着"电掣风翻、旋转格杀"的倭寇们，他们毫无惧色，运使铁棍"便捷如竹杖"。李绍文的《云间杂志》中十分形象地描述了月空与敌格杀时的情景：贼近，月空"身忽跃起，从贼顶过，以铁棍击碎贼首，于是诸贼气沮"。《上海掌故丛书·吴淞甲乙倭变志》载有："贼队有巨人穿红衣舞刀而来，领兵僧月空和尚遍视诸僧，皆失色。独一僧名智囊，神色不动，即遣拒之。兵始交，智囊僧提铁棍一筑跃过红衣倭左，随一棍落其一刀，贼复滚转。又跃过红衣倭右，又落其一刀，倭应手毙矣。"比较特别的是，僧兵在打仗时每人嘴里都会含一颗靛花丸。再以靛青涂面，贼见青脸，红布蒙头，多少疑为神兵，胆都吓破了。

僧兵组织严密，训练有素，并且精通阵法。如《倭变事略》载："贼战，每摇白扇。僧识为蝴蝶阵，乃令军中各簪一榴花，僧手撑一伞以行，但作采花状。贼二大王者，望见僧，即若缚手然，盖以术破之也。"蝴蝶阵明白为阵法，僧兵则摆了另一阵法以克之。

更重要的是，"僧兵骁勇，不以首级论功"。万表曾称僧兵为"文事武备僧"。"文事武备"源于《孔子家语》"有文事者必有武备，有武事者必有文备"一语，本有文武并重的意思。翻翻中国古代兵书，不难发现，首功和什伍连坐法的重要意义。然而，这支武僧队伍显得有些与众不同，他们从不希求以取人首级来作为论功行赏的资本。《倭变事略》即载："僧欲尽灭此贼，俾无孑遗。我兵从征者争夺首级，至有自相杀伤者。僧怒……"无人敢抢包裹、取首级者，这支僧兵的军纪格外严明。

白沙滩一役，又是一场大捷。韩都司依然司职殿后掩护，见僧兵数寡时，常忧心忡忡，在阵后半里大呼众兵接援。僧兵之成，也与韩都司协助之力密不可分。不过，此战中依然有了心、彻堂、一峰、真元四位僧兵不幸战死疆场。

忠义魂留驻佘山巅

僧兵因战功累累，在行军中越发被委以重任，每每作为先头部队迎战敌军。然而，将领的信任也变相将他们推向了一种无比艰险的境地……

嘉靖三十三年（1554）二月上旬，萧显从上海解围逃走，会兵备佥事任环率民兵三百人、少林僧兵八十人追击到叶榭镇马家浜，双方血战一场。僧兵奋勇当先，斩获颇多，然而，却因深入敌阵而援兵不继，大有、西堂、天移、古峰等二十一名僧人死于那场战役。任环整点兵马，继续追击到五里桥、习家坟，都取得了大捷。

马家浜之战是一次僧兵伤亡比较惨重的战役。而翌年的巢门之战，僧兵之折损则更让人痛惜。据《上海掌故丛书·吴淞甲乙倭变志》载："十月，提督诸公合浙、直诸路兵进剿陶宅倭。僧兵前队直至巢门，抡棍进破敌，遇者即仆，顷刻毙数倭。倭诡，将先一日所败我兵服色器械扮作我兵，忽绕出其后，鼓噪混杀。僧兵不知，犹呼后兵接进，而倭刃已及身，遂大呼皇天而死者若干人。僵尸满田间，见者无不流涕也。悲乎！将帅不知用兵而驱猛士，为贼所乘，吾松之败衄，大抵由此矣。后僧兵骨官为立石塔，瘗于佘山。"

郑若曾对僧兵的功绩给予了极高的评价，他在《江南经略·勒功三誓》中说："夫国家素养武臣在东南者不少矣，倭变暴作，连战败三十七阵。若非天员游寓天池，蔡公聘而用之，则倭贼渺中国为无人。我兵视倭如雷电鬼神而不敢犯，长驱深入，焚戮之惨，恐不俟次年而遍及于内地矣。天员一战于翁家港，再战于白沙滩，倭贼二百五十余人，斩刈无遗。自时厥后，我民方知倭为可敌。而兵气渐奋，捷音渐多，实天员一战有以倡之也。其安中国之神气，功岂小哉？"首次战胜倭寇，结束了敌军连胜、我军连败的势头，使我军民重新振作起精神，郑若曾所言不谬，僧兵的功劳确实不容忽视。然而僧兵"班师后，当道莫与奏功，而仅赏银牌，退归山刹。吴人亦无有知感者，岂非天地间一大屈哉？"

同谋还是替罪羊

——钱龙锡受袁崇焕冤案牵连始末

崇祯三年（1630），镇守边关的辽东巡抚袁崇焕被以"谋叛"大罪论死，与他同罪的还有另外一个职位更高的朝廷重臣。据《明史》记载："法司坐崇焕谋叛，龙锡亦论死。"这位因袁崇焕之冤案受株连的朝廷重臣，就是当时的内阁首辅、大学士钱龙锡。

袁崇焕的死，是大明江山从摇摇欲坠快速走向灭亡的转折点。而钱龙锡也因受株连，眼睁睁地目睹了明代的灭亡。他是袁崇焕的同谋，还是崇祯帝决策失败的替罪羊？他的故事现在读来仍是引人深思。

初涉仕途路坎坷，模棱两可无立场

钱龙锡，字稚文，别字机山，明松江府华亭县人。他生于万历六年（1578），卒于清顺治二年（1645），是明崇祯年间内阁首辅。早年他官场并不顺利。万历三十五年（1607），年届而立的钱龙锡仅考中了二甲第十八名进士。而当时明中央、地方的官缺仅有数十个，根本无法满足这一届二百九十八名进士的任职需求。亦算万幸，这年七月，钱龙锡同其他十七位进士一同被选为庶吉士，暂时避免了无事可做的尴尬。可庶吉士的人选拖拉了几个月才获批，仕途的光芒似乎在钱龙锡刚刚起步时就黯淡了下来。这种情形到万历三十九年（1611）庶吉士散馆时也没有好转。之后，钱龙锡在翰林院

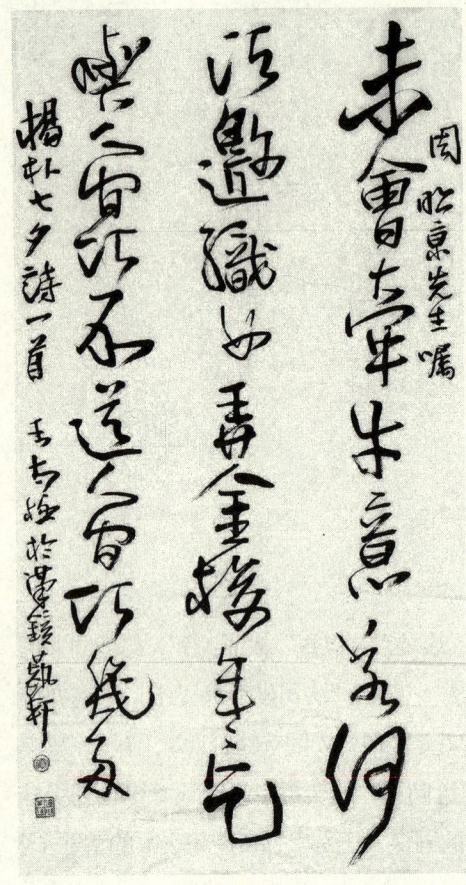

钱龙锡行书杨朴《七夕诗》

编修、詹事府中允、谕德、少詹事的职位上折腾了十几年,直到天启四年(1624),方才获授礼部右侍郎,协理詹事。

钱龙锡踏上仕途的年头,也正是明政府的多事之秋。万历后期,言官之间的党争未息,宦官魏忠贤又开始扰乱朝纲。天启四年(1624)六月,左副都御史杨涟疏劾魏忠贤二十四大罪,由此引发了魏忠贤残害东林党人的大案。但在此过程中,不知是由于糊涂行事,还是刻意为之,钱龙锡似乎并没有选定他的政治立场。天启四年(1624),杨涟痛劾魏阉的七十余人中不见钱龙锡的踪影,相反,在迎合魏忠贤旨意的《光宗实录》重修令下后不久,钱龙锡却出任了纂修实录的副总裁。

自古小人之结党营私,归根结底还是为了排斥异己。钱龙锡不即不离、无甚立场的态度,反而惹恼了阉党。天启五年(1625)十二月,钱龙锡由礼部右侍郎兼翰林院侍读学士、协理詹事府事改为南京吏部右侍郎,标志着他同阉党关系的变化。更糟的是,天启六年(1626)九月,钱龙锡被削去官籍,追夺诰命。

崇祯抓阄选心腹,龙锡顿成幸运儿

古语云:"祸兮福所倚。"钱龙锡被阉党逐出门墙,反而给他原本黯淡的仕途带来了一线曙光。天启七年(1627)十一月,即位不久的崇祯在处置了魏忠贤后,开始考虑辅佐自己平治天下的人选。颇想有一番作为的崇祯面对布满朝廷的阉党,自然对现有的内阁成员不太放心,意欲重建内阁。不过刚即位的崇祯对朝臣了解不多,面对由廷臣推荐的十几个人选无从选择,就采取了最原始的一招:抓阄。"帝仿古枚卜典,贮名金瓯，焚香肃拜，以次探之，首得龙锡。"钱龙锡作为被第一个抓出的幸运儿，在历经三朝，做了十几年中等官员之后走入了权力的核心集团，先是被任为礼部尚书兼东阁大学士，参预机务。并在不久之后，晋太子太保，改文渊阁大学士，钱龙锡成了有丞相之实的内阁首辅。

为了对付满朝阉党，崇祯二年（1629）正月二十四，大学士韩爌、李标、钱龙锡和吏部尚书王永光被召进皇宫，受命接手逆臣的罪案。而在官场摸爬滚打多年的钱龙锡等人怎愿到处树敌，仅仅列除了四五十人上报。

崇祯龙颜大怒，严令阁臣按"赞导"、"拥戴"、"颂美"、"谄附"几类定案，并命令将宦官同恶者一同列入。此时的阁臣，依然以"外廷不知内事"的借口拖延。一天之后，恼怒的崇祯将群臣所上称颂阉党的奏疏搜罗到一个黄囊中，命令阁臣按章疏列名。

尽管有皇帝抛下的黄囊，"专案组"心里自有打算，钱龙锡还是时时对附逆诸臣网开一面。二月二十六日，在崇祯的亲自过问下，另外的六十九名附逆者才被列入了逆党名单中。三月，总共二百五十八名的逆党名单正式被刊布。

这当中，吏部尚书王永光等人被有意无意地漏过了……

斩草不除根，后患无穷。作为定案主要成员的钱龙锡机关算尽，并没有对阉党赶尽杀绝，阉党却并不理会他在先前处置逆党案时的宽宏大量。相反，由于钱龙锡拒绝吏部尚书王永光荐引阉党高捷，转眼他就成了阉党的众矢之的。

商讨军机大事时，一朝卷进崇焕案

而这样的一个报复机会，终于在崇祯二年（1629）末降到了高捷面前——事情起因于督师蓟辽的袁崇焕擅杀皮岛总帅毛文龙。

崇祯元年（1628），袁崇焕被任命为兵部尚书，督师蓟辽。在进京朝见时，袁崇焕向崇祯许下了"五年复辽"的诺言，由此请得了尚方宝剑，获得了先斩后奏之权。是时，毛文龙镇守东江，不仅滥用军饷，纵下抢掠，而且虚报战况，冒功请赏。

袁崇焕崇祯元年（1628）离京前夕，大学士钱龙锡出于稳妥的考虑亲自到袁崇焕寓所，咨询袁崇焕"五年复辽"的方略。袁崇焕说："当自东江始。文龙用则用之，不可用则处之，易易耳。"袁崇焕还对钱龙锡说："入其军，斩其帅，如古人作手，某能为也。"暗示自己可以设谋，处置毛文龙。

钱龙锡生性谨慎，一再表示要再"酌量"，但袁崇焕几乎心意已决，似乎要实现"五年复辽"非除毛文龙不可似的，这又是何故？据朱彝尊《曝书亭集·钱龙锡传》记载，袁崇焕曾向钱龙锡说："譬如弈然，局有四子，东江其一也。"就是说，辽东之局，有四颗关键的棋子，东江这颗棋子插入后金项背，可进攻，可袭扰，也可牵制。但如果按照毛文龙原来路子经营东江，则起不到它的战略作用。袁崇焕希望将东江真正纳入辽东战守的棋盘中，让这颗棋子发挥出应有的作用。

于是在崇祯二年（1629）六月，袁崇焕未禀明崇祯，便擅自杀掉了毛文龙。然而清兵攻势猛烈，不仅使袁崇焕"五年复辽"的希望落空，而且清兵在崇祯二年（1629）十一月直逼北京。这年十二月，崇祯又误中清人反间计，将一片赤诚丹心的袁崇焕逮捕下狱。

起初，崇祯并没决意杀袁崇焕，仍想起用他去边塞立功，但毕竟经不住耳边风。自从崇祯严惩魏忠贤阉党后，"忠贤虽败，其党犹盛"，阉党余孽，遍布京城。遭到惩罚的阉党分子及其余孽们，对异己的朝臣如袁崇焕等人简直恨之入骨。京师遇难，袁崇焕下狱，正好给他们一个"欲以疆场之事翻逆案"的机会。

于是事情备加复杂，为了成功翻案，同时他们把实际未参与"杀毛事件"的钱龙锡也一起牵连了进来……

当年手软留后患，阉党余孽谋翻案

江西道御史高捷率先诬蔑袁崇焕受辅臣钱龙锡指使杀毛文龙，迫使钱龙锡辞官。接着，山东道御史上疏，无端诬陷钱龙锡接受袁崇焕贿赂数万两银子，故意用耸人听闻的言辞刺激皇帝。结果失察的崇祯怒不可遏，下令处决袁崇焕。

要说钱龙锡是袁崇焕同党，理由着实牵强，即使崇祯也不会相信。不过卖国欺君的攻击接连而来，言辞激烈，偏偏诸如议和这样的事对崇祯而言，是有伤尊严，绝对不能公开的。而敌兵临城下、京城遇警这等天朝耻辱也必须有合适的替罪羊方能平息议论，只不过这些事都是在崇祯眼皮下发生的，前前后后他都清楚，除非崇祯肯出面表态说那些决策原本都是自己认同了的。不然，除了袁崇焕之外，朝中确实还需有人分担责任，钱龙锡自然就是这个替皇帝顶缸的人。他自己也已是老江湖了，心里有数，所以尽管"帝慰谕之"，仍告病还乡，崇祯立即批准了。

可惜祸事并没有因为钱龙锡的还乡而结束。崇祯三年（1630）农历八月，"帝召诸臣于平台，置崇焕重辟"，在一片喊杀之声中确定了袁崇焕的谋叛死罪，这样钱龙锡又被高捷等不依不饶地提出来论罪了。"时群小丽名逆案者，聚谋指崇焕为逆首，龙锡等为逆党"，其目的乃是"更立一逆案相抵"，就是说，这些人唯恐皇帝以后会继续追究魏忠贤一案，所以意在制造出一起更引人注目的叛逆案，从此抵消先前所定的阉党逆案。若非崇祯对袁崇焕案知根知底，不至于被过分蒙蔽，不然大兴冤狱、株连多人的情形或许真的可能出现。

即便如此，钱龙锡仍然成了牺牲品，被下狱并定死罪。他在松江府华亭县家中被捕，押到京师，下锦衣卫狱。有关衙门议定：钱龙锡在西市斩立决，连刑场都准备好了。就在这千钧一发之际，崇祯好像有所醒悟，突然降旨：钱龙锡"无逆谋，令长系"。"无逆谋"就是说钱龙锡叛逆没有证据，"令长系"即下令把他长期监禁起来。这样，钱龙锡才免于一死。但事情并没有结束，崇祯四年（1631）五月，钱龙锡被遣戍浙江定海卫。

自从袁崇焕案牵出这起钱龙锡案后，东林党受到阉党余孽毁灭性的打击。阉党余孽周延儒、温体仁等先后入阁，开始形成以周延儒、温体仁为首的反东林内阁。这标志着东林内阁垮台，奸党余孽重新掌控内阁和六部。从此，崇祯新政结束，中兴之梦破灭。

而说到底，钱龙锡尽管小心翼翼，没有惊人的卫国之举，也未获得和袁崇焕一样的忠臣美名，但不得不承认，他也是明朝党争的牺牲品。在这场尔虞我诈的党争洪流中，他也是身不由己⋯⋯

誓留忠节传千秋

——记殉明义士张肯堂

甲申之年,明清鼎革,神州震荡,天下大乱。在这危急时刻,无数忠节之士慨然起兵,抗击清军铁骑,华亭张肯堂即在其列。

然而反清势力散落各地,如同一盘散沙,更有甚者,索性徘徊观望,拥兵自卫,坐视清兵长驱直入。张肯堂以经世之学,为循吏、谏臣,可惜上任皆不久,无法尽施其才。后翊戴闽中,稍有可为,却无奈扼于强帅郑芝龙,动掣其肘,难于动弹。后入舟山,又逢各方反清势力虎争,在朝公卿人人自危如朝露。张肯堂以至诚宿望,斡旋其中,但终究难挽大明颓势。今日捧读张肯堂《寓生居记》,零丁惶恐之情,犹在眼前,令人黯然神伤。

施计策平定流寇

张肯堂(?~1651),字载宁,号鲲渊,明松江府华亭县人。天启五年(1625),登进士三甲第一百一十九名,授河南浚县知县。张肯堂秉公执法,果断决案,以他在浚县任上裁决的大小难案汇编成集《莹辞》。这部明末判牍,给人留下了丰富的审判记录,民间社会、世情百态,纷呈纸上;审判始末、律例运作,尽包其中,被称为古代法律制度的史料库。

崇祯七年（1634），张肯堂擢为御史。当时国势积弱多年，加之天灾频繁。崇祯又急于平定动乱，不断扩大军备开支，赋税水涨船高。地方官员不去设法救济安置，反而继续催逼税赋钱粮，追索历年积欠，逃亡的百姓与日俱增，凤阳等地民变四起。

目睹这一切，张肯堂毅然上疏，直指国策之弊："天灾可畏，皇上应施行宽大的政策，如今向百姓征收的钱粮，实际上已远超出他们能承受的限度，也不可能收缴到。然而这些百姓要因此受罚，结果只能是累得老弱之人饥馑而亡，陈尸沟壑，强暴之人聚众作乱，大行不义。归根结底还是逼人为盗。"言辞恳切，正中肯綮。

崇祯十六年（1643），张肯堂以右佥都御史，巡抚福建。当时，漳南郑芝龙拥兵自重，横行台湾海峡。崇祯初年，福建总督招安海盗，郑芝龙奉招归附明廷，官至总兵。但他倚仗势力，丝毫不改跋扈之性，私招海盗五十余人，报请张肯堂，欲归至麾下。张肯堂严辞拒绝："剿盗，元戎职也。未有朝命而擅受降，不可。"旋即上书朝廷，得到严旨，这五十余人悉数论斩。从这一刻起，郑芝龙便已对张肯堂心生怨隙。

南都立国后，张肯堂选兵三千，令部将周蕃率军驻守福建。当时汀州、漳州有数万海盗出没剽掠，张肯堂剿抚并用，一年后便成功平定。

受掣肘孤困海岛

只是大明王朝大势已去，倾颓难挽。崇祯十七年（1644），清军入关，翌年南都沦陷。张肯堂迎接唐王到福州再立政权，全力抗清。郑芝龙虽兵权在握，但怀有二心，从一开始就没有忠君事主的反清意愿。唐王到来，郑芝龙踌躇不决，最后只是让其弟郑鸿逵前去相迎，自己勉强赴约。

是年七月，唐王即帝位，改元隆武（1645），张肯堂任左都御史，掌管都察院。他向隆武帝面陈恢复大计，请求招募水军，由海道抵江南，组织义军，与浙东义军互相支援。但为郑芝龙所阻，未能实行。他还直言大臣马士英贪婪奸佞，误国卖君，今闻其在浙，法所不赦，必须严惩不贷。郑芝龙竭力为马士英求情而不果，于是对张肯堂也越发怀恨在心。他本就无意复明，见张肯堂日日劝君亲征，更是怒不可遏，一心寻思着先除之而后快。

顺治三年（1646）正月，张肯堂请求带兵出征。隆武帝下诏加张肯堂为少保兼户部、工部尚书，并赐他尚方宝剑，令其专理兵马粮饷，总管北征军务。

谁知,隆武帝的授权,最终只是一纸空文而已。

江南一带,夏允彝和陈子龙等人举兵吴淞。其时张肯堂之孙张茂滋还住在松江,于是张肯堂派遣部下汝应元回到家乡,奉张茂滋发家助军。然而义兵起事很快就告失败,张肯堂隔海北望,忧愤难当。张茂滋和汝应元到福州,劝说他起事虽然未成,但江南豪杰仍在等待时机,如果谁能前往募军,定会一呼百应。

张肯堂点头称是,重整士气,请隆武帝从浙东走陆路亲征,自己则率水师从海路到吴淞,招募各路人马。礼部尚书曹学佺竭力赞成,认为"徼天之幸,在此一举",当下就捐饷一万,促他乘风疾行。

岂料出发还没几天,郑芝龙就从中作梗,百般阻挠。原来,早在之前,他已用自己的亲信郭必昌取代张肯堂任巡抚,暗中造器转饷,尽占其兵。他得知张肯堂要北上招兵,就让郭必昌率步卒先发,不出三关一步就令张肯堂收兵待命。

张肯堂的船队漂泊入海,在海岛上苦等半年,徘徊难行。朝事不复相闻,音讯一概隔绝。直到六月,郭必昌才放权让张肯堂督师,但此时,军费器械和三万粮饷全被郑芝龙夺去了。张肯堂难为"无米之炊",徒叹奈何,只得自募六千人,屯军鹭门。七月,他听说隆武帝征战至赣州,正引领企盼佳音,却等来了皇帝不幸被俘的消息。一时间,张肯堂痛哭失声,万念俱灰。张肯堂漂泊海上,历经艰苦,但坚决不降清。

"寓生木"报国无门

这时,平海将军周鹤芝拍马赶到,力劝张肯堂尚不能弃兵言败:"封疆之臣,封疆失则死之。今公奉使北伐,非封疆也;不如振旅,以为后图。"张肯堂深以为然,再次披挂上阵,入用军中。周鹤芝虽也是海盗出身,但忠义气节非郑芝龙可比。他与张肯堂谋划出师,终于攻破海口诸城。

张肯堂由此从福建入浙,来到舟山。当时舟山总兵黄斌卿,雄踞一方。他隆重欢迎张肯堂,奉为上宾,把自己的住所,原舟山参将府也让给他住。黄氏表面上礼贤下士,内心却猜忌刻薄,并无远略,只求割据自保,偷安海外,"欲为不侵不叛之岛夷"。清松江提督吴胜兆反正,要求舟山派兵前去支持。张肯堂喜出望外,黄斌卿却专断擅命,拒不出兵。

不久,鲁王的军队张名振、张煌言之部渡海前来,黄斌卿并不把鲁王势力放在眼里。张肯堂几次劝说黄氏要与诸军协力，都无济于事。他郁郁不得志，只得栽花种竹，作《寓生居记》以表心志，感慨自己犹如"寓生之木"，只能攀附他树，任凭风吹雨打。

顺治六年（1649），鲁王进驻舟山，以张肯堂为文渊阁大学士，加太傅。张肯堂把参将府让出给鲁王作行宫，决意忠心事主，继续抗清。可是当时诸将争权，朝中实则由将军张名振一手把持。张肯堂虽名为阁相，也只是凭其耆德宿望而受人倚重，并没有实权在握，终究无所可为。

顺治八年（1651），清军水师趁大雾围攻螺头门。张名振奉鲁王之命领兵出航，欲起到战略牵制作用，命张肯堂留守舟山。当时城中仅六千兵士、一万居民。张肯堂和众军民坚守十多天，力难支，舟山城终被攻破。

雪交亭慨然赴死

临难，礼部尚书吴钟峦前来，张肯堂从容赋《记诀词》：

> 虚名廿载谩尘寰，晚节空余学圃闲；
> 难赋归来如靖节，聊歌正气续文山。
> 君恩未报徒长恨，臣道无亏在克艰；
> 寄语千秋青史笔，衣冠二字莫轻删。

张邸筑有一雪交亭，是张肯堂平时读书的地方。亭外栽一梅一梨，花开时节，两头相接，连成一片，洁白胜雪，因而得名。那天清晨，张肯堂身穿蟒袍，腰系玉带，朝南坐在雪交亭中。十余妻妾、女孙、仆婢朱紫其衣，珠翠其饰，悬于左右梁上，缳绝而坠，或投入荷花池自溺；诸部将家人手持利器，自刎而亡。张肯堂回过头对孙子张茂滋说："你不能死，然而你能否保全性命，实非我所能左右。"正引缳之间，有人来报说张肯堂的门生仪制主事苏兆人已自缢庑下，张肯堂洒酒祭奠，疾呼："君稍待我。"说罢，入雪交亭梁上素缳殉节。张茂滋狂号不止，不愿离去，欲与家人共生死，直到被几位部将强行拉出。

当时，张肯堂昔日部将汝应元已披缁普陀，出家为僧，法号无凡。他冒死到清军营中请求收葬故主。诸帅大怒,呵斥道:"你主公违抗天命,久拒天兵,你们这些余孽抱头鼠窜都无暇,居然还敢来收什么尸骨!"下令将他撵出,立时问斩。无凡镇定地说:"山僧本戴头来,衹请假一日命,得葬故主还就戮,何如?"清军主将被他的义气所感动,答应了他的请求。无凡将张肯堂尸骨带出城,葬于普陀山宝称庵,终其生居庵以奉其墓。

张肯堂的那幅绝命手迹,后来官府曾重金悬赏,一个老兵得之献出,却不愿领赏,慨然道:"藉慰公昭忠之意,非羡金也。"而雪交亭边的一梅一梨亦安然无恙。传说黄宗羲为张肯堂的忠义所感,把这两棵树移植到了老家黄竹浦,并在寓所旁边筑了个小亭,也称作雪交亭,以此表示对死节之士的敬仰。张煌言有《挽张鲵渊相国》诗二首以悼之,全祖望为其撰《神道碑铭》,比之为唐颜鲁公。

诗文沉雄凌云间,铮铮铁骨立峰泖
——记明末江南才子陈子龙

行吟坐啸独悲秋,海雾江云引暮愁。
不信有天常似醉,最怜无地可埋忧。
荒荒葵井多新鬼,寄寄瓜田识故侯。
见说五湖供饮马,沧浪何处着渔舟?

陈子龙画像

　　这首伤时感事、慷慨悲凉的诗作出自松江明末大诗人陈子龙的手笔。当年,这位奋勇抗清的爱国勇士愤然自沉,从容就义。历史学家朱东润这样评价他的一生:青年时,他是"名士",专注诗文,华艳拟古;而立之年后,他是"志士",认清沉重国难,时时以国事为己任;人生的最后阶段,他是"战士",擂响战鼓,慷慨为国捐躯。

历经周折,科举金榜题名

　　陈子龙(1608~1647),字卧子,号轶符,晚年又号大樽,明松江府华亭县人。明万历四十七年(1619),陈子龙的父亲陈所闻考取进士,后来官至刑部郎中、工部郎中。天启元年(1621),陈子龙祖父陈善谟病逝。次年初,陈所闻奔丧南归,他的仕途从此戛然而止。他开始留在家中一心一意教育儿子,严格监督陈子龙的课业。

事实上,陈子龙之后的应试之旅充满曲折。由于陈家的主要田产在青浦,所以十六岁的陈子龙于天启三年(1623)到青浦县应考秀才。青浦县知县刚一拿到他的试卷就击节赞叹,连说以这样的水平绝对应该力拔头筹。可是陈子龙父亲陈所闻为官已久,为避嫌,决定放在第二名。但试卷送到松江知府张石林手上,一下子重夺榜首的位置。谁料知府上面还有专管考试的学政,学政孙六吉把陈子龙的考卷拿在手里看了又看,连连摇头,叹息道,陈子龙才气固然出众,但文章写得未免太过标新立异,不符合八股要求。这下子陈子龙非但没拿到第一,连入选的资格都被取消了。

经过这次打击,陈子龙顿觉十分沮丧,甚至突发奇想想做神仙,开始一本正经地研究起成仙之道来,父亲极力反对,亲友好说歹说,陈子龙这才放弃这种想法,潜心钻研起了文学。当时,他还与夏允彝、宋征璧、周立勋等人结成了好友,三五知己相聚在一起时,常常讨论国事,对当时宦官专权、残害忠良的行径无不义愤填膺,于是几个人就缚草为人,写上魏忠贤的名字,每天用箭射击。天启六年(1626),十九岁的陈子龙二度参加县府试,这回顺利考中了秀才。

崇祯三年(1630),陈子龙与夏允彝一起到南京参加乡试,两人同榜录取,立即马不停蹄地赶往北京准备次年会试。但陈子龙的会试注定一波三折——那天考完之后,陈子龙跟夏允彝讨论试题,毫不掩饰自己的兴奋之情,对自己的答卷甚是满意,自认为一定高中,不料发榜时名落孙山。这无疑是当头一击,他只得黯然回到松江。崇祯七年(1634),他卷土重来,却再次落榜。回到家中他痛下决心,闭门谢客,把自己深埋在故纸堆里,发愤读书,其间写了不少古乐府,宣泄人生艰辛、世路坎坷等种种感慨。崇祯十年(1637),他第三次公车北上,主考官乃大名鼎鼎的黄道周,陈子龙取得了三甲第十七名,终于金榜题名。

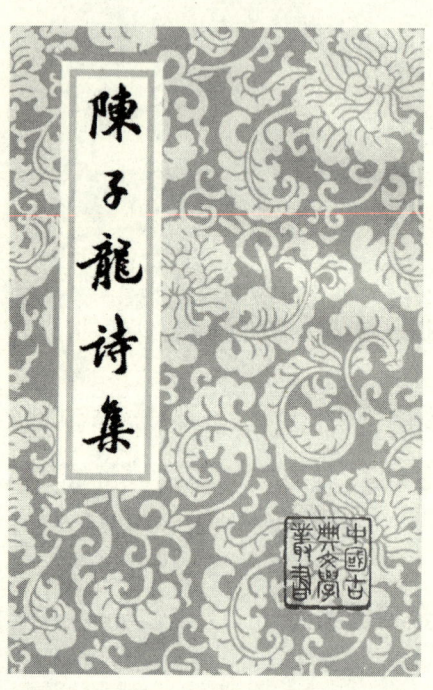

《陈子龙诗集》封面

劳苦功高，为官深得民心

崇祯十三年（1640），陈子龙被分配到浙江省绍兴府担任推官，专管绍兴府内审判、检查之工作。当时朝廷由太监专揽，省城杭州有个专管盐务的内监崔某，实际控制着全省州县官的升迁，是官员膜拜的对象。陈子龙因公经常去杭州，但他从不去谒见崔某。有人好心劝他还是去拜访一次为好，但陈子龙说要去给内监屈膝还不如回家。

从崇祯十三年（1640）秋至崇祯十七年（1644）春，陈子龙在绍兴府推官任上还短时期署理过诸暨县知县。其间大展身手，办了不少案子，也处理了很多深得民心的政务。那时他刚上任，就有人击鼓鸣冤，大声哭喊说是儿子昨天被人用铁锤打死了。陈子龙当即询问他家离县城有多远，那人回答有四十里。事不宜迟，陈子龙准备马匹，打算亲自前去案发地断案。这时事主却大惊失色，忙说路途艰险，不敢劳驾。陈子龙顿起疑心，速派差役打了灯笼前往，果然发现一具男尸，却浑身不见伤痕，其实是死于痨病。陈子龙果断审讯，得知原来双方本是冤家，告状人无非是想借儿子一死来诬陷仇家。陈子龙不畏劳累、当夜深入事发地亲自断案令刁民始料未及。

崇祯十四年（1641）正月，陈子龙从杭州回诸暨，大雪封山，一路上他看到千百名饥民带着米袋和长刀，正要去大户家抢米。陈子龙劝说他们未果，赶紧回到县城，一面处分为首分子，一面下令把四邻的义仓打开，按米价七折出售。此后，他采用藏粮于民间的做法，让百姓能度过灾荒。诸暨的做法由浙江省的长官向其邻县推广。当时浙江正闹灾荒，陈子龙主持浙东救灾工作，他穿了草鞋，手持竹杖，四处奔波。他还创办病坊，施药一万余剂，救活一千余人；创办育婴堂，救活婴儿三百余名；用米七万五千多石，救人十万多。

几许飘摇，擎起光复大旗

崇祯十七年（1644），京师失陷，陈子龙悲痛欲绝，血泪沾衣。南京的大臣们拥立朱由崧为皇帝，称弘光帝。陈子龙以兵科给事中职务到南京小皇朝上任。在朝的日子里，陈子龙连续上奏了《募练水师疏》《自强之策疏》等三十八篇关于恢复中原的奏本，力求总结经验，切除弊病。其中《自强之策疏》的价值最受肯定，可与贾谊的

《治安策》、诸葛亮的《隆中对》相媲美。但南明小皇朝在即将覆灭的关头还一味追求享受，弘光皇帝怕其他叔叔、兄弟来争夺皇位，官员间互相倾轧，全不把光复作为大事。陈子龙看到这样的情景十分伤心，便远离朝廷，回到家中陪伴在祖母身边。

同年五月，清大军攻克南京，明朝的文武百官向杭州退却，继而向福州撤退。顺治二年（1645），众人在福州拥戴朱聿键为帝，称隆武帝。此时江南地区已被清占领，各地不断有自发的起义发生。当年闰六月十日，松江的原明朝旧臣聚众起兵反清。原明两广总督沈犹龙称总督兵部尚书，陈子龙称监军左给事中，军号振武。陈子龙与徐孚远及陈湖义士集众千余人驻扎陈湖，伺机起兵。夏允彝致书联络吴淞副总兵吴志葵、参将鲁之玙率水师三千自吴淞入泖湖，总兵官黄蜚率船千艘、水师两万人由无锡到此会合。他们悬挂明太祖的遗像，跪在遗像前立誓抗清复明。陈子龙所集的义兵，虽有千余之多，但"饷无所办"，而且这些人多是泖滨渔人，不知纪律，缺乏作战经验，与吴志葵水师进攻苏州遭遇了失败。黄蜚不听陈子龙的劝阻，将两万水师移营黄浦江，因沿途水道狭隘，不利旋转，单行数十里，首尾不相应，仅支撑两月，亦被清军击败。八月初，松江城陷，沈犹龙等皆阵亡。陈子龙在城西遇清兵，差点被抓，幸亏逃脱，携全家人逃到昆山。后来，陈子龙来到嘉善西北三十六里的水月庵出家，投靠清廷的明朝旧官员都纷纷劝他归顺，陈子龙却以出家人只在"晨钟夕梵"中消磨时光为由，坚决拒绝。

顺治四年（1647），苏松地区主要由驻在苏州的江南巡抚土国宝和驻在松江的江南提督吴胜兆掌管。土国宝与吴胜兆素有矛盾，在陈子龙等人策动下，吴胜兆准备起义，但由于天气原因，起义兵船未能按时到达，同时又有地方官告密，起义惨遭失败。陈子龙被当做主谋，遭到通缉。清政府派出五百人捉拿陈子龙，他的仆人设法转移目标，陈子龙却在堂上端坐，坦然就捕。被捕后，他以必死的信念对审讯者加以嘲讽和抨击。清兵只好把他捆起来，准备乘船押往南京。船经跨塘桥时，陈子龙趁守卒不备，跃入水中，自沉殉明。

"明诗殿军"陈子龙

陈子龙不仅是不屈的抗清勇士，而且在当时的文坛上也颇有名望。他生有异才，诗赋古文无一不精，取法魏晋，骈体格外精妙。王士禛指陈子龙作品"沉雄瑰丽"，

"殆冠古之才";吴伟业称其诗作"高华雄浑,睥睨一世";龙榆生对他作词才华推崇之至:"词学衰于明代,至子龙出,宗风大振,遂开三百年来词学中兴之盛";郑振铎有语:"子龙诗文皆名世,其骈体文和长短句的造诣,尤为明人所罕及";郭沫若曾说"陈(子龙)夏(允彝)为几社主盟,实江南文会之领袖。诗文极受时人推崇,著作亦甚富,惜多散佚不传。"

陈子龙早年性格豪放,不拘细节,心怀大志,其诗作或绮丽婉转,"一夜凄风到绮疏,孤灯滟滟帐还虚","琥珀佩寒秋楚楚,芙蓉枕泪玉田田";或质朴深沉,《小车行》以汉乐府民歌之风,绘尽百姓流离失所的惨景。明朝覆灭之后,他的诗尤其七律之作更向悲壮沉雄一路发展,忧国伤时之情展现得淋漓尽致。虽然他有复古的思想和主张,但他特别强调文学创作的社会意义,

陈子龙、夏完淳《双碧词》书影,清光绪癸卯刻本

是结束明代复古派诗歌创作的最后一个大诗人,也是开创清初诗歌书写性情、反映现实新风较早的一个大诗人。

陈子龙曾与夏允彝组织几社。他注重经世致用之学,曾编《皇明经世文编》五百余卷,多"议兵事,论形势"。《小车行》《秋日杂感》十首为其代表作,有《陈忠裕公全集》(三十卷)。

砥砺名节，焜耀百代

——记明末云间志士夏允彝

明清易代之际，华夏大地烽火连天，哀鸿遍野。这段铁与火、血与泪交织铸成的历史造就了一代英烈。文天祥的《正气歌》有云："时穷节乃现，一一垂丹青。"民族危急存亡之秋，许多人奋然而起，九死不悔地投入了战斗，他们的凛然风骨彪炳史册。

这其中就有来自云间的夏允彝。南明乱政，夏允彝清操自守，凛如冰雪。清军南指，他首倡义举，筹划奇谋；事即不成，他从容赴义，上报国家，下酬知己，不愧为忠贞之士。

学务经世创几社，领袖群伦

夏允彝（1596~1645），字彝仲，号瑗公，明松江府华亭县人。幼好学，善文辞。他是万历四十六年（1618）举人，才名动海内。明末朝政腐败，朝中宦官气焰嚣张，一些江南士人继东林党后纷纷组织文社切磋学问，砥砺品行。其中规模最大的要属成立于苏州的复社，而云间城中的几社则与之遥相呼应，影响同样远大，当时有"云间古今文词甲天下"之誉。夏允彝即是几社魁首之一。

崇祯二年（1629），夏允彝与同郡的杜麟徵、周立勋、徐孚远、彭宾、陈子龙倡立几社。同时入社的还有夏允彝之子夏完淳、杜麟徵之子杜登春、李待问、何刚、宋徵璧、宋徵舆、李雯、顾开雍、宋存标、吴骐、王瓀等。

夏允彝虽与复社首领张溥关系密切，曾参加复社在南京、苏州的聚会，但他对几社与复社的定位却有独特的见解。复社的张溥主张大开门庭吸纳海内名流，而几社鉴于汉宋党祸，力主"简严"，"非师生不同社"。当时有人指责几社结党朋比，令陈子龙十分气愤，夏允彝劝解道："我们以师生立社，是水乳之合，将来必能互相支持。但别人的指责就像一剂良方，虽然味苦，但何不虚心接受呢？"夏允彝能听取逆耳之言，全面分析问题，这让陈子龙不禁心生佩服。他还喜欢奖掖青年，人有一长，必加鼓励；讲求气节，以道德文章相砥砺，士风为之一变。复社、几社的规模虽不能相提并论，但几社的声誉蒸蒸日上，不落下风。

几社远近闻名与社中诸子斐然的文采分不开。《几社壬申文选》序言中，杜麟徵评价："文章起江南，号多通儒，我郡为冠。以余之所交，彝仲擅论讥之长……卧子（陈子龙）恢肆而神骦：人文之美，具于是矣。"夏允彝的才华是与陈子龙相齐名的，世称陈夏。

明末清初社会动乱之际，几社中人同样关心国事，"与天下同忧乐，抵排浊流，指呵失政"。他们并不仅仅以诗赋辞章见长，还讲求经世致用之学。全祖望说："方明之季，社事最盛于江左，而松江几社以经济见。"他认为夏允彝和陈子龙都是"社中言经济者之杰"。

长乐五载父母官，声震朝野

崇祯十一年（1638），夏允彝来到福州府任长乐县知县。这个父母官勤于政事，爱民如子。五个春秋来，长乐大治，许多弊俗都得到了革新，可谓百废俱兴。当时吏部推举天下贤能知县七人，夏允彝位列第一。

夏允彝尤其善断疑难案件，他判案子常常"引绳批根，钩深摘隐"，临判决时不动声色，寥寥数语便道破玄机，满堂豁然开朗，露出笑颜。当时福建发生什么疑案，都会发到长乐县请夏允彝审判。当时福建一带诬陷之风很盛，经常有人服毒草药诬陷仇人。夏允彝对此厉行禁止，规定凡告杀人，不论山高路远，一定要把尸体运到，并检验虚实。诬陷的恶习也渐渐日息。

长乐地方有不少强盗，夏允彝刚有所耳闻时假装置之不理，暗地里却千方百计派人搜查，几个月之后就将强盗捕获，有时在很远的地方捉到案犯，有时是在审理其他案件时顺藤摸瓜一并查出。夏允彝的办案效率令当地强盗大为收敛。

他为了杜绝衙门中人结党营私、包揽词讼之弊,规定凡衙役都要在腰间挂上一块木牌,上书本人状貌、籍贯、年岁及值役时期,以便出入衙门,凭牌盘查,如果没有木牌擅入衙门就要予以重罚。这么一来,衙役的党羽日少,敲诈勒索之害也渐息。

夏允彝在处理争讼时还特别注意调解。长乐县一位名宦死后,子孙为了遗产问题闹得不可开交,都说先世数代为官,遗产一定很多,互相指责对方隐匿侵吞。夏允彝得知此事后,将这些子孙招到官衙对他们说:"我曾读过你们祖父自撰的行述和别人写的墓志铭,都说世传清白,而你们却忍心玷污先世英名。如果你们能先将你们祖先的墓碑扑倒,我就为你们追回遗产。"官宦子孙听到夏允彝一番话愧疚不已。一场官司就这样被夏允彝以寥寥数语机智化解了。

夏允彝为政宽仁,放宽赋役,加大赈恤以解民困,对孤寡贫弱的人亲切和蔼犹如家人。但对巨猾豪强,他毫不手软。当时郑芝龙占据福建一带做买卖,地方官吏都不敢过问。郑芝龙的部下在海边巡守时接受了商人贿赂,放任商人出海经营,后来又谋财害命,将商人杀害。夏允彝得知此事,欲将其部下法办,郑芝龙竭力为部下遮盖,夏允彝刚正不阿,依然按律治罪。

夏允彝为政时人称颂,影响力不容小觑。当时崇祯上朝时曾向群臣询问天下清廉官吏。已任大学士的原松江太守方岳贡便举荐夏允彝。崇祯点头,若有所闻,并将夏允彝的名字写在屏风上,以备提拔。

起义不成终自沉,忠贞不屈

顺治二年(1645),清兵下江南。陈子龙、徐孚远、沈犹龙、李待问等人在松江起兵。他们在松江城内摆设香案,上悬明太祖画像,大家在香案前祭拜,宣誓抗敌。避居在小昆山的夏允彝应陈子龙之邀来到松江密谋举事。

吴志葵与夏允彝有同乡师生之谊,夏允彝写信劝说他攻取苏州,随后自己加入吴志葵军中,任随军参赞。起义行动正式开始,吴志葵率水军三千由吴淞江入泖湖进军苏州。吴志葵部将福山副总兵鲁之玙率三百人从西面的胥门斩关而入。夏允彝闻讯后,立刻建议吴志葵:"鲁将军手下只有三百人,事不宜迟,我们现在赶快全军跟进,难保清军没有援兵啊。"但吴志葵短于谋略,畏首畏尾,犹犹豫豫就是不敢出兵,夏允彝也无可奈何,只好静候城内战报。

这时,鲁之玙率军攻入了城中,起先的确一路顺风,但行了四五里路居然不见敌人的踪影,怀疑可能有诈,刚想指挥军队撤退,这时清军骑兵突袭而至,鲁之玙没有城外吴军的援手,只得孤军奋战,最终力战不支,中箭坠水而亡,三百战士也在这场战役中壮烈牺牲。

鲁之玙战败消息传来,夏允彝大感痛心,他竭力劝说吴志葵:"将军暂且不要撤兵,看看情况再说,可以再派兵力进攻……"话音未落,吴志葵就神色慌张地打断了他的话,说军中已无斗志,还是早日退兵上舰为妙。夏允彝力争不果,泪流满面,遍拜军中将士,劝说他们不要退兵。将士们都深受感动,于是继续屯于苏州城下,与清军交战。夏允彝殚精竭虑,苦苦支撑,多次策动进攻,然而全都无功而返,夏允彝只能无奈退出吴志葵的军队。

苏州之役失败后,松江城也被清兵攻占,以后夏允彝又听说好友侯峒曾、黄淳耀领导嘉定人民起义失败而殉国,悲痛万分,决定自杀殉明。有人劝他渡海到福建去投奔唐王,夏允彝慨然道:"我曾在那里办过事,福建老百姓都怀念我。但现在去,人家不要说我偷生逃跑吗?这怎能垂名天下万世?我愿追随故友于地下!"他痛感明朝的覆亡,撰成《幸存录》,记述南都兴废和义师盛衰,又嘱咐儿子夏完淳将此书续写下去。后遣散家人,作《绝命词》:

> 少受父训,长荷君恩。以身殉国,无愧忠贞。南都既没,犹望中兴。中兴望杳,安忍长存?卓哉吾友,虞求、广成、勿斋、绳如、愚人、蕴生,愿言从之,握手九京。人谁无死,不泯者心。修身俟命,敬励后人!

夏允彝从容自沉于嘉定松塘。

夏允彝著作有《夏文忠公集》(五卷)、《私制策》(一卷),《幸存录》(六卷)乃其绝笔(附《姓氏杂志》一卷),编著有《春秋四传合论》《禹贡合注》(五卷)、《几社六君子诗》(一卷)。

夏允彝《幸存录》封面

英雄生死路，却似壮游时

——记明末抗清少年英雄夏完淳

"三年羁旅客，今日又南冠。无限河山泪，谁言天地宽！已知泉路近，欲别故乡难。毅魄归来日，灵旗空际看。"想到忠魂必能重归故里，慷慨赴死的他，脸上浮现出坦然的神色——这个人就是十七岁即为光复事业献出生命的云间英才夏完淳。

少年老成，敢将岳父一军

夏完淳（1631~1647），原名复，字存古，号小隐、灵首，乳名端哥，明松江府华亭县人。夏完淳堪称神童，天资聪颖。幼承家学，胸怀大志，五岁就读完了五经。当时陈继儒写下《夏童子赞》称赞他："包身胆，过眼眉，谈精义，五岁儿。""矢口发，下笔灵，小叩应，大叩鸣。四座惊，是童神。""精用审，善辞令。半《论语》，天下定。吾摩顶，是童圣。"他六岁能作诗文，九岁写出《代乳集》。十一二岁，已"博极群书，为文千言立就，如风发泉涌；谈军国事，凿凿其中"。郭沫若曾经评价他："不仅文词出众，而且行事亦可惊人。在中国历史上实在是值得特别表彰的人物。"

夏完淳的成长得益于良好的教育。父亲夏允彝与陈子龙齐名，当时夏允彝对夏完淳教育有方，平日出游远方，常把他带在身边，让他阅历山川，接触天下豪杰。他还常带儿子会见朋友，十一二岁的夏完淳表现得少年老成，秀目竖眉，与大人们高谈阔论，评论当朝时政，指点边防形势，总是讲得头头是道。几个大人被夏完淳一番话说得连连点头，也有几个被他辩驳得面露尴尬之色。他的伯父见状甚是不满，皱起了眉呵斥他："有客人在座，你一个小孩怎么这么多话，不成体统！"夏允彝却在一边哈哈大笑，对儿子并不加制止。

还有一次，夏完淳跟父亲去福建长乐县上任，路过嘉善，顺便到岳父钱栴家拜访。父亲与岳父刚互相寒暄过，夏完淳就迫不及待地发问："今日时局如此，不知丈人所重何事？所读何书？"钱栴没料到未来的女婿小小年纪会提出这样的问题，一时语塞，只好含糊地回答："我所重的事，所读的书和令尊相差无几。"

夏允彝（左一）与夏完淳（右一）画像

揭竿而起，满怀光复雄心

崇祯十六年（1643），夏完淳与同县友人杜登春等组织西南得朋会（后改名为求社），成为几社的后继。次年春，农民起义军席卷北方，夏完淳自称江左少年，上书四十家乡绅，请举义兵为皇帝出力。清顺治二年（1645），清兵下江南，松江府城被清军占领。当时夏完淳年仅十五岁，他放下书卷，跟随父亲夏允彝、老师陈子龙等人投身于慷慨激昂的抗清斗争中。攻打苏州遭遇失败后，夏允彝感到复明无望，投水殉明。父亲的离去对夏完淳是个巨大的打击，他痛定思痛，决心继承父亲遗志。于是他追随陈子龙与太湖义军取得了联系，在义军领袖吴易军中任参谋，继续从事抗清复明活动。不久，太湖义军被清兵包围消灭，吴易、夏完淳脱险，但不久后，吴易就在嘉善被捕遇害。夏完淳心情沉痛，但复明意志依然坚定不移。他仿庾信《哀江南赋》写下《大哀赋》，朱彝尊推其为绝作，"方之古人，殆难其匹"。郑振铎评为"天才横溢，哀艳惊人"。柳亚子认为"文采弘逸，淋漓怆痛"。

顺治四年（1647）春，夏完淳与江浙一带的鲁王政权取得了联系，鲁王任命他为中书舍人。由于寡众悬殊，义军最后还是被清军打败了。可是夏完淳仍然满腔热情地四处奔走，宣传抗清，联络抗清志士。但由于南明政权无心也无力组织抗清，这使夏完淳的种种努力都化为泡影。顺治四年（1647）秋天，他写给鲁王的一封奏折连同抗清义士的名册不慎被清军查获。于是南京总督军务洪承畴，秉承清摄政王意旨，按名册严缉夏完淳等人，誓要一网打尽。

挖苦叛将，誓死拒不降清

清当局将夏完淳逮捕后，沿水路押往南京，由洪承畴亲自审问。洪承畴原是明朝要员大将，为崇祯所器重，带兵抗御清军南下，也曾殊死征战，后被清兵俘虏，以绝食拒降，但最终还是被清廷软化而屈服。崇祯以为洪承畴已为国捐躯，亲自为他举行了隆重的祭奠。

洪承畴劝夏完淳说："你还是小孩子，怎么可以做起兵叛逆的事呢？我看你是不懂事，才误入贼军。现在回头还来得及，要是归顺了大清国，我保证你可以做官。"夏完淳受审时挺立不跪，假装不知道审问者就是洪承畴，高声说道："我早就听说亨九（即洪承畴）先生是大明朝的人杰，松山、杏山之战声震天下，感动华夷。先皇痛悼之后，大加褒恤。我非常敬仰他的忠烈气概，年纪虽小，但也要像他一样杀身报国。"待立在左右的差役急了，悄悄地告诉他，现在端坐在堂上审问他的正是洪承畴大人。夏完淳冷笑一声，若无其事地提高了音量继续说道："亨九先生为国捐躯的事已经好几年了，天下谁人不知，哪个不晓。先皇曾经亲自设坛祭奠，泪满龙颜，群臣悲愤不已，一片呜咽。你们这些逆徒小人，怎么敢假托他的名义，玷污他的英名呢！"洪承畴被夏完淳挖苦得狼狈不堪，说不出一句话，好半天才有气无力地把手一挥，说："带下去！"

执笔辛酸，依依惜别亲眷

夏完淳被关押在狱中，心中无限惆怅，抗清大业是他的宏图大志，对家人的不舍之情却是他的郁郁心结。在临难前，他强忍痛苦写下两封遗书：《狱中上母书》和《遗夫人书》，回忆往昔，满腹辛酸。这位大义凛然的少年英雄其实也有着深情的一面。

"嫡母慈惠,千古所难。"夏完淳本是庶出,他所说的这位嫡母姓盛,对他视如己出,慈爱有加,"教礼习诗,十五年如一日"。夏完淳把嫡母无私的恩情铭记心间,一想到自己不能再为慈母膝下尽孝,不禁叹息"大恩未酬,令人痛觉",无尽的哀伤和遗憾蔓延在字里行间。而在留给夫人的信中,夏完淳更是赞赏、痛惜、内疚——各种情绪五味杂陈。他赞美妻子温婉娴静,"虽德曜

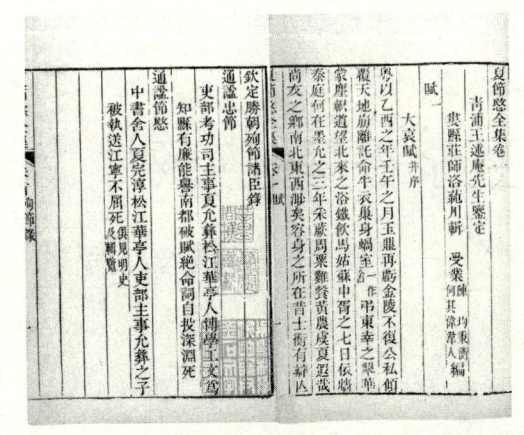

《夏完淳全集》书影

齐眉,未可相喻,贤淑和孝,千古所难"。一边不得不饱尝生死诀别的悲痛欲绝:"茕茕一人,生理尽矣!呜呼!言至此,肝肠寸寸断,执笔辛酸,对纸泪滴;欲书则一字俱无,欲言则万般难吐。"可谓声泪俱下,至情至性。

夏完淳的夫人钱秦篆,长夫君一岁。夏完淳十五岁那年,两个年轻人结为连理,无奈摇曳的花烛却要与飘摇的旌旗相伴。当时正是松江起义紧锣密鼓之际,国仇家恨在夏完淳胸中激荡,社稷命运在他心头萦绕,婚事操办得格外仓促。兵荒马乱中,这对新婚燕尔的伉俪也不得不面对分隔两地的命运。夏完淳跟随父亲出征苏州,钱秦篆也回到了嘉善娘家避难。后来夏完淳被捕,他的妻子正身怀六甲,妻儿的安危时时牵动着夏完淳的心。在他被押往南京的途中,船经过苏州,他碰巧遇见了在苏州读书的好友杜登春。杜登春当时正在乘凉,看见个小和尚模样的人和几个差人在汲水而饮,走进一看才发现这个"小和尚"正是好友夏完淳。听到夏完淳的不幸遭遇,杜登春立即将身边的钱都掏出来交给好友以作盘缠,另叫了酒菜为他送别。夏完淳对自己的生死并不在意,却一心惦记着家人,嘱托杜登春说:"我妻子已有身孕,如果是男的,就做你女婿;是女的,就做你的媳妇;如果孩子不能顺利诞下,那我就后继无人了。"杜登春泪流满面,而夏完淳则强忍泪水。十七岁那年夏完淳慷慨赴死,此后他的后嗣也无处寻觅。他不屈的民族气节却始终回荡在峰泖大地,令后人景仰。

夏完淳死后,由友人杜登春、沈羽霄收殓遗体,归葬于小昆山荡湾村夏允彝墓旁。著作除《南冠草》《续幸存录》外,还有《玉樊堂集》《夏内史集》等,辑有《云间三子新诗合编》(九卷)。

豆浆香里忆英烈

——记明末抗清英雄李待问

松江城中有一个古老的风俗，每到农历七月十四，松江府城隍庙就会举行盛大的庙会，城中百姓络绎不绝地前来进香。十四日晚上，松江家家户户推磨黄豆，纷纷以豆浆供客，传说那晚喝上一碗豆浆，就会双目清凉。而今雄伟的府城隍庙已不复存在，但这个独特的民俗得以保留至今。

原来，农历七月十四是明末松江抗清英雄李待问的生日。三百多年前，李待问誓死坚守松江城门，抵御清兵入侵，在粮草断绝的危难时刻，他毫不犹豫将家中仅剩的几斗黄豆磨成豆浆发给守城的军民，最后城破后拒不降清，慷慨就义。松江百姓齐喝豆浆以纪念忠魂的传统即来源于此。事业文章随身销毁，而精神万古如新；功名富贵逐世转移，而气节千载一日，李待问的故事历久弥新，感动着后人。

结缘才女柳如是

李待问（1603~1645），字存我，明松江府华亭县人。崇祯十六年（1643）进士，授中书舍人。他工于文章，精于书法，笔力遒劲，字体秀逸，行书可与董其昌媲美，著有《玉裕堂存稿》。

李待问与陈子龙、宋徵舆并称云间三子，三人都曾与名扬一时的江南才女柳如是有过往来。李待问对柳如是的感情虽不及他们两人惊心动魄，未到心心相印、共约白头的深意，却始终深沉而隽永。两人在陈继儒的寿宴上初识，柳如是的敏捷才思和不凡见识深深烙印在李待问的记忆中，而他那一手飘逸俊秀的书法同样令柳如是心生钦慕，对比李待问与柳如是二人的传世作品，甚至可以看出两者相似的气息，足见相互影响之深。

　　崇祯八年（1635），十八岁的柳如是与陈子龙黯然分手，也许是想将痛苦淡忘，她决意返回盛泽镇居住。在柳如是离城之际，李待问送给她一枚玉石印章告别，印文是亲手所篆"问郎"二字，自己的名字嵌含其中，虽说不上是葛以为怀、一往情深，也可见一份彼此珍惜的深厚情意。

　　这次分别之后，李待问心如止水，专心治学，终于考取了进士，随即任中书舍人，入内廷替皇上誊录诏令御批，或为内阁誊抄重要文书。而柳如是则继续漂泊，崇祯十三年（1640），她身着男装放舟常熟虞山拜访文坛泰斗钱谦益。钱谦益此时刚从同乡诬告中解脱出来，忽听到有人来访，欣然相迎。柳如是清谈如流泉，雄辩似利剑，使钱谦益大为叹服。次年夏天，他以嫡聘之礼迎娶柳如是，让漂泊多年的柳如是终有归宿。钱谦益对她尊敬有加，给予了她很大的自由空间，于是柳如是在婚后也经常身着儒服，出厅接待四方宾客，谈吐慷慨，钱谦益从不加阻拦，还总在人前笑呼她为柳儒士。柳如是何尝不对钱谦益心存感恩之情，她也开始渐渐淡忘了曾在云间城中遭遇的阴霾。

　　崇祯十七年（1644）初，钱谦益在南京宴客，中书舍人李待问也在被邀请之列。事隔多年之后重逢故知，柳如是心头止不住再起波澜，她抚摸那一枚珍藏已久的"问郎"玉印，一幕幕往事重又浮现眼前。但是一想到钱谦益对自己的点滴恩情，她终于下定决心不再与李待问来往。她唤来侍女让她向李待问致意，同时奉还了那枚"问郎"印，了却了这一段情缘。

　　诗人王沄感于此事作诗云：

　　　　尚书曳履上容台，燕喜南都绮席开。
　　　　闪烁珠帘光不定，双鬟捧出问郎来。

　　李待问接过玉印，他打量了一下端坐席上却不发一言的柳如是，一时间怅然若失。

情随境迁，当年那一段浅情难道已如逝水不复了吗？李待问不得不选择默默地离开。

没人料到这一别竟是永别。就在这次宴会不久，明朝在内忧外患中土崩瓦解。顺治二年（1645）清军南下攻陷南京，柳如是劝钱谦益投水自尽保全名节，不料钱谦益断然拒绝，并与赵之龙率先跪倒在洪武门，行四拜礼迎接清军入城。柳如是对丈夫的懦弱之举感到大失所望。恰恰相反，身处松江城中的李待问则义无反顾地参与了抗清义军，英勇守城直至最后一刻。

忠魂丹心守城池

顺治二年（1645）正月，多尔衮派他的弟弟和硕德豫亲王多铎长驱直入江南，南明福王政权迅即土崩瓦解。多铎攻取苏州之后，兵锋直指松江，其时松江太守姚序之见大势已去，弃官出逃，华亭县县令张大年举城投降。松江不战而得，多铎大喜过望，不久派参将洪恩炳为安抚使来松江署政。但洪恩炳骄纵傲慢，恣意妄为，引起松江人民的愤怒。

此刻，夏允彝、陈子龙、徐孚远、沈犹龙等共同商议起义大事。为防清兵袭击，大家一致推选沈犹龙主持松江城的守备。沈犹龙虽有掌军虚名，实际上却并不了解防守方略，只把守城要务分派给中书舍人李待问、麻城知县单恂、罗源知县章简和举人张寿孙，由他们带领义军，负责分守四门。

李待问当时镇守东门。松江城城高壕阔，清兵一时难以攻入，经过一个月的坚守，城内义军粮草断绝，老百姓纷纷献粮。义军虽内无粮草，外无援兵，但在李待问身先士卒的感召下，又坚守一月。这时，百姓

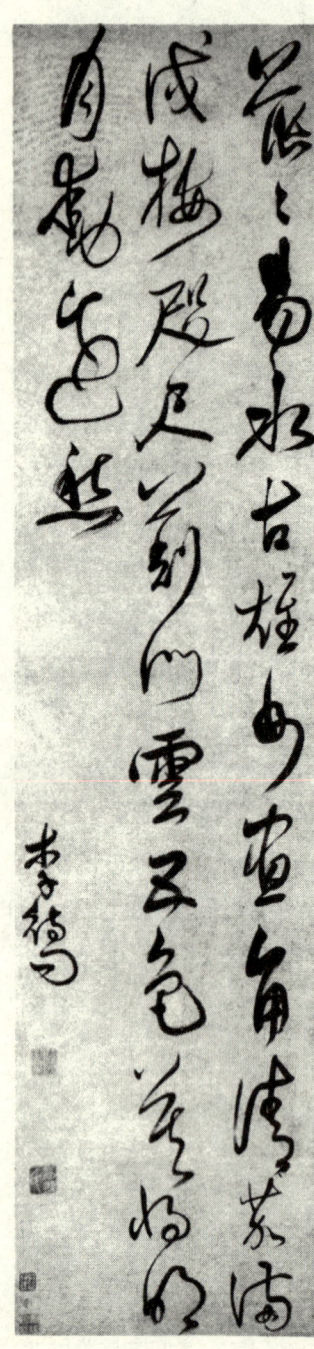

李待问书法作品

家里也断了粮，李待问献出了家里仅剩的少量黄豆，磨成豆浆，他和士兵一样以此充饥，继续抵抗清兵。

八月初三上午，清军侦察到松江四门防守严密，东门尤其严密异常，李待问三步一哨、五步一岗，联动布防，难以攻破。于是狡猾的敌军换上了黄蜚军队的服装，伪装成黄蜚部下，诈称："黄总兵捉拿奸细来了！"西城门的守军受骗，就开门放入。原来清军事先仿制了黄蜚军队的装束，派人穿了混入松江城潜伏着。当乔装改扮的清军入门之后，击掌为号，大呼登城，拔去明朝的黄龙旗，竖起了清朝的青龙旗。城上守军急起搏斗，混战成团。城下大队清军人马趁势由北门、南门蜂拥入城。于是城中义军就和清兵枪对枪、刀对刀，展开了激烈的巷战。义军队长蔡乔枝手持钢鞭，一人打死了数百清兵，力尽吐血阵亡。沈犹龙欲突围出城，被清兵乱箭射死。徐孚远破城时脱险而去，最后战死于广东潮州。其他西、北、南门的守城将士大多激战身亡。

一时，敌军主力集中于西、北、南门混战，所以李待问与部分将士尚能坚守东门。等到三门全部失守，府城落入敌手，李待问知道大势已去，无法挽回，正从东门城垛下来时，有位百户挽住他说："我知道将军熟读四书，向来深谋远虑，今天您打算怎么办？"李待问从容地说："为臣者尽忠而死，这是很寻常的事，我不过想和家人最后诀别罢了。"百户说："将军能做到这样，那么就让我先断头吧。"说着，立即拔刀自刎而死，李待问看到这一幕大惊失色，不禁抚尸痛哭。

之后，他仓促回到家里嘱咐家人尽快离家避难，他的家人全都泪流满面，劝他一块儿逃走。他笑着说："死，是我分内之事。如不死，又怎么对得起那位自刎的百户呢。"于是他引绳自缢，气未绝时清兵赶到将他俘虏。清将许以高官厚禄诱降，李待问坚贞不屈。最后，多铎恼羞成怒，下令将其处死。临刑前，李待问要求对方备齐纸笔，容他挥毫书写遗书。此时此刻，他的忠贞风骨，爱民丹心，全都会诸于笔端："宁可碎我尸万段，决不可伤害百姓一人。"写罢掷笔于地，闭目从容就义。

松江老百姓对李待问的壮烈牺牲和爱民如子的风范特别感念，全城百姓均系白布戴孝，教育子孙后辈千万不能忘此恩人，并且尊封李待问为松江府城隍。乾隆四十一年（1776），松江百姓联名请愿府台，自筹资金在现今方塔园天妃宫西北侧建造了一座府城隍庙。庙堂落成，百姓到杭州请来雕塑巧匠，将府城隍塑成酷似李待问的风貌。

治理黄浦第一人

——记明代松江水利专家叶宗行

叶宗行塑像

　　霓虹如昼不成眠，黄浦江上繁华展。上海的"母亲河"黄浦江，蜿蜒流淌，穿城而过，历来被视为上海的象征和缩影。听着江水滔滔拍岸，望着船只往来如织，人们未必能想到，黄浦江并不是一开始就如今天这般壮阔。在明朝之前，这条河道只有三十来丈宽，远没有吴淞江宽阔，也不是太湖泄水入海的主要通道，一遇水灾还会出现灾情。

　　黄浦江真正成为上海的黄金河道，是始于永乐二年（1404）左右的江浦合流——疏浚范家浜，引浦入海，黄浦夺淞，形成大黄浦—范家浜—南跄浦的新水系，明朝后期大黄浦横阔二里许。从此，黄浦江代替吴淞江成为上海第一大河，也为上海日后发展为东方大港奠定了基石。而江浦合流这一工程的建议正是由松江府的书生叶宗行提出的。

无名书生，水利专家

　　元末明初，战乱不断，官员腐败，疏于水利，太湖流域水系再一次遭到严重破坏。

吴淞、黄浦等主要干流下游都再次严重淤塞，水灾连年不断。不仅长江三角洲地区的内河航运几乎瘫痪，更严重的问题是殃及农业。

原先上海地区有三条大江，即吴淞江、娄江和东江，其中吴淞江排泄入海。自宋代起，这三条江逐渐淤塞，东江渐渐断流，娄江被白茆江所代替，这就更加重了吴淞江的排水压力，淤塞现象更加严重。到明初，吴淞江已无法排出太湖大量的积水，加上当时连年水灾，上海地区乃至浙江嘉兴一带的低地全为湖水所淹没，田无收获，民生凋敝。

可是，南宋以来，元末明初已形成了"江南重赋"之惯例。有"衣被天下"美誉的苏松地区更是"税赋半天下"，是封建王朝的财源所在。于是，明成祖急忙派户部尚书夏元吉到松江府治水。

夏元吉颇通礼贤下士之理。他来松江府以后对书生们态度平易，广泛听取了各种不同的声音。当时对治理太湖之水有两种截然不同的意见，一些人认为治理太湖之水只有从治理吴淞江着手。还有些人则认为必须"治浦为先"，他们认为，吴淞江旋疏旋塞，屡治无效，始终不能从根本上解决问题，不如一面将太湖水疏导进长江，以减轻吴淞江的压力，一面加强黄浦江的排水能力，通过黄浦江来排泄太湖之水。也就是说，要改变仅吴淞江一条江排水的局面。

当时松江府一个名不见经传的生员叶宗行，就是"治浦为先"意见最坚定的拥护者。但先治理黄浦江的观点起初并不占上风。黄浦江这条"小河"何以担当起泄水入海的作用？人们难免心存怀疑。

其实这叶宗行虽然无藉藉名，但这个松江书生眼看乡亲父老饱受水灾之苦，就自己遍查典籍，对水利工程做了潜心研究，还到实地勘察。他对民间用堵（即采用修围、开江、筑堤、置闸等方法）来控制泥沙的淤积，从而使水流通畅的观点不以为然，他主张的是"以导代堵"，禁止农民筑坝阻流，而是疏导大小河道，从而分导太湖之水归于海。

治水大略，江浦合流

最终，叶宗行形成了他自己的一套治水大略："弃吴淞江故道，浚范家浜引水归海。"疏浚、拓宽了吴淞、黄浦两江之间的范家浜（今上海白莲泾一带），将两江下游相互贯通，而后直接导向东北而去，由当时还隶属于太仓州的嘉定县滨海地区的南跄浦出海。

叶宗行也全力辅佐夏元吉实施这一工程。他们先是将吴淞江上游分流，"引太湖诸水入刘家、白茆二港，使其势分"。然后拓宽范家浜，经南跄浦入海。也就是拓宽范家浜以通黄浦江，以黄浦江作为上游，范家浜、南跄浦作为中游和下游，组成新的河道。这项工程在永乐二年（1404）基本完成，共开掘大黄浦、范家浜一万二千丈。

这一水利工程完成后，形成了一条以大黄浦、范家浜、南跄浦组成的新河道，这就是黄浦江。黄浦江形成之初，上游接与太湖相通的淀山湖，下游从川沙东向入海。以后随径流冲刷，河口向北摆动至今吴淞口大长江，成为长江的支流。百分之八十的太湖水通过黄浦江排泄入海，浙西诸水也经过黄浦江东流。黄浦江足以敌潮，不致淤塞。

而且，这还改变了上海地区河网格局，以吴淞江为主变为以黄浦江为主。治水后，吴淞江下游仍继续使用，但此时吴淞江经过分流，水量大减，冲淤能力更弱，下游河道已不能行船。因此，在明正德十六年（1521），李允嗣带领民工开展吴淞江改道工程。这次工程，废弃吴淞江下游故道（今上海虹口区虹江路一线），另外掘宽宋家港七十余里河道，引吴淞江水至陆家嘴与黄浦江汇合。这样一来，原是支流的黄浦江成为主流，而原来是干流的吴淞江则成了黄浦江的一条支流。由于长期的疏浚治理，加上潮流的自然冲刷，黄浦江航道逐渐宽阔。明代正德年间，黄浦江已宽约两里，水深可容大船航行。

黄浦江新通道的形成，是上海地区农业生产和港口航运的历史转折点。上海地区抗御水涝灾害的能力显著提高，为农业高产、稳产打下了基础，为上海的经济发展提供了最基本的保证。

凭借黄浦江这条优良航道，上海港有了稳固的长期发展的基本条件。黄浦江成为长江入海口的第一条支流后，处在江海中转的最有利的地理位置上，为上海的发展提供了极其优越的条件。可以这么说，没有开拓后的黄浦江，就没有今天的上海。

钱塘江水，与君俱清

因为叶宗行治水有功，经夏尚书推荐，他被提升为浙江省钱塘县知县。他在当地政绩也相当突出。钱塘县当时徭役繁重，财主豪门可花钱逃避，而百姓则备受徭役之苦，人们怨声载道。叶宗行上任后，便首先修订役法，规定按人口分成甲、乙两批，轮流签役。徭役均衡后，不出数月，社会便安定了。钱塘百姓无不称赞，因为他为官清廉，两袖清风，百姓们还赠了他"钱塘一叶清"的美誉。

当时朝廷派驻浙江的按察使叫周新，以官风严峻著称，外号"冷面寒铁公"，对浙江各级官员都要求甚严。他发现叶宗行平时十分朴素，心存一丝怀疑。一天，他趁叶宗行离衙外出，悄悄上门查看，可查了半天，只见他居室内摆设简朴。他又走进厨房，仔细翻看了一遍，却只在竹箱内发现一包太湖鱼脯，除此以外，再无他物。

周新深为其清廉所感动，便拿了些鱼脯走了。次日，周新特意设宴款待叶宗行，叶宗行不敢领受，周新便说："你客气什么，桌上摆的是你家的鱼脯呀。"叶宗行闻言，方才开怀痛饮，两人一醉方休。当晚，周新下令动用三品仪仗为他送行。叶宗行再三推辞，周新决意要如此排场，说："你为官这样清廉，理当受这三品的待遇，不要推辞了。"他硬是隆重地送叶宗行回了家。

传说，叶宗行在钱塘县为官正直，断案如神。有一天，叶宗行正坐堂理事，见有条蛇探头探脑地游上堂来，又转身游出县衙。叶宗行心想，此乃不祥之兆，便赶忙步步紧随，来到一家烧饼铺。蛇一头钻到了烧饼炉下，知县忙下令撤去炉子，赫然发现有一具死尸。他当场审案，查清了店主在数日前谋财害命、埋尸灭迹的勾当，即将凶犯捉拿归案。

"钱塘一叶清"只有一袋鱼脯

又有一次，叶宗行坐船外出，忽然船被阻在江中，到船尾一看，见一死尸挂在船舷边，身上还系了块石头。他立即查探，很快就缉拿了凶犯，人们都佩服他断案如神。

叶宗行后来调任京官，还没等他赶到京城，便因操劳过度病死在路上。永乐帝闻讯甚为惋惜，命将灵柩送回原籍厚葬。周新听闻故人死讯，更是失声痛哭，特别著文祭奠："惟钱塘之江水，与君万古而俱清。"

妙招治税周忱

昆曲《十五贯》剧照

看过昆曲名剧《十五贯》的戏迷大多对剧中那个江南巡抚周忱印象深刻。他支持苏州知府况钟查清了熊友兰与苏戌娟的冤案,严惩了真凶娄阿鼠,伸张了正义。其实,历史上周忱确有其人。不过,这个在江南巡抚任上二十二年,苏松父老口中盛赞的周青天,最大的功绩倒不是平冤断狱,而在于以自己的经世之才、应变之智,在江南地区力行赋税改革,使这片富庶之地"公私饶足"。他曾经来到松江广富林,观赏了远近闻名的焦府无节竹,留下了一段佳话。

治税官危中赴任

明代苏松"税赋半天下",此话不假。这固然是对江南繁盛之景的褒奖,但也同时潜藏着一个问题——苏松一带官田赋税沉重,老百姓苦不堪言。

物极必反。水涨船高的田赋,让本就生活困顿的农民不堪重负,不得已逃亡离乡。税源也由此减少,更加剧了赋税的拖欠。江南税粮积欠严重,被戏称为"只负重税之名,而无征输之实"。宣德五年(1430),松江额定征收田粮的起运部分为四十三万九千石,实征六万六千石,只征得百分之十五。于公于私,都到了不得不变法的时候。就是在这种情况下,周忱被派往江南担任巡抚,负责整顿田赋。

但是,江南重赋是个冰冻三尺非一日之寒的陈年难题了,要想改革谈何容易。周忱这个治税官怎会是个清闲省力的美差?周忱自己也清楚,赋税一事,牵涉到各方利益,可谓牵一发而动全身。从朱元璋时起就一直颁布减轻税额的诏令,但多数情况是朝令夕改,言而无信。变法减税何以如此艰难?原来江南作为朝廷的财赋重地,承担着官僚、勋贵的巨额俸禄。宣德五年(1430)宣宗再次下诏减轻官田税额,而户部考虑到支出的困难,往往"……私戒有司,勿以诏书为辞",拒不执行。

可千难万难也得力行改革。周忱意识到明宣宗和执政大臣杨士奇都是赞成改革的,可以引为后盾,于是用皇帝诏书作大旗,抵制户部的压力,与苏州知府况钟等经过一个多月的筹算,对各府的税粮都做了认真调整,仅苏州府即减七十二万石。

"拦路虎"阻挠改革

周忱到江南后,不带随从,常只身一人,撑着一条小船,沿村逐巷,了解民间疾苦。他召集当地父老,询问税粮积欠的原因。父老们伏地痛哭,都说是由于官田税额太重。

原来明初,朱元璋平定张士诚后,因为痛恨当地军民为张士诚守御,便将其部属、豪强大族与当地富民的田产没收。作为官田,田赋就按原先的田租额征收,以示惩罚。苏松一带原为张士诚的根据地,官田尤其多,所以赋额居高不下。

周忱就想在官田税率上做文章,上疏朝廷,请求将苏松两府的官田依照民田定税。

周忱画像

就在这时,改革途中的第一头"拦路虎"出现了——豪强地主及其在朝廷的代言人。太师郭资和户部尚书胡濙群起而攻之,奏请皇帝惩办周忱,说他破坏祖宗旧制,"变乱成法,沽名要誉"。作为掌管财赋的朝廷大员,看到如此肥沃的江南土地,当然乐得和当地豪强沆瀣一气,搜刮百姓,加倍课税还来不及,哪会允许税赋轻易下调?

明宣宗是主张改革的,他当即批评了郭资等人,但毕竟受到掣肘,同时也暗暗担心减税会使国库蒙受损失,所以并未答应周忱的请求。

此路不通,再生一计。碰了壁的周忱立即调整思路,心想何不将计就计,以灵活的政策、办法促进赋役改革?

平米法减轻民税

在和当地父老的闲聊中,周忱发现了一个非常不合理的现象:当时江南百姓除按规定交纳"正米"(税粮)外,还要另交附加的"耗米",以抵南粮北运途中的运费和损耗,"耗米"额常常是"正米"额的一半。有权有势的豪户不肯加成,地方官员奈何他们不得,只有把加征的数量平摊到老百姓身上。百姓本来就贫困,还要加征税赋,实在不堪重负,就干脆不交或逃到外地谋生。

不仅税赋重,而且在交税的过程中还存在负担不均的流弊。周忱恍然大悟,他下令推行平米法,均平官田和民田的"耗米"支出,不分大小户,将"耗米"按照一定比例摊派,随同"正米"一并征收。

宣德七年(1432),江南各府大丰收,宣宗得知后下诏命各府州县以官钞平价收购粮米,防止粮价暴跌,以备灾年赈贷。当时规定,凡苏松等地转输南京户部的税粮,每石加收六斗。事实上,实际运费哪里需要这么多。周忱下令,各府控制运输成本,每石米加运费一斗,节省下来的五斗则由府县集中起来,共得四十多万石,加上原来收购的二十九万石,仅苏州府便得七十余万石,然后建仓贮藏起来,名曰济农仓。

济农仓常贮米数十万石,在明朝历史上发挥了很重要的作用。缺粮户向济农仓贷粮,过期还不出,并不追取。其他地区发生饥荒,时常调拨余米接济。道路、桥梁、学校等公益事业也兴办起来了。周忱还利用充盈的余米,供兴修水利、疏浚吴淞江支用。这种把田赋的征收与徭役的支出混合使用的办法,实际上开了赋役合征的先河。在明代赋役制度的改革中具有开创意义。民间有云:"文襄公为巡抚二十余载,百姓不知有凶荒,朝廷不知有匮乏。"

重细节"曲线救国"

为了保证平米法的顺利推行,周忱还从细节着手,灵活采取了一系列相关措施,想尽办法遏制征税中可能出现的猫腻和百姓人力的无端加耗。

他先是上奏朝廷，请工部监制标准量器——铁斛，颁发各县，作为收纳税粮的准式。这么一来，那些原本大钻量具空子，征粮时用大斛，出粮时用小斛的奸吏猾胥、不法粮长就都一下子无计可施了。

周忱还发现，以往各粮区设粮长正副三人，每年七月赴南京户部办理公文，然后再送北京户部，往返费用均由民户分担，很不合理。周忱就将各粮区粮长削减到一人，各粮区轮流赴南京，交由有关部门上送北京，这样既省简了民间的徭役负担，又能防范不法粮长中饱私囊。

过去税粮的漕运制度也存在不少弊端。长久以来军民各自运粮，往往耗费人力，耽误农时。周忱就同相关官员商议，改为民运到淮安或瓜州，交兑于运军接运至通州，减轻了纳税人户的漕运加耗与运粮人员的苛重徭役。他还打听到朝廷征收马草，采用的是实物征收，再运至两京的办法，可谓劳民伤财。周忱就建议改为每束草料折银三分征收，然后输银至京，就地买草。这使纳税人户的负担又有所减轻。

松江当时正值棉纺织业高速发展时期，存在布多米少的尴尬，于是周忱便创新了赋税方法——折色，鼓励老百姓将税粮折成布匹交纳。他还让重额官田极贫下户的夏秋两税折成白银交纳，每两白银充米四石。这样做和官员俸禄支出也不冲突，可谓一举两得，收到了"民出甚少而官俸常足"的奇效。

仁德治民民自乐

周忱在江南巡抚任上二十二年，常轻衣简从，只身一人到乡村踏访，"与农夫饷妇相对，从容问所疾苦，为之商略处置"，时间长了，百姓有什么心里话都愿意向他倾诉，"与吏民相习若家人父子"。他对下级也很宽和，"虽卑官冗吏，悉开心访纳"。经常主动同他们商量，请教疑难。对有才干的官员，更是推心置腹，倚为左右手，放手提拔使用。如苏州知府况钟、松江知府赵豫、常州知府莫愚都得展所长，辅助他共同促成了江南的经济改革。

有一年，他来到松江广富林，请了当地父老相聚，询问生活情况。父老都感叹，收成上去了，日子过得比过去好多了。广富林父老中有一位长者姓焦，自报家门是焦伯诚的后人。周忱一听，喜上眉梢："原来老人家出身名门，幸会幸会，焦伯诚我听说过,太祖皇帝曾经接见过的啊。"

听说焦家善于种竹,屋周围竹林一片,郁郁葱葱,其中还有名贵的无节竹。周忱一时兴起,便跟随老人家来到焦府赏竹。到了焦家后院,只见眼前一片翠绿,"凤尾森森,龙吟细细"。最为奇特的是无节竹,耸立摇曳,却不见竹节。周忱大感惊喜,当场赋诗一首,传为佳话。

周忱的前任巡抚名叫胡槩。胡槩对乡官和大地主是有所抑制的,所以《南昌府志·名臣志》说他"按常、镇、苏、松、浙东诸郡,扶植单弱,威名赫赫"。但这个人治民严苛,百姓对他望而生畏。周忱则截然不同,坚持简繁政,去苛政,改严政,行仁政。因循守旧的官吏就当面责难他"治民太宽"。周忱侃侃答道:"朝廷给胡卿的敕命中有'祛除民害'一语,而给我的敕命中却要求'抚安军民',朝廷的委任自有不同啊!"以仁德代替苛严,以宽松求治,结果老百姓对他心悦诚服,自然民安乱少。

才识过人巧办事

周忱为人雍容大度,宇量恢宏,不大计较个人的毁誉得失。他刚上任时,江南地区秋粮歉收,一些别有用心的人私下给他起了一个绰号,叫周白地,讥讽周忱所辖的不过是一片荒地。周忱闻说后并不深究,反而笑着说:"今年呼我周白地,明年教汝米铺地。"由于经济改革措施的贯彻,次年果然是个丰年,那些看笑话的人便哑口无言。

不过,莫看周忱平时从容淡定,似乎什么事都不上心,实际做起事来仍不失精明能干,十分机警细心,"才识通敏",有应变之才。

他每天都要记日记,除扼要记录一天中所处理的事情外,还要记下当天的气象情况,以备查考。一次,有运粮的差役向周忱谎报,说是某日运粮船在江上遇到大风,漕米遭受损失。周忱心中默默一盘算,一语道破,那一天江上根本没有风。差役们闻之,莫不惊服。

又有一年,北京皇宫里修建宫室,派员赴江南征集牛皮胶一万斤,以供宫室的粉刷彩绘之用。周忱正好因事去北京,同钦差相遇于途。钦差要周忱赶快返回江南采办牛皮,周忱只说此事已知,却并不折回,而是兼程进京。到北京后,他把仓库中大批贮存多年行将朽腐的牛皮取出煎胶,以供急用。回任后,又用余米购买新牛皮补充了北京的库藏。

　　还有一回，朝廷发生土木堡之变，有人怕盗贼趁乱劫夺国家粮库，提出要把通州的大粮仓烧掉，以免落在盗贼手中。周忱听说后，马上提出这个决议事关重大，仓米共计数百万，可充京军一年军饷，把这些粮米转移调离原处即可，何至付之一炬呢！由于他对粮仓存粮了如指掌，又极善谋断，那种"烧粮绝寇"、自断后路的政策终没有实施。

林则徐与松江

林则徐画像

人们都知林则徐是虎门销烟的爱国英雄，但少有人知他还是治水专家。正如他自己所说的："水利之盛衰，农田系焉，人文亦系焉。"他以报国忧民之心，躬亲任事，一生始终关注着水利的兴修。江南海塘、福州西湖、黄河、运河、太湖流域、长江、汉水以及新疆南北，到处都留下了他治水的业绩。而俗话说"治松必先治水"，林则徐对松江的赈灾、治水也立下过汗马功劳。

饥馑之年，缓和矛盾

道光三年（1823）夏秋之际，林则徐正在江苏按察使任上。当时江苏大雨成灾，田禾被淹，"郡城之中，道路泥潦，房屋倾败，居民怨咨，贩负辍业"。"颠连之状，呼号之声，不忍睹而所睹皆是也，不忍闻而所闻皆是也。"

按理说，救灾并非按察使"专政之事"。但在林则徐看来，"民瘼攸关，惟当寤寐以之"。他先后到都城隍庙和纠察司庙祈晴，和巡抚、布政使会商，"屡札各守令周历田间，逐一勘报"灾情，"若县令只顾钱漕，玩视民瘼，定当揭参一二示儆"，同时又向地方士绅广咨救灾办法。前金匮县知县齐彦槐送《金邑捐赈录》，并献劝民买米之策，林则徐的父亲林宾日也特地自家乡来信提供救灾意见。

正当林则徐苦苦探索如何在大灾之年保持社会稳定之时，松江一带的饥民人心惶惶，一起大闹府署的暴动一触即发。

阴历七月十五中元节，松江府娄县受灾严重的四十三保十七图及附近九图等处的饥民一百余人，各携饭箩，拥到松江府署请愿。起因是，夏季大水时，娄县知县李传簪勘灾报赈不力，灾民曾聚集县署请愿，李知县不得不下乡勘灾，此时又有地保、乡民环绕吁求。此时上报灾情办赈的期限已过，李知县害怕激起事端，即答应上省求发银米。松江府知府杨树基得知此事，认为不合报赈制度，阻止李知县上省。消息传开，民情不服。于是，在娄县十七图地保徐春希等的鼓动下，饥民聚集前往府署。

恰巧这天赴府署附近城隍庙烧香还愿的乡民很多，看到饥民请愿，纷纷拥看围观。府署大堂地窄人多，前呼后拥，竟将大堂暖阁外半截栏杆挤倒。站堂皂隶大声呼禁，激怒了请愿和围观的群众。饥民严海观拾起栏杆木丢到知府杨树基脚边，吴松观将手执饭箩乱抛。原先跪地叩求的饥民一齐站起前拥，杨树基仓皇退堂。饥民一时愤怒，砸毁暖阁窗棂，拥入内署，随手毁拆门窗桌椅。严海观殴打杨知府肩上一下，吴松观又将其纱褂撕破。

事发后，提督带兵前来驱散群众，并拘捕了数十人。杨树基于第三天上禀巡抚韩文绮，韩文绮"随委候补知府梁兰滋立即驰往，先行查报，并令候补道钱俊会同按察使林则徐亲诣该处督拿究办"，"务将首从要犯全数弋获，穷诘实在滋闹情节，勿稍宽纵，录取确供，解省审办"。

林则徐赶到松江后，抱定"饥民生事非平时之比，固不可废法，尤不可穷治"，从官府先后拘捕的数十人中"审得实情"，把"紧要犯证"甄别集中到严海观等二十七人，提解到苏州，而将"情罪尚轻各人证发交该县就近分别羁押取保，勿致拖累"。最后尽可能地缩小打击面，斩立决的仅严海观一人。同时，又将赈灾不力的娄县知县李传簪革职，发军台效力赎罪，松江知府杨树基交部察议。这样对两边各打五十大板，但对闹事的一般饥民并不加"穷治"，体现了宽容；对失职的官吏又作出处分，体现出公正持平，从而缓解了官府与饥民的紧张关系，防止矛盾的激化。据《松江府续志》记载，林则徐这一开明的做法，得到民间社会的普遍赞赏，被称为林青天。

平粜济艰,招商禁囤

大灾过后,林则徐关注灾民安置、恢复生产等善后工作,建议韩文绮等实行"禁雍积,广劝募,招徕商贾,免关税,蠲征缓赋,查贫民,赈饥者"的政策。

同时要求士绅和官府合作,平粜济艰,居民农佃"自觅生路",围圩补种,"即业主之与佃户,亦须一视同仁,不可存私见"。韩文绮采纳了林则徐的建议,在灾区施行"活民数十万",渡过了难关。为了避免灾民杀牛度饥,破坏农业生产力,林则徐采取保护耕牛的措施,"耕牛之无力豢养者,别设当牛局以处之,至春耕发还"。

当时,长江两岸地区的灾情仍十分严重。地主、奸商趁机囤粮居奇,受灾农民"结队成群,沿门索讨",成为严重的社会问题。林则徐面对这种局势,一面下令禁止贫民借荒"滋扰";一面又采取强硬措施,让当地官吏、地主捐赈,平粜,并严禁铺户囤米抬价。

传说户部尚书潘世恩这时正好丁忧在家。林则徐得知他家有米万余石,就去请他开仓发米。潘世恩谎称粮仓皆空。林则徐故意道:"既然你粮仓已空,恰好可以借我来贮米。"说着,就把粮仓封了起来。之后,便散仓发米赈饥民,潘世恩也无可奈何。

在此基础上,林则徐又设法"招徕川、湖米客",以免关税刺激米商集团贩米来苏,利用外地商业资本的力量,打击地方土豪劣绅和奸商操纵米价,增加粮食的来源,这对稳定灾区,缓和矛盾,确实起到比较好的效果。

林则徐采取措施剔除了官府赈灾中的一些弊端,给灾民一定的实惠。时人记述说:"乃赈饿者,自是年之冬,迄于来年夏四月(即1824年1月至6月)。方是时,江南、北千里之间,八府、三州、六十五州县之众,群而熙熙,曾不知腹中之饥。"

单衔上奏,请缓征赋

道光三年(1833)夏秋,苏松一带又发水灾,禾稻虽已结粒,但只是半浆半熟。时任江苏巡抚的林则徐坐着小船密往各处察看,亲眼见到稻穗不是空壳就是半浆,未割的被淹于水田之中,已割的又由于无法晒干,多数霉烂发芽。按照惯例,秋灾不出九月,过了九月就不许报灾。然而,苏松等府确确实实在十月发生了严重灾害,损失

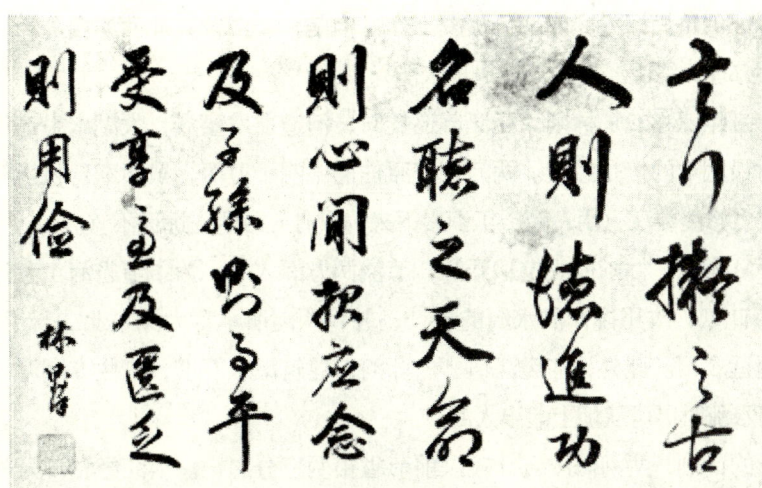

林则徐书法作品

空前。而当时,苏松一带宽广仅五百余里,竟承担了江苏全省十分之九的钱漕。

关乎百姓利益,不能不报灾。于是,林则徐火速与两江总督陶澍往来函商,奏请缓征江南漕赋。正在具折请缓之时,又接到军机大臣转来的廷寄,严责"近来江苏等省几于无岁不缓,无年不赈,国家经费有常,岂容以展缓旷典,年复一年,视为相沿成例!"而且另有人上谕,点名指责陶澍、林则徐等"不肯为国任怨,不以国计为亟……无非不堪下吏私充囊橐,大吏只知博取声誉"。

在这种严辞谴责下,连陶澍也犹豫不敢再奏请,而林则徐感到非坚请缓征不可。于是他索性单衔上奏争取,如泣如诉地历述了江南人民的疾苦,说明国计与民生的辩证关系,指出"下恤民生正所以上筹国计","多宽一分追呼,即多培一分元气"。道光帝终于被他的赤诚之心所感动,批准了缓征苏松等地钱粮的请求。

兴修水利,疏浚三江

赈灾、缓征是恤民之举,乃灾年迫不得已而为之。要想"养民裕国",根本之图还在兴修水利,发展生产。太湖流域各水灌溉涉及江浙两省。由于年久失修,河流壅塞,遇雨便洪水横流,泛滥成灾。两省大吏早在道光四年(1824)就决定联合疏浚三江(吴淞江、黄浦江、娄江),并推荐林则徐总管其事。后来因林母去世,需要服丧中止。

道光五年(1825)陶澍接任江苏巡抚后,曾利用海运节省下来的二十多万两白银,修浚了吴淞江。黄浦江亦完成部分疏浚工作。但是，娄江及其北面的白茆河，虽经陶澍奏明分年办理，终因经费无着，一直未能兴工。

道光十二年（1832）林则徐任江苏巡抚时，河道益发壅滞，太湖水患连年，亟须修浚。当时最困难的仍是经费。两河疏浚原估需银四十万两，虽然奉旨将历年粜变米价凑集成数供修浚娄江之用，而历年积累下来的只有五万两，远远不够。

经过反复考虑，林则徐决定从开源、节流两方面入手。为了节省河工费用，他决定放弃通海计划，改用挑作清水河的设计；并将两河所承蓄太湖东北二带泛溢之水，转为灌溉附近农田。此外，在娄江口、白茆河口建筑滚水石坝，堵住海潮泥沙不使倒灌，而内河水涨时仍可从坝上泄出入海。

按照新的计划，两河修浚合计较以前节省银两三分之一。娄江经费不足部分由封贮款内借支，将来由同沾水利之苏、松、太各地分作八年摊还。林则徐自己还带头捐献水利银一千余两，并劝绅商加入捐资。这样，拖了近十年的经费问题终于解决了。经费有了着落，工程终于在道光十四年（1834）分段实施。

其间，林则徐为使"工归实在，利济农田"，防止官吏督办失责和从中贪污，经常亲自上工地查勘，且"凡树石、桥梁、步头，皆予锲暗记"，以备日后检查工程质量。白茆河、娄江相继疏浚，林则徐又连续几天前往量验，根据"暗记"，"有偷减率略不如式者，察出补复；其尺寸符合，或过深者，一览而得，或奖或斥，人人惊服"。娄江、白茆河诸水的疏浚，对江南经济的恢复起了一定的作用，且治理方法有所创新，在江南水利史上占有一定的地位。

工程顺利完工后，苏松一带大雨倾盆，太湖附近处处盛涨。由于河道畅通，宣泄顺利，原来连年被淹河段，安然无恙。

林则徐根据修白茆河、浚娄江两河的显著成效，又广泛号召有关各县官绅继续捐输，修浚各自境内河道及兴办有关水利工程。结果，江南各州县很快掀起兴办水利热潮。除闸坝等工程外，仅苏、松、太三属十五厅州县即挑浚土方共近一百六十七万方。这些工程，大大改善了水利条件，如道光十四年（1834）秋之大雨，道光十五年（1835）夏之亢旱，"皆几几为害。幸水利治，岁仍报稔"。

兵痞？英雄？还是大冒险家

——记洋枪队首领华尔

华尔究竟是怎样的一个人物？在中国近代史上，人们对这个洋枪队的首领向来众说纷纭。有人说，别看他是个美国流浪汉，军事才华却是过人，在华领军出征的过程中，屡立战功；也有人说，他不过是误打误撞，仅凭兵痞的莽勇和一点小运气才留名史册；更有人愤愤然地指责他为刽子手，说他助纣为虐，协助清廷镇压了声震一时的太平天国运动。

但或许有好多人都不知道，华尔还和松江有一段渊源——洋枪队曾一度驻扎茸城，对这支"海外军团"，国外史学家素有"松江军"之称。而华尔本人更可算是松江女婿，他曾娶杨坊之女为妻，邱家湾中的沈氏宅就曾是他的公馆。他在浙江慈溪被太平军击毙后，仍被送返松江入葬，清朝政府还特意在松江为他建墓立祠……

大冒险家的诞生——洋枪队统领披挂上阵

咸丰十年（1860）对大清廷而言，可谓是多事之年。那年春天，继道光二十年（1840）第一次鸦片战争后，古老的北京城再度面临英法联军坚船利炮的威胁。而与此同时，清廷在南方亦是如临大敌——太平天国势如破竹，已经二破江南大营，忠王李秀成率军顺利攻克苏州，建立了苏福省，兵锋直指上海。镇守上海的主将为署理江苏

华尔素描

巡抚薛焕,手下多是残兵弱旅,显然无力招架。

咸丰十年(1983)六月二日,李秀成将旌旗插上了苏州城。但在同一天,一次足以改变历史的会面在上海悄然上演——对话三方分别是苏松太道吴煦、上海富商杨坊和美国人华尔。

这三个看似毫不相关的人何以会相见?华尔究竟是何许人也?

如果说当时的上海是冒险家的乐园,那么华尔可谓名副其实的大冒险家。华尔,全名弗雷德里克·汤森·华尔,道光十一年(1831)出身于马萨诸塞州海港城市塞勒姆市的一个商人家庭,父亲是商船主。他生性喜爱冒险,渴望战争的刺激。十六岁时企图参加入侵墨西哥的美军,但未成。后在诺维奇大学肄业,受过基础军事训练,曾投身法国军队,参加了克里米亚战争。他长期在海上及中南美洲从事冒险活动。他在姑夫和父亲的商船上任二副、大副等职,到过中国的香港、广州和上海。咸丰九年(1859),他第一次来到中国,这次他是和弟弟亨利·华尔一起来的,亨利经商,而他在清军水师孔夫子号炮船上担任大副。他爱冒险的天性使他显得格外与众不同,也很快引起了舰长的注意,继而结识了上海最大洋行英国怡和洋行的买办杨坊。杨坊还经营着一家钱庄,腰缠万贯,横行上海滩。透过这层关系,杨坊、吴煦和华尔正式见面了,他们要讨论的议题就是——由洋人组织军队,抗击太平军。彼一时,杨坊和吴煦齐刷刷地把宝押在了这个据说"骁勇善战"的美国人身上。

而华尔哪有不应允的道理。上海租界的酒吧、港口、街巷间,到处可见他拉帮结派的身影。终于一支百余人的队伍拼凑完成,军官为欧美人,士兵多为菲律宾人。华尔为领队,开始驻扎在上海最好的园林豫园之中。军饷由杨坊筹措提供,他应诺给华尔的月薪是白银三百五十两。这支雇佣军采用西方编制,全部装备洋枪洋炮。华尔看着眼前这支洋枪洋炮的军队,野心开始无限地膨胀,他仿佛看到了一条由硝烟和鲜血铺就的金灿灿的大道。这支军队就是历史上的洋枪队。

洋枪队到常胜军——洋女婿晋升中国副将

咸丰十一年（1861）四月，华尔在松江设教练局，扩充武装。得英国在华水师提督何伯提供的优等新式武器，并建议公开招募华人，由外国军官担任教练，训练这些华人士兵使用西方大炮、轻武器和西方战术，开创了中国人习练洋操、采用西方军制的先河。至同治元年（1862）春，洋枪队已发展到五千人左右。

据华尔手下的一名军官说，在华尔开始招募新兵后的一个月里，他就有了"一百五十多名卓越的军事征服者，每个人都能完成正规军生活中的全部日常任务，严格服从他的命令，他们的军服、装备和训练都以欧洲士兵为模式，达到完美的和谐"。洋枪队每天操练两次，进行刀枪操练和队形操练，口令都是用英语。当时英法观察家视察洋枪队时，评价道："军容可嘉，他们身着带有寸金饰带的军服持枪站立，甚为得体。"洋枪队的军服是杂色半欧式军服，经常变化。与众不同的是绿色头饰，因此洋枪队也被称为"绿头勇"。这种不中不西的服饰常引起中国同胞的嘲笑，说他们是"假洋鬼子"。

薛焕看到华尔如此为朝廷卖命，奉谕赏给他四品顶戴花翎，清廷特准他加入中国国籍，并正式下令把洋枪队改名为常胜军，升华尔为副将。此时的华尔，真可以说是春风得意，喜事连连。不久，又一件喜事降临到他头上，杨坊把女儿章妹嫁给了他，以邱家湾里仓沈氏宅为公馆。

然而华尔在松江可谓臭名昭著。当时，太平天国忠王李秀成率众三万，分五路进逼松江，设总指挥部于白龙潭，筑炮台于妙严寺后土山（俗呼和尚坟），结营于大涨泾。后又在大涨泾增筑炮台，赶扎云梯，积极展开攻取松江府城的大战。华尔派部下到城外，将西门外菜花泾至竹竿汇一带民房全部烧毁，以阻太平军攻城。后因洪秀全严令李秀成回援天京，太平军乃于六月下旬主动撤走。华尔便以缺饷为名，向米铺取米，进而搜抄府、县官署，计被抄去银洋六七千、金器百两等，连同清政府给的赏银及饷银，总数达三十二万两。

淮军遇上洋枪队——李鸿章与华尔的交往

清廷洋枪队

同治元年（1862）四月八日，正当太平军和英法联军及洋枪队在上海地区激战时，上海城里到了一支新的军队。这支军队装备很差，"衣帜朴陋"，被人戏称为"叫花子兵"。这支由吴煦用英国商轮从安庆运来的援军，就是新近练成的淮军，统帅叫李鸿章。

当时风头正劲的华尔，并没有把这支军队放在眼里，他没去见李鸿章。李鸿章倒也大度，他觉得见不见他无所谓，只要能打太平军就好。不久，他与华尔的常胜军几次接触后，在给曾国藩的信中将其讥为"蠢然一物"，常胜军"弁目百数十人，均系外国流氓"。不过，常胜军的战斗力却着实让他吃惊，他向洋枪队学到了不平均分配洋枪，而是将它们集中使用的方法。这使他很快尝到了甜头。

同治元年（1862）五月十六日，淮军第一次出战，和英法联军及华尔常胜军一起攻占了南桥。接下来的八月和十月，又是两场恶战，淮军在北新泾和四江口攻打太平军谭绍光部，在华尔洋枪队的配合下大获全胜。

接连三个胜仗，上海人不得不佩服这支土里土气、穿着像叫花子一样的淮军，中外人士不得不拿正眼来看李鸿章了。清廷大为欣慰，马上把原先给李鸿章的那个虚衔去掉，改为实授江苏巡抚；两个月后，李鸿章又被任命为五口通商大臣。这样，李鸿章便成为上海乃至长江下游清军的主帅，而淮军也成为清军的主力。

到上海后，尚无与洋人打交道经验的李鸿章必须立即直接面对洋人。为此，他一次次致书曾国藩，向曾讨教。他认为上海的官绅"媚夷"，"失之过弱"；而一些反对者则"失之过刚"，表示他的原则是对洋兵"调济于刚柔之间"，也就是既笼络又控制。

同治元年（1862）六月，打退太平军后，李鸿章立即着手整顿淮军。对华尔的常胜军，李鸿章起初决意对其"全神笼络之"，以为己用。但经过一番接触，他感到常胜军有可能对他本人的权势和清政府造成威胁，所以一直伺机对其加以制抑，并想借此剥夺吴煦、杨坊的职务和兵权。尤其当淮军更换新式武器增加兵员而壮大后，洋枪队就越来越成为李鸿章的眼中钉肉中刺。他在等待一个机会。

同治元年（1862）五月到九月，英法联军和清军同太平军在余姚、奉化、慈溪等地展开了残酷的拉锯战。这时，又看到了华尔洋枪队的身影。华尔何以出现，据说是因为当他向李鸿章辞行的时候，李鸿章亲口许诺预支饷银三万五千两，洋枪队官兵一律发双薪，并许于破城之日"放假三天"，可以"自由行动"——即予取予求。可以发一笔横财，不正好合华尔的意吗？

自掘坟墓不自知——英法炮弹碎块成致命子弹

同治元年（1862）九月二十日，华尔率部从宁波城步行进袭慈溪县城慈城，和英法联军会合后，二十一日天明开始炮轰慈城大西门。他手里拿着藤杖，指挥向西门冲锋。太平军从城墙上勇猛射击，子弹横飞。这时离华尔不到十步的法尔思德突然听到华尔大喊一声："我被枪击中了！"然后他手捂腹部倒下了。不久，他年仅三十一岁的生命就结束了。

华尔之死极富戏剧性，打死他的子弹是太平军当做弹药发射的英法炮弹的碎铅块。后来有人说，是太平军狙击手准确射死了华尔；也有人说，太平军只是朝下打枪，不想正中华尔。华尔在慈城抬往宁波途中，自知伤势太重，就对身边英国军舰勇敢号上的波格乐上尉立下遗言，还念念不忘钱，他说："上海道（吴煦）欠我十一万两，泰记（杨坊）欠我三万两，总共十四万两。给妻子章妹五万两，其余平分给弟妹。"可是后来，本来放在华尔尸体胸袋里的细账蹊跷地不见了，而杨坊又矢口否认吴煦和他欠华尔的钱。华尔的妻子章妹在华尔死后不久也死了。后其弟也去了，妹妹并不热衷这笔遗产。可是他的弟媳妇一直记在心头。三十四年之后，也就是光绪二十二年（1896），李鸿章访美期间，这弟媳竟携带华尔妹妹到李鸿章的住处上访。李鸿章先是夸华尔是个英雄，后又赠给华尔妹妹一枚清朝银章，说回国后一定代为查办。直到光绪二十八年（1902）庚子赔款时，才由清政府支付了这笔钱。

华尔这个美国冒险家的信仰只是致富、升官发财。清政府为华尔建祠堂，他曾被荣耀地写入中国那段历史，只能证明中国的那段历史是耻辱的一页。

廖宇春与南北议和

南北议和促成了清帝退位共和实现，是辛亥革命过程中具有重要意义的一个转折点。而南北议和前夕，北方代表廖宇春与黄兴的代表顾忠琛之间的密约同样具有举足轻重的作用。事实上，正是由于廖宇春等人奔走南北，游说北洋将领接受共和，劝说冯国璋等人不反对南北密约，才确保了共和大业尘埃落定。

"思挽狂澜"，游说南北

廖宇春（1870~1923），字少游，松江娄县人。早年留学日本，曾充任清政府驻日公使馆随员。回国后，襄助冯国璋、段祺瑞办北洋陆军学校近十年，一度担任保定姚村陆军小学堂总办，并为袁世凯在天津小站练兵，在军界中颇有名。

辛亥革命发生后，各省迅速响应。袁世凯督师出战，后被授以内阁总理大臣。袁世凯当时眼看已大权在握，于是对革命军由剿而抚，由抚而和，同时奏请朝廷停止进攻，并且写信给黎元洪等人请求议和。宣统三年（1911）12月初起，停战由武汉局部逐渐扩展到全国，成为南北议和的前奏。

根据直隶陆军小学校监督张淑信的一封书信，当时虽有停战议和的迹象，"然各有主张，迄未就绪。本校校长廖先生宇春素重人道，丁此危机，宵旰彷徨，寝食俱废，独居深念,知兵连祸及,终取危亡,非筹和平解决之方,即有豆破瓜分之惨"。

廖宇春当时"蹶然兴起,思挽狂澜",首著《弭停南北战事意见书》,以质当世,"书中大意在忠告双方枢要人物开特别密议,疏通感情,联络一气,而终以推举袁公为统一南北之关键"。

此意见书虽已拟定,但尚需一定手续方能实行。碰巧当时云南总参议靳云鹏回到滇南,廖宇春与其原本就是肝胆之交,交流之下发现双方对调和南北和平一事志同道合。当时云南临云镇总兵孔庆塘、保定军官学堂总办张鸿逵二人,也竭力赞成。

谋划既定,分头行动。靳云鹏负责游说北洋军主力,廖宇春则自愿赴南游说民军。阴历12月13日,廖宇春与北平红十字会员夏贻清一起南下,12月15日抵达汉口。廖宇春当时见到了段祺瑞,"痛呈大计,并述南行之策",段祺瑞"韪其言",表示赞同。

当时,靳云鹏已先行抵汉,被任命为第一军参议。廖宇春与其秘密计划,时机急迫,必须立即乘船赶赴南京。后又听说大元帅黄兴、江苏都督程德全都在上海,遂于12月19日,换乘火车抵沪。

廖顾密约,确立基调

12月18日起,袁世凯委派唐绍仪为全权代表,南下上海,与民军代表伍廷芳正式进行南北议和。而廖宇春到上海之后,探知南北议和中,民军对改革政体,推行共和十分坚决,代表北方的议和代表唐绍仪已陷入困境,和议将归无效。于是,廖宇春决定以个人名义,凭借三寸不烂之舌,推动事态发展。抵沪当晚,他即造访上海民军机关部,由南京先锋队队长朱葆诚介绍,拜访黄兴的亲信、江苏军政府总参谋顾忠琛及元帅府秘书官俞仲还等十余人。

随后他们在文明书局二楼经理室召开秘密会议,廖宇春表明,自己此次南来,实以"保国

南北议和场所——上海英租界市政厅

救民"为宗旨,遂"委婉陈说,反复辩论,舌战历数小时之久"。最后双方终于归于统一,他们表示赞同共和,并定议公推袁世凯为共和政府临时大总统。并且就此事订立草约,以为凭信。

12月20日,也就是伍廷芳、唐绍仪举行第二次会议的那天,廖宇春再次会见顾忠琛等人。顾忠琛手持黄兴的委任书("兹委任顾忠琛君与廖宇春君商订一切。十一月初一。黄兴"),表示黄兴元帅和程德全都督都赞成此事。

廖宇春于是与夏清贻提出四项条款请众人讨论。最后他们决定改为五项:一、确定共和政体。二、优待清皇室。三、先倾覆清政府者,公推为大总统。四、南北满汉军出力将士各享其应得之优待,并不负战时害敌之责任。五、同时组织临时议会,恢复各地之秩序。

廖宇春、顾忠琛密谈以推翻清政府统治,建立共和制国家为核心。这次会谈虽从级别上低于伍廷芳、唐绍仪的南北议和,却为随后进行的伍、唐会谈确立了框架,奠定了重要基础。

南北奔波陈述利害

确立五项条款之后,双方各书一纸,签名画押,互换回执。廖宇春于当日午后即返宁,由夏清贻在沪处理未尽事宜。第二日清晨,坐船回汉口。12月23日抵达汉口后,廖宇春就来到军司令部,向段祺瑞报告经过,认为推举袁世凯为总统,"民军之希望可达,北军之威权不坠"。"救时良策,无善于此。"陈说利害,剖析入微,段祺瑞为之动容。对此事,廖宇春曾有如下记载:

> 初四日(12月23日)午后4时抵汉。……谒段军统于军司令部,段公扣予协议情形甚悉,余先以日记进,继陈述江南民气激昂,所谓革命狂热,已达极点,断难和平解决。以大势而论,保存君主,南军必不甘心,势必仍出于战。当此民穷财尽,饷源已竭,战则两败俱伤,同归于尽,能赞成共和,和局自易就绪。又恐北军不能屈于南军势力范围之下,必有反抗举动,唯推举项城,则民军之希望可达,北军之威权不坠,两方感情,自愿融洽,救时良策,无善于此。段公曰:"项城焉肯出此。"余曰:"项城只可居于被动地

位,而主动者,则在公耳。"段公意甚动,然犹阳以军人不便干预政治为词,余向之略辩数语而退。

12月24日,廖宇春又上书段祺瑞,分析利害,希望段氏"达变通权",勿"墨守常经,拘牵成例",推袁世凯为总统,实现共和,以免"两败俱伤,招豆剖瓜分之惨"。当晚段祺瑞召廖氏于寝室中,决心赞同共和,廖宇春非常欣喜。

为了获得更多支持,廖宇春之后又拜谒了第二军军统冯国璋,详述了南行密议始末,辩论国家存亡问题,又屡次拜访陆军副大臣田文烈,讨论共和问题。

拟定三策,力推共和

廖、顾密约,还与日后段祺瑞领衔北洋军联名要求共和息息相关。

民国元年(1912)元月,中华民国宣告成立,孙中山在南京就任临时大总统。此举打破了之前几乎板上钉钉的推举袁世凯为总统的承诺。对廖宇春而言,这个局面无法令他不心存隐忧——他"诚恐推袁之约中途失败,则共和解决转成画饼,从此生灵涂炭、国将不国矣"。

果然1月5日,北洋军界就有人反对和议。廖宇春当即向靳云鹏发出一函,促第一军能采取主动,迅定共和大计。

翌日,廖宇春又上书袁世凯内阁,大致意思是:"时机日亟,迫于燃眉,中国存亡,决于和战,宫保躬摄政柄,身系安危,舆往所归,群生托命,正宜力维大局,早勿为左右所惑,致蹈危机。"此书由袁世凯的儿子袁克定代陈。

1月7日,靳云鹏抵京,他对廖宇春说,自己非常赞成第一军采取主动的计策,现在北洋将领经多方运动,很多已被说动,赞成共和者达二百余人。靳云鹏表示,此次来京正是要联合各军,要求共和。

为了达到这个目标,廖宇春与其拟定了三种办法:一是运动亲贵,由内廷降旨,自行宣布共和;二是由各军队联名,要求共和;三是用武力胁迫,要求宣布共和。

几天后,夏清贻自沪返京,向廖宇春报告南方情况。原来革命军久候北洋军举动,却无回音,心生怀疑。廖宇春闻之,非常焦急,他马上找来靳云鹏商量对策,决定夏氏即刻南下,将他们制定的三条计策立即转达给革命党,以坚其信。

要务既终,如释重负

此后,由于传闻宗社党人将与袁世凯同归于尽,造成京城暴动。廖宇春大惊,于是与卫队标统唐天喜商定最后的解决之策,并主张调兵入卫,趁机宣布共和。

民国元年(1912)1月22日,亲贵集议御前,多不赞成共和。廖宇春见状,对靳云鹏说,第一策既失败,当筹第二次计划。

1月27日,由段祺瑞领衔,四十七个将领联名电奏清廷,要求清帝退位,"立采共和政体",否则就"谨率全军将士如京,与王公剖陈利害"。廖宇春专门印刷万张,在北京到处散发,《国风报》也印了号外,随报附送,人心震动。廖宇春还特意致电南京的顾忠琛、夏清贻、俞复三人,把北军联名要求宣布共和的好消息告诉他们。夏清贻及时复电,大为振奋,表示"伟功告成,同声欢庆",并表示临时政府也已获悉此事。

共和大局基本尘埃落定,廖宇春仍有担忧,他怕此次行动过于依赖军队,会导致权力过重,万一意气用事,各树党援,后果将会不堪设想。于是他与傅良佐筹备组织军界统一会,又与靳云鹏提议组织共和统一会,从而使政、学两界能够融洽。

民国元年(1912)2月12日,清帝退位,宣布共和,大局化险为夷,廖宇春终于完成了自己的使命,如释重负。此前,由于南北隔阂,大局一度岌岌可危,廖宇春为之"忧形于色","遍历烟台、宁、沪、扬、苏等地,凡南中重要人物,均竭力疏通,善为联络。并力劝孙、黄两公北上,两公感其诚,韪之"。至此,"三雄握手,欢聚一堂","猜疑悉泯矣"。

民国元年(1912),袁世凯窃取大总统后,廖宇春被授陆军中将,并予勋三位。是年6月,他将所著《新中国武装解决和平记》一书刊布,分赠各界,语涉袁世凯在议和时内幕,为袁世凯所忌恨,遂遭摒弃,"恬退自甘"。袁世凯死后,于民国8年(1919),廖宇春出任哈尔滨护路军司令部参议官,旋改任黑龙江省教育厅厅长。后病卒于北京,灵柩运回松江安葬。

革命火种在茸城点燃
——追忆侯绍裘烈士

南京雨花台苍松翠柏，白玉皎洁，毛泽东题写的"死难烈士万岁"几个大字遒劲有力，庄严肃穆。苍柏簇拥的陈列室中，展出了七十多位牺牲于南京烈士的光辉事迹，陈列于第一位的就是侯绍裘烈士。民国16年（1927），蒋介石发动四一二反革命政变前夕，黑云压城城欲摧，云间第一位共产党人侯绍裘与国民党反动势力展开了顽强的斗争，最后悲壮牺牲。

作为云间之子，侯绍裘的革命历程始于养育他的故土——松江。让我们回眸烈士慷慨激昂的青春岁月、锐意革新的教育生涯和激情澎湃的革命征程，追寻先烈在茸城留下的足迹。

聪颖过人，看书一目了然

侯绍裘儿时就特别机灵，目光炯炯，伶牙俐齿，小小年纪就学会了说话，总咿咿呀呀地逗家人高兴，十分讨人喜欢。有一年母亲生重病，好几个月卧床不起，全家人愁眉不展，小绍裘见了心里也很着急，他来到母亲床边，拉起她的手，郑重其事地说："妈病得真苦，幸亏我乖，不然妈还要苦呢。"刚才还唉声叹气的父亲一听笑了起来："对对对，就数你最乖，你多陪你妈说说话，我看她药都不用吃喽。"

侯绍裘

父亲经营着一家参药店,每次一回到家,侯绍裘就会缠着父亲讲故事。听到《水浒传》里梁山好汉穷途末路的情节,小绍裘总是眨着眼睛,不愿上床睡觉,一副不甘心的模样。父亲工作渐忙,没空给孩子讲故事,侯绍裘就自己钻进屋里,翻出各种各样的书来读,要不是家人提醒,他就是待上半天都不肯挪步。

有一回弟弟砚圃悄悄地走进房间,估摸着哥哥这么如痴如醉,八成有"古怪"。果不其然,他一进屋就瞥见侯绍裘趴在书桌上,单闭一目,紧盯着书本。"哥哥你这是在干吗?""看书呗。"侯绍裘抬起头得意地说,"睁一眼闭一眼,眼睛可以轮流休息,关键啊是这么看书——'一目了然',这可是我独创的读书秘诀呢!"

不满陋习,助妹妹解婚约

侯绍裘十岁那年,父亲故世了,家里的参药店被迫关闭。突如其来的变故令母亲大受刺激,兄弟姐妹四人中大姐又出阁较早,家里全赖侯绍裘照顾。侯绍裘平时对长辈颇为尊重,但有时也很有主见。那是在祖母病故后,大姑母主张雇僧道诵经给老人家送葬,侯绍裘一听立即反对:"别家如此,我们难道非得跟风不可吗?这么铺张浪费,祖母生前这么节俭难道会心安吗?"他坚持祖母入殓从简,居然跟大姑母争执起来,最后把大姑母说得哑口无言。

而对母亲,这个孝子也曾经说过"不"字。当年时兴父母之约、媒妁之言的封建包办婚约,侯绍裘的妹妹佩莹就这样许给了一户朱姓人家。眼看自己马上就要出嫁,而与对方素未谋面,佩莹越想越委屈,想解除婚约又苦于母命难违,于是就找来哥哥诉苦,一边说一边抽泣,眼睛都红肿了。侯绍裘边柔声安慰妹妹不用着急,边带着她去见母亲。"妈妈,您一定也是希望妹妹幸福的,那就让她自己决定她的未来吧。"他诚恳地望着母亲请求道,又举出包办婚姻的种种弊端来,最后母亲总算松了口。

怒斥迷信，大闹迎神赛会

民国9年（1920），侯绍裘已在南洋公学攻读土木工程。学校里每每有学生运动，必见他冲锋陷阵。而在校方眼里，他早已成了让人头痛不已的"问题学生"，批评他"自视太高"的有之，指责他"不务正业"的亦有之，还总有些"乖学生"时不时给校方通风报信，揭发侯绍裘的"斑斑劣迹"，于是辛苦油印的传单给烧了，刚定下的游行计划被阻止了，侯绍裘淡然一笑，虽则无奈却未曾妥协，照旧磊落行事。

那年放假回到家乡松江，他再次"越轨"，这回他挑战的是地方盛事——迎神赛会。当时松江时疫流行，人们抬着城隍老爷在街头巡行出会，想祈求天神驱邪降福。迎神赛会队伍前面，旗伞缤纷，彩龙飞舞；后面成千善男信女执香护送，四方群众探出了身，争相观看，真如节日似的，但街头喧天的鼓乐终究掩盖不了疫症病人的呻吟。

侯绍裘听说有一个病人宁愿让亲人把钱塞给迎神赛会募捐小组，也不肯请医生来治病，他又愤怒又焦虑，回到屋里，把房门重重合上，铺纸提笔，"不要迎神赛会"，"迷信才是瘟神"几个大字一挥而就。紧接着他冲上街头，把这些标语贴上了松江大照壁。路人经过，一个个都惊得目瞪口呆，有的当场破口大骂，说他有伤风化、肆无忌惮。侯绍裘并不因此畏惧，继续高声号召大家打倒封建迷信，那天以后还趁热打铁，在他主编的《问题周刊》上发表多篇文章，痛斥迎神赛会铺张奢侈并且贻误人命。可以说侯绍裘当年这一闹，整个松江城都轰动了。

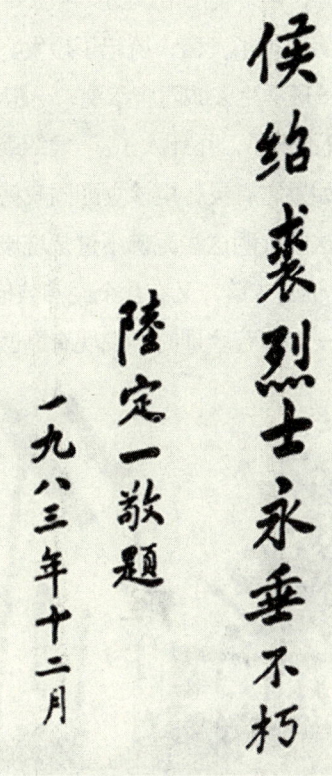

陆定一为侯绍裘烈士题字

执掌女中,大刀阔斧改革

民国 9 年(1920)夏天,侯绍裘进入江苏宜兴彭城中学任教,一年后他回到松江,变卖家产,和朱季恂先生一起接办了将要停办的景贤女中。

校舍借用的是旧式的住家房屋,几面墙已有些斑驳,但是教室光线充足,打扫得特别整洁。三大幢两进式的楼房前面是宽敞的天井,载满了繁茂的花草。而教员的办公室反而不及学生寝室舒适,一间狭小的平房里挤着五六张桌子,几乎连转过身的空隙也没有。办学条件艰苦,老师们就咬牙克服。教务主任侯绍裘平日生活就很清苦,衣着俭朴,很少替换,穿着破旧了也不在乎,头发还常常忙得顾不得理。

当然,景贤女中最大的特色还在于侯绍裘对教学方针的革新,与传统女校培育贤妻良母不同,侯绍裘常常鼓励女学生要勇敢地站出来,争取独立地位。在他的鼓励下,很多女学生剪掉了发髻,梳起了短发。他还亲自率领学生走出校门学习科学知识。一次,他带一班学生去城隍庙参观,一跨进庙门,有些胆小的同学就窃窃私语,直嘀咕:"早知道就不来了,吓死人了。"侯绍裘听了哈哈大笑,随手抓起一个泥佛头,向同学们说:"如果它有灵,应该立即同我搏斗,其他泥佛也该出来助威。可是现在它还在我手上。这就证明这些泥佛不过是堆废物,白白占了那么多地方,还不如把这里改成教室呢。"话音未落,又有几个泥佛被他推到了。还有一次,他带学生去城外秀野桥远足。走到一大片荒坟地时,发现有骷髅露在腐朽不堪的棺材外。侯绍裘说:"这不是可以做我们实验室的好教具吗?"说罢,袖子一卷,两手捧起一个骷髅头,走到河边冲洗干净,给大家上起课来。

坚定信念,推进松江革命

侯绍裘在景贤女中期间还创办了《松江评论》,抨击时弊,宣传革命思想。当时松江文人杨了公,在地方上颇有地位,他在家中设了个盛德坛,

景贤女中旧址

专搞扶乩，在架子上吊上一根棍子，棍子在沙盘上画出字句，就说是绝对灵验的神谕，杨了公美其名曰文人游戏，当时吸引了不少松江教育界的头面人物。侯绍裘当即在《松江评论》上发表《荒谬绝伦之教育领袖》，还毫不客气地把这些荒谬领袖的姓名、职务一一公开，有力打击了地方上的迷信活动。

民国12年（1923），侯绍裘加入了中国共产党，开始了一系列实际的革命组织活动。那年冬天，侯绍裘陪同中共中央局秘书罗章龙和团中央负责人恽代英到松江、嘉善一带宣传党建、团建工作。他们从苏州河乘上小汽船，经外白渡桥沿黄浦江上行至松江，接着紧锣密鼓地组织专题演讲，分析革命形势。罗章龙对侯绍裘主讲的《抗清英雄夏完淳》印象特别深刻，他回忆说："侯绍裘这个同志丰仪俊秀，很能干，富有才华，雄辩滔滔。"三人当时结下深厚情谊，喜称真是"松江三人行"。罗章龙还特意题诗一组，其中有一句是"革故鼎新千载史事，照人肝胆是侯生"。在侯绍裘及友人的努力下，松江地区建起了宣传网，中共、共青团的政治影响大大稳固，为日后茸城的革命事业打下了坚实的基础。

革命姐妹大姜小姜

——追忆松江早期女党员姜兆麟、姜辉麟姐妹

俗话说，上阵父子兵。而姜兆麟、姜辉麟却堪称一对"革命姐妹花"。姐姐姜兆麟是松江第一个女共产党员，妹妹姜辉麟也在革命艰难时刻，毅然加入了中国共产党，并为革命事业献出了年轻的生命。两姐妹凭借机智和勇敢，靠着坚定的信念，巾帼不让须眉，在松江的革命史上留下了不凡的一笔。

大姜小姜并肩革命

姜家住城内北仓桥堍，出身于贫苦塾师家庭。她们的父亲忧国忧民，为表革命决心，毅然剪了发辫，倡议停办私塾，创办学堂。因终日奔波劳累，在辛亥革命前五年就忧郁病逝了。

姜家一家六口，孤儿寡母，只能赖母亲倪振尧行医（小儿科推拿）艰难维持。舅舅向姐妹俩授以启蒙课本，她们分外珍惜，勤学不辍。

母亲看姜兆麟、姜辉麟好学，于是向景贤女中校长丁月心恳求，两人先后得以免费入学。两姐妹对妇女缠足的习俗极为反对，率先加入天足会，宣传妇女缠足是封建遗毒，应该彻底废除，以解放妇女。而在读书时，她们每当读秋瑾遗诗，都禁不住流泪、沉思，对神圣的革命事业心生向往。

女中毕业后，姐妹俩相继出嫁。姜兆麟因结婚仅九个月丈夫就病逝而备受夫家折磨。五四运动时，姜家姐妹开始接受新思想的熏陶，终于挣脱了封建家庭的束缚，在丁月心聘请下，在分校分别担任校长和教员。民国10年（1921）秋，侯绍裘、朱季恂接办景贤女中，传播革命思想。姐妹俩深受教育，姜兆麟率先于民国14年（1925）加入中国国民党，翌年在上海大学政训班加入中国共产党，成为松江第一个女共产党员，追随侯绍裘等投入反帝、反封建的斗争中。四一二反革命政变后，姜辉麟也在革命存亡关头加入了中国共产党，誓为革命奉献一切。姐妹俩在白色恐怖下坚持斗争，先后被调到中共奉贤县委工作。同志们亲切地称姐姐为大姜，妹妹为小姜。

姜兆麟

机智沉着化险为夷

民国17年（1928），姜家姐妹陆续调到中共淞浦特委机关工作，妹妹小姜后来又被派到南汇县新场镇和周浦镇，她以石贤为化名行医，建立党的秘密机关，在县委吴仲超领导下开展工作。

两姐妹都很机智勇敢，应变能力特别强。她们一次次历经艰难险阻，成功地从上海向浦东、奉贤、南汇等县往来运送党的秘密文件、宣传品、枪械和手榴弹等武器。

奉贤庄行暴动前夕，淞浦特委负责同志在上海冒险亲自制成手榴弹，需要及时送到奉贤，以支持暴动。姜辉麟知道后，主动要求运送武器。领导对小姜很信得过，但还是一再提醒她："路上危险，检查很严，一定要万分小心！"

小姜爽朗地说："下刀子我也去，没什么可怕的。老虎也有打瞌睡的时候，世上没有渡不过的河。"于是，小姜把自己打扮成农村妇女，穿了件青布棉袄，腰间围了个大围裙，用旧衣服把手榴弹裹好，放在大竹篮的农产品中，就从容上路了。一到码头，只见一群伪警正在检查乘船旅客。她正想着如何闯过关卡，正好碰上三个伪警在夺取乘客的钞票和金戒指。她灵机一动，急步上前，作势准备接受检查，又探身左右张望，似乎要看伪警怎么抢钞票。几个伪警被她盯得心里直发毛，恼羞成怒，边骂边赶，大声喝道:"去去去,乡下人看什么看。"

姜辉麟装成受惊的样子,颤巍巍地过关上了船。中途又有人来搜查,吵嚷着要看她篮子里放了什么。姜辉麟又做畏惧状,掀开篮子,检查人员一看里面全是农产品,也奈何她不得,只好放她过去了——原来,姜辉麟刚上船的时候,就把手榴弹从围裙下悄悄取出,塞进船肚板里了。就这样,她顺利地闯过了第二关。

傍晚时分,船快到码头时,她招呼船老大说:"我家就在这岸边,家里现在有重病人,能不能麻烦你让我现在就上岸,免得我到了码头再走回头路。船老大看她是本地乡人,就靠岸让她下船。这样,姜辉麟又巧妙地避开了码头上的检查,有惊无险地通过了第三关。她上岸后,从容不迫地把手榴弹送到了目的地,顺利完成了组织交给她的任务。第二晚,庄行暴动取得了胜利,沉重打击了反动政府的气焰,大大鼓舞了革命群众对敌斗争的信心。

而姜兆麟在数次农民革命暴动中,也经常变换打扮,以家庭妇女、基督教徒等各种身份,沉着冷静地与反动军警周旋,避过检查,将弹药武器、党内文件与上级指示安全传递至农民领袖手中。不久,姜兆麟调至中共江苏省委工作。一次,省委机关被告密,危在旦夕,姜兆麟以绣戏袍作为掩护,沉着应付五个密探,使省委机关安全转移,被党组织称赞为"保护机关的能手"。

小姜为革命壮烈牺牲

姜辉麟

小姜是出了名的热心肠。她还在奉贤南桥的时候,有位同事有急事必须外出,但凑不出路费,她就把自己的衣服拿去典当后资助他;在南汇新场的时候,有位同志患了重病,她不避脓血,不怕传染,精心护理,直到对方痊愈;在淞浦特委时,有同志被捕,她改头换面装扮后,每个月都去探监,送去生活用品和替换衣物,还定期去看望这位同志的家属,送去生活补助。

民国17年(1928)秋天,党组织调小姜到上海沪西的小沙渡和沪东区杨树浦工厂区搞妇女运动工作。她仍以石贤为化名挂牌中医小儿科行医。调到虹口区后,她在岳州路立中里创办立中小学，作为党的联络点，自任校长兼教员，以合法身份开展活动。白天教课，晚上还办女工补习班，向女工灌输革命思想。

在学生、女工的心目中，她像家长一样，是个无微不至的贴心人。办立中小学的时候，有劳动人民子女交不起学费，小姜就让他们免费上学，还赠送书籍用品。学生患病，她主动上门医治。晚上女工下课回家，路上遇到流氓欺负，小姜就亲自陪送回去，或者按路线组织小队同行，相互护卫。除了上课教书，还要干地下工作，送情报、开会，好几次遇到敌人追踪，她都勇敢机智地与之斗争，设法脱离险境。

民国21年（1932），小姜调到南京，在中共江苏省委工作，却不幸在那年冬天被反动政府逮捕。狱中，小姜饱受酷刑，但坚贞不屈，毫不动摇革命信念。在狱中仍与党组织保持联系，继续斗争。反动当局终于下了毒手，于民国22年（1933）秘密杀害了她。姜辉麟牺牲那年，年仅三十六岁。

大姜掩护中共领导赴苏区

而大姜也从未停下革命的脚步。她曾与淞浦特委负责人严朴共事，担任了机关的会计、文书的工作，后又随严朴参加进攻温州之役。严朴后来调任松江中心县委兼青浦县委书记，姜兆麟也随之担任掩护工作。民国21年（1932），上海中共中央机关遭严重破坏，姜兆麟与严朴被调至中央局机关居住，之后他们正式结为夫妻，并肩作战。在此期间，他们掩护了大批中共领导人员离沪赴中共苏区。

民国22年（1933），姜兆麟和严朴也被调至苏区工作，她以一双小脚翻越虎头山封锁线，抵江西瑞金中央苏区，先后担任了财政部会计、国民经济部会计兼节省委员会和优待红军家属委员会主任等职。她也是松江唯一在苏区中央机关工作的女共产党员。

翌年10月，红军长征，她因患重病留下，六天后被捕，遭受严刑审讯，但始终伪装成批售冬笋的贩子，坚不吐实。八个月后，她终于被释放，一路行乞返沪。但是从那时起，她与党组织失去了联系，曾在报上两次登"寻人启事"，用暗语找寻党组织，都无结果。无奈之下，她几经辗转找到丁月心，在佛学会中潜身，后来又以小儿科推拿为职业，维持生计。此后，她在松江独立抚养女儿，严朴则继续为了革命走南闯北，一直到严朴去世，女儿也没有见过父亲一眼。

姊妹而今只一人矣

解放后,为了缅怀先烈,在南京雨花台建立革命烈士陵园,侯绍裘、姜辉麟等烈士的事迹和遗像都陈列于纪念室里。1957年,故乡松江也为他们建立了革命烈士纪念碑,供后人瞻仰。

姜兆麟也在解放后重新入党,先后在松江专区人民医院、松江地委供给科、专区妇委工作。1957年4月入松江城区卫生院组成妇幼科推拿研究室。此后她经常向干部、学生讲述革命先烈的斗争事迹,进行革命传统教育。1957年五一劳动节时,姜兆麟获邀到北京观礼,见到了妹妹当年的老战友陈云、刘晓和吴仲超等人,大家回忆过去奋勇革命的岁月,感慨万千。

当过小姜领导的吴仲超同志即席写道:

　　五一节后,晤姜兆麟同志,共话前尘,三十年前革命生涯,从头回忆,数旧时战友,已若晨星。忆及姜辉麟同志,相与悲悼,雁行折翼,姊妹而今只一人矣。而喜革命之伟大胜利,建设之与日俱进,可慰忠魂。

1971年,姜兆麟因病在松江去世。

陪同颜惠庆亲历国共和谈

——忆松江名医焦湘宗

焦湘宗是在松江时疫发生时，临危受命、不辞辛劳的名医；他也是外交家颜惠庆最为信赖、不二人选的私人医生；而他最特殊的一段经历，则是1949年2月陪同颜惠庆参加了被誉为"敲门之旅"的国共和谈，与毛泽东、周恩来等中共中央领导人进行了会面。

开创松江第一所私人医院

焦湘宗（1893~1985），原籍山东省即墨县。民国5年（1916），毕业于同济大学医学院，后在上海宝隆医院担任住院医生。民国8年（1919）夏天，松江霍乱流行，焦湘宗受聘来松江主持时疫医院医务。当时病人甚多，上海供药困难，焦湘宗于是主持自制药剂，取得了很好的效果。在繁忙医务中，他以"有求必应，不得拒绝"为座右铭，病人大多获救。自己则常在出诊途中的轿子里打瞌睡，以消除疲劳。

他一度计划赴美深造，但松江各界一致挽留他。于是他放弃了留学机会，翌年冬，在西门外长寿桥堍创设湘宗医院，这是松江县历史上第一所私人医院。当时，慕名前来拜师者甚众，他也由此培养了一批西医。民国15年（1926）起，焦湘宗兼任松江景贤、松筠、慕卫女中等校校医。

当时，松江地区疫病时有发生，他于诊务之余，联合地方团体，自编教材，开展卫生防疫宣传，并义务种牛痘，控制天花流行。城镇各团体曾请当时旅松书画家张大千书"功深保赤"匾额以赠。

外交家信任的私人医生

民国 18 年（1929）底，焦湘宗回青岛照顾老母，于是将湘宗医院全部设备转让给同学柯德琼医师。民国 21 年（1932），他任国联调查团医生，结识了时任中国出席国联行政院会议首席代表、中国驻国联代表团团长的颜惠庆。

颜惠庆是民国老牌外交家。早年留美，光绪三十二年（1906），颜惠庆参加清政府首次游学欧美毕业生考试，名列第二，赐进士出身。光绪三十四年（1908），他自荐随伍廷芳出使美国，从此开始了职业外交生涯。民国成立后，颜惠庆就任第一届唐绍仪内阁外交部次长，以后又历任外交总长、国务总理等职，并多次出任驻外公使。

颜惠庆对焦湘宗精湛的医术和谦和细致的为人留下了很深的印象，于是邀请他担任自己的私人医生，全权负责自己的医药健康。民国 21 年（1932）底，中苏两国正式复交，翌年年初，颜惠庆被任命为中国驻苏联大使。

焦湘宗当时深受颜惠庆的信任，于是陪同颜惠庆赴莫斯科，任使馆医生。后来又在颜惠庆的鼓励下，前往德国佛莱堡大学深造，获得医学博士学位。民国 17 年（1938），焦湘宗回国后除了继续任颜惠庆为私人医生外，也十分关心民间疾苦，积极参与了抗日救护工作。

和谈代表团医药顾问

八年抗战，三年内战，饱经战争之苦的全国人民强烈呼吁和平。1949 年元旦，处于内外交困的蒋介石为了应付国民党崩溃的危险，万般无奈之下提出和谈建议，以求得到片刻喘息。中国共产党于 1949 年 1 月 14 日发表了毛泽东主席签署的《关于时局的声明》，提出和平谈判的八项条件。蒋介石被迫于 1 月 21 日宣布引退，职权交副总统李宗仁代行。

李宗仁上台伊始即昭告全国，决定以"最大努力谋和平"。甘介侯向李宗仁建议，由在沪知名人士组织一个和平代表团，赴北平与中共接洽和谈事宜。李宗仁表示同意，并派甘介侯携信赴沪访各界知名人士，其中包括颜惠庆、章士钊、江庸（章、江二人曾担任北洋政府司法总长等职）、陈光甫（上海商业储蓄银行经理）、冷御秋（江苏省临时参议院议长）等人。对这次国共和谈的"敲门之旅"，颜惠庆相当支持，表示愿意前往。但他当即提出了一个要求："以我个人而言，活了七十三岁，还未乘过飞机，而平素间患心脏病，平时总住在楼下，怕爬楼梯气喘，所以是否适于坐飞机大成问题。但想到平生受了国家许多优惠，这次是为国家和人民而奔走，就是抱病在身，也是义不容辞的，大不了我请个医生跟我走。"

当时，南北陆路交通阻塞，飞机成为唯一的选择，身患心脏病的颜惠庆对平生第一次坐飞机心存顾虑就不足为奇了。私下里，颜惠庆多次和焦湘宗洽商，请他担任随行医生。颜惠庆对焦湘宗说："有你这个医生在一起，我就很放心了。如果你不答应，不陪我去，我亦不去了。"

全程陪同重访北平

1949年2月13日，颜惠庆、章士钊、江庸组成和平代表团，邵力子以私人资格参加了代表团。成员大多年事已高，身体欠佳，飞机起飞后遇到不稳定气流，异常颠簸，只好先飞青岛稍加休息，待次日再飞北平。焦湘宗作为随行的唯一一名医生，也成了四老的医药顾问。

2月14日下午5时左右，上海和平代表团乘坐的飞机飞抵北平，入住六国饭店。中国共产党对和平代表团极为重视，派首任北平市长叶剑英负责接洽。2月15日上午，叶剑英只身前往六国饭店拜访颜惠庆等四老。一阵寒暄之后，五人分别坐下来进行了第一次座谈。颜惠庆首先表示："我们四人合起来有三百岁了，我还有心脏病，本来不适宜坐飞机的，但是还是带着医生来了。此次来北平是个人来的，不是当什么代表，是希望全国和平统一，这样对内对外均好。此意请转达毛先生。"颜惠庆说着转过头去指着邵力子又说："此次能得邵先生同来，更有意思。我与邵先生同事。此行班子不错。"说完，眼睛眯成一条缝，嗓子里发出沙哑的笑声。

焦湘宗发现，那一天，颜惠庆虽然因颠簸劳顿略显疲惫，但精神出奇得好。他又打量叶剑英，发现戎马出身的叶剑英并非他所想象的"一介武夫"，而是举止文雅、彬彬有礼，和蔼、幽默，一点也没让人感到严厉生硬。之后，焦湘宗又陪同颜惠庆出席宴会，见到了董必武、聂荣臻、罗荣桓等中共领导人。

在融洽的气氛中颜惠庆结束了与叶剑英的会谈，最后他提出希望面见毛泽东和周恩来。叶剑英告诉他已经发出电报，很快就会得到回音。会谈结束后，焦湘宗担心颜惠庆身体，劝他好好休息，但颜惠庆笑着说："焦医生，我没事，接下去几天，我要好好地参观新北平城，重游故地，你要是不放心，就陪我一起到处走走看看吧。"于是，焦湘宗扶着颜惠庆访问了燕京大学和清华大学，拜会了两校校长陆志韦和冯友兰先生，又会见了在北平的许多旧友故交。

西柏坡之行

1949年2月20日晚，颜惠庆等人得到了毛泽东要他们前往石家庄的邀请，颜惠庆对能有机会见到并认识毛泽东备感欢欣鼓舞。2月22日，颜惠庆等人乘坐专机前往石家庄，在石家庄稍事休息后，赶往中共中央所在地。焦湘宗是唯一前往西柏坡的随行人员。

颜惠庆等人并不知道中共中央所在地是西柏坡（随行的焦湘宗在西柏坡见到周恩来后的第一句话是："此地说是石家庄郊区，为什么那么远？这到底是什么地方？"周恩来迟疑了一下，才回答："西柏坡"）。从石家庄到西柏坡确实有一段距离，为了颜惠庆的安全，焦湘宗与颜惠庆同乘一辆车，颜惠庆坐在前面，焦湘宗在后面扶着他。同车的还有李维汉和杨尚昆。

经过一路颠簸，当晚颜惠庆等人顺利到达西柏坡。周恩来亲自出门迎接颜惠庆等人，随后招待他们用晚餐。饭毕，毛泽东来到颜惠庆等人住处看望四老。

不管是颜惠庆，还是焦湘宗，都是第一次见到毛泽东。焦湘宗对当天的见面印象特别深刻，他记得毛泽东那天穿着一件普通的棉衣和硕大的裤子，显得整洁、朴素、平易近人。毛泽东言谈十分幽默，又不失准确犀利。

留下珍贵文史资料

短短几天的会谈，让焦湘宗毕生难忘。他记得，初次会面，双方都没有过多地谈及代表团此行的目的，但颜惠庆对毛泽东给予他们陈述情况的机会表达了谢意。在阐述国民无法再忍受战争的苦难、希望早日实现和平之意时，颜惠庆脑海中突然闪现出亨利·李在纪念华盛顿时所写的一句著名颂词——战争中的第一人，和平中的第一人，同胞心中的第一人，于是就引用这句话说给毛泽东听。周恩来聪慧地在旁对颜惠庆笑了笑，问道："这句话的含义是什么？"颜惠庆回答道："这要由毛先生去决定。"毛泽东严厉地批评了国民党过去的所为，并表示中国共产党愿意商谈和平，但认为双方在选择谈判代表时应该非常慎重，而中共对谈判的基础已经提出了一个纲要。毛泽东用打牌比喻和平，说："打牌打了这么久，也该不再打了。"直到深夜 11 点多钟，双方才结束了愉快的会谈。

第二天，颜惠庆等与毛泽东、周恩来再次进行了长时间谈话。毛泽东强调了共产主义究竟是国家的还是国际的问题，毛泽东解释说，中国共产党无疑是中国人民的，但是要与其他共产主义国家相互同情，正如西方帝国主义国家相互间有较密切的关系一样。从谈话中颜惠庆了解到，共产党将保护银行家，只要他们获取的是合理的利润，而不是通过放高利贷牟取暴利、盘剥人民。至于工业企业，共产党也支持其重新建设的规划。共产党承认资本必须受到保护，特别要发展合作企业。另一方面，共产党将取缔官僚资本，这些主张与颜惠庆在北平听到的并无差别，从他在北平以及农村看到的标语中也可以得到证实。

1949 年 2 月 24 日，在颜惠庆等离开西柏坡返回北平之前，周恩来很早就来到他们的住所，与颜惠庆等人举行了一个短会，确定了国共谈判开始后应采取的步骤和应讨论的方案。能够见到并认识中国共产党的两位最高领导人毛泽东和周恩来，焦湘宗深感荣幸，带着满心的诚意，他陪同颜惠庆踏上了归途……

解放后，焦湘宗担任过上海文史馆馆员、上海市政协委员。他曾撰写《我随颜惠庆参加国共和谈的见闻》，详细记录这次和谈的经历，留下了珍贵的文史资料。

太康之英陆机

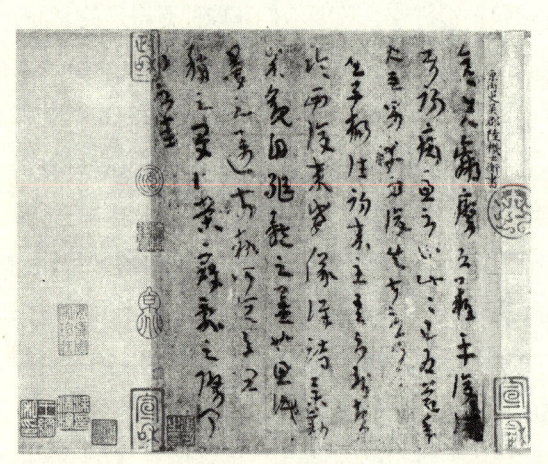

陆机《平复帖》(局部)

西晋之际，陆机、陆云二兄弟名重当时。陆机"少有异才，文章冠世"，是西晋太康文学最著声誉的文学家，被后人誉为"太康之英"。他的《文赋》是中国文学理论发展史上第一篇系统的创作论，对后世的文学创作和理论发展产生了重要影响。他的《平复帖》是我国古代存世最早的名人书法真迹，被誉为古代书法中的"皇帖"。他早年与弟陆云蛰居故乡华亭，苦读十年，后来为了实现建功立业的抱负，北入洛阳，却不幸卷入八王之乱，为逸言所害，被夷三族，坎坷命运可悲可叹。

少有异才，文章冠世

陆机（261~303），字士衡，吴郡吴县华亭人。曾任平原内史，世称陆平原。与其弟陆云并称二陆，与潘岳并称潘陆。他出身于东吴一个十分显赫的贵族世家。祖父陆逊是东吴丞相，父陆抗是东吴大司马。陆机身材魁梧，声音洪亮，以文韬武略鸣于当世。陆抗去世时，陆机十四岁，即与其弟分领父兵，为牙门将，前程似锦。二十岁时，东吴灭亡，陆机和陆云被俘虏到寿阳（今安徽省寿县）。隔一年，晋帝宽赦，二陆兄弟退居故里华亭，在小昆山上筑读书台，闭门勤学十年。

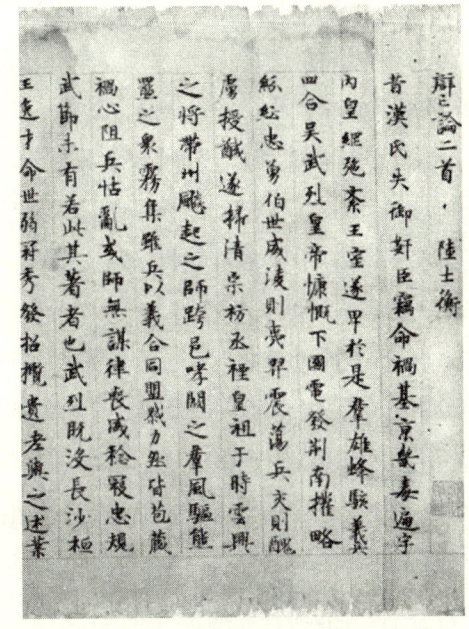

陆机《辨亡论》的唐代手抄卷轴（局部）

在小昆山苦读的十年，是陆机韬光养晦的时期，也是他文学创作中最重要的时期。其间，他写了大量诗、赋、散文。他在那段时间里所作的《文赋》是我国第一篇完整而重要的文学理论作品，不仅阐述了艺术构思与生活的关系，而且最早论述了艺术构思中的心理活动，探讨了艺术创作中的灵感问题，并提出了与儒家传统"诗言志"说相对峙的"诗缘情"说，肯定了情感因素在艺术创作中的重要地位。较之曹丕的《典论·论文》前进了一大步，对后来刘勰著《文心雕龙》有很大的启迪。

陆机虽隐居于乡，却不能忘情于世。尤其是东吴颠覆的惨痛经历，给了他很大的刺激。他作《辨亡论》二篇，一方面抒发了他对东吴灭亡的感慨，总结东吴兴亡的历史经验教训；另一方面则通过叙述其祖父的功业，表达出自己对建功立业的渴望。

二陆入洛，三张减价

太康十年（289），陆机与其弟陆云终于不甘寂寞，结束蛰居生活，离开家乡，千里迢迢来到国都洛阳。陆机此次北上，是为了响应朝廷的征召，作为南方士族的代表人物前来出仕为官。在洛阳，陆机兄弟陆续拜访了一些在政界、文学界具有影响的重量级人士。

当时太常张华就很器重他们，逢人便高兴地说："攻打东吴的战役，最大的收获是得到这两位人才！"陆机兄弟在京城获得很大声誉。当时有"二陆入洛，三张（指当时著名文学家张载及其弟张协、张亢）减价"之说。

由于张华的举荐，陆机被太傅杨骏任命为祭酒。杨骏被杀，陆机担任太子洗马、著作郎等职。吴王司马晏出镇淮南，以陆机为郎中令。后又升尚书中兵郎，转殿中郎。当时贾谧专权，开阁延宾，一时文士辐辏其门，其中著名的有二十四人，号"二十四友"，陆氏兄弟亦入其列。

然而，作为南方士人，陆机初入洛阳时，有不少名公巨卿看不起他，企图用言辞侮辱他。不过，陆机词锋警醒、才辩敏捷，每每予以回击，并不落下风。《世说新语》注引《文士传》："机清厉有风格，为乡党所惮。"

有一次，陆机拜访侍中王济，王济指着面前所吃的羊酪对陆机说："你们江东有什么东西能比得上它？"陆机立即回答说："有千里莼羹，但未下盐豉耳。"意思是说江东千里湖的莼羹可以与之媲美，只是眼下没有人知道去加以调味罢了。还有一次，左长史卢志在大庭广众之下问陆机："陆逊、陆抗是你的什么亲戚？"古代当着儿子的面直呼其父的名字是很不礼貌的行为。陆机当即回敬说："那关系就像你同卢毓、卢珽一样！"也直呼卢志祖父和父亲的姓名，搞得卢志下不了台。陆云当时曾劝陆机说："他们这里离江东很远，不太了解情况，可以谅解，何必这么针锋相对！"陆机倔犟地回答说："我们的祖父和父亲名播四海，并非无名之辈，他难道不知道吗？"

八王之乱，无奈卷入

晋武帝死后，司马氏家族爆发了争权夺利、互相攻杀的八王之乱，陆机也被卷入其中。

晋惠帝元康元年（291），赵王司马伦密谋发动政变，诛灭贾氏一族，作为内应的陆机参与其事，后来贾后、贾谧等皆被杀，陆机因功被升为相国参军，赐爵关中侯。司马伦准备篡位自立，又用他为中书郎。

永宁元年（301），齐王司马冏杀司马伦，迎惠帝复位。陆机被捕下狱，司马冏怀疑他身为中书郎可能参与起草赵王篡位的文章，于是将陆机和有关人员交给廷尉审讯，幸亏有司马冏的盟友成都王司马颖、吴王司马晏的救援，陆机才幸而免死，改为流放边疆，后遇赦未行。

陆机感念司马颖的救援之恩，又看到司马颖礼贤下士，温文谦让，便想在他手下干一番事业。司马颖也很赏识陆机的才华，让他参大将军军事，又向晋廷奏请，封陆机为平原内史。

太安二年（303），司马颖与河间王司马颙起兵讨代长沙王司马乂，任命陆机为后将军、河北大都督，统率包括北中郎将王粹、冠军牵秀等在内的二十万人马前往洛阳。

率领如此庞大的军队，陆机感到惴惴不安。他感到自己势单力薄，在朝廷中根基不深。他以东吴旧臣的身份，旅居洛阳，成为晋朝官吏，一下子突然身居要职，早已引起一些人的不满。尤其是司马颖左右的亲信，像王粹、牵秀，还有那个受到陆机羞辱而耿耿于怀的卢志，一直在寻找机会陷害他。

陆机几次坚决地向司马颖提出辞去都督的职务，司马颖都没有应允。陆机骑虎难下，他的同乡孙惠劝他将都督的职位让给王粹，陆机说："再这样辞让下去，别人会误认为我首鼠两端，临阵逃避，这样反而会引来灾祸。"

司马颖起初对陆机百般信任，出军前，还向他许诺说："功成事定后，你就是仅次于郡王的公爵，朝中的高位正在等着你，你好好努力吧！"陆机却坦率地对答："从前齐桓公任管仲建立了霸业，燕惠王由于疑忌乐毅而失去了即将成功的事业。这次讨伐长沙王行动的成败，在您而不在我。"

司马颖一时没能琢磨出陆机的言外之意。他身边的卢志得知此言，悄悄对司马颖进谗言："陆机自比乐毅，却把您同昏君相提并论，将帅出征前不考虑制胜之道，而想着这些问题，注定成就不了什么大事。"卢志的话，让司马颖沉默良久，觉得也有点道理：二十万人都交给你了，你不想着破敌立功，却说成败在君不在将，这后面的仗该怎么打呢？

华亭鹤唳，岂可复闻

司马颖的担心不是没有道理的。陆机进驻河桥之后，安营扎寨。这支军队阵容整齐，锦幡蔽日，锣鼓之声，数百里可闻。《晋史》上说是"汉魏以来，出师之盛，未尝有也"。但是，就是这样一支貌似强大的军队，战斗力却是出奇的低，简直是一触即溃。

太安二年（303）八月，双方接战。对战事，陆机并无良策，反而司马颙倒出了一支奇兵，他手下大将王瑚把数千匹战马都绑上长戟，对着陆机营地一阵猛冲，结果陆机军大败，大军逃到七里涧这个地方，死者堆积如山，甚至堵塞了河道。此役陆机失败，士卒损失六七万人，战死大将十六员，这些将领的头颅都被割下悬挂在洛阳的铜驼街。

消息传到大本营邺城，上下震动。司马颖又气又恼，怎么也想不通兵多将广的陆机竟然一战即溃——这不是名将陆逊、陆抗的后人吗？怎么身上一点也看不到灭关羽、平西陵的威风和谋略呢？本来司马颖的军事实力是几个诸侯王中最强大的，没想到二十万人的队伍，一下子损失掉三分之一，这叫他怎能不怨恨身为主将的陆机？

看见司马颖对陆机颇有怨言，宦官孟玖开始煽风点火，他要为他哥哥孟超报仇。

孟玖之兄孟超在陆机军中是一个领兵万人的小都督。还没同敌人交锋，他就先放纵士兵大肆掠夺老百姓的财物。陆机逮捕了几个主事者准备问罪。孟超得知后，竟带铁骑百余人，直闯陆机大营，不由分说把人夺走，还对陆机不屑地说道："像你这样的貉奴能做什么都督！"貉是一种动物，史书上说它"锐头短身"，当时北人爱骂南人为"貉子"，孟超直呼陆机"貉奴"，根本不把陆机放在眼里。

这时有人主张杀掉孟超以立军威，但陆机犹豫不决。反倒是孟超一不做、二不休，公开在军中散布谣言，说陆机将反。他又给弟弟孟玖写信，诬告陆机首鼠两端，贻误战机。

其实，孟氏兄弟与二陆结怨由来已久。当初，孟玖仗着司马颖的宠幸，想让他的父亲去当邯郸令，左长史卢志等人都曲意逢迎，只有陆云坚决反对。

孟玖现在终于抓住了报复的机会。他联合几个平时为自己所用的将军，诬告陆机早有异志。司马颖早就对陆机不满，闻言大怒，立即派牵秀带兵前去捉拿陆机。

陆机对事情的结局似乎已经料到，当牵秀带兵来逮捕他时，他脱下军装，身着白衣衫与牵秀相见，并神色坦然地对他说："从东吴灭亡以来，我们陆氏家族承蒙国家如此恩惠，受到重用。入侍帷幄，出剖符竹。成都王又特别托付我以重任，我屡次推辞也没有成功。今天被杀，难道不是命运驱使的吗？"说完，他又提笔给司马颖写了封言辞凄恻的信，随后掷笔就戮，死前还哀叹道："华亭鹤唳，岂可复闻乎？"就这样，陆机遇害于军中，时年四十三岁。覆巢之下，安有完卵？他的两个儿子陆蔚、陆夏一同被杀，陆云也在劫难逃。

清逸洒脱陆云

陆云（262~303），字士龙，吴郡吴县华亭人。陆云为文学家陆机之弟，文名与陆机相齐。陆云曾任清河内史，故世称陆清河。《晋书·陆云传》载："（陆云）六岁能属文，性清正，有才理。少与兄机齐名，虽文章不及机，而持论过之，号曰二陆。"《世说新语》注引《云别传》，称他"儒雅有俊材，容貌环伟，口敏能谈"，且"云性弘静，怡怡然为士友所宗。"陆云年幼时东吴尚书闵鸿对他十分赞赏，评价说："此儿若非龙驹，当是凤雏。"陆云被荐举贤良时年仅十六岁。

士龙多笑疾

东吴灭亡后，陆云与哥哥陆机蛰居华亭乡里，闭门苦读。太康十年（289），二人相携入洛阳，受到太常张华的赏识。

《晋书·陆云传》记载了兄弟二人

《云间二陆图》

拜见张华时的一桩趣闻。当时，陆机先是只身一人来到张华府上。张华微微不悦，问他："你弟弟陆云上哪儿去了？"

陆机听了顿时有点尴尬，道："大人有所不知，士龙患有笑疾，一笑起来就没完没了，所以不敢现身见大人您。"张华心里纳闷，"笑疾"为何疾？实在闻所未闻，当下也并不在意，示意让陆云进来。

不一会儿，陆云就风风火火地赶到了张华府上。谁料他刚抬眼见着张华的模样就扑哧笑出了声——原来张华平日格外注意仪容形象，很爱打扮。他有个怪癖，喜欢用丝绸绳子缠着胡须当装饰，一把胡子看上去闪闪烁烁，煞是滑稽。陆云越看越觉得有意思，兀自笑得前仰后合。

陆机在一边，又是扯他衣袖，又是低声提醒他，都不起作用，索性转过头，向一脸茫然的张华解释说："大人千万别往心里去，我弟弟这样并不是针对您的，家父过世时，他就染上笑疾了——当时他穿着麻衣上船，在水里看到自己的倒影，觉得样子古怪，就自顾自笑岔了气，还一不小心栽到了水里，总算被人捞起来才保住一条性命。"

李商隐有诗云"谁悍士龙多笑疾，美髯终类晋司空"，指的就是这件事情。而所谓"笑疾"，不论何时都能开怀大笑，无非是洒脱随性的表现罢了。

妙语报家门

更有名的一段文坛逸事则是陆云和荀鸣鹤（荀隐）的联语问答。陆云在张华府上做客时，遇到了洛阳名士荀鸣鹤。二人之前不曾谋面。张华认为他们都是博学之人，便建议他们互相介绍时都不用俗语。

陆云拱手自报家门："我是云间陆士龙。"荀鸣鹤回答说："我是日下荀鸣鹤。"

陆机又机敏地应接下去："已经拨开云彩现青天，看见了白雉，为什么不张开你的弓，搭上你的箭？"

高手过招，荀鸣鹤也不甘示弱，答："我本来以为是威武的云龙，可原来是山野麋鹿，兽弱而弓强，因此迟迟不敢放箭。"

张华听罢抚掌大笑，为二人才华叫好。荀鸣鹤原籍颍川人，靠近京都洛阳，"日下"即寓意京都。而"日下之鹤",也与荀姓相扣,也是用来暗喻其高。陆云则如法炮制,同样以自己的名字引出"云间"一语,反倒有高空晓云的轩邈之境。陆云字士龙,荀隐字鸣鹤,两人的名字作为上下联也非常工整。这段精彩绝伦的对话从此在文坛传扬开来,"云间"一词,也成了陆云家乡华亭的代称。

断案如有神

在张华的举荐下,刺史周浚任命陆云为从事,逢人就说:"陆士龙是当今的颜回。"

不久,陆云以公府掾为太子舍人,出补浚仪令。浚仪县地处交通要道,向来很难治理。可陆云到任不久就管理得井井有条,不再有以强凌弱、欺行霸市的行为了。

有一次,县里发生了一起凶杀案,谁也不知凶手是谁,也不知受害者为什么被害。陆云把受害者的妻子拘押起来,但并不审问。过了十几天,陆云把她释放出来,派人秘密跟踪,并指示说:"她离开不出十里远,一定会有一个男人在路边等着和她说话,发现之后,立即抓来!"

果然不出所料,事情竟被陆云一一言中。那个男人后来交代说:"我先前同这个女子私通,一起谋害了她的丈夫。听说她被释放出来,想和她谈谈,探探现在的情况。但担心离县城太近,被人发现,就找了个偏远的地方等她。"

案子侦破后,全县的人都很佩服陆云。然而陆云遭到他人忌妒,当地郡守多次找机会排挤刁难他。万般无奈下,陆云只好辞去官职。浚仪县的百姓十分怀念他,专门为他塑像作画,放在县里的神庙中,与社神一起祭祀。

敢直言相谏

过了一段时间,陆云被任命为吴王司马晏的郎中令。居官期间,陆云直言敢谏,对吴王的弊政多有匡正。司马晏大兴土木,建筑宫室,陆云上书,以世祖皇帝的例子力劝其务戒豪奢。

司马晏派自己的亲信部将去监督审查官吏的清廉问题,陆云又上书反对说:"小人用事,大道陵替,此臣所以慷慨也。"他认为这样的监督缺乏公信力,必须撤换。明代张溥后来在《汉魏六朝百三家集题辞注》中评论陆云说:"宰治浚仪,善察疑狱。佐相吴王,屡陈谠论。神明之长,谏诤之臣,有兼能焉。"

陆云后为尚书郎、侍御史、太子中舍人、中书侍郎、清河内史。成都王司马颖准备讨伐齐王司马冏时,以陆云为前锋都督。适逢齐王司马冏被杀,便改任陆云为大将军右司马。张昌为乱时,司马颖表奏陆云为使持节、大都督、前锋将军以讨张昌。恰逢讨伐长沙王,此事暂时中止。

陆云在司马颖幕府中也直言敢谏,多次冒犯司马颖,并得罪了司马颖周围的亲信。有一次宦官孟玖意欲任用自己的父亲做邯郸令,左长史卢志等人为了讨好他,纷纷附议支持。但陆云坚决反对,说:"邯郸令向来都是公府掾资历的人担任的,怎么可以任命一个宦官的父亲来担任!"孟玖对此耿耿于怀,从此与陆云结下了仇。

陆机被害时,陆云也遭到了株连。由于陆云居官清正,爱才好士,很得人心,当时江统等许多人都上疏司马颖,希望他谨慎从事,能网开一面,并指出"机兄弟并蒙拔擢,俱受重任,不当背罔极之恩,而向垂亡之寇","统等区区,非为陆云请一身之命,实虑此举有得失之机"。尽管人们竭力救援,但司马颖被孟玖、卢志等人的谗言所蒙蔽,陆云还是不幸被害,时年四十二岁。

文学"好清省"

陆云作诗不如陆机词藻华丽、文采富赡,但清新明净、结构严谨。他与陆机的文艺思想不同,他的诗学主张上承阮籍,下启东晋玄言一派,是诗学史中的重要一环。据《晋书》说:"虽文章不及机,而持论过之。"由陆云今存的三十余封《与兄平原书》,可以略知当时谈文论艺风气之盛。书中提到前代和当代作家若干人,提到的文体超出了陆机。

《文赋》所论之数,又足见陆云探讨文艺问题达到的广度及深度。陆云论文,重在文辞的声色情思和"清新相接",他说"文章当贵清绮","兄文章之高远绝异,不可复称言。然犹皆欲微多,但清新相接,不以此为病耳"。"《省述思赋》流深情至言,实为清妙。《文赋》甚有辞,绮语颇多。"陆云对陆机作品的批评,颇得陆机重视,并据此做了修改。

和陆机比较起来,陆云性格沉静而偏于反思,不像陆机较感性,富于激情。性格

松江小昆山二陆草堂

的差异也从一定程度上导致了二陆文艺思想上的差别。

《文心雕龙·才略篇》云:"陆机才欲窥深,辞务索广,故思能入巧,而不制繁。士龙朗练,以识检乱,故能布采鲜净,敏于短章。"《文心雕龙·熔裁篇》说陆云"雅好清省",明人张溥也说"士龙与兄书,称论文章,颇贵清省"。说陆云"好清省",可谓抓住了他文学主张的关键。他不仅"好清省",而且对"清"这一美学概念情有独钟。除清省外,《与兄平原书》还言及清约、清妙、清工、清绝、清美、清利等,或言创作之风格,或言文章之美感。

据《晋书·陆云传》记载,陆云"所著文章三百四十九篇,又撰《新书》十篇,并行于世"。《隋书·经籍志》录有《陆云集》十二卷,但已佚。明人张溥《汉魏六朝百三家集》辑有《陆清河集》。

华亭才女管道升

管道升（1262~1319），字仲姬，元代著名的女书画家，赵孟頫妻，元延祐四年（1317）封魏国夫人，世称管夫人。管道升自幼聪颖慧敏，擅诗、文、书、画及刺绣。所写行楷与赵孟頫书风相似，难辨同异。手写的《璇玑图诗》五色相间，笔法工绝。善画墨竹梅兰，晴竹新篁，又工山水、佛像。信佛法，曾手书《金刚经》数十卷，施舍名山名寺。

她常随赵孟頫来往于九峰三泖间，在云间留下了不少佳话。施蛰存《云间语小录》中曾说："吾松闺阁人才，以管仲姬为最早。"

才学冠一时

管道升才华出众，能诗善画，她曾为自己所画的《墨梅图》题诗：

雪后琼枝茁，霜间玉蕊寒。
前村留不得，移入月中看。

元仁宗曾将赵孟頫、管道升及子赵雍的三段书迹合装为一卷轴，命藏之于秘书监，说:"使后世知我朝有一家夫妇父子皆善书也。"

赵孟頫曾评价管道升说:"夫人天姿开朗,德言容功,靡一不备,翰墨词章,不学而能。处家事,内外整然。岁时奉祖先祭祀,非有疾必齐明盛服,躬致其严。夫族有失身于人者,必赎之出。遇人有不足,必周给之无所吝,至于待宾客,应世事,无不中礼合度。"

管道升相夫教子,传承书香画艺,栽培子孙后代,赵氏一门流芳百世,三代人出了七个大画家。赵雍、赵麟、赵彦正名冠一时。外孙王蒙,亦是自小耳濡目染。

赵孟頫晚年晋升为翰林学士承旨、荣禄大夫,官居从一品,贵倾朝野,但赵孟頫以宋室后裔而入元为官,依然受摆布而不得施展抱负,常因自惭而心情郁闷,故潜心于书画以自遣。管道升曾填《渔父词》数首,劝其归去。其一曰:

人生贵极是王侯,浮名浮利不自由。争得似,一扁舟,吟风弄月归去休!

延祐六年(1319),赵孟頫上书获准,送夫人南归。五月中旬,途经山东临清,管道升病逝于舟中。三年后,赵孟頫也随妻而逝,两人合葬于湖州德清县东衡里戏台山(今洛舍乡东衡村)。

墨竹结良缘

管道升和赵孟頫的相识源于一次笔墨神交。

赵孟頫当时被誉为"吴兴八俊"之一,声名远播,到了而立之年却仍孑然一身。亲朋好友都为他着急,远近的媒妁之家也是三天两头登门拜访,忙着要给他说亲。

但赵孟頫总是对旁人的撮合颇不耐烦。在他看来,有缘人尚未出现,婚姻大事岂能儿戏?于是他照例潜心读书,闲暇时就会去当地名刹古寺游玩。

有一天,他听说城郊瞻佛寺的墙壁一日忽现一幅气韵秀雅的《修竹图》,致使文人墨客瞬间蜂拥而至,原本冷清的寺院顿时热闹了起来,一时间引得四方游人纷至沓来。什么样的画作竟有如此魅力?赵孟頫将信将疑地来到了佛寺中,想一探究竟。

只见佛堂东墙上果然有一幅清新的《修竹图》,画高一丈多、阔一丈五六尺,巨石

管道升《墨竹图》，现藏于北京故宫博物院

以飞白手法画成，晴竹亭亭而立，栩栩如生，疏密枯荣错落相伴，各尽其妙，再看用笔，遒劲有力。赵孟頫心生羞愧，忙找到寺庙长老想问问清楚。长老看着他焦急疑惑的神色，笑脸相迎，不紧不慢地告诉他说，这幅画的作者就是德清贤士茅山管伸的小女儿管仲姬，名道升。

赵孟頫心想，这位姑娘下笔清绝，绝非等闲之辈，但是，要见上墨竹的主人一面却难度甚高。于是他左思右想，最后写下一幅字，还搬来救兵，找了一个和管家有交情的朋友，将这幅字带到管府。

管伸对这个温文尔雅的才子早有耳闻，收到墨宝自是喜不自禁。再看他的小女儿管道升，聪明伶俐，仪雅多姿，琴棋书画、女红针线样样拿手，但自视甚高，总想选择一个如意郎君相伴终身，所以二十八岁还未婚嫁。从前管道升只是听说过赵孟頫的学识和品德，一直无缘见面，如今他居然主动托人送来了精心裱制的字幅。望着秀润的字体，管道升也十分欣赏，不忍释手，赶忙铺纸研墨，勾勒起她最拿手的墨竹。

画卷转手到了赵孟頫这里，他同样反复赏看，一番字斟句酌后为《修竹图》配上了赋，重新装裱后送到了管伸手上。管伸一下子心领神会，看出了赵孟頫的心意，他也打心眼里喜欢这个才华横溢的青年，于是特意安排了家宴。一对璧人终于相见了，他们发现彼此有很多地方相似相通，可谓心有灵犀。紧接着赵孟頫的上门提亲也就显得顺理成章了。

代笔惹疑云

管道升文才出众，画艺精湛，夫妻二人常常互赠书帖画卷，合作创作作品，更有意思的是夫妻俩笔迹十分相似。尤其是管道升的楷书和行书，"秀润天成"，董其昌说与赵孟頫"殆不可辨同异"。夫妻俩也时不时互为代笔，引以为乐。

一日，赵孟頫忙里偷闲和夫人登上院中假山，在凉亭内欣赏秋日美景，突然管家送来一封书信，管道升接过信札，看完后对夫君笑道："久未回乡，家人甚为惦念，婶婶盼我们能回乡一见呢!"

赵孟𫖯不禁摇头,无奈地说道:"我何尝不想回乡,只是如今身在官场,俗务缠身,身不由己啊!"管道升当然深知夫君的志向与心思,而赵孟𫖯也甚为体谅夫人思亲之苦。于是二人商量着给家人送去果脯、蜜饯、点心等当地特产,而赵孟𫖯知道夫人全家笃信佛教,于是他还为夫人的婶婶专门准备了一百条香烛作为礼物。东西准备妥当后,夫妻二人兴致很高,命人展纸研墨,回复一封家书。

信中写道:"道升跪复婶婶夫人妆前,道升久不奉字,不胜驰想,秋深渐寒,计惟淑履请安。"当时季节渐入深秋,书信表达了他们对长辈的思念。信中还向婶婶讲述了家里

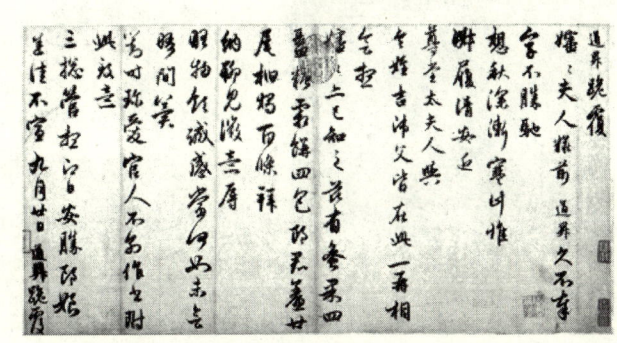
《秋深帖》

的亲戚往来,"近尊堂太夫人与令侄吉师父,皆在此一再相会,想婶婶亦已知之"。虽然只是一封给婶婶问安的家信,却一气呵成,气韵流动。

但是在这帖页末尾的落款,字迹模糊,虽然署了夫人管道升的名字,却一眼看得出是经过涂改的。这封家书究竟是谁写的呢?曾有人考据说,赵孟𫖯与管道升感情至深,《秋深帖》应该是赵孟𫖯代替夫人管道升所写。从字迹上看,《秋深帖》笔体温和、典雅,正与赵孟𫖯的行书特点相契合。有人推测,可能是赵孟𫖯代夫人回复家信,而他信笔写来时一时忘情,末款署了自己的名字,发觉之后,深爱妻子的赵孟𫖯觉得署自己的名字不妥,所以连忙又改了过来。

《我侬词》佳话

当时赵孟𫖯广交文艺人士,遍游江浙各地,多阅书画收藏,艺术创作丰富。就在他春风得意的时候,也不免露出了才子的风流本性,迷恋起一个青楼女子来。这女子不仅生得娇媚可人,风韵优雅,而且谈吐不俗,还能歌善舞,懂得丹青之妙。赵孟𫖯于是常常在她所在的歌场流连忘返。终于,赵孟𫖯还是动了纳妾的念头,于是作了一

首词以探夫人:

管道升画像

我为学士,你做夫人。岂不闻陶学士有桃叶桃根,苏学士有朝云暮雨。我便多娶几个吴姬、越女何过分。你年纪已过四旬,只管占住玉堂春。

赵孟頫以古代名流贤士皆有姬妾为由,半真半假地提出意欲纳妾的事来。

管道升得知自然十分痛心,但是她仍希望维持丈夫对自己的感情,于是奉上了这首著名的《我侬词》作为回答:

你侬我侬,忒煞情多;情多处,热似火;把一块泥,捏一个你,塑一个我。将咱两个一齐打破,用水调和;再捏一个你,再塑一个我。我泥中有你,你泥中有我。与你生同一个衾,死同一个椁。

赵孟頫在看了《我侬词》之后,不由得被深深地打动了,心中也不禁起了愧疚之意,从此再没有提过纳妾之事。两人终于相携白首,直至终老。

横吹铁笛醉卧舟
——元末文学家、书法家杨维桢佳话

方塔园日月湖畔，塔影波光，石堤柳岸。一叶旱舟面朝湖心，"停泊"在碧波中央，静静远眺九峰之巅。这就是为了纪念元代名士杨维桢而仿其画舫所建的铁笛舫。

远离元末纷飞的战火，铁笛道人杨维桢悠然踏上峰泖大地，周游于山水之间，以声乐自娱，"道人卧舟横吹笛，仰看青天天倒流"。这个被钱谦益誉为"学问渊博，才力横铁，掉鞅词坛，牢笼当代"的元朝一代诗宗在云间留下了一段段佳话。

蓬莱小筑任逍遥

杨维桢（1296~1370），字廉夫，号铁崖，元代诗文家、诗选家、学者、书法家。因善吹笛，自称铁笛道人，晚号东维子、抱遗老人，元诸暨枫桥（今浙江省诸暨县）人。

他晚年隐居在松江，在彩舫如织的白龙潭上建起楼阁，取名小蓬莱。天性率真的他常头戴华阳巾，身披羽衣，或闭目横吹铁笛，或呼唤侍儿唱歌，自己在旁拨弦伴奏，酒酣以后，自顾自地翩然起舞，往来游人无不惊为仙人。

说他桀骜不驯一点儿不为过，陶宗仪的《南村辍耕录》里就记载了他的一桩趣事。说他一次和画家倪瓒一起在友人家中饮酒，席间有歌姬奏曲吟唱助兴，那女子一对玲珑纤巧的三寸金莲隐隐探出琴案。杨维桢竟然老夫聊发少年狂,上前脱下她的绣鞋,斟满了酒,仰头一饮而尽,还笑称这是金莲杯。倪瓒见状惊得半晌说不出话来,怒气冲冲地转身离席。

还有一回杨维桢乘船出游,夜宿普门寺。第二天天蒙蒙亮,砰砰砰只听得有人使劲地敲着寺门。"老爷老爷不好了,家里失窃啦,快点回去看看吧!"原来就在杨维桢出门当晚,小偷光顾了他的小蓬莱,将金银珠宝洗劫一空,家仆心知事态严重,赶忙来报。岂料杨维桢不紧不慢地推开房门,睡眼惺忪,轻描淡写地应了一句:"我的笛子他肯定不稀罕没偷走吧。""这个……笛子的确没丢,可您房里的那些锦盒全给掏空啦,而且……"话音还未落,就听见杨维桢懒洋洋地说道:"我老铁毫发未伤,我那宝贝铁笛也安然无恙,至于其他破玩意儿啊,他爱拿多少拿多少,有什么好可惜的。"说着打了个哈欠,一扭头回了屋。

这支令杨维桢视如珍宝的铁笛原来来头不小,是他在洞庭湖上偶得断剑,改铸而成的,名曰洞庭铁龙。而在他的笔下,铁笛更化身古代铸剑名匠莫邪的杰作,带上了一抹瑰丽奇骏的色彩——"有客有客来洞庭,驾罔象兮骖奔鲸。千家含景双龙精,玲珑九窍罗天星。莫邪出匣铿有声,一鸣一止三千龄。"始出洞庭,驾水怪乘巨鲸,这"神秘来客"经过莫邪的精心锤炼,由一柄断剑熔铸为笛,至今已有三千年的历史。现实?神话?似真似幻,共冶一炉,一切早已虚实莫辨……

凌霄茶香入梦来

有一年冬天,杨维桢读书至夜里二更,窗前月光微明,一枝梅影摇曳不息。他茶兴勃发,唤来小书童,从山后汲来白莲泉水,燃起竹炉,并从茶囊中取出一种叫凌霄芽的茶叶,让书童烹煮,他在一旁欣赏,借以舒解一下伏案之倦。

随着竹炉的火温一点点升高,水声渐渐响起,茶叶的清香不绝如缕。杨维桢感到浑身一阵轻飘……不知不觉已经来到了一个洒满清辉的殿堂上。这里有垂地的香云帘、精巧的紫桂榻,流光溢彩,烟霞缭绕。他不觉吟道:"道无形兮兆无声,妙无心兮一以贞。"

数名身着轻盈薄纱的仙子此时翩然现身,其中一位绿裳佳人款款上前,浅笑盈盈,自称名叫淡香,小字绿花。只见她捧着太元杯,杯中盛满晶莹佳酿,双手捧给杨维桢,笑说此"人清神明之醴"有延年益寿之奇效。杨维桢接而饮之,并作了一首词来回赠绿衣仙子。词曰:"心不行,神不行,无而为,万化清。"绿衣仙子也拿来纸笔,作歌相赠,歌曰:"道可受兮不可传,天无形兮四时以言。妙乎天兮天天之先,天天之先复何仙。"

这时,祥云突然消退,绿衣仙子瞬间化作一缕白烟。杨椎桢一下子惊醒过来,发觉原来是梦境一场。窗外依然月凉如水,月光洒在几株梅花间隐隐绰绰,只听得小书童喊他,凌霄芽已经煮熟了。

在茶香氤氲中,杨维桢思绪飘飞,恍惚神游,逍遥于如梦似幻之境,那份浪漫情怀与谪仙李太白如出一辙。

云间深处不知归

杨维桢一举考中进士后,被授天台县尹,初次踏上仕途。他为人宽厚,常以匡世济民为己任,却因秉公执政而得罪了地方势力,惨遭免官。

四年后,他卷土重来,担任了钱清盐场司令。可眼见盐课沉重,盐民不堪重负,他实在忍无可忍,终日食不下咽,多次向上司反映。然而上司对他的意见置若罔闻,于是他"顿首泣涕于庭。复不听,至欲投印去。讫获减引额三千"。但因忤逆上司,在为父守制三年期满后也没有得到新的委任,以至于"十年不调"。

以后他被推荐再次从政,任杭州四务提举,后调建德总府推官,但毕竟都是事繁职低的小官,他终究觉得自己的抱负无法施展,心中郁郁寡欢,携带在身边的那支铁笛于是一次又一次地响起。夜阑人静,那凝重而又低沉的、那呜咽般行走着的、那如怨如慕如泣如诉的笛声,充满了长夜与苍穹,倾吐着他怀才不遇的惆怅:

手持女娲百炼笛,笛中吹破天地心。天地心,何高深。八千岁,无知音。

元末农民起义爆发,他避居富春山一带,张士诚屡次召他出仕,但他已心灰意冷,不愿赴任。

徙居松江后,他索性在住宅的大门上写上这样几句话:"客至不下楼,恕老懒;见客不答礼,恕老病;客问事不对,恕老默;发言无所避,恕老迂;饮酒不辍乐,恕老狂。"

明洪武二年 (1369)，明太祖派翰林詹同奉印登门召其纂修礼乐书，但他婉言谢绝，还不忘开起玩笑："哪有八十岁老妇人明明时日无多了，还整天想着再嫁的？"他已在云间找到了心灵的居所，而那喧嚣的官场，再也无心恋栈。

泼墨走笔如其人

一个玩世不恭之人，一手任情恣意的字。所谓字如其人，用来形容杨维桢恰如其分。

在中国书法史上，杨维桢是一个异类。古人习字崇尚应规入矩，杨维桢却大异其趣，书风怪诞奇诡。他信手落笔，夹天风海涛而来，又携满地狼藉而去，如入无人之境，纸尽，却意犹未尽。

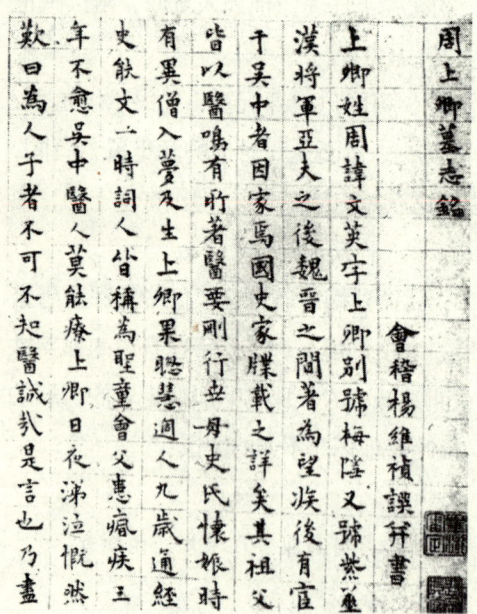

杨维桢楷书作品《宴啸傲东轩诗》

书法评论家斯舜威说："杨维桢用笔猛利干脆，笔法怪异，落笔时往往浓墨厚重，一路挥扫，墨汁枯尽，由浓至淡，浓淡互济，干湿对比强烈，犹如一波三折，一咏三叹，给人以回肠荡气之感。在他的笔下，传统的圆润俊美的'二王'美学法则已不复存在，代之以狂放不羁、惊世骇俗的独特风格。"的确，杨维桢把章草、楷书、行书三种不同的笔法融为一体，落在纸面的字形参差不齐，布局散乱狂放。施墨，或一浓到底，黑云压城城欲摧；或枯湿并济，淡妆浓抹总相宜。

明代吴宽评价他："大将班师，三军奏凯，破斧缺戕，倒载而归，廉夫书或似之。""大将"与"三军"之喻，谓之气势壮美，而非袅袅女儿之态；"班师"与"奏凯"之说，赞其气象堂皇，全无败兵倒戈之景；而"破斧缺戕"，则将其粗粝残破的美感一语道破，虽说其中少了珠圆玉润之妍，却仍不失不甘驯服的苍劲姿态。传世书迹有《城南唱和诗卷》《真镜庵募缘疏卷》等。

　　杨维桢书法主张性情至上，这与他的文学见解亦是一脉相承。他在《剡韶诗序》里说："诗本情性，有性兹有情，有情兹有诗也。"缘此真性情，杨维桢诗文同样汪洋恣肆。他的乐府诗或取材神话，或以史为题，驰骋异想，挥洒自如，史称铁崖体。所创《西湖竹枝词》通俗清新，和者众多。著有《东维子文集》《铁崖先生古乐府》等。

　　这位元末诗坛领袖生逢乱世，力挽狂澜。在当时文风趋向靡弱，"柔媚旖旎，全类小词"之际，"以横绝一世之才，乘其弊而力矫之"。宋濂称其文"如睹商敦、周彝、云雷成文，而寒芒横逸，夺人目睛"。张雨谓其诗"出入少陵、二李之间，有旷世金石声"。

陶宗仪结庐在泗泾

陶宗仪人称南村先生,结庐泗泾南村,以垦田躬耕为业,开馆授课为乐,被誉为"立身之洁,终始弗渝,真天下节义之士也"。耕作之暇,与弟子谈今论古,整理成《南村辍耕录》三十卷,此书收录了元代典章制度、艺文逸事、戏曲诗词、风俗民情、农民起义等珍贵史料。他在泗泾南村前后隐居了几十年,教授了一批学生,写作了大量有关当地风土人情的诗文,对元末松江文化发展影响至深。

时时辍耕,鼓腹而歌

陶宗仪(1321~1407),字九成,号南村,浙江台州黄岩人,相传是东晋陶渊明的后代。陶宗仪在黄岩度过了他的幼年时代,后随父宦游浙北,从业师钱璧(字伯全,华亭人)。业师的处世为人给陶宗仪很大的影响,他从小谦和待人、认真好学、奋发上进,还跟舅父赵雍刻苦学习书法,深得书法真谛,尤其擅长篆书。

少年时的陶宗仪十分聪颖,熟读四书五经。得到名儒杜本、张翥、李孝光指点,学问大有长进。他第一次参加科举考试时,尚青春年少,亲友师长都认为此番应试,凭他的学问,功名唾手可得,前程不可估量,应试结果却是名落孙山。这不但出乎大家的意料,更给了陶宗仪以沉重的打击。从此他不求仕进,专心读书,各类古书无所不窥，天文、地理、阴阳算术无所不学，成为学识渊博，但与一般文人截然不同的大杂家。

元末，社会动荡，烽烟四起。此时，处于江浙交界的松江府相对安定，四方文人纷纷到松江躲避战乱，陶宗仪就是其中的一位。大约在元至正八年（1348）前后，陶宗仪携全家避乱到华亭。在松江城北、泗水之南（今泗泾镇南）买地结庐，名曰南村草堂。据明正德《松江府志》的记载，元代的南村，"水深林茂，南浦环其前"，是一方清净之地。陶宗仪隐居于此，躬耕陇亩，同时教授学生，过着清贫的生活。

陶宗仪的好友邵亨贞在《草堂记略》中对南村草堂和陶宗仪的生活做了生动的描绘：草堂"左右列琴瑟书册，前后多桑麻竹树"。"绕屋种菊数十百本"，"四顾皆平畴远水，出户则可览观江山之胜。四时有耕钓蚕牧之营，晨夕有读书谈道之乐"。陶宗仪常常是"幅巾短褐"，独自放歌田园，不以劳作为苦，反以农耕为乐。"时时辍耕，休于树荫，抱膝而叹，鼓腹而歌。"劳作之余，每遇佳节良辰，举杯独酌，吟唱自己所作的诗，得意之时，抚掌大笑。他也常与当时华亭名人袁凯、邵亨贞、孙道明等好友莫逆，或谈经论道，切磋学问，写诗填词；或坐船出游，徜徉于三泖九峰之间，品茶饮酒，逍遥其间。其中，他与泗泾人孙道明最为友善，风清浪静之时，两人泛舟南浦，陶宗仪制词，孙道明倚洞箫吹之，极鸥波缥缈之思。陶宗仪平时沉默寡言，一旦遇到知己朋友，谈论文章学问则滔滔不绝，妙语连珠。"至论古今人物，上下数千年，竟日不倦。"

陶宗仪《篆书册》，现藏于台北故宫博物院

自从应试失败后，陶宗仪就视官禄为粪土，矢志终身不仕。元至正年间（1354年前后），浙帅泰不华、南台御史丑闾辟先后举陶宗仪为行人、校官，他都拒绝了。张士诚割据苏州时，邀他至帅府署理军事咨议，他谢绝不去。明洪武四年（1371），下诏取天下文学士；洪武六年（1373），诏举天下才士，他都托病不至。晚年，陶宗仪被当地官员聘做教官。洪武二十九年（1396），他率诸生赴礼部试，得赐钞回家。

"积叶成书"《南村辍耕录》

《南村辍耕录》是陶宗仪利用耕作的闲暇时间写成的，所谓辍耕即来源于此。关于《南村辍耕录》的成书过程，孙作在序言中提出了"积叶成书"之说，称陶宗仪利用劳作的休息时间，将收集到的掌故文献、见闻心得记在随手摘下的树叶上，储存在破瓮里埋入树下土中。前后十年，藏稿的瓮累积至十余个，后来尽发所藏，在学生的帮助下抄录整理成书。这个故事引起后世很大的反响，历经传诵，成为激励后人勤学不辍的一段学林佳话。

不过，也有学者对此提出质疑。因为松江地处江南，气候潮湿，偶尔缺纸暂且用树叶代替尚可，若将树叶埋于土中达十年之久，难免腐败不堪，而且松江也并不出产像贝叶一样适合书写的植物。况《南村辍耕录》的许多条目内容广博，同涉考证征引，非躬耕陇亩之暇仓促记录可得。

不管这个故事真实与否，"积叶成书"的故事都传递出一个信息，就是陶宗仪虽然生活处境艰难贫困，但仍笔耕不辍，勤于著述，而且从《南村辍耕录》的内容分析，也确如孙作所说，是陶宗仪多年点滴记录编著而成，绝非一夕之功。《南村辍耕录》记录了宋元时期的政治、经济、社会、文化等各个方面的史料，有掌故、典章、文物，还论到小说、戏剧、书画和有关诗词等方面的各类问题。

书中所记多为作者耳闻目睹，较为真实，为研究元代社会状况及回族、维吾尔族史提供了重要素材。作为一部笔记，《南村辍耕录》"凡六合之内，朝野之间，天理人事，有关于风化者，皆采而录之"。这些史料对研究当时的社会，尤其是上海地区的社会状况有一定的价值。其中有关黄道婆的生平及她为发展松江棉纺织业所作的贡献、《松江谣》《不平诗》《奉使来谣》等反映当时人民生活的民间歌谣，都极为珍贵。特别是书中大量的戏曲史料，是到目前为止研究金代院本的唯一史料。可以说，《南村辍耕录》是陶宗仪留下的一份极其宝贵的文化遗产。

集大成的丛书《说郛》

陶宗仪编纂的《说郛》一百卷，汇集东汉至宋元名家作品，包括各种笔记、经史诸子和诗话、文论，共六百一十七篇，为历代私人编纂大型丛书较重要的一部巨著。其内容包罗万象，有考古博物、古文奇字、奇异怪事、问卜星象、史实纪事、稗官杂说、诗词评论等。元代著名学者杨维桢作序说："学者得是书，开所闻、扩所见者多矣。"其书之名，取于"天地万物郛也，五经众说郛也，是五经郛众说也"。陶宗仪晚年编成《说郛》后病亡，抄本被松江文士收藏，散落民间。

七十多年后的明成化十七年（1481），官居湖广副使的郁文博罢官回归松江，在友人家借得《说郛》手抄本细阅，说："是书搜集万事万物，备载无遗，有益后人。"但非

汲古阁旧藏明抄六十卷本《说郛》全帙。此本计六十卷二十册，今藏临海市博物馆

陶宗仪手迹，"字多讹缺，兼有重出，未暇校正"。原来这部抄本已是孤本，抄录之人马虎潦草，抄错之字恐被校对发现受责，竟然以错掩错。于是郁文博将《说郛》所采录的诸书原本，逐一进行校勘，讹者正之，缺者补之，重出删之。每日端坐万卷楼，费时近十年，于弘治九年（1496）三月，重新编成一百卷，时已七十九岁，书成而卒。

陶宗仪的后裔远孙陶珽，明中叶迁居云南，于万历三十八年（1610）中进士，官任按察副使。明亡之后，隐居在家对《说郛》加以增补，搜集古籍一千二百九十二种，于清初顺治四年（1647）编成《说郛》一百二十卷。接着，陶珽又搜集明代名家作品五百二十七种，编成《续说郛》四十六卷，使《说郛》一书自东汉至明末的名人作品得以连贯成书。

陶珽增订的《说郛》，百余年之后很难见到全本，大都残缺不全。直至民国初年，无人为此书重新校勘。民国8年（1919）著名学者张宗祥筹办京师图书馆，时鲁迅在教育部任职，对张宗祥说馆中藏有明代《说郛》十二卷抄本，要他抄录出来供大家研

究。张宗祥首先抄录馆藏残本,再广泛搜求民间收藏,凡缺者借抄,重复者借校阅,费时六年终使《说郛》校勘完毕,依照涵芬楼明万历抄本目录,恢复陶宗仪著作本来面目。

商务印书馆张元济得悉后,向张宗祥要去抄校本,以涵芬楼之名,于民国 16 年(1927)11 月出版《说郛》,初版很快售完,英国牛津大学也订购了两套。张宗祥一生先后校勘古籍十余种,抄书六千余卷,又是文澜阁《四库全书》抄校补全的主持者,其中《说郛》与《罪唯录》是校勘最精确的两部。1986 年 7 月,北京图书馆据涵芬楼的民国 16 年(1927)版,影印出版张宗祥校勘本一百卷,共十二册。1990 年 8 月,上海古籍出版社将陶宗仪、陶珽一百二十卷本和《续说郛》四十六卷本汇集影印出版,定名《说郛三种》,这是当代出版最大的古籍丛书之一。

《南村辍耕录》所载逸事二则

其一是有一姓郭的歌妓天资聪颖,色艺超绝,在教坊中数一数二。翰林学士王元鼎对她甚为属意。有一回,郭氏染疾,需要食用马肠方能医治。王元鼎一咬牙,把自己的坐骑,一匹千金五花马杀了,取其肠给郭氏医病,可说是情深意长,从此传为一段佳话。

当时中书参政阿鲁温也很喜欢郭氏,对郭氏戏谓曰:"我与元鼎相比如何呀?"郭氏从容对答道:"参政,宰相也;学士,才人也。燮理阴阳,致君泽民,则学士不及宰相;嘲风咏月,怜香惜玉,则参政不如学士。"参政只得付之一笑,不再追究。

其二是徐公调到杭州任职后,一天,本地有一位总管和一位万户到他的私宅拜访,他用接待宾客的礼节请他们上坐。这时恰好有个书吏从外面进来,见有客人在座就赶快避开。等到总管和万户离去,方才入内对徐公说:"总管和万户都是你所统辖的官员,却得到你这样体面的接待,该是有些过分吧。"徐公说:"在官府,有地位高低的区别,如果在家里,只要分清主客就是了。我们这些人只要做到公正廉洁,那么所有的属官自然会敬服,何必仗权势、靠骄横来欺压他们,然后才算尊严呢!"书吏听了感到非常惭愧。

奇联妙对显高才

——明代状元钱福趣闻录

古松江府流传着这样一句民谣"日月河通出状元"——明弘治三年(1490),城内的日河、月河疏浚,恰巧那年松江府的钱福金榜题名。钱福,字时敏,后改字与谦,因所居近鹤滩,故以此为号。他聪颖过人,七岁就能属对,八岁便会赋诗,二十岁进学,成了一名秀才,而立之年,高中状元。钱福一生致力于诗文,雄视当世,才高气奇,数千言立就,词锋所向,少人抗衡。清代王夫之就说过:"钱鹤滩与守溪(即苏州状元王鏊)齐名,谓之曰钱王两大家。"

"明日复明日,明日何其多!我生待明日,万事成蹉跎。"他的这首劝学之作《明日歌》街巷传唱,可谓妇孺皆知,虽无华丽辞藻,但字字切中肯綮,堪称经典。

当然,他的传世之作还不止于此——词工句整的钱状元还是个楹联高手,对出的对子常令人拍案叫绝,这其中就有不少有趣的小故事。

偶成佳句,预言宏图

孩提时代,钱福在私塾里读书,有一天回家较晚,途中碰上了一群赏菊的文士,便上前彬彬有礼地作揖问候。

"哦,你就是钱福啊,"几个文人交头接耳,上下打量起眼前这个名声在外的晚辈,

钱福石刻像

"听说阁下年纪轻轻,文思却是异乎常人的敏捷啊。百闻不如一见,今天我们可要领教一下了。我们出上联,你给我们对个下联试试。"

几个长身玉立的书生起初哪会把面前这个瘦弱的小不点放在眼里。其中一个书生站出来,指着身边一朵有残败之势的菊花,张口就来:"赏菊客归,众手摘残彭泽景。"

彭泽指的是晋代大诗人陶渊明,因为他曾当过彭泽县的县令,世称陶彭泽。又因为他曾写过"采菊东篱下,悠然见南山"这一千古名句,这彭泽又成了菊花的代称。这出上联的书生自以为藏书塞典,准会考倒少年钱福,于是兀自昂着头,颇为洋洋自得。

岂料钱福也非泛泛之辈,真金不怕火炼。低头片刻,他就吟出了下联:"卖花人过,一肩挑尽洛阳春。"

洛阳以牡丹闻名,而牡丹又是花中之王,卖花人打从这里经过,一担娇艳怒放的牡丹已然载满了洛阳的春色。"洛阳春"对"彭泽景",以典对典,广度丝毫不落下风。更难得的是,下联中的"挑"字轻盈凝炼,与上联中平庸有余的"摘"字一比,高下立现。

"这是廷试唱名的时候成状元的口气啊。"素来自视甚高的出题人此时也不禁心悦诚服,拍着钱福的肩膀说道,"仔细一想,我出的上联论尽残损颓败,陶潜的悠然采菊到了我这里成了折花破景,岂料阁下的下联文风陡转,明媚春光立刻一反颓势,而'一肩挑尽'实为凌云壮志、成竹在胸的明证啊。"

的确,钱福在做县学生时,与顾清、黄明等人常切磋学问。钱福还特意结庐城西,每月初一、十五,见过老师后,一行人来到屋中,互相批阅功课,绝不手下留情。著名的《明日歌》正是钱福为了激励自己勤奋苦读创作的。

旧题新做,蟾宫折桂

钱福于成化二十二年(1486)中举,可是第二年礼部会试时,居然名落孙山。钱福并未气馁,寄寓在当时的文坛领袖李东阳家中,期待卷土重来。

弘治三年(1490)会试前几天,李东阳对钱福说:"有两篇文章,麻烦你帮我做一做。"钱福点点头,铺纸研墨。不多时就大功告成,呈给了李东阳。"好文章啊!"李东阳大为赞赏,"以你今日功力,考出佳绩犹如探囊取物啊!"

无巧不成书。考试时,钱福居然发现李东阳要他做的题目正是当日考题。李东阳说:"钱兄才思过人,不过文章预先做好了,考试也就省了力。"

"其实我进考场的时候,原先做的文章早就忘得一干二净啦。"钱福笑着答道。

李东阳听了很不高兴,非要他把新作的文章复述一二,结果发现果然是重新构思,而且精彩程度比之早前两篇文章有过之而无不及。

李东阳私下对人说:"可惜钱福在早年的乡试里没有中解元。"起初人们都不知道他这话是什么意思。直到后来,众人得知钱福在会试和廷试中连中会元、状元之后,才恍然大悟,原来李东阳是为钱福与连中三元擦肩而过遗憾。

话说当日廷试,钱福不打草稿,挥毫泼墨三千余言,推理精确,像是预先准备好的。皇帝提名为第一名,但弥封官却很"死脑筋",责难钱福文章没有草稿,"众人都说科场必须有草稿,以防代作,把钱福列为第一似有不妥啊"。

可廷试由皇帝亲任考官,殿堂上众目睽睽,怎可能铤而走险作弊呢?皇帝再赐第一,并授翰林院编修。松江自从宋朝的卫泾后就一直没有人中状元,从钱福开始,才有人拔得进士头筹。而这一年钱福刚到而立之年。

妙语相讥,点破世情

钱福状元及第后,深知人世和仕途的艰险,他曾经说过一句至理名言:"天下有二难:登天难,求人更难。天下有二苦:黄连苦,贫穷更苦。人间有二薄:春冰薄,人情更薄。世间有二险:江海险,人心更险。知其难,守其苦,耐其薄,测其险,可以处世矣。"

弘治六年(1493),钱福厌倦了官场生涯,于是托病辞官回家。他回到松江后有两件事很为后世赞颂。

其一是他回到故乡时,恰遇松江水灾,便力劝华亭知县开仓赈灾,但开始时遭到了知县拒绝。

一次,知县请他去喝酒,席间有颜色不同的几种美酒,菜肴也极丰盛,酒酣耳热之际,知县来了雅兴,出了一副对子,上联是:"红白两兼,醉后无分南北。"

钱福头也不抬,接着对曰:"青黄不接,饥来有甚东西。"

知县本来醉红的脸,一下子涨得更红了。宴罢,知县立即下令开仓赈济饥民。

其二是钱福回故里后,知府刘琬设宴招待他,钱福却甚为冷淡。事后刘琬很不高兴,对身边的人说:"钱福这人就是个青白眼,中了进士第一就如此傲慢,不把我等放在眼里,难道他就没有求人的时候吗?"

此话传到钱福耳朵里,但他依然我行我素。不久,刘琬因事鞭挞下级,被诬告受贿千金,刑部立即派人来查办,吓得刘琬寝食不安。

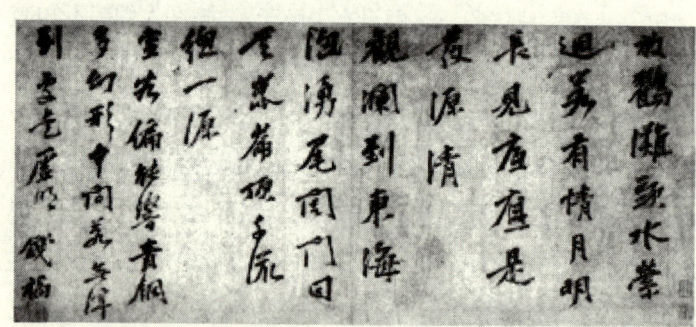

钱福书法作品

钱福得知此事刘琬纯属冤枉,他立即驾一叶扁舟,赶赴苏州衙门,对办案官员说:"刘琬为人耿直,做事多有得罪,但绝无受赃之事,此事我可担保。"刑部官员才秉公处置。钱福回松江后不露声色。后来刘琬去谒谢办案官员,得到的答复却是:"不用谢我,如果没有钱太史告知实情,我差点儿办错案。"

刘琬听了十分感激,叹道:"没想到平日疏远我的人,却是雪中送炭的那个人。"事后,刘琬登门向钱福拜谢,并想亲近他。钱福却疏远如故。

弘治十七年(1504)八月二日,钱福病逝,刘琬赶往钱家,一度失声痛哭,并出资为钱福办理了丧事,还为他建了一座享堂,请张悦撰写行状,邀顾清作祭文,以酬故知。

不畏陷阱,奇韵出彩

钱福辞官后还有不少故事。比如江阴县一家姓徐的人家以每年五百银子为聘金,请他去做家庭教师。其实,徐家的两个儿子都已经是举人了,钱福每日只是稍加点拨,住了半年，只改过三篇文章，大部分时间都是在游宴中度过。

当时江阴县的知县某公也极爱舞文弄墨，听闻钱福盛名，就邀他相聚。文人聚会，免不了有一大群凑趣的。大家诗酒唱和，而作诗一般要"分题拈韵"，即将诗题的韵脚先写在纸上，然后由抓阄来决定谁写什么题，用哪几个字为韵脚。

某公事先做了手脚，让人挑选了"齐韵"中的"堤"、"脐"、"低"、"梯"等难以入诗的生僻字眼为韵，并设法让钱福抓上，想为难他一下。

酒过三巡，要作诗了。大家谦让，一定要请客人钱福先做示范。钱福信手一抓，果然是限"齐韵"的那一张，题目是《题大观亭》。

钱福一看就明白了这所谓的抓阄不过是走个过场，签早已被动了手脚，这陷阱他是怎么都避不开了。他心想，在官场中我什么样的局没见过啊，可是像这样的诗文之局却很稀罕。纵使是鸿门宴，也要闯一闯了。

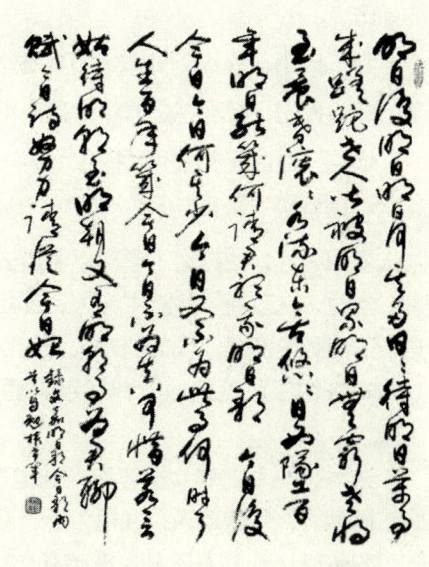

钱福《明日歌》

钱福不慌不忙斟了一杯酒，四下里望了望，然后低头思索起来。而众人见此情景，都挤眉弄眼，打算看他的笑话。

钱福却让众人失望了。他很快就动起笔来，龙飞凤舞地写了下面这首诗：

水势兼天山作堤，渚去烟树望中齐。
直从巴峡才归壑，许大乾坤此结脐。
胸次决开三极朗，目光摇荡四垂低。
欲骑日月穷天外，谁借先生万丈梯。

那些古怪生僻的限韵悉数用进了诗中，并且全诗气度不凡，境界高远。席间士大夫们读罢无不击掌赞赏，自叹不如。

错失红颜，扼腕叹息

还有一则逸闻，说钱福曾经听说扬州有个叫张素娥的青楼女子清丽绝伦，于是前往寻访。

到了扬州，钱福到处跟人打探张素娥的下落。谁知人人都说，不用找了，张素娥早已嫁为人妇，她现在是城中大盐商卓某的小妾。

烟花三月的扬州瘦西湖边，绿柳成行，二十四桥，风景如画，可沮丧万分的钱福哪有心情赏景。他辗转打听到了大盐商府邸的地址，心里想着，既然来了，那就要一睹张素娥芳容，便打定主意向卓家迈去。

当时，这盐商虽然富甲一方，却粗俗可鄙，他常常巴结名士，以提高自己的地位。这个盐商听说闻名江南的钱福来访，自然高兴得手舞足蹈，连忙设宴欢迎。

宾主饮了几盏之后，钱福趁着酒兴要求见见张素娥，盐商醉醺醺地召唤张素娥出来。

这时，一个白衣女子应声，向他们款款走来。她肤若凝脂，罗衫洁白胜雪，如同皎洁的明月，楚楚动人，钱福为之一震。

张素娥谈吐亦是不凡，寒暄几句以后，她拿出一条白绫手帕请求题诗。钱福即挥笔写了一首七绝：

淡罗衫子淡罗裙，淡扫娥眉淡点唇。
可惜一身都是淡，如何嫁了卖盐人！

在钱福看来，商人重利寡情，难以带给张素娥幸福，又恨自己没有早一点来扬州找张素娥。他心中五味杂陈，将满腔的遗憾都注入了这首题诗中……

陈继儒逸事

陈继儒（1558~1639），字仲醇，号眉公，明松江府华亭县人。幼颖异，工诗文，善书画，嗜弈棋，得同郡徐阶器重。二十九岁时焚儒衣冠，隐居小昆山之南，表示绝意科举仕进。迁居东佘山后，闭门著书治学，兼攻书画金石。《南吴旧话录》中记载了不少陈继儒的趣事逸闻。

鹿 仙

陈继儒有鹿仙之称，因他曾经在浙中一带得一异兽，非鹿非马，无人能道其名。不过此兽性情温驯，陈继儒便常驾之徐行，遍游九峰，人们见状疑为仙人。

有水部郎向其子陈寿卿求证，令尊到底是何方神圣！陈寿卿哈哈大笑道："其实家父被当做鹿仙也不无道理。"从前终南山有一道士曾对他说，你马上就可以升仙了，只是与二三友人俗缘未尽。如果有一天你能得到青鸾白鹿，就能驾而飞天升仙，不过就怕到时候一群拖肠鼠会把佘山堆得满坑满谷！拖肠鼠即唐鼠，典出南朝刘敬叔的《异苑》。相传"昔仙人唐昉拔宅升天，鸡犬皆去，唯鼠坠下不死，而肠出数寸，三年易之"。这用来形容羁绊极深，执著不弃者倒也形象。

而在现实中，确有一群与老鹿仙缘分未尽的友人，依其自述："山友有田父汉丈

陈继儒刻山水诗画竹雕笔筒

人、且且先生、阿谁公。方外有达老汉、云栖老人、秋潭和尚、麻衣僧莲儒、慧解、征道人,时来作伴。"山居岁月,倒不落寞。

说到陈继儒与鹿,有件逸事不能不提。有一回,陈继儒跨鹿游于钱塘,路遇一少年,原来是八岁的张岱,正由祖父带来西湖游玩。陈继儒听说张岱早慧,名声不小,便想考考他到底有几分能耐。于是,他问其祖父,听说张岱作诗属对都很擅长,能否让他来对个对联。说罢,他便指着屏上《太白骑鲸图》吟道:"太白骑鲸,采石江边捞夜月。"

不料少年张岱反应极快,随即应道:"眉公跨鹿,钱塘县里打秋风。"所谓打秋风就是假借名义、利用关系向人索取财物的意思。陈继儒虽然隐居山林,却同样周旋往来于官绅之间,被叫做秋风客,似乎是一针见血。换作别人,被个小孩当面拆台,肯定会不悦,可是陈继儒不但不怒,反而大笑,还不吝美言道:"那得灵隽若此!吾小友也。"把出言不逊的张岱视为忘年交,足见其度量之大。

山 居

陈继儒曾云:"居山有四法:树无行次,石无位置,屋无宏肆,心无机事。""四无"之外,唯独不可一日居"无花"。陈继儒嗜花,每当春分秋分前后,必然遣散闲杂人移花栽种,"常犯风露,废栉沐"。他在小昆山二陆读书处建乞花场,乞名花以供先贤。古人尊兰为"香祖",陈继儒结茅时,"四面杂莳兰花,题曰香祖庵,柱上有联云:异人常在渔樵中,老鹤多眠兰蕙中"。熟悉星象的客人不禁笑曰:"眉道人看来你是命带花星。"

山中风光,因时而异。陈继儒记下"山史实录",展开一幅动人画卷:"三月茶笋初肥,梅风未困;九月莼鲈正美,秫酒新香,胜客晴窗,出古人法书名画,焚香评赏,无过此时。……山鸟每夜五更喧起五次，谓之报更，盖山中漏声也。余忆曩居小昆山下，时梅雨初霁，座客飞觞，适闻庭蛙，请以节饮，因题联云：花枝送客蛙催鼓，竹籁喧林鸟报更。"

有客人来草堂拜访，问其隐居一事。陈继儒倦于作答，索性用古人诗句应之。问："是何感慨而成栖遁？"曰："得闲多事外，知足少年中。"问："是何功课而能遣日？"曰："种花春扫雪，看篆夜焚香。"问："是何利养而获终老？"曰："砚田无恶岁，酒国有长春。"问："是何往还而破寂寥？"曰："有客来相访，通名曰伏羲。"颇有一代名士之风范。

其实，客人会发出山资何来的疑问并不奇怪。那么，陈继儒隐居山中，究竟是靠什么维持生计的呢？这里还有一则逸闻。据《南吴旧话录》说，陈继儒常把老友邀至山中，问他们："你们剩下的钱够不够备足山资？"众人哈哈大笑，谓之："囊中羞涩，非得若干无以慰僮仆。"饭后，陈继儒就拿出志状之类的文书，道："某氏某题润笔，封志如故，幸勿吝捉刀，乃多寡各满其望。"原来陈继儒从四处搜罗了不少"捉刀任务"，他把这些文章散发给各位朋友，请他们分头完成，按量领取润笔费，还说："有劳各位代我一偿文债。"

众人允诺而去。其子不解，问他："为何不明赠？如此以笔墨烦人，他们未必会感恩戴德吧。"陈继儒蹙眉道："我这样做无非是想让友人受之有名，如果我的目的是有恩于人，与交易有何异？你已年过而立，竟然不知吾意，恐难辱此畲山一片地也。"

谐　趣

陈继儒之机智诙谐，也很受人称道。有人问他："足下书与玄宰（董其昌）孰胜？"陈继儒笑曰："玄宰似姑射仙人，不容拟议；吾正如鹿皮翁，倚徙奇峰怪树间，亦非紫带香囊者所能爱也。"他将董玄宰与自己比作两名仙人，一超逸洒脱，一剑走偏锋，巧妙回避了孰优孰劣的比较。《恬致堂集》中称"眉公先生书，饱云壑真趣，奇险历落，如霜松雪桧，不可以绳墨弹引"，便是赞叹陈继儒书法之奇绝。不过，个人风格虽独树一帜，陈继儒学书依然很尊重传统，临摹必见真迹。他曾说："学书仅摹石刻而不见真迹，譬之虬髯未见秦王，终未死心。"他的书法一般习苏轼和米芾，凡是此二人所书的断简残碑，他都全要收集，所书之作也尽得二人神韵。

陈继儒在书画上也有相当的成就，是松江画派中仅次于董其昌的代表人物，善攻山水，虽涉笔草草，但气韵空聊，苍老中见秀逸，作奇石梅竹，意趣生拙。如《雾村图》《江村云树》《秋水钓鱼图》等，笔墨清丽。

陈继儒题诗作文，也是极尽讽喻之能事。有一回，他来到郊外，看到一家人家的草舍墙上粘着孙汉阳的一幅《画猫》，便要来纸笔题曰："鼠翻盆，汝不顾。口衔蝴蝶花间坐，罪过，罪过！"林逋曾有《猫儿》诗云："纤钓时得小溪鱼，饱卧花阴兴有余。自是鼠嫌贫不到，莫惭尸素在吾庐。"与陈继儒所云有异曲同工之妙，都在漫不经心的戏谑中有着对世事的清醒。

陈继儒好茶，他在老是堂之侧有一专门的茶室，题曰："茶星至茶时，茗战者咸集，先生苦之。"题于壁上的则是："独饮得茶神，两三人得茶趣，七八人则施茶矣！"是真正懂茶之人。

他还好赏雪，常带着一壶酒，悠哉游哉出门游赏雪景，步至小昆山才返。他对客人说："袁安闭门，子猷返棹，明是畏寒，作许题目。"袁安，东汉大臣。"袁安困雪"的典故非常有名，说的是某年洛阳大雪，家家出门扫雪，唯独袁安闭门不出，僵卧在床，洛阳令问其故，他说："大雪人皆饿，不宜扰人。"因而得贤德美名。还有子猷，即王羲之之子王徽之，其"雪夜访戴"的故事也是尽人皆知。某夜大雪，他忽然想到好友戴逵，便"夜乘小舟就之"，却至门而返，人问其故，云"乘兴而来，兴尽而返，何必见戴？"人皆称其怪诞。陈继儒对这些典故不以为然，认为他们不过是"畏寒"，故意找借口罢了，嬉笑怒骂，令人忍俊不禁。

警　语

陈继儒亦多警语，"自是片语只字，珍若琳琅"。

他造访洞庭东山时，慕之者"蚁集"。但是陈继儒有一个标准，非有诗文、字画之交者，即便一菜一果也必不肯受。他解释说："无故而施者易，无故而受之则不易；吾非疑施者之必望报，在受者自当不负其施。"他认为居乡及在旅，必须"受之有名"，不可轻受人之恩。又云："今人受人恩惠，多不记省；而有所惠于人，虽微物，历历在心。"古人言，施人勿念，受施勿忘，诚为难事。

东阳张玉笥来吴地，派人问候陈继儒，对方特意用了四六骈语，陈继儒却以散体对答。有人问他:"你也用骈文又有何难?"陈继儒坦然答道:"素不谙此,亦缘不敢有屑林作俑耳!"不知为不知,绝不班门弄斧,这也可见陈继儒之磊落坦荡。其实,陈继儒还是万历年间最重要的散文家之一。他搜取琐言僻事,编成《宝颜堂秘笈》(四百余卷)、《见闻录》(九卷)、《太平清话》(四卷)。由他编纂而成的《国朝名公诗选》,收集了上自高启、王冕,下至李贽的诗,并附有作者小传。此外,还有《古论大观》(四十卷)、《秦汉文脍》(五卷)、《古文品外录》(十卷)和《佘山诗话》等。

《南吴旧话录》的《旷达篇》还收录了一则耐人寻味的故事。当时陈继儒的妻子刚过世,人们想来吊唁,但陈继儒一一谢绝,道:"同林宿鸟,恨到分飞。人过中年,何事不有。"他还说:"大地,一梨园也。伶人演戏,先离后合;人生不然,父母妻子乃至骨肉,齿发刚合即离,真可发一笑耳。"在陈继儒看来,人生无常,悲欢离合都不足道也。

李君实云"眉公先生语味玄淡,恬谧而精"。他常常能以精辟的言语点拨旁人,使人豁然开朗。王遂东罢官后,陈继儒对他说:"某尝谓临事而惧,好谋而成。所成何事,盖行有行之事,非谋与惧不成;藏有藏之事,非谋与惧不成。台下在行藏之间,千万与识者议之。"钱相公升官,也来请教陈继儒。陈继儒说:"昔伯淳一见吕微仲曰,宰相微仲,须只做个俗汉。上蔡曰,为他有富贵相,便是俗处。"他认为钱相公的情况则迥然不同,"公于世味殊淡,某何须进此言!今英主在上,惟视富贵甚轻,而后进退省力,能以此察僚友与之戮力同心,庶几有济"。对不同人,陈继儒都有一番不同的讽谏劝诫,可谓对症下药。

狂书醉墨张弼

张弼画像

华亭人张弼,字汝弼,号东海,是明朝成化年间崛起的一位狂草大家,率逸不羁,开明朝中期草书之风。他取法唐代草书大师张旭、怀素,但融入了自己的风格。

《明史·文苑传》称其"自幼颖拔,善诗文,工草书,怪伟跌宕,震撼一世"。每当酒酣兴起,顷刻数十张纸一挥而就,疾如风雨,矫如龙蛇,欹如堕石,瘦如枯藤。世人以为"张旭复世"。他的《四库总目》和《鹤城稿》并行于世。存世书迹有《鹤城》《东海》《唐诗七律卷》等。北京故宫博物院中有他的传世手迹《草书千字文》《登归辽旧城》等,又有《七绝》诗轴现藏于上海博物馆。

张弼善书,远近闻名。他的诗文底稿也常被人们索取去收藏,而关于他的不少逸闻也随着他的书法作品传播于世。

文踪墨迹传异域

张弼的墨迹一度贵为一宝,四方求书者络绎不绝,甚至海外诸国都听说过他的大名，千里迢迢前来购求墨宝。他曾经自言："吾书不如诗，诗不如文。"而时任太子少保礼部尚书武英殿大学士的李东阳则笑这为"英雄欺人之语"。

据说在他任南安太守时，各郡收兵议赏，哪怕是武夫悍卒，也想求得他的大作，一览其墨。当时张弼出售自己的笔札，价格不菲，每年都能因此为南安小郡获得一笔可观的收入。

何良俊《四友斋丛说》中还记载着这么一件趣事：张弼在南安当任时，有个布政使要进京，就给张弼送来了一箧宣纸，原来他是想向张弼索书，以张弼的亲笔草书到京中作人情为自己铺路。张弼探明他的来意后，不卑不亢笑答："你要我把这一箧纸都写完吗？哪有用书法差遣人的道理。"于是，抽出纸写了四张便搁下笔，塞给那人，其余宣纸原封不动，悉数奉还。

"张东海之名，流播外裔。"有些外国人来南安府贸易，也会慕名前来索取张弼的书法。张弼不敢私下答应，赠书异邦须征得皇帝的同意，而且他还考虑到，自己哪怕奉旨赠书，也不能让他们带回去挂在房间的角落里。不如只写横幅，那他们就势必要挂在中堂了。他考虑周详，心思缜密，也一度传为佳话。

张弼的草书俊逸不羁，不假修饰，取法唐代狂草，于朝廷中盛行的唯美婉约的馆阁体迥然不同，笔法率性自然，有"老大意转拙"之趣，更多赋予作品以自己的个性，也给明代后期草书直抒性灵带来了启迪。

他的书法大都信手而至，就像他作诗为文一般多不属稿，然而诗文俱佳，笔精墨妙，提

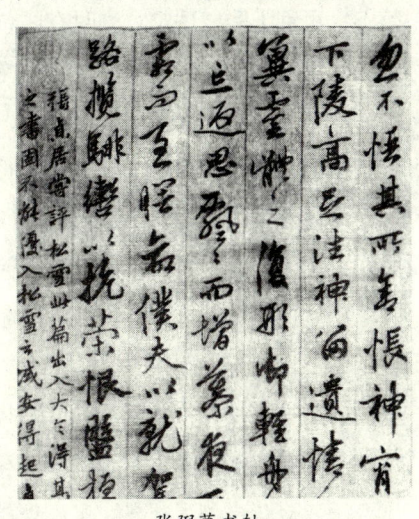

张弼草书轴

点之间，一笔而成，字字相连，气势恢弘，收放自如，行笔流畅而稳健，却并不轻浮。纵笔曲折多变，章法严整精妙。可谓在有限的空间里行云流水，意蕴无穷。

张弼的书法对朝鲜产生了巨大的影响。在当时朝鲜士大夫的观念中，书法与文学视作必须具备的素质与修养。朝鲜使臣到中国也引进了当时的中国书法，张弼和李东阳的书风就极为朝鲜书法家推崇。只不过，张弼的书风汪洋恣肆，当时统治阶层

的政治家出于社会意识形态的考虑，认为张弼的狂草"不规范"和"破坏法度"，而主张引进温和平实的书风。但无论如何，张弼在学术圈中的地位依然不能撼动。

假髻美人喻时弊

张弼本在京城为官，缘何会调任南安太守？这全因字如其人——他个性率真耿直，高居庙堂却不愿明哲保身，对看不过眼的时弊陋俗忍不住口诛笔伐一番，不留半点情面。

然而，耿介直言终究惹祸上身，导火索竟是一抹鬓云。

在明代妇女中，假髻这种发式风靡一时。假髻是什么？其实就是用铁丝编圈，再在外围盘织上头发，做成的一个待用的装饰物，当时称为"鼓"。这个"鼓"比原来的发髻高出一半左右。女子为了凸显华贵之态，常常将高高隆起的"鼓"罩在自己的发髻上，再别上簪钗珠宝。当时有些首饰店铺还会专门出售假髻。

张弼有次经过一家首饰铺子，看见形形色色的假髻一字排开，什么罗汉鬏、懒梳头、双飞燕、到枕松……缕缕青丝，被编成各种花色，无不价值连城。

以假为美之风令张弼不禁连声叹气，心想，如此贵气的发式不过是宫闱女子和富家千金的专利，老百姓对如此昂贵的三千烦恼丝只能望洋兴叹罢了。"宫女多高髻，民间喜低髻"之说当真不假。这假髻盛行，不过是浮华奢靡成风啊。

想到这里，一首《假髻篇》便在他心中酝酿而成了：

东家女儿发委地，日日高楼理高髻。
西家女儿发垂肩，买妆假髻亦峨然。
金钗宝钿围珠翠，眼底谁能辨真伪。
夭桃窗下来春风，假髻美人先入宫。

东家的姑娘长发及地，天天辛苦地盘起发髻；西家姑娘明明短发垂耳，却掷重金买来假髻，插上珠簪，照样鬓云高耸，光芒万丈。而皇帝挑选佳丽入宫时，又怎么会去细分"东西"，明辨真伪？结果假髻美人反倒雀屏中选，攀上高枝。生动笔触间，是活脱脱的一幅讽刺画。

这首诗立刻传到了宫中,引来各路嫔妃权贵的对号入座,一时间人心惶惶。他这种含沙射影讽刺嫔妃的美貌实为虚假的方式,得罪了当时的这些权贵。这个一度官至兵部主事、晋员外郎的华亭进士让当权者恨得咬牙切齿,终于被排挤出京,不得不远赴江西南安任知府。

南安小郡成名邦

张弼虽不甘心,但也无可奈何,不得不踏上南下之旅,只将满腔辛酸化在一首长短句中:"东海先生归也,南安太守新除。一挑行李两船书,被人笑道痴愚。书也书,寒不堪穿,饥不堪煮,收拾许多何用处?况而今,白发苍颜,坐黄堂之署,乘五马之车,那得工夫再看渠?又将载到南安去!古人糟粕,谁味真腴?枉说道:'黄卷中,时与圣贤相对语。'"

殊不知,南安这个偏远小郡日后却因为张弼之故而成了名邦。

江西南安属赣粤要冲,亡命者聚山为盗,为非作歹。长久以来,当地百姓敢怒而不敢言,官府也碍于这些山贼的猖獗无度而坐视不理。张弼一到任,却果断地决定要捅一捅这个马蜂窝。乱世用重典,张弼没有对久为民害的奸恶之徒心慈手软,先后捕灭,一时间无人敢铤而走险。

他还创立了射圃,亲自教百姓习武,以备盗寇。为了教化南安士民,他又建立社学,立张九龄、二程等人的祠堂,祭祀先贤,筑起铁汉楼和风月台,以示学者的风范和标准。此外南安郡志也在他任内得到重修,小郡习俗为之一变。

尽管如此,南安这个险要之地还曾一度被广东南雄的豪霸侵夺,地主豪强欺压百姓,南安民众深受其苦,生活贫困。开源之道,至关重要。张弼于是向江西、广东二藩司请求准许富庶的广东南雄分出一半收益,支援江西南安民众。

大庾岭是客商货物往来通道,但岭路狭隘险峻,交通十分不便,张弼就收取商税,拓宽路基,修砌道路,架设桥梁,筑路三十里,极大地方便了行人。这样一来,南安经济可谓大振。

张弼爱民如子也是有口皆碑。逢上荒年,张弼几度下令开仓平粜,救济民众,没有皱过一次眉头;时疫流行,他又延请名医,像对待亲人一般全心全意为民治病。

南安府所辖的南康县,有好讼的民俗。张弼也没有被大小官司吓倒,他主张严惩首恶,杀其刁风,对诬告之风严令禁止,发现冤狱,想方设法为含冤之人伸张正义。

成化二十年(1484),张弼辞官回乡。告归之日,南安乡亲父老泪水满襟,男女老幼纷纷前来相送,还筹钱为他建祠塑像,时时纪念他为南安所立下的功绩。

富贵休忘着布衣

张弼最不能容忍骄横奢逸之人。他曾对打着巡游的幌子,从京师而来寻珍搜宝的富人大光其火,悲愤不已,作诗曰:

穷发东南皆赤子,举头西北是青天。
不才无计苏民困,食禄乘轩自赧然。

为官多年,他仍然保持着俭朴的作风。那年,张弼的儿子要进京赶考,他特意为儿子赠诗一首:

出守南安便道归,治装送尔赴春闱。
舟车到处须防险,爵禄随天每慎微。
直道巽辞真要诀,权门利路是危机。
传家保世惟清俭,富贵休忘着布衣。

没有华丽的辞藻,张弼却在诗中论尽他在宦海浮沉中的得失体悟。"爵禄随天",持家清俭,成为了张家世代为官做人的金科玉律,而"富贵休忘着布衣"的训诫虽然朴素,却言辞恳切,因而广为传诵。

张弼回乡以后,盛装祭拜先祖。同乡的远方亲戚都来围观,有的光着脚,衣衫褴褛;有的语无伦次,嬉笑无礼。张弼的仆人见了都觉得忍无可忍。但张弼则不然,祭礼完毕后,他向众亲戚一一行礼,凡是尊长者,愈加恭敬。他后来教诲后人说:"人有贵贱,族有亲疏,但是如果看在祖宗份上,即使是一百代也是同堂。你们千万不可妄有轻重。"

说到教育后人,还流传着这么一则逸闻,说当时张家的府邸建在郡城中最繁华的谷阳桥西边。身处闹市,交际往来方便得多,张弼却满心不欢喜。看着熙熙攘攘的人群,他常常唉声叹气:"误子孙的就是这幢房子!出门看见的就是靡丽纷华,总要分心啊。"

其实,张弼回乡后,几个儿子都已经成了名,他也就再无俗世烦务的干扰了,悠然自得,获得了"神仙太守"的雅号。张弼对这个名号欣然接受,以诗答云:

归休太守似神仙,布被蒙头日夜眠。
却怪门前来熟客,马蹄踏破紫芸烟。

居官讲名节，修志重史笔
——正德《松江府志》作者顾清

弘治六年（1493）松江府进士顾清，担任过翰林院编修、礼部右侍郎，他为官清正，不屑与权倾朝野的宦官刘瑾为伍，被排挤出京。他归乡在家，遍览《云间志》《嘉禾志》《松江郡志》等史籍，参校考证，补充整理，毕两年之功，终告修竣正德《松江府志》。全志三十二卷皆为传世之作，《四库全书总目》卷七十三《史部·地理类存目二》评价"其书颇详悉有体，稍胜他舆论之冗滥"。"详博而不伤于冗滥，叙述亦具史体，堪与王守溪《姑苏志》并称焉。"

史官直书，拒不罗织

顾清（1460~1528），字士廉，号东江，明松江府华亭县人。顾清不仅善诗文，也擅书法。其诗清新婉丽，其文简练淳雅，其书清劲飘逸，名重于时。弘治五年（1492）参加南京乡试，主考官王鏊评论其"昔欧阳子谓当让苏子瞻一头地，斯人是也"，坚持拔置为第一。

翌年，顾清考取进士。当时同乡张悦为吏部侍郎，顾清前往张府拜访。张悦知道顾清是个不可多得的人才，又见他当时尚未参加翰林院候选考试，就试图说服他留在吏部，辅其左右。顾清躬身感激张悦一片垂青，自谦道："我不过是一介书生，只会读几句经书罢了，对处理政务不太熟悉，恐怕难以胜任啊。"

张悦倒也不介怀，反而夸赞他说："人贵自知，你今日所言也是由衷而发，我就不强人所难了。"

顾清后来被选拔为庶吉士，继而任翰林院编修。正德初年，他参与编撰《明孝宗实录》。吏部尚书焦芳也参与其中，他与前阁相彭华素有仇隙，于是就想方设法让顾清趁修史之机，对彭华生平"大书一笔"："不知你是否听说，彭华他并没有什么真才实学，全靠着依附李孜省才得以一路平步青云，官至阁相，这件事你不可忽略，务必写进史书。"

"大人，恕下官寡闻，全然不知此事，无法依您所言将此事载入史册。"顾清不及片刻犹豫，便一口回绝。

"哪里哪里，何不以据说为由，既然是口口相传，纵使有误，也不是你的责任啊。"焦芳先是一皱眉，随即轻笑一声面授机宜。

"如果是坊间传闻，或是稗官野史，固然可以自由增删，甚至乘兴臆造，然而我所修撰的乃正史一部，据史直书，这是史官的职责所在。非法操作，罗织莫须有之事，实在是我闻所未闻。恕下官无能为力！"顾清义正词严，直气得焦芳不出二声，拂袖而去。

不生"三足"，不越雷池

正德二年（1507），顾清回到自己曾经"征战"过的考场南京，主持当年的乡试。碰巧他夫人有个侄子正要参加那场考试，他夫人就寻思，既然丈夫身为主考官，可以执掌考生沉浮，何不为亲侄谋条捷径近道呢。于是，她就在顾清沐浴前，赶走一众仆人婢女，亲自舀水准备，想趁机打探消息。顾清对夫人的意图自然是心知肚明，他双眼圆睁，连连摇头说："即便是试场檐下，我也不可能一手遮天啊，夫人你千万不可信口开河！此事关乎朝廷典制，天地良心，我岂敢胆大妄为呢？"他夫人听后，羞愧难当，讪讪退出了门。

正德时，宦官刘瑾窃柄当道，权倾朝野，凡依附他身畔之人无不鸡犬升天，立时尊显，然而顾清拒不与其交往。有人苦口相劝，何必固执自持呢，只要上门走动走动,马上就能登上高位,何乐而不为。顾清正色斥责:"我生双足,岂能随意走动。我只知道要立足一隅,安守本分,我又不曾斜逸旁出第三只脚,有余裕越雷池,管他人闲事。"

刘瑾得知此事,怀恨在心。

正德四年(1509)五月,《明孝宗实录》书成,顾清依例应该升迁,但刘瑾以顾清不熟悉政事为由,将他调任南京兵部员外郎。此时顾清的父亲去世,顾清未及赴任,便赶回松江守孝。

两载春秋,修毕方志

利用这守孝的三年,顾清蛰伏乡里,反而成一大功——那便是修撰了被后世誉为良史的正德《松江府志》。此书着重于赋税和经济方面,目的是引起当政者的重视,世称善本。

正德五年(1510),受松江知府陈威之请,顾清开始修撰这部地方志书。松江建置,自唐天宝中始置华亭县,初属秀州,元至元中始升为府。松江旧志有杨潜南宋绍熙《云间志》(三卷)、张之翰元大德《松江郡志》(八卷)、钱全衮元至正《续松江志》(十六卷)、孙鼎明正统《松江府志》(三卷)、钱冈明成化《云间通志》(十八卷)。

顾清参阅考证了大量的旧史前志,卷首有他作序略云:"云间志历岁久远,今已无全书,其余虽存,而后生之得见者已鲜。故并取诸本,参互考证,会以成编。"

志中有府境图、府城图。正文三十二卷,全书不分纲目,共有三十二目,又附目十七。卷一沿革、分野、疆域、山;卷二至三水;卷四风俗;卷五土产;卷六户口、徭役、田赋;卷七至八田赋;卷九城池、坊巷、乡保、镇市;卷十桥梁;卷十一官署;卷十二至十三学校;卷十四兵防、仓廪、驿传;卷十五坛庙;卷十六第宅;卷十七冢墓;卷十八至二十寺

顾清文集《傍秋亭杂记》影印版

观；卷二十一古迹；卷二十二守令题名；卷二十三至二十四宦迹；卷二十五至二十六科贡；卷二十七至三十一人物；卷三十二遗事、祥异；卷末陆深后序。

此志纂修时，历代旧志尚存，因而引征甚富，卷首所列引征书目，多至数十种，后世松江府纂修郡县志，多以此志引征史料为据。此志记事上起春秋战国，下讫明正德初年，综合古今，内容详尽。

《郑堂读书记·补逸》称："其书取诸旧志，参订考证，正讹补阙。"雷琳《云间志略》称顾清"素留心经济，而复注念桑梓，遂加修辑，成郡信史"。此志现存藏本已很珍贵，仅见上海图书馆有藏。此书自卷一至卷终及序图目录，为版共九百一十有六，无一页损缺，纸色如新，诚为善本也。

题联柱上，堪比良药

刘瑾被诛，顾清回京任翰林院侍读，继而擢升侍读学士掌院事，不久又升任少詹事，充经筵日讲官，最后晋升为礼部右侍郎。可是在嘉靖初年，顾清仕途再遇重创。

嘉靖元年（1522），明世宗即位，顾清力谏罢巡幸，建储宫等，上疏数十次。这回他又成了朝臣的眼中钉，结果遭到了御史李献的弹劾，被罢黜出京。

他南下回到家乡，世态炎凉可谓一览无余，原本受到乡邻前簇后拥的顾家，如今却是门口罗雀。顾家人也不免有些怨言。顾清也察觉到了家人的不满，于是他大笔一挥，在堂柱上题了一副对联。家里人凑过来看，上面写着：

便如此，无不可
更那般，又何为

他搁下毛笔，对家人缓缓说道："世情无常，享儿孙绕膝之乐已然令人心满意足，又有什么可多加抱怨的呢。"一席话说得一屋子人面露羞赧，随即又纷纷笑了起来。

顾清的一位朋友是个郎中，一日前来拜访，看到这副对联，问起题联的来龙去脉。顾清笑着用医家术语向朋友解释："我这副对联虽然称不上妙对，但就像你们医家治病用药，擅用小方剂，扭转大局面，所谓四两拨千斤是也。所以说啊，对我家人而言，这一联既是宽心丸，又是清凉散，药效可大着呐。"

心系桑梓，忠勤始终

顾清对松江人民负担的繁重赋税和徭役一直十分关切，他曾经指出南宋时华亭有田四万七千顷，实征米三万八千石至五万七千石，而今田不加多，实征米一百三十八万余石，他愤而直言："现在的老百姓恨不得要做宋朝子民。而有些为官臣子，又往往以加赋为己任，我实在不知道那些人是何居心！"

嘉靖六年（1527），皇帝下诏令举经验老成、能担当内阁的人，众大臣推举了休官在家的顾清。于是，顾清再次走马上任，被任命为南京礼部右侍郎。但他此时也厌倦了官场，屡次上书声明自己身体不好，要求辞官返乡。嘉靖下令晋升他为尚书，然后再退休。当时，顾清正在入都途中，他上表推辞了朝廷的恩典。到达德州时，他突然病势沉重。知府牛天麟问他："顾大人，您还有什么家事要交代吗？"顾清摇头道："没有家事要交代。只是我的辞职表，请务必保管好。"牛天麟感叹他忠勤始终，临危不乱。

顾清抱病赴京任职时，病逝于河间府旅途，谥僖。有《东江家藏集》（四十二卷）、《傍秋亭杂记》《田家月令》（一卷）、《农桑辑要》等传世。

董其昌逸闻

明末书画大家董其昌，字玄宰，号思白，又号香光居士，是华亭画派的主要代表人物。明万历十六年（1588）进士，官至礼部尚书。他的书法，自谓于率易中得之，对后世书法影响很大。书画风格拙中带秀，成为明末艺坛的主流。这样一位艺坛领袖，其实还有不少鲜为人知的逸事趣闻，很值得玩味。

水月情缘

董其昌出身于贫寒之家，曾寄居叶榭外祖母家，在叶榭水月庵学馆勤读十年。董其昌外婆家姓叶，是叶榭大户，家在叶榭河东肖塘港南与叶榭塘交汇处，两面靠水，风景优美。叶家大门朝南，往前四五十步，只见一条宽阔的碎石路，东西而贯，通向叶榭盐廒。屋后肖塘港上架着一座黄石拱桥，名叫月河桥，朝北走几步便来到了松郡著名的水月庵学馆。董其昌小时候，每天清晨，外祖母就会把他护送出后门，搀着他走过月河桥，目送他走进水月庵学馆……

董其昌的老师是叶榭宿儒，正德九年（1514）进士杨秉义之子，是个饱学之士，诗词书画俱佳，却放弃仕途，甘愿在水月庵执教，为桑梓服务。董其昌自幼聪颖，在名师指导下勤奋力学，经常在外祖母家那棵高大的泡桐树下孜孜不倦地读书，有时与同窗好友在月河桥上吟诗作对。

十七岁那年他到郡城赴试,知府在批阅考卷时,本对他的才华颇为赏识,但嫌其考卷上字写得太差,便将第一改为第二。万历十七年(1589),董其昌终于如愿以偿,考中了二甲第一名进士。

为报答师恩,董其昌在考中进士后回到水月庵,拜见白发苍苍的老师,挥毫写了斗大的"狮子窟"三字,并把一部《金刚经》送给了老师。后来,他又到奉贤邬桥拜访当年的同窗好友金学文。二人曾一起就读于叶榭水月庵学堂,结下了深厚的情谊。明万历年间,正值金学文新居落成,董其昌又刚升为礼部尚书,赴任之前,他便想到要送金学文一份礼物,四下搜罗后,他将目标锁定一株品名为粉妆楼的牡丹,优雅脱俗,又寄富贵之意,正相适宜。那一天,董其昌还送了一块匾给金学文,上书"瑞旭堂"。金学文及其子孙后代对牡丹备加珍爱,种于堂前天井。解放前曾有英国人出高价欲买牡丹,但被金家后代断然拒绝。这株有四百多年的古牡丹至今还能抽枝开花,成为当地一绝。

董其昌《山水图》

外祖母十年养育之恩,董其昌也始终铭记在心,他重修叶家花园,在园中掘一荷花池,堆起嶙峋的太湖石,又建了曲幽的回廊和牡丹亭,在堆筑的土山上造了一座高大精美的黄石假山。这座假山高耸园中,在阳光的照耀下金光闪烁,恍如一座"金山"。往昔读书台上,董其昌请人筑起一座八角凉亭,旁边那棵粗大合围的泡桐树像一顶遮阳伞,把亭子笼罩在它浓密的绿荫下,董其昌望着泡桐树和凉亭,一树一亭,相映成趣,就把亭子取名为桐亭。肖塘港畔那棵有五百年树龄的银杏树边,董其昌再建阁楼一座,高大挺拔的银杏树与飞檐雕栏的楼阁相倚,自有一番情趣,因此取名为银阁。打那以后,叶家花园的"金山"、桐(铜)亭、银阁闻名遐迩。肖塘港上过往船只上的人看着这座精巧别致的花园,无不啧啧称奇。肖塘湾的清清流水,叶榭塘的粼粼波光,给这座匠心独具的花园平添几分风姿,叶家水榭由此成为当地一大景观。

"一"字难写

松江超果寺建于唐咸通十五年（874），有殿堂僧屋五千余间，曾一度为江南第一古刹。明天启四年（1624），该寺的一览楼将倾，经郡人捐修重建，比前楼更为高大。此楼高耸于云间，古城风采可一览无遗。

一览楼竣工之日，住持邀请董其昌为此楼重题匾额，董其昌欣然应允。住持就在一览楼前，命小和尚磨墨铺纸。董其昌提起笔，写好后却大摇其头，不满意自己写的这三个字，"一"字扁阔，"览"字狭长，"楼"字四方，实在不易写好。他再写一遍，看看"一"字写得更不满意，像一根细棒。如此再三，总不能达到自己的要求。

这时，一个衣衫褴褛、脚穿草鞋的人从人群里挤了过来，到董其昌面前双手一拱，说："董公莫愁，书写'一'字，何难之有？"他边说边脱下一只草鞋，放在墨盘中一蘸，再向纸上一拍一拖，"拉"出一个高雅俊逸、壮实有致的"一"字来，与旁边"览楼"二字特别相称。这时观者喝彩，董其昌也心悦诚服。当大家寻找这个奇人时，那人早已不知所踪。

"一览楼"三个富有神韵的鎏金大字，不少老松江人都曾见过，可惜的是，20世纪50年代大炼钢铁运动时，一览楼被拆除，用以兴建小高炉，而一览楼的匾额也不知遗失何处。

普陀留踪

董其昌于崇祯三年（1630）阳春，辞官六年后扬帆过海游普陀山，履足普陀，宿白华庵。据史料记载：他通禅理，善言谈，吐纳终日无俗语，且精于品道，到普陀山后，各寺住持纷趋求书。

其时适逢妙庄严路筑成。此路为古时上香道必经之路，自短姑道头起，依白华山循坡蜿蜒而上，到普济寺牌坊，长五里的莲花石板道。当时寓居白华庵的董其昌撰写了千字的《普陀山修路记》，颂赞性珠法师功德，并记盛况，还挥毫书写了"人三摩地"（三摩地或三摩提，乃梵语音译，意指人脑中消除一切杂念，归心如一的精神境界）额。另外还写"金绳开觉路，宝筏渡迷津"一联，此联董其昌通过描述上普陀山渡海的过程和经历，期冀到达理想的、心灵的彼岸，即同登彼岸。额与楹联镌石后一并竖于路侧。妙庄严路两旁古道树浓荫蔽日，许多庙宇错落其间，此处题石和对联石刻，结构端正，运笔凝练，历经三百余年沧桑，至今幸存。

而现存盘陀庵墙上的"盘陀庵"三个大字，为盘陀庵住持请董其昌为庵题名。传说董其昌定要住持准备香酒，庵内哪有藏酒？住持无奈，遣小僧往沈家门买得三坛好酒，才换来斗大的"盘陀庵"三个字。后盘陀庵改建大殿，镌董其昌所书庵额嵌山门外壁间，无论其结构、用笔，还是气韵，神态俱佳，赏心悦目，实为上品。

董其昌在普陀山三月，据当地史志记载，书写的碑铭、桥名、路名和庵名多达十余处，只可惜后人保护不善，至今只有盘陀庵、入三摩地、宝筏渡迷津等处可觅了。

真假难辨

董其昌《秋兴八景图》（册页）

清人笔记中曾记录过董其昌的一则逸闻。说是新安有个商人，一直想求一幅董其昌的书法，但又怕收到假货，就托人介绍找到了董其昌的门客。门客让他准备好许多钱，然后带他去见董其昌。宾主客套一番，就叫童子研墨，董其昌对客挥毫。商人大喜拜谢，捧回家挂在大堂中。朋友来了，看到后无不赞不绝口。

第二年，那个商人又来到松江，路过县府，看到有人坐着轿子进去，旁边有人说是董其昌。商人远远望去，觉得这位董其昌与去年给自己写字的人长得一点都不像。商人就站在门口等那人出来看个仔细，出来的人果然不是去年的那个，禁不住大声叫屈。董其昌听到有人喊，就让轿子停下，问是怎么回事，商人一把眼泪一把鼻涕地把事情的经过说了一遍。董其昌听了笑着对他说："你被人骗了。看你这么诚心诚意，你跟我回去，我给你写一张。"商人大喜再拜，捧着真迹回家，向朋友们夸耀。

但是那位商人的懂行朋友，看了董其昌的真迹后，认为还不如"假董"的那幅。叶廷琯说："此又可见名家随意酬应之作，常有反出赝本下者，可遽定真伪于工拙间乎？"言下之意，真的未必就是好的。

还有另外一个故事。董其昌多年来为叶廷琯写了不少字，有一次，叶廷琯拿着这些字去请董其昌自己品评，选出最佳作品。董其昌选中一幅结构绵密的作品，说："这张是我平生得意之作，现在写出来的字，没有这样的腕力了。"叶廷琯不禁抚掌说："这张是我学生临摹的呀。"两人相视叹息。叶廷琯又说："思翁（董其昌）自赏且如此，人安能以鉴别无讹自信乎？"

据说，启功曾考证过董其昌书画代笔者，董其昌活着的时候就有好几个学生遵命为他代笔，死后三四百年，自愿代笔、冒他名字的书画更不知有多少。真真假假，鱼龙混杂，真的未必是珠，假的也不见得都是鱼目，全看收藏者是鉴还是赏。

"日本的孔夫子"朱舜水

朱舜水画像

那是在17世纪的日本,满座宾客围在一老者身边悉心谛听,他们时而会心一笑,时而紧锁双眉。那位两鬓斑白的老人则是一身与众不同的明室服装,声音朗朗,将中华经史的奥义举重若轻地一一道来。"白酒红面人,黄金黑盗心"——讲学时偶尔夹杂着几句中国的民间谚语,带着浓浓的乡音。

这就是与黄宗羲、顾炎武、方以智、王夫之并称为明末清初五大师的儒学家朱舜水。两朝易代之际,忠心事明的朱舜水先生誓死反抗,历经艰辛,但明朝终究无法阻挡清人的铁骑。海上流亡十五载后,他最后东渡扶桑,一生所学在异国他乡再次有了用武之地。朱舜水把儒学的花种播撒到了异域,成为了存续中华文明、教化日本社会的集大成者,被亲切地称作"日本的孔夫子"、"明治维新的导师"。

故国沦陷,东渡扶桑授业

朱舜水本名叫朱之瑜,"舜水"之名是他在日本所取,其中满载的却是他的故土情结。当时水户藩主德川光国对他执礼甚恭，不敢直呼其名，朱之瑜思忖片刻，就以故乡的一条河——舜水，做了自己的新名号。他的故乡在余姚，万历二十八年（1600），他出身于当地一个名门望族，八岁那年却不幸遭遇丧父的变故。这个满怀经世之才的少年跟随哥哥几经辗转，来到了

朱舜水纪念馆

松江。在这里，他拜几社成员朱永祐、张肯堂为师，学问品行日益精进。崇祯末年和南明弘光年间，有人举荐他做官，他却以朝政腐败为由，坚决不愿进仕。

但他始终心系社稷安危，清军长驱南下，他坚决投入抗清复明斗争。南明势力败退舟山群岛，他多次往返于日本与舟山之间，竭力向日本借兵援助南明，却还是回天无力。他仍不放弃，毅然参加了郑成功领导的北伐清廷战争，岂料再次功亏一篑。此时，朱舜水已届花甲之年，"十年呕血，形容毁瘠"，眼看复国无望，他不甘做清人顺民，于是怀抱孤愤，流寓日本，开始了二十余年的讲学生涯。

这位中国儒士在日本受到了前所未有的高度礼遇，他与日本儒学大师安东省庵的师徒之谊更是传为佳话。

早在朱舜水为抗清复明奔波于中日两国之间时，安东省庵就已对他的学识和气节有所耳闻，并深感钦佩。当听说朱舜水来到长崎，安东省庵九度登门拜访，成了朱舜水在日的第一位弟子。然而当时日本厉行海禁，长崎禁止外国人寓居，朱舜水一时进退维谷。安东省庵得知心急如焚，四处奔走请托，日本当局这才网开一面，破了四十年的禁令，准许朱舜水在长崎定居。更为感人的是，那时安东省庵的年俸不过二百石，他却坚持拿出其中一半来供养孤身飘零的老师。朱舜水对这位高足感激不尽，将他视为知己。

经世致用，广传儒家实学

在长崎六年，朱舜水以传播中国文化为己任，与日本学者进行广泛的学术交流。凭借不尚虚华的学风、扎实严谨的学问和刚直崇高的人格，朱舜水的声誉很快传遍日本各州。康熙三年（1664），江户（今东京）首相德川光国也专派使臣来到长崎，备厚礼聘请朱舜水为师。康熙四年（1665）年朱舜水从长崎到江户，德川光国亲率文武百官迎接，待以国师之礼。德川光国十分敬重他，每次到他家门口，都要下车下马，以示敬意。在朱舜水生病时，德川光国亲临病榻问候。日本尊朱舜水为"泰山北斗"，许多年老的日本学者也扶着拐杖前去听他讲学，有如"七十子服孔子也"。

当时，日本社会佛教盛行，而日本学术界也似乎陷于玄妙的佛法空谈之中，对荒谬的世态无动于衷，没有任何实际行动。这时，是崇尚儒学的朱舜水给日本社会注入了一股清新的学风。

他说，大兴儒学可以遏治民心，开启民智，"贵国文明开辟之机，均于此基焉"。而儒学的基本内容应以"仁、义、礼、乐为宗"，其核心思想是"诚"，认为做人必须以"诚"为本，并以"诚"讲道授徒，这立即受到了日本学术界的欢迎。

在向日本学界讲授儒学精蕴的同时，朱舜水也形成了自己的儒学观，即所谓实理实学，讲究实际、倡导实践、注重实行、追求实功。朱舜水常常与德川光国促膝长谈，探讨孔孟圣贤做人的礼节典范，还为他讲解从社会生活实践中求知求得的经世致用之学。朱舜水自己始终心怀亡国的切肤之痛，因而时时劝诫德川光国要经世济民，在施政过程中要体察民意、身体力行。德川光国叹服之余，接受劝告，先将藩内三千余所不守清规的佛庵淫寺拆毁，勒令三百多名僧侣还俗，从而惊醒日本各地寺院，掀起了一场"自清"运动。

尊王思想，助推明治维新

谈到他对日本历史所作的贡献，梁启超曾经有过很高的评价："舜水以极光明俊伟的人格，极平实渊博的学问，极诚挚和蔼的感情，给日本全国人以莫大感化。德川二百年，日本整个变成儒教的国民，最大的功劳实在舜水……而光国之学全受自舜水，也对日本维新致强有很大的影响。"

除了德川光国和安积觉之外,日本一代儒宗伊藤维桢、古学鼻祖山鹿素行等都受到了他实学思想的深刻影响。流传日本的朱子学、古学和水户学三大学派在朱舜水学说渗透下,形成了讲究经世致用、倡导改革致强的思想潮流,成为日本明治维新的原动力之一,推动了日本社会的进步。

朱舜水当时在日本广传《春秋》大义,伸君臣之礼,明华夷之辨,主张忠君爱国。同时,他重实证、重史实,德川光国就继承了他的衣钵,将这一尊史、尚史的重史学风承袭了下来。后来,德川光国设立彰考馆,集国内贤良于一堂,编纂《大日本史》,安积觉担任总编辑,聘朱舜水为顾问。这部《大日本史》即深得《春秋》"尊周王、退诸侯、外夷狄"的要义。

正是在朱舜水学说影响下,日本民族开始了对儒家学说的认真学习和研究,开始反思长达数百年的幕府制度。以忠君爱国思想为核心的国家意识形态,也是在《大日本史》的影响下逐步形成的。后来日本明治维新之际,有识之士提出的"尊皇攘夷"、"尊皇捣藩"的口号,可以说就是来自于朱舜水的启发。

筑后乐园,巧融中国文化

位于东京都文京区内的小石川后乐园是中日文化交融和交流的历史见证。园中随处可见以中国的名胜古迹命名的人造景观,诸如西湖堤、小庐山、蓬莱岛、八卦堂、圆月桥等,饱含中国园林建筑之趣味。这座美丽的庭园就是朱舜水的杰作。

原来庭院始建于崇祯二年(1629),朱舜水到日本后,与水户藩主德川光国交往甚密,于是便答应为德川光国润色一套庭院改建计划。将庭园命名为后乐园,是取自宋代著名政治改革家范仲淹《岳阳楼记》中的"先天下之忧而忧,后天下之乐而乐"这句名言。中国造园法式赋予了他无限的灵感,在庭园中时不时点缀一些具有中国文化特色的建筑和景观。诸如圆月桥汲取了中国江南拱桥建筑精华,取法杭州西湖之苏堤,营造了小西湖的美感。

朱舜水曾应德川光国之请,做《学宫图说》及其模型,充分体现中国学校特色的文庙、启圣宫、明伦堂、尊经阁、学舍、进贤楼、射圃、门楼等精巧的建筑设施一应俱全，且殿堂营造之法，亦亲授之工匠。据说现在东京的汤岛圣堂即依此而作。他还为水户侯制作明室衣冠、朝服、野服、角带、道服、纱帽、幞头等。水户学宫建成，德川光国又请朱舜水制定释奠仪注。他便撰定《改定释奠仪注》一文，详明礼节，亲率日本儒生习释奠礼。此外他还指导日本人铸钟刻铭，建议德川光国按照中国古礼制做各种祭器用具，使中国早已失传的文化典礼能在日本保存下来。

朱舜水自奉极俭，淡泊宁静，仅以蔬菜饮水度日，拒纳妾，行止有度，让周围的日本人敬仰不已。后来日本学生将朱舜水所介绍的中国人文风物，辑成《朱氏舜水谈绮》一书，这本书至今被视为"一部明代人文风物的百科全书"。

身披汉服，遥望茫茫故土

事实上，客居他乡的朱舜水对故土的思念一刻都没有停息，他常常遥望西方，默默垂泪。梁启超先生在朱公年谱中说："他是明朝的遗臣，一心想驱逐满清，后半世寄住日本，死在日本。他曾说过，汉土不光复，他的灵柩不愿回到中国。他自己做了耐久不坏的灵柩，预备将来可以搬回中国。"

他的初衷是到日本暂时避难，流亡日本之初并没有终老的打算，只想"暂借一枝，栖息贵邦，衣粗茹藿，操婢仆之役，所冀天下稍宁，遄归敝邑"。安东省庵作诗赞曰：

> 远避胡尘来海东，凛然节出鲁连雄。
> 历忠仗义仁人事，就利求安伞俗同。
> 昔日名题九天上，多年身落四边中。
> 鹏程好去图恢复，舟楫今乘万里风！

的确，有朝一日重回故里才是这个漂泊异乡的游子最大的心愿。在他所作的《避地日本感赋》中，这种悲壮感尤其强烈：

> 汉土西看白日昏，伤心胡虏据中原。
> 衣冠虽有先朝制，东海幡然认故园。
> 廿年家国今何在？又报东胡设伪官。

起看汉家天子气，横刀大海夜漫漫。

朱舜水一如既往地守护着传统文化，他常寄信给国内子孙，教诲他们"农圃渔樵，自食其力；百工技艺，亦自不妨，惟有虏官决不为耳"。即便生活在日本国土上，他也依然坚持每天身着明朝服饰，执意要求出国来探望他的孙儿，也必须是我中华炎黄子孙的堂堂形象，一到日本，"便须蓄发，如大明童子旧式；另作明朝衣服，不须华美。其（大清）头帽衣裳，一件不许携入江户！"

朱舜水去世于康熙二十一年（1682）四月，至死仍是一身汉式服装的打扮。朱舜水写下了万古流芳的遗书："予不得再履汉土，一睹光复事业。予死矣，奔赴海外数十年，未求得一师与满虏战，亦无颜报明社稷。自今以往，区区对皇汉之心，绝于瞑目。见予葬地者，呼曰'故明人朱之瑜墓'，则幸矣。"德川光国为他的墓碑题字"明征君子朱子墓"，也算遂了他的心愿。

朱舜水长眠于日本茨城县常陆太田市的瑞龙山德川诸侯家族墓地。作为唯一的族外人士，朱舜水的墓地被安排在山地最中间的位置，主人对他的尊敬之情不言自明。

宋徵舆与柳如是的不解情缘

明清之际，云间文学繁盛，得力于九峰三泖"江山之助"，还有那柔波弦歌的"裙屐遗韵"。然而，纵使佳话争传，各有风流，但亦有幕幕难了的悲剧上演。宋徵舆和柳如是，一个是著姓望族的翩翩公子，一个是飘零无依的风尘佳人，他们的感情或许从开始就注定是一场无言的结局。

邂逅眉公宴

宋徵舆，字辕文，号直方，出身于云间名门望族，聪敏好学，年未弱冠就已名噪乡里。陈子龙年长他十岁，才高气盛，对宋徵舆却刮目相看，把他视作忘年知己。宋徵舆当时也和陈子龙、李雯并称为云间三子，才学著称于世。

崇祯五年（1632）十月初七，陈继儒（号眉公）在晚香堂举办七十五岁寿辰。老寿星红光满面，笑声朗朗，招待着满座高朋。那一夜，江南一带的俊士鸿儒，才媛丽姝济济一堂。陈子龙、宋徵舆、李雯、李待问几位云间才俊在席间谈笑自如，或稳健儒雅，或洒脱倜傥，十分引人注目。这时，一个清丽的身影，盈盈现身于宾客间。她款款走向陈继儒，奉上自己所写的祝寿诗，谈吐落落大方，俊逸脱俗，令陈继儒啧啧称奇，几社文人也都为之注目。

这个女子便是柳如是。柳如是自幼被卖到吴江盛泽归家院当了婢女，幸而得收养她的鸨母悉心调教，自小甚通文墨，善弹晓吹。十来岁，前内阁大学士周道登纳她为妾，不幸被周氏妻妾陷害，最后被赶出周府，飘零无依，沦落风尘。机缘巧合之下，柳如是来到九峰三泖，正好赶上了陈继儒的寿宴，便邂逅了几位云间才子。

这次寿宴之后，柳如是凭其绝色和奇才声名鹊起，她乘一叶扁舟，游弋于湖山间，在松江一带往来，高才名辈都争相一睹其风采，一和诗韵。

宋徵舆等人就常常结伴来到她舟中，跟她一起饮酒赋诗，游山赏水，听她或浅吟低唱，或慷慨豪论，看她衣袂翩飞，袖舞回风。柳如是与他们即席唱酬，和韵步诗，她的绝色天丽与敏捷诗才相叠，更加倾倒众生。

彼时，宋徵舆就已倾心于她，为她写下了著名的诗篇《秋塘曲》，将柳如是的风神意态刻化得入木三分。序云："坐有校书新从吴江故相家流落人间，凡所叙述，感慨激昂，绝不类闺房语。""校书婵娟年十六，雨雨风风能痛哭。自然闺阁号铮铮，岂料风尘同碌碌？"凛凛有大丈夫气，不同凡响，此乃柳如是的传神写照。"陈王宋玉相经过，流商激楚扬清歌。妇人意气欲何等，与君沦落同江河。"柳如是无礼法之拘束，与几社文人从容酬唱，让宋徵舆最为欣赏。

情定白龙潭

明季的云间城中，白龙潭是一处游览胜地，潭广十余顷，花晨月夕，柔波荡漾。施蛰存在《云间语小录》中就曾论及明末白龙潭的盛景："每春秋佳日，画舫笙歌，惊莺织燕。端阳则龙潭竞渡……鼓吹鼎沸，船上岸上，百戏纷呈，耳目不暇款接。"又有来自苏杭各地的官舫贾舶，停泊在潭中，"迎客送宾，自然繁会"。"余尝读明清郡人咏龙潭之诗，而有慕于承平时裙屐风流之胜。""迄于明清之际，则龙潭画舫，具体秦淮，山馆笙歌，居然金谷。杨影怜（即柳如是）、王微、张婉……并玉貌俊才，蜚声赵李，袖光照座，隽语粲人，歌啭遏云，舞衣回雪。"

那天早上天刚蒙蒙亮，宋徵舆就悄悄溜出了府门，因为他知道柳如是的画舫此时正停在城西的白龙潭上。

一湾明晃晃的湖水横在眼前，白龙潭到了，而时间尚早，湖边连个人影都没有，湖面上一片迷蒙。此时正值寒冬腊月，北风凛冽，清寒的湖水无精打采地拍打着堤岸，几株衰柳立在瑟瑟寒风中。宋徵舆抬眼向湖上望去，一眼就认出了柳如是的小舟，他冲着那叶小舟，大声呼唤柳如是的芳名。

柳如是隐约听到外面的声响，微微卷起帘栊向外张望，见宋徵舆站在岸边。在与她交往的几社文人中，宋徵舆是最年少的一个，且出类拔萃，她对宋徵舆本也有好感，但为了一探他的诚意，她决定设下"关卡"，先行考验他一番。于是她将贴身侍女叫到跟前，轻声叮嘱了几句……

侍女心领神会，拨开帘子，从船舱里缓步走出，迎着在岸边苦等半天的宋徵舆，笑盈盈地说道："宋公子，我家姑娘说你要是真对她有意，就当跳进湖中，游上船来。"所谓伊人，在水一方，纵使跃入寒潭，试水寻她，又有何妨。宋徵舆不做丝毫犹豫，就纵身跃入潭中。当时正值隆冬季节，天寒水冷，宋徵舆在湖中衣服浸湿，脸色铁青。柳如是在窗后注视着这一切，一下子被宋徵舆的痴情所打动，赶忙令篙师把船撑到他身边，把他拉上了船。

缱绻化诗篇

寒冬跃潭，诚意尽露。自此以后，柳如是和宋徵舆感情日好。宋徵舆为柳如是写下过许多动人的诗篇，他的诗词集《林屋诗草》《幽兰草》中咏"柳"佳句俯拾皆是。《林屋诗草》卷六《柳絮歌》中就有"江南垂柳春作花，花飞茫茫白日斜。十二高楼美人立，风里飞花见颜色。珠帘如云面半遮，遥对长条三叹息"。诗中咏柳，其意何尝不是恋"柳"，透过纷飞的柳絮和玉立的"高楼美人"——诗里自有一个纯情才人。

云间三子早年就有斗词的游戏。幽兰三子同堂唱和，就是由宋徵舆发起的。宋徵舆用情之诚挚，体验之深刻，措辞之俊美，颇得花间南唐北宋的意趣。在陈子龙为三子合著的《幽兰草》所题写的序中，便能窥知其中的美学渊源："或秾纤婉丽，极哀艳之情；或流畅淡逸，穷盼倩之趣。然皆境由情生，辞随意启，天机偶发，元音自成。"

宋徵舆的《凤想楼词》收在《幽兰草》中的第三卷，一阕《浪淘沙·忆昔》写尽春恨秋悲，"柳色暗金沟，换尽春秋"，同样是望穿秋水，伤"柳"思人。"不见木兰船上客，镇日凝眸"，似乎就是白龙潭爱情考验的生动写照，俨然是一日不见，如隔三秋的缱绻情致。

斩琴绝恩义

然而，花开不复久，好景难常有。他们交往的消息传到了宋母耳中。宋夫人如何能忍受儿子与游妓交往，她怒不可遏，把宋徵舆叫到房中，罚他跪下认错。"母亲大人明鉴，柳如是从未费儿钱财。"宋徵舆还想据理力争。

"你难道已经鬼迷心窍了吗？如果她只图你钱财又有什么关系，给她便是。但是，她要的不是你的财，她要的是你的命！"宋夫人说着说着，声泪俱下。宋徵舆一向对母亲言听计从，眼下哪有一星半点的勇气反驳。他唯唯诺诺地低下头，一个劲地承认自己不孝。

迫于家庭的压力，宋徵舆拜访柳如是的次数越来越少，柳如是只得独守空房，望穿秋水。偏偏这时祸不单行，传来了松江知府方岳贡驱逐游妓的消息，柳如是闻之顿时有如五雷轰顶，她只是盼望宋徵舆此时能出面扭转乾坤。他总会多方奔走，疏通门路吧，以宋家在当地的显赫名声，方知府总会给他这个面子的。想到这里她火速派人去请宋徵舆共同筹划，宋徵舆如约前来，却低头沉默良久，缓缓答道："我也没有什么好办法，你还是暂时躲一躲吧。"柳如是呆呆地望着他，面色苍白，一字一句地说："别人说这话不足为奇，你却不应如此。从此以后，我与你恩断义绝！"说完，亮出倭刀向桌上的古琴砍去，七根琴弦轰然一声哀鸣，瞬间断为两截。

难忘昔日情

宋氏家族是云间的著姓望族，儿女婚姻自然讲究门当户对，宋徵舆能做的只有"克己复礼"，他和柳如是的爱情终究只能是一个无言的结局。

二人分手以后，柳如是又经历了一段感情——与陈子龙相爱，然而他们的关系依然难容于世。柳如是最后花落虞山，嫁给了明朝文坛领袖钱谦益（字牧斋）。而宋徵舆对柳如是久久不能忘情。《林屋诗草》卷十二《病蝶》五言绝句云：

　　病蝶飞难去，犹寻梦里花。
　　作书问莺燕，春色在谁家。

以"病蝶"自比，正是花不恋蝶，蝶恋花。
卷十四《折杨柳》云：

　　杨柳春深十二楼，青青垂影照金沟。
　　空留一树花如雪，飞入长门起暮愁。

　　诗中"柳影"二字，乃是柳如是的另一芳名。无论是有意还是无意，都足以表明他对柳如是的眷恋之深。
　　对这段逝去的感情，宋徵舆始终耿耿于怀，甚至在《林屋文稿》卷十五《书钱牧斋<列朝诗集>后》中，针对钱谦益，出言痛诋，抓住"列朝诗集"这个名字大做文章，说"钱既为学士，北面受禄而归"，却"设此疑贰之名"，意思说钱谦益乃是心怀异志，乃是对清廷不忠，有欲陷其于文字狱之嫌。
　　陈寅恪在《柳如是别传》中评说宋徵舆、柳如是和钱谦益之事：

　　辕文自失爱于河东君（柳如是）后，终明之世，未能以科名仕进，致身通显。明季南都倾覆，即中式会试，改事新朝，颇称得志，而河东君则以久归牧翁，《东山酬和集》之刊布，绛云楼之风流韵事，更流播区宇，遐迩俱闻矣。时移世改，事变至多，辕文居燕京，位列新朝之卿贰，牧斋隐于琴水，乃故国之遗民，志趣殊途，绝无干涉。然辕文不自惭悔其少时失爱于河东君之由，反痛诋牧斋，以泄旧恨，可鄙可笑。

　　陈寅恪对宋徵舆的这一行径痛下贬笔。然而，宋徵舆出身世家，性格软弱，他对柳如是用情之真，却是不争的事实。失去柳如是，是他一生的痛。

柳敬亭师从云间莫后光

明末清初说书人柳敬亭堪称一奇人。他黄黑面色，满脸坑洼，人称柳麻子。张岱说他"悠悠忽忽，土木形骸"，谓其不修边幅，身形似木偶般呆板。但这么个其貌不扬之人，上了书台就似脱胎换骨一般，口齿伶俐，眼神流动，衣服雅净——十八岁那年，他开始学说书，未得师传居然能够"倾动其市人"，后得到松江儒生莫后光的指导，苦心钻研说书技艺方得大成，成为有明一代的说书巨匠。

犷悍少年到说书先生

柳敬亭的生活颇有传奇色彩。他出生于泰州塘湾曹家庄，本姓曹，名逢春。小时候，他凶悍不驯，嗜好赌博，不守法纪，被列为地方恶人。十五岁那年，漕运总督李三才开府泰州，"缉地方不法"，柳敬亭包括其中。柳敬亭仓皇出逃，先到泰兴为人作佣，受雇于地主之家，因生性散漫，家佣生活难以为继，他遂决心浪迹天涯。"游四方，至宁国，醉卧敬亭山下，垂柳拂其身，遂慨然曰：'吾今姓柳矣，即号敬亭可乎？'"有人说，柳敬亭之名号由此而来。

后来他又流浪到盱眙，无以为生，无奈之下，就凭过去听书偷学的技艺，揣摩所携小说，在街头给人说书维持生计。卖艺的过程，也是察世风、观民情、阅人心的好机会，居然能够"倾动其市人"，使听众为之感动佩服，初步显露出他在说书上的天赋。这也许是柳敬亭当初意想不到的。从此，他便走上了说书的道路。

但说到底，柳敬亭这个混迹村野的少年，只是"野路子"横空出世，说书技艺还比较粗糙。正所谓"玉不琢不成器"，他这块"璞玉"，若想成大器，尚待名师雕琢。幸运的是，当他继续南下，来到松江时，偶遇当地儒生莫后光。这次相遇也成了他一生的转折点。

云间拜师莫后光

莫后光，明松江府华亭县人。据《南吴旧话录》载，莫后光早年在私塾教书，以说书闻名，曾说《西游记》《水浒传》，"听者尝数百人，虽炎蒸烁石，而人人忘倦，绝无挥汗者"。

莫后光说书已非一般艺人可比，深深吸引了柳敬亭。莫后光也感到柳敬亭"随口诙谐，都是机锋"，感其才气，遂收为徒，教之以说书基本原理。

柳敬亭画像

莫后光教柳敬亭说："口技虽小道，在坐忘。忘己事，忘己貌，忘座有贵要，忘身在今日，忘己何姓名，于是我即成古，笑啼皆一。"意思说，说书人应忘掉自己，忘掉一切，然后才能使自己与书中人物融为一体。对说书技巧，他又告诫弟子："要辨性情，考方俗，形容万类。"在莫后光看来，说书看似低微的技艺，实则难度甚高，必须勾画出故事中人物的性格情态、熟悉各地方的风土人情。要像春秋时楚国伶人优孟那样以隐言和唱歌巧妙讽谏，这样才算达到目的。

在演述书中情节时，他又告诉柳敬亭，得做到该详则详，该略则略，但要铺陈得稳妥，收结得利落，使故事的来龙去脉交代得清清楚楚。至于说书人的手足动作、面部表情等，都要与书中人物的喜怒哀乐配合默契。他还说："今村塾师冷面对儿童，怎能使他们乐意读书、记诵如流水呢？必须用我的方法，才能使儿童们心领神往。"

柳敬亭跟从莫后光学艺，不仅训练说表，更习得养气、定辞、审音、辨物、揣摩等法，技艺大进。士别三日，当刮目相看。莫后光初见柳敬亭时，说的是："此人机智灵活，是可塑之才，假以时日必能靠演技出名。"柳敬亭回到家后，聚精会神，用心练习，反复揣摩老师的要求。一个月过去了，他再前往莫后光处，莫后光看了他的表演，大为赞叹："你说书，已经能够使人欢乐喜悦，大笑不止了。"又过了一个月，莫后光沉吟道："你说书，可以让人感慨悲叹，痛哭流涕了。"又一个月过去了，柳敬亭来到老师面前，刚酝酿情绪，作势要讲，就听老师激动万分地说："你现在说书，还没有开口，或悲或喜的感情就先表现出来了，使听众的情绪也不能自主，这说明你说书的技艺已臻化境。"

纵横撼动，声摇屋瓦

于是柳敬亭就到扬州、杭州、南京等大城市去说书。他善于状人拟物，使人听之如临其境。

柳敬亭说的书目，虽取之于现成的小说话本，但并不照本宣科。阎尔梅《柳麻子小说行》记："科头抵掌说英雄，段落不与稗官同。"他在表演时，对原文有很大发挥，形成了自己的特色。明代文学家张岱听过柳敬亭说《景阳冈武松打虎》，他的描写刻画，细致入微，但并不絮叨，往往直截了当，干净利落。演绎起来更是形神俱备，扣人心弦，叹服柳麻子"声如巨钟，说至筋骨处，叱咤叫喊，汹汹崩屋。武松到酒店沽酒，店内无人，蓦地一吼，店中空缸空甓皆瓮瓮有声。闲中著色，细微至此"。

柳敬亭说书有个习惯，上门说书，主人必屏息静坐，倾耳听之，他方会开口。一旦看见仆人附着耳朵小声讲话，听的人打哈欠伸懒腰，面露倦容，他就立刻闭口不说，所以要他说书不能勉强。每到半夜，抹干净桌子，剪好灯芯，将素瓷杯盏静静递上，他才会款款开讲。其疾徐轻重，吞吐抑扬，入情入理，入筋入骨。

在语言运用上，他不满足于平说，而是以轻重缓急制造气氛，以形象化的手法写人状物。阎尔梅说他"始也叙事略平常，继而摇曳加低昂"。

明代朱一是在《听柳生敬亭词话》中说他"突兀一声震云霄，明珠万斛错落摇，似断忽续势缥缈，才歌转泣气萧条，檐下猝听风雨人，眼前又睹鬼神立，荡荡波涛瀚海回，林林兵甲昆阳集，座客惊闻色无主，欲为赞叹词莫吐"。顾开雍听他说宋江轶记一则，但觉"纵横撼动，声摇屋瓦，俯仰离合，皆出己意，使听者悲泣喜笑"；周容在虞山一连听了几天，古人古事宛然在目，"剑棘刀槊，怔鼓起伏，髑髅模糊，跳踯绕座，四壁阴风旋不已。予发肃然指，几欲下拜，不见敬亭"。

吴梅村暮年听到柳敬亭的说书，即有零落伤悲之意。有词赠曰：

客也何为，八十之年，天涯放游。正高谈挂颊，淳于曼倩；新知抵掌，剧孟糟丘。楚汉纵横，陈隋游戏，舌在荒唐一笑收。谁真假，笑儒生诳世，定本春秋。

眼中几许王侯，记珠履三宴画楼。叹伏波歌舞，凄凉东市；征南士马，恸哭西州。只有敬亭，依然此柳，雨打风吹絮满头。关心处，且追随少壮，莫话闲愁。

明遗民的怅然哀思

柳敬亭因其说书技艺高超，一时间声名鹊起。朝中权贵、官僚争相邀柳敬亭至驻邸说书。由于时常应接不暇，请其说书者须要提前十天预约。

左良玉，明末重要的抗清将领，因军功而至伯侯。他渡江南时，安徽提督杜宏域为了巴结左良玉，特意介绍柳敬亭到左良玉的府署。言谈之下，左良玉与柳敬亭相见恨晚。

左良玉行伍出身，虽为军中主帅，胸中并无多少墨水，而军中往来公文多出自儒生之手，旁征博引、斟字酌句的行文反而引得左良玉十分气恼。而柳敬亭阅历丰富，一言一语皆从僻陋里巷、俗语常谈中来，所拟文稿通俗易懂，倒很合左良玉的口味。

夜晚来临，柳敬亭常常于军中张灯高坐，谈说历史上忠勇侠义之事，一则娱乐，二则激励士气。柳敬亭书说得好，又不摆架子，人缘自然就好，军中将士都喜欢喊他柳麻子，不把他当说书人看待。左良玉对他也放心，把他看做亲信，在军中自由出入，与自己形影不离。

柳敬亭曾奉左良玉之命到南京公干，那时南明朝中君臣都敬畏左良玉，听说左良玉派了人来，上下没有谁敢不以恭敬之礼接待的，甚至宰相以下的官吏都让柳敬亭坐在向南的尊位上，人人称呼他为柳将军。

南明朝廷覆灭，左良玉病死在军中。其子左梦庚率众降清，柳敬亭的资财也差不多散尽了，他又一次走上街头，重操旧业，但他并不以贫穷而忧愁，意气自如，继续以自己越发纯熟的说书技艺来寄托亡国哀思。

董桥说："柳敬亭生逢明末异族入侵的乱世，在残酷的新旧蜕嬗现实里过献艺生涯虽然足以糊口，个人际遇却跟当时的政治环境串成唇齿关系，不但哀乐不能自已，连栖止游息也往往不由自主。"确实，柳敬亭在明清换代之际与众多士大夫相交往，个人的历史亦成为时代的缩影。

此时，柳敬亭说书的艺术感染力更进一步，平添"白发龟年畅谈天宝"的沧桑感。尤其对那些由明入清的士大夫而言，更能唤起对故国的缕缕乡愁来。

黄宗羲《柳敬亭传》中说："敬亭既在军中久，其豪猾大侠、杀人亡命、流离遇合、破家失国之事，无不身亲见之，且五方土音，乡俗好尚，习见习闻，每发一声，使人闻之，或如刀剑铁骑，飒然浮空，或如风号雨泣，鸟悲兽骇，亡国之恨顿生，檀板之声无色，有非莫生之言可尽者矣。"龚鼎孳（明末清初江左三大家之一）晚年在京城听了一段柳敬亭说书竟也生出了"鹤发开元叟，也来看荆高市上，卖浆屠狗。五里风霜吹短褐，游戏侯门趋走。卿与我，周旋良久"、"江东折戟沉沙后。过清溪，笛床烟月，泪珠盈斗"的感伤。清人汪懋麟更是以一句"说到后庭商女曲，怅白门寂寂乌啼柳"来肯定柳敬亭晚年说书感染力的至深。

云间二董逸事

董含、董俞是董其昌的后裔,人称二董。宋琬在《董阆石诗序》中写道:"进士董君阆石,与其弟孝廉苍水,云间世家也。当宗伯、少宰两先生凋丧之后,乃能联翩鹊起,克绳祖武,人以为今之二陆也。"

及第"命中注定"

董含,字阆石,又字榕城,号榕庵,晚号莼乡赘客。他生于天启四年(1624),年十五,补博士弟子员。董含自小性嗜书籍,学有文名,但其一生仕进,可谓时运多舛。自二十四岁起,他即入闱苦读,努力应试,却屡试不中。一直到他三十六岁那年,才为当时泽州太宰陈说岩所赏拔,殿试所进呈的文章得到权要者赏识,"太师益都亭孙公拟予卷第一"。岂料此时又横生枝节,有人质疑他这篇文章的用典,最后他只得屈居二甲第二名。当时很多人为他惋惜,"辇上诸公,俱为惋惜,孙公召予相对泣,慰勉有加"。

说到董含的及第,还有许多趣闻逸事。有个乔进士,有回找到董含,说了一桩奇事。他说自己十四五时,将应童子试,夜里梦一仙人,告诉他说:"汝欲登第,须与董某同榜，宜切记之。"于是这个姓乔的每次考试，都要苦找董姓考生，却无果。庚辰年（1639），董含补博士弟子员。乔进士终于见到姓董之人，大喜曰："果有是名，有是人矣。"辛丑年（1661），二人果然为殿试同榜幸运儿。

另一件事是说江右有个叫康范生的，精通占卜，己亥年到松江来，给董含独批四大字"辛丑必发"，众人都嗤笑其妄断。后来，董含赶考回来，康范生对他说："我之前就跟你说过你好事将近了，万万不会有错，你赶快回去摆桌酒席感谢我吧。"董含未坐定而捷音已至。

探花不值一文钱

进士及第后，董含还是对前程充满期待，然而真正倒霉的事还在后头。尚未等到封官加爵、施展作为时，董含即卷入江南一桩钱粮案中，旋即被黜遣还乡里，不得再图仕途。

当时这桩"奏销案"使得江南一带近两万名士绅学人被贬黜，轰动全国。据清代文献记载，苏州、松江、常州、镇江四府额赋较之他省多出数倍。如此，不但直接损害普通劳动者，同时也引起地方士绅学人的不满和激愤。于是他们便用各种手法逃避、拖欠税赋，而政府则对抗欠钱粮的人严加监禁，严惩不贷。

顺治十八年（1661）六月，也即董含中进士不久，即发生了江苏巡抚朱国治向朝廷奏疏的大事，说江苏一带士绅学人逃避、拖欠税赋，并且具体列出一万三千五百一十七人的名单。如此具体的人物罪证，使朝廷震怒，观政吏部即奉命查实，严加勘办。如当时有个探花仅欠一钱，也被黜，民间有"探花不值一文钱"之语。

董含虽上了名单，但幸而当时尚在京城等待调遣封官，故而免于拘捕，被除去进士功名，斥黜回乡。大好前程转瞬即逝，董含日后忆及当时情状，亦不由发出"回思往事，恍如一梦"的感叹。

不过，董含的心态很平和。虽仕途无望，却无怨忧："然焦鹿之是非，塞马之得失，与吾何忧焉！"并以古人格言自勉："德业观前面人，名位观后面人。观前面人，每见我不如人，而日励思齐之念。观后面人，亦见人不如我，而日消蹭蹬之忧。"

笑对病死传言

董含归居乡里后，已然家徒四壁，但"经史在左，琴尊在右，松风泠然，杂花绕牖"。他晨起则怀抱瓮罐浇灌田园，之后便监督小儿课业，偶尔外出酬酢，午后"或采纂轶事，或坐或卧，或信手拈小诗，不拘体裁，不计工拙"。"长夏则晞发行吟，颓然自放"，好不逍遥自在。"遇良辰佳景，携双童，蹑短屐，登山临水，不废游览。此外嗜好都尽，床头惟存《汉书》数册、《白傅集》一帙，兴到诵《南华经》一二篇"。又或者与村夫牧童为伍，时而夹册，时而荷锄，时而策杖寻僧，时而围棋赌酒，不禁感慨道："宠辱俱忘，祸患不及，仆之所得于天者，不既多乎？"后来他受时事纷扰，经历三藩之乱等变故，遂绝意仕进，勤于著述，著有《古乐府》（二卷）、《闵离草》（四卷）、《闲居稿》（三卷）、《北渚草》（二卷）、《林史》（一卷）、《仙游草》（二卷）、《三冈识略》（十卷）、《安蔬堂诗稿》（十卷）等。

他性格耿直，不随流俗，不擅长和陌生人打交道，尤其不喜欢见到庸俗之人，将人拒之门外者十日常八九。

就因为他经常深居简出，春夏时节又总是闭门伏枕而眠，民间居然传言他早已病死，他的一个故交闻之大骇，将信将疑，便想上门拜访，亲自求证。他先发了一封信过来，董含展信，不禁哑然失笑。沉吟片刻，他提笔报以一绝曰：

蝶粘花片翻棋罫，燕蹴泥香湿画叉。

病起已无裙屐兴，葛巾端坐诵南华。

有人传说他病死，还有人说他早就出家为僧。他自题一幅《行乐图》，辟谣道："噫嘻董生，曷为而髡？不缁不黄，不贾不耕……尔嘲我为芦中之穷士，我亦笑尔为纸上之白民。"

董含还一向好静恶喧，畏近权势。每每见人作富贵态，"背辄涔涔然汗下"。每次路上偶遇俗人，甚至会掀起衣角，掩面回避。九月的一天，他听说东篱生了一朵并头菊，其余各枝也灿然可观，便前往那里置酒赏菊。不料旁边一人却惺惺作态道："花虽烂熳，惜非佳种啊。"董含笑赋一律云：

　　北郭先生老更饕，秋来逸兴满林皋。
　　山翁远馈披绵雀，溪妇初分砍雪螯。
　　翠壳脱时菱胜粉，玉缸开处酒如膏。
　　绕篱也种无名菊，莫怪樽前啸咏高。

松郡遇虎闹剧

　　董含花了五十四年始成《三冈识略》一书，这是明清诸多笔记中颇具特色、颇有史料价值的一部。其中《松郡大荒》一文："（是年）七月二十七至二十九连日暴风，昼夜不息，风之所向无定，禾尽偃，农人大恐。至秋季三日时，久旱，忽天气郁蒸，不云而雷，苗皆枯，木棉豆花，俱于数日脱落，于是四邻田有全荒者，有及半者……田主束手无策，相顾浩叹而已。"灾荒如此境地，而地方官竟不恤人情，"巡抚洪之杰不以入告，方取到居容县青苗一束，绘《嘉禾图》上献"，谎报邀功。这些实录性的文字，道尽了民生多艰、贪官无耻的社会现实，正是当时社会怪象的绝妙讽刺。

　　卷六《猛虎行》一文，形象地记载了娄县县令孟倒脉性贪而酷厉的性格，遭其剥削追逼破产者数不胜数。作者以"猛虎"冠名极具寓意，文中最后则以偶入娄县的猛虎被手刃致死结束，暗喻了作者的心情。

　　说到写虎，最能展现诙谐讥诮妙笔的是一则"松郡遇虎"的小故事。说的是云间本来无虎，府志记载佘山曾有"大青"、"小青"，但时间已久，不足为据。九月初，忽然有虎从西边入松境内。起初十日，老虎伏于东郊外华阳桥灌莽中，把一个十七岁的年轻人当了"早餐"。后来这只老虎又潜迹至天马山一带，周围居民都闭户不敢出。总戎遣兵四出搜查，可笑的是，老虎行踪飘忽不定，官兵偶一遇之，就吓得撒腿就跑，结果好几个月都搜捕无果，借口其为神虎，还在普照寺建道场，大兴法事驱赶猛虎。

　　如此荒谬之事让董含不吐不快，写了一首乐府曰：

　　虎何来？在四郊，忽东而忽西，往来咆哮。朝食人兮，暮食犊与豚。官吏清廉，尔何为然？居人皇皇，告之幕府。昨檄千兵，今发全伍。迁延却避，恐逢虎怒。沿村捉鸡鸭，膏彼刀与斧。经旬竟不获，屡出亦何补。爰命黄冠诵经，缁衣击鼓。问奚所为，誓将驱虎。虎庶几赴山而蹈海兮，以全我将军之神武。

董俞"接班"云间派

董含之弟董俞，字苍水，号樗亭，是顺治十七年（1660）举人，亦因钱粮案被除籍斥黜。兄弟二人命运相连，心意相通，遂双双弃绝功名仕进，益加放情诗酒，扁舟草笠，诗文唱和。兄弟二人文章风流，冠绝松江一带。

松江大地的湖光山色足以遣怀释愁，二董潇洒高歌，尽情咏吟，留下了可观的文章。董俞文章、诗歌风格高雅脱俗，有过其兄者。《清史列传》卷七十记载董俞："与兄含并以才名显，尤善赋学，尝为《镜赋》《燕赋》《采桑赋》，清婉流丽，论者谓可与吴绮相颉颃。"同时著有《樗亭诗稿》和《玉凫词》等诗词著作，故而被视为云间派后起之秀，深受当时文坛耆宿推重。

关于董俞，另有一则民间传说。有一天，董俞携僮仆正驾舟过洞庭湖，忽然风浪大作，上流有颠覆的舟船漂流下来，舟上其他人大惊失色，董俞却镇定自如，坦然赋诗二首，投入湖中，俄顷湖水平静恢复如常。他的这一举动，一时传为佳话。

张照逸事

清代才子张照是"云间三文敏"之一,在九峰三泖几乎无人不知。他有三个"三"最为人所津津乐道:第一个"三"是艺术造诣的"三精",诗画精湛,音律精通,书法精妙,他的书法秀媚婉丽,平正圆润,为清代馆阁体的代表人物;第二个"三"是说他科举及第,康熙、雍正、乾隆时期都在朝廷当大官,是典型的三朝元老,康熙对他的书法尤为推崇,有诗赞曰:"羲之后一人,舍照谁能若。"还有个"三",是说张照当年官至刑部尚书,一次因办事无功被革职查办,差点丢了性命。打这以后,他每次上朝前都要在家中烧三炷香,祈求佛祖保佑。在张照的故乡秀野桥边还流传着不少关于他的趣事逸闻。

不甘做沉默的黑狗

张照幼时口齿伶俐,机智聪敏,其父却嫌儿子平日说话太多,于是在张照五岁时给他取了个名字叫张默。

有一天,是个喜庆的日子,张家高朋满座,热闹非凡。那一天,小张默的伯父、在京城做官的张集也特地赶来贺喜。亲朋好友聚在一起,免不了推杯换盏,高谈阔论。言谈间,小张默听得有个客人在评论张集的名字,认为"集"字不好,建议"集"字添上"马"字旁。张默不解，当即向客人讨教。客人解释说，"集"字拆开来是"佳"、"木"二字。古话说："良禽择佳木而栖，贤臣择明主而仕。""佳木"通常用来比喻"明主"，臣子取名怎么敢用"佳木"呢？

小张默一听，原来取名字还讲究那么多名堂！转而一想，父亲给我取名张默，这"默"字拆开来是"黑"、"犬"二字，往后别人必然会拿我的名字开玩笑，说我是一条沉默的黑狗！于是，他天天缠着父亲要求改名，父亲拗不过他，斟酌再三，认为他的想法也不无道理，最后同意把"默"字改为"照"字。这样，张默终于一改成名，日后成了清代书坛永不沉默的张照。

豆腐干上做文章

张照儿时便显露出过人的天赋，但其父担心他"小时了了，大未必佳"，让他专心苦读，不要急于考秀才。张照十二岁那年，松江府乡试举行在即，他便央求母亲让他去试试身手。但张母记得他父亲的叮咛，好说歹说都不肯放行。

张照见状便托称自己整日闷在书房，没有作文的灵感，想四处走走散下心。母亲一下子就看穿了他打的如意算盘，表面上点头应允，实际她知道考场设在近东门的察院场，就故意嘱咐老管家陪他朝西走，顺便去姨母家走走亲戚。

张照只得在老管家的陪同下，闷闷不乐地往西来到钱泾桥畔看望了姨丈姨母，之后又继续朝大仓桥方向走去。那时，只听一阵锣声从西边传来。一会儿，一顶官轿在差役的前呼后拥下，向东面缓缓行了过来。张照想或许官老爷能带他去考场，马上从大仓桥上飞奔而下。

碰巧，那顶大轿里坐的是乡试的主考官。当轿子抬近豆腐店门前时，小张照早已钻过人群，一个箭步窜到轿前，用两手紧紧握住轿杠，把身子吊在下面。轿子顿时偏向了一边，轿子里的主考官身子一晃，惊出一身冷汗，等他回过神来掀开帘子一看，见轿杠上挂着个眉清目秀的少年，煞是奇怪，忙吩咐停轿。张照这才松手，来到轿前，躬身禀告，今日拦轿实乃事出有因，只为赶考不及才无奈出此下策。主考官一听，怒气消了大半，便想考考这个少年的才学究竟如何。他抬头向四周一望，正看到豆腐店货架上堆着许多豆腐干，就唤来贴身跟班，俯身嘱咐一番。那衙役便到豆腐店买了一块白花花的豆腐干，叫店家横剖一刀，一分为二，又转身来到张照面前说："主考老爷让你在两片豆腐干上,以《拦轿》为题作文一篇,时间最迟不得超过半炷香。"

张照从衣襟里掏出笔墨,不慌不忙,低头凝思片刻,随即挥毫,不消半炷香时间就交出了文章。主考官托起两片豆腐干,脸上露出了笑容,暗暗称赞这孩子是奇才,立即大声吩咐,随轿赴考。揭榜之日,张照果然榜上有名。从此,大仓桥豆腐干的名声也因张照的缘故而传开了。

棕把为笔青砖成砚

张照早年摹习董其昌,后又兼参王羲之、米芾、赵孟𫖯等诸家书法,卓然成家。不过,他的书法启蒙老师则是他的舅舅、康熙年间曾任户部尚书的书法家王鸿绪。

在王鸿绪的指导下,张照先是描红,然后临摹名家碑帖。张照常听舅舅讲起东晋著名书法家王羲之墨池洗砚和王献之习字十八缸的故事,很钦佩王氏父子勤学苦练的精神,并暗下决心要以他们为榜样。

不管是三九严冬还是三伏酷夏,张照每天都弯腰直臂,握紧毛笔,认真习字。有时候,张照还将铁尺或沙袋绑在手臂上,以增强臂力和腕力。那时候,张家并不富裕,张照就以棕把蘸水在青砖上练字,每天要写上几千字方才罢休。天长日久,张照练字的青砖中间居然凹陷下去,一块块青砖就像是一方方砚台似的,而张照练字用坏的一支支棕把笔丢弃在屋外,垒得也像小山一样。

为了练就一身真功夫,张照不仅以破万卷的精神坚持苦练,而且还对王羲之的《书论》、颜真卿的《述张长史笔法十二意》以及米芾的《书史》等有关理论著作认真研习,以获得理论上的提高。在旧时,名家绘画写字,某些技法通常是秘不示人。如王鸿绪,即便是张照的亲舅舅,有时写字也要避开张照。为此,少年张照曾藏在舅舅王鸿绪楼上三天,偷看舅舅的执笔运笔方法,回家后反复揣摩,直到心领神会为止。到了十四五岁时,张照的书法已博取颜真卿、米芾、董其昌、王鸿绪等众家之长,显示出不俗的功力,并获得了少年书法家的美誉。

左右开弓成一绝

张照不但书艺造诣颇深,而且左右手兼能挥毫,因而被称为"造化手"。他很早就注意到，一般人用右手干的事，左撇子们用左手照样也能干好。在学堂里学珠算，左手拨算盘，右手记数字，这时候，左手的作用似乎要大一些。更重要的是，不少优秀的左手书法作品甚至呈现出某些特殊的风格。这一切都促使他用左手握起了毛笔，钻研双手挥毫的技艺。

张照用左手写字，俯仰起伏，运笔流畅，向来为人称道，最风光的却是他坠马伤臂那一次。据清代阮葵生《茶余客话》记载，当年张照随乾隆皇帝出巡，不料从马上摔下来，右臂几乎折断。后来他向皇上进《荷叶唱和诗》时，便用左手写楷书，字字凝炼含蓄，没有一笔僵死的笔画，"上大悦"。

张照书法作品

说起张照的左手书法，据清葛虚存《清代名人逸事》记载，民间曾流传过一则趣闻，说张照的祖上敬佛虔诚，多年来在朱家阁指松庵中供养一位断了右臂的和尚。这断臂和尚是个得道高僧，其别具一格的左手书法更是闻名遐迩。巧的是，断臂和尚圆寂那天，正是张照诞生的日子；而且，断臂和尚与张照又都是左手书法的高手，于是，张照乃断臂和尚转世的说法也就不胫而走，越传越神。

张照与岳阳楼屏风

闻名天下的岳阳楼上的《岳阳楼记》雕屏就是出自张照的手笔。说到这件屏风，还有一段传奇故事。

乾隆初年，湖南岳州府对岳阳楼做了一次较大规模的维修保养。由于年代久远，昔日书法家苏舜钦书写、雕刻家邵竦刻字的屏风已光彩尽失。正在岳州知府黄凝道担忧之际，他听说刑部大臣张照从故乡松江省亲返回京城，随即以钦差大臣的身份押运粮草西行，途经岳州府，心中不禁一阵窃喜：张照书法气魄浑厚，超凡脱俗，实乃我朝第一书法大家。若能请他为岳阳楼重新题屏，岂不是一件美事！

翌日，张照果然解运粮草来到岳州，不料这一天突然狂风骤起，暴雨倾盆，洞庭湖上一时无法行船。于是，黄知府趁机为张照接风，在岳阳楼上饮酒赋诗，一边故意连声叹息："今楼有人重修，记却无人重书了！"这一招激将法果然灵验，张照慨然应允愿为代笔。这一边，黄知府早有准备，立即叫人送上文房四宝。张照乘兴挥毫，笔如蛟龙戏水、猛虎穿山，一篇《岳阳楼记》一挥而就。黄知府立即挑选名工巧匠，选用最上等的十二块紫檀木，日夜赶刻，不到一月工夫，这篇佳文便镌刻完毕。光彩夺目的新雕屏嵌于楼中，顿时令岳阳楼增辉不少。

不想道光年间岳州来了个贪官魏知府，此人对张照书写的《岳阳楼记》雕屏垂涎已久。为将这块镇楼之宝窃为己有，魏知府便用重金请得一位民间艺雕高手，花了一年半时间精心临摹，秘密仿制雕屏赝品，企图偷梁换柱。这位艺人知道魏知府的企图后，为了让后人分辨真赝，特意在"居庙堂之高"的"居"字上暗暗做了手脚，将一撇写得较短，看上去像一把锋利的匕首；而且雕屏赝品的"居"字与右边一行的"心"字靠得十分近，使后人对魏知府产生"居心不良"的联想。不久，魏知府趁调离岳州之机偷偷掉包，将赝品挂在岳阳楼大厅，携带家小和张照的雕屏真品，连夜出逃。

张照手书《岳阳楼记》

谁知官船行至洞庭湖上，风暴骤起，波浪滔天，官船顷刻间被风浪掀翻，落水的魏知府死死抱住雕屏想逃命，不料雕屏是由坚实的紫檀木制成的，掉到水里一个劲往下沉，结果魏知府与雕屏一起沉入了湖底。后来，湖水干涸，雕屏才被当地渔民打捞上来。此时，第八块屏上的"歌互"二字和第十块上的"乐"字已不慎被损坏。当地名士吴敏树闻讯后，用一百二十两纹银从渔民手中将雕屏买回，又花了三年时间临摹张照手书原稿，才补上被损坏的三个字。北伐战争后岳阳楼再次重修时，吴氏后人将珍藏多年的雕屏慷慨献出。这件张照题写的珍贵屏风终于完璧归赵，回到了岳阳楼。

"倪三怪"逸事

清代倪蜕人称"倪三怪":明明是松江人,却是云南地方志的专家;虽是师爷,派头却不小,约法三章才"临时出山";棕箱藤篮随身带,以便随时"闭关";以联戏人,或以联会友,笑骂皆由人。至今,在云南的石鼻村一带还流传着许多关于"倪三怪"的逸闻逸事。

倪蜕《滇小记》所载唐代菩萨暨彩绘舞俑

喷茶戏同僚

倪蜕(1688~1748),出生于清松江府华亭县,原名鹏(一说羽),因仰慕唐代刘蜕为人，改名蜕。字振九，晚年自号蜕翁。他出身文士之家，自幼勤奋聪颖，熟读经史。工诗文，善山水画，有王蒙风格。又精书法，清健有别趣。

倪蜕无意仕途，未赴科考，青壮年时期布衣简宿，足迹几乎遍及全国。年过四十才结婚。康熙中期，随调任云南巡抚的甘国璧入滇，成为甘国璧幕僚。

背井离乡，初来乍到，倪蜕以果敢率性的行事风格给了当地同僚一个下马威。其他人极不服气，处处针对他。一天，倪蜕和几个幕僚在一家茶馆聚会。就在众人品茗闲谈、漫不经心之时，一位师爷突然端起茶杯，面朝倪蜕，冷笑着说："听说倪先生从松江府而来，诗文才学了得，不知我等是否荣幸领教一二。"这分明是叫板来的，席间顿时增添了几分火药味。眼见有"好戏"看了，其他人呷茶的、倒水的、聊天的，刹那间全都停顿了下来，竖起了耳朵。

只听得汩汩茶水从壶嘴倾倒而下，滴水不漏，倪蜕把茶壶稳稳地往桌角一搁，举杯在嘴边抿一口："哈哈，在下才疏学浅，岂有在诸位先生面前造次之理。"

那个师爷显然是有备而来，眼珠骨碌一转，嘿嘿一笑："倪先生何必如此谦虚，不如我们来对个对联。我出上联，有请先生赐下联。"说罢，和邻座的人交换了一下眼色，其他师爷都起哄要听他们过招。

"我的上联就是——山羊上山，山触山羊角，咩咩咩。"那个师爷还咩咩咩地学叫了三声，面露得意之色。

倪蜕不动声色，马上对道："水牛下水，水淹水牛头——"

稍顿，他低头大大地喝了口茶，含在嘴里，朝着同僚噗噗噗喷了三下，淋得那师爷满头茶水。

倪蜕赶忙假意道歉说："哎呀，看先生学山羊叫如此绘声绘色，在下惭愧，只能靠饮茶喷水这种雕虫小技来模仿水牛了，多有冒犯，真是失敬失敬。"

对方听他这么一说，哪里还有半点脾气，只得伸袖抹掉茶水，灰头土脸地离席而去。

"倪三怪"约法三章

甘国璧离滇后，倪蜕决定以云南为第二故乡，在昆明西郊宝珠山麓置地一方，建房一处，自称蜕翁草堂。此地苍松翠柏，涧水长流，地势稍高。倪蜕在此从事著述，余暇耕耘菜园。倪蜕与乡民为邻，凡有求他书写契约文书等事，无不爽快答应。遇有疑难事故，乡民也乐于找他帮忙。

倪蜕生性孤傲，不畏权势，甘于淡泊。雍正年间，当政者三邀他出仕，倪蜕屡次谢绝。府县官员每遇疑难事务，登门恳请"短时出山"，倪蜕自定三个条件：一是凡手拟文稿，他人不得删改；二是当日酬金，当日兑现；三是每到一处，清晨起床便捆好行李，随时准备辞归。时人以此称倪蜕有"三怪"，"倪三怪"之名，一直流传至今。

倪蜕在草堂定居期间，见附近乡人知书识字者甚少，便把平时俭朴所积捐出，倡办石峰义学，这成为马街地区办学之始。后人铭记先生功绩，立《石峰义学碑记》石刻以表彰。

石鼻村棋逢对手

一天，村里忽然来了一对夫妇，就在倪蜕屋舍旁边筑庐而居。倪蜕打量这户新邻居，从他们的打扮来看，都是粗布旧衣，不甚讲究，但神情俊逸，并不似凡俗之人。

倪蜕颇为好奇，便上门拜访。只见茅舍简陋，但陈设清幽。两夫妇捧茶端水，周到相待。当时除夕将近，妻子催丈夫写一副迎春对联。丈夫欣然应允，说正有意配合新居写一副应景的对联。倪蜕心想，看来此人也是楹联高手，不如我就看看他有什么大作。于是，他便饶有兴致地围在桌边，看邻居挥毫泼墨。

只见邻居环顾茅草房，沉思片刻，提笔写道：

小屋三间，坐也由我，睡也由我

写到这里，他抬头望望身边的妻子，只见她正凝神盯着纸面，蹙着眉，露出疑惑不解的神色。他不禁一笑，接着写了第二句：

老婆一个，左看是她，右看是她

妻子看到后，瞪了他一眼，但一下子转怒为喜，笑盈盈地把这副对联贴到了门上。

倪蜕在一边也是边看边笑，这简简单单的两句话把那种清贫却自得其乐的自嘲心理表达得淋漓尽致，其中戏谑诙谐、嬉笑怒骂的笔调和倪蜕的趣味颇有异曲同工之妙。

一番打听之后，倪蜕才知道，这位高手名叫凌以恭，字牧事，也是一介名士。为了免被清廷任用，他匿迹林园，与妻子同入深山，采枳自给，著有《梅花百咏》，曾经怡然曰："风霜节概，冰雪襟期，梅花我师也。"几经周折，他们来到昆明石鼻村，恰与倪蜕结邻。

倪蜕发现凌以恭的性情和自己十分相似，抛却富贵，和患难与共的妻子归隐村野，著述自娱，日子虽然过得清苦，但苦中有乐，怡然自得。二人很快成了好友，经常一起吟联取乐。一回，凌以恭故意对倪蜕抱怨说："有人说我们隐居山林，不过是缩头乌龟，只是井底孤蛙，小地小天，自高自大罢了，不知仁兄怎么看？"

倪蜕哈哈大笑道："尽管让他们去说吧，我看那些搬弄是非的人才是厕中怪石，不中不正，又臭又顽呢。"

二人还在石鼻村村舍留下了不少精妙的对联。如"藏焉修焉，静得江山之趣；高矣美矣，妙收天地之功"、"有营舍落无是无非之外，小结构在大山大水之间"。

云南地方史权威

倪蜕早年足迹就遍及全国，深识民间疾苦，饱览世事人情。成为甘国璧幕僚之后，受甘之托，倪蜕专事云南地方史籍考证和整理，得以遍游三迤，历数年艰辛，获得大量云南山川物产、经济文化、社会掌故等资料。这个来自松江的外乡人最终成了云南地方史志的专家，为边疆的文化事业作出了很大贡献。

倪蜕在草堂寓居时，闭门著述，其主要著作有《滇云历年传》（十二卷）、《滇小记》（二卷）、《蜕翁文集》《蜕翁诗选》（六卷）等。另有戏曲《秦楼梦》《情中侠》两种，均已不存。其中，《滇云历年传》是我国第一部编年记事体的云南地方史专著。这部书于乾隆二年（1737）完成，总共十二卷。其中后三卷专述清初云南事迹，以本人见闻、衙署档册及众多有关滇事之书综合而成。道光初年左右，云南白族学者王崧编《云南备征志》时，将此三卷收入，并改名为《云南事略》。道光二十六年（1846），《滇云历年传》镌版印行，流传甚广。

云南普洱茶闻名遐迩，历史上对普洱茶的最早记录就见于倪蜕所著《滇云历年传》，书中记载了云贵总督鄂尔泰为了回报清廷之恩和博得皇上欢心，于雍正七年（1729）在思茅设总茶店，由普洱府通制管理，推行岁进茶芽制，选取云南最好的普洱茶进贡北京。皇宫中"夏喝龙井、冬饮普洱"遂渐成时尚。而倪蜕并不止于记录史实，他的笔触相当深刻，短短数百言，勾勒出官府不许私相买卖、独笼其利、剥削山民、百姓痛苦不堪的情景，触及了官吏奸商盘剥茶农、推行变相的茶叶统购专卖政策的实质。

云南按察使张允随深重倪蜕为人，登门拜访，倾听其议，为其付印书稿，并在倪宅门前立石一方，上镌刻"蜕翁草堂"四个大字，碑阴刻文赞颂先生："……亦曰是儒，死书不读，谓之为僧，活发不秃……天都云闲，来此幽谷；春馥于兰，秋淡于菊。松耶、柏耶，有吕匪独；青山白云，于焉归宿。"倪蜕死后葬于草堂后面的宝珠山上。

"落拓才子"郭友松

郭友松，名福衡，以字行，是清朝同治年间松江名士。他住在东门内，家贫无恒产，赴茶馆吃茶，总是敝衣破帽，高谈雄辩。晚年丧偶，越发放浪形骸，常在烟榻上消磨岁月，用烟签在桃核上刻人物鸟兽，尤擅刻山水，非常精妙。其后境况更为困顿，靠卖画为生，居室污秽狼藉，地上书籍多半霉烂。他生性落拓不羁，谈吐谐趣，人称"落拓才子"，民间流传着许多他的逸闻趣事。

暗藏巧思，拆字取名

松江城中大小店铺取名，每当大家绞尽脑汁，半天都想不出个别致点的名字的时候，就会找郭友松求助。而他似乎总是不费吹灰之力就能使出妙计高招，取一个画龙点睛的店名出来。

城东门有一个鱼行商人开了一家新店铺，店刚落成，却苦于没一个喊得响的店名，鱼商这可急坏了。鱼行不大，但也如同自己的孩子般，老听别人叫唤"东门卖鱼的"，心里总觉得不是滋味。

给没名没姓的店面取个名字成了当务之急，太普通的名字不够特色鲜明，顾客要是记不住，哪会特地上门呢？别具一格的吧，又实在可遇而不可求，要知道鱼商自己也没读过几年书,让他取个名字实在是难于上青天。这时候,店里的伙计提议:不如找才子郭友松作"参谋"试试。

郭友松于是就被请上了门。鱼商打量着眼前这个敝衣破帽的书生,将信将疑地提出了请求。郭友松半眯着眼,似听非听,可谁料只一眨眼工夫,他已在匾额上大笔一挥,提上了"阑衡堂"三字。

一个"难产"的店名瞬间诞生,鱼商见状,起初当然是喜不自禁,可转眼他就变了脸色:"郭才子……你提的这个店名固然特别,但是不是太高雅了点,你知道我毕竟是卖鱼的嘛……"

郭友松一听开怀大笑:"对啊,你就是个东门卖鱼的没错,你来看,这里是个拆字格,'阑衡'二字拆开是不是就似'东门鱼行'?"

鱼商脸一下子涨得通红。果不其然,这个独具匠心的名字非但没有因其雅致而变得生涩难记,相反,暗藏巧思的拆字格文字游戏,使小鱼行的名气一下子在城里传开了。大名一报,店址一并藏在里头了,引来顾客盈门。

还有一回,郭友松偶游城东某庵,住持老尼见他一身破败打扮,便摆出一副傲慢无礼的神情,态度生硬,对他白眼相对。庵里的小尼姑多在外走动,反倒见多识广,提醒老尼,这可是城里大名鼎鼎的郭大才子啊。

老尼怎会不知郭友松大名,立刻改容,作殷勤款待状,还盛情邀请他为庵堂题写匾额。郭友松倒也不显愠怒之色,提笔挥毫,写上"竹林居"三字。众人都摇头说,这个名字似乎与庵没有关系,问郭友松有什么特别的用意。

郭友松漫不经心地答道:"怎么不对了,拆开来就是'竹林尸古'啊,我认为很切题嘛。"原来,松江人称尼姑为"师姑",与"尸古"恰是谐音。拆成这两个字还隐隐带着戏谑之意,老尼姑庵门深锁,见识还不如个小尼姑呢,最后无外乎作古竹林,无所修为。老尼终于恍然大悟,忙向郭友松赔不是。

嬉笑怒骂,口出谑语

如此戏谑,不一而足。施蛰存就曾经在书中看到过关于这个松江同乡的一桩趣闻。那年是郭友松的丈人七十大寿,郭友松画了一幅寿星图送去。画上的寿星公鹤发童颜,额角突起,一手拿着一把尺子,一手拄着龙头拐杖,拐杖上挂了两轴贡卷。

老丈人收了这幅画，捻须微笑，大为满意，特地嘱人挂在中堂。贺客人来人往，见到这幅寿星图都不免要恭维一番，只有一个客人忽然大笑不止。这个人正是寿星图的作者郭友松。大家都纳了闷，问他究竟有何可笑。郭友松故作严肃地说："诸位有所不知，这画有个名字，叫做'尺贡老寿星'。"老丈人一听大惊失色，赶紧吩咐人把这幅画摘下来。

"尺贡老寿星"到底是什么意思？施蛰存解释说："这是我们松江的土话，凡是什么事情做坏了，什么东西损坏了，或是人死了，都说是'尺贡老寿星'。'尺贡'是吴语，即'完蛋'的意思。"

郭友松无所顾忌，竟连老丈人都敢"开涮"，着实玩世不恭。而他在与朋友的交往中，类似的例子更是不胜枚举。

同治十二年（1873），郭友松中了举人，他的一个朋友听说后便前来道贺，谁知恰逢郭友松在房内洗浴，家人便请朋友在书房里稍等片刻。朋友误以为郭友松中了举人就傲慢起来，道了声："唔，我只好改日再来了！"说罢就悻悻而归。到家后，他越想越气愤，吩咐仆人说："以后姓郭的来见我，你只说我在洗浴，让他等就是了。"

过了两天，郭友松想起朋友当日拜访自己，不得而见，便动身去回拜。到了朋友家，仆人依命只说主人在洗浴，请他稍候。可是郭友松等了老半天也未见朋友出来，前后一推敲，便也看出了几分端倪。他轻轻一笑，问仆人讨来纸墨，题诗一首，放在桌上就不辞而别。朋友等郭友松走后，慢吞吞推开房门走出来，拿起桌上的纸笺一看，竟是：

君来拜我我洗浴，我来拜君君洗浴。
君拜我时四月八，我拜君时六月六。

按松江当时民俗，四月八是洗佛节，而六月初六则是天贶节，有洗衣暴晒防虫蛀的习俗。郭友松如此暗讽友人心胸狭窄，也让朋友大感惭愧，翌日便登门道歉。

信笔涂鸦，乱墨生辉

郭友松才思敏捷，作诗文落笔成章，倚马可待。每次考试入场，总是第一个完篇交卷。当时江苏提学使李联琇到松江巡视考试,郭友松前去应试。李联琇出题:《盍鹄来巢赋》。正当其他考生都垂头冥思苦想之时,郭友松就已下笔如有神,大功告成了。

但是,当时试场规则是交卷必须同时上交草稿以防考生作弊。郭友松作文从不起草,草稿纸上空空如也,这总不像话。他一看距交卷尚有多时,与其百无聊赖地打瞌睡,还不如在这张空白的草稿上留下点什么,做个纪念呢。于是他便拿起早已搁下的毛笔,饱蘸墨汁,在纸上飞快地一提一按,转眼间顿成满幅墨点。但这看似漫不经心的信手涂鸦,仔细看来其实"玄机"密布,杂乱无章的墨点竟然构成了一幅鸟雀图,取名《盍鹄来巢图》,恰好与考试作文相映成趣。

李联琇见到这幅草稿上旁逸斜出的画作后,如获至宝般惊呼:"这是宋朝画院的作品啊!"当场把郭友松拔为第一,后来又聘他为幕僚。李联琇赴江北视学,郭友松也同舟而行,还作了《李郭同舟图》。大江南北的文人墨客,争相题咏于其上,一时传为艺林佳话。

郭友松擅长绘画,以写意为主,寥寥数笔,足以传神。不论山水、人物、花卉、翎毛等,着墨不多,而超逸清旷,奇趣横生。所作画题记往往很长,下款署"娄村老福"。他平时嗜酒,还有鸦片烟瘾,不愿意随便为人作画,非到手头窘迫,没钱买烟或沽酒时,才肯动笔。有一回,有人向他求画,斗方画纸一求便是十多张。郭友松见那人催促再三,索性把画纸分发给村塾学童,任凭他们随手涂抹,到时候就收起来。他自己却一不留神打翻了桌上的砚台,一张发剩下的纸上立刻泼上了一大摊墨渍。远远望去,他只觉得这块墨渍好生有趣,纵、横、斜、侧、撇一应俱全,何不加工一下呢?于是,他便顺着笔势,略施点染,转瞬之间,树木竹石花鸟人物无不惟妙惟肖,跃然纸上。墨渍上再清点数笔,添上八足两螯,忽成一蟹,旁边再点缀几株水草,便妙造自然。他把画纸塞给求画人,见者大为叹服。

方言著书,文踪留世

郭友松的书画诗文几经战乱,大多散佚,独有一部松江方言写成的小说《玄空经》流传于世。《自序》开头说:"余玄空人也,飘来飘去,几老江湖。""玄空"兼有无依无靠、无凭无据的意思,却冠以"经"书之名,反讽之义不喻则明。书中用丰富生动的松江方言勾勒了"脱皮少爷"、"出气姑娘"几个个性鲜明的市井小人物,嬉笑怒骂,游戏笔墨间,留下了一部鲜活的"方言大全"。

方言词语格外丰富生动,形容时间短暂,相当于"一会儿"的意思,郭友松就给出了多种说法:"一个眼霎"、"一隙隙"、"立时三刻",特别富有表现力。

在松江话中,"脱皮烂肚子"原是指办事不负责的坏作风,称少爷"脱皮"又与"塌皮"(有"赖皮"意)谐音,极尽嘲讽挖苦之能事。当他写到脱皮少爷逼租的时候,笔下又活脱脱出现了一个逆来顺受的可怜佃农形象,对重租只有苦叹:"眼睛大小,只望自好。"

《玄空经》第六回中有这样的叙述:

> 那精工朋友常常做些快刀切豆腐两面光的事情,他要打听底细,寻出一个七国里贩马、八国里贩牛的阿木林充作探子,写了一封介绍信给伊,教伊拿了到衙门里去见四眼狗。阿木林得着风就扯篷,捏着鸡毛当令箭,一口气跑去。四眼狗一看来头大,就是土豪劣绅三只手的介绍,马上答应阿木林去拜望小蟊贼。

文中的"七国里贩马、八国里贩牛"说的是交游甚广,久经市面。"阿木林"这个土话的意思在这里是门外汉,其他生动形象的俗谚、歇后语又比比皆是,什么"快刀切豆腐两面光"、"得着风就扯篷"、"捏着鸡毛当令箭",一个精明油滑又小题大做的形象在丰富鲜活的方言衬托中呼之欲出,当时松江社会的市井风貌也在郭友松轻松诙谐的笔触下渐渐浮现在读者面前。

钟秀九峰人文高地

——佘山的名人故事

九峰竞秀,风光旖旎。松江佘山历来不乏自然美景,而且历史上,这里又不时有名人留踪,逸闻四播。西晋二陆耕读于昆冈,宋苏轼留下"夕阳在山"的摩崖石刻,元黄公望画下《九峰雪霁图》,明陈继儒以"山中宰相"隐于水边林下……凡此种种,使这片山林平添丰赡的人文内涵。

眉公闲坐钓鱼矶

陈继儒书画诗文俱佳,文名与董其昌相齐,三吴名士当时争相与他结为师友。徐阶、董其昌等重臣都很赏识他的才华,对他倾力举荐,朝廷屡次征调他做官,陈继儒却再三托病推辞。高情自逐晓云去,无拘无束的自由人生才是陈继儒的理想所在。

二十九岁那年,陈继儒做出了一个惊人之举,他把儒生衣冠付之一炬,然后沿陆机、陆云的文名,移居小昆山。"仿佛谷水阳,婉娈昆山阴",他受陆机诗词启发,在二陆读书台旁辟建了婉娈草堂,纪念两位乡贤名士,然后又到处乞讨花种,广植于草堂前庭,还坦荡荡地取名乞花场,以表心意之诚。

陈继儒的母亲去世后葬在辰山,为更好地供祀母亲,陈继儒也随之迁居到附近的东佘山,傍水而居,结庐山林,在竹海丘壑间或吟诗作文,或焚香静坐。他的居所顽仙庐门前高悬着这样一副楹联，上联曰"樵吟叶上"，下联曰"鱼钓窦中"，横批"水边林下"。

陈继儒嗜好静坐垂钓。在一片翠竹修篁边，闲靠在岸边的石矶上，悠然垂竿，坐看水流云驻。一次友人云栖老人来拜访他，正碰上陈继儒收竿回屋。云栖老人便十分好奇陈继儒收获了多少"战利品"。可是他探头苦找半天，也不见鱼篓的踪影。

"眉公既然日日以垂钓为乐，想必钓术也高人一等，不知今日渔获几何？"云栖老人不禁发问。

陈继儒大笑说："在下不是渔夫，何来渔获？"正说着，他把刚收起的鱼竿拿出来给云栖老人看。云栖老人顿时哑然，原来那把鱼竿的钩子是直的。这与姜太公钓鱼倒是颇有异曲同工之妙，钓翁之意不在鱼，而在与鱼同乐。

和很多不理世事的隐士不同，陈继儒对达官贵人也不摆出清高的架子，乐于往还。正因为他人脉广，才能在地方百姓和官宦乡绅间周旋，为松江当地减轻赋税、募资修桥铺路，做了不少实事。他还一向宽以待人，自己虽曾"焚儒衣"，远离仕途，但每每遇上寒窗苦读的穷困儒生，他仍不忘慷慨资助。

当时远近的茶楼酒肆都挂着陈继儒的画像。老百姓敬重这位有所为有所不为的"山中宰相"，说他"重然诺，饶智略"。然而，在文人圈子里，陈继儒却颇受争议。有人写诗"翩然一只云间鹤，飞去飞来宰相衙"，攻讦他虽然隐居山林，心里实则仍然惦记着俗世功名。陈继儒的顽仙庐中宾朋不绝，外间的种种传闻很快传到他耳边。他听罢轻轻一笑，照样提竿坐钓，晨出夕归。据说他的钓钩虽然是直的，仍不时有鱼争相上钩。陈继儒就不厌其烦，把小鱼一尾一尾从钩上放下，一一抛回湖心。

柳如是剪发偿金

九峰三泖一带文人云集。陈继儒之外，云间诸子陈子龙、宋徵舆、李舒章等人也常流连忘返于此。柳如是从吴江周家"流落北里"，也泛舟来到了佘山，在陈继儒的寿宴上，她与云间诸子不期而遇。

清人钱肇鳌《质直谈耳》中的《柳如是逸事》记载，柳如是"扁舟一叶，放浪湖山间，与高才名辈相游处"，对云间文士宋徵舆、李待问和陈子龙的才学钦佩有加，常与他们酬唱应和。当时松江城中有一徐三公子，打听到有倾国之貌的柳如是现正身在佘山，马上给了鸨母三十金，迫不及待想和她见面。徐三公子本是一粗鄙之人，却故作风雅，刚见到柳如是就文绉绉地献起殷勤："久慕芳姿，幸得一见。"柳如是不禁失笑。徐三公子继续口出蜜语："一笑倾城。"柳如是顿觉好笑，背过身去。徐三公子仍不罢休，情话绵绵不绝："再笑倾国。"

柳如是哭笑不得，弃门而去，怒气冲冲地质问鸨母："你到底拿到了多少钱？居然让这种俗不可耐的人见我。快把钱还给那人！"鸨母讪笑说，钱早就用完了。柳如是当即剪发一缕，交给鸨母："那就把我的头发给他吧，权当偿金。"在柳如是眼中，徐三公子不过是一时贪慕她的美色，而不像陈子龙、宋徵舆等人，看重的是她的才学品性。一雅一俗，有天壤之别。

事实上，徐三公子确是一执著痴情之人，被柳如是再三拒绝后，还是慷慨挥金，请求柳如是和他交往。柳如是就把徐氏给她的钱全部用作和云间诸子游赏的费用。时间久了，陈子龙等人也觉过意不去，就劝柳如是"稍假颜色"，让徐氏"得偿夙愿"。柳如是嬉笑推说："当自有期耳。"

又过了几月，柳如是终于答应和徐三公子约会，时间却定在除夕之夜。喜出望外的徐三公子一早就赶到了柳如是家。柳如是见他一片痴心，有点心软了，设宴款待他，一边把酒杯缓缓斟满，一边叹道："我约你除夕夜来，本以为你不会抽身赴约，不料你如期前来，果真是有情有意之人。但是除夕佳节，毕竟当是骨肉家人团聚之日，你不尽孝道，反而夜宿娼家，实在不近情理……"其实，柳如是当时已有些许动摇，但她还想再设一道"关卡"，考验徐三公子的诚意，于是那晚她执意让人提灯送徐三公子回家。柳如是犹豫再三后，直到元宵节，方才应允与他交往。

不过柳如是总是对徐三公子没有学问这点心存芥蒂，索性直言不讳地对他说："你读书太少，缺乏文气，我与云间诸名士交游，你与他们一比，高下立现。不如你转事戎武，倒也是另辟蹊径。"徐三公子点头称是。后来他闲习弓马，投身行伍，最后死于一场战乱。钱肇鳌感慨说："其情痴卒为如之葬送，亦可悯也。"

徐霞客三访佘山

明代旅行家徐霞客的万里远游就是始于佘山。《徐霞客游记》中记录了他三次到九峰三泖探幽访友的足迹。

崇祯元年（1628）暮春初夏时节，徐霞客第一次来到佘山，与深居东佘山的陈继儒结为莫逆之交。陈继儒说他"墨颧雪齿，身长六尺，望之如执道人，有寝处山泽闲仪，而实内腴，多胆骨"。为尽地主之谊，陈继儒带徐霞客遍游佘山，到自号峰泖浪仙的施绍莘处拜访。施绍莘在西佘山筑有精舍，还辟有三影斋、秋水庵、聊复轩等崇阁高堂，偏居一隅，却尽览山水花木之胜。施绍莘杀鸡煮米，用家常五品招待来客，滋味倒也胜过珍肴。

三年后，徐霞客再访佘山，但当他和陈继儒来到西佘山，想再去施绍莘处叙叙旧时，却发现人去楼空，精舍早就卖给了别人，施绍莘也已浪迹江湖，不知去向。徐霞客和陈继儒只得郁郁而返。

徐霞客第三次来佘山已是时隔五年后的事。时年九月十九日夜间，江水浩淼，月色皎洁，与江阴迎福寺和尚静闻各带一名童仆，放舟长江，先后经无锡、苏州、昆山、青浦，来到佘

徐霞客画像

山西坡。徐霞客弃舟登山，想重访施绍莘的居所。谁料一别五年，昔日的丽轩崇阁已成残垣断壁，四处是杂草丛生，满目荒凉萧索。徐霞客不禁喟然长叹："三顿而三改其观，沧桑之变多此！"他心想不知老朋友陈继儒是否别来无恙，便迈步向东佘山走去。陈继儒当时已年逾古稀，平时不太见客人。那天得知是徐霞客来访，马上推门出来，与徐霞客携手入内，设宴欢迎。二人一直欢饮到深夜，然后又同榻而眠。

陈继儒得知徐霞客将云游西南，就特地修书一封给他的朋友、云南鸡足山和尚，拜托他日后对徐霞客多加照应。临别时，陈继儒还送给徐霞客一部用红香米粉浆亲笔写就的佛经，以示纪念。徐霞客告别陈继儒后，放舟沈泾塘，一路经辰山、天马山、横山、小昆山后下泖河入浙江，开始了他长达四年的西南万里远游。

康熙独钟兰香笋

佘山竹海远近闻名，大有"箭杆千亩拂彩云，披青滴绿泛碧波"的景象。而每年

仲春，遍野竹笋破土而出，清人有"待得佘山新笋出，兰芬沁齿劝加餐"之说。

康熙四十六年（1707）春天，康熙皇帝南巡至松江。时任江南提督的张云翼和松郡官员聚在一起商量，设宴款待皇上时究竟该准备些什么菜肴为好。有人提议，皇上驾临，与其呈上满汉全席，不如上一道康熙偏爱的长江鲥鱼。有人马上反对说，现在把长江一带的鲥鱼捕捞起来，就算日夜兼程，快马加鞭，也未必赶得及送上来。康熙自己也曾题诗云："古有盛鱼奉老亲，锦鳞初得尚方珍。虽然星夜传驰驿，岂似鲜新出水滨。"与其从别处耗费大量人力物力运来一桌珍馐佳酿，不如把松江本地土特产捧上宴席，反倒能出其不意……

康熙画像

果不其然，康熙对席间一道道山珍海味都提不起兴趣，正在这时身边官员为他揭开一个碗盖，只见汤色鲜亮，闻时透着隐隐的清香。康熙舀了一勺汤，轻抿几下，幽香在口中顿时醇美馥郁起来，犹如兰花吐蕊飘香，嚼几口竹笋，也是格外脆嫩生香，汤汁四溅，素淡中又有几分鲜美，味道清澈独特。

康熙对笋汤频频舀勺动筷，没一会儿工夫，汤碗就见了底。康熙就向左右官员询问，这到底是什么竹笋，有人告诉他，这便是产自佘山的竹笋。康熙大笑起来："不错不错，这竹笋有兰花清香，这道菜不如就叫兰花玉笋汤。"

后来，康熙一直难忘佘山竹笋的沁人幽香，赐名佘山为兰笋山，并亲书匾额，由杭州织造员外孙成从北京送到松江。松江官员和地方士绅到佘山迎接。接匾后，将御匾挂在佘山宣妙讲寺。后又将"兰笋山"三字刻上石碑，立在佘山脚下御碑亭。

吴语文学开山人
——韩邦庆与《海上花列传》

官场酬酢，生意捭阖，伴着莺声燕语，钗横钏飞，十里洋场光怪陆离的世态人情，纷呈无遗。有别于同时代其他娼优题材的小说，晚清松江作家韩邦庆的《海上花列传》（亦名《绘图青楼宝鉴》《绘图海上青楼奇缘》）以揭露妓家奸谲欺谩为主，并对当时地主、买办、富商、流氓横行的罪恶社会有所谴责，客观上反映出妓女身世与处境的可悲。并以其不俗的艺术追求，在文学史上素有甚高地位。胡适称其为"吴语文学的第一部杰作"，鲁迅也指其"平淡而近自然"，张爱玲曾花了十年工夫翻译出该书的国译本和英译本，使这部湮灭已久的方言文学巨作重被世人所知。

风流蕴藉韩邦庆

《海上花列传》的作者署名花也怜侬，胡适先生为探寻作者生平历史做了大量考据工作，引蒋瑞藻、许堇父之说，访松江人陈陶遗、孙玉声之踪，辗转找到《小时报》专栏作者松江颠公（可能是松江老报人雷瑨）的一篇《懒窝随笔》，由此，花也怜侬的旧事逸闻也渐渐浮出水面。

花也怜侬其人真名为韩邦庆（1856~1894），字子云，号太仙，别署大一山人，即太仙二字之拆字格。他是清松江府娄县人，其父韩宗文，字六一，清咸丰戊午科顺天榜举人，曾任刑部主事，素负文誉。韩邦庆自幼随父宦游京师，资质聪慧，读书独有别悟，所作诗帖《微妙清灵》。南归应童试，为诸生，入学时作诗题为《春城无处不飞花》，传诵一时。翌年应岁试，为文"不可以作巫医"，通篇游戏笔墨，阅卷者惊其用笔之妙，只是深虑其文不符程式，信马由缰。幸而学使是惜才之人，当机立断，将该文列为一等，使他得以享受廪膳补贴。然而韩邦庆后来应试北闱，欲考举人，却屡次铩羽而归，从此淡于功名。

结束河南的幕僚生涯，韩邦庆移居沪上，与《申报》主笔钱忻伯、何桂笙等名士相互酬唱，也常为申报馆撰述文稿。他性情落拓洒脱，不受拘束，一碰到琐碎繁冗的编辑，立即调头不屑一顾。平日与某位校书相熟，整天匿居其妆阁之中，兴之所至，拾起残纸秃笔，一挥万言。虽然家境寒素，但他从不视钱如命，弹琴赋诗，自怡自得，善弈之名，闻于松城。常与好友揪枰对坐，气宇闲雅，一派名士风度，偶下一子，必精警出人意表。不过，韩邦庆年未弱冠就染上了烟瘾，又沉迷声色，出入青楼花丛间，将所得笔资尽数挥霍，陷入入不敷出的窘境。

除了长篇小说《海上花列传》之外，他还著有《太仙漫稿》十二篇，笔法略近《聊斋志异》，又似庄子、列子寓言，诡异奇诞，稿末附有酒令灯谜等杂作，颇具文采。

"如梦人生"阅历成书

韩邦庆当日流连"花国"，耗去巨万家私，但他于此间冷眼旁观世情，为撰写《海上花列传》积累了不少素材，使得小说蒙上了些许半自传体的色彩。比方赵景深就在《小说戏曲新考》里猜想书中人物尹痴鸳就是作者自己，因为"痴鸳"二字与作者的字"子云"音极相近。并且书中叙酒令部分尹痴鸳所作最多，而韩邦庆也正是此中能手。而张爱玲则说因为"华"与"花"谐音，书中写华铁眉这个人物用的是"自画像的谦抑的姿态"，他很可能就是花也怜侬。

无论如何，韩邦庆凭着细致的观察，把长三书寓、幺二堂子、台基、花烟间各色妓馆都写活了。刘半农在《读〈海上花列传〉》中说："花也怜侬在堂子里一面混，一面放只冷眼去观察，观察了熟记在肚里，到下笔时自然取精用宏了。"韩邦庆的笔下不仅有形形色色的娼家嫖客，还有上海租界的达官显贵、商贾乡绅、贩夫走卒、市井无赖等的众生相，这些人物的性格、脾气、生活、遭遇无不被描绘得活灵活现，十里洋场上海繁荣畸形的社会风情浮世绘自韩邦庆笔端铺展开来。

《海上花列传》的主要线索是赵朴斋、赵二宝兄妹二人的故事。赵朴斋自乡间来上海投靠舅舅洪善卿，禁不住花花世界的诱惑，沉迷花酒，以至于沦为东洋车夫；赵母携二宝来上海寻赵朴斋，但二宝亦为纸醉金迷的生活所诱，沦落青楼。全书以赵朴斋跌跤为始，赵二宝做梦为终，也应和了花也怜侬在《楔子》里"人生如梦，梦如人生"之说。而在这一主线之外还插入了罗子富与黄翠凤，王莲生与张蕙贞、沈小红，陶玉甫与李漱芳、李浣芳，朱淑人与周双玉等许多人物的故事，以作者之言，以"合传"的体式串联起了整部小说。

光绪十八年（1892），韩邦庆创办了中国第一份小说期刊《海上奇书》（半月刊），由申报馆代售，而《海上花列传》就在《海上奇书》上连载，于光绪二十年（1894）发行单行本。作者在完成小说六十四回的创作后，原已打好后文腹稿，正欲续写下去，不料体弱难支，三十九岁便告离世。

独占鳌头的艺术自觉

《海上花列传》构撰之精心远高于同时代的其他小说，作者韩邦庆在小说技巧上有着自觉的艺术追求。刘半农在《读〈海上花列传〉》中说："他所收材料如此宏富，而又有绝大的气力足以包举转运它，有绝冷静的头脑足以传达它。"

韩邦庆在小说《例言》中称，全书笔法"从《儒林外史》脱化出来，唯穿插藏闪之法，则为从来说部所未有"。所谓"一波未平，一波又起"，"劈空而来，使读者茫然不解其如何缘故，急欲观后文，而后文又舍而叙他事矣；及他事叙毕，再叙明其缘故，而其缘故仍未尽明，直至全体尽露，乃知前文所叙，并无半个闲字"。韩邦庆通过"穿插藏闪"之法处理情节布局，达到了环环相扣、悬念迭起的效果。胡适说："作者大概先有一个全局在脑中，所以能从容布置，把几个小故事都折叠在一起……让这几个故事同时进行，同时发展。"他甚至认为《海上花列传》在结构上更胜于《儒林外史》。

清朝后期写狎妓的小说无外乎是潦倒文人的顾影自怜，或把妓院写成才子佳人浪漫爱情的温床,或纯粹以揭露妓家之丑恶为目的。鲁迅在《中国小说史略》中说,他们"所写的妓女都是坏人,狎客也近于无赖"。韩邦庆的《海上花列传》却风格迥异,他以平静自然的笔调,平和冲淡的风格,客观地表现人生,还原生活的本来面目,不夸张、不粉饰,只是如实叙来,写出对人生存处境的悲悯。

韩邦庆对人物的刻画抱持着清醒的认识,他说:"合传之体有三难:一曰无雷同。一书百十人,其性情、言语、面目、行为,此与彼稍有相仿,即是雷同。一曰无矛盾。一人而前后数见,前与后稍有不符,即是矛盾。一曰无挂漏。写一人而无结局,挂漏也;叙一事而无收场,亦挂漏也。"沈小红的泼辣,赵二宝之忠厚,李漱芳之痴,李浣芳之憨,黄翠凤之辣,周双玉之骄,陆秀宝之浪,无不各具特征,呼之欲出。她们既非美好,也非丑恶,只是非人处境下的人。其他如嫖客、老鸨、相帮、娘姨、大姐各色人等之性格,也各个有别。

方言文学第一书

《海上花列传》插图

但在胡适看来,韩邦庆"最大贡献还在他的采用苏州土话"。"《海上花列传》是苏州土话的文学的第一部杰作。"张爱玲则说:"不如说是方言文学的第一部杰作。"

据《海上繁华梦》的作者孙玉声在《退醒庐笔记》中记载:"余则谓此书通体皆操吴语,恐问者不甚了了;且吴语中有音无字之字甚多,下笔时殊费研考,不如改易通俗白话为佳。乃韩言:'曹雪芹撰《石头记》皆操京语,我书安见不可以操吴语?'"对吴语中有音无字者,韩邦庆提出可以生造,"虽出自臆造,然当日仓颉造字,度亦以意为之。文人游戏三昧,更何妨自我作古,得以生面别开?"

此语足见韩邦庆艺术上的大胆创新实践。在他之前，小说《何典》已用吴语方言，但它是用吴语方言作典故，而《海上花列传》则是人物的对话全部用吴语。这一尝试，增加了小说的生活气息和真实感，使人物对话的"神理"跃然纸上。胡适说："方言土话里的人物是自然流露的活人"，方言"最能表现个性的差异"。比如书中六十三回："双玉略略欠身……教淑人把右手勾着双玉头项，把左手按着双玉心窝，脸对脸问道：倪七月里来一笠园，也像故歇实概样式一淘坐来浪说个闲话，耐阿记得？"如把双玉的话改成官话："我们七月里在一笠园，也像现在这样子坐在一块说的话，你记得吗？"意思虽然不差，但神气削弱了。

懂得吴语的读者读来，方言小说如闻其声，如历其境，如见其人，闭目一想，冥然心会，其效果是其他书面语所难以达到的。然而，由于方言的局限性，"唯吴中人读之，颇合情景，他省人不尽解也"。不懂苏州话的人确实很难读懂，《海上花列传》流传不广也与此有关，然而韩邦庆明知会有这样的后果，仍然执意用方言写作，保持人物鲜活的口吻，同样表现了他对小说艺术的重视。

南社高氏与松江之缘

百年名社南社和松江很有渊源。松江秀野桥西的颐园还曾是南社雅集重地,西门外张祥河故居松风草堂同样常有社中名士云集。细究一下,这些云间"风雅之薮"无不与金山张堰高家有关——颐园旧称高家花园、松风草堂均为高君藩购得,并精心修葺。高君藩即是南社耆宿高吹万之子,而高吹万同时又与南社创始人之一的高天梅以叔侄相称。

高家花园名士流连

秀野桥畔的颐园始建于明万历年间,原名因而园。清道光年间,因而园为罗氏私家园林,光绪年间又转手于许姓望族,始称颐园。进入民国,军阀混战,兵祸连累松江城。孙传芳部下残兵败将进驻颐园,名园惨遭践踏,亭台破损,花木凋零。北伐胜利后,军阀撤走,但许家子孙染上鸦片恶习,家道败落,靠变卖祖产维持生计,已无经济实力整修花园。许氏四房后人许馨谷,虽治家无能,但学问颇深,亦是南社社员之一。他与金山张堰人士高君藩过从甚密,互为诗友。当时参与南社的松江人不下三十人,高君藩为了南社松江诗友有聚会之场所,与许馨谷商量,让他出让颐园,由他出资修复颐园。许馨谷与众房兄弟协商,虽有几房反对将花园出让,但迫于许馨谷脸面,最后同意出让。据说,许威后人几乎是半送半卖,将颐园转给了高君藩。从此,松江人也称此为高家花园。

高君藩入住颐园后,对园子重加修葺,琴台、三曲桥、观稼楼,尽显明代风貌。高君藩之父高吹万也常把好友召集于此,吟赏唱和。

郑逸梅在《我所知道的高吹万》里记道:"园中丹桂白薇,掩映牖户,二柿树杈丫崛茁,结果累累。"只可惜经过战火,都付诸荡然。高吹万在颐园中还有一个称为梅花香窟的特殊建筑,作为生圹,周围遍植梅花,那是从苏州邓尉的香雪海移来。后又在附近荆棘中掘出石兽四具,乃明代抗倭健将侯端徽墓前物,作为香窟的点缀。高吹万还有诗咏之:

斜日含烟衰草枯,累累古冢遍山隅。
侯将军墓知何处,翁仲身残碑碣无。

民国5年(1916)元宵节,高君藩邀集南社诗友费公直、姚石子,侄子高天梅、高君平和长子高君介,会饮于香窟,几人开始互作联对,继而又分韵各作一律,高君平以古风之作博得满座激赏。

松风草堂诗情满园

而此前,高君藩已购得一园,在松江西门外大街,即今松江区人民路、中山中路交汇处的西北角,名曰松风草堂,是清朝云间名臣张祥河的故居。

松风草堂始建于明代,占地近十亩,庭中黄杨、山茶、白皮松,都有数百年历史。院内东西两侧,有廊屋连贯南北厅堂。东廊墙壁镶嵌有元代书法大家赵孟𫖯书《幽兰赋》《梅花十绝》等十块大方刻石。院东又有四铜鼓斋,内有张祥河曾于粤西所得汉代伏波将军铜鼓四面,以铜鼓为斋名。院中叠有湖石假山,起伏错落,又有花径、石丈、钓屿、漱月池、小法华庵诸景,引人入胜。

民国22年(1933),张氏后裔欲出让,但价格不菲,高君藩虽感兴趣,但迟迟没有下手。他的伯父高煌便劝他道:"购一园林,胜于获一名人山水手卷。"高君藩方才掷金买下此园。

高吹万也对松风草堂偏爱有加,特意把老家秦山闲闲山庄的八景画幅,转至草堂张挂。这八景图颇有来头。高吹万先前在张堰秦山筑园,取名闲闲山庄——取《诗经》"桑之闲闲"之意。园景有八:回廊玩月、高阁看云、柳岸莺啼、荷池鱼跃、碧山暮霭、绿湾晴波、槐荫迎风、梅林赏雪,分别由沈鸿卿、汤启贤等八位画家绘就。后黄宾虹到访,在山庄盘桓旬日,绘《闲闲山庄图》,成一巨幅。而自从移画来松后,高吹万每次来松江,也必下榻于松风草堂。

清末民初,松江文人墨客常相聚于松风草堂,觞咏流连。民国6年(1917),松郡耿道冲、于允鼎、雷补同、杨了公、姚鹓雏等在此结松风诗社,高吹万亦是其成员。社中百余人,多又隶属南社。姚鹓雏曾留诗云:

飘零身世感流觞,宛转歌声羌笛凉,
香渡亭荒丛桂冷,鸥波廊曲藓苔苍。
林间过眼云烟尽,池上生机鸥鹭忘,
最是年来了无赖,摩挲剩有简编忙。

《三子游草》起风波

说高吹万是南社耆宿是有来由的。南社创始人高天梅是高吹万的侄子,柳亚子和高天梅是同学,便随他以叔称呼高吹万。高天梅颇自负,自称"江南第一诗人"。柳亚子不买账,作诗讽刺他道:"自诩江南诗第一,可怜竟与我同时。"

高吹万与柳亚子早在辛亥革命前四年就已相识,一度相交甚欢。民国4年(1915),高吹万、柳亚子和姚石子各带家眷,同游杭州西湖,回来后刊印了旅途中所作的诗文《三子游草》,其中包括《武林十日游记》《湖海行吟草》《续浮梅草》等篇,还有《清波弄影图》《三潭泛舟图》《西泠扶醉图》等六幅照片。

谁料集子印成后,却引来了高吹万和柳亚子的一段不快,二人差点因此断绝往来。原来,武林回来后,三人共同出资将《三子游草》刊印成册,分赠给亲朋好友。柳亚子却在无意中发现高吹万所分得的一部分流入了市场,顿时大为不悦,埋怨说,这原本只是三人的友情之作,只供亲友间传阅分赠,如何能够如此低俗,偷偷出售。而高吹万则认为，既然是自己分得的诗集，自己理所当然拥有处置权，爱咋样就咋样。双方各执一词，结果闹得互不来往。据说，过了五年之后，高吹万在上海偶遇柳亚子，两人才冰释前嫌，恢复了友谊。柳亚子也逢人便说："这是我年少气盛，一时误会的缘故，到现在，我是由衷地向高先生道歉。"

江南名儒高吹万

高吹万与常州钱名山、昆山胡石予并称为"江南三大儒"。他原名高燮，字时若，号吹万，又号寒隐、黄天、葩叟，出身于金山张堰书香门第。他一生嗜读，藏书三十万卷，是江南名重一时的藏书家。他早年不满晚清腐败统治，赞赏太平天国革命。他与柳亚子、胡石予、钱名山等人交往甚密，谈诗论文，探讨国是，抨击时弊，为南社耆宿。他曾作《醒狮歌》《宝剑篇》等诗文鼓吹革命。如《一蚊》诗中"君不见而今啖人术更妙，一日啖尽千万千，猛虎对之应凄然……"悲壮激越之情，跃然纸上。

高吹万学识广博，为人谦和。除参与南社活动外，他还与姚石子、高天梅等人创国学商兑会，刊《国学丛选》以探讨国故旧文，后又结寒隐社，和南社互通声气。他曾在家乡筑园，邀四方文人雅士来此作诗论文。与吴昌硕、黄宾虹、胡朴安、唐文治等诗画名家过从甚密。抗日战争时期，园地尽毁。高吹万携家人深夜乘舟逃命，由吕巷至虹桥，船居半月，食物断绝，饥寒交迫，极尽流离颠沛之苦，但他一心念及的是家中的藏书。待战事稍停，他的家人在故地废墟中零星收捡，数次搬运，仅得书画碑帖两箱、残书二十四箱，其余二百多箱全部荡然无存。他平素爱好的《老子》《庄子》《杜诗》《苏诗》等，都搜罗了不同的版本，有的多达十余种，这些罕见珍贵的书籍一并被劫，为此他失声痛哭。

解放后，他将劫余《诗经》千余种珍本割爱转让给复旦大学图书馆收藏，并将一万九千册藏书悉数捐献上海市文物管理委员会。据郑逸梅回忆，高吹万的《诗经》收藏包括了石经、训诂、杂录笔记、音韵、图谱、白文联语等十四类，有木刻本、铅字排印本、蜡印本、手钞本，"兼收并蓄，可谓洋洋大观"。

高吹万著有《吹万楼文集》《吹万楼诗》等，文学史家瞿蜕园称其诗"真率、淡朴之趣，已造诗家难得之境"。

高氏家族名人多

高氏家族人才辈出。高天梅,名旭,以字行,别署剑公、纯剑,早年与其叔高吹万在金山创办《觉民》月刊。后留学日本,毕业于东京法政大学,曾任中国同盟会江苏分会会长。在东京期间即积极参与革命报刊的宣传活动。光绪三十二年(1906)回国后,又与柳亚子、田桐等编辑《复报》。清宣统元年(1909)与柳亚子、陈巢南等创立南社,为主要创始人之一。

同为高吹万侄子的高君平,原名高均,号平子。民国元年(1912),他从震旦学院毕业后,在法国人办的上海佘山天文台自费求学进修,学习现代天文理论和观测技术,后成为中国著名天文学家。民国15年(1926),他代表中国参加第一届万国经度测量会议,是参加国际天文联合测量的第一位中国天文学家,为中国取得了第一批近代经度值,自此,中国天文界开始了同行间的国际合作。他对中国的天文学事业有奠基之功,在世界同行中也享有盛誉。鉴于此,1983年在希腊召开的国际天文学联合会第十八届大会上,大会通过决议:将月球正面一座环形山命名为高平子环形山。

和松江渊源最深的高吹万次子高君藩,于民国19年(1930)接手经营松江西门外秀野桥西北的大有农场,面积扩大为八十亩,侧重种植水稻和树苗,抗战初毁于战火。抗战胜利后,先由高君藩集资再度经营,后由邵霖生代表上海新农出版社投资经营,1958年人民公社化后,改为畜牧场。

高吹万三子高君湘之子高锟则是继续光耀高氏门楣,这位人称"光纤之父"的科学家,凭其对光纤通信的卓越贡献,成为2009年诺贝尔物理学奖得主。

百年南社与松江

2009年是南社的百年诞辰。光绪三十五年（1909）岁末，陈去病、高天梅和柳亚子在苏州发起成立的南社，是中国近代史上爱国知识分子最集中、成员社会职业面最广、参加人数最多的社团组织。柳亚子、于右任、鲁迅、李叔同、苏曼殊等各界名流都是其中成员，几乎囊括了当时"中国半数的知识精英"。

而在南社中，松江籍成员人数颇多，足足占了三十多席，其中有诗文高手松江二雏（姚鹓雏、朱鸳雏）、金石家费龙丁、诗人杨了公、语言学家闻宥等。这些云间文人同时又互为师友，酬唱应和，是南社里不容小觑的一个群体，人称松江派。

颐园常留南社客

很多人都知道南社的创建肇始于苏州虎丘的集会，孰不知松江颐园也是当时南社文人时常光顾的一处雅集场所。

上海松江颐园

南社创始人中的高天梅和高吹万出生于金山张堰。张堰高家和松江颐园旧主许家早年就有来往，颐园里常有高家诗人流连的身影。

而到民国13年（1924），松江遭军阀战祸，孙传芳部下的残兵败将拥进颐园，名园惨遭践踏，亭台破损，花木凋零。民国16年（1927），许家子孙就将颐园卖给了高吹万。高吹万之子高君藩年方弱冠，也加入了南社。他聪颖干练，管理园事有条不紊，颐园又重加修葺，恢复了明代风貌。南社中著名诗人纷纷来到颐园，祝贺古园易新主，吟诵唱和，诗情满园。

此时，南社主持为姚石子，也是张堰人，与高吹万是甥舅关系。再加上许家后人许馨香也是南社社友，如此一来，南社的众多爱国志士，常常聚集在颐园集叙，所谓国事常萦志士心，风雨常留南社客。

当时三十多位松江南社社友中，有不少是同盟会会员。他们平素仰慕明末抗清英雄、爱国诗人陈子龙，对其组织的复社、几社所提倡的气节尤其推崇，同声相应，同气相求，以文会友，相互砥砺，这种精神也在辛亥革命中起到了积极作用。

鸳鸯蝴蝶派得名趣谈

通俗文学流派鸳鸯蝴蝶派广为人知，其实这个流派名称的由来，据说和南社中松江派大有渊源。

民国9年（1920）的某日，杨了公做东，请了几位好友在上海汉口路小有天酒店叙餐。座中有姚鵷雏、朱鸳雏、闻宥、成舍我、许瘦蝶、平襟亚等人。因为有人叫局，北里名妓——当时号称"四大金刚"之一的"林黛玉"被请来陪酒。她爱吃洋面粉制的花卷，于是杨了公发了雅兴，要大家以洋面粉、林黛玉为题做对联。当场朱鸳雏才思最敏捷，出口成句：

蝴蝶粉香来海国，鸳鸯梦冷怨潇湘。

众人大为激赏。谈笑议论间，忽然有一青年闯席而入，这人就是新派文人刘半农。刘半农原任中华书局编译，后来辞去中华书局职务去北京大学任教。民国9年（1920），教育部派他去欧洲留学，首赴英伦。这一天，几位南社文人聚饮于小有天，刘半农在上海的朋友恰好也在这里为他饯行,他听到隔壁房间吟诗作对,颇为热闹,便闻声而至。

谁料,刘半农入席后,两派文人话不投机半句多。朱鸳雏举着酒杯,眼也不抬,并不买这位新诗人的账:"听说刘先生你们如今'的、了、吗、呢'改行啦,与我们道不同不相与谋了。我看,我们还是鸳鸯蝴蝶下去吧。"

杨了公因此提议飞觞行令,各人背诵旧诗一句,要含有鸳鸯蝴蝶等字。逢此四字,满饮一杯。于是什么"愿作鸳鸯不羡仙"、"中庭一蝶一诗人"纷纷搬了出来,满座皆醉。

刘半农十分尴尬,脸都涨红了,嘀咕道:"我是对不上什么鸳鸯蝴蝶的诗句,要我说,现下骈文小说《玉梨魂》无病呻吟,空泛肉麻,就该列入所谓鸳鸯蝴蝶小说。"

朱鸳雏当场反驳:"鸳鸯蝴蝶本身是美丽的,不该辱没它。《玉梨魂》使人看了哭哭啼啼,我们应当叫它眼泪鼻涕小说。"一座人又是哄堂大笑。这一席话很快就传开了,《玉梨魂》作者徐枕亚便被称为鸳鸯蝴蝶派,从而波及他人……

刘半农

后来有一次,姚鹓雏再遇刘半农时就说:"这些传闻都是小有天一席酒引起来的,你是始作俑者啊!"

刘半农顿足道:"真冤枉啊,我只提出了徐枕亚,如今把我也编在里面了。不过一句笑话,总不至于名登青史,遗臭千秋,放心就是。"

姚鹓雏故意逗他说:"那可难说。讲不定将来编文学史的,就会把鸳鸯蝴蝶列进去,与桐城、公安一视同仁呢。"

刘半农大笑说:"那可真是笑话奇谈了。"谁料姚鹓雏一语成谶,日后,鸳鸯蝴蝶派果然被载入了文学史册。

杨了公与松江二雏

南社前辈杨了公人称"孤儿之父",当时在松江收养了很多孤贫儿童。孤贫儿院中宿舍、教室、厨房和餐厅等设施一应俱全,还在当地延聘了教师,杨了公也因此耗尽家产,"了公"之号便是由此而来。

朱鸳雏就是杨了公在孤贫儿院收养的义子。他幼失怙恃,杨了公将他带到孤儿院,视如己出,悉心栽培。朱鸳雏人品出众,天性聪颖,日后又经杨了公介绍入了南社,成为名噪一时的江南才子。

据张寿甫先生回忆,朱鸳雏对戏剧情有独钟,常登场饰演旦角。民国10年(1921)前,他曾在松江颐园戏楼上看到过朱鸳雏演唱昆曲,杨了公即兴为他吹笛伴奏。当日春雨潇潇,南社诸友在戏楼上隔着雨丝,隐隐约约看朱鸳雏献艺,在细雨声中听杨了公的悠悠笛声,心下无不欣慰感动。

松江二雏中另一位姚鹓雏与杨了公也有师友之谊。姚鹓雏中学时创作了小说《洗心梦》,杨了公见之叹为有宿根。姚鹓雏十分感激,托人向老先生致意。有一天晚上,姚鹓雏来到杨了公家旁的琴桥下,二人一见如故,畅谈许久才依依惜别。第二年,姚鹓雏去宣南游学归来,暑假又去拜见杨了公。杨了公立刻把他迎进门来,指着案头姚鹓雏的一帧照片,笑着说:"将你小影置于此处,如同日日相见晤谈。"杨了公与姚鹓雏合著过一部《佛学》,杨了公迁居沪上时,姚鹓雏前往探望,他回忆说,了公当时"鹓削已甚,而神定不乱,非禅学湛深,曷可臻此"。

柳亚子与朱鸳雏的一段公案

柳亚子

南社内部对诗歌风格的新旧之争异常激烈,尤其是对同光体的大论辩成了一段公案。

南社中提倡宋诗最为热烈的就是松江派的姚鹓雏、朱鸳雏和闻宥。几个社员力挺陈三立、郑孝胥等诗人为代表的仿宋诗派,而站在他们对立面的恰恰就是南社主持柳亚子。

这场学术笔战相当激烈,最初闻宥在《民国日报》上大写赞扬同光体的《诗话》,柳亚子也发表了反对同光体的文字。随后,朱鸳雏马上挺身出来,针锋相对地攻击柳亚子,于是发生了诗坛上的论战。

姚鹓雏几次想调停,但双方都誓不罢休。柳亚子还写了好几首诗答复姚鹓雏,如

"渭浊泾清肯合流"、"自甘戎首复何尤"、"太息云间诗派尽,湘真憔悴玉樊愁",矛头居然直指姚鹓雏,说他才是罪魁祸首。

朱鸳雏看不下去,他也是年轻气盛,心有不甘,到后来攻击柳亚子的言语越来越激烈,剑拔弩张,火药味十足。

柳亚子当时一气之下,竟在报上登一广告,将朱鸳雏开除社籍,并且在《南社丛刻》第二十集出刊时,又在册首载一《南社紧急布告》云:"兹有附名本社之松江人朱玺,号鸳雏,又号孼儿者,妄肆雌黄,腥闻昭著,业已驱逐出社。特此布告天下,咸使闻知!"

这一布告登出后,舆论哗然。朱鸳雏积愤难平,患咯血症而早逝。后来柳亚子也为过去的意气用事感到非常内疚,自悔地写下了《我与朱鸳雏的公案》,追述了这段往事。

南社前辈杨了公

杨了公是南社诗人、楹联奇才,是"孤儿之父",也是云间书家。他待人多出至诚,尤肯济困扶危,即便囊中羞涩,还是会尽力东拼西凑,为"从井救人"之举。他一生落拓不羁,不为外物移情,故为时人所爱重。

升迁孤贫儿院校长

杨了公(1864~1929),名锡章,字至文,号行,又别署寥功、几园,松江县人。中秀才后,省试不利,于是从本县宿儒杨古酝学诗、古文,研究训诂、书法。不惑之年,杨了公以岁贡出任宝山县训导。他看不惯当时松江知府戚扬贪赃枉法,上书江苏巡抚,谓其"外清而内浊,是伸手包龙图"。岂料巡抚收受了贿赂,戚扬非但未被治罪,杨了公反倒还落了个革职处分。

杨了公也不以为意,回到家乡松江,在西门外九曲弄底西新桥堍建屋,创办了一家孤贫儿院,还自作一联挂在墙上:

革去宝山县学正堂
升迁孤贫儿院校长

杨了公生性慷慨，收养了许多松江城中的孤贫儿童，供其衣食，育其成才。

为了给孤贫儿院筹措资金，他四处劝募，鬻文卖字。当时他在东岳庙平台上，摆下一凳一桌，竖根竹竿，上横白布一块，书"杨了公卖字"。东岳庙前熙熙攘攘的人群中，杨了公当众默默挥毫，兀傲之气十分引人注目，行人观之，纷纷驻足解囊。

杨了公后来寓居上海，仍然勤笔鬻书，为维持孤贫儿院而费尽心力。民国18年（1929），杨了公在沪寓所溘然长逝，孤贫儿院的众学生听闻噩耗，全体披麻戴孝，失声痛哭。

"翰林神仙"胸藏丘壑

杨了公堪称南社松江派中的老前辈，他常与社友聚会，谈论时妙语连珠，如：

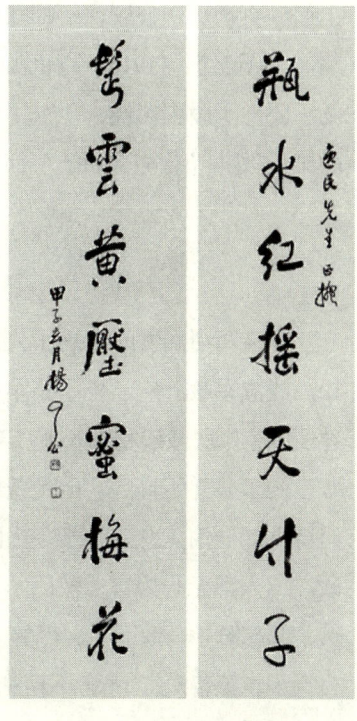

杨了公行书七言,对联

"人之目的，富贵寿考；我之目的，翰墨神仙。"

"立志要做一个好人，有谁阻我？其阻之者我也。"

"有作诗之俗子，有不作诗之雅士。"

"何谓少？老年好动便是少。何谓老？少年好逸便是老。"

"城市之嚣张，不如山林之恬适，我视城市亦恬适者，胸中有山林也。"

云间朱孔阳藏有杨了公的手稿，闲时翻阅前辈耐人寻味的金玉良言，常常拍案叫绝。杨了公学养颇深，与姚鹓雏合著过一部《佛学》。姚鹓雏曾撰文有云："先生精研经及小学，后弃而谈禅。诗初似杨诚斋，继乃为苏陆，填词亦骎骎入南北宋之室。书法以篆意入真行，年长余且倍，而欢然莫逆。"他评价杨了公"持躬清简，舍己为人，日孜孜于救济，尽倾其产。晚年贫甚，而与余游处必偕，暱近如兄弟"。民国元年（1912），有部分地主组织业田会，以维护对佃农的剥削。杨了公同情佃农，发起组织佃农会，以保护佃农利益，从而引起一场农民进城要求减租的风潮。民国2年（1913），钮永建出兵讨伐袁世凯失败，杨了公也就寓居上海租界，以鬻书自给。书法上追颜真卿、柳公权，下师郑板桥、何绍基，于苍劲中见秀挺。诗文亦佳，尤擅长短句。民国5年（1916）袁世凯死后，始回松。五四运动爆发后，松江各界起而响应。杨了公出于爱国热忱，于东岳庙举行的纪念五九国耻日国民大会上，登坛演说，慷慨激昂，激励市民爱国雪耻，相约不买日货，听者都很感动。

一支笔代入市吹箫

辛亥革命爆发时，杨了公曾经协助钮永建在松江筹划军事，很得赏识。钮永建在松江成立军政分府，杨了公出任参谋部长。民国16年（1927），北伐战争胜利，钮永建任南京国民政府秘书长兼江苏省主席，他大力举荐杨了公为奉贤县县长。

杨了公并不推辞，倒是想起了早年曾经同在丽帽吟社就学，并一起师从杨古酝学习诗文的同窗陈念慈，于是当即招他入幕，一同上任。但是，书生作吏，到底不善庶政。二人都无心为官，敷衍一下公事，便去饮酒作诗，一杯一杯地互相酬酢，点头笑笑，仰起脖子一饮而尽，尽醉才散。当时宝山县县长何某讽之："了公公不了。"杨了公听了，笑着说："可配一下联，成为巧对——何令令如何！"

"书生作吏，如坐针毡，罗掘皆空，补苴无力"，杨了公觉得做官实在无趣，仅三个月，就毅然辞归。解组告归前夕，他撰写了一联悬于署中：

　　此去未携一拳石
　　再来不值半文钱

卸任之后，他感到无官一身轻，仍到沪上寓居，重理故业，行鬻文卖字生涯。他当时住在上海东新桥畔，将居室取名藕斋，以海上繁华污浊之地自喻出污泥而不染之意。他有一对联，说得极妙。

　　半月砚当沿门托钵
　　一支笔代入市吹箫

杨了公的诗文联语，不假思索就脱口而出，常语露机锋。松江城中流传着许多他作的楹联,如东门外的复园,杨了公就题写了耐寒楹联:"拒霜容我傲,邀月慰卿孤。"

槛北有板桥,题为"暗香疏影",杨了公联语曰:"浅水宜垂钓,疏花入苦吟。"

还有一回,有个老妪在城中开了一家小店铺,专售酒水和鸡汤面。鸡极香嫩,客人川流不息。百闻不如一见,杨了公亲自上门品尝了一下小店的风味菜肴,连连点头,一联赞语即兴而出:"黄酒童鸡风味,白头老妪生涯。"

玩世不恭佯狂自喜

关于杨了公的逸闻还有不少。某年初春,杨了公游览杭州西湖,春寒犹厉,他身着皮袍、皮马褂在西湖边赏玩雪景,某寺的方丈和他本是旧识,他便在寺里下榻。十余天过去了,杨了公的盘缠也用完了。那方丈知道杨了公书法甚佳,怂恿他就地卖字。杨了公起初欣然答应,只是不时有人前来求字,他又不胜厌烦,每写十多件,便歇了下来,到钱用完了,才再命笔。他说:"我不得已而卖字,若是终日做人家的书佣,写得手疲神惫,辜负了大好明媚的春光,那才是傻了呢!"

有一天,杨了公在楼外楼饮酒,有个少年寒士做不速之客,自称在上海见过杨了公。杨了公仰头思索,似有模糊的印象。时值清明,东风吹雨,料峭尖寒,那少年衣衫单薄,汗毛直竖,打起哆嗦来。杨了公瞥见了,问道:"何一寒至此?"

少年道:"游资不继,衣服都送到典当去了。"

杨了公拍拍少年的肩膀说:"是吾徒也!"

两人呼酒共饮。饮毕付钱时,杨了公摸着自己口袋,也不剩一钱,于是便脱下外褂,付与酒家,说:"押给你!"然后又另借了五元给少年。

少年辞不敢受。杨了公笑曰:"要什么紧?即素昧平生,我借你钱亦属常事;何况你曾在上海识了我?是朋友了,给你借你,还不是一样?"少年这才收下。

杨了公微醺回到寺里,方丈问外褂何以不见了。杨了公回答暂时押在楼外楼酒家,并说明天备钱去赎。过了一天,天气晴暖,杨了公也忘了楼外楼那件马褂。回到家里,他夫人问他何以没把马褂穿回?他据实以告。再问少年何处人?是何姓名?杨了公唔唔半晌,说:"口音似杭州,却也有时作不纯粹的苏白,姓名……倒忘记请教了。"他待人醇厚,始终不承认马褂是被人骗去的。

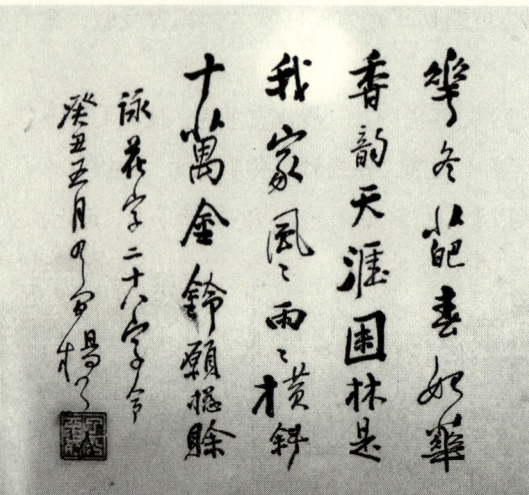

杨了公书法作品

杨了公为人玩世不恭，民国6年（1917），他竟然在报上自登讣告："了公于正月二十一日子时无疾而终，其时儿宿空房，家中人全然不晓，但见枕边有二十一日子时死七字，并有自挽联云：哀哀孤儿，又弱慈父一个；寥寥吊客，只有词人两三。今日是二十日，准否尚未可知。"

过了十二年，民国18年（1929）3月5日，杨了公在沪寓病逝，年六十五。真假两死期，成为奇闻。他一生著作颇多，仅传有《梅花百咏》。友有集其书法手迹，印有《杨了公先生墨宝》传世。

云间才子姚鹓雏

姚鹓雏（1892~1954），原名锡钧，字雄伯，笔名龙公，松江县人。姚鹓雏是南社四大才子之一，才高博学，蜚声当时。每每有感于怀，凝于笔端，终成瑰丽之辞，奇伟之章，风华婉约，而又不失淡雅深远。

而姚鹓雏先生的人品亦是值得称道，勤勉著述，谦和廉洁，正所谓文以人传，文亦传人。

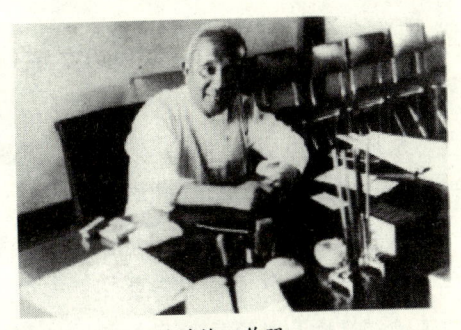
姚鹓雏工作照

才思敏捷，终成大器

用姚鹓雏自己的话来说，他幼年"奇钝"，读四书三四行就心生厌倦，再也看不下去了。不过十三四岁时，他却奇迹般的"开了窍"，悟性忽启。当时梁启超主编的《新民丛报》，大人看过就随手一扔，姚鹓雏却会格外有心地把四处散落的报纸一张张收集起来，捧在手上，读得津津有味。他还一个人把家里所有的《新民丛报》都仔仔细细地整理在一块，装订成厚厚两大本，一有空就一头扎进去读个不停。渐渐的，书中每

一篇文章他都几乎烂熟于胸。以至于后来大人们随意翻到其中一页，报出个标题来，姚鹓雏都能行云流水般的背出全文，堪称一绝。而说到他的另一大爱好——读史，他同样有过目不忘的本事，不管是西洋史里多拗口的人名、地名，还是旁人看来多枯燥的大事年份，他都能脱口而出，再生僻的问题，到他口中照样能对答如流。

读书破万卷，下笔如有神。博闻强记的姚鹓雏仿佛手握一支生花妙笔，短短一小时内，千字佳作就已从笔端倾泻而出。那年应考童子试，他洋洋洒洒挥就了两篇西洋史文章，一举夺魁。后来他考入松江府中学堂，继续好学不倦。毕业时，知府戚扬亲临监考，见姚鹓雏举手示意要取试卷纸，颇感惊讶："是否试卷上有损污？"姚鹓雏连忙答道："试卷纸用完了，但我的文章还未写完。"戚扬展阅他的答卷大为激赏。

姚鹓雏当时一心要报考京师大学堂，然而他父亲执意要他经商。见爱徒愁眉不展，戚扬索性以《父母在，不远游》为题让他作文，试探他的决心。谁知姚鹓雏机智地在原题后添上一句"游必有方"，顺势大加发挥。戚扬看后直称他"才气横溢"，于是力助他北上求学。

诗文练达，行事不羁

京师大学堂宫墙迤逦。这里，是姚鹓雏梦寐以求的学府。他怀揣着忐忑、期许、兴奋的心情，迈进了学校的大门。

纵使同窗中高手如云，他依然稳坐高才生的头把交椅。西方小说翻译大家林纾（字琴南）当时就在学堂执掌教鞭。老先生高颧阔额，白须疏朗，满堂课神采奕奕，对弟子姚鹓雏的欣赏更是溢于言表。有一回，他在姚鹓雏的文章后加上了满满一整页的评语，还当着大家的面，称赞姚鹓雏"非熟精于宋五子之说者，乌能鞭辟入里至此"。说罢，他就把这篇文章挂在了阅报室的镜框中，让其他同学"参观"。姚鹓雏文才之盛，可见一斑。

殊不知，高才生姚鹓雏在生活中却十分放达不拘。他酷爱杂览，教科书怎么满足得了他的要求？于是他会时不时逃课出来，一溜烟进了图书馆，转眼工夫就抱了一大堆的书出来，然后再拐进街边的一家小酒馆，买上几斤酒肉信步踱回寝室。抿一口美酒，翻一页书卷，悠哉游哉，好不自在。舍监敲门查问，他不慌不忙地作虚弱状，连声称病，舍监也奈何不了他。姚鹓雏自称"饮黄酒三斤不醉"，有时晚上在校外饮酒听歌意犹未尽，校门却早早关上了，他只得翻墙而入。

不修边幅，随性所至，姚鹓雏的大学生涯或许可以这样形容。不过也正是在那个时候，他开始尝试作诗。一日晨起，眼前景色触动心绪，他立作绝句"晓吹乍动不知处，飞起一林青鹠鸪"，一下子引来满堂彩。当时，他和同窗林庚白均能文善诗，二人旗鼓相当，并称太学二子。

辛亥革命后，学堂解散，姚鹓雏南归。加入南社，诗词誉满东南。曾与社友陈匪石组织七襄社，编《七襄》刊物；还与高吹万、姚石子等发起创建国学商兑会，参加编辑《国学丛选》，该刊物被称为松江派刊物。后得陈陶遗介绍，任上海《太平洋报》编辑。后又改任《民国日报》编辑。民国7年（1918）春，应聘赴新加坡《国民日报》馆任职。半年后，因纵酒得失眠症转剧，乃回国。

此后，历任上海《申报》及《江东》《春声》等编辑，经常发表小说、诗、词，蜚声当时，兼工书法，被称为松江才子。

十年薄宦，故我依然

施蛰存曾这样评价姚鹓雏："贞介谦退，不偶俗，罕交游，而名重于士林；士之知先生者，皆诵其诗文而得知。"

的确，姚鹓雏虽久在仕途，但他谦和、磊落的品格却一以贯之，从未褪色。心力所寄的，始终就是诗词而已。他自己也感叹说"十年薄宦，故我依然"。

民国14年（1925），姚鹓雏任江苏省省长陈陶遗秘书。嗣后，历任江苏省教育厅秘书、南京市政府秘书长、江苏省政府秘书等职。抗战爆发，他行踪未定，辗转于湘黔的崇山峻岭中数月，他有诗句云："敝裘破帽黄尘里，饱看西南一路山。"最终他携家人内迁入蜀，担任了国民政府监察院主任秘书，抗战胜利后递补为监察委员。

有趣的是，曾有人拿姚鹓雏内迁入蜀与石湖居士陆放翁入川相提并论。姚鹓雏听闻此说不禁开怀大笑，自谦说二人身世或有相似之处，但终不可相比拟。不过对陆放翁诗作，他从少时在家中偶得《剑南诗钞》以来，数十年间诗歌风格屡变，唯独对陆放翁的诗却笃好如故，所谓"四十年来身万里，风檐犹展剑南诗"。不仅如此，他还深慕陆放翁的为人，自谓"平生乐闲旷，安贫穷，退而自足，亦有得力于翁者"。

清风两袖，心系桑梓

姚玉华是姚鹓雏先生的小女儿，在她的记忆中，父亲平时在家似乎算得上少言寡语，只是一旦诵读起自己的诗词来，就会情不自禁地摇头晃脑起来，得意得忘乎所以。

姚鹓雏在镇江任职期间，女儿姚玉华就陪伴在他左右。姚玉华说，八年来，她目睹了江苏省省长之位三易其人，然而父亲坐镇秘书一职，却从未有变。

姚鹓雏是个老实人，出了名的洁身自好。姚鹓雏去镇江前，有关部门要塞给他二百两银子当路费。"何乐而不为？何必拂了别人的好意？"小女儿得知后心里暗暗想。然而姚鹓雏没多加考虑，立即婉言谢绝了。后来在重庆工作时，他的一名属下有贪赃嫌疑，他发觉后主动配合有关部门，查清了事情真相，对那个工作人员予以严厉处罚，绝没有丝毫姑息。

解放后，姚鹓雏在松江专区领导的推荐下，出任了松江历史上第一任民主人士副县长。这次重返故里的机会让他激动不已。落叶归根，服务桑梓，这毕竟是他晚年最大的愿望。那年正值松江秀野桥翻修，姚鹓雏头戴草帽，顶着烈日，一次次前往工地视察，一有问题就想办法当场协调解决，他汗流浃背的样子令在场的所有人为之动容。

同样让人记忆犹新的还有他的朴素。那时姚家人住在妙严寺的街舍，每天一大早，姚鹓雏穿着早已洗得泛白的工作服，来到街边卖早点的摊位，买几个馒头，一边啃，一边急匆匆地向单位赶，没有半点县长的架子。1954年，姚鹓雏因病去世。

他一生著述甚多，有《榆眉室文存》（五卷）、《鹓雏杂著》《止观室诗话》《桐花萝月馆随笔》《檐曝余闻录》《大乘起信论参注》《春奁艳影》《燕蹴筝弦录》《沈家园传奇》《鸿雪影》《龙套人语》（《江左十年目睹记》）《恬养簃诗》（五卷）、《苍雪词》（三卷）等，又与邑人朱鸳雏合著《二雏余墨》行世。

"雨巷诗人"与"丁香姑娘"

撑着油纸伞，独自
彷徨在悠长、悠长
又寂寥的雨巷
我希望逢着
一个丁香一样的
结着愁怨的姑娘

她是有
丁香一样的颜色
丁香一样的芬芳
丁香一样的忧愁
在雨中哀怨
哀怨又彷徨

她彷徨在这寂寥的雨巷
撑着油纸伞

戴望舒诗里的雨巷

像我一样
像我一样的
默默行着
寒漠、凄清,又惆怅

她默默地走近
走近,又投出
太息一般的眼光
她飘过
像梦一般的
像梦一般的凄婉迷茫

像梦中飘过
一枝丁香的
我身旁飘过这女郎
她静默地远了、远了
到了颓圮的篱墙
走尽这雨巷

在雨的哀曲里
消了她的颜色
散了她的芬芳
消散了,甚至她的
太息般的眼光
丁香般的惆怅

撑着油纸伞,独自
彷徨在悠长、悠长

又寂寥的雨巷
我希望飘过
一个丁香一样的
结着愁怨的姑娘

太多的人记得这首《雨巷》的韵节。一川烟草,满城飞絮,梅子黄时雨,一个打着油纸伞的姑娘轻步走过青石板的江南小巷,空留诗人盼待,回望,逡巡不去,凝成一帧昏黄寂静的影像。

戴望舒因此诗被冠以"雨巷诗人"之称,而那条"凄清"、"寂寥"的小巷是否真的云深不知处?其实,雨巷恰恰就隐没于云间城中。

民国 16 年(1927)诗人避祸于松江友人施蛰存家中时,经历了一场刻骨铭心的邂逅……屋外淅淅沥沥的雨丝滴落在青石路面上,声声如诉,轻叩诗人心弦,一首《雨巷》落笔偶成。诗中那个如梦似谜的丁香姑娘原型日后也浮出了水面,她便是施蛰存先生之妹施绛年。戴望舒"空结愁绪",那是无望的初恋。

松江老宅的邂逅

民国 16 年(1927),在白色恐怖威胁下,二十二岁的施蛰存、戴望舒和杜衡从震旦学院校舍撤离,隐避数日后几个同窗打算各奔东西。然而不久杭州形势也日趋紧张,戴望舒和杜衡就随施蛰存回到了他在松江的老家。

施家老宅是松江城县府路上一座三进三开间的院落。离家五六年后,施蛰存再度推门而入,家中似乎什么都没有改变:客厅中还是挂着董叔平的画和翁松禅的字,那个乾隆窑的花瓶照样供在画桌上,甚至厨房的碗橱里积满灰尘的一摞破碗,也还和离家前一样静静地稳占一角……时间恍然于瞬间停驻,甚而倒转。"五六年间的人生经验,本来已经使我从少年而入于中年,这时也好像骤然崩溃了它的势力,而使我复返于从前童心未泯的

戴望舒

时代。"施蛰存后来回忆当时的情形说。

"大哥,你回来啦。"耳畔响起一个清脆的声音。大伙齐齐回头,只见一个瘦削颀长的女孩侧着头,清亮亮的双眼圆睁,好奇地打量着两个朝她投来目光的陌生来客。她笑颜全展,微微点一下头,落落大方,全无怯意。这个女孩就是时年十七岁的施绛年。施蛰存这才回过神,忙不迭地把高挑的施绛年揽过来,比画着她的个头,又惊又喜。施绛年则故作愠色道:"请别把我当小孩!"一屋子人笑作一团。

施蛰存刚离家时,施绛年还是十来岁的小女孩,扎着小辫,古灵精怪,带头去邻居家的墙头折下一枝蔷薇,插在花盆里细心看养了一个月,一直守到花枝抽出须根,绽开花蕾……这样的童年趣事还有很多,施蛰存历历数来,一边的戴望舒早就听得出了神……

绛色的沉哀

事实上,施绛年的容貌虽称不上姣美,但眉宇间自有一分清秀大气。据戴望舒的长女戴咏素回忆:"我表姐认为,施绛年是丁香姑娘的原型。施绛年虽然比不上我妈以及爸爸的第二任太太杨静美貌,但是她的个子很高,与我爸爸一米八几的大高个很相配,气质与《雨巷》里那个幽怨的女孩相似。"

更重要的是,施绛年身上有着超越年龄的老成、独立、干练,很有自己的想法,平时总是充满活力和自信,这些个性魅力使阴郁、沉默、缺乏自信的戴望舒深深地被吸引住了。

他在第一本诗集《我的记忆》出版时,终于鼓足勇气在扉页题字,大胆向施绛年表白。诗人哀叹"绛色的沉哀"萦绕心头,久久不散,然而,施绛年对戴望舒更多的是一份敬重之心,对他的诗作并不以为意,哪怕那首诗就是为她所作,她也依然难为所动。

施绛年始终无法接受戴望舒,有人解释为无法跨越"情之所钟,虽丑不嫌"那道坎——戴望舒幼年得过天花,落得满脸坑坑洼洼。施绛年也许是个执拗的完美主义者,实在难以认同"才可掩貌"的托词。

施绛年的冷漠让戴望舒痛苦不堪。出于对兄长好友的敬重,施绛年不好断然拒绝戴望舒,希望他知难而退。可是她越是不果断回绝,越是让戴望舒产生尚存一线希望的错觉,而这一切又越发加深了他内心的眷恋和偏执。

希望——绝望,激情——沉寂,戴望舒不断在冰火两极间起落、挣扎,难以自持。人们读着他的诗,总能察觉到不断走向烈焰的顶端,却又瞬间归于寂静的意象。毁灭,终结,或许于他而言是一种万难逃避的宿命。

空帆独行法兰西

为了深爱的姑娘,戴望舒竟然选择了自戕。据说他跑到当年上海最高的大楼永安商店的顶层准备一死殉情。施绛年面对戴望舒的一片痴心,依然冷静并且现实——她虽终于松口接受他的感情,但前提是戴望舒必须取得留洋的文凭,找到一份体面的工作,方可与她谈婚论嫁,执手偕老。戴望舒不及丝毫犹豫,便应承下来。在去法国游学之前,他们举行了订婚仪式。

民国21年(1932)10月,戴望舒不舍地坐上"达特安"号邮船离沪奔赴法兰西。关于那场惜别,施蛰存主编的《现代》二卷一期的封底上,曾经刊登过一幅相片。画面上的施绛年着旗袍,坐在一张藤椅上,容貌成熟,坐姿矜持,与站立的望舒之间有一种冷冷的礼貌的距离,几乎看不出有依依不舍的神情。

相反,戴望舒却在凛冽的海风中不停挂念着远方的未婚妻:"引起寂寂的旅愁的翻着轻浪的暗暗的海我的恋人的发受我怀念的顶礼。"

踏上法国土地的戴望舒依然思念爱人,写信要施绛年去法国。施蛰存为了让戴望舒学而有成,写信叫他要克服困难坚持学习,还劝他不要让施绛年去法国:"你还要绛年来法,我劝你还不可存此想,因为无论如何,两人的生活总比一人的费一些,而你一人的生活我也尚且为你担心呢。况且她一来,你决不能多写东西,这里也是一个危机。"

只不过在留学期间,戴望舒却并不喜欢去课堂听课,而是把更多的时间和精力花在了翻译外文著作上。而后果,无外乎修不满学分,和"金光闪闪"的洋学位失之交臂。

背叛和离弃的无尽循环

在法国的日子里,戴望舒将翻译《堂·吉诃德》当做一桩夙愿。据施蛰存回忆:

"这个翻译工作是做完了的,但因为译稿按月寄去北京,经过战争,全稿至今不知下落。"现在我们能见到的只是其中一些片段,不能不令人扼腕叹息。民国 23 年(1934),戴望舒先后参加了巴黎和西班牙反法西斯群众游行,于是被学校开除,遣送回国。

然而当他回到上海,才发现一个更大的打击正等着他。原来施绛年难以忍受诗人不稳定的社会地位,早已另结新欢。对方是一个冰箱推销员,是当时"香饽饽"的时髦职业。

那场几乎堪称旷日持久的爱情最终以戴望舒无奈登报解除婚约告终。在这之后,戴望舒有过两次失败的婚姻,他娶过作家穆时英的妹妹穆丽娟和更加年轻的南方姑娘杨静。让他心碎的是,两任妻子最后也都背叛了他,和别人远走高飞……

穆丽娟曾经说过:"我感觉不到他的爱,也许他把全部的爱都给了他的初恋施绛年。"

电影《初恋》主题曲《初恋女》歌词中,戴望舒写道:

> 我走遍漫漫的天涯路
> 我望断遥远的云和树
> 多少的往事堪重数
> 你呀你在何处
>
> 我难忘你哀怨的眼睛
> 我知道你那沉默的情意
> 你牵引我到一个梦中
> 我却在别个梦中忘记你
> 终日我灌溉着蔷薇
> 却让幽兰枯萎

精深学问中的简淡趣味
——施蛰存二三事

闻及施蛰存先生，人们往往肃然起敬，以"高山仰止，景行行止"目之，且言必称"大"——大学者、大师。这固然不错，学问可以大而沉重，生活中的趣味却可以小而简淡。就好比施先生写家乡风物、乡贤师长，成册谓之《云间语小录》，小而录之，"无关宏旨"，他落笔用字亦是极简，但写人状物，神形灵动跳脱，一片桑梓深情也在点点笔墨后晕开。学者钱谷融称施先生"真率爱美"，"他是凭着趣味而生活的"，"他的趣味是剥夺不完的"，"尽管周围向他投过来的大都是白眼，但他心中自有温暖；目光所及，也不乏佳丽山水、锦绣人物"。

施蛰存

冷摊负手对残书

施蛰存爱书，淘书，尤其是淘旧书，对他来说乐趣无穷。他会忙里偷闲，逛到路边的旧书店、破书摊，兴致盎然地驻足流连一番，还引用同乡姚鹓雏的诗来形容那份自得惬意："暇日轩眉哦大句，冷摊负手对残书。"

有时,旧书店老板不擅整理,店里的书堆得杂乱无章,不加区分归类,买书人必须得一本一本地翻,但那份与心仪之书不期而遇的惊喜恰是别处难以获得的。在施蛰存看来,那就"像淘金一样"。他的一本第三版杜拉克插绘本《鲁拜集》,就是从许多会计学书堆里发掘出来的。当然,有时也会翻得双手乌黑而了无所得,但他并不抱怨,因为人与书亦有缘分,"众里寻她千百度",即便求而未得,也是一种乐趣。

有一回,他与朋友戴望舒一起逛添福书庄,老板似乎不太懂书,戴望舒不用讨价还价,以仅仅十元的价格就买到了一部三色插绘魏尔伦诗集,皮装精印五巨册。二人暗中使了下眼色,似乎在说:"真是捡了个大便宜!"但在老板面前,依然装作不露声色。

买旧书的另一大趣味,还在于可以看到书籍原来主人各种不同的题字和精美的藏书帖。施蛰存有一回淘了一本爱德华·李亚的《无意思之书》。这本是一种童书,但翻开里页,却见上面题着:

致约翰
你的爱妻艾尔莎赠

1917年圣诞

施蛰存脑中立刻浮现出一双稚气十足的伉俪的形象,不禁莞尔。

还有一次,施蛰存逛到吴淞路一家专卖旧日本书的小山古书店,看见一本书中贴着一张浮世绘式的藏书帖,木刻五色印,艳丽不下于《清宫珍宝皕美图》。当时,他因为并不十分中意该书,而没有当机立断买下来,但事后一回想起那张藏书帖就后悔不迭,恨不得当初"一时冲动",做出"买椟还珠"之举。

岳庙书摊饱眼福

其实,施蛰存小时候就很喜欢自己寻书淘宝。他父亲有十二个书箱,里面经史子集的书都有,他原本以为自己一辈子也读不完,但读到高小二年级时,听班里同学常常讲曹操、刘备、武松杀潘金莲的故事,才恍然得知还有种书叫做小说。可这种书父亲的书箱里一本都没有。于是他就把母亲给的零用钱一天天积攒起来,星期天便到东岳庙的书摊买小说看。

沈建中在《遗留韵事：施蛰存游踪》中说，施蛰存十分怀念逛东岳庙的日子。东岳庙坐落在松江县城西门外，庙宇宏大壮观，有匾额"东岳行宫"。正殿前有一座戏台，殿两旁各有长廊，塑有十殿阎王及其所辖地狱。大殿、戏台、两廊之间是一个大院子，可供百姓游乐，还有各种小吃摊，什么酱汁田螺、桂花糖藕、美味的翻烧；还有卖梨膏糖的、拉洋片的、耍刀弄棒表演十八般武艺的。

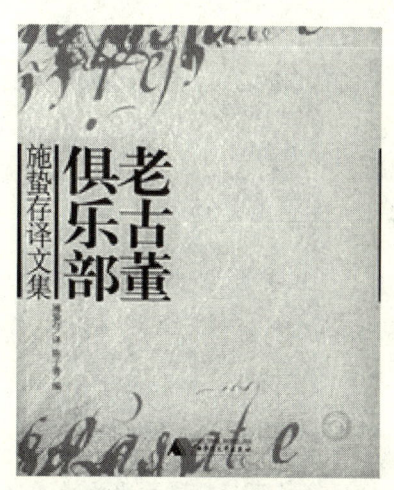

《老古董俱乐部——施蛰存译文集》封面

有一个艺人浑号"小热昏"，站在一条凳上，右手拿一个用三块竹片做的绰板，身边挂个布袋，袋里装着唱本小书，唱过几支时调小曲，就掏出几本薄薄的小书来兜售。施蛰存一边品尝着岳庙美食，一边出神地看"小热昏"的表演，每个星期都要上他那里买几本小书，既饱口福，又饱眼福。他的第一本小说也是在岳庙书摊买的，是金圣叹批本七十回的《水浒传》，他还带到学校里借给班级同学传看，十分抢手。

施蛰存父亲的书箱里还有几本关于词的书，如《白香词谱》《草堂词余》之类。施蛰存每一本都看过，还学着填词。只是东岳庙书摊上不卖此类书。碰巧城里新开了一家云间古书处。他闻之，兴冲冲前往，年轻的老板兼店员十分热情，请他自己到书架上去找他要的书。书架上放着一堆木版的词曲书。施蛰存一看，如获至宝，欣喜异常，真想每一本都买下来。只可惜口袋里没有足够的钱，就捡了本名叫《蕉帕记》的曲子书，回家仔细一看，才知道是汲古阁刻《六十种曲》的零本。《蕉帕记》也是施蛰存看过的第一本古典戏剧书。过了一个礼拜，他又来到云间古书处，买了一本钱大昕藏书印的《北词广正谱》。正是这两本书引起了他涉猎曲学的兴趣。

诙谐淡然看世事

施蛰存始终在寻找生活中的趣味，发现生活中的美和真。他难以忍受庸庸碌碌人云亦云的沉闷生活。他身上有一种发自天性的率真幽默。钱谷融回忆了这么一件事，

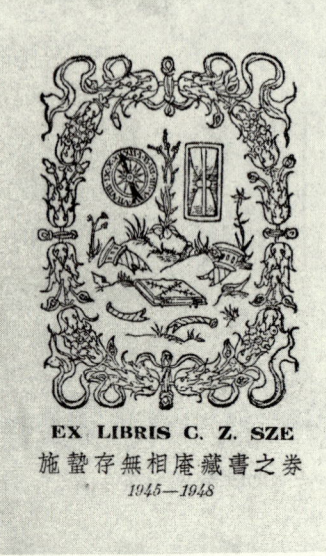

施蛰存藏书票

20世纪50年代,是知识分子接受所谓思想改造的时候。当时教师每天都有开不完的会议,听不完的训导,内容千篇一律,让人不胜其烦。一次,钱谷融和施蛰存坐在大礼堂外面听报告。作报告的是一位从解放区来的副校长。二人一面听,一面开始闲聊。话说到一半,施蛰存斜眼瞧了一下那位先生,随后低头,在他的笔记本奋笔疾书起来。写完递给钱谷融看,只见上面写着:"八字眉毛倒挂,说话真真假假;相君之貌不佳,不利流年属马。"寥寥数笔,情态毕现,把台上言之凿凿的报告者好好调侃了一番。钱谷融看了哑然失笑,这才抬头仔细打量起讲台上的这位先生,见他浓眉白面,大大咧咧,"倒是有一些真性情的"。但据他说,这位副校长后来境遇的确不妙,还被调到了外地,"被调出去的那年是不是马年,我倒未加注意"。

此类例子俯拾皆是。对董其昌,施蛰存历来反对以恶霸地主的阶级斗争论评价这位艺术大师。1980年,他曾经对朋友周退密说:"近闻少林寺院前发现董其昌丰碑一石,一字不损。此公去年已改正,今年可走运,此石乃应运而出也。""改正"、"走运"云云即指当时对冤假错案的平反正名,足见其诙谐的一面。

笑将土块当顽石

钱谷融说,初识施蛰存的时候,只听别人这样介绍他:"施蛰存完全是一个飘飘荡荡的大少爷。"一番接触后,他不禁点头称是,觉得这种说法准确传神得很。"大少爷是除了自己的兴趣与爱好以外,什么都漫不经心的。"施蛰存的心思就只倾注在他所爱好和感兴趣的事物上面,对其他东西,他仿佛视而不见。你剥夺了他的趣味,就等于剥夺了他的生命。但他的趣味是剥夺不完的,你不让他教书,他就做研究;不许他写文章,他就去搞碑帖。在他看来,生活既是无味的,可又到处存在着乐趣,所以他虽难免时有寂寞之感,却也颇能优游自在,自得其乐。

旧书、古董、草木、顽石，都能成为他觅得乐趣的源泉。1996年，他在寄给友人的信中说："我爱玩石，是六十年以前的事了。"当时他家老屋就在松江，有一花厅，厅前院中有假山，都是太湖石叠成，而他的书斋中又有灵璧石二峰，如二神女。"此皆俊物，引起我爱石之癖。"只可惜，施家屋宇在抗战中都被日寇所毁，战后施蛰存回到家乡，以前的房屋已被夷为平地，只有几十枚雨花石在水仙花盆中。

沈建中说，他曾见施蛰存先生晚年托人代购观赏石，岂料对方竟送来一块混凝土，要价倒低廉，只需十元。施蛰存哭笑不得，当下碍于情面，只得收下，等来人出门后，马上叫来保姆，嘱咐她把这块石头放在阳台上日晒雨淋，任凭它蔓生青苔，他则笑曰："亦阳台景观耳。"

他还怀念在县立第一高小（今中山小学）念书的时候，手捧课本、书声琅琅的时光，那时的国文教材皆修身立德之言，如"父母在，不远游"、"黎明即起，洒扫庭除"之类。忽有一课，文曰："暮春三月，江南草长，杂花生树，群莺乱飞。"从此以后，施蛰存方知造句之美，后来读杜诗"清词丽句必为邻"，越发坚信，文章的思想内容应当饰之以丽句。

江清人近月

——记古典文学学者浦江清

浦江清

浦江清，清江浦，颠来倒去念都无碍这个名字的诗意。倒着念是苏北著名口岸清江浦，也就是今天的淮安。浦江清在东南大学念书时，曾有同学出上联征对："浦江清到清江浦。"

浦江清早年同学王季思曾形容他"眉宇之间有一种灵秀之气"。其实这种灵秀之气，远不止在他的眉宇之间，诗书棋曲，浦江清无所不通。20世纪20年代入清华后，这位松江才俊很快融入当时的名人圈，吴宓、陈寅恪等师辈自不必说，其他如朱自清、俞平伯、叶公超、钱穆、闻一多等，都是他三天两头来往聚谈的朋友。当时名门出身的学者钱稻孙教授也曾因他的才气而起过招其为婿之意。

哼曲讲课的性情教授

浦江清（1904~1957），古典文学研究家，松江县人。如今知道浦江清这个名字的人或许不多了。但20世纪中叶，他和朱自清并称为清华园"双清"，是无人不知的著名教授。北京高等学府中但凡上过他的课，或读过他的书的学子，无不对他肃然起敬。

浦江清的经历在学生间口口相传。民国11年（1922）浦江清考入东南大学文理科，主修西洋文学，辅修国文与哲学。民国 15 年（1926）毕业后就被吴宓推荐到清华大学同学研究院，担任国学大师陈寅恪的助教。工作期间，他还自学梵文、满文、天文学……天资之高为人称道。民国 18 年（1929）浦江清转入清华大学文学院中国文学系，潜心研究中国古籍。民国 22 年（1933）与冯友兰同赴意大利、法国、英国游学，在伦敦博物馆抄录敦煌手卷。民国 23 年（1934）回清华大学任教。浦江清从民国 15 年（1926）入清华园，二十二年从助教、讲师、副教授到教授，他的学术成就也获得了同道的称誉。在清华大学国学研究院期间，他受王国维、陈寅恪等的影响，致力于文史考证，主张在一般学者忽略之处深入钻研，发前人所未发。后受闻一多、朱自清的影响，主张精读原著，结合前人的成就，融会贯通。朱自清病逝后，浦江清主持清华大学中文系，资望之深可见一斑。

日寇入侵，山河破碎之际，浦江清辗转漂泊，民国 26 年（1937）10 月任长沙临时大学中国文学系教授，民国 27 年（1938）任西南联合大学教授，与朱自清等创办《国文月刊》。民国 29 年（1940）曾应郑振铎之邀到暨南大学任教，不久仍回西南联合大学任教。民国 35 年（1946）回清华大学任中文系教授，同年参与整理闻一多遗著。三尺讲台边少不了他清瘦的身影，此时，他分别是两所大学的中文系教授。

洒脱旷达，独具个性——他的学生回忆起往昔时常会给他这样的评价。浦江清胃不好，站在讲台边常常一只手揉抚着腹部。萎黄的脸上架着一副黑边眼镜，一旦讲起课来，却是精神饱满，眉飞色舞，声音宏亮，别有一种神韵。

他的不拘小节是出了名的。1952 年院系调整，浦江清调入北京大学中文系任教。章诒和女士提起过这样一桩趣闻，说北大老师果然有个性，师生关系也非同寻常。那时，浦江清身体不好，早上起不来，学校把他的课特意安排在上午的后两节。可即使这样，浦先生还是起不来。到了钟点，见老师没来，就由两位同学到燕园浦宅，侍候老师穿衣戴帽，再用一辆女式自行车前推后拥，把老师载到课堂。看似"不成体统"的事，浦江清却不以为忤，对学生总是笑脸相迎。

浦江清随意灵活的讲课风格很受学生欢迎，他从来不会照本宣科，而是旁征博引，妙趣横生，有时还会把话题扯得很远，学生却听得饶有兴味。但是讲到《盘庚》《离骚》这些古奥艰深的作品时，浦江清竟操起了原汁原味的吴语，这可让听课的北方同学叫苦不迭。当时班里还有朝鲜族留学生，浦先生别出心裁的方言教学可让这些外国

学生傻了眼,他们不止一次地向中国同学嘟囔:"浦先生讲课真是一点也听不懂。"于是,下课后他们老"缠"着中国学生借笔记,还要求听得懂的同学重新讲解一遍,颇让人哭笑不得。

浦江清酷爱昆曲,讲到元明戏曲一段时,他一时兴起,就按元曲的曲调唱了起来,底下的同学不禁相视而笑。他授课又极认真,上课常迟到,但始终坚持这晚到的时间得课后补上。于是,到了下课时间,他还在那里咿呀咿呀个没完。学生们早就惦记着去大食堂了,"早去吃肉,晚去喝汤",哪个不急,谁个不慌!当时的课代表白化文,便诌出一首打油诗:"教室楼前日影西,霖铃一曲尚低迷;唱到明皇声咽处,回肠荡气腹中啼。"

浦江清著述颇丰,主要著作有《浦江清文录》《浦江清文史杂文集》《清华园日记·西行日记》等,主编有《朱自清全集》。

施蛰存:我曾经误会了他

浦江清对诗书棋曲无所不通,对吹笛唱曲格外钟爱,还曾经因此引起过施蛰存的误会。

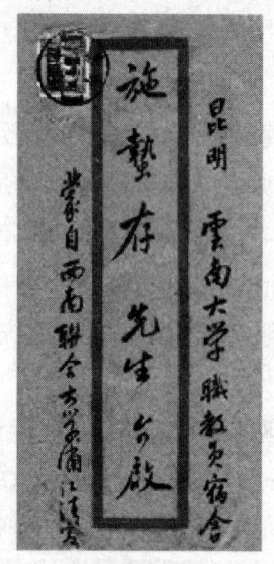

浦江清致施蛰存信札

施蛰存和浦江清的相识久有渊源,两人既是同乡,又是同学,从小学到中学这十年间,每天同坐在一个教室里听老师讲课。每到星期日,就聚在一起抵掌高谈,谈古论今。中学毕业后,浦江清就读于南京的东南大学,施蛰存则在杭州的之江大学。从此两人就少了见面的机会,但是每星期仍有书信往来。

民国28年(1939),前来云南大学执教的施蛰存和赶赴西南联合大学的浦江清在昆明不期而遇。事隔多年,这对儿时的伙伴终于重新聚首了。巧的是,两人住在同一个院子里,施蛰存常常听见浦江清屋里传来的笛声,看他出门时总是先把笛子放进包里,几乎笛不离手,心里有种说不出的滋味。有一回,他终于忍不住了,不留情面地指责起好友米:"江清,我看你太勤于吹笛子、唱昆曲了,写文章却有点懒惰啊。"浦江清一愣,立即露出了笑容,也不辩驳:"写文章太伤精神了,吹笛子、唱昆曲多好啊,可以怡情养性呢。"施蛰存无可奈何地直摇头,总觉得浦江清有许多该写而没有写的文章,始终为他惋惜。

直到浦江清逝世二十周年之后,这个误会才真正解开。当时,朋友们要编《浦江清文录》,施蛰存受邀写序文。施蛰存一看全书所收的篇目,觉得有点纳闷,许多篇目似曾相识,大约都是20世纪30年代《大公报》文学副刊或北京报刊上发表过的文章。虽说见过,但似乎不是浦江清的手笔啊……原来,施蛰存总说见不到浦江清的文章,却不知好友在很多作品上署的原来是笔名。

施蛰存也大为震惊,感慨连连:"一个相知很熟的老朋友,写过不少文章,而我说他懒于秉笔;一个相知很熟的老朋友,他有许多著述,而我在他下世后多年才能见到。"愧疚之情溢于言表。

为闻一多挂牌治印打"广告"

抗战中后期,物价飞涨,西南联合大学的教授生活困难,一些教授只得卖文售字,其中最有名的故事,莫过于闻一多的挂牌治印。刻印出售也要做宣传,浦江清就特意为此撰写了《闻一多教授金石润例》,以优美的文辞,为闻一多广而告之。

民国32年(1943)4月,昆明的民主报刊上就登载了一则推荐教授挂牌治印的消息,其文曰:

> 秦玺汉印,雕金刻玉之流长;殷契周铭,古文奇字之源远。自非博雅君子,难率尔以操觚;傥有稽古宏才,偶涉笔以成趣。
>
> 浠水闻一多先生,文坛先进,经学名家,辨文字于毫芒,几人知己;谈风雅之源始,海内推崇。斫轮老手,积习未忘,占毕余暇,留心佳冻。唯是温黁古泽,徒激赏于知交;何当琬琰名章,共榷扬于并世。黄济叔之长髯飘洒,今见其人;程瑶田之铁笔恬愉,世尊其学。爰缀知言为引,聊定薄润于后。

清华大学中文系师生合影,二排左三为浦江清

这份推荐书由梅贻琦、蒋梦麟、杨振声、唐兰、陈雪屏、朱自清、沈从文、罗常培、罗庸具名,华美的骈文即出自浦江清的文笔,当时拟定的润例是:"牙章每字一千元,石章每字六百元,边款每五字作一字计算,润资先惠,七日取件。"

值得一提的是,民国34年(1945)2月,西南联合大学师生发起援助贫病作家募捐,所得款项中,包括闻一多治印义卖款一万一千五百元。说操刀"广告宣传"的浦江清功不可没,大概并不为过。

锱铢必较的调皮儒者

在那段艰难岁月中,知名教授卖字糊口并不罕见,当时浦江清也是历经磨难,尝遍辛酸。民国31年(1942),他为了不负西南联合大学师生的期待,长途跋涉,历时一百七十七天,越过封锁线,穿过八省市,从上海来到了昆明。民国34年(1945),浦江清在朱自清的陪同下,来到清华大学文科研究所所在的龙头村。下面这段文字,是他在《清华园日记·西行日记》中对研究所生活状况的描述:

> 所址仅一乡间屋,土墙,有楼。……七八人但吃两样菜,一炒萝卜,一豆豉,外一汤而已。极清苦。据云每月包饭费四百元,且由校中贴些茶水费,否则要五百元云。

或许,正因为浦江清承受着沉重的经济压力,他与那些"看春花夏叶,昨夜星辰与今朝露水"的文人大异其趣。在浦江清的日记中,言物必明细,甚至有

浦江清所著《清华园日记·西行日记》封面

点锱铢必较，诸如"此间包子五角、油条五角一只、豆浆一元一碗……唯稀饭五角一碗，算是廉的。余在德兴喝过豆腐店一角一碗之豆浆，较此间一元为好"。那些富有生活气息的语言反倒写出了人生常态，读来亲切清新。

浦江清的独特之处在于他总能在密布着孔方兄的罅隙中找到"生之乐趣"。那些银钱明细的出入庸琐后面是点点滴滴趣味的囤积，成了"自家宝藏"。

浦江清曾经大批徐志摩"肉麻"，在当时的文艺圈曾一石掀起千层浪。他还说老舍的小说不擅裁剪，看他自己的文字，倒是不愧为此中高手。他谈某君"年三十，无妻。求偶甚急。见人辄爱谈哲学，亦滑稽可听。谈屡揽镜作态，自云从前是个小白脸，现在老丑了。又云今后欲恢复青年，第一戒烟，第二早起，第三沐浴，第四做体操"。那个年代名士折戟沉沙的边角料，在浦江清那把"剪刀"下面，变得活灵活现。无怪乎有人说，浦江清是个调皮的儒者。

艰难玉汝成
——忆翻译家朱雯

和自己一部译作《苦难的历程》的名字一样,翻译家朱雯的一生跌宕起伏,充满崎岖艰辛。但他从不曾放弃,数十年来笔耕译坛,教书育人,凭其卓然的人格力量一路前行。

假讣告和真永别

朱雯(1911~1994),松江小昆山人。他和当代女作家罗洪是著名的文坛伉俪,他们相濡以沫,携手走过了六十多个春秋,虽历经风雨坎坷,却拥有历久弥坚的真情。

最初,他们因文学而结缘。民国19年(1930),大学毕业的罗洪回家乡松江工作,看到了文艺刊物《白华》,见有郑伯奇和苏雪林的作品,很感兴趣,于是写信到苏州东吴大学的编辑部想邮购,就这样知道了编者朱雯。鸿雁传书几回,她发现这个志趣相投的编辑竟也是松江人。春假时朱雯回到家乡,与罗洪在醉白池见了第一面。民国21年(1932)朱雯从东吴大学毕业回到松江中学任教。同年,朱雯与罗洪喜结连理。他们的婚礼在上海的一间礼堂举行,朱雯身着笔挺的西装,罗洪披着洁白的婚纱,身边还有傧相陪伴,是一套新派的仪式。那天宾客满堂,文学界大家巴金、施蛰存、赵景深都来到了现场。巴金日后一忆起这场婚礼就打趣道:"朋友中间,就数你们正式举行了仪式。"

两人结婚没几年，就爆发了抗日战争。全家不得不背井离乡，开始了颠簸的长途跋涉，先后辗转于桐庐、长沙和桂林等地。在长沙时，他曾参与田汉主办的《抗战日报》的创刊工作。民国27年（1938）2月应邀前往广西后，也曾主编文艺半月刊《五月》。民国28年（1939）初到上海，曾任中学教员和新闻翻译，并与陶亢德合编《天下事》，与吴岳彦合办《国际间》。

"忧患增人慧，艰难玉汝成。"这是郭沫若在长沙时写给夫妇俩的一副对联，这又何尝不是这对文坛伉俪几十载风雨历程的写照。

民国32年（1943）5月，他因抗日被日本沪南宪兵队逮捕，关押了一个多月，受尽种种酷刑。

朱雯

宪兵队到罗洪家查抄，发现了她写长篇小说时拟的提纲中的人物姓名，竟以为是抗日组织的名单。宪兵队如获至宝，也把她抓去审讯。朱雯出狱后，宪兵队还常到他们家监视，后因他患重病才得以回家乡松江疗养，后到安徽屯溪避难。罗洪带着两个孩子暂留上海，处理善后，还在上海报上登了"讣告"，声称朱雯已在松江病逝。等了一阵子，见没有什么动静，才带着孩子去屯溪和朱雯团聚。抗战胜利后，朱雯全家回到上海定居，在高校从事教学和翻译工作，曾任上海师范大学教授兼文学研究所名誉所长。

五十多年后，那却是真正的天人两隔。满含泪水的罗洪看见朱雯眼梢后一道早已淡化的青色伤痕，又明显了起来。她忍不住想摸摸它，又恐引起他人注意，已经伸出的手改为摸了一下他的前额，完全冰凉了……

这道青痕来自另一场苦难经历。1967年的深秋，夫妻俩遭逢了十年动乱中毁灭性的抄家。朱雯在批斗中挨了狠狠一巴掌，颧骨边落下了一道青痕，每逢阴雨天便隐隐作痛。平日他习惯了戴眼镜，可以起掩饰作用。但离开那天，眼镜摘下了，往事也无从遮蔽。"像断线的风筝，他飘然而去了。几十年共同的生活，甘苦与共，却不能从我记忆里消失。"罗洪说。

抱病重译《凯旋门》

朱雯早年在教会学校苏州东吴大学附中就读，西学功底很早便打下了。当时英语语法专家吴献书先生的翻译课令他受益良多，升至东吴大学，又蒙号称"安徽才女"的苏雪林女士授业，翻译上还得到过曾朴父子的指点，这些师长无不都是造诣精深的名家。大学期间，他即开始文学活动，创办文学旬刊《白华》。他早年创作的重要作品有《动乱一年》《逾越节》和《烽鼓集》等。民国35年（1946）开始，他主要从事外国文学的翻译和研究工作。

朱雯所译《凯旋门》封面

"翻译并不比创作容易。"朱雯如是说。在他心目中，文学翻译是一门不亚于创作的艺术，是一门值得苦心钻研的学问。一部上百万字的巨著，在开始翻译之前，朱雯就要先细细阅读一遍，吃透整个作品的思想、情节、韵味，有些章节还要夹上小纸条做个记号，真正动笔时还会把各章节再细读一遍，等译稿完成后再通读数遍，几易其稿。

朱雯是国内全面译介德国作家雷马克的第一人。《西线无战事》《凯旋门》《流亡曲》《生死存亡的年代》《里斯本之夜》《三个战友》，雷马克一生所著十一部小说中，朱雯就翻译了六部。此外，他还翻译了苏联作家阿·托尔斯泰的《苦难的历程》和《彼得大帝》。十年动乱以后，翻译作品纷纷重印。外地出版社动作特别快，要他将《凯旋门》给出版社先印一版。朱雯没有同意，他坚持不经过修改绝不能出版。中译本非从原版翻译不可，无奈在解放前，迫于条件限制，他只能从英译本转译。而且在他看来《凯旋门》主人公常有哲理性的思维和对话，老版本有几处译得还不甚满意，文字也不够利索。

着手修改《凯旋门》译稿时，朱雯的心脏问题是最让家人担心的，先是心律不齐，后来是阵发性房颤。病情稍微稳定一点时，他向家人保证每天只动笔两小时。事实上两小时刚好在劲头上，他哪会甘心停笔，总要工作上三个多小时。稿子改完，他的病情又加重了，只得拜托罗洪代为通读修改。他拿出一个小本子，上面写着所有人名、地名的新旧对照表，嘱她看到漏改就记录在案，交代完这一切才放心地去了医院。四十万字的全书重译终于完成了，只可惜朱雯还未及看到新书面世就溘然长逝了。据记载，《凯旋门》普及本首版就印了二十万册，受到了空前的欢迎。

沈从文留下一封半信

如果说到朱雯在文学创作上的师承，不得不提沈从文。朱雯说，自己最初学写的几篇小说是对沈从文作品的模仿。朱雯十七八岁在东吴大学念书时就爱好文艺。鲁迅、沈从文、废名、芥川龙之介和辛克莱等都是对他影响至深的作家。

其中他最欣赏的是湘西作家沈从文。沈从文的每部作品，朱雯都反复阅读，揣摩学习。正是在沈先生的启示下，朱雯开始了最初的习作。他在《致沈从文》中说："1929年我用'王坟'这一笔名出版的第一个短篇小说集《现代作家》多半是对您作品的幼稚的模仿。"在《现代作家》中，朱雯描绘了乡村人们的喜怒哀乐和日常生活，被沈从文评价为与"冯文炳君作风上，具同意趋向"。冯文炳也就是朱雯十分推崇的乡土文学作家废名。此一说对刚在文坛崭露头角的朱雯不啻为一种鼓励。

朱雯将沈从文奉为师，二人开始鸿雁往来。面对朱雯的诚恳请教，沈从文总是有问必答，在一封封上千言的长信中将创作和生活的经验倾囊相授。朱雯曾感叹："在我的文学道路上，他是第一个热心的引路人；在我的生活中，他永远是一位真正的良师益友。"

可惜这些珍贵的信札在抗日战火中都被烧毁了。幸而朱雯曾在《申报》副刊《自由谈》撰文一篇，其中恰好摘录下了沈从文给他写来的一封半信，虽非沈从文手迹，但作为"硕果仅存"的沈氏信札已弥足珍贵。

其中半封由沈先生民国19年（1930）发自吴淞，而完整的一封信则是民国21年（1932）朱雯、罗洪结婚前一天，沈从文因为感难亲赴，而遥寄自青岛的贺信，信写得特别风趣幽默："人家都说在青岛过蜜月，丈夫可以更温柔一点，太太也可以更快乐一点：你们是那么年轻幸福的人，若来青岛恐怕会受天所妒忌，成天给你一次雨，一堆雾，一阵风……希望你替我为你那位太太请安。天保佑你们，此后尽是两张笑脸过日子。"

换新中山装重回课堂

朱雯晚年始终病痛缠身。1982年他查出患有急性肝炎，经过三个多月的治疗才出院回家。医生嘱咐他静养，可他自认为感觉良好，悄悄工作起来，还和夫人罗洪"讨价还价"："每天做两个小时，没关系吧。"在家休养一阵后，医生总算同意他恢复工作。又能够回学校了，朱雯高兴得像个孩子，忙前忙后整理东西，还要罗洪为他准备一件合身的比较新的中山装。他希望出现在学生面前的自己衣冠端正，精神饱满，不想以萎靡不振的病号形象示人。

此时，距离朱雯第一次走上讲台已有足足半个世纪了。当年他是江苏省立松江中学年轻的国文教师，意气风发，自编精彩的讲义，为高中生开设外国文学史课，在20世纪30年代的中学教育界堪称创举。之后，不管是抗战大后方的桂林，"孤岛"时期的上海，还是避难所至的安徽屯溪，朱雯从未放下手中的教鞭。他讲课思路清晰，抑扬顿挫，待人谦逊随和，一身整洁的衣冠从不马虎——学生津津乐道的不仅仅是他的博学，还有他举手投足的儒雅之风。

罗洪（站立者）、朱雯（右一）与巴金（左一）在一起

1985年上海师范大学成立文学研究所，创立了世界文学硕士点，跻身于该专业国内首批四个硕士点之列。年逾古稀的朱雯坚持带研究生。那时，他的心脏病越来越严重，学校很照顾他，有些工作不必他亲自操劳，但他依然事必躬亲，每次一出院，就要了解学校工作的情况。给研究生讲课的纲要，他每谈一次就要重新整理一次，提出什么问题，要学生看什么书，要他们写些什么，他都仔细列明，但到了谈话的时候，稿子却搁在一边，从来不看。

朱雯有一本外国文学备课笔记，差不多有两寸厚，密密麻麻的小字整齐清晰。有几页还加了详细的注释，在正文下画一条红线，在红线下标上六号铅字大的小字。这本已装订的讲稿是分国家写的，还有两大夹子活页是分作家写的，纲举目张，条分缕析，其间下的苦功让他的很多同事深为佩服。

"江南曲圣"俞粟庐

俞粟庐一生爱好昆曲，有"江南曲圣"之称。他师从苏州叶怀庭传人韩华卿，前后九年，尽得奥秘。俞粟庐经过多年实践，形成了自己特有的风格，其法讲究"出字重，行腔婉，结响沉而不浮，运气敛而不促"，而于音韵的阴阳清浊，旋律的停顿起伏，声音的轻重虚实，节奏的松紧快慢，独具一格，人称俞派唱法，对南方昆曲界有着深远的影响。

叶堂正宗唯君一人

俞粟庐（1847~1930），名宗海，字粟庐，松江府娄县人。其父俞承恩是武举出身，所以俞粟庐幼年就骑马射箭，练就了一身好武艺。青年时期，俞粟庐便出落得仪表堂堂，身材颀长，眉目俊秀，一派儒将风度。早年，他在松江标营担任千总和守备，期间他创建的骑兵营，接受了清兵总督曾国藩的检阅，被奏请为"江南第一营伍"。后来，他又调任金山守备，几年后又到苏州黄天荡太湖水师营营务处任帮办营务官（即幕友），从此举家迁居苏州。

俞粟庐青年时就爱好昆曲，嗓子也好，能唱一百多出戏，而且还能随手记下每出戏的工尺谱，深得前辈曲家的赞赏。有人就将俞粟庐推荐给当时的昆曲名家韩华卿先生。

俞粟庐

韩华卿与俞粟庐是同乡,他唱曲特别讲究吐字、发音、运气,得叶怀庭唱法的真传。而叶怀庭,就是清朝乾隆年间苏州的昆曲大家,他的唱法和明代的"昆曲之父"魏良辅一脉相承,风格独特。他撰写的《纳书楹曲谱》一书,成为昆曲唱法的最高准则,他所创的"叶派唱口"也堪称昆曲的唯一正宗唱法。

韩华卿当时见俞粟庐聪明好学,根基也很扎实,心下欣喜异常。他当时已经五六十岁,激动之情溢于言表:"我已经苦苦地等待了三十年,无人可传这门'叶派唱口'的绝学,今天总算找到了可传之人,今后你要转传后人!"

俞粟庐幸遇良师,执礼甚恭,习曲更勤,每年到韩华卿家三四次,前后九年,共学得二百余出戏。原来会唱的一百余出,也请韩华卿一字一句地改正。韩先生教曲极为严格,每学一曲,必令俞粟庐反复唱上数百遍,唱得纯熟为止。每天晚上则吹笛伴奏,倘有一字未妥,韩华卿即严加训斥。俞粟庐虚心好学,不辞劳苦,因此尽得叶派唱法的真谛。

正如近代曲学大师吴梅教授在为俞粟庐所作的家传中所说的:"盖自瞿起元、钮匪石后,传叶氏正宗者,唯君一人而已。"为此,俞粟庐在当时度曲家中声誉很高。俞粟庐研究、执教昆曲达五六十年,著有《粟庐曲谱》《度曲刍言》,所教学生不下五六十人,而俞粟庐则以推广昆曲为己任,教曲从来分文不取。

一身绝艺传后人

光绪二十八年(1902),俞粟庐喜得麟儿,取名振飞。当时俞粟庐已五十五岁,老年得子的兴奋心情可想而知。可没过几年,俞振飞的母亲患肺结核病去世了,未满三岁的俞振飞每天大哭大闹,吵着要娘,弄得俞粟庐手足无措。后来,俞粟庐急中生智,一边抱着儿子,轻轻拍着,一边哼唱起昆曲《邯郸梦·三醉》中的《红绣鞋》。只要一听父亲唱曲,俞振飞就不哭不闹了,一对小眼睛瞪得大大的,一曲未完,他就睡熟了。

俞振飞六岁那年,父亲有个学生到家里来学唱,唱的正是这支《红绣鞋》,但学生老是唱不准确,惹得俞粟庐很生气。当时俞振飞正在院子里玩,听到这里,就进屋去对父亲说:"你吹笛,我来唱!"俞粟庐以为小孩子说大话,正色道:"你怎么会唱?我还未教你呢!"俞振飞说:"就让我试试嘛。"俞粟庐将信将疑地吹起笛来,俞振飞随着笛声唱起来,居然一字不错,腔、板完全正确。俞粟庐大喜过望,于是开始每天晚上教儿子唱曲。

起初,俞振飞还觉得学曲新鲜好玩,后来渐渐觉得苦,甚至有点怕了。父亲教曲极为严格,一字不妥,就得重唱,每支曲子,要拍一百遍以上,有的曲子要拍三四百遍。明明十多遍就能学会的曲子,父亲非得让他唱一百遍以上不可。俞粟庐深知,昆曲的唱腔、唱法都较为复杂,没有几百遍的功夫,就唱不出细腻的感情来。可年幼的俞振飞当时还理解不了这个道理,只觉得枯燥。只记得父亲的笛子总是挂在房门后面,当他拿笛时,房门一拉,发出咯吱一响,俞振飞心里就一跳,顿时紧张起来,少不得又要挨骂了!但经过这样十来年的严格训练,俞振飞开始掌握了昆曲的唱法要领。吴梅先生曾经赞扬他说:"你的确得了你父亲的真传。"

昆曲有清工、戏工之分,前者只唱不做,所以特别讲究唱法,难得的是每段曲子都能唱出感情来。俞粟庐就属这一派,到清末民初,大多数唱清工的都能登台串演。但俞粟庐绝对不许儿子学身段动作,他认为昆曲的身段动作繁复,如果唱功没打下基础,一学动作,注意力分散,唱就马虎了。可俞振飞出于兴趣,背着父亲偷偷跟师兄们学了几出戏的身段动作。

言慧珠、俞振飞戏装照

十四岁那年苏州一次堂会,俞粟庐的学生张紫东演《望乡》,他饰苏武,要俞振飞给他配李陵。俞振飞登台亮相大获成功。俞粟庐看了十分惊喜,这才请了全福班的老伶工沈月泉先生教儿子身段动作。

国粹盛衰系于心

当时上海有个大名鼎鼎的实业家叫穆藕初,从美国留学回国后创办了德大、厚生、豫丰三大纱厂。穆藕初酷爱昆曲，他向曲家们打听，当今昆曲谁人唱得最好，众口一词说，"江南曲圣"俞粟庐。于是，他通过著名画家冯超然介绍，专程到苏州请俞粟庐到上海教他唱曲。俞粟庐当然很高兴，但他思考了一下，说道："拜师不必了。我年事已高，出门也不方便。你要学唱昆曲，就让我儿子振飞代我到上海给你拍曲，我每隔一两个月去上海指导指导。"但他提了个条件，要让穆藕初在他的纱厂里给俞振飞安排一个职位，业余教曲。穆藕初满口答应，让俞振飞到他的郑州豫丰纱厂驻沪办事处当文书，并在他家里腾出一间房，给俞振飞住宿。每日下午1点到2点，俞振飞便教穆藕初唱曲。俞粟庐就这样把"接力棒"传到了儿子的手上，自己更多的是在背后默默指点。

俞粟庐的青年时代，昆曲还相当兴盛。当时江浙一带，昆曲专业戏班就有十多个，水平较高的所谓"坐城班"也有五六个，至于业余的曲社和业余曲家就更多了。但在20世纪初，昆曲逐渐式微，后来连名震一时的全福班也陷入了困境。俞粟庐在给五侄俞建侯的信中描述道："除小采云、沈盘云之外，尽有烟癖。大花面尤顺卿形同乞丐，其余亦多瑟缩寒酸，几无神气……"

昆曲艺术乏人继承，俞粟庐等人忧心忡忡。因此俞振飞在离家之前，俞粟庐就再三叮嘱他，在上海如果遇到既爱好昆曲，又有实力的实业家，一定要说服他办一所昆曲学校，而穆藕初不正是这样一个不二人选吗？俞振飞不忘老父的心愿，拍曲之余常与穆藕初谈及此事，终于促成了穆藕初出资建立昆曲学校——昆剧传习所，培养了大批重振昆曲的"传"字辈演员。

穆藕初还组织了昆曲曲社粟社，表示曲宗俞派唱法之意。以他的纱布交易所曲友为基础，吸收沪上所有昆曲名家参加，社员达四十余人，穆藕初任会长，谢绳祖任副会长，徐凌云与俞振飞为曲务主任。俞粟庐也常来上海，到该社指导唱法与念白，社员中如谢绳祖、项馨吾等人进步较快，深得俞粟庐赞许。

唱片"错"字惹风波

民国10年（1921）夏天，俞粟庐在百代公司灌录了六张半昆曲唱片。唱片一发行，沪上昆曲爱好者们奔走相告，争相购买，一饱耳福。

可就在一片赞美声中，上海《晶报》上却突然发表了一篇署名"寒云"的文章，嘲笑俞粟庐在唱片里读了白字，误将《亭会》中《桂枝香》一曲里"忽听得窗外喁喁"中的"喁"字读作了 yú 音，其实应读 yóng 音。"江南曲圣"竟然被人挑出念白字的硬伤，这件事在上海曲友中引起了不小的震动，有人将信将疑，有人愤愤不平，也有人暗中窃喜……

实际上查一下字典便可知，"喁"字的确有两种读音，"喁喁"在指小声说话时应该读作 yúyú，而指仰望期待状则读作 yóngyóng。"忽听得窗外喁喁"中，俞粟庐念 yú 音无可厚非，而这位寒云先生偏要在一个多音字上大做文章，混淆视听，搞得满城风雨，只能说是别有用心了。

人正何惧影子斜，消息传来，俞粟庐不屑一顾，有人正想搬弄是非炒作呢，何必大费口舌去辩解。他只是在写给俞振飞的信中愤然道："沪上所喜卖野人头，袁二如此行径乃无耻之徒，而一班逐臭之人，犹与彼敷衍，无谓极矣！"

袁二，就是寒云，是袁世凯的次子，唱昆曲也是他的一大嗜好。民国初年他从北京移居上海，自以为可以叱咤南方昆曲界，谁料南方人并不买账，南方人以俞粟庐唱法为宗。袁寒云看在眼里，早已满腹愤懑，于是便伺机挑起了这场风波。

而那《晶报》其实是袁寒云和几个朋友办的报纸，他便借机屡次三番在报上写"诗"讥讽俞粟庐父子，什么"堕海空怜一粟轻，雏鸦振羽竟飞鸣。逢迎秋艳人无赖，任遗嚣歌入梦惊！"暗指俞粟庐无足轻重，而俞振飞是稚嫩的雏鸦，只会逢迎程砚秋罢了。可不管袁寒云怎么挑衅生事，俞粟庐父子从来不予回应。

几年后，袁寒云和俞振飞在一场义演中狭路相逢。袁寒云进剧场的时候，往舞台扫了一眼，立刻被台上小生的风采吸引了，一直站在场子里看完了整出戏，后来一打听才知道那人就是俞振飞。他当场大感羞愧，到了后台主动对自己以往种种冒犯表示歉意。所谓虎父无犬子，俞氏父子绝非浪得虚名，"老冤家"也不得不服。

俞粟庐手迹

傅聪的启蒙老师雷垣

科学家中精通音律、善拉晓吹者不乏其人。科学巨匠爱因斯坦说过:"伟大的科学家和伟大的音乐家两者在这一点上是相同的——他们都是伟大的诗人。"事实上,爱因斯坦本人同时擅长钢琴和小提琴,谙熟贝多芬、巴赫等音乐大师的作品。地质学家李四光也以小提琴见长,而数学家华罗庚则是琵琶弹奏的好手。松江籍的数学家雷垣亦不例外。1985年12月,中国数学会在上海举行"中国数学五十年纪念大会",雷垣荣获全国在数学教育和数学研究岗位上工作五十年以上、有突出贡献的数学家殊荣。其实,这位成就卓著的数学家还有着很深的音乐素养,他还是知名钢琴家傅聪的钢琴启蒙老师。

在音乐中探寻乐趣

雷垣于民国元年(1912)1月9日出身于松江西门外西渡南小街一个书香门第。父亲雷奋曾留学日本,研习政法,毕业于早稻田大学。归国后任上海《时报》编辑,主编《本埠新闻》,曾任江苏省咨议局议员、资政院民选议员。民国成立,袁世凯任总统,许多的法律规章大多由雷奋起草。后来他得知袁世凯图谋称帝,就退出政界,回到松江。虽然家世不错,雷垣自小生活却颇为凄苦,年幼即失怙,他三岁丧母,八岁父亲病逝。他后来被姑母带到上海抚养。他的姑父叶上之早年留学美国，回国后与胡敦复等在上海创办大同大学。民国13年（1924）姑父将他转入大同大学普通科（即大同大学附属中学）就读。

虽饱尝至亲离世、寄人篱下之苦，雷垣却从音乐的世界体验到了莫大的乐趣。当时，

傅雷（前排左一）与同学雷垣等合影

姑母家有一架脚踏风琴，姑母常让他弹奏，雷垣几乎无师自通，显示了很高的音乐天赋。他对音乐的兴趣也越发浓厚，在大同大学住读时，他又从同学那儿学会了拉二胡和小提琴，常常沉浸在音乐的世界里。由于他聪明好学，勤奋苦读，不到二十岁就从大同大学毕业。同年他又考入了上海国立音专，与贺绿汀、丁善德成为同学。在校期间，他更为系统地学习了乐理知识，还潜心钻研钢琴弹奏技法。经过长时间刻苦练习，他对莫扎特、肖邦等名家名曲的弹奏可说是信手拈来。

与傅雷结为至交

在大同大学普通科读书时，雷垣结识了同窗好友傅雷。这位日后的大翻译家，也将雷垣视为终身相交的挚友。

二人的相识十分偶然。其实，傅雷原来学的是文科，雷垣则是理科，两个人虽然同在一个校园，但彼此互不认识。不过，巧合的是雷垣虽然成天和数理知识打交道，但也很喜欢国文，写得一手好文章。有一次，雷垣的一篇文章贴到了学校墙报上。傅雷那天碰巧路过墙报，就停下脚步读了起来。

文中述及了雷垣的童年境遇。傅雷发现，对方不仅文采斐然，而且身世和自己有太多相似之处——傅雷也是四岁丧父，一直以来都是和母亲相依为命……他读着雷垣的文章，感同身受，不禁潸然泪下。

同是天涯沦落人，相逢何必曾相识。他找到雷垣的宿舍，希望和对方结为知心朋

友。雷垣欣然允诺。文理科学生的宿舍本来是分开的,傅雷为了能与雷垣有更多交心的机会,便从文科区搬到了理科区,与雷垣住在一起。

傅雷夫妇

傅雷去世后,雷垣回忆起他们中学时期的交往时说:"我们很合得来。不过,有时彼此对一些问题见解不同,也会吵起来。傅雷脾气急躁,常会脸红耳赤。吵过之后,第二天,他会来道歉,说自己脾气不好。我很喜欢他的直率,也从不计较他的脾气。"

人之相交,贵在知心。有些人说,傅雷孤高桀骜,难以交往,但从他与雷垣的友情中不难看出,傅雷也并非一味自赏,他寻求的是心灵上的真正默契,所以雷垣能得到他的信任,被他奉为知己。后来傅雷转入持志大学,不久又赴法国留学,雷垣则进入上海国立音专,在艺术领域继续深造。分别之后,二人也常以书信来往。

音律之美数学之真

雷垣在上海国立音专经过三年的学习,在即将获得音乐学士文凭时,姑父、姑母及大姐都竭力主张他赴美国留学深造,向理工学科方向发展。雷垣的人生轨迹就此发生重大转折,他不得不放弃音乐,专攻数学。

民国24年(1935)9月,他漂洋过海来到美国,进入密歇根大学研究院数学系就读。因为他原来学过的数学课程少,这里的许多必修的数学课程都没学过,他不得不在第一学年,选读了十多门数学课程,一周多达三十多课时,经常通宵达旦。他在一年之中硬是将这十多门课程读了下来,拿了足够的学分,获得了硕士学位。

有意思的是,在他获得数学硕士学位的学分中,还有三学分是乐理课的学分。原来,在不得已放弃音乐学习后,他依然难以割舍自己钟爱的音乐。于是他不顾数学课程的繁重,仍然到音乐系选修了乐理课,还说服自己的导师,音乐的旋律之美、数学的定理之真,都同属真、善、美的统一范畴,彼此并不矛盾。

课余，这个外系学生还总往音乐系跑，不时向小提琴、钢琴老师学习国外演奏技法，还参加了音乐系组织的交响乐队及每年的五月音乐会，欣赏了多场世界音乐名家的演奏会。

事实证明，"玩音乐"并非玩物丧志，雷垣以优异的成绩顺利获得了硕士学位，之后又继续攻读博士，主攻结合代数。经过两年多时间，他完成了学位论文，创造性地对线性结合代数，提出与过去完全不同的观点。

民国28年（1939）夏天，雷垣完成学业回到上海，先后任大同大学、上海交通大学、华东师范大学、安徽师范大学数学系教授、系主任，培养了一大批数学特级教师、博士和教授。

无心插柳成钢琴老师

回到上海后，雷垣除了从事紧张的数学教学工作外，假日闲暇时，不忘和数学圈外的朋友们聚会，举办音乐欣赏和演奏活动，当然也少不了到少年时的好友傅雷家去做客。

当时，与傅雷过从甚密的大都是教授、艺术家。他们常在傅家聚谈，让傅雷长子傅聪这个"小旁听生"受益匪浅。不过按照父亲的规矩，是不许小孩"旁听"大人的谈话的。有一次，画家刘海粟来家做客，他们在书房里一边看画，一边谈画。傅雷忽想起什么，要到外间去取东西，一推门，发现儿子傅聪、傅敏正在门外听得入神。

一见父亲，傅敏吓得哭了，傅聪却犟嘴不认错。傅雷虽然当下生气，事后冷静下来，心想儿子既然对大人们的艺术话题感兴趣，不如让他学画。在他的朋友之中，黄宾虹、刘海粟皆为中国画坛巨匠，都可为傅聪指点丹青。

他又想到，老朋友雷垣曾经留学美国，不如请他来给傅聪教授英文。雷垣一口答应，因为自己爱好音乐，他有时就用教唱英语歌曲的方法来提高傅聪学习的积极性。有一回，他正在弹钢琴，在键盘上随意按下一个键，傅聪当时端坐在侧，根本没看老师按什么键，也不靠音与音的比较直接准确地说出了那是什么音。雷垣大吃一惊，马上又试了几个音，傅聪还是从容报出，一分不差。

这可是"绝对音感"！雷垣一下子惊为天人。一般人经过多年训练，才能分辨音高。傅聪那么小，就能清楚分辨每一个音，说明他有极高的音乐天赋。于是，雷垣提醒老友，"绝对音感"在儿童中难得一见，傅家大公子可天生是学音乐的料，一定要把他培养成钢琴家！

傅雷起初有些犹豫，但见傅聪对学画似乎兴趣并不大，总是乱涂几笔，敷衍了事，心知强扭的瓜不甜，终于放弃了让傅聪学画的念头，转而让七岁半的儿子拜雷垣为师，每星期由保姆送到雷垣家一次，学习钢琴。

雷垣就这样无心插柳成了傅聪的钢琴启蒙老师。不过在儿子学琴之初，傅雷并不是特别有信心。在他看来爱好艺术与从事艺术之间有天壤之别，他不希望儿子成为二流艺术家。有一天，他郑重其事地问雷垣："你老实告诉我，这孩子学琴有前途吗？"

雷垣看着好友焦虑的神情，不禁哈哈大笑，他拍着傅聪的脑袋，告诉傅雷："有前途，有前途，聪儿乐感好得很，天生有一双'音乐的耳朵'，听音，记乐谱，理解乐曲意境，都比一般孩子快得多，有这么高的天分在，这是'祖师爷赏饭吃'呢，你还是放心吧。"

天才少年终成大器

傅聪

听了雷垣的话，傅雷脸上出现了平常不多见的笑容。傅雷夫妇几经商量，下决心给傅聪买了钢琴。当时，钢琴非常昂贵，傅雷家也不算太宽裕，能够下决心给一个不到八岁的孩子买钢琴，是很不容易的。为此，傅雷夫人还卖掉了陪嫁的首饰，傅雷也亲笔端端正正为傅聪抄了五线谱。

崭新的钢琴放在底楼的窗前。小傅聪心花怒放，乐得嘴巴合不拢。那天，从傅家第一次传出了钢琴的声音，隔壁邻居都好奇地来到窗前张望。他们看到居然是个小男孩在那里弹，更加惊讶不已。从此，傅聪每天放学回来，刚撂下书包，就扑在钢琴上。当他的手指触到琴键时，心中就充满了无限的快乐。

雷垣作为傅聪的钢琴启蒙老师，教了傅聪整整三年琴。从钢琴基础知识到世界名曲的演奏，均一丝不苟地指导，为傅聪走上钢琴专业之路打下了扎实的基础。

继雷垣之后，傅聪又拜李斯特再传弟子，意大利指挥家、钢琴家梅帕契为师，1951 年再拜苏联籍钢琴家勃隆斯丹夫人为师。他练琴相当刻苦用功，傅雷回忆说："他在琴上每天工作七八个小时，就是酷暑天气，衣裤尽湿，也不稍休息。"1954 年，傅聪在第四届世界青年联欢钢琴比赛中获得第三名，1955 年应邀赴波兰学习，师从著名钢琴家杰斯维斯基教授，并于次年 3 月荣获世界上最负盛名和权威的肖邦钢琴比赛第三名，以及肖邦《马祖卡》演奏最优奖，成为中国夺得肖邦国际钢琴比赛大奖的

傅聪钢琴独奏音乐会宣传海报

第一人。1956 年首度赴欧洲巡演，被誉为"钢琴诗人"。此后，傅聪先后应邀赴苏联及欧洲各国巡演五百余场，并担任了几乎所有国际重要钢琴比赛的评委。数十年间，傅聪由一个少年天才成长为世界公认的音乐巨匠。1979 年，傅聪载誉回沪，专程拜访了悉心培育他的钢琴启蒙老师雷垣，并用个人演奏会的特殊形式回报了恩师。

张大千逸事

张大千是百年来最重要的中国画大师之一。其创作"包众体之长，兼南北二宗之富丽"，集文人画、作家画、宫廷画和民间艺术为一体。中国画人物、山水、花鸟、鱼虫、走兽、工笔，无所不能，无一不精。他的诗文真率豪放，书法劲拔飘逸，外柔内刚，独具风采。除了在松江出家百日，得大千法号的趣闻外，艺坛还流传着这位画坛宗师的不少逸事。

叶恭绰还帖，张大千戒赌

张大千的女儿张心庆说，张氏家族有三条家规，一直恪守至今——禁烟、禁酒、禁赌，初犯者先行劝告，再犯者赶出家门。"禁烟家规是祖母曾友贞在祖父去世后立下的，因为祖父官场失意后染上了大烟，败尽家财；禁酒这条家规是祖母自我反省后立下的，因为有一次祖母受邀参加喜宴时曾饮酒失态；而禁赌这条家规是父亲张大千立下的。"

20世纪20年代，上海滩有一人叫江紫尘，以买卖书画古董作为生财之道，并在上海孟德兰路创立诗社，以打诗谜的方式聚赌。当时的文坛前辈陈三立、郑孝胥、夏敬观等都是诗社常客，张大千也常来诗社捧场，可惜手气不佳，是"常负将军"。

一天,张大千应江紫尘之请,将曾祖父留下的"传家宝"——王羲之《曹娥碑》帖带去给众人欣赏。这幅碑帖十分珍贵,上有唐代名人崔护、韦皋等七人的题跋,曾由项子京、成亲王先后收藏,且都附有详跋。不料当晚他"入局"以后连续败北,转瞬间就欠了江紫尘一千多大洋的赌债。

江紫尘趁机道:"你欠了我这么多债,干脆用那碑帖来抵账吧,我可以贴你二百元,帮你翻本,怎么样?"张大千当时早已输红了眼,不假思索就答应了。

张大千

岂料过了十年,张大千的母亲、女画家曾友贞在安徽郎溪病危时,把他叫到病榻前,居然旧事重提,问他为何许久都没有看见祖传的《曹娥碑》帖。

张大千立刻傻了眼,只好推说仍然放在苏州网师园。他母亲就说:"那好,你下周去拿来给我看看。"张大千想,万一真相让母亲知道那还了得!可听说江紫尘早已将碑帖转手,现在又不知落于谁手,想到这里不禁心急如焚。

他回到网师园后,恰遇叶恭绰与王秋斋来访,询及张太夫人的病情,张大千即以实情相告,并将自己输掉碑帖的经过也一一相告,最后叹气说:"倘若还能够找到这幅碑帖的下落,我决定不惜重金赎回,使老母得到安慰。"

这时,戏剧性的一幕出现了。叶恭绰竟然指着自己说:"实不相瞒,此帖现在就在我这里。"张大千又惊又喜,他把王秋斋拉到屋角,央求王秋斋向叶恭绰转达三点提议:一、如能割让,愿付其购买原价;二、如不忍割爱,则愿意用自己所收藏的历代书画,不计件数任叶挑选,以为交换;三、如果这两种方式都不行,则乞求暂借两周,经呈送老母观览后,即行璧还。

叶恭绰也是豪放之人,听说此事后慨然道:"我一生爱好古人名迹,但从不巧取豪夺,玩物而不丧志。这碑帖是大千祖传遗物,而太夫人又在病笃之中,意欲一睹为快,这也是人之常情。我愿意将原璧返赠给大千,拿去便是,何须偿还!"张大千立刻上前叩首相谢,并从此绝迹赌场。

仿画可乱真，骗过众名家

作为一代画坛巨擘，张大千也是个模仿名作、绘制赝品的高手。他曾自嘲说自己是个"用纸用笔的骗子"。尤其是他仿画石涛几乎可以乱真，从表现手法、构图特点，到整件作品的神韵无不惟妙惟肖，许多知名画家、鉴赏家都曾被骗过。

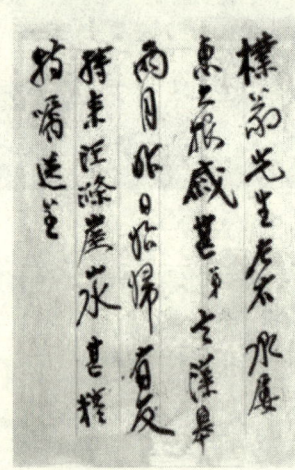

张大千致黄宾虹信

黄宾虹和罗振玉是张大千的老师曾农髯、李梅庵的好朋友。黄宾虹、罗振玉两位先生收藏石涛的画最丰富，被公认为是鉴赏石涛的权威。一回，张大千向黄宾虹求借他收藏的一幅石涛精品，被黄先生拒绝了。张大千不服气，仿摹了石涛一幅手卷，从画到印章，都是自己一手做的，还在画上题了"自云荆关一只眼"，放在老师曾农髯那里让他点评。正巧，那天黄宾虹去看曾农髯，无意间在曾的画案上发现这幅仿石涛画，以为是真迹，大为赞叹，执意要收购。曾农髯便让张大千去黄宾虹家，让他们直接去谈。张大千到了黄家一看，原来就是自己的仿作，心中不免暗暗得意。黄宾虹问他要多少钱才肯割爱，张大千心想真向他开价未免不厚道，便道："先生也不用给我钱了，就拿这幅画换我上次要借的那幅石涛画吧！"黄宾虹非常爽快地答应了，当场成交。

年轻气盛的张大千还曾想挑战著名鉴赏家罗振玉的鉴宝眼光。但要让罗振玉上当，绝不是件容易事，为此他还颇费了一番心思。

古时候的名画，最受人看重的，当然也是最有艺术价值的，常挂在客厅的中堂；最不值钱的是挂在炕头卧房里的画。炕头卧室外人不入，只能自赏，不过填填空处，遮遮墙壁而已，取材也大都是一些花草、虫鱼、动物小品。张大千知道用大幅山水画难骗过罗振玉，便仿制了几幅石涛的炕头小画，其中一幅画的是虎。画好后，通过朋友，故意转了几个弯，在似乎不经意中让罗振玉看到了这几幅画。罗振玉果然上当，并出高价收购了这几幅假石涛画。

罗振玉新得到几幅石涛"真迹"，自然十分高兴。罗振玉雅兴大发，在家中宴请画友来共赏，主客同饱眼福。张大千故意去凑热闹，等客人散尽后，张大千悄悄对罗振玉说："罗老师,我看这几幅小画有点不妥。"罗振玉想起张大千曾用假石涛画骗取过黄宾虹的真迹,便猛然醒悟,顿时气得目瞪口呆。

还有一次,张大千以一本宋人佚名册页中的《睡猿图》为蓝本,仿制了一幅《睡猿图》轴,画面内容简单,在一块山岩上,一只黑猿正匍匐酣睡。张大千在画完之后,又署上南宋画家梁楷款,同时还仿南宋著名刻书家廖莹中题字:"梁风子睡猿图神品。"种种作假之后还不罢休,又用木印仿制名家鉴藏印钤在画作上,请高人对画作进行做旧处理。一切准备工作就绪之后,张大千暗托天津一古董商将画作带到上海兜售。古董商对外宣传说这幅作品是从清皇家宗室家中流出,当时号称上海书画鉴赏"一只眼"的吴湖帆也中了计,以十两黄金买下此画。

后来,张大千到吴湖帆家中赏画聊天时,才发现自己仿的这幅《睡猿图》已被吴湖帆视为稀世珍品,但碍于情面又不好明说,只好婉转地表达,认为这件作品不太可靠,并暗示他尽快转售此作。此后,张大千还曾带着朋友到吴家观赏《睡猿图》,有意帮他转手。

但吴湖帆并没有将画出售的打算。于是张大千灵机一动,再仿了一幅一模一样的《睡猿图》,送给好友陆丹林,让他带着这幅图去找吴湖帆鉴赏。两幅一模一样的画同时现身,吴湖帆这才发现自己当初确实是走眼了。

最后吴湖帆搬来救兵,请同样在收藏界举足轻重的叶恭绰为此画题上长跋,自己也亲作跋记,后不久即以高价将这幅画转手出售。这幅《睡猿图》虽为张大千仿制的赝品,但后世鉴赏家评价说,此画的艺术水准和收藏价值都不容小觑。

"君子"梅兰芳,"小人"张大千

在父亲张大千的诸多画作中,张心庆最心仪的还是仕女画。据说,张大千的画作《天女散花》灵感来自于梅兰芳。在张大千眼里,上妆后的梅兰芳,其脸谱和身段凝结了唐宋以来古人审美的全部精华,正所谓"浑身都是画稿子"。

张大千与梅兰芳初次见面也有一桩趣闻。当时二人在一场饭局上相逢,张大千正好被安排坐在梅兰芳旁边。虽然两人神交已久,但毕竟是初次见面,多少显得有些拘谨。于是,张大千主动挑起了话头,他笑着对梅兰芳说:"主人安排我俩坐在一块好像不太合适啊?"梅兰芳觉得很奇怪,忙问"为什么"。张大千很随意地说:"你是君

张大千《天女散花》

子，我是小人嘛。"这下子，梅兰芳更加大惑不解了，便追问张大千为何自称"小人"？张大千笑着答道："你是君子动口，擅长演戏；我是小人动手，只会画画。"话音方落，二人开怀大笑。

张大千为人随和，在他眼里，朋友无所谓贫富贵贱。有回，他入住香港九龙一家酒店，酒店安排了两位年轻人为他和家人打点日常琐事。这二人鼓足勇气向张大千求画。张大千一口答应，马上开始作画。

过了一会儿，屋里来了许多客人，张大千一边画画，一边谈笑风生。一位老先生边看边出了神，高声说道："大千先生，这张画就给我吧！你要多少钱？我马上付给你，反正我就是要定了。"张大千笑着说："不好意思，这张画已经有主了，我已经答应送给我身旁的两位年轻人了。"那人抬头一看，轻蔑地说："难道我还不如他们？"张大千听了这话，十分生气，郑重地说："你有钱可以在我开画展时买，随便哪张都可以。而这两位青年是为我立下汗马功劳的，没有他们每天对我周到的照顾，我哪有时间作画？我从心底里感谢他们。"那位老者只能悻悻而去。

20世纪50年代，在张大千经济最困难的时候，他作出了一个惊人的决定，将自己珍藏的几幅古字画以低于香港市场一般古字画的价格出售，以半送半卖的方式不使国宝外流。这其中包括五代顾闳中的《韩熙载夜宴图》、五代董源的《潇湘图》等。

当时，美国欲出高价收购，但他没有同意。当时，在周恩来的指示下，时任国家社会文化事业管理局局长的郑振铎赶赴香港，购回了这些国宝。张大千内心有一份坚持，他说过："这些古画是中国的珍宝，不能流入外国人手中。我虽不能流芳千古，但绝不能做遗臭万年的事。"

"虎痴"张善孖逸事

国画大家张善孖一生爱虎,自号"虎痴"。他曾经为了观察老虎的一举一动,在四川和苏州的家中后院豢养了两只猛虎,以虎姿入画,画中之虎独具神韵,沉雄精妙,一时在画坛传为佳话。其实,张善孖与松江也很有渊源,曾和松江名门杨蓉曦之女结为秦晋之好,是名副其实的松江女婿。

松邑教画留美名

松江北门内大吴桥西北隅,有一座古刹禅定寺,俗称小北庵。寺庙住持逸琳法师擅画山水,颇负时誉,深受禅定寺庙董松邑名门杨蓉曦秀才的赏识。其弟子悟超是四川人,与内江张氏是旧识。张氏是内江当地大族,以书画传家,所居名为大风堂。民国9年(1920),悟超前往四川拜会故人,邀请张善孖来松江,安排他住在小北庵的三间头。所谓三间头,就是禅定寺殿堂东北角的雅室,有一小门可通,庭前修篁垒石,鸟语虫鸣,是一处习画作书的胜地。

张善孖在禅定寺深居简出,鲜为人知,然而其过人才华仍然被杨蓉曦慧眼识中。杨蓉曦素来嗜好书画,他的祖父杨正家在清季以四体书、篆刻名重于时,有传世之作。杨家住在大吴桥东堍,离小北庵不过咫尺。一日,杨蓉曦偶见张善孖画作,大惊其才,

立刻结为至交,纵话丹青,过从渐密。

当时张善孖新鳏无后,而杨蓉曦之女杨浣青尚待字闺中,在杨父主持下,二人决定结婚。于是,张氏举家来松,居于西门外富家弄。有一则逸闻说张善孖成婚那天正值盛夏,当天他蓄着短须,身穿绸衫纱褂,待人彬彬有礼。奈何初到茸城,几乎完全不谙松江礼节,更听不懂操一口松江方言的主礼人所喊何话,他只得瞻前顾后,俯仰由人,弄得汗流浃背,引来观礼人一阵哄笑。

张善孖非常喜爱老虎。早在民国4年(1915),他就从日本带了一只乳虎回成都家养。那是一只比较温顺的小虎,张善孖、张大千经常把老虎牵到山野之中,放开铁链,任其奔跑。此刻,他们或勾勒草稿,或照相留影,对虎的习俗、特征了然于胸,笔下的虎也就有王者之风了。松邑张小石就在当时拜师张善孖,学其画虎,所以他的画上钤有"大风堂弟子"之印。张善孖画虎虽盛名满天下,但在松江时为亲朋好友作画,从不取酬,自谦为"我画不值一分钱"。但是这只老虎豢养了三年就死了。20 世纪 30年代初,张善孖率眷从上海迁到苏州,寄寓城南十全街的近代名园网师园,将画室取名大风堂。

乖巧虎儿通灵性

民国 24 年 (1935),国民党师长郝梦麟在贵州深山洞窟里抓到两只乳虎,他知道老友张善孖善画虎,打电报到苏州,问张善孖要不要老虎。

张善孖《虎》,镜心,设色绢本

张善孖听了喜出望外,过去那只老虎的夭折一直是他心头大憾,他立刻抱病专门去了汉口。路上一只虎崽死了,张善孖对"硕果仅存"的那只小虎宠爱有加,取名虎儿,网师园里的假山洞即成了虎儿的新家。当他抱着虎儿穿过苏州的繁华街道时,观者惊诧,一时轰动。

这只小老虎据说最爱喝鲜牛奶，极通人性，张善孖与之朝夕相处亲昵非凡。由于虎儿从小就散放驯养，在园内除了与狗追逐嬉戏，也同孩子们一起玩耍。张善孖还常带它去虎丘公园喝茶，其间，老虎就卧伏在茶桌旁边的树荫下，吸引很多人围观。在网师园里，虎儿经常在半夜走进主人卧室，把特为它准备好的鸡蛋吃了之后，才悄悄回到园子里，从不惊动主人。虎儿还不时爬到张善孖的画案上睡觉，活像一个顽皮的孩子。

因虎儿对家人、客人都友善，大风堂时时高朋满座，来客中有不少当时的一流名士：章太炎、叶恭绰、李印泉、陈石遗等，他们时而吟诗，时而作画，还常常牵着虎儿在众宾客面前玩耍，或合影留念，给大家添了许多乐趣。时任《吴县日报》副刊编辑的薛慧山曾与虎儿合影，他曾记录道："餐后，就在园中那棵卧龙似的老松之畔，合照了一张照片。当时善孖牵着虎儿来，叫我抱它，那头虎也善解人意，居然像哈巴狗般驯服。"

据传，有一次有客来访，为虎所惊，张善孖在它头上以折扇轻击三下，虎儿认为主人当众羞辱了自己，委屈之下竟三日不进食，日夜做哀戚之声。此事惊动了城外的高僧灵岩寺方丈印光大师，印光亲自来网师园看此虎。虎儿一见印光，立刻以头触地，流泪不已，让看破红尘的高僧也

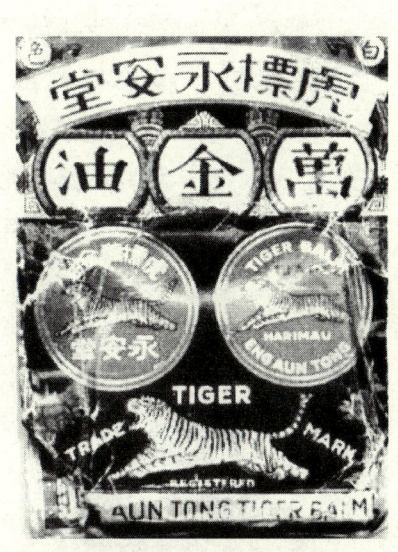

旧虎标永安堂万金油包装

大为感慨，为它祈祷。而张大千的好友张目寒美丽的女友抱着那只虎儿的照片，还成为永安堂虎标万金油的广告，更使这只虎崽成为家喻户晓的明星。

"十二金钗"成猛虎

正因为爱虎养虎，张善孖对老虎的习性非常了解，能深刻地把握其动态，不失于流俗。他画虎同前人颇有不同，前人画虎着重表现虎威，形体结构不免有失，张善孖笔下的老虎，既不失威猛，又富有人性，结构也非常准确。张善孖曾创作一幅《虎啸

图》，上面题款是一首七绝，其诗云：

> 虎睛白头势咆哮，配偶于冬不两日。
> 月色朦胧初欲晕，时间猛吼在山坳。

诗云虎之威猛，同时也隐含了张善孖刚烈的性格。

张善孖每当写生作虎画时，就让虎儿面对着院内的一面大镜子，作出各种姿态，或作卧伏状，或作跃势，或引颈虎啸，加以映入大镜中的山石、池水、花草树木，极富天然野趣，为他的虎画艺术创作提供了丰富的养料。

就在寓居网师园这些岁月里，张善孖与张大千别出心裁，采用《西厢记》十二句词，合画了十二幅虎图，取名为《十二金钗图》，图谱中虎儿或蹲或卧，或伏或跃，或潜行或狂啸，千姿百态，无不神形兼备，栩栩如生；再配以摘自《西厢记》十二句艳词，将可爱的虎儿加以人格化，百媚柔美，古今绝伦。比如：

张善孖《双虎图》

《耸肩蹲伏图》"羞答答不肯把头抬"。

《草丛潜行图》"行进前来百媚生"。

《卧石望江图》"可喜宠儿浅淡妆，穿一身缟素衣裳"。

《仰卧荒原图》"猛凝眸，则见你鞋底尖儿瘦"。

《返身昂首图》"怎当他临去秋波那一转！"

用香草美人之词形容老虎，实在令人大惑不解。原来画家通过图词搭配的异常举动，暗喻作者愤世嫉俗的难言苦衷。清末民初，世有"北李（瑞清）南曾（熙）"之称的大书法家、诗人曾熙（1861~1930，晚年号农髯）见到张善孖的《十二金钗图》虎画图册时，不禁为之拍案称快："此系虎画中一绝也！"并惊呼："嗟乎张生，何讽世之深耶！"《十二金钗图》于民国27年（1938）正式出版发行，震惊国画艺坛，声名鹊起，从而奠定了他在中国近代国画艺术史上画虎大家的地位。

后来，日寇疯狂地轰炸苏州，张善孖与张大千想把虎儿装在铁笼里带着逃难，不料还没有上路，铁笼却翻了，虎儿竟被压死。失去朝夕相处的虎儿，犹如丧子之痛，张善孖泪流满面，将虎儿安葬在网师园冷泉亭后，还特意立了一块墓碑，上题写"虎儿之墓"。"文革"中，虎儿墓难逃一劫。1982年农历五月初七，张善孖诞辰一百周年纪念日时，亲朋好友在网师园为之重修虎儿冢。当时寓居台湾的张大千闻讯后，又亲自书写"先仲兄所修虎儿之墓"九个大字寄往苏州。

画虎报国抗日寇

民国26年（1937），卢沟桥事变爆发，张善孖忧心如焚，毅然率家人匆匆西上，途中自己收藏的名家字画几乎丧失殆尽。张善孖当时对友人说："丈夫值此机会，应国而忘家。此次我来郎溪，生平收藏存在苏州网师园，皆弃之如土。以今日第一事为救国家于危亡，万一国家不保，虽富拥百城，又有何用？恨吾非猛士，不能执干戈于疆场，今将以吾画笔写出吾之忠愤来鼓荡志士，为海内艺苑同人倡！"张善孖虽是一介书生，却亦投身到抗战大潮之中，用自己的行动感动了很多猛士。他离开郎溪后，冒着敌机的扫射，乘坐小火轮到达芜湖，又坐轮船到安庆，再换木帆船前往九江。一路上，亲眼看见敌机肆虐，难民遭殃，他沿途画了许多虎画，寄赠给前方将士，鼓励他们奋勇杀敌，保家卫国。

在武汉，张善孖与郭沫若等人经常聚会，他以二丈白布绘了一幅《怒吼吧，中国图》，上画二十八只怒虎，形态生动，气势逼人，款题："雄大王风，一致怒吼，威撼河山，势吞小丑。"这二十八只怒虎象征中国当时二十八个行政省。后来，日军逼近武汉，空袭不断，张善孖才与家人退至宜昌，暂住在三弟张丽诚开设的振华布店中。就在《怒吼吧，中国图》快完成那天傍晚，宜昌也响起了急剧的警报声，张善孖将一腔愤怒完全倾泻于画作之上，继续挥毫疾挥。就在冲天的火光中，张善孖完成了这幅巨作。

民国26年（1937）底，宜昌难民日见增多，正直的张善孖自作主张，卖掉了三弟的振华布店，用来救济难民。不久，他又率家人到重庆，出任赈济委员会委员。民国27年（1938），张善孖在周恩来的帮助下，携与张大千共同画的一百八十幅作品赴法国、美国为中国抗战事业义展义卖,法国总统勒勃郎亲往参观,赞叹张善孖为"东方近代艺术代表"。不久,张善孖又应美国总统罗斯福及其夫人邀请赴白宫做客。张善孖精心绘制了几张巨虎图,赠送给罗斯福,罗斯福视画为奇珍,特别吩咐将画挂在白宫林肯像侧。他也是中国平民画家进入白宫第一人。

在美国纽约,张善孖听说陈纳德将军拟在美国组建空军志愿队援华,十分激动,精心创作了《飞虎图》赠送陈纳德将军。画面上是两只带翅膀的老虎,勇猛敏捷,虎虎生气,寓意如虎添翼。陈纳德后来将其率领的美国空军命名为飞虎队,并按《飞虎图》做了许多旗帜、徽章分发给部下。

张善孖此时已染疾病,却抱病在河内、巴黎、纽约、芝加哥、费城、旧金山、波士顿等地展出画作,所至之处观众踊跃,募得捐款及门票收入逾百万美元。民国29年(1940)8月,张善孖结束募捐工作回国。此时他的身上除了随身展品,竟身无分文。同年10月,这位画坛巨匠由于过度操劳,在重庆驾鹤西去。

不该被画史遗忘的名字

——记美术教育家、画家洪野

洪野（约1886~1932），又名洪禹仇，安徽省歙县人。行伍出身，自幼家贫，自学美术。民国3年（1914）在上海图画美术学校（上海美术专科学校前身）执教色彩学。民国7年（1918）11月在该校创办的《美术》第一期发表论文《我之旅行写生观》，以其绘画体会和美术教学经验，阐述野外写生的重要意义。继任上海神州女校和上海东南高等专科师范学校美术科主任。民国11年（1922），东南高等专科师范学校扩建为上海大学，洪野仍任美术科主任和该校行政委员会委员，先后教过色彩学、素描、西洋画、国画、透视学等。洪野的画熔中西画法于一体，作品多为写实题材，有《卖花女》《敲石子工人》《驴车夫》等。他为俞平伯诗集《西还》设计的装帧，被认为是五四时期新文学美术装帧珍品；为胡山源五幕剧《风尘三侠》画的人物插图，融合西洋画法和中国绣像画白描手法。

洪野自画像

洪野算不上一个名垂画史的美术家，遍翻多部中国美术家辞典，也未必会寻得关于他的一鳞半爪。他的门下弟子盛名倒在其上——知名旅法女画家张玉良早年曾投其师门，启蒙习画，毕生铭记师恩。

洪野曾与施蛰存在松江县立初级中学共执教鞭。洪野去世后,施先生写过一篇感人至深的散文《画师洪野》,怆然追忆故知,"他就只是以一个忠诚的艺术家的身份而死的。在活着的时候,也未必有人会注意他,则死了之后,人们亦不会再长久地纪念他",深深为"忠实的艺术家的无闻而死"而扼腕叹息。

慷慨赠画施蛰存

施蛰存回忆了他和洪野相识相交的几桩小事,一个率性真诚的艺术家形象跃然纸上。当时洪野在上海几所艺术学校任教,"因为要一个经济的生活,和一点新鲜的空气",每周乘沪杭火车往返,到松江景贤女子中学(以下简称景贤女中)兼任美术教员,后来索性举家搬到了松江,和施蛰存在松江县立初级中学共事。

一天,施蛰存和好友雷震同结伴,经过洪野家。黑漆墙面,棕色门板,上面刻着用绿粉填嵌的碗口一样大的"洪野"二字。雷震同告诉他,这是一位新近搬来的画家,可以去看看他的画。施蛰存犹豫是否唐突,雷震同早已把他拽进门内,"他欢迎陌生人去拜访他"。果然,主人洪野热情率真,没过多久宾客就已相熟。洪野拿出家里的许多画向施蛰存展示,国画和西洋画皆有。出于礼节性的考虑,施蛰存赞不绝口。洪野逊谢一番后,忽然问道:"你是不是真的以为这些画都很好?"

施蛰存马上接口:"是啊。"

不料洪野"不依不饶",穷追不舍:"那么,请教好在什么地方呢?"

施蛰存心里暗道,哪有这么不客气的主人,这要如何回答!

就在施蛰存窘急为难的时候,洪野却哈哈大笑起来:"这些都不中看,这都是抄袭来的,我给你看我的创作。"

洪野于是到房里捧出七八卷画来,一一铺开向客人展示。一帧题为《黄昏》的画一下子吸引了施蛰存的注意——幽蓝无垠的苍穹,几羽初升的月光,越檐而去的乌鸦,构成了一幅朦胧的诗意盎然的画。"我喜欢这个。"施蛰存说。洪野点头微笑:"我懂得你的趣味了。"

初次见面,洪野虽然"将"了施蛰存一军,但细心的他早已把这位朋友的喜好暗暗记在了心上。时隔数月,他的画入选了"全国美术展览会",那幅《黄昏》就在其列。展览结束后,一天清晨,洪野夹了一卷画到学校里来,交给施蛰存:"这个现在可以送给你了。"展开一看,就是施蛰存最中意的《黄昏》。画幅背后已经在展览时标定了很高的价目，但毕竟朋友价更高，洪野丝毫没有踌躇，将画慷慨相赠。

张玉良的启蒙老师

张玉良自画像

洪野是我国著名女画家、雕塑家张玉良的启蒙老师。张玉良（1902~1977），原名陈秀清，后随夫姓，改名潘玉良。她生于扬州，年幼丧亲失怙。十四岁时，被舅舅卖给芜湖巷的一家娼门怡春院。幸得新到任不久的芜湖海关监督潘赞化援手，成为潘家二房夫人。不久，张玉良搬到上海居住。巧的是，她的邻居就是时任上海美术专科学校色彩学教授的洪野先生。她耳闻目染，决定自修绘画。张玉良还从书店买了一套《芥子园画谱》，临摹、写生，对着镜子，仿照洪野先生的样子，坐在镜前画起了自画像。她的天赋和勤奋被洪野看在眼里，于是决定收她为徒。洪野给潘赞化的信中写道："我高兴地向您宣布，我已正式收阁下的夫人做我的学生，免费教授美术……她在美术的感觉上已显示出惊人的敏锐和少有的接受能力。"张玉良天资聪慧，毅力过人，进步飞速。

在洪野的鼓励下，民国6年（1917）秋，张玉良报考了上海美术专科学校。考试的人坐满了五个教室，她参加考试并获得了良好的成绩。由于她出身微贱，竟未被录取。后经洪野尽力斡旋，当时校长刘海粟终于同意破格录取她。后来，张玉良留学欧陆，先后毕业于巴黎及罗马美术专门学校，作品陈列于罗马美术展览会，曾获意大利政府美术奖金。

民国18年（1929），她回国两个月后，启蒙老师洪野和原上海美术专科学校西画系主任王济远，特意为她组织了"中国第一个女西画家画展——潘玉良归国画展"。这是中国第一个女西画家的画展，展品二百多件，震动了中国画坛。《申报》也发表了消息，参观的人络绎不绝。她也获邀担任了上海美术专科学校及上海艺术大学西洋画主任、中央大学艺术系教授。民国26年（1937）张玉良旅居巴黎，曾任巴黎中国艺术会会长,她也是东方考入意大利罗马皇家画院的第一人。

法国东方美术研究家叶赛夫先生评价:"(张玉良的)作品融中西画之长,又赋于自己的个性色彩……她用中国的书法和笔法来描绘万物,对现代艺术已作出了丰富的贡献。"而张玉良始终没有忘记自己风格的形成离不开自己的第一位美术老师洪野,每次回国必会去看望恩师。

息影江村,山川入画

洪野早年任教于刘海粟创办的上海图画美术学校。和其他看重课堂基础练习的老师不同,洪野始终认为,到野外旅行写生,视野才会开阔,对美的洞察力和描绘力才会敏锐。一草一木、一山一川无不是激发灵感的源泉。

民国12年(1923),他在担任上海大学美术科主任时,成立了画会,展览师生作品,还参与了该校最高行政组织:评议会和行政委员会,与校长于右任、副校长邵力子、校务长邓中夏、社会学系主任瞿秋白等共商校政。民国15年(1926)春,上海十余文艺团体联合成立上海艺术协会,洪野与田汉、陈望道等同被推为执行委员。

然而,这位在沪上艺术界也算身居要职的大学教授最后却远离烦嚣,迁居松江,成了一名初中教员。先是在景贤女中兼职,传授西洋画技法,在松江首先开设色彩学、透视学等课程,后到松江县立初级中学任教,继续坚持带学生到野外旅行写生。施蛰存就曾说他"心境自安于淡泊,画家洪野遂终其生不过一个中学教师"。

有人讥笑他"自降身份","不思进取"。他却这样解释自己扎根松江的原因:"有名无实的事我不愿意干。"他不满于上海学生缺乏艺术忠诚,不满于徒有其名的教授生涯,宁愿息影江村,与天真的孩子相伴,白天野外写生,晚来浊酒一杯。

民国21年(1932)一·二八战事爆发,学校

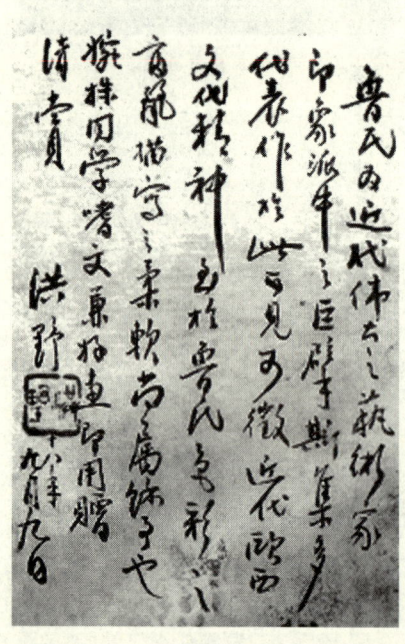

洪野墨迹

被迫停课，洪野举家逃难到天马山闾里避居，饥寒交迫。他又不幸患上痢疾，无钱治病，不久病逝。贫困的妻儿竟无棺以殓，同校师生闻讯，纷纷捐款帮助料理后事。据说，他临终前数日，仍将饭碗底当调色板，作画不辍。

中国画史上，没有人因洪野之死而想到为他树碑立传。施蛰存为之唏嘘不已："一个水上的浮沤，乍生乍灭，本来是极平常的事情，但我却从这里感到了异样的悲怆，为了一个友谊，为了一个伟大的人格。"

中西交融的绘画风格

洪野的绘画风格融通中西，在中国画艺中渗透了西洋技法，毛笔宣纸，亦能为他所用，画中深蕴水墨笔致，色彩的深浅疏密与线条变化流转相互依存，色韵生动，独具特色。

之前他的西洋画多受印象派影响，描绘过许多风景和静物，取用的都是印象派的方法。在吸收了新的艺术理论后，他更注重将触角伸向社会现实。读了郭沫若翻译的革命题材小说《石炭王》，他欣然为这本书绘制了插图。

野外写生时，他的画中不再是小桥流水、疏林茅屋，而更多的是村夫野老、胼手胝足的形象，浚河的农民、运输砖瓦的匠人、无奈的卖花女……不愿粉饰太平，不受世俗欢迎，倒也自在意中。

他曾经招施蛰存去看一幅新作，画上是一个工头正在机轮旁揪打一个工人。他问施蛰存意见，施蛰存嘴里答应着"很好"，但心里总觉得这样的画似乎过于粗犷。洪野似乎看透了施蛰存的思想，解释说，他希望他的画能表现他"所同情的人物"，而不是充当"书斋壁上的装饰品"。

施先生此前并不偏好洪野写实题材的作品，艺术家的孤独和坚韧却令他感同身受："他在贫困的生活中，一个人寂寞地描绘他所同情的人物，直到死。我能够了解他，然而不能接受他，这是我至今还抱愧的。现在他死了，除了寡妇孤儿，以及几帧不受人赞美的画幅以外，一点也没有遗留下什么……"

张琢成的名士风流

此木轩中静谧挥毫,清华园中洒脱酬唱,鬻书卖画,课徒传艺。松江画家张琢成一度有"诗书画三绝"的美誉,在苏松一带得天独厚的人文传统润泽之下,他凭着刻苦自学,在 20 世纪二三十年代的江南画坛占有一席之地。他的南宗山水画被施蛰存极为推崇,称为"取法高古"。晚年他随女婿——学者浦江清北上京师,寄寓清华园,也留下了累累诗文佳作,为人称道。

勤练不辍,闻名乡里

张琢成(1879~1954),原名蕴玉,字韫斯,又字琢成,后以字行,号泖东逸少。他年幼丧母,由祖母抚养长大。祖母对他要求颇为严格,张琢成也很早就养成了自觉读书的习惯,即便让人反锁了房门,也能在房内专注读书。他少年时就开始学习书画,晨夕勤练,相当刻苦,哪怕是三九寒天,笔砚都冻住了,他也依然呵气磨墨,练笔不辍,这些努力为他日后的书画成就打下了坚实基础。

张琢成是秀才出身,旧学功底颇深,青年时代处于清朝末期,西学渐兴,于是考入震旦学院(后转入复旦公学)读书。两年后,因患肺病而休学回到家中,边休养边自学绘画,有时也篆刻。其中,以绘画成就为最高。他承接南宗画派,画风俊逸洒脱,

《夏山烟雨轴》《藤树栖雀图》《拟董文敏山水卷》等传世之作都能见其高古之风，扇面、尺牍的书法亦是灵动工致，得秀逸之气。

他还有一部重要的艺术论著《画概》，对皴擦、点染的笔墨技法，学力天资等议题做了全面阐释，并结合历代名家名作做了深入评析，论述精辟，具有极高的价值。当年，晚清文艺评论家刘熙载写成《艺概》，但只论及了诗、文、词曲、书法、经义而无绘画，特请杨古酝补作《画概》。后杨氏寄迹他乡，逾三十年尚未践诺，恐天不假年，于是嘱弟子张琢成完成心愿。张琢成毕五年寒暑，方完成重托，告慰先师，其中也展现了他对绘画流派历史的谙熟以及他自身创作教学经验之丰富。

张琢成

此木轩中，诗画兼学

张琢成的入室弟子叶良玉至今仍对年少时在老师书斋此木轩读书学画的情景记忆犹新。"书斋外绕满淡紫、绯红的牵牛花和茑萝花的矮篱笆，庭院内高大挺立的梧桐和窗前碧绿肥大的芭蕉"，"仿佛又听到抑扬顿挫的琅琅书声，又见到静谧潇洒挥毫作画的情景。淡淡的田园气息，浓浓的文化氛围，使人出尘忘俗"。此情此景已相隔六十多年，当年书斋里十来岁的孩子如今已是白发萧萧的老翁，但师长的颀长身影、矫健步伐和宽厚笑容依然令他难忘。

叶良玉早年就对绘画很感兴趣，"东涂西抹，乐此不疲"，其父对张琢成的书画功力早有耳闻，因此就将他送到张琢成开办的私塾就读。十二三岁的叶良玉正式行了拜师礼，成为了张琢成门下年纪最小的门生。

叶良玉说，先生主张要学绘画，必须首先打好古典文学基础。当时在书斋里，早上专门学习诗文，下午再学绘画。"先生平时话不多，对人很和善，即便学生犯了错也不会大声呵斥，但不怒自威，也自有一份威信在。尤其是诗词的背诵方面，他要求特别高，当天教授的，次日必须流利背诵，否则就不教新课。"张琢成讲解诗文很有特点,把重点放在音韵、平仄、格律上,要求吟诵有节奏,背诵要流畅。他并不刻意逐字讲解,但其实他对典故非常熟悉。"他家里藏书很丰富,他也要求我在学习中遇到疑问之后,自己去那些书里寻找答案。有时我向他提问,他几乎想也不想,就能报出某某典故在何书中出现,屡试不爽,神奇得很。"叶良玉说。

宽容开明,师恩难忘

而说到学画,看过叶良玉画作的人可能不免惊讶。张琢成明明是以山水画见长,怎么教出了个画人物工笔画的弟子?谈及其中的来龙去脉,叶良玉感慨万千,称先生的开明、博学给了他在求艺路上最大的帮助。"我从小就喜欢在墙上用铅笔啊毛笔东涂西抹,画的都是自己喜欢的人物画。可是我老师是以画山水为主的,包括我父亲平时也偏好山水画。我刚开始学画的时候,还比较老实,中规中矩地跟着临摹山水,但时间一长,我的偏好就有意无意流露出来了。有一次我在临摹倪云林山水时还自作主张地添了几栋庙宇、几个人物,搞得不伦不类的。"

张琢成哑然失笑,马上发现这个小门生其实很有个性,他的兴趣原来在人物画上,区别于自己擅长的南宗山水画,更近于北派工笔山水,或是传统仕女、走兽等。他也很宽容大度,没有疾言厉色,强令他"掉转路子",而是坚持因材施教,允许他顺着个人兴趣,自由发挥。"我至今非常感激先生,像我这种不遵循老师画法的出格之举,换作是那些保守的老师早就生气了,严重的可能还要视为大逆不道。可先生非但没有对我产生不满,还鼓励我多所涉猎,他还找出他收藏的顾恺之《女史箴图》、吴道子《天王送子图》等画本给我临摹。看到我画的仕女开相端正秀丽,他十分高兴,认为我很有天分,又特地为我借来了改七芗、俞涤烦的画稿和手迹,让我对前人的轨迹进一步学习揣摩。"

张琢成《拟易画轩山水轴》

更让叶良玉佩服的是,老师虽然多画山水,但他见多识广,学识渊博,对传统人物、花鸟画也很有研究。"我学画人物画时,在衣纹结构、设色勾勒、渲染衬托等方面,都得到了他的悉心指导。我还未入师门前,经常临摹晚清近代吴友如、钱慧安等人的画本。老师却推崇唐宋传统,认为唐宋人物画线条精练,通过反复渲染体现富丽堂皇、泱泱大度。我听了之后很受启发,绘画中开始融入敦煌壁画的风格。"

虽然平时对弟子督促甚严,但他每次看到小门生有所长进,都不吝赞许,每逢画友来访,总拿出叶良玉的作品和他们评点,这一举一动都给了叶良玉莫大的鼓励。

外示中和,内蕴孤愤

姚鹓雏曾为张琢成七旬寿辰题词赞曰:"公抱义自守,不为容悦于世,实则刚介嫉恶,外示中和,内蕴孤愤,有朱高士、陶征君之风。愿供履委地而高咏荆轲,其心非忘世者也。既遭国难,所居尽毁,才余数楹,以炊爨庖汤沐之所,辟作房舍,会宾客,读书作画,翛然物外,虽温独乐,何以加焉。"民国时期,他几次出任公职,但往往一年左右,便辞职回家,实在是因为与世俗的社会格格不入,宁愿鬻字卖画为生,攻读、赋诗,与趣味相投之士交游。

他为人耿介,热心公益。据其女张谦受回忆,在张琢成担任松江县市政局局长时,尽管制度规定烟茶由局经费供给,但他一贯自备烟茶,从不用公款购买。一次松江县内小学教员因薪水过低生活困难向市政局请愿,要求增加工资,但县教育局以教育经费不足为由,不予解决。张琢成非常同情,考虑到小学教员生活清苦,慷慨出售自家部分祖传田地,以解决老师们燃眉之急。事后,因对时局无奈,不久张琢成就辞职回家。

虽不再任公职,但张琢成仍热心为桑梓出力,抗战前以坐落在秀野桥北的一块土地,向高君藩先生换得现松汇路上的一块地基,集资筹建新松江社。除建成一幢二层楼房供宴会、礼堂等用之外,还附设澡堂、茶室等部供当地人们休息娱乐之用。

七七事变后,日寇入侵,张琢成在松江的屋宅毁于战火,只剩下灶屋柴间等三间房,战前所存数百元积蓄因银行倒闭而分文不得,生活来源断绝。当时汪伪政权知道他学识渊博,在当地有很高声望,曾再三请他出任维持会会长,但他坚决不就,还将焚余的灶屋等稍加修葺,取名此木轩,意谓原是柴间,闭门读书,并为亲友作书作画,略取笔资，以维持温饱，过着极为清贫的生活。

赋诗酬唱，雅兴甚浓

张琢成以其刚正不阿的气节以及文学书画方面的造诣，声望益著，许多青年后辈竞相拜他为师。为了辅导后辈，他倡导成立了松风书画社，地点在马路桥的韩四房，即韩景潮家中。除定期集会研讨诗文书画外，曾举行过甲申三百年祭及名诗人如白居易、苏东坡等的生辰纪念。

学生中有张寿甫、杨慎庵、朱念孝、韩景潮、冯钟琦、黄宗香等人，其中不少人后来在书画方面取得了较大的成就。"当时张寿甫已年近半百，美髯飘逸，但是大家一律以师兄弟相称，我年纪最小，但大家还一起叫我师兄。"叶良玉笑着说。他还回忆说，当时程十发也经常拿画来找张琢成研究，"印象中的程潼先生西装革履，风度翩翩，对先生相当尊敬，执弟子礼"。

除了闻名松邑文坛，他晚年北上京师时，又与清华园张伯驹等众名士往来酬唱，雅兴甚浓，毕生诗词难以计数。只可惜绝大部分未经结集即毁于战乱，幸而完整保存下来的有《北游吟草》，这是他居于清华园北院女婿浦江清家三年间创作的。

清华中文系新春灯谜会，在浦江清邀请下，张琢成以清华师生的名字为谜底制作了不少精妙的"文虎"（即谜题），如射虎将军勤打猎——李广田、阆苑池边现宝光——王瑶（昭琛）、好戴乔治之冕——余冠英、延陵能遏汤汤水——季镇淮、太公父弟居楚泽——吕叔湘、曾随蝴蝶经万里——陈梦家、江苏织造——吴组缃、白日到口也能吞——吴晗。读来气韵生动，令人称绝。

冯超然逸事

冯超然在民国海上画坛名重一时，其学养、画艺都不容忽视，与吴湖帆、吴待秋、吴子深并称三吴一冯。冯超然原本是常州人，早年跟随父亲流寓松江。他很有绘画天分，凭着临摹插画，无师自通，后来广结艺坛益友，画技大进，终成一代大家。

无师自通

冯超然出身贫农，清光绪年间，父亲在松江西门口开设了一家烟纸杂货店，他随其父寓居在松江小北庵附近。后来他又在一家典当铺里做学徒多年，所以口音全无常州腔，说一口松江话。

与其他深具家学渊源的画家不同，冯超然习画全靠自学。他曾对陈巨来说，"我画无师"。当时在松江当铺做学徒的时候，冯超然买了一部同文书局印的《三国志》绣像一百二十回，有二百四十张插图。他用油纸反复临摹三次，因而所画人物，无论什么姿态，都能信手拈来。

当时，他每次经过裱画店铺，都会不由自主得被店里的画卷所吸引。据说他十四岁那年，有一次放学路过普照寺附近的一家古董店，看见一束工笔人物画稿，纸页虽已泛黄残破，但画中的仕女，巧笑倩兮，美目盼兮，韵味无穷。

他捧在手里看出了神,不忍释手。店主却提醒他这幅画要卖四百文。冯超然央求店主为他保留画稿,自己立刻跑回了家,向父亲要来了四百文钱,终于把这件画稿收入囊中。回到家中,他展开画卷,日夜临摹不倦,画艺日进。渐渐有人上门向他求画。冯超然就当做练习机会,有求必应,很受乡里好评。

有人见他年纪轻轻,笔墨老练,功力十足,好奇地问他师出何人。冯超然大笑着拿出收藏的画稿。旁人恍然大悟,原来此画正是清代松江著名人物画家改琦的遗稿。冯超然经过勤奋临摹,已深得改琦的笔法。从此,冯超然便名闻乡里,求画者络绎不绝。

直率待人

冯超然定居上海后,一直以卖画为生。他为人仗义,当时他住在嵩山路的石库门房子里,家中弟妹侄甥,大大小小都上门来投靠他,他靠润笔供养了数门亲属。老家有人请他接济,他也从不推辞,一贯乐善好施。他还十分顾念松邑人士旧谊,每有求墨,都不计润格。

他不求闻达,淡泊名利,家门可以向穷亲故交敞开,却不屑接待达官贵人。据说沦陷时期,他为了避免敌伪人士求画,故意抬高润格。但有一汉奸不肯善罢甘休,不惜重金,继续纠缠不放。冯超然无奈,只好草草作了一幅画,不过画毕,他心生一计,刷刷几笔,题上一句诗,其中有这样两句:"不是不归归未得,家山虽好虎狼多。"将敌伪比作虎狼,狠狠冷嘲热讽了一番,可谓大快人心。

冯超然对门下弟子视同儿女,一时传为佳话。他有一弟子叫郑慕康,抗战期间痛失妻儿,冯超然于是对他格外关心照顾,终于帮助他走出阴影。当时,冯超然还曾为弟子张罗续弦,但郑慕康决定独身,寄情丹青,后来他还效法恩师,以自己的画润接济兄弟,侍奉老母,艺品人品得冯超然

冯超然《福从天降》

亲传。

　　松江女画家于吟蟾也曾拜师冯超然，画艺不凡。她有一次为县绅耿伯齐老先生画了一幅惟妙惟肖的小像，冯超然见后，提笔在背景处补上几株苍劲的青松。人像、树影相得益彰，师生合作之默契可见一斑，而这幅作品也成了冯超然晚年的代表作之一。

　　陈巨来在《安持人物琐忆》中说，他通过吴湖帆与冯超然结识。他笔下的冯超然快人快语，十分幽默。据说，冯氏四十七八岁时，仍"风度翩翩，好嬉谑，每以幽默之语相嘲以快，湖帆'歪喇叭'之雅号，即冯氏所题也"。

　　陈巨来还讲了一件趣事，说冯超然常为女弟子更名，比如孙琼华、谢瑶华、毛琪华、张琰华，都以玉字旁为名，并为"华"字辈。吴湖帆起初并不收弟子，还在背后嘲笑冯超然动辄为弟子改名是"戏班子"作风，二人因此生隙，从此陌路。吴湖帆夫人去世后，吴氏突然广收门人，有二三十人之多。他还跟人说，将来自己作古，灵前一众白衣门人齐齐出现，场面必然煞是壮观。

　　冯超然得知后，便对陈巨来调侃说："'歪喇叭'要灵前多立白衣弟子，像白蜡烛一根根树立，我已告诸学生，待我死后，要门弟子全穿大红衣服，像红蜡烛一样，与之别别苗头云。"

交友趣闻

　　由于久居松江，冯超然与许多松籍艺坛人士过从甚密，比如俞粟庐、费龙丁，经由这些友人的介绍，他在上海广泛交游，与吴昌硕、陈陶遗、俞樾、李平书等名家结识，见识大长。比如他曾在上海大收藏家李平书家中，遍观其所藏，画路渐宽，从人物画到山水、花鸟画，无所不包。

　　冯超然与吴昌硕的忘年交也值得一提。吴昌硕在八十岁时，特意为冯超然作画，用砚刻上"不谐今，谐于古。知予心，唯有汝"的铭文，足见二人惺惺相惜。

　　说起吴湖帆，其实他长于收藏鉴赏，也曾被冯超然奉为良师益友。巧合的是，冯超然迁居上海后，住在嵩山路，名为嵩山草堂，而吴湖帆的住所也在嵩山路，与冯超然家仅一弄之隔。

　　据说，冯超然某天中午在家中设宴请客，邀请了不少海上名士。但弟子不慎将地址误写为吴湖帆家的嵩山路88号。于是当天，冯超然在家精心备席，但临近正午，也不见来客登门。倒是对门吴湖帆家中人来客往，热闹非凡，搞得吴湖帆也大惑不解。最后众人知是误会，都哄堂大笑，欣然移步冯宅，宾主尽欢。至于二人为何不再往来，艺界传闻甚多，是非难辨。

冯超然与松江篆刻家费龙丁交情甚笃。费龙丁的妻子就是名收藏家李平书的妹妹。他每次来沪，都住在老西门南仓街的李家，时不时前往冯宅，"一灯相对，吞吸为乐"。

陈巨来说，冯超然与齐名的吴待秋堪称"死敌"，互不相服。吴待秋说，原因是冯氏有一次代求他一四尺立幅，是墨笔画。但后来有一天，他去李平书家，见自己墨笔画变成了着色浅绛山水画。因为吴氏着色画照例须加价两成，他觉得不对劲，问李平书以多少钱买他画的，李氏说是嘱超然代求的，价多少云云。吴待秋一算，少了两成了，一时气极，便去找冯超然追回这两成款。冯超然不肯认账，两人大吵一架。后来吴待秋润格上加上一条，凡着色山水，押角加一"苏林仲子"印，就是为了此事。

艺术成就

近代书画家陈声聪评价冯超然："气韵生于笔墨妍，天然秀出若婵娟。冯山脱手人争买，始见江南纸贵年。"民国时期画价甚高，作品动辄黄金以两计，画价仅次于当时的吴昌硕、吴湖帆。

冯超然传统功力深厚，早年作品笔致柔细秀逸，晚年笔力凝练稳劲。他擅长人物、山水，兼作花卉、人物，精仕女，师法唐寅、仇英、改琦等。他早年最喜画仕女，笔下女子媚而不俗，风格独具。晚年转向山水画，近师清"四王"、明吴门四家，并上溯宋人，所作山水布局工整严谨，合乎法度，融"南北"二宗于一体，颇得宋人工丽秀润之致。他注重传统，集各大名家的笔

冯超然《拟巨然山水》

法于一身，将传统山水画流传下来，同时又融入创新，将其推上一个新高度，并且为今后中国画坛培养了大批优秀画家，如郑慕康、陈小翠、陆俨少等，昆曲大师俞振飞也曾从其学艺。在众弟子中，冯超然十分赏识陆俨少，他曾告诫陆俨少，学画要有殉道精神，终身以之，勿事宣传，勿慕名利，据德游艺，温故知新。

冯超然六十寿诞，曾请前清举人沈卫撰《嵩山草堂记》。其弟子约请唐文治撰《嵩山草堂画册序》，其中提到："先生性秉智仁，是以乐山水之趣，而得动静之神，故于山水人物花鸟，靡不曲尽其妙，其造诣固非俗士所能知也。"

冯超然《煮茶图》

翩若惊鸿,飘如游云

——忆松江才女范志超

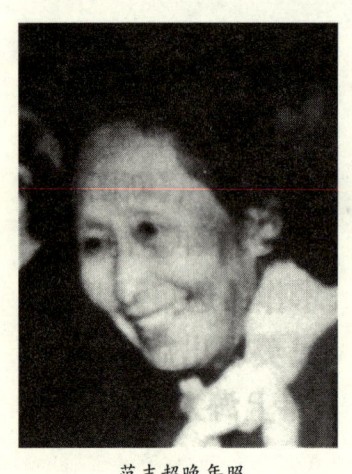

范志超晚年照

徐悲鸿给范志超画过一张炭笔肖像,头巾没过发际,眼睛大而清朗,不加粉饰,却是巧笑倩兮,美目盼兮。出生在山明水秀的松江小乡村,这个被父亲取名凤声、被哥哥唤作雅仙的女孩却很叛逆果敢,小学毕业就逃出家乡,给自己改名志超。褪去名字中娟秀之气的同时,似乎也预示了她的命运。早年她在景贤女中就读,接受新的思潮,师从朱季恂、侯绍裘。后来走南闯北,投身进步事业,是很多历史事件的亲历者,和国共两党的不少高层人物都很熟悉。柳亚子视她为"三传弟子"。而从牯岭回上海的途中,茅盾给她起名范云,一个"云"字也道出她翩若惊鸿、飘如游云的脱俗和率性。

逃离家乡寻求独立

范志超(1906~1988),出生在松江一个叫范家滩的乡村。父亲是中医,五岁时就教她识字。她更喜欢母亲,母亲虽然是有钱人家的小姐,但没有一点娇气,温柔善良,吃苦耐劳，以前完全不会做的粗笨工作都努力学做。母亲爱美的天性也很打动她。从母亲那手精致的刺绣女工活里，从她干净素淡的衣物上，从她房间里的摆设布局中，年幼的范志超接受到最早的"美的教育"。也是在母亲的力促下，她终于能欢喜地跟哥哥去镇上的小学念书了。

小学毕业后，父亲执意要她留在家里学中医。她十分不情愿，看见同班同学毕业后就能外出升学，无比羡慕。于是在小哥哥的帮助下，她偷偷地整理好简单的行李，在一个秋初的早晨，独自离家进城去，考上了松筠女子职业学校。母亲变卖首饰供她念书，她非常感激。家里原本还要把她许配给富贵人家当媳妇，也幸好有母亲暗中为她掩护。但由于范志超在学校为一位遭遇不公待遇的吴姓女教师打抱不平，最终没有拿到文凭。回到老家的两个月，对她而言是度日如年，于是她再次私自离家，到上海窦隆医院学习看护。她知道，只有这样才能真正独立，不依赖别人，更有力量拒绝家庭的包办婚姻。

景贤女中思想革新

终于在机缘巧合之下，她进入了当时有"革命摇篮"之称的景贤女中。一大批中国近现代史上的名人都和景贤女中有渊源，如朱季恂、侯绍裘都是范志超的老师，恽代英、萧楚女、邓中夏、沈雁冰、邵力子、柳亚子、陈望道、叶圣陶、杨杏佛等也都来开办过讲座。范志超在这里接受着进步思想的洗礼，顿时感到如鱼得水。她知道学校的经费除少数校董捐助外，大多由朱季恂、侯绍裘两位老师从家里偷拿出来的，或借债来的，因此她格外敬重两位师长。她回忆侯绍裘，说："他确是位最起模范作用的共产党员。朴实诚恳、爽直乐观，吃得起苦，负得起重任。判断事情非常理智，大多数同学惧他，又爱他。"

有段小插曲，说侯绍裘曾在给她的评语里写过"思想出众，服装奢侈"八字。可其实范志超长年穿土布校服，与众不同的只是她是全班唯一剪了短发的女生，还在短发上别了一个蝴蝶结。她去找侯绍裘理论，侯绍裘听罢她的话立刻豪爽地说："我一方面只听了一些同学的批评，另一方面由于我不假思索感到你在班中有些不一样，因此我犯了观察不细致、断事不审慎的毛病，我的批评宣布收回。"老师的坦诚也让她尊师重道的意念加深了。

求学期间，她参加宣传妇女解放等活动，并加入国民党。民国12年（1923），在上海完群女子学校和上海海澜英文专门学校学习期间，加入向警予领导的妇女联合会组织，参加反对军阀、争取妇女解放运动。五卅运动时，曾为学生代表，参加学联工作。后经朱季恂、侯绍裘介绍去广州中央学术院图书室工作。民国15年（1926），去武汉国民党中央党部海外部负责编辑《海外周刊》，兼做汉口妇女协会工作。民国16年（1927）初夏，范志超由何宝珍和一范姓女士介绍参加中国共产党。之后，应侯绍裘电邀去南京国民党江苏省党部工作，曾任省党部编辑、秘书、妇女部代部长。四一二反革命政变后，在夫子庙召开群众大会而被捕，因认识国民党第六军一军官而脱险。是时，因国民党实行反共政策，她退出国民党。继去武汉妇女协会服务，曾与瞿秋白弟瞿景白共事。数月后，辗转江西九江、牯岭与茅盾等一起返沪，自此脱离中共组织关系。民国16年（1927）秋，在奉贤曙光中学教书，化名范云。民国17年（1928）至26年（1937），在老家养病，后去上海当家庭教师。抗战胜利前，范志超曾在上海、马尼拉、武汉、香港等地从事教师职业，在各种日报上多次发表有关促进当地妇幼及教育事业发展的进步文章。后去英美等国，最后离美返沪。

令人唏嘘的初恋

在上海海澜英文专门学校读书的时候，范志超认识了助教蒋丹麟。他们因为同样爱好英国文学而互生好感。两人开始通信，从通信中范志超了解到，蒋丹麟的父亲蒋梅笙也就是范志超当时的国文老师，是清末的举人。他并不反对儿子与她来往，而蒋丹麟的母亲不喜欢新潮好动、留着短发、经常参加社会活动的范志超，为儿子做主相中了另一位媳妇。范志超看得出蒋丹麟在家中左右为难，她不愿因自己而使他与家庭不和，只好选择转学离开。

其实她转学后，蒋丹麟每星期仍去看她一次，书信照旧来往不绝。不过表面上出于维护各自自尊心的缘故，一致承认保持"永恒的友谊"。

后来，范志超因为要参加学生运动，或是搞社会活动，四处奔波，走南闯北，和蒋丹麟也就不再见面。她容貌清秀，阅历丰富，再加上活动能力强，落落大方，在武汉工作的时候，追求者甚众。比如年轻有为的爱国将领，后为中国农工民主党创始人之一的黄琪翔就给她写过一大叠情书。瞿景白也追求过她，瞿秋白就对小弟开玩笑说：

"在你没有把塌鼻子修好以前,还是不要急着追求范志超。"但是这些人始终难以取代蒋丹麟在她心中的地位。

五十多年踽踽独行

南昌起义前后,范志超去了菲律宾,后来因为答应了重病的父亲,与早期革命活动家、参加过南昌起义的董冰如保持过一段婚姻关系。她在菲律宾办过报,也在美国做过家庭教师、中国驻美大使馆工作人员,由于她的工作出色,曾被杜鲁门总统夫人邀请参加过茶会。

范志超的朋友廖静文回忆说,民国 20 年(1931)初夏,范志超刚从海外归来不久的一个晚上,她在梦中哭醒。她梦到蒋丹麟穿着西服来向她道别,那种庄重使她有种不祥的预感!第二天早上,她就去打听蒋丹麟的下落。果然不出所料,噩耗传来,民国 19 年(1930)8 月,蒋丹麟在庐山脚下的牯岭普仁医院因患肺痨去世!而范志超为了忠于丈夫,此前知道蒋丹麟患病,也一直不敢去见他,以至于最后一面也未曾见到……接下来的一幕,使廖静文触目惊心,并且感动不已,几十年不曾忘记:范志超在白色的床单上,用红丝线绣了一个大大的"念"字,四周绣了一圈心,组成了一个花圈,她每夜就躺在这个花圈上。

此后五十多年,她一直保持单身,踽踽独行。人们在松江的街头看到晚年的她,背已经驼了,但进进出出仍保持着一种与众不同的清高,齐耳短发一丝不乱,卡着一只素色发夹;总是穿着对襟上衣,黑色大裤脚管八分裤;脚上是一双方口带襻布鞋,拎着带大环的江南蓝印花布提兜,一副 20 世纪二三十年代女学生的扮相……

慷慨捐赠名画墨宝

范志超珍藏有徐悲鸿《猫石图》轴和齐白石篆书联,有人曾多次愿出高价索要,被其婉拒。1983 年,范志超

徐悲鸿《猫石图》

将这些珍贵文物捐赠给上海市文物管理委员会，受到表彰和嘉奖。

回忆起和徐悲鸿、齐白石两位画家的交谊，范志超说："1938年抗战期间我旅居香港，正遇先生亦赴港开画展，他去我寓处看我，就画了一幅《猫石图》赠我，我很珍惜它。以后我侨居菲律宾，又去美国等地，这件杰作一直陪着我。我于1947年归国，这幅画也跟我到了上海。"

在抗日战争以前，徐悲鸿亦有《喜鹊》《奔马》各一幅赠送给她，"那是他精力充沛期的佳作，可算是宝中之宝了"。抗战胜利后，徐悲鸿任北平艺专校长，特邀范志超去该校教英文。执教其间，范志超与徐悲鸿等一起反对国民党的艺校南迁计划，在护校中起了积极作用。1950年北平艺专改为中央美术学院。1951年至1953年，她先后任中央美术学院图书馆副主任、主任等职。

民国37年（1948）范志超在北平艺专执教时，认识齐白石，当时他主动赠范志超一副隶书对联：

志超女士：

莲花心地

雪藕聪明

八十九白石

赠对联的时候，齐白石还颇为得意地说："我还没有给别人写过同样的东西呢！这是你独有的。"

解放后，柳亚子先生看到此联赞不绝口，品赏之后认为应再有一幅中堂则更为雅致。不久北京文艺界老人聚会于申隆饭店，席间柳亚子先生请齐白石先生再作一幅牡丹赠给范志超。后来齐白石果然送来一幅《牡丹图》。"此对联与画同我相伴十多年，凡爱好画的亲友见了都说百看不厌。可惜这幅《牡丹图》和徐悲鸿的《喜鹊图》《奔马图》都在'文化大革命'中被盗失了，现回想起来真是心痛呀！幸好这两件文物我东寄西藏才得以保存下来，总算万幸。如今我已老弱病残，总想及早适当地处理，所以我决定捐赠给上海博物馆，一则可供人们一起欣赏国宝，二来也了却我多年的心愿。"

1957年，范志超调任河北农业大学任副教授。1975年，返居原籍松江，曾任松江县六届政协委员。1988年，范志超在松江患癌症去世。消息传到了北京，廖静文写下了"情深意重，笔墨难以尽言"几个大字，寄托绵长的哀思……

三江明月云间鹤
——记收藏家、书法家朱孔阳

艺坛耆宿朱孔阳擅书法，精鉴赏，驰名沪上。他有个特点，总是署名"云间朱孔阳"，不厌其烦在姓名前冠上"云间"二字究竟是何缘故？原来他的名字语出《诗经》——"我朱孔阳"，同名同姓者不乏其人，于是他便将名字限以地域，也聊表桑梓情怀。朱孔阳曾经撰写一联说："九秩聋翁翁不老，三江明月月常圆。"这"三

朱孔阳

江"指的就是他出生的松江，读书的之江（杭州的之江大学），寓居在沪江。他在杭州时，就有人这样说："孔阳先生，云间名士，海上寓公，秉冰雪之聪明，具湖海之襟抱。"他品格高逸被人广为赞赏，百岁书家苏局仙对他有"云间一鹤"之誉。

"五湖四海"揽于怀

朱孔阳（1892~1986），字云裳（或作云上、云常），晚号庸丈、龙翁、聋翁，曾用名朱既人，松江县人。生平爱好金石书画。十六岁时，曾从岳旭堂学医。清宣统二年

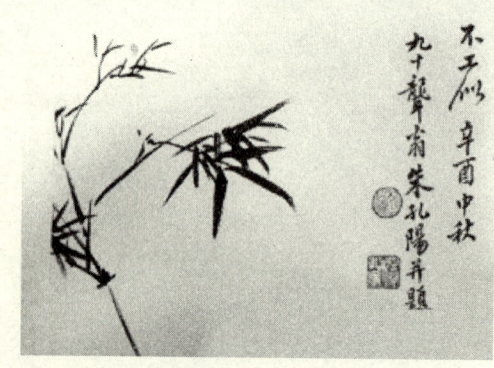

朱孔阳《竹石图》(局部),立轴

(1910),加入松江同盟会支部。后进之江大学自助部文科学习。不久,在杭州教会办的青年会工作,由干事升至代总干事。先后创办书法、国画、篆刻等班。

抗战爆发,朱孔阳任浙江省抗战后援会常委,留守杭州,又任万国红十字会杭州分会华方总干事,主办伤兵医院和难民收容所,救护数百名抗战将士并收容、转送难民两千余人。民国27年(1938)初,随难民撤离杭州,到达上海租界。此后,在上海寓居,朱孔阳担任由宁迁沪的金陵神学院和金陵女子神学院文史教授多年。

对历代文物,朱孔阳既精鉴别,又富收藏。所收藏的除书画精品外,还有印章、古砚、陶瓷、竹石雕刻等。解放后,发起成立上海美术考古学社。1952年夏,得王国维手拓殷墟甲骨文本和李汉青摹写本,经过校审,辑成《殷墟文字考释校正》。1953年,应上海中医学院医史博物馆之聘,负责征集、鉴定医史文物和资料。曾撰写历宋、元、明、清二十余代的《何氏世系考》。

1972年,他以八十岁的高龄退休。1978年,他又被聘为上海市文史馆馆员。曾先后向中国革命博物馆,南京、上海、浙江等博物馆,捐献重要文物百余件,古籍数百种。

朱孔阳一生致力于收藏,不惜节衣缩食,搜罗珍宝异玩,金石书画、碑拓字帖、青铜陶瓷,无所不包。他自诩坐拥"五湖四海",这可不是什么信口夸言,"湖"谐音"壶","海"指"笔海",也就是大笔筒,他的收藏中恰好有五柄砂壶,四个笔筒。他颇为自得,谓之"五湖四海"倒也不谬。

朱孔阳藏印甚富,所收吴熙载、瞿子冶、莫是龙、孙星衍、吴梅村等人的印章钤为一册,定名为《浣云壶藏印》。他案头手边还有很多历朝历代的古砚,蔡君谟的兰亭砚、徐文长自画像砚、顾二娘刻鹅池砚、袁崇焕遗砚……有一方绛云楼画眉砚是柳如是的遗物,纤巧精致,由钱谦益亲笔题字,上附一小铜镜,匣盖上玛瑙珊瑚碧玉镶嵌其间,"展玩之余,仿佛尚饶脂香粉泽"。还有一方称打严嵩砚,相传明朝曾有一个与严嵩有杀父之仇的人,假借献砚之名面见严嵩,将砚猛掷仇人,砚台角上因而碎了一小块。然而砚主所为何人却无人可知。朱孔阳认为这方古砚必是忠臣遗物，于是想方设法收至囊中，珍爱有加。一次他正悉心擦拭此砚，边沿积垢簌簌脱落，几个字绰然显现："弇州山人日用砚。""弇州山人"指的就是明代文学大家王世贞，果不其然，王世贞之父王忬就是被严嵩诬陷而杀害的。朱孔阳大喜过望，悬而未决的砚主之谜终于水落石出。

他常常笑迎友人登门赏鉴他的累累收藏，家中总是"座上客常满，樽中酒不空"。对他而言，收藏文物重在品鉴和思古，绝不在于中饱私囊，为了使文物得到更好的保护，他毅然把两百来件重要藏品捐献给了国家。他的第一件藏品是清代清漪园瓷章，清漪园是乾隆为其母祝寿而建的皇家园林，也就是后来慈禧加以扩建的颐和园的前身。这枚瓷印是朱孔阳从他的同学（张照的后裔）处觅得，临终前他捐给了上海市文史馆。

抗战时期，传闻嘉兴阮氏欲将其祖上当浙江巡抚时私藏的一块岳坟"精忠柏"化石公开出售。朱孔阳闻讯焦急万分，唯恐这一代表岳飞精神的珍物落入日本侵略者之手。他马上托友人叮嘱阮氏暂缓出售，随后变卖了多件心爱藏品，还向朋友借了钱，总算筹到了巨款，把"精忠柏"买了回来，珍藏多年。岳坟重修时，他慨然把这件珍品捐给了岳坟文物管理所。

"海陆空三军"作画

朱孔阳不仅富于收藏，书画技艺亦是为人称道。他在之江大学的同窗、文史大家范烟桥就曾为他撰写过润例，小引曰：

> 云间朱云裳，振奇人也。好学不倦，任劳不怨，能贾余勇，从事翰墨。以居西子湖边久，得山水之助，故弥多秀气，而硁硁之操，每于挥毫落纸时吐露一二，宜其所作，斐然可观矣。闻武林人之识云裳者，莫不爱其人兼及其书画，求之者踵接……

艺坛流传着不少朱孔阳的趣闻逸事。20世纪30年代，朱孔阳和知名画家陶冷月办扇展，陶冷月作画，朱孔阳作书，展览横幅上写"陶朱公卖扇"。而陶朱公是春秋时越王勾践谋士范蠡的别名，一时引为趣谈。

与朱孔阳相交四十多年的老友马寅初百岁大寿之日,朱孔阳制《马寅初百岁好学图》以进,特请王退斋画像,唐云画松,程十发画竹,施蜕鹏画兰,陆鲤庭画石,自己补以梅花,并集甲骨文"百岁好学图"五字。最为难得的是,他还请了南汇百岁书家苏局仙题词,合南北两寿星,借祝双百长寿。

朱孔阳《梅花》,镜心

1976年初冬,朱孔阳与刘海粟、高络园合作一幅《岁寒三友图》。九十一岁的高络园画竹,八十五岁的朱孔阳画梅,八十一岁的刘海粟作松,有人戏称三老"海陆空三军"。原来,"海"指刘海粟,"陆"是络的谐音,而"空"为孔的谐音,三位老人情谊之深也成了一段佳话。说到朱孔阳与刘海粟的交谊,又不得不提无字对的故事。"文化大革命"期间,许多知识分子都遭受了重创,朱刘二人也不例外,刘海粟心境不佳时,就会邀请朱孔阳到家中谈心,相扶相持。刘海粟三次寿日,朱孔阳送了三次"寿礼",都是无字对。一次是表"无字以对,珍重自持"之嘱;一次是寓"清白无事,坦然以对"之意;还有一次说"一清二白,自如应对"。礼上无字,赠者有心,刘海粟心领神会,深为感动。

诗文印章中的处世哲学

朱孔阳素诙谐,在他题诗作对、治印刻章时,这种天性也能窥知一二。在《蓬莱三岛图》上,他按谐音写着题额"朋来三到",下面注着释语:"一是看到,他来何事,要求什么;二是做到,好事帮助,坏事不干;三是心到,胸无城府,至诚待人。"他为人坦率诚恳,凡是别人有事相求,朱孔阳总是尽力而为,而对年轻人的请教更是循循善诱,不厌其烦。

他有不少"斋名章"内容就很有意思,"木梢客人"、"不可不可庵"、"看看看斋"，有一方刻了残版的钱币形，他解释说是"一文不值"；还有一方印为"有欲无欲之斋"，有欲谓之性，无欲谓之情，乃性情之中也。他还有句说自己："木梢客人，莫年阁阁，浮游逍遥，放情丘壑。"耄耋之年，朱孔阳仍身体健郎，因为两耳耳背，说话声音反倒越发宏亮，中气十足，精力充沛。郑逸梅就曾引宋代刘政的"精神此老健如虎"来形容朱孔阳。晚年，郑逸梅嘱弟子刻了"休莫阁"这方印给朱孔阳，所谓"休莫阁"，意思就是说，退休莫退步，离休莫离责。

再深邃的哲理到了他口中，也变得朴素清新——修身养性之道被他总结为"三多五少"：多读书，多静养，多藏拙；少应酬，少言语，少生气，少自负，少出门。他曾经在一幅书法作品上题文道："鱼见饵不见钩，虎见羊不见井，猩猩见酒不见人。非不见也，迷于其中而不暇顾也。万病之毒皆生于浓，吾以一味解之曰：淡。"颇发人深省。

很多人都对死亡讳莫如深，朱孔阳倒不以为然，还几度写过"自挽联"。一副是：

去此合应归天上（云上）
从斯不再到人间（云间）

另一副是：

朱孔阳不辞而行——抱歉
承诸公还来悼念——感谢

旷达洒脱的品性可见一斑。

报界怪才陈冷血

陈冷血

陈景韩被称为沪上报界"怪才"——西式短发,西装革履,洋派十足,性格怪异。他常常语不惊人死不休,冷不防使出惊人之举,于是"冷血"这个标新立异的雅号不胫而走。

说陈冷血"怪",还因为他的新闻生涯实在不寻常。主持《时报》笔政,首创时评文体,被胡适称为"一种文体的革新"、"冷隽明利"、"一目了然",受史量才器重而被高薪"挖墙脚",在沪上两大分庭抗礼的报社《时报》《申报》中"脚踏两条船",最后却和报业巨子史量才分道扬镳,掷掉了手中的"三寸毛锥",摘下戴了足有二十六年的报界庄严冠冕。

历来就有"无松不成报"的说法,史量才、张蕴和、马荫良……他们无不用良心和智慧续写这个神奇的报界"定律"。而在人才辈出的松江报人中,陈冷血注定独树一帜,成为近代新闻史上不能忽略的一大怪才。

供职《时报》谋革新

光绪四年（1878），陈冷血出生于松江西门，原名陈景韩，少时读私塾，青年中秀才，在同乡人钮永建介绍下进武昌武备学堂。光绪二十九年（1903），他和姐夫雷继兴赴日本留学，结识了因戊戌政变而避难日本的狄平子。狄平子是康有为的弟子，与梁启超是莫逆之交，公车上书也名列其中。光绪三十年（1904），回国后的狄平子在康、梁资助下，在上海办起了《时报》。

然而出师不利，《时报》创刊初期保皇气息浓重，因而读者寥寥，业务不振，总主笔罗孝高不得已引咎辞职。狄平子急中生智，函请在日的陈冷血和雷继兴来沪相助。陈、雷二人欣然应允，决定从内容、体例到版式，给这份报纸来一个改头换面。

当时，陈冷血的妻子杜氏已去世，他也尚未续娶，于是以馆为家，索性搬来报馆，一心主持笔政，负责编辑要闻。时评专栏算是他当时最大的创举了。这种小短评二三百字，短小精悍，切中时弊，却成了品牌栏目，被各报纷纷效仿，风行报界。胡适曾这样评价陈冷血对报界的这一大贡献："这种短评，在现在已成了日报的常套了，在当时却是一种文体的革新。用简短的词句，用冷隽明利的口吻，几乎逐句分段，使读者一目了然。"

还有一大创举就是他自己也写作或译介小说，增加了副刊和教育、文艺、实业、妇女等周刊。"以往如梁启超、章太炎、宋教仁、于右任都是政论家，直到陈景韩来了，才是一本正经的报人。"曹聚仁先生如是说。

狄平子对陈冷血十分看重，视其为心腹和参谋，凡事必与他商量，还给他开出了一百五十元的高薪，这个价位几乎是报馆同仁包天笑的两倍之多。

遭逢重金挖墙脚

但《时报》再怎么辉煌，也仅仅是一个起点。

改革后的《时报》焕然一新，清新之风令读者眼前一亮。各地来访者络绎不绝，把主笔房挤得满满的。于是狄平子就在报馆楼上辟出一间休息室接待来客，取名为息楼。

可这小小一间息楼却成了藏龙卧虎之地。客人在这里喝茶聊天，逢上重大时事还会慷慨激昂，各抒己见。史量才就是在这里高谈阔论时与陈冷血一见如故，结为密友的。也正是他的出现，成为陈冷血事业的转折点。

民国元年（1912），史量才从席子佩手中盘下《申报》，想全面推进业务，松江老乡、时报馆的编辑陈冷血浮上了他的脑海。他马上决定聘请陈冷血为总主笔。谁料大股东、新任临时政府实业总长的张謇得知后一口反对："陈冷血这个人散漫得很，听说他在时报馆的息楼里整天'修长城'。这么爱搓麻将的人哪会有心思办报！"

史量才当即为陈冷血辩解："打牌是真，但是也只是半夜12点电讯来到以前作为消遣的呀，最多打四圈，也不超过一元，怎么可能影响工作呢。再说了，陈冷血文字功底很深，又有多年专栏编辑的经验。那会儿，他还替总编罗孝高值夜班，看大样，工作负责得很，总之这么一个人才要是弃之不用，那让我办《申报》，实在独力难当！"史量才这么坚定地为陈冷血打保票，张謇的口气也就软了下来。

但好事多磨，要知道陈冷血当时是《时报》的"第一支笔"，很受狄平子倚重，要走哪会那么容易。于是史量才横下一条心，开出了高出时报馆一倍的薪水，也就是三百元！

受人赏识，陈冷血也感激不尽，但他的忧虑和史量才如出一辙——他深知狄平子平日待他不薄，投到好友史量才门下虽是自己所愿，但狄平子必然会不悦。一时间，他进退维谷，想不出一个两全之策。两人反复商量，最后决定暂时瞒着狄平子，"脚踏两条船"，既不耽误《时报》的工作，又插手《申报》事务，实在露出马脚再请狄平子高抬贵手。

然而，纸终究包不住火，狄平子最后还是知道了真相。据说，他为了手下这员大将，几乎要与史量才大打出手。幸好旁人多加劝解，陈冷血也答应以顾问身份常到《时报》指导，狄平子才勉强作罢。

不谐世俗得怪名

在人们眼中，这位被两大报馆争夺的知名报人却不是什么温文尔雅的传统文人样，倒是个彻头彻尾的"怪人"，他的性情实在有点"古怪莫测"……

身为《申报》总主编，领着三百元的月薪，应该说经济上相当优裕了。可是据说，即便是至亲好友婚丧嫁娶，陈冷血也绝不送礼。

社会上与他同等地位的人大多备有自己的专车，可他每天深夜下班，仍然坚持坐出租车回寓所。当时出租车常出车祸，朋友们都劝他自己买车，别再冒风险了。可他眉毛一横，冷冷地回答："民不畏死，奈何以死畏之！"

当时上海出租车的价格是每二十分钟路程收一元钱，雇车人还得付司机二角钱小费。陈冷血对这个规矩却懒得理会，他从来不付小费，因为是老主顾，司机倒也不向他索要。

有一天晚上，出租车到寓所后，司机对他说："陈先生，明晚我要回家办婚事，不能来接您了。"陈冷血若有所思，请司机稍等，几分钟后从寓所出来，将五十元钱不由分说塞到司机手中，以示祝贺。

早年申报馆

还有一次，曾经有两位同事在报馆里为一元钱推来让去，恰巧被陈冷血遇见。"你们都不要，那就扔了吧！"陈冷血说完，果真将钱往窗外扔去。报馆里的仆役赶紧跑下楼去捡，累得气喘吁吁，却已不见钱的踪影。他又冷冷地说："没有最好，省得推来推去。"

还有一则逸闻，说沪杭铁路招待报馆人员到浙江海宁观潮，早晨天气凉，陈冷血那天正好穿了一件很新的夹大衣，走了一段路后，身子热乎了，他便脱下来。正巧路旁有一个老乞丐，他便顺手将大衣丢给乞丐，也不多言，扬长而去。

他不好与人交际，却有名士做派。他喜欢拍照、养狗、拳击、打靶，是新闻界最先剪辫子、最早穿西装系领带的人之一，还随身带着一件宝贝——烟斗。办公室里，总是乱七八糟地堆满了稿件、书信和杂物，仆役不敢随便清理，到了非清理不可时，陈冷血就自己双手捧起向纸篓里一丢完事。看稿子时，他喜欢将两只脚放在桌子上，有客人来，才慢条斯理地放下地。

"把舵稳确"挑大梁

尽管平日脾气多少有点异于常人，但等到编撰新闻和时评时，陈冷血却极清晰严谨，条理分明，文笔隽永，议论犀利，而且写稿速度极快，通常是边写边排，稿子写完，小样也出完，稍加润色，即成佳篇。

《申报》的副总主笔张蕴和在《六十年来之<申报>》中说："史君量才常谓陈君把舵稳确也。盖在此狂风骇浪中，而能使我舟不受颠覆，不虞倾危，已甚不易……"

民国成立之初，时局尤其混乱，军阀混战，民不聊生。申报馆设在上海租界，受帝国主义的压迫和南北军阀的干扰，各方软硬兼施，力图利用这个媒体阵地。民国5年（1916）1月1日，袁世凯改年号为洪宪元年，各大报刊都必须在报头上注明这一年号，否则报纸不得邮递。

《申报》决定绝不趋附，陈冷血于是灵机一动，提出不能硬拼到底，那就巧妙斗智，在《申报》报头"公元一九一六年一月一日"下方，用六号——也就是最小的铅字——加上这个年号，表示消极抵制，当时各报纷纷效仿。后来《申报》又趁热打铁，配发多篇时评，拥护民主共和，抵制封建帝制。所谓"得道者多助，失道者寡助"，3月27日那天，袁世凯在各地讨伐声中撤销了帝制。

陈冷血和史量才一样都是无党派人士，主张以爱国爱民和独立不偏的立场办报。他主持笔政后，就提出了"确"、"速"、"博"的方针。他提出新闻要去芜存菁，要短而精。民国11年（1922）5月2日，《申报》刊登的一条只有六个字"溥仪昨剃辫子"的新闻，就是这一思想的代表之作。

他曾经打过一个生动的比方，

申报馆前整理分发报纸的商贩

报纸不能像伙食公司橱窗内陈列的生菜那样,而必须由名菜馆供应熟肴,并且每日应有几条新闻编写得很出色,好像菜馆特别为吃食客烧的,味道鲜美,以招徕读者。

迫于无奈离报坛

但陈冷血的新闻生涯也并非一路坦途。民国14年(1925)五卅惨案发生,陈冷血配发的时评被指态度不坚决,有混淆视听之嫌。有人趁机对陈冷血的时评专栏指手画脚,说他素来语焉不详,言之无物,总是顾左右而言他。

陈冷血发表声明说:"我之论调有过于和平之处,然而和平者措辞命意未尝有所忌讳也……"如果逞一时口舌之快,查封、停刊,前车之鉴实不足取,作为报纸总编辑,陈冷血在当时言论受到种种制约的环境中着实感到为难。

他自有自己的原则,在《二十年来记者生涯之回顾》中,他这样阐述自己对报人天职的理解:"记者之职业,不可自视太高。报纸之一方面,固可指导舆论,而又一方面,亦当受舆论之指导。"这就解释了为什么陈冷血的文章始终保持着不过火、不偏激的风格。然而现实斗争如火如荼,读者眼里哪容得下这类"温吞水"一般的论调。即使史量才这一次也认为他过于保守,不站在他一边了。

后来几年,陈冷血对新闻检查等政策并没有强加反对,史量才却是坚决要求新闻自由,二人终于渐行渐远。民国19年(1930)5月,陈冷血递上了辞呈,退出新闻界,到一家煤矿做董事兼经理去了,这也是动荡时局中的无奈选择。

但在为《申报》服务的十八年中,陈冷血依然堪称厥功至伟。《申报》这样评价他:"他视新闻事业恍如第二生命,新闻事业以外一切谢绝,二十年如一日,虽体偶有不适仍从事。最近十年间,因病告假者未有一日,因事告假者不及五十日,此从事职业之正轨也。"

《申报》总经理马荫良

在《申报》七十余年的漫长历史中,关联了一个个和松江有关的名字。盘下《申报》的一代报业巨子史量才,报社的"两支笔"陈冷血和张蕴和,而史量才遇害后全面接管《申报》的马荫良,恰恰也是松江人。

马荫良曾在写给学生的信中如是说:"陶行知先生与我在《申报》共事,赠我一纸'捧着一颗心来,不带半根草去',置之案头,沁人胸肺,对我的教育与帮助极大。"这句话何尝不是马荫良在新闻界数十年心血的写照。

勇于革新的年轻掌门人

马荫良(1905~1995),原名马骅,字一民,出生于松江泗泾。民国17年(1928)马荫良从同济大学毕业后,进入《申报》担任总经理史量才的秘书。他作风正派,有科学头脑,对报馆的经营管理很有想法,成为史量才的得力助手。民国19年(1930)他已升任《申报》经理,那时的他年仅二十五岁,放眼上海各大报刊,数他这个掌门人最年轻。

正因为年轻,马荫良对改革充满热情。他协助总经理史量才对《申报》进行了一番革新。首先是机构上的调整,于民国20年(1931)成立了总管理处,下设设计和总务两部。总务部由史量才兼任主任,马荫良任副主任,而设计部则由黄炎培和戈公振主持。他们又邀请陶行知任总管理处顾问。陶行知与马荫良在《申报》共事时,谊兼师友,二人经常切磋交流,对《申报》言论版面提了很多具体建议,还纷纷为《申报》创刊六十周年活动和编印《〈申报〉年鉴》出谋划策。在马荫良的鼎力支持下,陶行知当时还为《申报》副刊《自由谈》撰写了杂文《斋夫自由谈》,而另一部长篇教育小说《古庙敲钟录》也在教育版登载。

马荫良

民国 20 年(1931),九一八事变爆发,国难当头。宋庆龄痛斥蒋介石"对外消极投降,对内暗杀邓演达等革命志士"。马荫良协助史量才将这篇揭露国民党卖国投降的《宋庆龄宣言》在《申报》上全文刊登。史量才也因为这起事件遭遇不幸,于民国 23 年(1934),在沪杭国道上被国民党特务暗杀。

史量才对马荫良而言,有深重的恩情。史量才对他一向颇为赏识,资助他六年,使其读完同济大学,而且他在上海读大学的时候,食宿都在史公馆,私下里他称呼史量才舅舅。史量才的猝然遇害令马荫良悲愤难抑,他于同年任《申报》代总经理,继续主持《申报》。之后,虽屡遭压力,但他始终如一地本着初衷,竭力维护史量才的办报方针。

顶着压力不懈宣传抗日

民国 26 年(1937)初春,民族危机日益严重,日寇侵华企图愈来愈明显。马荫良派遣记者俞颂华和孙恩霖两人,取道西安,秘密前往延安,向毛泽东、周恩来等了解中共方面对未来抗日战争的立场。

马荫良顶住了重重压力,才使这次采访顺利成行。孙恩霖在《回忆五十年前与颂华先生同访延安》一文中说:"访问延安,若不是马荫良的远见卓识与坚毅果断,这件事是不可能实现的。""一家民族资产阶级办的报纸,派两个记者去延安采访,不言而喻，馆内外困难重重，国民政府上海市市长吴铁城也曾邀请马荫良经理吃饭，希望他以后不要再做这类事。"

马荫良考虑很细致，记者临行前，他亲自来到俞颂华在福熙路的家里，悄悄地用自备汽车为他送行，唯恐俞颂华在去机场途中，重蹈史量才在沪杭公路上遇害之覆辙。

他以周密的安排为前方记者保驾护航，使他们在延安的采访得以顺利开展。俞颂华和孙恩霖在延安获悉中国共产党全力参加抗战的意图，返沪后撰写了大量通讯报道。然而，这些珍贵稿件的发表也非一帆风顺。当时，国民党新闻检查官员竟向《申报》提出了删节的无理要求，甚至不允许在《申报》发表。马荫良据理力争，才得以使《从西安到延安》的采访见闻和一组根据地照片刊登在《申报周刊》上。

八一三淞沪抗战后，上海公共租界和法租界成为"孤岛"。上海出版的中文报纸，敌伪规定须经过新闻检查。民国26年（1937）12月，因拒绝日军对《申报》实行新闻检查，马荫良毅然决定将《申报》停刊。民国27年（1938），马荫良又辗转汉口和香港两地，1月创办了《申报》汉口版，3月创办了香港版，在香港版上发表了毛泽东分析时局的重要文章《论新阶段》，坚持抗日宣传。同年，在他率领下，《申报》挂美商哥伦比亚出版公司的招牌，回师上海，恢复出版，依然强调"主和即汉奸"、"媾和即灭亡"的抗日观点。马荫良也因此成了汪伪政府的眼中钉，民国29年（1940）7月他被列入了通缉名单，不得不移往馆内工作。民国30年（1941），日军进驻上海租界占领申报馆，马荫良被迫离馆。可以说，马荫良主持《申报》期间，爱国立场从未动摇过。

民国31年（1942）3月，马荫良开始编纂《德华标准大辞典》，翌年应聘为大同大学教授。

残缺的《申报》珠还合浦

老字号的报馆中，《申报》堪称"元老"。从清同治十一年（1872）创刊至1949年上海解放，报纸退出历史舞台，出版了整整七十七年，是旧中国颇具影响、历史最久的一家报纸。

《申报》之前的报纸不过是洋版洋刊的中文版，读者也局限于外报和上流社会。至

《申报》面世,才开始重视对国内外大事的采访与记载,目光也开始投向市井社会。《申报》也因此集中了中国近代史的珍贵史料,它的收藏就有了非凡的意义。

郑逸梅《书报话旧》里提及,民国初年的《申报》存世无几,有一位张仲照先生,慨然将其所藏(创刊至辛亥年)《申报》义赠报馆,并题词曰:"是报记载详备,立说纯正,日月无尽报亦无尽,吾年老矣,不幸一旦淹忽,儿孙辈安必持之恒藏之慎,与其遗散放失,贻他日忧,孰若举而归之,俾与此报同永。"报馆"悬格访求",几乎收齐了全部《申报》。

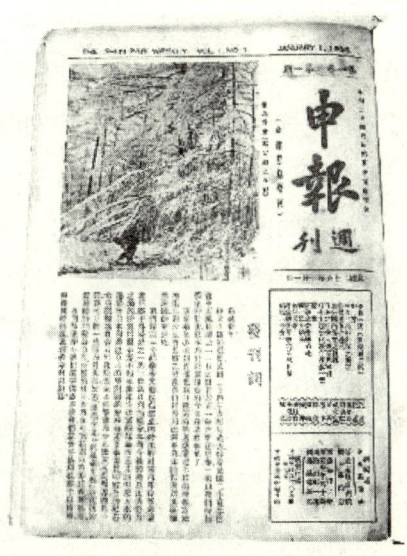

《申报周刊》

然而到了抗战,上海陷为"孤岛",日军占领申报馆,欲染指报馆内的琴侣阁宋版元刊,还企图劫夺全套《申报》。马荫良与编辑孙恩霖心急如焚,正好路遇恽逸群,磋商保全之策。恽逸群以为从报馆偷运《申报》目标太大,不如从保存有全套《申报》的徐家汇天主教堂的藏书楼想办法。因日军尚不能进入教堂,可将他们所缺漏的《申报》配齐,让它"韬晦"于暗处,待来日让它珠还合浦,再见光明。

三人商就,迅速与藏书楼徐宗泽司铎接洽,查明藏书楼所收《申报》之残缺、破损部分,再与报馆所藏查对后,神不知鬼不觉,日日窃出藏书楼之所缺的报纸送去……这项秘密活动竟达两年,而一套齐备的《申报》深藏楼中,终未使日军得以发觉。这套《申报》即是今天国内收藏的较完整的四份之一,也是最完整的一份。

新闻教育的好导师

抗战胜利后,《申报》为国民党官方把持,他被迫离沪去苏州从事新闻教育工作,任国立社会教育学院新闻系教授、系主任。社会教育学院新闻系由马荫良昔日手下干将俞颂华创办于四川璧山,后来迁至苏州拙政园。俞颂华盛情邀请具有丰富办报经验的马荫良到系里任教,马荫良欣然答应。担任系主任期间,马荫良聘请了知名作家、

记者曹聚仁来系里执教新闻采访课，大受欢迎。而马荫良则在自己所教授的《报业经营与管理》专业课上，结合自己任《申报》总经理的亲身经历进行生动讲解，激发同学对报业管理的兴趣，同样好评如潮。马荫良在课上举了《申报》设立广告审核部门，防止虚假广告坑害读者的实例，反复告诫学生从严办报，也令学生颇受启发。在学生眼里，马荫良总是平易近人，很少疾言厉色，始终是一位勇于任事而又和蔼可亲的长者。1949年5月上海解放后，马荫良任《申报》整理委员、《新闻日报》管理委员、华东新闻学院教授、上海新闻图书馆馆长。

马荫良在社会教育学院先后培养了二百多名学生，著名新闻史学家方汉奇就是他的高徒。在学校时，方汉奇在报史研究方面的才华就引起了系主任马荫良的注意。方汉奇大学毕业后，已调任上海新闻图书馆馆长的马荫良慧眼识珠，邀他到该馆担任研究馆员，负责《申报》史的整理工作。方汉奇感慨地说："通过这些报纸我好像把清末民初的社会历史经历了一遍，心里非常有底，对我后来从事中国新闻史的教学研究，有非常大的帮助，一辈子受用。"

上海新闻图书馆藏有全套《申报》和其他五百多种报纸以及史量才私人的全部藏书。担任馆长的马荫良当年还出面邀请了余空我、濮九峰、孙恩霖等二十多位有影响的老报人一起参与工作。多年来他始终兢兢业业，直到这个图书馆最后并入上海市图书馆为止。

1958年后，马荫良历任中国人民解放军外语学院教授、上海科技大学教授、上海市新闻学会理事。编著有《德华标准大辞典》《中国报纸简史》（英文）、《老子新诂》等。

报业巨子史量才之死

民国23年（1934）11月中旬的江南，已是萧瑟的深秋。这天下午，秋装素裹的西子湖畔一座中西合璧的别墅内，缓缓驶出一辆外形奇特的轿车——底盘看上去很重，行驶起来四平八稳；车的外罩和玻璃都"固若金汤"。据说，这是一辆神秘的"保险汽车"。

民国23年（1934）11月13日这一天，纵使是精工细作的"保险汽车"，也没能阻止一场悲剧的发生……

沪杭道上，惨剧发生

这辆轿车的主人，就是上海报业巨子史量才。五十多岁的史量才气度不凡。坐在他身边的那位妇人是他的二姨太沈秋水。刚才轿车离开的那幢湖边别墅，就是以这位姨太太名字命名的秋水山庄。沈秋水身旁是她的内侄沈丽娟，前排靠窗的那个青年身着大衣，看上去二十出头，他是史量才之子史泳赓，一路同行的还有史泳赓的同窗好友邓祖询。

汽车掠过湖滨，便折入城区，三拐两拐从清泰门出了杭州城，驶上了沪杭国道。在距离翁家埠不远处，一场意外发生了：一辆1929式的别克牌黑色敞篷车，从斜刺里

史量才

冲出,猛然逼近过来,横在公路当中。车里钻出几个身穿黑色长衫、头戴铜盆帽的大汉。忽听这伙人中响起一声哨响,那几名大汉忽然一跳散开,并对着史量才的轿车亮出了手枪,一时间,乱枪齐发,子弹如雨。

史量才和他的儿子史泳赓急忙跳出车分头逃跑。史泳赓三步并作两步向来路跑去。暴徒们一见有人逃跑,立刻便有三个人跟上去,一面对着飞奔的史泳赓背影开枪,一面穷追不舍。史量才戴的帽子已中了一枪,幸而身上并未中弹。他不停地向路边的田埂跑去。史量才虽说身体健硕,但毕竟上了年纪,跑了一小段路就气喘吁吁了,这时,他看见田间有一所农舍,便迅速躲了进去。两个壮汉紧追过来,史量才知道此地不宜久留,就从后门穿出,躲在了房后一个干涸的小水塘里。岂料他的踪影最终还是暴露了。只听得一名匪徒高喊一声"在这里",端起枪对着史量才连连射击。

有一弹正中史量才的头部,史量才应声倒地,血流如注……

凶手见目的已达到,立即集合爬上汽车飞奔而去。他们所留下的唯一线索,是那辆别克牌敞篷车的牌号72。

枪声停止了约半小时后,幸免于难的史泳赓才从附近找来一些人一同返回出事地点,并向航空学校借了一辆卡车将三具尸体运回杭州。

鱼目混珠,疑团重重

史量才在光天化日之下,被人在沪杭国道追杀的消息,在舆论界掀起了轩然大波。国民党当局也对此表示了"震怒",要求有关部门立即破案,摆出一副此案不破、誓不罢休的气势。

但是暗杀史量才的凶手到底是些什么人?他们行凶的目的到底是什么?

史量才于光绪十四年(1878)出生在江苏江宁,七岁那年,他随父亲迁居松江泗泾。光绪二十五年(1899),史量才考中秀才且准备去日本留学,岂料一场大火烧毁了史家多年的积蓄，无奈史量才只好打消了去日本留学的念头而进入了杭州蚕学管，开始了他春蚕到死丝方尽的生命旅途。辛亥革命后，史量才参加了江苏独立运动和南北议和会议等重要政治活动。由于史量才好直言，并嫉恶如仇，他的这种性格与政界的黑暗格格不入。民国元年（1912）秋天，史量才在实业家张謇等人的支持下，在上海用十二万元买下了已创办四十多年的《申报》，当上了《申报》的总经理。买下《申报》后，史量才多次对报馆里的人说："国有国格，人有人格，报也要有报格。报纸是民众的喉舌，除了特别势力的压迫以外，总要为大众说些话。"此后，史量才以"独立精神、无偏无党、服务社会"作为办报的核心思想，加上邵飘萍等名记者的鼎力协助，很快把《申报》办成了全国影响最大的报纸之一。

20世纪30年代的上海，十里洋场，鱼龙混杂，这么一位在舆论界享有名望的重要人物突然遭到追杀，本来就是件令人疑窦丛生的事情，加上国民党当局存心扰乱视听，使得这桩惨案更加疑云重重。猜测这是一桩绑票凶杀案的有之，猜测这是一起仇杀案的亦有之，不少人都说，史量才之死与他的二姨太沈秋水有关。

史量才的二姨太沈秋水原来是上海滩上的名妓。沈秋水曾深得江苏镇江一个叫陶宝骏的宠爱。陶宝骏于辛亥革命时，带着在清廷任军职时贪污的几十万军饷避居于沈秋水的妓院。不久，沪军都督陈英士探得陶宝骏有割据镇江自任都督的可能，即以欺骗的手法将陶宝骏捉拿后枪决，而那几十万的横财仍旧存放于沈秋水处。沈秋水得此横财后，不喜反忧，整日坐卧不安。此事不久被与沈秋水恩情并重的史量才得知，史量才遂娶沈秋水为续房，陶宝骏那笔巨财也就落入史量才的掌握之中。过后，史量才用这些钱在杭州建造了山庄，并以沈秋水的名字命名。此事没过多久被陶宝骏的家人知悉，扬言要向史量才复仇。于是就有人怀疑史量才一案与陶家有关。国民党方面也推

史量才经营时期的申报大楼

波助澜,想把这件凶杀案往"仇杀"的方向引。《大公报》甚至故意混淆黑白,赫然造谣说"曾搜出共党欲杀之名单,有史在内",与国民党当局一唱一和。

当时,在蒋介石、汪精卫的电令下,国民党浙江省当局表现不可谓不积极,甚至还在报上悬赏缉凶:"拿获首要送案者赏洋一万元,通风报信因而破案者赏洋五千元。"然而,破案期限一延再延,了无结果,最后雷声大雨点小,史量才一案就此杳无音信。

时光荏苒,真相大白

直到解放以后,此案的真相才大白于天下。下令杀害史量才的正是蒋介石,而暗杀史量才的行动组仍然是刺杀杨杏佛先生的那帮人,戴笠充当特务头目,行动组负责人也依然是赵理君。

其实当杨杏佛被暗杀后,史量才心里就有了不安。杨杏佛是史量才的老朋友,杨杏佛的为人他了解,不会得罪别的什么人,因为抨击了蒋介石的政策而得罪了蒋介石……史量才始终怀疑杨杏佛的死是蒋介石指使人干的,为此他也想到了自己,想到了由于《申报》多次得罪国民党政府,蒋介石也有可能派人来暗杀他。于是,史量才高价雇佣了四个武艺高强的保镖,在自己的小汽车上安装了防弹钢板,而且轻易不出租界,偶然出去也非常隐秘,只有司机和保镖知道。当然,此时的史量才并不清楚蒋介石确已向戴笠下达了暗杀令,而促使蒋介石最后下决心要杀史量才的原因,是戴笠提供的情报。这份情报的内容是:"……上海报业巨头史量才继续利用手中掌管的《申报》等作为工具,反对校长的'剿匪'政策,煽动对党国不满的言论,完全是为共产党张目。另据查,史量才还通过办报赚钱,接济中共上海地下组织。对此事我们正在进一步查证……"早就有除掉史量才念头的蒋介石见此情报后,当即在上面批示:不要再核查了,对史量才密裁具报。

戴笠又一次到上海布置暗杀史量才的行动。因为史量才的公寓和申报馆都在租界内,戴笠原准备在租界内动手,后由于在史量才的公寓和申报馆附近戴笠暗杀行动组迟迟找不到合适的房子,作为就近了解史量才活动规律和实施暗杀行动之用,加上自租界内发生"杨杏佛血案"后,租界巡捕房加强了警戒,史量才本人出门也不离"保险汽车",而且来去无规律,暗杀史量才的行动组难以拟定出可行的行动方案。

戴笠吸取了刺杀杨杏佛时手下人被租界巡捕房抓获的教训，决定放弃在上海租界内动手的方案，另外再寻找动手的地点。也就在这时，行动组的人员通过上海帮会的关系，结识了史量才的司机，并从该司机的口中得知史量才有时去杭州寓所秋水山庄休憩。戴笠还指挥赵理君等人，利用社会上的各种关系在申报馆的职员中散

史量才故居

布陶宝骏的家人已潜至上海要找史量才报仇的消息。同时，戴笠还让人到处扬言陶宝骏的死是史量才串通沪军都督陈英士共同谋害的，意在吞并巨财。戴笠的这几手逼得史量才一下子没有了退路，为此好些人上门劝史量才到外地暂避风险。史量才考虑再三，决定去杭州秋水山庄住上一段时日。这正是戴笠想要的结果。

戴笠带着行动组几乎与史量才同时到达杭州，他原来打算在秋水山庄附近动手刺杀史量才，后考虑到如果把史量才杀害于杭州市区，杭州警察局就无法推卸破案的责任，而杭州警察局局长又是他戴笠的人，这不是自找麻烦吗？戴笠与杭州警察局多次研究后，最后决定等史量才回上海时在沪杭国道上拦截杀人，并选定海宁县博爱镇附近的翁家埠作为狙击点。此时的史量才已在秋水山庄住了一月有余，尽管有沈秋水陪伴在身边，但他的心仍然在《申报》，特别是《申报》的总编换成蒋介石的人后，他的心始终放不下。终于，在一个阴沉的下午史量才动身了……

那辆装有防弹钢板的车没能阻挡住特务的子弹，一代报业巨子史量才就这样倒下了。

据说，蒋介石曾找史量才谈话，蒋介石说："把我搞火了，我手下可有一百万兵。"史量才毫不畏惧地说："我手下也有一百万读者！"是否真有其事已无法证实，但史量才确实是悲壮地走向了生命的终点。

书与人品共长

——记著名出版家赵家璧

赵家璧被学术界称为"新文化运动后,真正有创造性的第一代编辑"。"书比人长寿"是赵家璧最喜爱的一句话,而他的读者也一致认同。赵家璧经手编辑出版的书籍每一部都有非同一般的质量和分量,是真正有价值和文化内涵的著作。

赵家璧在不满三十岁时,就已向鲁迅、胡适等名家约稿,邀请他们为上海良友图书印刷股份有限公司(以下简称良友公司)编辑十卷本的《中国新文学大系》,蔡元培、胡适、鲁迅、茅盾、郑伯奇、郁达夫、周作人、朱自清、洪深、郑振铎和阿英,新文学初期最重要的作家几乎全都在列,这在 20 世纪文学史和出版史上具有里程碑的意义。

良友时代即迎来高峰

赵家璧于光绪三十四年(1908)出生于上海松江,民国 21 年(1932)毕业于上海光华大学英国文学系,曾是徐志摩的学生。大学毕业后便进入良友公司从事编辑工作。民国 23 年(1934),赵家璧创意编辑《中国新文学大系》,将五四新文化运动以来,现代文学史上已有定评的文艺作品,请文艺各领域的专家整理编选,编辑出版一套统一规格、装帧美观的丛书,为后人研究新文学发展提供珍贵的史料。他结识了鲁迅、郑伯奇等作家，陆续主编了《一角丛书》《良友文学丛书》等。民国25年（1936），他组织了一些著名作家出版了《中国新文学大系》，当时，赵家璧还不到而立之年，就已经夯实了他编辑生涯的坚固基石。

这套集五四运动以来新文学之大成的巨著，共分十卷，收录了民国6年（1917）至民国16年（1927）十年间的新文学理论和重要作品，分别约请了鲁迅、胡适等大家分卷编选，蔡元培作总序，第一次对我国五四以来新文学发展前十年的历史面貌进行了系统总结，在文学史上具有集大成和里程碑式的意义；它所开创的全新编辑体例——全卷有总序，分卷有导言，理论与史料相结合，是编辑学上的一大创举。

动乱年代坚持出版理想

抗战期间，良友公司被日军查封，赵家璧逃难到桂林、重庆，抗战胜利后又返回上海，但在这段颠沛流离的日子里，他依然执著于自己的出版理想。民国30年（1941）良友公司刚被查封时，赵家璧在一所中学教书维持家庭生计，当时的董事长袁仰安想用与日军合作的方式恢复良友公司，并拉拢赵家璧和《良友画报》主编张沅恒加入，赵家璧和张沅恒坚决反对，决定离开上海。

赵家璧当时隐姓埋名乔装打扮成商人的模样，把良友公司的执照拍成照片，缝在鞋子里带到桂林，在桂林招纳新的股东，继续办良友公司。后来日军侵入桂林，他只好又逃往重庆，在重庆办良友公司。

从桂林逃到重庆的时候，遇金沙江火车站大火，赵家璧押运的所有良友公司存书、纸型、纸张都被烧掉了，这几乎是他所有的财产，赵家人只得在马路上摆地摊卖家里的东西以维持生计。这时候，赵家璧和张沅恒发生了严重分歧，张沅恒决定放弃出版，但赵家璧表示要坚持下去，两个人为此还扭打起来，连衬衫也撕坏了。张沅恒抽出自己的股份离开了，赵家璧却并没有因此而放弃。在重庆，老舍、巴金还有赵家璧在光华大学的同学、复旦大学的朋友都非常支持他，茅盾还把自己的散文集《时间的纪录》交由他出版。

民国34年（1945）抗战胜利后，赵家璧回到上海办良友公司。袁仰安用收买的手段成为良友公司的大股东，并想继续拉拢赵家璧一起办良友公司，赵家璧坚决不与其合作，从此离开良友公司。

赵家璧在书房

一段保守多年的秘密

就在赵家璧觉得出版无门、无法施展抱负的时候,是老舍为他解了燃眉之急。赵家璧曾自称老舍为其唯一的恩友。为了这位恩友,赵家璧一直坚持保守着他们之间的一个秘密。

老舍与赵家璧是抗战时期在重庆认识的,彼此很投缘。民国35年(1946)春天,老舍和曹禺应邀到美国讲学,他在美国出版了英文版的《骆驼祥子》,当时应该能得到一笔不菲的稿费。而此时,赵家璧刚离开良友公司,事业正陷入低谷。老舍得知后,便在临行前约他到自己的住处,劝慰他:"家璧,你现在的处境,我都知道了。你办出版社的态度,一向是认真负责的。现在良友既然有人作梗办不下去了,我们两个人合办一个新的出版社。你不必恋恋不舍那块良友的老牌子。我到了美国可能会拿到一点钱,如果有多,我就给你汇些美金来。你自己也去想法凑些钱。这个出版社,除了出《老舍全集》外,其他仍按你过去经营良友的办法。我仅投一点资,一切由你去主持,赚了钱,分我一份;亏本,不能再向我要。我们用'相见以诚'四个字来共同合作。"

为了组建这家出版社，赵家璧变卖了部分老家的田产。接着老舍陆续从美国汇来他的版税，总计约两千美元。公司设在上海哈尔滨路258号赵家客厅里，雇员只有一名，就是赵家璧的内侄陆元勋。

　　这个重新组建的晨光出版公司，由赵家璧任总经理，得到了老舍、巴金等著名作家的支持。民国36年（1947），他与老舍合作，出版了老舍在美国创作的《四世同堂》等作品。巴金先生虽然自己也经营出版业务，但还是将《寒夜》《第四病室》等作品让赵家璧出版。这几本书立刻打开了晨光出版公司的局面。

　　然而，因为晨光出版公司是私营出版社，20世纪50年代末，晨光出版公司的这段往事让赵家璧吃了大苦。到后来的十年浩劫，他被打成"资本家"，蒙受了巨大的屈辱和恐惧，最严重时曾经精神失常。即便如此，他也始终不肯说出老舍曾经参与投资的事。因为他知道，如果晨光出版公司靠了老舍的美元稿费办起来的这个事实传出去，必然会连累老舍。直到晚年撰写回忆录时，他对这段往事的着墨依然战战兢兢。

曾得鲁迅鼎力支持

　　在《中国新文学大系》的编选过程中，赵家璧得到过鲁迅、茅盾等文坛巨擘的全力指导帮助。在赵家璧眼里，鲁迅既是一个文学家，也是一个爱好编辑出版的前辈，他在求教的过程中与鲁迅建立了深厚的感情。赵家璧的寓所在山阴路大陆新村，长久以来他都没有搬家。他说那是因为可以离鲁迅先生更近一点。

　　当赵家璧把《中国新文学大系》的编选意图告诉鲁迅，并请他担任编选《小说二集》时，鲁迅热情支持，并撰序文。为慎重起见，鲁迅致赵家璧信中，还提出一个好建议。

　　信中说："序文的送检，我想还是等选本有了结果之后，以免他们去对照，虽然他们也未必这么精细、忠实，但也还是预防一点的好罢。"鲁迅为《中国新文学大系》的顺利出版，如此周密地做考虑，使赵家璧深受教益。

　　民国23年（1934）5月，国民党的图书杂志审查委员会已经成立，图书都须执行原稿送审制。几经周折，良友公司以给审查官项德言出一部小说稿《三百八十个》并付版税五百大洋为代价，换取了《中国新文学大系》的通过审查，尤其是鲁迅的名字被保留，稍有遗憾的是，原组稿名单中郭沫若的名字被要求删去。

鲁迅是中国新兴木刻运动的倡导者,他希望良友公司出版一些高质量的画册,以供版画爱好者参考。赵家璧立即翻印出版了《麦绥莱勒木刻连环图画故事》。这套画集,计《一个人的受难》《光明的追求》等四种。鲁迅应赵家璧的要求,不仅为《一个人的受难》作序,而且在每幅画面上加注说明。民国25年(1936)2月,苏联版画展览会在上海展出的第二天,赵家璧就去内山书店拜访鲁迅,并向他谈了出版《苏联版画集》的想法,并提出请鲁迅作序,得到鲁迅的赞同和支持。赵家璧经过努力,从苏联驻沪领事馆借到数十位苏联著名版画家的版画作品后,鲁迅又带病去良友公司编辑部选画。在撰写序文时,鲁迅因病只得口述,请夫人许广平写成。此书出版后,鲁迅看了样书,高兴地说:"我以为印刷、装订,都要算优秀的。"

赵家璧的女儿赵修慧回忆说,父亲非常年轻的时候就进入出版界,得到了出版界前辈的大力提携,也得到了很多现代文学名家的支持,在事业的起步阶段就取得了一些成绩,这些都极大地鼓舞了他。当时良友公司经理伍连德非常信任他,放手让他去开辟画报之外的文学出版领域。他编辑《中国新文学大系》的时候,鲁迅、茅盾、郁达夫、阿英、郑振铎、郑伯奇等,这些当时的文化名人都给了他巨大的帮助。三十岁不到就迎来了他事业上的一个高峰,他也从此与出版结下了不解之缘。出版对于他而言,不仅仅是一项职业,也是他的终身事业。

1954年,赵家璧调任上海人民美术出版社副总编辑兼摄影画册编辑室主任,编辑出版了《苏联画库》四十种、《新中国画库》六十种,很受读者欢迎。1960年,他调任上海文艺出版社副总编辑。十一届三中全会以后,撰写了《编辑生涯忆鲁迅》等百多万字的回忆录。曾当选上海市人大代表、上海市政协常委、中国出版工作者协会副主席,中国作家协会上海分会顾问、上海编辑学会顾问,曾获第二届韬奋出版奖。著译主要有《欧美小说之动向》《月亮下去了》《编辑忆旧》《书比人长寿》等。

一代印家费龙丁

费龙丁，字剑石，别号阿龙，家居松江南门外长堤岸。后得秦瓦一方当砚，因改名为砚，字见石，而以龙丁为号。晚年既信佛，又信耶稣，故别署佛耶居士。早期入南社，曾与社友李息霜创建金石组织乐石社于杭州，同时也是西泠印社的早期社员。清光绪二十四年（1898），费龙丁负笈扶桑，攻读数理兼美术。回国后，一度在广西测量学校任教职。后从吴昌硕为师，艺益精进。偶涉笔作山水画，意境高远。曾与王念慈、俞粟庐等共同校定平泉书屋所藏书画。所居名瓮庐，藏有不少书画、文物精品，只可惜江浙军阀混战，瓮庐被占作兵营，所藏书画文物大部毁失。晚年懒散，有求其笔墨的，动辄经年不得，故作品极少，如《金石缘图》《倚梧待月图》《春愁秋怨词图》等。日军进迫松江时，费龙丁仓皇出避，途遇日军，遭弹击罹难。著有《瓮庐丛稿》《瓮庐印存》（又称《佛耶居士印存》）《春愁秋愁词》，今皆散失无存。

心高气傲却是个"闷罐"

云间知名金石、收藏名家朱孔阳与费龙丁过从甚密。据朱孔阳说，费龙丁祖上便是擅作诗文的博雅君子，家学渊懿。费龙丁可谓出身世家，同时又兼承其叔伯的宗祧，因而全家族都对他众星捧月，相当重视。他自幼饱受庭训，笃学诗文。族里特别延聘

了两位先生来家施教，一位教他八股文，以求将来仕途上进；一位教他琴棋书画，培养其才艺与情操。费龙丁聪颖善悟，学业进展神速，族里族外对他赞誉不断。这样一来，却也养成了费龙丁自视甚高的性格，不太愿意与世俗之人来往。

他早年与冯超然同习诗于乡贤沈约斋，又与陈陶遗结为书友。留学回国后，潜心金石书画与古物收藏，并广结诗朋文友、翰墨名家，如杨了公、高燮、王

费龙丁篆刻作品

念慈、金仲白等都是他瓮庐的座上宾。日后加入西泠印社和南社等社团，结交的自然也多为贤达名士，说他"谈笑有鸿儒"绝对恰如其分。有意思的是，朱孔阳曾经收集费龙丁和金仲白两家印作，故意合称为《白丁印谱》，好好"揶揄"了好友一番，令人忍俊不禁。

沈瘦东在《瓶粟斋诗话》中说："龙丁有洁癖，襟怀洒然，工金古文，篆刻丹青，尤自矜重……性情迟缓，交件动辄经年，不为求者所喜。"费龙丁个性虽说落拓不羁，平日里却十分沉默寡言，是个出了名的"闷罐子"。掌故大师郑逸梅在《艺林散叶》中记叙了这么一桩趣闻。王慧，字小侯，八分书学杨见山，同时也擅篆刻，他与费龙丁相友善，二人都是寡言少语之人。有一回，二人在冯超然家不期而遇。费龙丁上前抱手作揖道："久违久违，体尚健否？"王慧赶忙回礼，答曰："一别三年，体尚顽健。"打完招呼后，二人对坐了差不多半个小时，却别无他言。冯超然见状戏谑说："君等是否哑巴，抑彼此有深仇宿怨乎，何缄口如此？"费龙丁与王慧仍是正襟危坐，只是微笑，却默然如故。

一心收藏文玩，不顾婚礼置办

费龙丁喜爱收集文物，书画、印章、青铜器、古玉、铜镜、碑帖、图书，不一而足。他的收藏中不乏稀世珍品，最珍贵的要数陕西秦代瓦当一块。此瓦出土不多，江

南一带多半只闻其名而难见其物,十分罕见。上有"维天降灵,延元万年,天下康宁"十二字铭,俗称十二字瓦当。此瓦已经前人制成砚台,上下红木底盖,古雅可爱。费龙丁

费龙丁书法扇面

也援以为砚,视为瑰宝,还把自己的名字改为费砚,以作纪念。

除了这块秦代瓦当古砚外,他还有父癸商鼎、赤乌砖砚等珍玩,无不古色斑斓,奇雅别致。清代著名金石学家陈介祺六十八岁时撰写的一副对联也在他的收藏之列,上书"酌酒赋诗相料理,种花移石自殷勤"。个中情趣深得费龙丁之意。

据说费龙丁在结婚前,借口办婚事购物,向家里以及叔伯处要了一大宗银子,带了管家到上海、苏州跑了一趟。回来时家人才发现,正经的婚事物件只是象征性的一点儿,大量买的都是文物、图书。无奈,只好另委他人为他再办一次。

照理说,费龙丁用钱本来并不愁,但文物收藏毕竟是件耗费金钱的事,所以他还是觉得自己财力不够,无法与财大气粗的强有力者争锋,每每遇到心爱之物却无缘收入,只得兀自抱憾:"盖以名公卿博学好古,而其力之强有足以致之,故能聚于所好。余僻处田野,未尝学问,获此区区,其敢以一得自多乎。"见费龙丁为错失藏品而面露沮丧,吴昌硕曾经特意作了一首《答费龙丁》长歌,宽慰弟子说:

龙丁龙丁,莫羡强有力者收藏富,束置高阁若获石田难为耘。几时约尔涉沧海、登昆仑,倘遇愚公假其手,会稽窆石移入瓮庐侪烟云。砺汝昆吾刀,凿彼古云根,天子永宁,商略重刊石鼓文。

印刻风格自有傲气

沈禹钟《印人杂咏》中有咏费龙丁一首:

长房仙去白云高,峰泖当年伴奏刀。

里巷幽居名不掩,至今人忆印中豪。

据朱孔阳先生说,费龙丁之印自有一股傲气在。费龙丁其人秉性高傲,向来不肯俯首于某派某人,以古玺、汉印为主,偶作宋元小篆细朱文。早年他入主西泠印社和南社两大赫赫有名的社团,交友日广,后来还入了吴昌硕之门墙,学技问艺。他对吴昌硕虽已是诚心折服,但也不愿亦步亦趋,步其后尘。

吴昌硕对费龙丁这个弟子倒是颇为看重,悉心指导提挈。民国7年(1918)曾为其《瓮庐印策》题七绝两首:

王震、费龙丁《双犬花石图》,立轴

心醉摩崖手剔苔,臣能刻画古英才。

依稀剑术纵横出,何处猿公教舞来。

皇皇吴赵耻同风,周玺秦权汉镈钟。

感事诗成频寄我,似谈印学演藏锋。

民国9年(1920)春日,吴昌硕又为费龙丁珍藏的秦十二字瓦当砚作铭,回环刻于四周曰:"研和璧,瓦嬴秦。字十二,琅琊魂。龙丁大书金石文,奇姿如龙跳天门。庚申春,吴昌硕年七十有七。"

另据陈巨来所述:丁卯年(1927)费龙丁与其晤聚于李平书宴宾席上,费龙丁询及陈氏对其篆刻见解,陈巨来赞曰:"公作品,外似柔雅,内实刚劲也。"费龙丁听了大乐,对他说:"吾自以为所刻是有绵里藏针之风格也。"于是引为知己,后来费龙丁还以小楷临《破邪论》一篇及绘梅花一幅相赠,使陈巨来大感惊喜。

佳偶美眷，比美赵管

民国3年（1914）上元前一日，费龙丁与李华书在沪北宸红园喜结连理。李华书，名钟瑶，为沪上名绅李平书之胞妹，曾游扶桑而归，亦工吟咏，精书法，善丹青，尤其擅长刺绣。费龙丁、李华书伉俪风雅同调，恩爱弥笃，婚后瓮庐之中鼓琴吹箫，染翰唱随。

费龙丁挚友高燮造访其庐，"见壁间悬素琴一，女士之所鼓也，洞箫一，女士之所吹也。此外古帖名画之属，则伉俪之所同抚也。庸是益叹为神仙眷属不啻矣"。又曰："二人者，各以风云飙举之才，成为配偶，志同而道合，趣静而旨深。""今距其成婚之日且十载，而龙丁促之无已时，足以知其夫妇爱好之情，历久而弥笃，殆有得于咸恒之意者钦。"称羡之情流露无余。另一至交沈瘦东在《瓶粟斋诗话》中也记载："其夫人亦工书画，丁丑（1937）春，余以与《松江志》役之招至茸城，往访龙丁，见夫人方临《黄庭经》，殷殷以经中古韵为问。龙丁家甚贫，而夫人处之恬然，真佳偶也。"马国权《近代印人传》中说："伉俪匪独恒同赏其珍秘，而唱酬染翰，固不让赵管（赵孟頫、管道升）专美于前也。"

李平书曾任上海城厢内外总工程局总董、上海民政总长，辛亥革命光复上海一役，贡献极巨，又致力振兴上海城区之水电、交通等公用事业，提倡民族自主，声名卓著。李平书生平嗜古，府中有平泉书屋，庋藏历代名迹甚富。费龙丁、李华书伉俪近水楼台，同赏其珍秘，眼界增阔。费龙丁又与王念慈、俞粟庐等共同校定平泉书屋所蓄书画佳构，赏奇论艺，与古为欢。

弘一法师以佛珠相赠

一代奇才李叔同与费龙丁一样，同擅金石篆刻。从西泠印社到南社再到乐石社，他们二人是为数不多横跨三社的成员，一路走来相交莫逆，情谊甚笃。

乐石社是由浙江省立第一师范学校教师、学子与部分西泠印社、南社社员等共同组成的金石篆刻团体，由师范学校学生邱志贞发起成立，李叔同时任该校教师。"李子息霜（即李叔同）集其友朋弟子治金石之学者，相与探讨观摩，穷极渊微而以存古

李叔同

之作也……复能于课余之暇,进以风雅,雍雍矩度,讲贯一堂,毡墨鼎彝,与山色湖光相掩映。""西泠印社诸子,觑觑先进,勿弃葑菲,左提右挈,乐观厥成,滋可感也。"文中所谓"西泠印社诸子"就包括了李叔同、费龙丁、胡宗成、周承德、夏丏尊、柳亚子等诸多知名文人。

乐石社初创之际,费龙丁曾延请同籍姚鹓雏撰《乐石社记》,以彰风雅,记中有云:"余视龙丁,博学多艺如李子,气宇简穆如李子,而同客武林,私念亦尝友李子否?及袖出缄札,赫然李子书也。信夫气类之合有必然者矣。将以闲日,诣六桥三竺间,过李子、龙丁,尽观其所藏名书精印,痛饮十日,以毕我悬迟之私。李子、龙丁,亦能坐我玉笋班中,使谢览芬芳竟体耶。"有将费龙丁与李叔同相提并论之意。

费龙丁、李叔同二人的交情也的确非同一般,据说弘一法师(李叔同)身藏一串奇楠香念佛珠,平日十分珍视,念及与费龙丁交往格外投契,便将佛珠慷慨相赠,以酬知己。费龙丁患有胃病,后得知奇楠香对胃病有奇效,便卸下几颗磨为粉末,作为药剂服用,果然久病脱体。

他见证了"赛先生"登陆上海

——忆中国首部科普刊物《科学画报》创始人杨孝述

民国22年（1933）8月1日，中国第一本通俗科普期刊《科学画报》在上海问世，创始人是松江人杨孝述。茅以升将《科学画报》誉为中国普及科学的"开路先锋"。也有学者认为，杨孝述是中国现代科学不可忽略的一位奠基者，对中国科普事业发展作出过杰出的贡献。但遗憾的是，一直以来他都未能在学界引起充分的关注。

庚款留美生的报国之志

杨孝述，字允中，松江叶榭人。光绪三十一年（1905）考入松江府中学堂。光绪三十四年（1908），他以官费生考入邮传部上海高等实业学堂。宣统三年（1911）赴清华学堂学习，半年后考取第三批庚款留美生，同年八月赴美留学，在康乃尔大学攻读机械工程。民国4年（1915）获工学士学位后旋即回国，任职于美商开办的美孚洋行。

民国5年（1916），全国水利局在南京创办河海工程专门学校，希望从海内外引进教育人才。杨孝

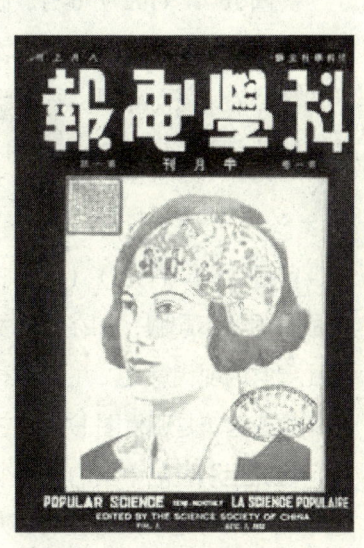

旧版《科学画报》

述毅然辞去美孚洋行的高薪职务，接受聘任，担任基础课的教授。他曾经对人说过："我是中国人，为祖国教育事业服务，为国家培养建设人才是义不容辞的，不会计较待遇多寡。"

当时，学校还没有现成的教材，教师大多采用英美书籍作教材，采用英语讲授。为方便中国学生的学习，杨孝述自编了中文教材，并用国语授课，深入浅出，很受同学欢迎。他还很注重实验，经常到实验室指导，耐心解答学生疑问，在学生中口碑甚佳。民国14年（1925）春，河海工程专门学校改名为河海工程大学，杨孝述担任校长。

五卅惨案发生，河海工程大学张闻天、沈泽民等联合南京各大专学生组成南京学生联合会，从事爱国反帝斗争，杨孝述都给予支持。五卅惨案发生后，南京学生联合会举行罢课声援。中共党员恽代英、萧楚女等来南京，寄居于河海工程大学学生宿舍。晚间，他们向全校同学作形势报告，开展革命活动。河海工程大学学生严希纯、曹锐是早期中共党员，他们和恽代英、萧楚女等积极组织并策动下关英商和记洋行工厂工人大罢工。英商向督军孙传芳、省长陈陶遗告密。孙传芳下令通缉。好在陈陶遗与杨孝述有旧，让其秘书姚鹓雏密告，杨孝述于是连夜通知严希纯、曹锐等马上离开。另一方面，他又尽快召开了校务会议，以严希纯、曹锐二生"学业不及格"为名，公布除名退学，以此为他们掩护。次日，孙传芳派军警来校搜捕，扑了个空。

民国16年（1927）6月，国民政府教育部仿法国大学区制，将原河海工程大学师生编入第四中山大学工学院土木工程系，杨孝述被任为秘书长。他不满当时国民党政府白色恐怖，愤而辞职，后转赴上海，担任上海交通大学电机系教授。

中国近现代科学"第一团"总干事

民国20年（1931）1月1日，上海亚尔培路（今陕西南路）上一幢三层小楼悄然落成，看似不起眼，却在学者文人中轰动一时。蔡元培兴奋不已，盛赞这座建筑具有非比寻常的现代意义。九十二岁高龄的马相伯亦不顾风寒，赶到现场。

这座建筑是明复图书馆，它是中国近现代首个科学学术团体中国科学社的大本营，是"赛先生"登陆中国的第一个家。中国科学社于民国17年（1928）购置了法租界亚尔培路309号建筑作为社所、办事处、图书馆等。翌年1月，中国科学社理事会决定聘请杨孝述为专职总干事。此后，杨孝述投身社务，为该社的发展，为传播科学知识而兢兢业业。

中国科学社源于一群清末民初留学生的科学梦。第一次世界大战爆发的前夜，康奈尔大学内聚集了一批顶尖的中国留学学子。其中如胡明复、赵元任等都是通过清政府游美学务处庚款留美，主攻数学、机械等专业，以期报国；另一部分人如任鸿隽、杨杏佛等则是在辛亥革命成功后前往深造。科学救国是这些青年共同的理想。民国4年（1915）10月25日，他们成立了以"联络同志，研究学术，以共图中国科学之发达"为宗旨的学会性质的中国科学社。他们设想以创办杂志、图书馆唤起民众爱科学，以实现科学救国、教育救国的梦想。

第一次世界大战结束后，这批中国学界的精英陆续毕业，返回祖国，承担起神圣的历史使命。在此后的数十年间，中国科学社发展成为近代中国最负盛誉的科学社团。翻阅当年的会员名册，几乎集纳了中国所有一流的科学家：任鸿隽、胡先骕、曾昭抡、秉志、丁文江、翁文灏、竺可桢、吴有训、严济慈等。除大量科研活动外，中国科学社还在上海创办《科学》杂志，兴建明复图书馆，举行科学演讲，为在积贫积弱的中国传播科学文明、普及科学知识作出了极大贡献。

在灿若星辰的中国科学社中，杨孝述亦扮演着重要角色。当时，科学社创始人杨杏佛惨遭暗杀之后，杨孝述成为重要的接替者。他任中国科学社总干事达十七年之久，为了处理社务，长年只身住在明复图书馆院内，工作与生活起居融为一体。在他主持下创办了股份制的中国科学图书仪器公司和《科学画报》，并陆续推出《论文专刊》《科学丛书》《科学译丛》，使上海成为全国独一无二的科普基地。

在"赛先生"和老百姓中"穿针引线"

民国18年（1929）6月，杨孝述得到杨杏佛等人的支持，以招股合资的方式，创办了中国科学图书仪器公司，并担任总经理，经营印刷出版科学书刊和生产普通的科学仪器。8月下旬，在北平燕京大学举行的中国科学社第十四次年会上，拟将科学普及、科学教育和科学研究作为今后"三者并行"的任务。杨孝述是积极的支持者和推动者。会后，为加强社员内部的交流与协作，杨孝述自任编辑兼发行人，创办并影印了《社友》，以后成为月刊。

当时，中国科学社虽编辑出版有《科学》杂志，但又深感不足。基于中国广大群众还处于科盲状态,要提倡中国的科学化,单是提倡高深研究还远远不够,必须提倡科学普及化,把一般群众的科学知识水平提高才有可能。于是,民国22年(1933)2月,杨孝述恢复了停顿多年的面向公众作通俗科学演讲的活动,请秉志先生在明复图书馆主讲《生物学的发达史》。接着,经杨孝述等人的推动,同仁们向中国科学社理事会提出了《举办民众科学化运动》的议案。

民国24年(1935)第三卷第九期《科学画报》

这时,身为总干事的杨孝述又觉得,要把这项活动广泛深入地开展下去,还要有一本向大众介绍科学知识的通俗刊物相配合才行,便提出了创办一份图文并茂的通俗科学月刊的建议。民国22年(1933)6月,这份提案在理事会上得到杨杏佛、周仁等人的大力支持,获得通过。8月1日,《科学画报》在上海创刊,为半月刊,由中国科学图书仪器公司发行。初由冯执中任经理编辑,不久由杨孝述兼任。

《科学画报》创刊后,为明确《科学》与《科学画报》的分工,杨孝述又向理事会提出议案,改革《科学》杂志内容,目标为"介绍精深之科学",《科学画报》为"普及科学知识于儿童与一般民众之工具"。9月6日,议案被董事会通过。运行两年之后,为使两本杂志更易于为公众接受,民国24年(1935)9月,董事会再次批准改进《科学》杂志编制案,《科学》杂志栏目设置为《科学论坛》《科学思潮》《研究提要》《专著选登》《科学通讯》《书报介绍》《科学新闻》《科学拾零》等。至此,两本刊物的内容趋于定型。

抗战时撕下书页寄给女儿

那时,中国科学社的办公室设在明复图书馆底楼,杨孝述就在那里办公。图书馆对面原来作为中国科学社办公地的两层小楼,为接待各地来沪的社员,改成了类似招待所的接待处。因工作忙,馆里的人手又紧,杨孝述很少回家,所以经常住宿在那里,每天都工作到很晚。

杨孝述为编好《科学画报》，不断向科学家们约稿、谈选题。例如茅以升，因主持建造钱塘江大桥，就以《钱塘江》为题，一连写了十二篇科学性、时效性、可读性都很强的科普文章，在《科学画报》连载，后来收入了《科学丛书》。除编辑工作外，杨孝述还要管理印刷和发行，工作量也很大。

他始终坚持要"把普通科学知识和新闻输送到民间去"，因此《科学画报》也一直是实用性和趣味性并举，通俗易懂，编排有趣，很受读者好评。当时发行遍及全国，甚至在南洋群岛也能看到《科学画报》的踪影。到民国24年（1935）时，刊物赢利，于是将刊物定价下降一半。胡适曾为该刊撰文，题目是《格致与科学》，评价《科学画报》的出版"可算是科学社的一件成功的事业"。

然而，抗战时期，《科学画报》面临前所未有的困难，大批科学家内迁各地，经费更趋短缺，纸张粗劣不堪。为了节省经费，《科学画报》成了没有图画的画报，但科学家们仍坚持办刊。

他们还结合战事，介绍大量现代战争与国防的科学知识及新发明、新知识、战时需要的卫生知识等，从思想上用科学知识武装了人们的头脑，以间接的方式支持了抗战。民国30年（1941）12月太平洋战争爆发，上海租界为日军占领，中国科学社总部被迫停止活动。在这种形势下，《科学画报》自民国31年（1942）起每期页数由八十页减至六十八页，再减为五十二页，到抗战结束前夕仅为三十六页。

据杨孝述女儿杨姮彩回忆，在抗战最艰苦的岁月里，上海是个"孤岛"，刊物无法发往内地，但尚可通信，父亲就把刊物一页页撕下来，作为平信寄给在桂林上学的她，翻印装订后向大后方的读者发行。正是在杨孝述等人的不懈努力下，《科学画报》始终坚持发行。抗战胜利后，《科学画报》逐渐恢复到战前规模，增加了科学新闻的分量，恢复了《物理和化学实验》《读者信箱》等专栏，新辟《家常巧作》《趣味科学》《小发明》等专栏，加强对世界最新科技知识的介绍，增加国内科技动态、工程进展的报道等。

《科学画报》启发了许多青年爱好科学、投身科学事业。我国著名的量子化学家、中国科学院上海冶金所研究员陈念贻先生，在《〈科学画报〉和我的少年时代》一文中说："在我的童年中，最值得回忆的是我与《科学画报》的友情"，"我走上毕生研究化学的道路，《科学画报》对我的启蒙作用是很大的。"

复旦创始人马相伯

马相伯

在中国近代史上,有这么一个名字绝不能被遗忘,他就是一手创办了复旦大学的爱国教育家马相伯。

他出生于道光二十年(1840),那一年,英国女王的坚船利炮正隆隆地向这个东方古国驶来;他逝于民国28年(1939),那时,中国的大片国土已经在日本人的炮火下沦丧。内忧外患,颠沛流离,中华民族经受的种种屈辱和磨难都横亘在了这个百岁老人的生命旅途上。

"自强之道,以作育人才为本;求才之道,尤宜以设立学堂为先。"要想自强自立,不仰仗官府和洋人的鼻息,就必须得办自己的学校,培养救国的人才。马相伯于是选择了毁家兴学之路,教育图存,为中国现代意义的私立高等学府垒起第一块基石。

从教会出走

十二岁的马相伯从家乡江苏丹徒的私塾偷跑出来,花了十天时间独自一人摸到了上海的徐家汇，投进一所教会学校。他出身于天主教世家，家庭的耳濡目染，徐家汇教会学校的经典教育，似乎一早注定了他的宗教信仰。一切都是那么顺理成章，转眼间，昔日少年已成为一位神父。这位神父博学多才，拉丁、希腊、法、英、意大利文无不精通，李太白或是苏东坡的诗文亦是信手拈来。

光绪元年（1875），这位学贯中西的中国神父告别了孤寂的教会生活，走出了徐家汇。这一次的走出无疑是对教会的背叛，也是马相伯人生中又一次重要转折。

马相伯是不可多得的全才，他由此一跃登上了大清帝国内政外交的舞台，投身到当时的洋务运动中，跻身为洋务派领袖李鸿章的重要幕僚。

但离开教会，马相伯也遭受了严厉的惩罚，他的信仰权利完全被剥夺了。他不能做弥撒，不能去忏悔，也不能做祷告。

二十多年后，马相伯离开了清朝洋务和外交的舞台，此时他已是身心疲惫，带着满目的失望，重新回到了徐家汇。

时间已经逝去了整整一个甲子。在中国的观念中，一个甲子就是一个轮回。母亲去世了，妻子儿子亡故了，与他同是满腹经纶、学贯中西的弟弟马建忠也在八国联军的谈判桌边心力交瘁永远地倒下了。

推却了一切尘缘，在这郊外教堂的钟声中，带着对母亲的愧疚和天主的赎罪感，马相伯翻译了第一本中文的《圣经》，但是无人知晓。谁也不能预知，在以后的四十年中，他在中国历史上刻下了一个救国强国的百岁老人的历史影像。

办学散家财

光绪二十六年（1900），年过花甲的马相伯突然作了一个重大的决定。他将松江、青浦的三千亩良田悉数捐赠给教会，以办中西大学堂，并立下字据："愿将名下分得遗产，悉数献于江南司教日后所开中西大学堂收管，专为资助英俊子弟资斧所不及。"

人们惊叹于老人的壮举，也在不停地追问他的动因。直到老人去世后，后人才从他的遗嘱中一窥缘由——马相伯的宗教信仰一生都不曾改变。事实上，他对母亲这位虔诚的信徒一直怀着深深的愧疚，这使他在离开教会后，内心时常忍受着煎熬。他几乎是抱着一种赎罪感将全部家产捐给教会办学。

然而教会只对捐献感兴趣，对办学并不积极，当时中西大学堂并没能立刻办起来，真正迈出办学第一步的还是马相伯自己。其时，马相伯居住徐家汇土山湾（今上海蒲汇塘路一带），他的渊博学识已然声名远播，不少名士专程登门拜访，请他指点一二，康有为、梁启超、张元济等中国近代史上的著名人物都曾是他的座上客。

那时，蔡元培在南洋公学（今上海交通大学）任教，每天清晨5时，他总会挤出时间从学校步行来到土山湾马相伯的住所，等马相伯醒来，做完晨祷，跟着老人的口型练习拉丁文。无论寒暑，亦步亦趋，毕恭毕敬，堪比程门立雪。接着，蔡元培又在他任教的南洋公学"特班"中挑选了二十四个学生送到马相伯门下致力于学习拉丁文。这批学生中的很多人后来彪炳中国文化史册：黄炎培、李叔同、谢无量、胡敦复、于右任、邵力子……

光绪二十八年（1902）十一月，南洋公学学生反对学校专制压迫，二百余人高呼"祖国万岁"集体退学，请求中国教育会负责人蔡元培协助组织"共和学校"。弟子一声请求，马相伯二话不说，欣然应允出面办学。翌年春天，就在当年徐家汇天文台的旧址上，这所寓意着"中华之曙光"的震旦学院撩起了她的面纱，马相伯坐镇学院，自任监院（校长）。他以"坚韧不拔之气，强立不返之志"一手缔造了震旦学院这所中国教育史上完全现代意义的新型大学。

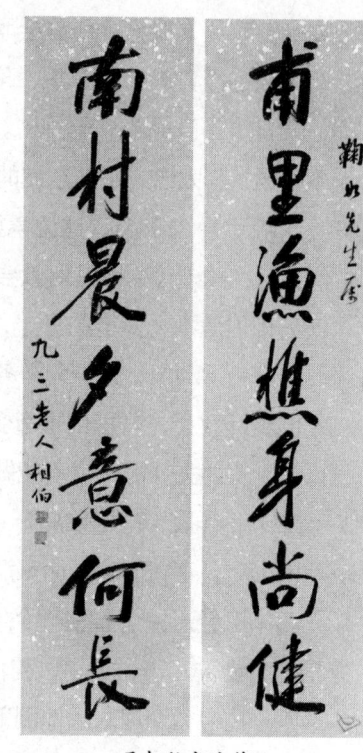

马相伯书法作品

蔡元培

后来，学生蔡元培出任北京大学校长，身后留下了一个传诵至今的北大精神：兼容并包，思想自由。毋宁说这一思想的源头就可以追溯到马相伯办震旦学院的教育理念。

震旦风波起

震旦学院诞生伊始，这位六十四岁的老者就掷地有声地郑重号召："欲革命救国，必自研究近代科学始；欲研究近代科学，必自通其语言文字始。有欲通外国语言文字，以研究近代科学而为科学救国准备者，请归我。"

复旦大学有悠久的学生自治的传统，这一传统也可追溯至震旦学院时期。当时，马相伯自己出任学校的总教习，但对院内各类事务只做监督而已，每学期初学生选出几位代表组成一个委员会，承担学校所有的管理工作，依循规章实行自治。

"学术革新、教育救国"，学校办学宗旨的雏形始于马相伯光绪十二年（1886）的欧洲之行。在那次旅行中，他参观了牛津、剑桥大学等名校。对其重视古典文化教育的做法印象深刻。从那时候起，他决心办一所与欧洲大学教育并驾齐驱的中国新式学校，在他的概念中，这应当是一个学者自由做学问的机构，是 academy（学术机构）而非 college（专业院校）。马相伯曾经明确提出，他做学问，办学校，无非是为"力求自主"。

复旦大学校徽

在他亲制的学院院章里，"崇尚科学，注重文艺，不谈教理"赫然在目。一生关心政治、身为天主教徒的马相伯，既不允许教授上课谈宗教，也不允许学生在学院谈政治。他说，学术机构是脱离于任何宗教与政治樊笼之外，容许自由思想的地方。在许多学生的记忆里，这位老校长是一位宽容而庄严的长者。他喜欢学生提出异议，听到质疑。

对学生，他真心爱护。他常说"有教无类"，只要有才能的人，愿意学的人，他都会收入门下。于右任是他的得意门生，当年曾因作诗讽刺慈禧太后卖国，遭到通缉，从陕西逃亡上海。马相伯听闻此事，就找到于右任，收于门下，让他改名移姓刘学裕入学，免除一切学杂费。

随着震旦学院羽翼渐丰，耶稣会想将其占为己有的企图却变得越来越明目张胆。光绪三十一年（1905），倚仗在震旦学院教学的法国耶稣会士，耶稣会取消马相伯的主管权，让他"无病而入院"，还取缔了学生自治制度。学生闹起学潮，决议集体退学。

于右任、邵力子等七位学生代表找到马相伯，希望他能带领他们重新开始。这个六十六岁的老人想到学生渺茫的命运，不禁老泪纵横。

垂名复旦史

马相伯或许没有想到他的治学精神如此深刻地影响了一群人。震旦学院的学生毅然决定与马相伯共进退。在沈步洲的主持下,全体学生举行了一次讨论大会,大会是以极其民主的方式进行的,并没有因事情紧迫而改变其作风。会议结束时,沈步洲取出信笺两卷,放在讲坛两端,一为签"留",一为签"去",听凭大家自由决定。结果,除一人签"留"外,其余学生全都决定退出震旦学院,追随马相伯。退学学生带走了学校的器具、书籍、标本,并将校牌摘去。

民国 26 年(1937)8 月抗日"七君子"与马相伯(坐者)、杜重远在南京

光绪三十一年(1905)九月,经过马相伯、严复和学生领袖叶景莱、于右任等人的筹措,复旦公学建立。"复旦"二字,取自《尚书·大传》所载《卿云歌》中的"日月光华,旦复旦兮",即"复我震旦"之意,又暗含"复兴中华"之义。马相伯在师生的一致拥戴中成为复旦公学第一任校长。他还自告奋勇,担任法文教授。在他的年轻学生们记忆中,他上课时兀自坐在讲台上,鼻子上架着大大的铜边眼镜,"口说指画,不以为苦"。

马相伯担任复旦公学校长的时间并不长,然而就是在创办震旦学院和复旦公学的短短几年中,他培养了于右任、胡敦复、徐季龙、翁文灏、邵力子等一批中国文化的脊梁。当马相伯晚年写下"还我河山"的字句,对危乱的时局一再发激愤之言时,复旦公学的学生正在街头发传单、演新剧,奔走呼号以唤醒中国,不能不说是由于他的精神品格的感染。

民国8年（1919）起，马相伯幽居在上海徐家汇由教会管理的一所孤儿院内。此时的他已经散尽家财，悉数用于兴学。儿子病故后，马相伯的学生为他年幼的孙女集资万元作教养费，马相伯却托人把这笔钱捐给启明女子中学作教育经费。据孙女马玉章回忆，小时候跟爷爷一起出去，爷爷总会很高兴地指着路边的学校告诉她，这是爷爷捐献的，那也是爷爷捐献的。

当抗战的烽火燃遍中国时，他创办的学校内迁了，他也被迫流亡。在流亡的路上，老人给震旦大学的老师和同学写了这样一封信，信中有这样的话："惟自战争发生以来，国无宁土，民不聊生。老朽何为，流离异域。正愧无德无功，每嫌多寿多辱。"

民国28年（1939），马相伯百岁，抗战中的中国只要没有沦陷的地方都在为他祝寿，而老人则执意捐出全部收受的寿仪，为救助伤员、接济难民之用。

半年后，马相伯从广西桂林流转昆明，当他走到谅山时，这位百岁长者再也走不动了。逝世前，老人悲叹道："我是一条狗，叫了一百年，也没有把中国叫醒……"

松江二中老校长江学珠

2009 年是松江二中建校一百零五周年，这座百年名校历史上曾出过不少卓尔不群的教育家。松江二中前身江苏省立松江女子中学（以下简称松江女中）校长江学珠即是一例。她终身未婚，一心奉献教育事业。那个齐耳短发、清汤挂面的身影几十年来始终未离开校园。在松江女中期间，她就已经表现出了不凡的办学才能。她在松江女中的二十二年校长生涯，又进一步积累和丰富了她的办学经验，形成了自己独到的办学理念。1949 年，她赴台后，在省立台北第一女子中学任校长二十二年，以校为家，锐意改革，是该校任期最久、影响最大的校长。

投身教育亲切随和

谈到这位老校长，松江二中校友金坚范怀有很深的敬仰之情。他虽未授业于江校长，但是因为他父亲曾在江学珠任校长的学校包厨多年，先是在松江女中，抗战期间，又乘小木船逆长江而上，随江校长到重庆办学。抗战胜利之后，江学珠主持松江女中复校，又将这位追随多年的厨子招去。金坚范的大姐又是松江女中的学生，也时常同他谈起这位校长。

这层家庭渊源，也使他对江学珠感情格外深厚。"1949 年，江学珠先生去了台湾，留下两网篮文字资料，托我父母保管。我至今记忆犹新，那是家乡极为普通的用竹子编成的篮子，上面用白线勾成的网眼很大的网子网着，就放在父母大床的床沿下。只知是江校长留下的东西，但不知是什么东西，因为谁也不准去动它。"直到20世纪80年代初，江校长托张素云老师从美国到大陆，探访故旧亲朋。张素云老师到松江后，多方打听，辗转找到金坚范的父亲。探望之外，还索要江校长留下的日记，因她要撰写回忆录。可惜，十年动乱，资料连同盛放它们的网篮，已付之一炬，化为灰烬了。

"家父与其关系，从中可见一斑。难怪我们幼时常常听见父母怀着崇敬的心情谈起江学珠先生及其松江女中，而且总是简称校长，显得格外亲切、随和。"金坚范说。

另一松江二中校友陆理真回忆，八一三抗战开始，日寇入侵上海。松江女中不能如期开学，学校便想方设法在天马山租房上课。后来日寇在金山卫登陆，直接威胁到松江，学校宣布暂时解散。她和同乡及另三位上海同学在老师带领下步行到松江。

"回校后，我们看到学校门窗已全部毁坏，宿舍和教室也都坍塌。不久，江学珠校长也赶到了，她说公路已不通，松江城朝不保夕！江校长边哭边讲，我们也都哭了。随后，她从包内取出钞票，给了每人五元作路费，然后便连夜赶往天马山，去料理那边的事。此后我们就再没见过这位好校长了。"陆理真说。

挑战男中苦心经营

回忆起江学珠校长，金坚范印象最深的是她的强硬、坚毅。民国16年（1927），由松江府中学堂发展而来的江苏省立第三中学，一分为二，改组为江苏省立松江中学（以下简称松江中学）和江苏省立松江女子中学。年仅二十六岁，毕业于国立北京女子高等师范学校的江学珠出任松江女中校长，开始了她事业上的第一个高峰。

松江虽是个历史名城，但随着上海的兴起和发展，两者已是天壤之别了，一个是繁华都市，一个只能算乡下小镇了。一些优秀的女学生都到上海去上学读书。初创伊始，松江女中招生十分困难，只招得一个班，且学生中优秀者寥若晨星。面对这一凄凉局面，江学珠"穷且益坚，不坠其志"，她认同有教无类，响亮地提出："得天下英才而教之算不得一乐，得天下庸才而教之使其成为英才，这才是大乐。"

江学珠校长那种直面困难、愈挫愈勇的精神，还表现在与松江中学的较量中。松江中学是所男校,由于历史沿革,两校毗邻而居。男中强行占用了女中的部分校舍用地作为操场。江学珠校长几经交涉,男中根本不予理睬。一气之下,江学珠告到教育部,但终无结果。江学珠并不气馁,她再写状纸,告到松江县政府。这次居然如愿以偿,得胜而归。堂堂男子汉,怎能咽得下这口气?男中气极,竟在女中的围墙上胡乱涂抹,对江学珠进行人身攻击。江学珠处之泰然,不予理睬,而是专注教务管理,将女中愈办愈好,以此来回应男中师生们的挑战。

全面现代教育理念

江学珠在办学中强调学生全面发展,主张"培养青年充分之知能","施以健全的公民训练","冀陶熔普遍人格之实现,故特别注重女子本身之弱点,使善自休养,发展个性"。

按照她的教育思想,松江女中在课程设置上有其独特之处,颇具现代教育理念。除必修课外,还有选修课。各级课程,以学分计算,修满学分,方得毕业。在松江女中,江学珠设有师范科,以培养国家建设的基层干部——小学教师。考虑到有些学生毕业后不升大学而直接就业,故于每星期日上午开设了职业训练课,设有摄影学、图书管理学、银行学、打字等。

松江女中首任校长江学珠

学校的课外活动也丰富多彩,重视体育是松江女中的一大特色。上体育课,一律是白色运动衣、黑色西装短裤。学生有专门的更衣室,一人一格,存放运动衫裤。除了一周两节体育课和每天早操外,课外活动时要求学生离开教室,多数时间是在操场上打球。松江女中最早令社会刮目相看的就是因为其在全省中学生运动会上的优异表现。民国23年(1934),学校还获得江苏省女子篮球冠军。

江学珠还鼓励学生参加校内兴趣小组、研究会、学术报告、普通话演讲比赛等。学校一度还排演了日本剧作家菊池宽的作品《父归》,当然剧中男角也是由女生扮演。

教师阵容空前强大

江学珠深知教师的学养和素质对学校教育有举足轻重的影响。因此,在师资配置上,否认正、副课教师之分,一概精心挑选,所以教师们的学识造诣、教学水平以及敬业精神,均堪称一流。

20世纪30年代,江苏省全省使用的初高中语文教科书十二册《当代国文》,便是由施蛰存、沈联璧、朱雯、徐震锷、王季思、陆维钊等联合编著的。徐震锷、王季思、陆维钊三人均是松江女中的教师。

江学珠延请了许多响当当的名师。王季思先生是元曲专家,后任中山大学中文系主任。陆维钊先生又是书画家,后任浙江美院书法系主任。代数老师虞明礼在中学生中名噪一时,因为20世纪30年代初高中的代数课本是由他编著的。著名摄影家郎静山先生教授摄影课,可以说是开创了中国摄影教育的先河。漫画大师丰子恺先生,当时任美术、音乐教师,每星期给全校上一次美术讲座。化学老师周芬、物理老师吴之微,1949年后都调到北京,供职于人民教育出版社。周芬曾是化学课本的三位编者之一。负责学校事务工作的毛志彬先生,也爱好文学,擅长丹青,在园林设计方面有一定造诣,对学校的布局、校园的绿化贡献良多。金坚范父亲原是松江聚丰园餐馆对厨艺颇有钻研的青年厨师,也被江学珠挖来承包全校师生员工的伙食。

从严治校进步神速

江学珠治校,以严谨出名。她自己的侄女申请留学美国,希望把六十九分的学科改为七十分,一来比较好看,二来便于申请。江学珠秉公无私,予以拒绝。

学校校规也很严。寄宿生除星期天外,平时不准出校门半步。校服是蓝旗袍,黑鞋白袜,素雅端庄。学生一律短发,齐耳直梳,不得超过规定。个别学生开学报到时头发稍长一些,训育老师当场用剪刀咔嚓一下,毫不手软。学生吃饭,六人一席,饭前每人发一个碟子两双筷子,一双公用,一双自用。先用公筷把菜夹到自己碟子里,再用私筷吃饭。

在江学珠校长的管理下,这样一所名不见经传的女子中学进步可谓神速。首次参加江苏省省立七所中学会考时，竟名列第三，令人刮目相看。第二年，就跃上一个台阶，拿了一个亚军。第三年，这所唯一的省立女中，独占鳌头，令男中黯然失色。行高于人，众必非之。在女性受歧视的那个年代，参加会考的唯一女校，一枝独秀，蟾宫折桂，更为社会所不容。当局慑于各方压力，竟不敢公布这一年的会考成绩。

松江女中在江苏享有"模范女子中学"的美誉，不但成为松江地区女学生们向往的学校，就是上海市及江浙两省邻近市县的女学生们，也竞相报考松江女中。教育部也认为她是全国最优良的女校，因此，抗战前夕教育部曾一度考虑在全国各中学中挑选九所学校，进行五年制试点，松江女中是唯一入选的女校。后因日寇入侵，试验未能进行。

王季思曾在松江女中执教六年。五十多年后，他在回顾这一段生活时盛赞江学珠是"一位好校长"，"她不结婚，没有家累，全心全意放在妇女教育事业上，把学校办得井井有条，为长江下游三角洲沪、杭、苏地区培养出一大批品学兼优的人才，也锻炼出一支高质量的师资队伍。1937年后，学校几次搬迁，这支队伍也没有被打散。松江女中的教师，都以业务基础扎实、教学有方深得学生欢迎，也为学校当局所倚重"。

宝岛"绿园"延续辉煌

1949年，江学珠赴台之后，接掌省立台北第一女子中学，开始了她事业上的第二个高峰。省立台北第一女子中学闻名的绿色制服上衣，就是在她任内拍板的，省立台北第一女子中学校友盛赞是江校长带来了"绿色的骄傲"。

江学珠担任省立台北第一女子中学校长期间与学生合影

她把在松江女中积累的经验带到省立台北第一女子中学，努力延揽名师，强调教师是校方"请"来的，不是"雇佣"的。对教师的实际困难，她都想法给予关怀。校长宿舍一百多平方米，她为了"选好老师来教好学生"，不惜把宿舍让出作为教职员工托儿所,让给外地教师居住,自己则和妹妹挤在一个小房间里。退休后,更把毕生积蓄捐给省立台北第一女子中学作扩建校舍之用。因而省立台北第一女子中学的教师工作都十分努力,教学成绩也就异军突起。省立台北第一女子中学毕业生参加大专联考,升学率居各女校之首。

省立台北第一女子中学校门

她的学生说,江学珠性格其实相当木讷,除了上台讲话外,从未滔滔不绝,但她始终以"公勤诚毅"的精神办学,虽然她很少露出笑容,但她是以最大的爱心在办教育。

体操教育发轫于云间
——记近代体育教育先驱何东、王季鲁

20世纪初,清政府宣布推行新政,废除科举制度,兴办学校,颁布实施《奏定学堂章程》,规定各级学校均须开设体操一科。然而当时既无专业体操教育,也没有系统的体操教材,体操教师的培养无从谈起,师资缺乏便成了兴学的一大困境。体操教师的工作一度只能由军人,甚至聘请外国人来充任。这种滥竽充数的情况在社会上造成了恶劣的影响。天下兴亡,匹夫有责。目睹祖国体操事业的颓败,国民体质的衰弱,一批爱国人士痛心疾首。于是他们怀着兴办体育、培养人才、强宗强种、卫国御侮的宏伟志向,在各地创办了体操学校,设立了体育专修科。其中,光绪三十一年(1905),由留学日本早稻田大学归来的松江人、同盟会会员何东在松江城西创办的松江府娄县劝学会体操传习所是中国最早的体育师资学校。而另一位松江籍人士王季鲁则于光绪三十三年(1907)和友人徐一冰等人共同创办了早期体育专科学校中最具影响力的中国体操学校,该校女子部后更名上海中国女子体操学校,由王季鲁出任校长,这也是中国第一所女子体育学校。

何东办学不倦

何东(1875~1908),字亚雄,松江娄县人。他天资聪颖,早年中秀才,但不屑于

功名。后东渡日本，考入早稻田大学，专攻数理，同时接受西方民主思想。光绪三十一年（1905），留学回国后，何东痛感国内民智闭塞，必须大量兴办学校，以培育各种人才。于是他邀集松江知名人士，组织劝学会，被推为会长。首先在城西上四图祭江亭与马超群、杜炎创办公立学堂，而后在劝学会设立了我国最早的体育专门学校——体操传习所，并于钱泾桥北三神庙设立农人半日学校，提倡半耕半读。光绪三十二年（1906）一月，他在日本东京参加同盟会，以立论高卓，为众人所推崇。后奉命归国，与钮永建等联络，发展会员，宣传革命。光绪三十三年（1907），何东与张鹏等人在上四图西郡庙创办西外区公立小学

何 东

堂，还受聘在清华、景贤两女校兼课。在他的影响下，松江士绅办学之风大盛，新式学校纷纷创立。光绪三十四年（1908），他赴日向同盟会总部汇报，不幸于归途中感染时疫，在家中去世。

娄县体操传习所

体操传习所由何东任会长兼所长，聘请娄县人张时、姚文萤、赵光绍、钱葆馨、叶光其五人担任教员。日常经费来源，半数由娄县县署补贴，半数自行筹措。购置体操器材等费用由当地米业公会资助。训练用的武器等配备，则经松江府申请转南京两江都督指令上海江南制造局拨给，共有九响、快五响、一响等枪支共五十支，还有一尊德国造小钢炮。

教学课程有武备、体操、运动、课间操等。学制以半年为一期，首期招收了华亭、娄县、金山、青浦、南汇、奉贤、上海等县十六岁至三十岁学员四十三人，其中大部分是在职教员。为鼓励学员入学，除免收学费以外，还发给每人每天早点费二十文。学员修业期满后，多数担任各县学校体操教师，也有当教官或投军的。

体操传习所共办了四期，培养了一批体操人才。第一任松江县公共体育场场长冯国安，就是传习所的首期学员。同时，体操传习所还编著出版了一些书刊，如《学校

卫生讲义》《体操教程》等。该校由于课程设置齐全，师资充实，教育有方，在当时很有声望。

光绪三十四年（1908）何东病逝后，体操传习所无人后继，遂告停办。所内遗存的钢炮、枪支等器械由府县移交给本地商团。

王季鲁废家兴学

王季鲁（1880~1964），松江人。他自幼爱好体育，率先主张中国应创办体育学校，以培养体育人才。光绪三十四年（1908），他和友人徐一冰、徐傅霖在上海老西门合力创办中国体操学校。同时，还主张设立女子部，使女子受同等教育。

王季鲁

宣统二年（1910），中国体操学校在黄家阙路白云观内正式开办女子部，后改名为上海中国女子体操学校，王季鲁自任校长，这也是我国第一所女子体育学校。办校方法参照日本女子体操学校，办校宗旨是"强国强民，振兴中华"。学校开办之初，王季鲁为开风气，上门动员女生入学，家庭贫寒者还免收学费。

宣统三年（1911），辛亥革命爆发，王季鲁组织全校学生参加学生军，投入光复上海的战斗，许多学生都缠过足，因此被称为"小脚娘子军"。其后学生增多，迁校于闸北宝山路宝山里。五四运动时，王季鲁带领学生上街，支持组织学生会，从事爱国反帝活动，同时开办义务小学。

为了筹措办学经费，王季鲁变卖了所有家产，在艰难中维持达九年之久。毕业学生达数百人，为我国培养出了首批女子体育骨干。其得意门生陆丽华，得其资助毕业，并创办了两江女子体育学校，曾带领我国第一支女子篮球队远征东南亚，屡战屡胜，为国争光。

而王季鲁终因经济无法维持，上海中国女子体操学校改由其学生华豪吾接办。自己则到时报馆工作，但仍关心该校的发展。

中国体操学校

中国体操学校以"提倡正当体育,发挥全国尚武精神,养成完全体育教师,以备教育界专门人才"为办学宗旨,有较为完备的办学章程,是早期体育专门教育中较规范的学校。学校创办于光绪三十三年(1907)十一月十六日,于光绪三十四年(1908)春迎来了第一期学生。

中国体操学校所设课程有生理解剖学、兵式操、徒手操、轻器械操、器械体操、武术、舞蹈、游戏、语文、音乐等。兵式操教师由商团教练徐中浩兼任。徒手操和轻器械操教师是徐一冰、王怀其、段钢诚、袁功诚、张梦吉等人。徒手操由该校自编教程。轻器械有棍棒、哑铃、球竿等。器械体操由教师刘佳森担任,课程内容有单杠、双杠、木马。武术教师由精武体育会赵连和、卢炜昌等兼任。中国体操学校学生生活军事化,管理很严。每人发一支毛瑟枪,平时挂于床头,操练时取用。全校一百支枪,全是从商团借来的。

中国体操学校在上海共办十二年,二十四个班,毕业人数六百人左右。民国9年(1920),因学生少,经费困难,且学校与徐一冰先生在家乡创办的贫儿教养院分处两地,管理不易,因而体操学校迁至南浔。民国11年(1922),徐一冰先生逝世,校长由其堂弟徐一行继任,后由于地方偏僻,经费困难,学校难以维持,未毕业的学生进入苏州体育专门学校。民国19年(1930),中国体操学校毕业生顾果、王怀琪、项翔高、朱重明、孔廉白、陆礼毕、徐致诚等二十余人在上海集会,共议中国体操学校复校事宜。会上推举顾果为校长,定名上海中国体育学校,校址在方斜路白云观原两江体专旧址,但只办了一年多,因淞沪战争爆发又告停办。

在中国体操学校毕业生中,有不少成为辛亥革命的军事骨干力量。光绪三十四年(1908)三月的河口起义,宣统三年(1911)的广州起义、武昌起义均有体操学校学生参加。中国体操学校为中国近现代体育事业发展培养了不少知名人士,如上海东亚体专校长庞醒跃、上海体育师范学校校长吴志清、上海两江体专校长陆礼毕、浙江体育师范学校校长蔡倔哉、苏州中山体专校长朱重明等都是该校毕业生。

第一所女子体育学校

上海中国女子体操学校是中国近代体育史上第一所女子体育学校，该校原为中国体操学校女子部。中国体操学校创办人之一王季鲁任校长。

这所学校招收高小毕业生入学，相当于中等专业学校，学制为一年半，学生大部分来自江浙两省。由于经费困难，每届只招二十人，而且要等上届毕业后才能招下届学生。加之新学制颁布不久，社会上男尊女卑的风气未改，女子学体育被视为奇事，来学者甚少。

由于该校创办人大多留学日本，当时教务主任汤剑娥，即中国体操学校校长徐傅霖先生夫人，也留学日本，因而课程设置和教学内容、办学方法都受日本教育制度的影响，其中以教日本体操、舞蹈闻名。教师大部分是中国人，有些教材由学生手抄。

宣统三年（1911）辛亥革命爆发，学校被迫停办，全体学生参加了学生革命军，这是中国有史以来的第一批女学生革命军。女学生荷枪实弹，英姿飒爽，引人注目。民国2年（1913）学校恢复，因校舍经费均与男子分开，故改名上海中国女子体操学校。王季鲁增聘了中国体操学校毕业生段钢诚、张梦吉等为教师，在宝山县宝山里租赁房舍作为校舍，学生增至四十人。

民国8年（1919）五四运动后，该校创办了女童子军，参加游行、集会。以后学校又先迁至林荫路，后迁至槟榔路。20世纪30年代初，该校毕业生杜宇飞又组织复校。抗日战争开始，学校因无力维持而停办。

篮坛好手于伯敏

一米九二的高个子，瘦削的面庞，脖间挂着一枚木质哨子——很多上了年纪的松江人记忆中都少不了这个身影，或许有人还能脱口而出他的英文绰号 longfellow（大高个），他就是 20 世纪五六十年代茸城知名的篮坛好手于伯敏。早年他率领松江中学篮球队驰骋赛场，屡创佳绩。一队之长于伯敏和队友被称为"松中五虎"，闻名遐迩。他还是松江史上首位国家一级篮球裁判，担任了首届全国运动会的篮球项目裁判长的职责。他那木质哨子里吹出的清脆独特的哨音也成了他一大"招牌"，为人津津乐道。

"五虎将"中的"铁闸队长"

于伯敏（1910~1962），出生于天津，后随父迁居松江。他就读的松江中学在民国 18 年（1929）年成立了篮球队。最初负责学校全面体育活动的老师更偏重田径的训练，对篮球却很少有重点指导。直到冯公智老师执掌帅印，球队的面貌才焕然一新。他为球队精心挑选了十名队员，当时身材高大、球感出众的于伯敏一眼就被冯公智相中了，和俞晋祥一起担任队长一职，共同司职后卫。同时入选的还有中锋陆师杰、

于伯敏

右前锋周鹤鸣和左前锋徐造功等人。这五人堪称队中的精兵强将,大凡有重要比赛,五名主力总是先行上阵,等到比分遥遥领先、胜券在握时才换上替补队员。他们五人也得了"松中五虎"的美名。

冯公智采用的是南开大学董守义教授所创的篮球攻守战术。董教授就是用他的一套理论培养出了日后成为国家队主要阵容的"南开五虎"。再精妙的阵法,也要依靠平时详加训练方可落实。这日常的训练组织便落到了队长于伯敏的肩上。"五虎"之一的陆师杰回忆说,每天清晨5点,大伙儿就要爬起来,绕着操场练习四百米,再做些其他运动以增强体力;下午4点后,队员们又分成两队拉开阵势演练攻守。于伯敏认真负责,凡事自己带头,在队中的威信很高,队员对他都佩服得很,一切行动都听从他的指挥。他还常常想法联系外地球队来松江比赛,或是率队去苏州、嘉兴、无锡等地参赛,所以球队短短一年间就进步飞快。加上五人平时又住在同一间寝室,于伯敏如同兄长一般,空闲时就和大家有说有笑,相互交流,所以每每上场,五人配合行云流水,那种惊人的默契让对手也畏惧三分。

松江中学篮球队的后卫身材条件在当时的学生球队里算得上出类拔萃,于伯敏和俞晋祥两人,一个身高,一个体壮,就像在自己篮下筑起的两大"铁闸",叫对手无从攻破,从而使篮球队的三个前锋得以尽量发挥——这就是篮球队屡战屡胜的法宝!

一张提前拍好的"冠军照"

松江中学篮球队合影,前排左一为于伯敏

于伯敏的儿子、原松江区图书馆馆长于慎忠翻出了一张珍贵的"五虎将"全家福,这张泛黄的老相片一度由上海文史馆馆员、老报人张冰独收藏,照片背后有桩报界的趣事。

松江中学篮球队发展很快,几个年轻人利用节假日,常与松江县篮球队打比赛。实力远胜一筹的县队起初根本没把一群小阿弟放在眼里,但他们怎么也没有料到,几次交手下来,双方已经势均力敌,胜负各半了。"五虎将"又广发"英雄帖",挑战各路球队,都有不错的成绩。比如和上海铁路局篮球队、圣约翰大学篮球队过招，都纷纷把强敌挑落马下。民国20年（1931）春，为了备战省运会，松江中学男篮和苏州、嘉兴、无锡的省中、体专等校交战数场，也是全胜而归。

民国20年（1931）5月，江苏省中等学校运动会在镇江举行，"松中五虎"在半决赛中一举击败了曾扬言要包揽所有球类冠军的夺冠大热门南京中学队。"松江五虎"的冲劲和默契让人们眼前一亮，当时上海《时报》的摄影记者就十分看好松江中学夺冠，于是便在决赛开打前就邀请队员在球场上照了一张合影，以备及时抢发。

于伯敏与家人合影

决赛中，松江中学对垒上海中学，开赛仅十分钟他们就连连进攻得手，领先对手二十分之多。眼看赛前的预言快要成真，岂料天有不测风云，天空突然大雨如注，在上海中学的半场上瞬间积水成河，篮球拍不起来，根本无法进攻。奇怪的是，松江中学的半场上则滴水全无，上海中学可以舒服地上篮得分。冯公智和于伯敏向裁判据理力争，要求暂停比赛，或将积水填平再赛，哪知裁判断然拒绝。就这样，松江中学眼睁睁地看着自己大比分的领先优势被一分一分地扳回，甚至反超，却无能为力……

半场休息后，大雨终于停了，积水也渐渐干了，于伯敏和俞晋祥率领松江中学男篮奋起直追，一直将比分差距缩小到二分，最后时刻周鹤鸣篮下一球在框上滚转几下，却又进而复出，球队不得不以微弱的分差饮恨镇江。

球队"全家福"没能成为真正的冠军照，但气势如虹的"松中五虎"却被看台上的中央大学体育系主任一一相中，力邀他们免考入学。只可惜囿于家境，最后成行的只有俞晋祥和周鹤鸣二人。

他的哨音会"打弯"

或许因为遭遇过执法不公的黑哨，于伯敏立志成为一名公正的好裁判，他日后成为了松江首位国家一级裁判。于伯敏的长孙、方松街道党务工作委员会书记、松江新城建设发展有限公司董事长于宁说,提到祖父,不能不说他那声声叫人过耳难忘的哨音。他的哨子是木制的,吹出来的声音清脆婉转,余音萦绕,富有力度和乐感,那声音仿佛会在空中"打弯",悦耳动听却又不失一锤定音的震慑力。一听便知是于伯敏在执法比赛。

1952年到1960年间,于伯敏每个月都要外出,担任省、市很多高规格的篮球比赛的裁判,以执法公正、技术水平精湛著称,在篮球裁判中很有声望。家乡松江的很多比赛也会邀请他加盟。有意思的是,因为于伯敏金哨名声在外,他执法的比赛身价也水涨船高,人们都认定凡是于伯敏吹的比赛一定精彩好看,能在于伯敏哨音下赛上一场的球队也会升一个档次。

松江二中沧桑变迁见证人

除了在篮坛作出巨大贡献外,于伯敏还曾长期任教于松江二中的前身松江女中、松江中学,尤其在抗战胜利后,百废待兴时,为这座名校的重建立下过汗马功劳。松江女中在抗战中损失惨重,据统计,原一百九十六间楼房和平房,损毁竟达一百五十一间之多。民国36年(1947)8月起,于伯敏任职松江女中体育教师,兼事务处主任,配合校方为恢复学校正常教学和生活做了大量工作。1950年2月,松江女中改名为江苏省立松江中学,于伯敏改任总务处主任、体育教研组组长,学校财务、基建、教学设备、师生伙食还有学生的体育教育,他都要参与管理。于宁说:"祖父执教二中的那十年,是他一生中最忙碌也是最充实的岁月。"1953年到1954年,如今已成为松江二中标志性建筑的教学楼"五一楼"、"五四楼"和"六一楼"在他主持下相继落成,学校规模也扩大了很多。

于伯敏的女婿、曾参与国家"两弹一星"开发、享受国务院津贴的同位素分离专家、总工程师陈之杰就做过于伯敏的学生。他回忆说,20世纪60年代时,学生必须通过"劳动卫国体锻达标二级"。为了保证学生顺利过关,大半夜于伯敏也会起床,陪着学生一块儿训练。在他眼里,于伯敏这个体育老师要求严格,不苟言笑,对学生的教育工作却是尽心尽职。

英语教学先师平海澜

商务印书馆在民国18年（1929）出版的《英汉模范字典》一度被奉为民国最有影响力的英语工具书，一版再版，当时的英语学习者几乎人手一本。林语堂曾夸其"模范以求解、作文两用为主旨，多列成语，引证用法，得社会欢迎，独步一时，乃理所当然"。这部辞书的编者之一平海澜是近现代著名的英语教育家，创办过上海海澜英文专门学校，曾参与创建并执教于大同大学，还编著过十余部权威英语教育著作，英文造诣精深，被誉为"中国英语教学先师"。

从乡里私塾到留学海外

光绪十一年（1885），平海澜出身于松江叶榭的一个贫苦农家，这个农家娃的人生却不似他的名字波澜不惊。他自幼勤勉好学，但贫寒的家境无力支持他上学读书，于是就常常默不做声地躲在乡里私塾的窗下，倚着墙脚，竖着耳朵听课。私塾先生对其天赋和毅力啧啧称奇，破格准许他免费就读。少年平海澜如鱼得水，读书越发刻苦，学识日益增进。十四岁那年，针灸大夫朱朴如带他来到上海，平海澜不负众望考入知名学府南洋公学（今上海交通大学），并凭借优异的成绩，在第二学期就获得了奖学金，以后每年获准免费就读。

大学毕业后，在亭林施端生老师的提携下，平海澜东渡扶桑，考取了日本名校早稻田大学医科。然而高昂的学费终究令他望而却步，最后改入东京英语专科学校，勤工俭学。正是留学的这几年，为他日后从事英语教育打下了坚实的根基。

平海澜的青年时代正处于清王朝末期，多舛的国家命运激发了那一代学子的忧患和自省意识。平海澜对孙中山先生挽救民族危亡的革命运动敬仰有加。在日本求学期间，他曾登门拜访孙中山先生，提出了自己希望普及英语、教育兴国的主张，得到了孙中山先生的肯定和支持。

乐此不疲的教书先生

从日本回国后，平海澜开始了他的英语教学生涯。从广西梧州中学到江苏无锡中学再到上海浦东中学、民立中学，他乐此不疲地当着英文教书匠。民国10年（1921），他和学者胡敦复、胡刚复、朱香晚、曹惠群等人在上海成立了立达学社。这些学者大多曾在清华学堂任教，因为不满校方推行欧美化的办学方式，不少教授以"不能遵办"为由辞职离校，另起炉灶，在南车站路创办了大同学院（后更名为大同大学）。平海澜教授英文及外国史地等学科，并兼任教务长。

大同大学毕业证明书

作为一所民办高校，经费紧张成了办学之初的最大困难。眼看入不敷出，发放教师工资时常常捉襟见肘，平海澜就想方设法，自己带头，并且说服在外兼职的教师把兼职收入的二成到三成补贴给学校，作为在校专职教师的工资，这才帮助学校渡过了难关。

民国11年（1922），社会上学习英语的风潮日起，平海澜在南市蓬莱路独立创办了上海海澜英文专门学校。学校的师资阵容堪称强大，邹韬奋、林语堂、林汉达和周由廑等名家都获邀来校任教。平海澜对教学的每一个环节都要求甚严，尤其在师资的选择上设想得特别周到，比如英语会话课，他主张要原汁原味，就聘请了外籍教师和华侨来教授。而在语音方面,他又奉行精确无误,于是力邀语音专家任冲思来校,从国际音标入手,为学生正音。而他自己则亲自挂帅,负责教授文学课。他上课着重启发引导,课堂气氛生动活泼,同学们都乐于听他讲课。在他的教导下,学生既能咀嚼文学精华,又能熟练掌握英语语法规则,学校造就了不少英语人才。然而由于经费短缺,南京教育部又多方刁难,在沪上享有盛名的海澜英语专门学校被迫于民国19年(1930)停办。平海澜回到大同大学任教,兼任秘书长及附中校长等职。

抗战爆发后不久,他投身大同大学迁建复校工作。其间,坚决抵制了日伪方面的威逼利诱,保持了民族气节。抗战胜利后,他还常为被捕的进步学生奔走营救,设法保释。解放后,他先后当选为上海市人大代表、上海市政协常委、上海市外文学会主席等。1960年7月,任职上海市文史馆,同年逝世。

大同大学逸闻录

平海澜平易近人,又不失风趣,在学生中很有人气。他上英语课讲解语法特别生动。抗战时,他在课上提到"抵制日货",就翻过来倒过去地讲,"抵制日货是我们目前唯一的任务","To boycott Japanese goods is the only way for us to do at present",然后又按英文语法把句子颠倒过来再说一遍,"At present the only way for us to do is to boycott the Japanese goods"(目前我们唯一的任务就是抵制日货),末了还不忘问上一句"同学们,记住这句话怎么说了吗?"他当时出了《科学观止英文法》《英语语法规范》《高级英语读本》等多部著作,在英语教育界声望很高。后来还出版了《英语文法》《国际音标发音字典》《英语教师手册》等,编辑或与人合编的有《中国百科全书》《英汉模范字典》等。

平海澜所编、商务印书馆发行的《英文杂志》

大同大学的老师上课都独具特色,朱香晚讲《说文解字》时讲"好",说有一子一女就是好,还摆出"儿"字的样子。胡敦复上课停不下来,一上就是半天或一晚上,人称"拖堂先生"。教数学的吴在渊是自学成才的,日本学者曾出了十道几何题,他一一答出,毫不含糊。他懂英文但不会读,当时学校用的教材都是英文版的,他看的是英文书，嘴里念出的却是中文。

大同大学素有体育传统，很多师生都擅长体育，平海澜就是出了名的网球高手，曾多次发起组织校际网球比赛。他常对学生说："你们除了专心上课，还要积极参加体育活动，若体弱多病，学问再好也没有多大贡献。"平海澜的学生、学校另一位创始人顾珊臣之子顾宁先先生回忆说，看着父辈在运动场上的骁勇身姿，自己也跃跃欲试，"教师中平海澜、胡宪生喜欢打网球……我们有一个英文名叫 Royal，即网球贵族，中文名叫乐逸"。顾宁先自己也是运动健将，读书时是大同大学万米长跑冠军，网球、乒乓球也都很拿手。

"骨肉丰盈"的英语字典

民国5年（1916），平海澜进入商务印书馆编译所，兼《英文杂志》主编。《英文杂志》创刊于民国4年（1915），是一本英文文学和语言的专刊，共出版一百二十期，刊登了大量有价值的英文文章和译著。十多个栏目中包括《中国古典的翻译》《英语同义词》《关于<哈姆雷特>》《谈语法科学》《选自英国文学的故事》《实用语法和作文》《体育》等。平海澜在编辑时，经常亲自执笔写作。他翻译过庄子《逍遥游》的片段，写过生动形象的语法读物、单词研究、动词 do 的分析，也做过对翻译问题的探讨等，对国人学习英语起了不小的促进作用。

当时，国内尚未有一本完善实用的英汉字典，平海澜就主动请缨编辑一本求解、作文两用的《英汉模范字典》。繁重的编写工作完全是在业余时间进行的，常常忙到深夜两三点钟，妻子为他准备了面条、饼干，可他专心工作，有时竟忘了吃。他在寒冬深夜工作，双腿受寒，得了关节炎，就用棉毯裹着双脚，忍痛坚持。经过三年的日夜操劳，这本既有详细解释，又有句型例句的英文工具书终于在民国18年（1929）5月正式出版。这本字典出版较早，在国内属于首创，以后几经再版，上海沦陷后又在香港再版，远销南洋一带。

阿庆嫂的"父亲"

——记沪剧剧作家文牧

阿庆嫂、郭建光、胡传魁、刁德一,这几个名字因为京剧《沙家浜》而家喻户晓。阳澄湖畔的沙家浜镇如今也成为传统教育基地和旅游胜地,迎来送往无数游人。但并非人人都知道,这出声名显赫的京剧移植改编自上海人民沪剧团集体创作的沪剧《芦荡火种》,它的执笔人就是土生土长的松江人文牧。

《芦荡火种》风靡舞台

文牧(1919~1995),原名王瑞兴,艺名王文爵。他于1949年编写剧本《出水莲花》时,始用文牧笔名。1958年秋天,上海人民沪剧团在创作新剧时,留意到了崔左夫的一篇报告文学《血染着的姓名———三十六个伤病员的斗争纪实》。生动感人的故事对剧团的触动很大,他们于是决定对故事进行艺术加工,将其改编成一部现代剧。当时,执笔的任务就落在了编剧文牧肩上。

文牧深入到阳澄湖一带,听当地群众回忆新四军的战斗故事,又四处寻访伤病员中的幸存者,收集素材,再加上丰富的艺术想象,终于创作出了扣人心弦的沪剧《芦荡火种》,在舞台上塑造出了阿庆嫂、郭建光、陈天民、沙奶奶、胡传魁、刁德一等栩栩如生的人物形象。

《芦荡火种》讲述了民国 28 年（1939）秋天，阳澄湖畔的新四军某部转移时留下了十八位伤病员，地下党员阿庆嫂凭借春来茶馆老板娘的身份，担起了掩护伤员的任务，将他们安置在芦苇荡。日寇搜了三昼夜，一无所获，于是勾结忠义救国军司令员胡传魁、特务刁德一继续搜捕伤员。阴险狡诈的刁德一下令封锁港口，企图以断粮绝援来困死伤员。陈天民接到上级指示，在药方上暗示阿庆嫂设法把伤员转移到红石村去。沙七龙冒着生命危险把伤员安全转移，然而他失踪的事却暴露了，敌人逮捕了

文 牧

他的母亲沙老太。胡传魁公开投降日寇，就在他和日寇翻译的妹妹结婚当天，伤愈的游击队员假扮成戏班人员，大闹喜堂，将敌人一网打尽，并救出了沙老太。

沪剧《芦荡火种》于 1960 年 1 月在上海的舞台首演，由杨文龙导演，由著名沪剧艺术家丁是娥饰演阿庆嫂，其他主演有石筱英、解洪元、邵滨孙、俞麟童、张清等。此剧剧情错综复杂，环环相扣，结构严谨，甫一上演便一炮打响，风靡舞台。沪剧团每次外出演出，《芦荡火种》都受到人们热烈的欢迎。1963 年 12 月，剧团应邀赴京示范演出，同样大受好评，得到了国家主席刘少奇的接见。

笔耕不辍献身沪剧

舞台，对于文牧而言从不陌生，而沪剧这一剧种也是他自小稔熟的，所以他创作出的剧本特别适合舞台演出，富有鲜明的沪剧剧种特色，看戏的人也觉得很有亲切感。

要追溯起来，文牧的经历很早就和沪剧息息相关。文牧于民国 8 年（1919）出生于松江，刚读小学时，他就对盛行于浦江两岸的申曲（即沪剧的前身）情有独钟，小学毕业后，他在松江南门外丰泰和米行当学徒。十七岁那年，他毅然离开米行，拜申曲艺人王雅芳为师，在上海市郊及苏南一带流动演出。他做过演员，编过幕表戏，自己挑过戏班，几乎跑遍了江南的城镇码头。作为一位演员出身的剧作家，对舞台充满了眷恋和热爱，而在艺术表现力上也力求入木三分，让观众觉得亲切。解放以后，他

成为国家剧团的专职编剧。

文牧从艺近六十年,为繁荣发展沪剧事业作出了重大贡献。早年他创作的现代剧《好儿女》便在沪上赢得殊荣。此后,根据赵树理短篇小说《登记》题材与宗华等人合编的现代剧《罗汉钱》也获得了成功,在各地常演不衰,被称为沪剧史上的一个里程碑。他又先后与汪培合作,根据刘飞翔小说《春天》改编沪剧《金黛莱》,角逐华东地区戏曲会演,获剧本一等奖;与宗华等人集体创作现代戏《鸡毛飞上天》等作品。经他整理改编的《庵堂相会》《女看灯》《陶福增休妻》《阿必大回娘家》等沪剧传统节目至今在沪剧舞台经久不衰。

文牧晚年致力于沪剧史志的研究和写作,为《中国戏曲志(上海卷)》《上海沪剧志》《中国曲艺志(上海卷)》的编撰作出了贡献。他原本还想写一部《芦荡火种》的续集,可惜由于病魔折磨,最终未能如愿。

原版人物鲜明夺目

1964年,《芦荡火种》被北京京剧团移植为京剧,由汪曾祺、杨毓珉、萧甲、薛恩厚等人改编,初名《地下联络员》,后相继改名为《芦荡火种》和《沙家浜》,"文革"中被确定为八部革命样板戏之一。

如今比起沪剧原版《芦荡火种》,京剧《沙家浜》的知名度可能更高。然而文牧创作的沪剧原版在人物形象的塑造上可以说更胜一筹,以阿庆嫂和敌人斗智斗勇作为故事主线,将阿庆嫂机智灵活、不卑不亢的性格塑造得栩栩如生。在她的身上,兼具了机警、沉着、泼辣和圆滑的特点,具有很强的艺术感

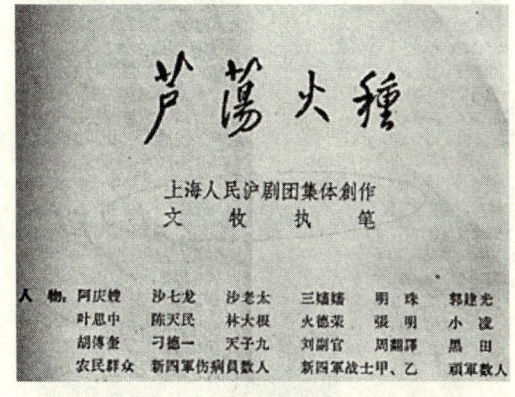

上海人民沪剧团集体创作、文牧执笔的《芦荡火种》

染力。"摆开八仙桌,招待十六方,砌起七星灶,全靠嘴一张",这句台词可谓脍炙人口,阿庆嫂的机智从容在言辞间呼之欲出。

文牧对江南城镇十分熟悉,接触过三教九流各式人物,和日寇、伪军、流氓、乡

保长都打过交道,在剧中塑造出各种人物也就信手拈来。阿庆嫂之外的其他人物同样性格鲜明。铁骨铮铮的沙老太、临危不乱的陈天民、善于斗争的郭建光、阴险狡猾的刁德一及"草包司令员"胡传魁等角色无一不闪烁出个性的光彩。

文牧还充分运用戏曲传统手法,在剧中精心设计了阿庆嫂、胡传魁、刁德一的一段三重唱,表现了剧烈的戏剧冲突和人物的不同性格。另外,陈天民看病时用的"藏头药方"这一幕也尽显巧思。

阳澄湖、芦苇荡、走访郎中……剧中还充溢着江南水乡的美丽风光和醇厚的民俗风情,沪剧的剧种特色显露无遗。剧中唱词也不失通俗生动,"芦荡疗养院,一片好风光"等唱段一经演出便不胫而走,四处传唱。

凭《罗汉钱》再创辉煌

"燕燕也许太鲁莽,有话对你婶婶讲,我来做个媒,包你称心肠,人才相配门户相当,问婶婶呀我做媒人可像样?问婶婶呀我做媒人可稳当?"这段"燕燕说媒"的经典唱段就出自文牧参与创作的现代剧《罗汉钱》。就是凭借这部《罗汉钱》,文牧成为当时沪剧作家群中的代表人物。

1952年,文牧与宗华、幸之执笔,根据赵树理的短篇小说《登记》改编了这出《罗汉钱》,是沪剧反映新生活、新人物的成功尝试。该剧的导演是张骏祥,主演有丁是娥、筱爱琴、邵滨孙、解洪元、石筱英等人。上海沪剧团1952年10月17日首演于北京市北京剧场,是华东区代表团参加第一届全国戏曲观摩演出大会的演出剧目之一,获剧本奖、演出奖,剧本发表于1952年《剧本》,1959年收入《戏曲选》第二卷。1956年上海电影制片厂摄制

1952年舞台剧《罗汉钱》剧照,丁是娥饰小飞娥、筱爱琴饰张艾艾

成电影，从此沪剧走向了全国。

《罗汉钱》讲述了建国初期，张家庄青年李小晚和张艾艾相恋，互赠罗汉钱和小方戒为爱情表记。他们的自由恋爱却遭到有封建思想的村长的反对。张艾艾的母亲小飞娥发现女儿藏有罗汉钱，回忆起二十年前自己与恋人保安相爱，后来被父母拆散强迫嫁给张木匠的经历，恐女儿日后蹈娘覆辙，于是拒绝了媒婆的说亲。村里另一对男女青年小进与燕燕也在相恋，在旧习惯势力包围中，他们为争取婚姻自由相互支持。燕燕主动上门叫小飞娥为张艾艾"说媒"，经劝说同意将张艾艾许配给李小晚，但因村长阻挠而未办成婚姻登记。两个月后，《婚姻法》颁布，两对恋人终于圆满结合。

在"回忆"、"相亲"、"燕燕说媒"等几场戏中，文牧以很深的艺术功力，细致描述了小飞娥的内心痛苦和复杂的思想变化。他还在剧中安排了闹龙灯的场面，充满了乡土气息。

此后文牧先后担任了上海沪剧团工会主席、艺委会副主任等职，还是上海市作家协会会员、国家一级编剧等。

文牧于 1983 年 10 月退休。1987 年 11 月，他参加整理《陆雅臣卖娘子》剧本资料等，1989 年 10 月任《上海沪剧志》主编之一。1995 年 6 月 23 日，文牧因患癌症医治无效在沪逝世。

松江农民书"响档"石耀亮

石耀亮

松江农民书来源于沪书西乡调,是地方曲艺中的杰出代表,在江浙沪一带都很有影响力。解放初期,松江书界出了不少红极一时的"响档"(即名角),比如三顾(顾根生、顾金林、顾云飞)、一秦石(秦昌泉、石耀亮)等。其中松江县曲艺团首任团长石耀亮还担任过上海市曲艺协会副主席、中国曲艺家协会会员。作为地方曲艺领军人物,他还曾三上北京,受到了毛泽东、周恩来等领导的接见,为松江乃至上海的曲艺史写下了极为重要的一笔。

孤儿偷跑学说书

石耀亮原名石莲清,出生于浙江省原平湖县全塘乡秀明桥。他三岁丧母,十二岁做铁匠的父亲也离世了,年纪很小就成了孤儿。十四岁那年,他经人介绍到一家绸缎店当了学徒。可这个布庄小学徒对枯燥乏味的量布裁布丝毫不感兴趣——每当附近有说书艺人来跑码头演出,《岳家将》《关云长》历史演义、武侠传奇，说书人的醒木一拍，他的心就飘到了门外。好几回，他都趁着老板不注意，偷溜出去，挤在人群里听得津津有味。

到了十七岁那年，他逃出布庄，拜同县同乡的金丝娘桥艺人沈阿龙为师。石耀亮的夫人唐杏观说："说书很讲究悟性，这种讲故事的悟性、天赋，石耀亮身上就有。他那会儿跟着老师，边看边学，不出两个月，就能编能演了。"

石耀亮出道后，就在家乡周边的茶馆说书谋生。这个脸孔瘦削、表情丰富的说书人，常把听众逗得开怀大笑。没多久，他的名气就传遍了乡里。后经同仁介绍，他来到松江岳庙内唱书。

岳庙献艺始成名

松江岳庙可不是说书人想来就能来的地方，这个露天书场在沪书圈子里有着非比寻常的地位。沪书旧称钹子书，据记载，早期艺人"唐驼子"（唐振良），就是在松江岳庙广收徒弟传艺，创立了西乡调（南汇人傅炎泉则在南汇、浦东地区创立了东乡调）。西乡调影响很大，在松江、金山、青浦地区广为流传，一直发展到浙江的平湖等地。西乡沪书艺人每年阴历七月十五群集金山或松江，通宵达旦，会书献演，交流技艺，并认师归宗。在当时钹子书艺人中有句俗语："不到金山不称相（不算入门弟子），不到岳庙不称将（说明艺术不过硬）。"

松江农民书艺人汤炳生说："开书的日子，联系石耀亮到岳庙唱书的唐老太，按时在大雄宝殿前的空地上用长凳围成了四方形，算是听众的座位。石耀亮站在中间说唱。一段书下来，或在演出的时候，由唐老太拿个淘米箩到观众面前兜铜钿（即要钱）。

1958年10月2日，石耀亮手执乐钹，在中山中路原松江县工人俱乐部门前表演

演出结束，总收入的百分之二十归唐老太。这种形式的演出叫立白地。"

每逢庙会、节庆时，说书艺人演出频繁，观看的人群熙来攘往，岳庙门庭若市，余音绕梁。石耀亮的儿子石君平说："解放前后，到松江岳庙赶庙会的人特别多，人山人海，热闹非凡。我父亲经常在那里演出，有时是七八天，有时一演就是半个月，也成了一块响亮的牌子，吸引了江浙沪一带的人都来松江岳庙赶庙会。当时没有电视、广播，老百姓缺乏文化活动，传统曲艺可以说是填补了这个空白，所以深得人心。"

冷面幽默树风格

石耀亮演出过《李太白》《七侠五义》《双珠球》等书目，也在立白地、跑码头（到各集镇茶馆、书场演出）中一下子红了起来。那么，为什么大家爱听石耀亮说书？他说书的魅力究竟何在？

石耀亮最小的徒弟沈红霞说，师傅说起书来，面部表情特别丰富，随着书里的情节发展，他一会儿挤眉弄眼，一会儿怒目圆瞪，一会儿眉毛耷拉下来，作愁眉苦脸状，这些生动的表情很有戏剧张力，把情绪的起伏、人物的善恶演绎得活灵活现，所以特别能吸引观众。

唐杏观说："家里有个大木橱，橱上的那面玻璃，被石耀亮当做了专门的练书镜，他有事没事就爱对着镜子摆出各种滑稽的表情。"石君平回忆说，父亲还有点儿冷面滑稽的味道，他在书台上抖包袱，把一段充满笑料的段子娓娓道来，台下观众早就笑得前仰后合了，他却依旧正襟危坐，一点不笑。讲到紧张处，更是故意按下不表，轻拍一下醒木，大卖关子道："预知后事，明日请早。"吊足了观众的胃口。哪怕连讲一两个月，也照样场场爆满。

"那时候，父亲档期排得很满，几乎一个月都在外面巡回演出，回到家里也就待三四天。除了沪郊，还有平湖、嘉兴、杭州等地也经常邀请他去说书。茶馆里、书场里，听书的人把他围得里三层外三层。有次我跟他到金山卫去演出，书场在二楼，连外面的楼梯上都挤满了人。"石君平说。凡是听说石耀亮要来，很多书迷兴冲冲地提前来排队，他开讲的场次，往往很早就挂起了客满牌。有些人买不到票，只得挤在门口，踮起了脚,俗称听长脚书。即使看不到人影,光听书场里传出的声音,也已感到"刀光剑影"、"金戈铁马",栩栩如生,仿在眼前。

一袭长衫,一手提钹子,一手拿竹筷,连说带唱,一人分饰多角。石耀亮说、表、唱、做,功底都很深,说表口齿清晰,抑扬顿挫,唱腔婉转飘逸,节奏感强,"起角色"时更是演啥像啥,幽默风趣,噱头十足,常听得听众捧腹大笑,茶壶中的茶倒在自己身上也不知道。

三上北京展身手

抗战胜利后,石耀亮和妻子到松江定居。据汤炳生介绍,解放初期,政府对地方曲艺相当重视,希望把民间的农民书艺人集中起来。1950年秋,上海成立了沪书改进协会。沪书改进协会松江分会中,石耀亮在圈子里颇有威望,任组长,奉贤的秦昌泉、上海县的王加福任副组长。分会的会址就设在蒋泾桥石耀亮的家中。1952年,松江、金山、青浦等九个县划归江苏省后,成立了江苏省松江专区农民书改进协会,石耀亮任会长。在撤销了专区农民书改进协会后,九县便各自成立了协会,而松江的农民书协会会长仍旧是他。

1959年,松江成立曲艺团,对沪书的曲调、演唱都进行了推陈出新的改革。经过不断丰富创新,至石耀亮这一代,沪书已经形成了一套较为完整的基本套路,发展出了行腔飘逸、转折细腻、韵味沉稳浑厚的特点,同时具备了较高的抒情性。石耀亮还十分讲究润腔、运气、咬字,在演唱过程中又保持了钹子书俗的一面,发声有时夹入念

石耀亮表演时的表情

白,通俗晓畅,让人听来备感亲切。20世纪60年代,除了保留传统书目之外,松江曲艺团还推出了不少有时代特色的新书,如石耀亮带头改编表演的《平原枪声》《江姐》等,都有不俗的反响。

作为红遍江浙沪地方曲艺的领军人物,石耀亮在1958年、1960年、1963年,三度前往北京,两次是参加全国文代会,一次是参加全国曲艺会演,受到了毛泽东、刘

少奇、周恩来等中央领导的接见。

三上北京时，石耀亮也亮出了说、噱、编、演的"十八般武艺"。全国曲艺会演上，他演出了自己创作的短篇《小白旗的风波》。1960年的全国文代会上，他见各路文艺界同行齐聚一堂，大有百花齐放之意，于是有感而发，又说又唱，即兴创作了开篇《欢唱文代会》，与会同行这才认识了松江农民书，纷纷给予了很高的评价。

1961年的一天，上海市曲艺家协会点名把石耀亮、沈红霞师徒紧急召到法国驻沪领事馆演出。沈红霞头一个上场，演出开篇《战长沙》，然后就退到后台，看师傅绘声绘色地表演短篇《武松打虎》，演罢台下一片掌声。"我一看，第一排坐的都是身穿中山装、戴着墨镜的观众，后来才知道其中有中央首长陈云。听说陈云对松江农民书很感兴趣，特地点名要看师傅的表演。"沈红霞笑着说。

沈红霞说，师傅的"看家书"是《李太白》中的金銮殿上，李太白神形洒脱，那边厢杨国忠磨墨，高力士脱靴，每个角色都演得绘声绘色。当时在曲艺团，石耀亮被称作阴噱，王鹏飞则是阳噱，一个以轻松发噱见长，一个说长篇，气势非凡，可以说各具特色。

1963年起，石耀亮担任上海市曲艺协会副主席，他在"文革"中受到冲击，1975年出狱后到平板玻璃厂工作，1982年因病离世，时年仅五十六岁，令人惋惜。

棉纺织家黄道婆

在民间传诵着这样一首歌谣:"黄婆婆!黄婆婆!教我纱,教我布,两只筒子两匹布……"这首歌谣里唱的就是我国元代著名的棉纺织革新家黄道婆。黄道婆是松江府乌泥泾镇人,元贞年间,她将在海南崖州生活三十余年所学到的纺织技术带回家乡,进行改革,制成了一整套的扦、弹、纺、织等工具,极大地提高了当时的纺纱效率。她还革新织造技艺,用错纱配色、综线挈花的工艺技术,织制出有名的乌泥泾被,推动了松江一带棉纺织技术和棉纺织业的发展,使松江在当时一度成为全国棉纺织业的中心。

黄道婆手工棉纺雕像

背井离乡赴崖州

黄道婆生于南宋末年淳祐年间(约1245),南宋末年是一个多灾多难的年头,战乱频仍,民不聊生。黄道婆出身于贫苦家庭,在生活的重压下,十二三岁时就给人家当了童养媳，而她偏偏又遇上刻薄的婆婆和蛮横的丈夫。

一天，由于劳累过度，她织布时速度慢了一些，婆婆和丈夫竟以此为借口，将她毒打一顿，锁在柴房里不给她饭吃，不让她睡觉。黄道婆无处诉苦，便横下一条心，在房顶掏了一个洞，逃上了停靠在黄浦江上的一艘帆船，随船到了海南岛南端的崖州，从此开始了不平凡的生活道路。

黎族的纺织技术在当时是相当先进的。海南岛在北宋中期为满足人们日用之需，已经开始大面积地植棉。赵汝适《诸蕃志》说黎族"妇人不事蚕桑，惟织吉贝花被、缦布、黎幕"。方勺《泊宅编》记载："闽广一带纺绩……摘取出壳，以铁杖擀尽黑子，徐以小弹弓，令纷起，然后纺绩为布，名曰吉贝。"海南岛一带生产的棉织物，品种繁多，织工精细，质量、色彩均居全国之首，作为贡品进入都城临安的各类棉布就有二十余种。棉布比之丝织物有着许多长处，王祯《农书》里说它"无采养之劳，有必收之效；免绩缉之工，得御寒之益。可谓不麻而布，不茧而絮"。黎族人民还能织出坚厚的兜罗棉、番布、吉贝等纺织品，染成各种色彩的黎单、黎棉、鞍搭等，销往全国各地。相对来说，当时内地的纺织产量不高，因此布匹质量低劣。

身怀技艺归故里

黄道婆来到海南岛后，很为当地人的纺织技艺惊讶。她与黎族人民一起日出而作，日落而息，在共同的劳动生活与交往中，努力学习和掌握黎族先进的棉纺织技术。黎族同胞的悉心传授，加上黄道婆自己虚心刻苦的学习，使她了解并熟悉了各道织布工序。在实践中黄道婆还融合吸收了家乡织布技术的长处，逐渐成为技术精湛的纺织能手。

不知不觉间，黄道婆在海南生活劳作已有三十多个春秋。中年之后，她思乡情切。叶落归根之情，使"有志复赤子"的黄道婆告别黎族同胞，在元贞年间，带着踏车、椎弓等纺织工具，踏上了北归的路途。

黄道婆重返故乡的时候，植棉业已经在长江流域大大普及，但是纺织技术仍然很落后。她回乡后，看见妇女们仍然用红肿的手剥棉籽，男人们依旧用小竹弓弹棉花，而且织出来的布还像从前一样粗糙，就立志要改革家乡落后的棉纺织生产工具。

陶宗仪《南村辍耕录》记载，乌泥泾"初无踏车、椎弓之制，率用手剖去籽，线弦竹孤，置案间，振掉成剂"，操作起来十分辛苦，生产效率又极低。乡亲们都欢迎黄道婆的归来，她更是不辞辛苦，东奔西走，热心地向乡亲们讲述黎族先进而优良的制棉技术，妇女们成天围着她听得入神。她便把自己海南所得，倾囊相授。她先改革了纺织工具，"乃教以做造擀、弹、纺、织之具，至于错纱、配色、综线、絜花，各有其法"，然后将黎族人民先进的棉纺织生产经验与汉族纺织传统工艺结合起来，系统地改进了从轧籽、弹花到纺纱、织布的全部生产工序，并发明了

元缂丝《仪凤图》

新的生产工具，把自己掌握的精湛织造技术毫无保留地传授给了故乡人民，将松江地区的棉纺织技术提高到一个相当高的水平。

革新工具创先河

黄道婆首先从棉纺织的第一道工序轧棉去籽着手，她先打听家乡近些年是怎样去籽净棉的，妇女们苦恼地告诉她，还是用手指一个一个地剥。黄道婆说，从现在起，咱们改用新的擀籽法吧。她教大家一人持一根光滑的小铁棍儿，把籽棉放在硬而平的捶石上，用铁棍擀挤棉籽，试验以后，妇女们乐不可支地嚷着："一下子可以擀出七八个籽儿呀，再也不用手指头挨个儿剥了！"

黄道婆也感到十分高兴，但她并不满足。她觉得，用手按着铁棍儿擀，还是比较费力，便继续寻求新办法。忽然，她想到了黎族脚踏车的原理，心里豁然一亮，马上和伙伴商量试用这一原理制造轧棉机。她白天黑夜都在不停地琢磨，最后，她们决定用四块木板装成木框，上面树立两根木柱，柱头镶在一根方木下面，柱中央装着带有曲柄的木铁二轴。铁轴比木轴直径小，两轴粗细不等，转动起来速度不同。黄道婆同两个姐妹，一个人向铁木二轴之间缝隙喂籽棉，两个人摇曲柄，结果，棉絮棉籽迅速分落两轴内外两侧。"太好了，又省力，又出活儿！"妇女们围着这新搅车，欢跃起

来，庆祝创制成功。

黄道婆还发现原先弹松棉花的操作方法太原始粗糙。于是，她把沿用多年的小弓，弓身由一尺半长改为四尺多长，弓弦由线弦改为绳弦，将手指拨弦变为棒椎击弦。这结实有力的大弓，弹起棉来，铮铮然节奏鲜明。这样弹出的棉花也更均匀细致，不留杂质。

在纺纱这道工序上，黄道婆所用的心力最多。她发现当时人们使用的旧式手摇纺车，只有一个纺锭，功效很低，要三四个人纺纱才能供上一架织布机的需要，对织布速度障碍很大。黄道婆就与木工师傅一起，经过反复的试验和不断的改进，终于研制出了一种三锭式棉纺车，使纺织效率一下子提高了两三倍，操作也比原先方便省力。三锭脚踏纺车代替沿袭了几千年的单锭手摇纺车，这是棉纺织史上的一次重大革新，是黄道婆对棉纺织业的卓越贡献。这种新式纺车很快被人们接受，在江南一带推广普及后，生产的棉布在数量和质量上都大为改观。这种纺车也是当时世界上最先进的纺织工具，使得我国古代棉纺织技术处于世界领先地位。

此外，黄道婆还充分利用和改进了传统的丝绸生产工具和技术，精益求精地提高了织布的工艺质量，使当地人民能用纱线织出各种色彩的棉布，其绚丽灿烂的程度能与丝绸相媲美。黄道婆把丝织生产经验运用于棉纺织业，改进了原先所使用的投梭织布机，这是她的又一大革新。

热心无私广传技

除了革新纺织工具以外，黄道婆还改革了织造技艺，向乌泥泾人民介绍并推广了织造崖州被和其他精美棉织品的方法。

她总结了一套比较先进的"错纱、配色、综线、挈花"的织布技艺，推广运用后，使当地的棉纺织业形成了全新的格局，当时乌泥泾地区以棉织业为生的增至千余家。经过黄道婆的热心传授，乌泥泾人民能织出宽幅的被、褥、带等多种棉纺织品，上面织有传统的折枝、团凤、棋局、字样等生动图案，鲜艳如画。

元朝诗人曾赞扬乌泥泾被："崖州布被五色缫，组雾紃云粲花草，片帆鲸海得风口，千轴乌泾夺天造。"乌泥泾被一时成为名闻全国的产品，附近地区都竞相仿效，"尽传其法"，产品不胫而走，蜚声各地。由于乌泥泾棉布销行日广，千户农家和手工业者生活大获改善，从而使乌泥泾很快变成了一个富庶的知名村镇。

黄道婆去世后不久，松江一带就成为全国的棉纺织业中心，赢得了"松郡棉布，衣被天下"的赞誉，历数百年而不衰。明朝正德年间，松江的棉纺织业达到高峰，织出的棉布一天就有上万匹。松江棉布远销各地，还出口到欧美，深得各个国家人们的赞赏，赢得了极高的声誉。黄道婆创造的棉纺织新工艺长期流传于世。据清代褚华《木棉谱》记载，松江府地区普遍栽种的杜花和紫花，均为黄道婆传下的棉种。盛行于明清两代匹值万金的棉织龙凤、斗牛、麒麟等材料，也是沿用黄道婆的所授方法生产的。

黄道婆纪念馆

由于黄道婆对棉纺织技术作出了巨大的贡献，当地人民都崇敬她。大家在镇上替她修建了祠堂，以后其他地方也都先后为她兴建祠堂，其中规模宏大的先棉祠，每年4月黄道婆的诞辰，都有人赶来致祭。

百年药店余天成堂传人

上海市民提起老字号药店，总会扳手指数说童涵春、蔡同德、雷允上、胡庆余几家店名。殊不知在松江有一家建店最早，牌子最老的"中华老字号"药店——余天成堂。余天成堂创建于清乾隆四十七年（1782），比童涵春堂还要早一年。早年几代传人的故事更是颇具传奇色彩。

卖咸菜换来中药店

余天成堂创始人余游园，是浙江宁波庄桥半路庵人，其祖辈均以务农为主。游园公是种田好手，又有经济头脑，除了种粮食外，还自己种植和收购雪里蕻菜，然后精心腌制成咸菜，装船运到松江去卖，每年如此。他的船停泊在松江西门外河边，咸菜摊就摆在长桥头的一家中药店门前。由于他腌的咸菜质优价廉，深受当地百姓的欢迎。他为人和气，所以生意很好。他年复一年到松江卖咸菜，得来的银两就存放在这家药店里。当他五十多岁时，感到自己已经年老，况且他的四个儿子也都成了家，打算以后不再这么辛苦远途到松江卖咸菜，于是请这家药店老板结清存款。而这家药店老板已无法还清这笔存款的本金和利息，况且药店老板也想叶落归根回宁波老家去安度晚年，便将药店资财作抵账，盘给了游园公。"无心插柳柳成荫"，游园公喜不自胜，认为是天公作美,当即返乡,邀集亲朋好友,并委派族内懂得药材生意的人前来管理。为了使药店开得成功,他以余氏为"姓",以"天禄同寿,成德长生"为意,定店名为余天成。

自从余天成招牌挂起来后,药店的生意日益兴隆。按老一辈人的说法,是他命好,而实际上这同他多年来一直在松江规规矩矩卖咸菜得来的声誉与店里严格的管理分不开的。此后余氏子孙中从事中药业的人多了起来,半路庵余家也发达起来,那时在庄桥一带流传这样的话:"童姚马泾张,银子好打墙;半路庵余家,人参炒咸菜。"

从小学徒到阿大先生

值得大书一笔的是余天成堂的第三代传人,游园公四子余全吉的长子——余修初。很多人知道他的名字,是因为余修初曾是胡雪岩创办的胡庆余堂的首任阿大先生。松江余天成堂的掌门人何以被"红顶商人"相中,转战杭州,入主胡庆余堂?这还得从他在余天成堂的经历说起。

余修初自幼聪颖好学,博闻强记,但他无意功名,对家传治病救人的药业倒是颇感兴趣。十三岁那年,他进了余天成堂当学徒。店里的老师傅一见老东家的长孙来学生意,都对他毕恭毕敬,杂活累活哪里敢使唤他来做。余修初发愁了,他找到老师傅恳求他们千万别把自己当少爷"供"着,让他从最底层干起,一有过错闪失就当面指正。就这样,余修初虚心求教,眼观心记,店里各种药材的性能功效、加工技术、炮制方法全了然于胸,从工场到店堂的各项事务也都熟练掌握。

当初学生意的小学徒一步一个脚印,成为了站柜台的正式店员,

早期胡庆余堂

最后挑起药店大梁，升任阿大先生。经年积累，他对经营药店之道也有了成熟的见解：开药店绝不能昧心赚钱，治病给药容不得半点马虎，必须货真价实，老少无欺。余天成堂设有名医坐堂，如遇贫病，施诊给药，分文不取。门前备有茶水，供病家和行人饮用。祖父游园公的办店宗旨言犹在耳，而祖父当年卖咸菜，坚持"自产、自做、自销"的经验也让余修初很受启发。在经营药店中，产供销每个环节他都严加管理，把好每一道关。

在余修初的努力下，余天成堂名声日隆，达至鼎盛，四方病家寻医问药，余天成堂必是不二之选。当时药店附近就是松江岳庙，庙里香火旺盛。每逢农历初一、十五，邻县、邻省便有大批香客上岳庙进香，在回乡时常到余天成堂购买该店知名的中成药，带回去自用或分赠亲友。尤其在农历七月十五和十月初一，香客摩肩接踵，药店门庭若市，余天成堂的名声也因此远播苏杭。

胡雪岩面试相中余修初

余天成堂始发迹，胡庆余堂终扬名。这胡庆余堂就是由"红顶商人"胡雪岩在同治十三年（1874）于杭州创办的中药店，时有"江南药王"之誉。胡庆余堂的发展过程中，首任阿大余修初作为胡雪岩的得力助手，扮演着至关重要的角色。

徽商胡雪岩搏杀商场，曾经营过钱庄、典当、丝行、茶叶、地产等，创业中期，他涉足药业，自知对这一领域尚不熟悉，于是在《申报》等报刊上刊登广告，重金招聘阿大先生。一天，药店筹建处来了一位衣冠楚楚的中年人求见胡雪岩。见到胡雪岩后，他就掏出一把算盘打了一通，声称自己精于算计，对药店的规模和经营利润早已摸清，如果让他来当经理，两年内赚取十万两白银不在话下。胡雪岩一笑谢绝了。几天后，又来了一位应聘的小店老板。他的经营策略是以稳求胜，先赚小钱，再赚大钱。胡雪岩又笑了："可惜我不是小本经营。"又有一天，有人向胡雪岩提起，松江余天成堂的经理兼股东余修初很有魄力，治店有方，是个可以考虑的人选。胡雪岩立即起身，亲去松江登门察访。

余修初凭借自己丰富的经营经验侃侃而谈：办药业者，须以仁术为先，不应为蝇头小利而斤斤计较。如此，上天才会给以回报。否则，不如去多开几家当铺、钱庄更易赚钱。并且要想成大气候,办大药业,就必须不顾血本,以大资金投入创办药厂、药号、药行和门市一条龙。胡雪岩一听大喜,对余修初的经营之道相当赞许,当即以重金聘其为胡庆余堂第一任经理。

"是乃仁术"和金铲银锅

老药工在制作人参再造丸

胡庆余堂在创办过程中提出了"戒欺"、"采办务真,修制务精"的宗旨,这与余修初经营余天成堂的理念可谓一脉相承。

据说,余修初还曾建议胡雪岩,如想把胡庆余堂办成国内首屈一指的大药房,就要敢于亏本三年,等牌子响了,信誉高了再大干一场也不迟。这个想法堪称大胆,但胡雪岩深以为意。药店开张不久,一批湖州的香客到杭州烧香,哀叹家乡瘟疫四起,百姓深受其苦。胡雪岩得知后,不假思索,送给他们每人一瓶辟瘟丹和大包痧药,还派伙计到水陆码头等交通要道向百姓免费赠送辟瘟痧药三年。店内伙计对胡老板如此大方甚为不解,唯独余修初心领神会,笑道:"是乃仁术也!"从此,"是乃仁术"四个大字便刻上了胡庆余堂高大的青砖门楼。

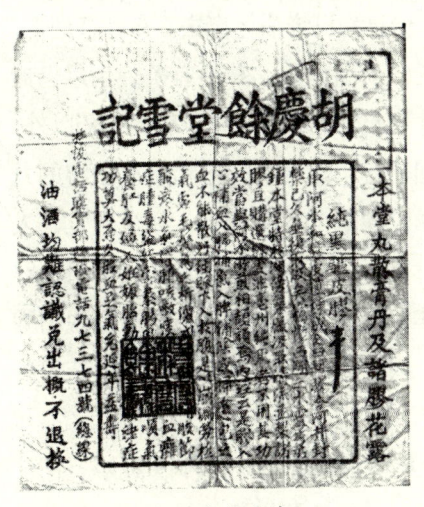

胡庆余堂药单

在余修初的打理下,胡庆余堂在"真"和"精"字上狠下工夫。传统中药行业中,炼制药品用的锅铲多为铁制或铜制的,唯独胡庆余堂采用的是独一无二的金铲银锅,这套工具的发现,余修初也立下了汗马功劳。

据古方记载,局方紫金丹是一味镇惊通窍的急救药,十分名贵。附近药店有这味药出售,但效果并不理想。胡庆余堂也试制过这种药,同样没有达到预想的疗效。在余修初建议下,胡庆余堂邀请诸多名医、药师共商改进意见。但是众人面面相觑,无一良策。正在这时,一位职位不高的老药工走过门口,欲言又止。在场的都是国手名医,也实在轮不到他说话。这一幕被细心的余修初看在眼里,他自小便跟着老师傅学生意,知道他们的经验往往深不可测,可谓高手出自民间。于是,会后他便去向那个老药工虚心求教。这位老药工见余修初如此诚恳,这才打开了话匣子:原来他干这一行已有六十余年。他家几代做药工,祖父曾告诉他,制作局方紫金丹要用金铲银锅方能保持药效。余修初向胡雪岩报告此事,胡雪岩当即拍板:"为了药效,不惜血本!"让余修初请来杭州城最有名的金银匠,经核算,一个金铲需黄金四两多(一百三十三克),一个银锅需白银近四斤(一千八百三十五克),绝对价格不菲。其实金铲银锅绝非为了追求表面奢华,其功能不难理解,局方紫金丹中的一味朱砂,药性较活,易与铜或铁起化学反应而降低药效,用金银器就能有效避免这一问题。金铲银锅打造好后,局方紫金丹的功效明显提高了。

百年老店的世代传承

余修初之所以能安心离开松江赴杭州去大展宏图,主要是因为余天成堂店基已稳,后继有人,其子余五卿已能顺利接班。余五卿是其六个弟兄中最精明能干的一个,他办事有魄力,又是本店出身的内行,家住与余天成堂药店近在咫尺的高家弄内。每天

胡庆余堂

一早到店,一直到打烊后才离去。在他管理下,店堂与工场,前前后后,井井有条,生意仍然兴旺。当时余天成堂除了出售一般的中药以外,还搜集民间药方,以独特秘方精制了独特的丸散膏丹,并以鹿鹤浮图为标记,如全鹿丸、人参再造丸、行军散、硇砂膏、首乌延寿丹、辟瘟丹等。其中全鹿丸和人参再造丸治疗脱力效果特别好,深受老人和农家喜爱。另外店里特制的硇砂膏治疗冻疮也有特效,销量尤其高。

民国元年(1912),余五卿病重返乡,把余天成堂药店交与他的独子余鲁珍打理。余鲁珍

是个纨绔子弟，一向住在上海租界里，"遥控指挥"店务。他挥霍成性，嗜赌如命，早已债台高筑。余五卿病逝后，余鲁珍又被债主紧紧逼债，他走投无路，便自恃自己是大股东又是阿大先生，不顾其他股东的反对，便把余天成堂药店盘给了宁波邵氏人家。余邵两家原是姻亲，对方考虑到日后的生意，要求保留余天成堂这块招牌，但这已与余氏没有关系了。

从游园公创建余天成堂到余鲁珍把其盘掉，余氏前后共经营了五代人。抗日战争爆发后，松江老店被毁，余天成堂曾一度迁至上海市区大世界斜对面营业。目前，余天成堂药店仍在松江区内原址营业。老屋翻修一新，规模也扩大了许多。

云间名医柯德琼

柯德琼这个名字对老一辈的松江人来说绝不陌生,20世纪20年代他就已在松江开业行医,悬壶济世四十余年,以精湛的医术,治病救人无数,一时誉满杏林。以他名字命名的德琼医院那幢优雅的三层小楼就这样烙印在了许多人的记忆深处。然而1953年,他毅然将这家自己一手创办的医院捐献给了国家,作为防痨工作的基地,在茸城医界留下了一段佳话。

德琼医院的诞生

柯德琼(1902~1978),字瑶笙,生于浙江余姚。中学毕业后入同济大学医科学习。预科毕业后,因家庭经济破产,乃向亲戚告贷,继续读完本科。民国15年(1926)从同济大学毕业,来到松江开业,在西门外后诸行街财神弄开设了他人生中的第一家诊所。然而万事开头难,初来乍到的他人生地不熟,好不容易办起来的诊所求医者却寥寥无几,生活举步维艰。于是,他和妻子离开了这条空空的巷子,搬迁到了竹竿汇。民国19年(1930),他们又在长桥街口焦湘宗医师的诊所原址上建立了一家新的诊所——德琼医院。

医院最初的规模比较小,病床总共加起来也不过五张。业务也不见得有多大起色,还是冷冷清清。但是柯德琼没有放弃,他坚持刻苦钻研医学,多年行医下来积累了丰富的临床经验,医术众口皆碑。而且他除了经营自己的诊所外,还兼任了松江时疫医院医师和若瑟医院医务主任,这么一来,随着他接触的病人越来越多,德琼医院的医务终于日渐兴隆起来。

民国24年(1935),他已偿清了读书时对亲戚的欠债,于是取出将近十年行医的积蓄,在松汇路购地六亩二分,新建了德琼医院。这幢三层高的小楼树荫环抱,六十五间房间整洁明亮,病床早已添置到三十张,工作人员也有三十四名之多。

1974春节,柯德琼(坐者)和儿子在醉白池合影

"我们还有一台二十毫安X光机,还是西门子牌的呢。"原德琼医院护士、松江区中心医院检验科退休的张其滇回忆道,20世纪50年代初她就在德琼医院的护士培训所学习,"要说当时松江有点规模的私人医院,德琼医院绝对是数一数二的。"

高尚医德令人敬

张其滇说:"柯院长之所以受人尊敬,除了他医术高超外,还有一个重要的原因,就是他为人特别真诚善良,对工勤人员从来都是和和气气的,没有半点架子,就像朋友一样。对病人那就更不用说了,那些付不起医药费的病人,他照样免费给他们看病,这在今天恐怕……已经不多见了。"

原松江区中心医院针灸医师许尚文回忆了一桩往事。解放初期,他们家有个金山的远房亲戚叫吴瑞珍,当时身怀六甲,她丈夫却出了远门久未归来,一时没人照料。吴瑞珍就挺着个大肚子,来金山几个亲戚家投靠,偏偏没有一户人家愿意收留她。无奈她只得来到松江向许尚文家求助。许尚文当时就犯了难,不是说不愿帮这个忙,实在是家里地方太小,没办法招待一个已有八个月身孕的妇女。这时,他突然想到了在松江县医务工作者协会结识的柯德琼。

得知了吴瑞珍的遭遇后,柯德琼一口答应让她立即入住德琼医院,听说她没有收入,还当即决定免除她的一切费用。两个月后,吴瑞珍顺利诞下一个健康的男婴。看到母子平安,柯德琼的欣喜之情丝毫不亚于吴瑞珍。

热心公益显诚意

柯德琼的小孙女柯桦说,她的祖父还是个十分热心公益事业的人。民国25年(1936)松江县成立夏令卫生运动委员会,祖父就积极响应,作为教官,与其他医师一起,对县政府及其他二十个单位的三十四名工作人员进行卫生训练。民国27年(1938),松江时疫大流行,县当局组织临时时疫医院,柯德琼作为施医局负责人,积极施诊济贫,给医送药,还私人捐款十五万元作为松江医院的基金。抗战爆发,他还设临时诊所于青松石,忙于救死扶伤。抗战胜利后,回松江复业,耗尽积蓄,修复德琼医院,继续行医。

谈到柯德琼为何会在1953年把毕生行医积蓄建成的德琼医院院产全都捐献给国家,作为防痨工作基地,柯桦若有所思地说:"我记得,当时松江镇地区对机关、学校开展过一次胸部健康检查,结果不太乐观,活动性肺结核发现率占到百分之五。我想祖父恐怕也是希望能为治疗结核病多作点贡献吧。"

1953年4月,中国防痨协会成立松江分会,柯德琼担任总干事。德琼医院改为松江县结核病防治所,他又被任命为所长,为农村控制结核病做了大量研究、宣传和防治工作,还受到了卫生部的赞扬。

在抗美援朝期间,他再一次慷慨解囊,带头把个人一大笔积蓄捐献给了国家,支援中国人民志愿军,还不忘动员医务界同仁也参与捐款,共襄义举。

不仅如此,柯德琼在发掘医学人才上的贡献也同样有目共睹。解放后,他先后举办了十多期中西医业务培训班,培养了不少医务骨干。许尚文老先生不无敬佩地说:"柯老爱才惜才识才,可算是个伯乐啦。"1950年,柯德琼与中医外科干祖望医师在松江城厢镇第四联合诊所相遇了,柯德琼一下子留意到了干祖望不但富有上进心且医技过人,于是力荐他前往北京深造。而今,干祖望已被誉为"中医耳鼻喉学科的创业人之一",柯德琼对他可谓有提携之恩。

在 1952 年至 1966 年间，柯德琼当选为松江县人民代表会议历届人大代表。1956年 12 月起，当选为松江县人民政府副县长和松江县政协副主席等职。1961 年至 1964年，又当选为上海市第四、五届人民代表大会代表，并参加农工民主党。

赤子之心不褪色

柯德琼烟酒不沾，朴素之至。哪怕他任松江县副县长、政协副主席时，这种作风也同样一以贯之。

"他有件半新不旧的中山装不知穿了多久了，还被他叫做出客装，真是受不了他。"柯德琼的大孙女柯筠忍不住笑出了声。她还说，爷爷穿旧的衣领子总是交给管家周妈妙手一改，把簇新的革里翻到外面来，又成了"新衣领"。他的衣服上还时常有补丁，不过外人不太会留意，谁让周妈手巧呢，她打的补丁隐蔽性强得很。

柯德琼吃苹果有个不同寻常的习惯，一定要切成四瓣，每天只尝一小块，其余放在盐开水里防止"生锈"。

"他这个人真的是节俭，每天晚上雷打不动的节目就是让周妈把家里一天的开销报一遍流水账，哪儿钱多花了，他耳朵尖着呢，一定挑出刺来。"有时候，在孙女眼里，他的节俭近乎吝啬了，可奇怪的是，这么一个恪守勤俭

柯德琼与妻子、儿媳、大孙女合影

持家准则的人，他那笔不算低的工资却少有结余。柯筠曾经百思不得其解。后来才知道，以前家里的书架上虽摆得满满的，但都不是公家的，爷爷硬说到邮局去掏自己的钱包订的报纸杂志看得才畅快。他超过一半的工资都贡献给了邮局，那儿的工作人员对他熟悉得很。在那里，他的身份不是副县长，而是订报大户。

柯筠说，直到爷爷过世后，她翻开爷爷的账本，这个秘密方才迎刃而解。账本上密密麻麻地记着一条条借款记录，都是邻居、同事平时向他借钱时写下的。收回账，打上记号的是少数，大多数账都一了百了了。柯德琼只顾借钱给别人，但催账这件事，

他可做不来。

"对自己吝啬，对别人可大方着呢。"柯筠露出了浅浅的微笑，目光中还隐隐透着一股自豪。

闲情逸致传后人

柯桦印象中的祖父是个"矮矮个子"、"和蔼可亲"的老人。由于年龄悬殊的关系，他不太和孩子们谈工作上的事，但他的种花、摄影、集邮等爱好，却对两姐妹产生了潜移默化的影响。

20世纪60年代，照相机还是个新潮玩意儿，但柯德琼就已经是个高手了。黑砖头一般的上海牌照相机拿在手上别提有多威风了。"上海之春"在松江的演出、全城越野赛的盛况、修复前的方塔……镜头里的松江是黑白的，在孩子们看来却是缤纷的。

1975年摄于自家百草园的柯德琼

那时柯德琼拍好照片回家冲洗，总会叫柯桦和姐姐做他暗房工作的助手。看到一张张白纸上一点点显出画面，两姐妹心里别提多高兴了。柯桦现在还收藏着祖父留下的十几本相册，这些对她而言都是珍贵的回忆。

柯桦说，她至今喜欢养花弄草也是受了爷爷的影响。柯德琼曾在屋前空地上种满花草：月季、海棠、龙舌兰、大礼菊……每每太阳下山她和姐姐就会赤着脚奔跑在花圃和水龙头之间，帮爷爷浇水。

"文革"以后，养花成了"资产阶级生活习气"，柯德琼就改种药用植物和花卉，还称其为百草园。什么杜仲啊，腊梅啊，天竺啊，在园中悠然盛放，自有另一番风景。

记得有一年金桔长势特别好，成熟季节也正逢柯桦去安徽探望父母，于是柯德琼就小心翼翼地用剪刀把所有金桔剪下，让她分送给各地亲友品尝。"看得出，让大家分享他的种植成果，比他自己独享还要让他心醉呢。"柯桦笑着说。

"老来青之父"陈永康

自唐代起,松江便以"米粮仓"著称于世。据史载,明代时松江府已培育水稻五十余种,粳、籼、糯水稻品种皆备,其中松江香粳、薄稻更是朝廷贡米。每逢稻谷登场时,千百艘漕运舟楫满载光灿灿的谷子,从大仓桥起锚扬帆,送向京城,运往全国。"苏松熟,天下足"——无疑就是对松江这个鱼米之乡的真实写照。

历史长河流进了20世纪50年代,松江璀璨的农耕文明闪耀着风华绝代的光芒,"开镰自流芳,煮饭满屋香"——一种叫老来青的晚粳新品种香飘万里,不仅在全国二十二个省市广泛播种,而且还被十五个国家引种。当时老来青的亩产达到了一千四百三十三斤,创下了全国水稻亩产纪录。"老来青之父"陈永康自然就成为松江妇孺皆知的名人。

陈永康,光绪三十三年(1907)出生于松江华阳桥乡长岸村,乡亲们都称他为种田状元、看苗诊断的"稻郎中"。后来,他的水稻栽培理论还在国际农业科学研讨会上受到专家肯定,他本人也被聘为江苏省农科院特约研究员、副院长。

陈永康曾当选为第一、二、三、四、六届全国人大代表,第六届全国人大常委会委员。曾任江苏省委委员、省

陈永康

科学技术协会副主席、农业部学术委员会委员、中国农学会副理事长等职。1985年3月9日,陈永康在南京逝世。

推广经验,田头是他授课的讲堂

1964年,陈永康考察沙洲县水水稻生产

年届古稀的松江区农委高级农艺师邓正凡,20世纪50年代末曾在陈永康组建的合作互助组学习水稻高产技术。他1955年从江苏专业农校毕业后来到松江专区农业合作社,一方面负责苏北里下河地区水稻参观团的接待工作,一方面跟随陈永康学习水稻栽培经验。邓正凡回忆说,陈永康的专业知识和实干精神给了他极大的触动。邓正凡当时刚从农校毕业,还十分年轻,所学的知识也毕竟都是课本上的,一到实践环节就傻了眼,陈永康就常常手把手指导他们这些年轻人水稻栽培的具体操作,令他着实感动。陈永康总是把课堂设在田间,挽起裤脚管,捋起袖管,通过自己的摸索总结出水稻丰产七大经验(落谷稀,培育壮秧;小株方形密植和浅插秧苗;掌握水稻生育规律,合理施肥;精耕细作,除尽杂草;浅水勤灌,干花湿籽等)并亲自示范推广,向人传授经验。邓正凡说,目前单季晚稻栽培技术经过了进一步的完善配套,但归根结底还是以这七大经验为基础。

"七大经验缺条虫",这可是偏见

陈永康的水稻栽培技术出名并不假,当时农业技术人员中却流传着这么一种说法:"七大经验缺条虫。"意思说陈永康只重栽培,在病虫害防治方面却不在行。

对此,在病虫害防治上颇有研究的邓正凡直摇头说:"这可是偏见,陈永康总结的一系列经验重点固然是在栽培上,但他的观点对松江单季晚稻病虫害防治也有很大的启发。"

邓正凡回忆说,当时陈永康在联民大队搞技术示范推广,这个大队也是农作物病虫害观测点,要针对松江单季晚稻螟虫害、水稻纹枯病、稻热病研究出防治方法。当时人们往往只能想到药剂方法,陈永康不循大家的思路,而是从自己的专长——选种栽培角度入手提出新颖的观点:首先要选用抗性品种,选取健康、不带病虫害的种子;其次注重合理施肥,增强水稻自身的抗病能力;最后改善田间生态环境,合理灌溉,改变田间小气候,控制发病环境。邓正凡说,技术人员后来采纳了陈永康的这些建议,当地的水稻病虫害果然得到了有效的控制。松江在1983年、1984年还成了全国农业部植保总站病虫害防治示范点,他当年提出的三大措施可以说功不可没。

邓正凡感叹说,陈永康虽说是个庄稼汉,但想法倒颇有前瞻性——他提出的从源头上控制虫害发生,降低治理成本,是目前水稻病虫害综合治理的基础性措施,与我国"预防为主、综合防治"的植保方针不谋而合。

用符号誊抄发言稿

当年陈玉成和陈永康并称二陈,是20世纪50年代松江出名的农业人才。陈玉成这样形容他和陈永康的关系——我是他的"翻译"。是说陈玉成的外语水平特别高吗?其实不然,陈永康1951年就被评为全国劳模,同时被评为全国劳模的还有浙江的胡香泉和东北的一位种粮能手,三大能手中数陈永康成就最高、名气最响,全国各地盛情邀请他去作报告。那时普通话尚未普及,陈永康一开口便是浓浓的乡音,南方人尚且听不清,北方人更是擀面杖吹火——一窍不通,非得配个"翻译"不可,这个工作就是由陈玉成来做的,包括陈永康发言的讲稿,也得帮助一起整理。陈玉成说:"我毕业于福建农学院,算是科班出身吧,不比陈永康在田里靠自己的实践摸索,他的文化水平不高,但勤奋好学的劲头让我十分感动。"

1956年江苏高额丰产会议上,陈永康有一篇一千字左右的发言稿,他几乎用了一整夜的时间,把发言稿誊抄在十几张纸上,不认识的字就用自己"设计"的符号代替。陈玉成朗朗笑道:"那简直是天书,只有种田状元识得。"勤能补拙,调到了农科院后,陈永康更觉得学习科学文化知识的重要性,老同事见面的时候也常会请教。为了学习文化,陈永康还想方设法挤出时间来看书报、读文件。新宪法颁布那天,他一边领会精神,一边抄写,把宪法一字不漏地抄了下来。功夫不负有心人,到 20 世纪 60 年代后期,他已经能阅读上级有关文件,审阅修改专业文章了。

席梦思及不上竹凉席

陈永康调南京工作后,仍惦念着家乡,每年必回松江做农业技术指导。"陈永康生就的急性子,跳下火车,乘上吉普,便回头去看秧田。他平时敏于行而讷于言,但赤脚下田后,粗粗一看,便滔滔不绝地侃起了种粮经。"陈玉成深沉地说,"尽管他当时的地位就如今日的袁隆平,但朴实的老农民本色一点也没变。"他还回忆道,陈永康有一次回松江作报告,陈玉成安排他去招待所住,可是陈永康一进门,就对着房里的席梦思连连摇头:"睡不惯啊,睡不惯,这么软的床会睡坏腰板。"第二天早晨,陈玉成推开陈永康房间的门,不禁傻了眼,陈永康居然席地而睡!陈永康说,睡竹凉席更踏实。

陈永康是中国农作物学会副会长,陈玉成则是理事,老哥俩每年总要去北京开会,下榻一室。有一次,清晨 5 点陈永康就不见了踪影,大家都猜测他早起是要抽空去京城大商店逛逛,给家人带点礼物。没过多久陈永康就回来了,可他哪里是去商店了——"我去菜市场溜达了一圈,喏,这是我给小孙子带的红枣,北京的红枣真是又好又便宜,而北京的蜜饯甜、茯苓夹饼名气响,只是太贵了,不实惠。"

新开辟一块自留地

陈永康南京的家门口,有一块小园子,他利用早晚空闲时间,把小园子管理得像百花园一样,栽上了瓜果、蔬菜、金银花,一年四季的蔬菜基本自给,采集的金银花还会送给亲朋好友。"我们老同事去看望他,他总会拿自己种的瓜果来款待我们。"陈玉成笑着说。

伴随着陈永康在广袤的田野之外开辟新的自留地,他的研究领域也渐渐拓宽,从单季稻到双季稻,再到三熟制,在研究上不断进步。陈玉成说:"陈永康到了南京之后,科研水平始终在提高,可以说是与时俱进。"

严师才能出高徒

"成为全国劳模陈永康的弟子,现在想想也觉得幸运啊。"王月祥老人感叹道。1964年,江苏省省委组织多学科专家,以陈永康水稻高产经验为核心教材,结合在苏州地区望亭公社的蹲点实践,办了两年陈永康经验学习班。参加学习的有江苏、安徽、山东、上海等省市共一百余人,松江"近水楼台先得月",也选派了四名青年骨干到苏州拜陈永康为师跟班学艺,当时入选的有陈金根、张兴龙、何国顺和王月祥。

在学习班里,学员们一面要接受江苏省农科院专家的理论培训,一面就是要跟陈永康学习种稻的基本功。别看陈永康样子随和亲切,对这些徒弟的要求却严格得很,一招一式都有讲究,要想通过他的检验可难了。"学人先学志,习艺就得下苦工夫。"王月祥说跟劳模学艺绝不是什么轻松活,落谷、插秧、耘稻,一切都得从头学起。耘稻,他要求学生"跪稻"、"剥棵耘",半天下来,徒弟们个个膝盖红肿。第一年跟班劳动,王月祥他们仅学会三招:选种育秧、撒肥落谷、看相管苗。

陈永康教学生落谷稀的技术,但是没有水泥场,就叫学生们在尼龙纸上反复练习。他说落谷要掌握六句话:一把谷,撒七次,眼看前,抛得高,先中间,后做边。他对每个人都严格把关,手势不对的立即纠正。"落谷要均匀,一个铜板三粒谷,我们几个可都是顺利通过的,也有人不合格,陈永康就要求他们继续练习,一点都不马虎。"王月祥说。

当年练习施肥,用的是电厂的煤灰。没有较多的肥料给学生练习,陈永康就带大家到望亭电厂边,电厂管道里排出的煤灰在太湖边上堆积成山,大家就每人备一个脸盆,把煤灰收集起来充当化肥,苦练两边甩的基本功。陈永康要求大家风大也要练习,他说越是风大越能练出真本事。

小王,你可不要学抽烟

王月祥至今不碰烟酒,他说这是跟师傅陈永康学的。陈永康不抽烟不喝酒,甚至连茶都不喝,口干了,咕嘟咕嘟喝白开水。陈永康那个时候常常对王月祥说,小王,烟味多难闻啊,你可不要学抽烟。现在想想师傅的艰苦朴素,王月祥觉得对自己的一生都有很大影响。

陈永康在田间

回忆起跟陈永康的第一次见面,王月祥笑说:"他可是全国劳模啊,第一次见到他时,还闹了个笑话。"1964年5月下旬的一天,王月祥一行四人来到望亭公社,接待他们的是一位身材高大的庄稼汉,身穿一件已经泛白了的蓝色上装,从领口到衣袖、胸前背后好像哪儿都缝缝补补过,一条同样旧的蓝布裤,裤脚管一直卷到膝盖上边,赤着一双脚,小腿上还有些泥渍。"师傅,您能带我们去见一下陈永康吗?"那个人不由得开怀大笑:"我就是啊。"闻名全国的劳模竟然这么朴素,令王月祥大吃一惊。

王月祥说,陈永康虽然是大名鼎鼎的种田状元,但也没有享受任何特殊待遇,也在农家住宿,也跟学员们一起吃饭。陈永康吃菜非常简单,从来不提任何要求,倒是胃口特别好,一天要吃二斤。吃住在农村,陈永康怕年轻人寂寞,琢磨着想买台矿石收音机,但是价格太贵。他灵机一动,去旧货店绕了一圈,回来就自己装配了矿石收音机,播播沪剧、越剧,大家听得津津有味。

培训班结束,王月祥就回到了松江,先后在砖桥大队试验场、农业局和县种子场工作,是单位的骨干。尽管在苏州学艺只有短短两年,但他对恩师陈永康始终心存感激。每次陈永康回松江作报告,王月祥都会去接他。陈永康那时已经是江苏省农科院副院长了,还担任了全国人大常委会委员,身居高位,但他完全没有变,一把蒲扇、一双拖鞋,跟王月祥第一次见到时几乎一个样。

"他身上的实干精神,说一不二对我来说终身受用。"王月祥这样总结恩师对他的影响。种稻的手艺他已经得到"真传",但更可贵的是陈永康把他脚踏实地的精神也一并传给了弟子。"如果师傅说这亩地要达到一千斤的收成,那么收割时这个数字总差不了,不管是在松江、江苏还是全国其他地区,他总是能把提高水稻产量落到实处,从来不会弄虚作假。我现在也喜欢讲真话,办实事,全都是受了师傅的感染。"王月祥不无感慨地说。

"公路泰斗"赵祖康

他被誉为"中国公路之父",与詹天佑、茅以升并称为"中国交通工程三杰"。他就是来自松江的"筑路先锋"赵祖康。

他曾在"难于上青天"的"蜀道"通起公路,也曾在风云突变之际,担任了四天三夜上海市代理市长,一生传奇却淡定如故——正如他的朋友们所评价的那样:"一生唯淡泊以明志,尽瘁肝胆,白头除国运外,更无得失动喜忧;万事求宁静而致远,食草脊梁,沧桑任变幻多,自有信念衡是非。"

赵祖康

留下一路通畅

赵祖康(1900~1995),字静侯,松江人。民国21年(1932)入全国经济委员会公路处。民国27年(1938)入交通部,历任公路总管理处处长、公路总局副总局长等职。为近代中国公路工程的创业奠基建立了首功。主持修筑了西兰、西汉、乐西、滇缅等战略性公路,对抗日、西部开发贡献极大。

1949年，赵祖康（右三）与陈毅（左一）在浦东视察海塘工程

"抗日战争时期，我父亲领导修建了'三西公路'，这三条公路也是中国后方战略物资的大通道。其中最艰难的就是乐西公路，这条公路要经过海拔二千八百米的蓑衣岭和波涛汹涌的大渡河。"赵祖康的儿子赵国通说。

民国29年（1940）4月，赵祖康到乐山视察，并在富林、西昌分别召开施工会议。他还亲自兼任石工总队长，白天奔走在各个工地，现场协调指挥，晚上召集各部门开会研究工作直至深夜。民国30年（1941）1月，乐西公路毛路粗通，赵祖康和总工程师孙发端冒着危险上路试车，半个多小时后终于抵达西昌。赵国通说："父亲修建乐西公路拍过一张照片，那时简直瘦得皮包骨头了。""久愿风尘殉祖国，宁甘药饵送余生"，赵祖康终因劳累过度，病倒在工地上。

父亲的鞠躬尽瘁令赵国通感慨良多："前方有抗战杀敌的军人，我父亲虽然不是军人，但是他所代表的是一大批在后方搞建设的知识分子，他们为抗战在筑路，他们也是抗战的'工程兵'。"乐西公路通车后，援华国际物资一批批运到前线，为抗战最后的胜利打下了坚实基础。

民国34年（1945）抗战胜利后，赵祖康赴上海任市工务局局长，从此专事市政工程，制订"大上海都市计划"。1949年上海解放前夕，他受命代理上海市市长，与中共地下党配合，维护了上海的秩序，实现了和平移交。解放后，历任上海市人民政府工务局局长、规划建筑管理局局长、副市长、市政协副主席、市人大常委会副主任等职；曾当选为一至七届全国人大代表；同时任中国国民党革命委员会上海市主任委员、中央副主席。1950年获美国总统授予的同盟国抗日战争自由勋章。

留下一个背影

在赵国通儿时的记忆中，父亲的身影总是忙忙碌碌。他留下过一把老虎钳，说："喏，拿去，做做船模，动手能力可重要啦。"他留下过一书橱商务印书馆出版的《中学生文库》,说:"文史数理,这里一应俱全了,可有你们学的了。"说罢,推门而去,背影渐行渐远……

赵国通十二岁那年考取了上海中学,本以为当上海市副市长的父亲会让司机开着小汽车风风光光地送他去学校。谁知父亲一脸严肃地说:"爸爸的小汽车是办公用的,你明白吗?你已经长大了,应该学会独立,为什么不自己去报到呢?"于是那天一早,赵国通挎着大包小包,一个人坐着校车,来到了陌生的校园。

还有一次,赵国通在学校生了病,住进校医院里,好几天愁眉不展。到最后他伸长脖子盼来看望他的却不是父亲,而是父亲的司机。只见司机叔叔拎着一塑料袋苹果,神色为难地安慰他:"你爸爸他忙,实在抽不出空……"赵国通接过苹果,心里满是委屈。"当然啦,他公务繁忙,我们做子女的唯有多体谅他了。"赵国通笑言。

留下一句叮咛

"通达事理,国家栋梁。"这是赵国通五十岁生日那天,病榻上的父亲亲笔写下的祝福和期盼。

赵祖康少年时就立志工程救国,于是拼尽全力考进了南洋公学土木工程系。民国19年(1930)他因表现优秀被国家选派前往美国康乃尔大学研究院道路和市政工程专业深造。留学生活固然充实有趣,在异国受到的伤害却让他耿耿于怀。那回,他和几位中国留学生到尼亚加拉大瀑布参观,正打算过境考察一下加拿大的交通情况,却被加拿大的边防警察百般

上海市兴国路上的原赵祖康寓所

刁难。对方言语间对中华民族的蔑视深深刺痛了他的自尊心,他下定决心发愤图强,再也不让自己的民族受到侮辱。一年半的留学生活一结束,他就义无反顾地踏上了归国的旅程。后来,当他因公二度踏上美利坚的土地时,打算留美的时任国民政府实业

部部长的陈光甫十分欣赏他的才能,力邀他留美工作,还许诺把他的家人也一起接来,赵祖康却不为所动。国内战事吃紧,国家急需主管公路建设的技术人员,怎么能说走就走?

日月如梭,时光飞逝。20世纪80年代,他的小儿子赵国屏也踏上了赴美留学的道路,远赴重洋,攻读生物化学博士学位。儿子临近毕业前,赵祖康再三写信催促他归国,还让长子赵国通也不断捎去嘱咐:"记住你是公派出国的,务必马上回国效力!"字里行间写满了拳拳爱国之心。如今,赵家兄弟一个是环保专家、上海市政府参事;一个是生物界权威、中国科学院院士,双双交出了令父亲满意的答卷。

淡泊明志,宁静致远

民革第四次全国代表大会期间,民革中央副主席张治中(右一)和上海代表赵祖康(左一)等亲切交谈

"他是兄长,但更似父亲。"年届耄耋的赵祖刚先生如是回忆。他是赵祖康叔叔的儿子,长他二十三岁的堂兄之于他有抚育之恩。

童年的松江老宅里,堂兄的谆谆教诲萦绕耳畔。工作在外的赵祖康每每回到家,总会推开堂弟书房大门,翻开他的作业本检查再三,督促调皮爱玩的弟弟好学上进。

赵祖刚初二那年,抗战军兴,松江沦陷。炮火中,赵宅被毁,落难、失学,突如其来的变故令年幼的他瞬间陷入了绝望。这时,是堂兄的一封信使他重现信心。烽火连三月,家书抵万金。民国27年(1938),在重庆修筑公路的赵祖康鸿雁传书,嘱咐堂弟从上海经香港转赴重庆继续求学,还为他进入重庆初级中学就读办妥了一切手续。"祖刚,你要好好读书,你拿到好成绩我才会高兴。"兄弟俩久别重逢,赵祖康拍拍堂弟的肩膀,严肃地说。望着堂兄写满期待的目光,赵祖刚一个劲地点头。

从那时起,赵祖刚生活和学习的所有费用,全由赵祖康一人承担。赵祖康当时虽在交通部任职,但生活并不宽裕,赵祖刚看在眼里觉得十分过意不去。高中毕业那年他一心想找一份工作减轻堂兄的负担，赵祖康得知后在成都抱病写下一封一万多字的长信，力劝堂弟安心学习，读书费用不必操心，关键是要学有所长，掌握好"义理之学"、"词章之学"和"应用之学"。有了堂兄的支持，赵祖刚仿佛吃了一颗定心丸，民国32年（1943）顺利考入了上海交通大学财务管理系，赵祖康也一路资助他直至大学毕业。赵祖刚学成后从事经济管理数十年，曾凭借在闵行企业管理干部培训学校出色的任教经历，荣获上海市职工教育先进工作者的称号。

赵祖康全家福，前排右二为赵祖康

事实上，堂兄对他的影响还远不止物质接济。赵祖刚老先生指着家里略显陈旧的家具，幽默地说："我这是跟我堂兄学的，'斯是陋室，唯吾德馨'这话我自己不敢说，不过祖康哥绝对当之无愧。"

赵祖康是个书生气十足的好好先生，不懂钻营，"君子固穷"，为官数十年几乎没有什么积蓄，家里的布置更是简陋至极。依赵祖刚的说法，堂兄凭他的身份、地位要想中饱私囊其实易如反掌，但是他从来不为利禄所动。

早在民国27年（1938），由于公路建设需要，时任交通部公路总管理处处长的赵祖康前往美国采购汽车和交通设备。当时他们与福特公司达成了买卖协议，公司按惯例送来了一笔数量可观的佣金。所谓佣金不就是羊毛出在羊身上嘛，赵祖康皱起了眉，掷地有声地说："我看不必了，我们只是需要更多的汽车，请把佣金折算成车款，降低车辆单价，谢谢。"

几个金发碧眼的美国人顿时傻了眼："这……这是我们美国的规矩，我们也是照章办事。"说着硬要把钱塞给赵祖康，这种天上掉下馅儿饼的好事居然也会有人拒绝，他们也是闻所未闻。

汽车采购任务最后还是顺利完成了。在代表团即将离开美国之前，福特公司和通用公司又分别给赵祖康送来了一辆轿车和两辆卡车以表谢意。赵祖康心里暗暗地想，这又是所谓的惯例,当面哪有推托的余地,无奈只得先表面应允,回国后他派人到香港提了货,然后立即上交到交通部。

赵祖刚解释说:"堂兄之所以能出淤泥而不染,这全靠他超然的心境,所谓静心为上。"赵祖康平时教育堂弟时就自有一套理论——他说,立身处世有"三然主义":蔼然待人、泰然处事、怡然自得,而其根源都在一个"静"字,因静则明,因明则通,因通则达。他自号静侯,就是以此为自勉。

那么平和的心境又从何而来?赵祖刚说:"博览群书,修身养性,他名利统统可以抛掉,唯独这书却是他的命根子,半秒不能离!"二十四史、儒道典籍、六祖坛经,他无所不读,又无所不精,一空下来必定是扎在书堆里看得如痴如醉。平时他烟酒不沾,工资收入除了维持日常开销和接济家族成员之外,几乎全都省下来用于购书,长年累月,他收藏的典章书籍已经填满了好几个架子。

说到赵祖康嗜书若命,赵祖刚还提及了一桩趣事。民国27年(1938),赵祖康从武汉迁居到重庆时,托运了几十箱珍贵的书籍,但不料船只中途沉没,几箱子书全都沉入大海。赵祖康痛惜不已,到了重庆后,居然专门请了一天的假,在家里独自举行了一场"祭祀仪式","悼念"他丢失的宝贝藏书。

在赵祖康心目中,学识和修养排在首位,达官贵人喧嚣的圈子绝非他所好,只有志同道合的良师益友方能使他心生向往。当年他修完乐西公路,从重庆来到成都调养身体,踏上天府之国,他根本无心结识当地权贵,却点名要见国学大师钱穆先生,"能跟伟大的学者谈经论道才是人生一大赏心乐事啊!"

古塔换新颜，巧匠立奇功

——回忆方塔、护珠塔主修师傅徐文达

　　古城松江，名塔林立。"巍巍楼阙梵王宫，金碧名蓝杳霭中。近海浮屠三十六，怎如方塔最玲珑。"松江方塔虽不及三国始建的苏州北寺塔古老，也不如"天地四方"的杭州六和塔巍峨，却是秀美冠绝江南：尖尖的塔刹直入云霄，舒展的塔檐如翼，若有欲飞之势；檐角铜铃高悬，风起铃动，摇曳多姿。跨入古塔，拾阶而上，只见朵朵斗拱轻盈交错，壶门上月梁横跨，墙上的佛像壁画斑斑驳驳，自有一番古雅之韵。

　　而建于八百多年前的天马山护珠塔，则堪称一大奇观——塔身向东南倾斜，比世界闻名的意大利比萨斜塔还略胜一筹。岁月沧桑巨变之下，方塔依然秀美如画，护珠塔始终倾而不倒，令人称奇。其实，两座饱经风霜的古建筑都与一个人有关，他就是苏州香山匠人徐文达师傅。20世纪七八十年代，经过徐师傅的巧手匠心，方塔、护珠两古塔修葺一新，焕发出新的光彩，而今巍然屹立于峰泖大地，俯瞰着古城的历史变迁。

修塔难题层出不穷，木工献计棋高一着

　　徐文达，光绪三十三年（1907）出身于苏州木工名帮香山帮世家，苏州吴县香山蒋墩村人，自幼跟随父亲学习木工。解放后在松江建筑总公司做木工师傅。

"徐文达师傅是松江两座古塔修缮的灵魂。"韩夫荣老先生回忆起当年的修塔经历不由感叹。松江方塔,始建于北宋熙宁年间,宋元明清几代曾多次修缮。近百年来这座古塔历经沧桑,损坏严重。1973年,上海市文物管理委员会决定修缮松江方塔,以其为主,松江县政府、上海市民用建筑设计院、松江博物馆、松江建设局强强联手,组成了方塔修缮领导小组,时任松江博物馆馆长的韩夫荣就是其中一员。那么工程"主将"木工指导师傅谁来当?松江建筑公司力荐八级工徐文达。按理说苏州香山帮传人高手如云,徐文达师傅似乎名不见经传,他究竟能胜任吗?徐师傅面对质疑,自信地一笑而过,随即走马上任。

叫板权威,民间卧虎藏龙

松江方塔

方塔修缮领导小组是组建起来了,但当时谁都没有修塔的经验,尤其在塔的腰檐、平座、塔刹等重要外部形制上,小组成员各执己见,分歧很大。当上海市民用建筑设计院的样图绘好后,有的专家立即就说那是上海龙华塔的翻版,行不通;也有人说不如直接参考杭州六和塔。"事实上北宋时代的古塔形制具体是什么样的,那会儿连专家也说不上来。可形制不定,这塔还怎么修?"提到领导小组那一刻的举棋不定,韩夫荣皱了一下眉,那份忧虑仿佛又上心头。

可就在大家争论不休的时候,徐文达师傅却坐不住了,他望着满座专家学者,信心十足地说:"我认为方塔出檐应该采用深远的唐宋风格。"他解释说,松江方塔沿袭了唐代砖木结构形制,就应该用大出檐。他举了日本古都奈良五重塔的例子,提出同为唐宋时期的砖木结构方塔,松江方塔完全可以借鉴奈良五重塔大出檐的特征,塔檐展开,凸显塔身的娉婷和挺拔。然后,他扭头对一位工程师说:"我认为不能像你说的那样,用小出檐的石塔作参照来修我们的方塔。石塔的塔檐既然是石头的,对墙面压强大,出檐就不可能很大很重,对不对?"徐文达据理力争,眼神格外坚定。

徐文达言之凿凿,令专家也不禁肃然起敬。韩夫荣回忆说,徐文达的贡献还不仅于此。在修塔过程中,他可谓屡有建树,比如拔榫、八竿、六分木接头法。施工中,一遇到困难,徐师傅总有妙计化解,像大名鼎鼎的陈从周教授有时也要向徐师傅请教。

香山匠人乃中国大作匠中重要一系,其开山鼻祖系明代蒯祥,曾主持北京故宫三大殿建设工程。徐文达得香山匠人真传,在修方塔中屡建奇功。方塔顶部塔刹高近八米,由覆盆、相轮、宝瓶组成,重达半吨,用机械吊装需耗资二十万元。徐师傅土法上马,用一台卷扬机加钢丝绳,就把庞然大物准确归位。

最为难得的是,年逾古稀的徐师傅还亲力亲为,爬上脚手架逐层实测,计算塔檐坡度及深度。"我看到他画图纸时手不停地抖,叮嘱他休息,他哪里肯听。"韩夫荣说。1977年方塔修缮竣工,国家文物局领导称赞,松江方塔是建国以来国内古建筑修复最成功的一例。

修缮有方,斜塔千年不倒

继成功修缮方塔后,修复天马山护珠塔成了徐文达师傅晚年的一大杰作。护珠塔由南宋御前银甲将军周文达所建,南宋绍兴二十六年(1157)建成。由于风蚀、火灾,加之村民从砖缝里挖取铜钱,导致底层三分之一塔体消失,塔身严重倾斜。但神奇的是,天马山护珠塔看似摇摇欲坠,却始终斜而不倒。

天马山护珠塔

1983年,上海市文物管理委员会成立了天马山护珠塔修缮领导小组。"大家都提心吊胆,这项工程非同小可,你想如果施工稍有不慎,近二十米的塔倒下去,上百吨的塔体沿着山坡滚下去,后果不堪设想啊。谁敢负责?"韩夫荣说当时经过多次讨论,居然没有一位专家敢画施工图纸。

艺高人胆大，八十高龄的徐师傅挺身而出，揽过了主修斜塔的重任。"文管会来请他，他居然一口答应下来，我们真替他捏一把汗啊。"韩夫荣回忆说。一接过任务，徐文达就马不停蹄搬到了天马山，住在塔边实地考察。他在塔边开挖深沟，发现塔体一半在山体基岩，一半在石渣上，于是蟹爪式塔基固定法在他脑中诞生了。徐师傅风趣地打着比方："好比一只螃蟹，八只脚缺了一只不影响它的行动，如果把它的脚弄掉一半，那它就不能走了。修斜塔也是这个道理。"徐师傅就采取这种方法横向层层加箍，纵向面面加筋，并用钢筋混凝土灌注，就像换螃蟹脚一样轮换加固，使七层宝塔层层连接，塔基和山岩结成一体。同济大学的一位古建筑专家对他佩服得五体投地："徐师傅就是我的师傅！"

吴言侬语，结缘茸城文化

1983年底，是松江区文物管理委员会办公室副主任林晓明和徐文达的第一次见面。当时，天马山护珠塔修缮小组刚成立，文物管理委员会决定请徐文达师傅重出江湖，林晓明就受托陪同徐师傅前往市博物馆商量斜塔修缮方案。初见徐文达的那一幕至今令林晓明记忆犹新。徐师傅小小的个子，很精瘦，虽然满头银发，但目光炯炯，走路特别有力，显得精神矍铄。"乍见面，我就觉得他是个有个性的人。"林晓明笑着说。

一路上，这位颇有威望的木工老师傅完全没有架子，和初出茅庐的年轻人在一起也没有什么距离感，滔滔不绝地侃起了自己学艺的经历，说自己打小学习木工，祖祖辈辈手艺都很精湛，他靠着家学渊源，掌握了不少独门秘笈。徐师傅说得神神秘秘的，满脸写着自豪。奇特的是，这个来自姑苏城的木工师傅一口家乡话还夹带着松江口音，令林晓明大吃一惊，后经徐师傅一解释，才知道他解放后就到了松江建筑总公司工作，松江话对他而言就跟乡音一样亲切。

其实，明清两代，苏松两府的木工闻名遐迩，建筑文化交流已很频繁。徐师傅告诉林晓明，松江厅堂整体风格精细，与苏州还颇有异曲同工之妙，当然建筑细部上，水作、瓦作各自都保持了地域特色。"徐师傅知识确实渊博，我当时就像个小学徒，听得我大开眼界。"林晓明流露出敬佩的神情。

情投意合，慷慨指点后辈

在修缮护珠塔的几年里，林晓明和徐师傅有了更深的接触，徐文达这位和蔼的长者总不忘关心晚辈后生，常常不等别人开口他就会先打开话匣子畅谈起自己的实战经验。

1987年8月，斜塔修复竣工前夕，林晓明去拜访徐文达，两人起先还聊着护珠塔工程的见闻，徐师傅却发现求知若渴的林晓明似乎还有好些问题没提出来，他就低头沉思了片刻，主动讲起了自己当年修方塔的经历。"你知道修方塔让我自己最得意的是什么吗？告诉你，是我用上了借转技术。"徐师傅眼中透出神采，笑呵呵地告诉林晓明，方塔塔体向西北偏了五十三厘米，他就想方设法调整塔檐的尺寸，西北稍短，东西略长，这么一来，塔身整体视觉效果就更显挺拔了，这就是所谓借转。"后来我们修松江李塔，这门技术也大派用处，这都多亏了徐师傅的指点啊。"林晓明郑重地说道，语气中充满着对前辈的深深敬意。

还有一次，林晓明要修碑亭，就拿着自己设计的大木梁架图去请教徐文达。徐师傅接过图纸，端详半天，摇着头说："图总体是画得不错，但小亭子用两根跨梁不太科学，你看用搭角梁分散重力，是不是会更加牢固？"最后碑亭的确采用了搭角梁，用料又省，承载又科学。

不凡才智谋发展的费骅

费骅

清代民居费宅是仓城独特一景。宅子少主人费骅是松江知名人物。他在上海交通大学时的同学朱镕坚说,他是级长,做事非常热心,不但外表魁梧英俊,更是思维敏锐,口才犀利,一看就知道是属于领导型人物。毕业后,他留学美国回来,一踏入工程界,就表现优异,仕途一帆风顺。抗战胜利,台湾光复后,他自愿请命到台湾参加建设工作,希望实现报国之志。在台期间,不论职位高低,他都事无巨细,尽心竭力,台湾此后几十年间的各项交通、水利、城市发展及其他基础设施建设,都有了突飞猛进的变化,他也因此被誉为"创造台湾经济奇迹的先驱"。

经济建设先驱

费骅(1912~1984),字之骅,松江人。上海交通大学土木工程学士,曾获美国康乃尔大学土木工程硕士,在哈佛大学研究院进修。抗战初自美返国,投身国民党官办企业经营管理，任浙、闽两省公路工程师与交通部川康公路管理局副局长。

1945年去台，任"台湾公共工程局"局长兼总工程师，主持战后公路及河川堤防修复。1948年调任"台湾铁路管理局"局长，负责接受美援修复与重建铁路交通。1953年出任"行政院"、"经安会"工业委员会委员，协助研拟四年经建计划，初始涉足财经系统。1958年"经安会"裁销，"工业委员会"并入"美援会"，出任第二处处长。1960年升"交通部"次长，1969年调任"经合会"副主任委员兼秘书长。1973年出任"行政院"秘书长，1976年任"财政部长"，遂为财经系统著名骨干人物，参与高层财经决策，研拟各期经济建设计划，为台湾经济迅速发展颇多建树。1978年为"行政院"政务委员及"经建会"委员，为国民党十二届中央委员。1984年因车祸遇难。

费骅到台湾后，先后主管台湾全省的公路建设、河川防洪、给水工程和铁路建设，常常为了工作通宵达旦。20世纪60年代，在"交通部"任职期间，参与台湾十大经济建设项目的研拟策划与实施指导，如铁路电气化、高速公路建设、北迴铁路兴建、桃园机场建造等，工作颇有建树。

1965年他任政务次长，就主持多项重大建设，并创设观光局与观光开发公司，改组招商局，筹创中华顾问工程公司及运输计划委员会。

四年后，他转任"经合会"副主委兼秘书长，积极从事经济建设。在"经合会"任职的近三年间，他广泛接触全球华裔，组织开展经济总供需估测，以研究拟定经济长期发展计划。他还主张对农业、工矿、电力、交通、水资源、人力资源等加强相关研究，并且改善投资环境，吸引外来资金与物资，以促进工业投资，为台湾地区的国际经济技术合作付出了大量心血。

费骅故居

20世纪70年代，他出任"行政院"秘书长和"财政部长"等职期间，继续与台湾"科技之父"李国鼎配合实施改革。尤其是在费骅出任"行政院"秘书长后,即得到蒋经国的重用,从而进入被蒋经国视为青年才俊的接班群体。在台湾经济改革转型过程中,协助蒋经国实施行政革新,加快农村发展。

中国招商杂志社社长费瑛说,李国鼎和费骅相配合的招商举措,为中国大陆与中国台湾的华人企业创造了开拓海外新兴市场的良好招商合作模式,是一项承前启后的大事业。

"台湾半导体产业之父"

台湾半导体产业的发展,就是由费骅出面牵头协调推动的。1974年,当费骅担任"行政院"秘书长期间,与"经济部长"孙运璇邀请"电信总局"局长方贤齐、美国无线电公司主任潘文渊等人讨论台湾产业发展的新方向,提出发展集成电路的电子工业政策,为台湾工业政策从加工出口区式的劳力密集改变成科学园区式的技术密集立下了汗马功劳。

当时石油危机爆发,对台湾经济产生了巨大的冲击。"行政院"院长蒋经国决定举债兴建十大建设,扩大内需,并以提升产业支应债务。一天,蒋经国对费骅说:"我们在科技发展方面,要找一个具有突破性的项目来做,你去研究研究,这个项目愈大愈好。"

费骅马上想到可以与两位大学时期的同学共商大计,他们就是潘文渊和方贤齐。

1974年2月7日早晨,费骅、方贤齐、潘文渊与孙运璇几个人在一家豆浆店共进早餐,就在餐桌上,几个人提出了发展集成电路的构想。就是那一顿再寻常不过的早餐,为台湾的电子产业树立了新的方向标。难怪有评论称他们都可算是台湾"半导体产业之父"。

高瞻远瞩,谦恭有礼

20世纪60年代初期,台湾正大力推动各项经济建设的时候,政府的财政要应付各方需求而颇感困难。当时台湾省政府已完成规划兴建一座多功能的曾文水库,这也是台湾最大的多功能水库。但据估计,这一庞大工程必须投入高达六十亿新台币的巨额经费。为了筹措这笔钱，台湾省政府决定发行粮食债券，等工程完成后，以每年收益还本付息。但再经估算，如以水库本身收益偿债，恐怕永无清偿之日。

此时，费骅正好来水库参观视察，得知了这个难题，便希望能想出对策，保证水库长期的营运发展。回到台北后，他立即向上级申报，核发省政府专列补助曾文水库的一笔款项，使水库财政即获解决。此后不过数年，所有债务都清偿了。朱镕坚说，就此一事而言，费骅高瞻远瞩的眼光，与实事求是、敢于负责的作风，确实令人钦仰。

朱镕坚还回忆说，费骅平易近人，与人相交，必谦恭而有礼，常为他人设想。然而自己生活得非常俭约，不喜铺张。

他有一次独自一人去曾文水库工地视察，临别时，朱镕坚送他到台南飞机场搭机返台北，他反复叮嘱朱镕坚千万不能惊动地方官员，也不要告诉机场负责人员，自己挤在人群中排队候机，毫无半点官场习气。

见此情形，朱镕坚实在于心难安，就告诉机场工作人员，让他们马上请费骅到办公室休息，然后再派车送他到停机处登机。当时费骅已是"财政部长"，可他不但不摆官架子，而且还能顾及别人的时间与休息，不愿因自己方便，而去打扰别人。这样的做派，现在台湾官场上，能有几人办得到！

生态保护功臣

费骅还是"台湾国家公园"的催生者之一，为台湾生态保护翻开了新的一页。1980年，"内政部"修订组织法时，他主张将"营建司"改为"营建署"，获得孙运璇的支持，"营建署"于次年成立，并负责"台湾国家公园"的推动与管理，他也亲自参与公园的相关规划工作。

1982年，他以七十岁高龄亲自登上海拔两千八百米的八通关草原，以了解新中横公路对玉山地区的影响，事后也终止了新中横公路穿越玉山山脉的计划。此外，小观音山的箭竹林、梦幻湖的台湾水韭也因他规划的"阳明山国家公园"而保存下来，"太鲁阁国家公园"内的崇德水泥厂及立雾溪水力开发计划也因他的奔走而取消，为台湾生态保护作出了极大贡献。

图书在版编目（CIP）数据

松江故事．茸城旧闻／吴纪盛，何惠明主编；陈佳欣编．
—太原：山西人民出版社，2011.12
 ISBN 978－7－203－07544－8

Ⅰ.① 松⋯ Ⅱ.①吴⋯②何⋯③陈⋯ Ⅲ.①纪实文学－作品集－中国－当代 Ⅳ.① I25

中国版本图书馆 CIP 数据核字（2011）第 266052 号

松江故事．茸城旧闻

主　　编：	吴纪盛　何惠明
编　者：	陈佳欣
责任编辑：	吕绘元
装帧设计：	昭惠文化
出　版　者：	山西出版集团・山西人民出版社
地　　　址：	太原市建设南路21号
邮　　编：	030012
发行营销：	0351－4922220　4955996　4956039
	0351－4922127（传真）　4956038（邮购）
E－mail：	sxskcb@163.com　发行部
	sxskcb@126.com　总编室
网　　址：	www.sxskcb.com
经　销　者：	山西出版集团・山西人民出版社
承　印　者：	山西出版集团・山西新华印业有限公司
开　　本：	787mm×1092mm　1/16
印　　张：	41.5
字　　数：	696 千字
印　　数：	1－1 500 册
版　　次：	2011 年 12 月第 1 版
印　　次：	2011 年 12 月第 1 次印刷
书　　号：	ISBN 978－7－203－07544－8
定　　价：	80.00 元（全二册）

如有印装质量问题请与本社联系调换